시인
THE POET

THE POET

시인

THE POET

마이클 코넬리 지음
김승욱 옮김

이 작품에 쏟아진
열광적인 찬사

"그럴듯하게 꾸며진 공포 이야기에 단련된 나조차 《시인》을 읽으며 나도 모르게 불이란 불은 모조리 켜게 되었다." **스티븐 킹(작가)**

"나는 이렇게 색다르고 사실감 넘치는 크라임 스릴러를 지금까지 보지 못했다." **제임스 리 버크(작가)**

"《양들의 침묵》 이후 이 장르 최고의 작품이 등장했다. 그것은 바로 스릴러 소설의 절대 지존 마이클 코넬리의 《시인》이다." **<타임>**

"《시인》의 살인과 교묘한 탈출 방식은 지독할 정도로 영리하고, 날것이면서도 지적이다." **<뉴욕 타임스>**

"만약 당신이 크라임 스릴러 작가를 꿈꾼다면 이 작품의 화려하고 대담한 표현과 테크닉부터 배워야 할 것이다." **<선데이 타임스>**

"디테일은 풍부하고, 캐릭터는 강렬하며, 플롯은 흥미진진하다. 거기에 감성까지 들어 있다. 세상에 대한 다양한 시각을 표현할 줄 아는, 훌륭한 솜씨를 지닌 코넬리의 이 작품은 우리에게 매우 강한 인상을 준다." **<피플>**

"코넬리는 완벽한 구조를 갖춘 이야기를 쓰는 작가로 유명하다. 단락을 읽어 내려가면 갈수록 마치 도망치는 기관차를 쫓는 것처럼 심장이 요동친다." **<USA 투데이>**

"멋지다. 번득이는 지성이 돋보이는 최고의 스릴러." **<아이리시 타임스>**

"무척이나 영리하고 믿음직하다. 완벽히 계산된 스릴과 서스펜스의 과정에 따라 작품은 천천히 그리고 안전하게 순항해 나간다." **<리터러리 리뷰>**

"코넬리는 바이올린을 연주하듯 이 작품을 세밀하게 연주해 나간다. 형을 죽인 살인범에 대한 잭의 강박적인 사냥은 매우 현실적이면서도 서스펜스가 넘친다. **<커커스 리뷰>**

"설득력 있는 설정, 현장감 넘치는 대화, 스피디한 플롯, 약점이 있는 주인공… 이 모든 것이 인상적으로 맞물려 돌아가는 흥미로운 소설이다." **<더 타임스>**

"혼자 있기 힘들 정도로 무섭다. 코넬리는 가장 위험한 장소에 우리를 떨어뜨려 놓고 움직일 수 없게 만든다." **<로스앤젤레스 타임스>**

"숙련된 솜씨로 그려낸 매력적인 이야기. 크라임 스릴러 팬들을 의심할 바 없이 열광하게 할 것이다." **<북리스트>**

차례

서문

독자에게도 작가에게도 새로운 소설을 시작하는 것은 때로 지독히 힘든 일이다. 책 속의 등장인물들과는 아직 친구가 되지 못했고, 책 속에 등장하는 장소들도 낯설기 때문이다. 그래서 새 소설을 읽기 시작하는 것은 마치 친밀한 행위를 강요당하는 것처럼 느껴지곤 한다. 이럴 때 사람의 마음을 확 끌어당기는 요소가 있으면 좋을 것이다. 훌륭한 첫 문장 말이다. 나는 훌륭한 첫 문장에 곧잘 반해버리기 때문에 자그마한 공책에 그런 문장들을 수집하고 있다. 다른 사람들이 우표나 동전을 수집하는 것처럼. 그런데《시인》의 첫 문장은 그중에서도 최고다. "나는 죽음 담당이다." 잭 매커보이가 쓴 이 문장을 보는 순간, 우리는 홀딱 반해서 빨려 들어간다. 게다가 이 문장은 공연히 분위기만 잡는 것이 아니라, 소설 전체의 분위기를 완벽하게 전달해 준다. 어둡고, 음침하고, 무섭기 짝이 없는 분위기. 이 문장은 또한 코넬리가 이전에 썼던 네 편의 작품과《시인》사이의 거리를 단번에 벌려놓는 역할을 한다. 이전의 책들은 같은 인물이 등장하는 시리즈물이었다.《콘크리트 블론드》등의 작품에 등장하는 해리 보슈가 "나는 죽음 담당"이라고 말하는 모습을 상상해 볼 수는 있지만, 이런 말을 하는 그는 이미 환멸을 잔뜩 맛본 뒤일 것이다.

이 소설에 관해서 여러분이 가장 먼저 알아야 할 것은, 작가가 이 작품에서 놀라운 이야기 솜씨를 꾸준히 발휘하고 있으며 서스펜스물을 좋아하는 사람이라면 이 소설을 읽으면서 절대적인 즐거움을 느낄 것이라는 점이다. 이 책은 사건과 인물로 가득 차 있으며, 이들 대부분은 다채로운 색깔을 내뿜고 있다. 나는 이 작품에서 '말을 하는 사람'을 스물여덟 명까지 세고는, 그 숫자를 끝까지 다 세기가 불가능하다는 것을 깨달았다. 그런데도 독자가 중간에서 길을 잃고 헤매는 일은 없을 것이다. 책이 거의 항상 제자리를 지키고 서서 이야기의 중심을 잡아주기 때문이다.

《시인》과 관련해서 여러분이 두 번째로 알아야 할 것은, 이 작품이 정말로 무섭다는 점이다. 무서운 책을 읽을 때는 불을 전부 켜 놓아야 한다는 케케묵은 소리를 모르는 사람은 없을 것이다. 그런데 《시인》을 처음으로 읽을 때(그때 나는 션 매커보이의 삶이 끝난 곳에서 65킬로미터도 채 떨어지지 않은 콜로라도주 볼더에 있었다), 나는 정말로 나도 모르게 불이란 불은 모조리 켜게 되었다. 이야기가 절정을 향해 치닫는 동안 밖에서는 어둠이 슬금슬금 내리고 있었기 때문이다. 나는 그럴듯하게 꾸며진 공포 이야기에 비교적 단련된 편인데도, 책을 따라 《시인》의 세계 속으로 깊이 들어갈수록 점점 더 무서워졌다. 아무래도 모뎀들이 짝짓기를 하면서 높은 소리로 울어댈 때마다 이 소설을 생각하게 될 것 같다. 코넬리는 구식으로, 그러니까 실제로 이야기를 들려주는 방식으로 이런 두려움을 창조해 냈다. 피가 낭자한 이야기를 좋아하는 사람을 위해 피투성이 장면이 많이 등장하지만(우선 하나만 예를 들자면, 매력적인 대학생이 두 동강 난 시체로 발견되는 장면이 있다), 빈약한 이야기 구조를 떠받치려고 이런 장면을 무턱대고 써먹은 경우는 한 번도 없다. 《시인》의 이야기 구조는 빈약하지 않다. 다시 한번 말하지만, 이 작품은 얄팍한 술수를 쓰지 않고도 소설 특유의 기분 좋은 즐거움을 독자에게 선사해 준다.

코넬리는 우아한 문장과 사실만 전달하는 딱딱한 문장을 번갈아 구사한다. 이런 문체가 독자를 이야기 속으로 끌어들이며 고전적인 추리소설 같은 효과를 발휘한다(범인과 범행 수법이 모두 흥미를 불러일으킨다는 뜻이다). 그리고 일련의 반전이 정교하게 배치한 다이너마이트처럼 연달아 터진 뒤 마침내 결말에 다다른 독자는 뒤를 돌아보며 작품 전체가 얼마나 세심하고 솜씨 있게 구성되어 있는지 깨닫게 된다. 다시 말하지만, 이 작품에 속임수는 없다. 이런 종류의 책을 쓰는 작가는 마지막 두 장章에서 진실이 백일하에 드러날 때 독자들이 놀라기를, 아니 충격받기를 바란다(로저 애크로이드[애거서 크리스티의 추리소설에 등장하는 인물-옮긴이]를 죽인 진범이 밝혀졌을 때 여러분이 어떤 느낌을 받았는지 생각해 보라). 평생 동안 엘러리 퀸, 존 D. 맥도널드, 엘모어 레너드, 은게이오 마시, 루스 렌들 등 많은 작가의 작품을 읽어온 우리는 이제 좀처럼 놀라는 일이 없다. 하지만《시인》의 마지막 장면에서 나는 정말로 놀랐다. 충격도 받았다. 이 소설은 단순한 추리소설 이상의 작품이지만, 그래도 마이클 코넬리는 추리소설의 다소 엄격한 논리적 규칙에 세심하게 주의를 기울였다. 그 결과, 진정한 깊이와 질감을 지닌 소설, 한 번 읽고 치워버리는 작품이 아니라 두 번, 세 번까지도 읽을 수 있는 작품이 탄생했다.

이 작품은 다작을 하는 편인 마이클 코넬리가 그때(1996년)까지 발표한 작품 중 최고이다. 이 작품 덕분에 코넬리는 세기말 추리 장르에서 중요한 인물로 자리를 굳히게 되었다. 나는 '고전'이라는 말을 가벼이 사용하는 편이 아닌데,《시인》이야말로 고전 대접을 받을 자격이 있다고 믿는다. 가끔 소설가들이 놀라운 메시지를 행간에 숨겨 우리에게 보낼 때가 있다. "나는 내가 생각했던 것보다 훨씬 더 많은 것을 해낼 수 있다"는 메시지 말이다.《시인》이 바로 그런 작품이다. 길고, 풍요롭고, 다층적이고, 만족스러운 작품. 여러분도 "나는 죽음 담당이다"라는 문장 너머에 무엇이 놓여 있는지 찾아가는 기쁨을 누리기 바란다.

2003년 10월 18일

스티븐 킹

※ 이 서문은《시인》의 2004년 페이퍼백 판에 수록된 것임을 밝혀둡니다.

훌륭한 조언자이자 에이전트이며,

무엇보다도 좋은 친구인 필립 스피처와 조엘 고틀러에게

이 책을 바친다.

01

갑작스러운 소식

나는 죽음 담당이다. 죽음이 내 생업의 기반이다. 내 직업적인 명성의 기반도 죽음이다. 나는 장의사처럼 정확하고 열정적으로 죽음을 다룬다. 상을 당한 사람들과 함께 있을 때는 슬픈 표정으로 연민의 감정을 표현하고, 혼자 있을 때는 노련한 장인이 된다. 나는 죽음과 어느 정도 거리를 유지하는 것이 죽음을 다루는 비결이라고 옛날부터 생각했다. 그것이 법칙이다. 죽음의 숨결이 얼굴에 닿을 만큼 죽음이 가까이 다가오게 하면 안 된다.

하지만 나의 이 법칙은 나를 보호해 주지 못했다. 형사 두 명이 나를 찾아와서 션의 소식을 알려주었을 때, 차갑게 몸이 마비되는 느낌이 순식간에 나를 휩쓸었다. 마치 내가 수족관 안에 들어가 있는 것 같았다. 나는 물속에 있는 사람처럼 오락가락 움직이면서 수족관 유리를 통해 세상을 내다보았다. 형사들의 자동차 뒷좌석에서 나는 백미러에 비친 내 눈을 볼 수 있었다. 우리가 가로등 아래를 지나갈 때마다 내 눈이 번개처럼 나타났다 사라졌다. 지난 세월 동안 내가 인터뷰했던, 이제 막 남편을 잃은 사람들의 눈에서 본 표정. 1킬로미터쯤 떨어진 곳을 멍하니 바라보는 듯한 표정이 거기에도 나타나 있었다.

두 형사 중 내가 아는 사람은 한 명뿐이었다. 해럴드 웩슬러. 몇 달 전, 션과 함께 술이나 한잔하려고 술집 파인츠오브에 들렀을 때 만난 적이 있었다. 웩슬러와 션은 덴버 경찰국의 CAPs에서 함께 일했다. 션이 그를 웩스라고 부르던 기억이 난다. 경찰들은 항상 서로를 애칭으로 부른다. 웩슬러는 웩스, 션은 맥. 그건 같은 부족 사람들끼리 유대감을 다지는 행동과 같다. 애칭 중에는 그다지 좋지 않은 것도 있지만, 경찰들은 그런 일로 불평하지 않는다. 콜로라도 스프링스에 내가 아는 경찰관 중 스코토라는 사람이 있는데, 대부분의 동료 경찰관은 그를 스크로토(음낭을 뜻하는 scrotum의 복수형인 scrota와 발음이 비슷하다-옮긴이)라고 불렀다. 심지어 스크로텀이라고 부르는 사람도 있었다. 하지만 아주 친한 친구쯤 되어야 감히 그렇게 부를 수 있을 것 같다.

웩슬러는 작은 황소처럼 튼튼하고 땅딸막했다. 목소리는 오랜 세월 담배 연기와 위스키로 서서히 단련된 기색이 역력했다. 전투용 손도끼처럼 생긴 얼굴은 만날 때마다 항상 붉은색을 띠고 있는 것 같았다. 그가 얼음을 띄운 짐빔을 마시던 것이 기억난다. 난 경찰관들이 마시는 술에 관심이 많다. 술을 보면 그 경찰관에 대해 많은 것을 알 수 있다. 술을 그냥 스트레이트로 마시는 경찰관을 보면, 나는 항상 그 사람이 평범한 사람은 평생 한 번도 보지 못할 일을 너무 많이, 너무 자주 본 모양이라고 생각한다. 그날 밤 션은 라이트 맥주를 마셨지만, 그거야 션이 아직 젊기 때문이다. 션은 CAPs의 팀장이었지만, 웩슬러보다 적어도 열 살은 어렸다. 10년쯤 세월이 흐른 뒤에는 션도 웩슬러처럼 술을 약으로 삼아 스트레이트로 차갑게 들이켜게 되었을 것이다. 정말로 그렇게 될지 이제는 결코 알 수 없게 되었지만.

차를 타고 덴버를 빠져나가는 내내 파인츠오브에 들렀던 그날 밤 일을 생각했다. 그날 특별히 중요한 일이 있었던 것은 아니다. 그냥 경찰관들이 잘 가는 술집에서 형과 술 한잔했을 뿐이다. 둘이서 즐거운 시간을 보낸 것은 그때가 마지막이었다. 그 뒤로 테레사 로프턴 사건이 터졌고, 그 기억을 떠올리자 나는 다시 수족관에 빠진 것 같은 상태가 되었다.

하지만 현실이 수족관의 유리창을 뚫고 가슴까지 밀고 들어오는 순간에는 낭패감과 슬픔이 나를 사로잡았다. 태어나서 34년을 사는 동안 정말로 영혼이 찢어지는 것 같은 느낌을 받기는 처음이었다. 누나 새라의 죽음까지 포함해서 하는 말이다. 그때는 내가 너무 어려서 새라의 죽음을 제대로 슬퍼하기는커녕 누군가가 제대로 피어보지도 못하고 죽었을 때의 고통도 이해하지 못했다. 내가 지금 슬퍼하는 것은 션이 벼랑 끝까지 몰려 있었다는 사실을 내가 전혀 몰랐기 때문이다. 내가 아는 다른 경찰관들이 모두 얼음을 띄운 위스키를 마실 때 션은 라이트 맥주를 마셨다.

물론 이런 식의 슬픔이 사실은 자기연민이라는 것도 안다. 사실 우리는 오래전부터 서로의 이야기에 귀를 기울이지 않았다. 서로 가는 길이 달라서다. 이 사실을 인정할 때마다, 새로운 슬픔이 차올랐다.

션은 예전에 '한계 이론'에 대해 이야기한 적이 있다. 살인사건 담당 경찰관에게는 한계가 있는데, 본인이 그 한계에 도달하기 전에는 어디까지가 한계인지 아무도 모른다는 것이다. 그때 션은 시체에 대해 이야기하고 있었다. 션은 경찰관이 보고 견뎌낼 수 있는 시체의 숫자가 정해져 있다고 믿었다. 그 숫자는 사람마다 다르다. 어떤 사람은 일찍 그 숫자에 도달하기도 하고, 또 어떤 사람은 강력반에서 20년을 일하고도 끄떡없다. 하지만 그 숫자는 분명히 존재한다. 그 숫자에 도달하면 그것으로 끝이다. 기록실로 자리를 옮기거나, 경찰관 배지를 반납하고 물러나거나, 어떻게든 해야 한다. 시체를 또다시 목격한다면 도저히 견딜 수 없기 때문이다. 만약 시체를 하나라도 더 보게 된다면, 자신의 한계를 넘게 된다면, 뭐. 그러면 그건 큰일이다. 어쩌면 자신의 입안에 총알을 박아 넣는 신세가 될 수도 있다. 이것이 그때 션이 한 말이었다.

웩슬러 말고 또 한 명, 그러니까 레이 세인트루이스가 내게 무언가를 말했음을 깨달았다.

그는 자기 자리에서 뒤로 몸을 돌려 나를 바라보고 있었다. 그는 웩슬러보다 훨씬 더 몸집이 컸다. 어두운 차 안에서도 나는 얽은 자국이 있는 그의 얼굴의 거친 질감을 알아볼 수 있었다. 그는 내가 모르는 사람이었지만, 다른 경찰관한테서 이야기를 들은 적은 있었다. 다른 경찰관들은 그를 빅독이라고 부른다고 했다. 〈로키 마운틴 뉴스〉의 사옥 로비에서 나를 기다리던 그와 웩슬러를 처음 보았을 때 나는 두 사람이 머트와 제프(만화 주인공. 제2차 세계대전 때 연합국의 스파이로 활동한다-옮긴이) 처럼 완벽한 팀이라고 생각했다. 두 사람은 마치 심야 영화의 화면 속에서 그대로 걸어 나온 것 같았다. 검은색의 긴 외투와 모자. 모든 장면이 흑백으로 흘러가야 할 것 같았다.

"내 말 들었죠, 잭? 우리가 소식을 전할 겁니다. 그게 우리 일이니까. 하지만 당신도 그 자리에서 우리를 좀 도와주면 좋겠습니다. 상황이 힘들어지면, 당신이 부인과 함께 있어줄 수도 있겠죠. 그러니까, 그쪽에서 누가 옆에 있어주기를 원한다면 말이에요. 알겠죠?"

"네."

"그래요."

우리는 션의 집으로 가는 중이었다. 덴버 주민이어야 한다는 시의 규정상 션이 덴버에서 다른 경찰관 네 명과 함께 쓰던 아파트가 아니라, 볼더에 있는 션의 집으로. 우리가 문을 두드리면 션의 아내 라일리가 문을 열어줄 것이다. 나는 어느 누구도 그녀에게 소식을 전할 수 없음을 알고 있었다. 라일리는 문을 열고 우리 셋을 보는 순간, 우리 옆에 션이 없다는 것을 아는 순간, 우리가 무슨 소식을 가져왔는지 알아차릴 것이다. 경찰관의 아내라면 누구나 알아차릴 것이다. 그들은 그런 순간을 두려워하며, 언젠가 그런 날이 올 거라고 마음의 준비를 한 채 평생을 보낸다. 누군가가 문을 두드릴 때마다 문 앞에 죽음의 사자가 서 있을지도 모른다고 생각한다. 이번에는 그 생각이 현실이 된 것이다.

"저… 라일리는 그냥 알아차릴 거예요." 내가 말했다.

"아마 그렇겠죠." 웩슬러가 말했다. "항상 그러니까."

나는 라일리가 문을 여는 순간 상황을 알아차릴 거라고 두 사람이 믿고 있음을 깨달았다. 그러면 두 사람의 일이 쉬워질 것이다.

나는 턱을 가슴으로 떨어뜨리고 손가락을 안경 아래로 넣어 콧등을 꼬집었다. 내가 내 기사 속의 등장인물들과 똑같이 행동하고 있다는 생각이 들었다. 30인치(약 76센티미터) 길이의 신문기사가 의미 있는 것처럼 보이게 만들려고 내가 그토록 열심히 취재했던 슬픔과 상실감의 모든 징후를 지금은 나 자신이 일일이 드러내고 있는 중이었다. 지금 나는 내가 기사에서 자세히 묘사했던 사람들과 똑같았다.

내가 남편 잃은 아내나 자식 잃은 부모에게 전화를 걸어 무슨 이야기를 했는지 생각하니 수치심이 머리 위에 내려앉았다. 자살한 사람의 형이나 동생에게 전화를 한 적도 있었다. 그래, 심지어 그런 전화까지 했었다. 내가 기사에서 다루지 않은 죽음은 없을 것 같다. 죽음을 다룰 때마다 나는 누군가의 고통 속으로 침입자처럼 파고들었다.

기분이 어떠십니까? 기자에게는 든든한 질문이다. 항상 가장 먼저 던지는 질문이기도 하다. 이렇게 대놓고 묻지는 않더라도, 연민과 이해의 감정을 전달하는 척하면서 조심스레 위장한 채 이런 질문을 던지곤 한다. 실제로는 연민과 이해의 감정을 전혀 느끼지 않으면서. 내가 이렇게 무정한 사람임을 일깨우는 흉터가 내 몸에 남아 있다. 왼쪽 뺨을 따라 턱수염 선 바로 위까지 뻗은 가늘고 하얀 흉터. 브레킨리지 근처에서 발생한 눈사태로 약혼자를 잃은 여자가 다이아몬드 박힌 약혼반지로 만들어준 흉터였다. 여느 때처럼 기분이 어떠냐고 물었더니, 그녀는 손등으로 내 얼굴을 후려쳤다. 당시 신참기자였던 나는 내가 부당한 일을 당했다고 생각했다. 하지만 지금은 그 상처를 훈장처럼 달고 다닌다.

"차 좀 세워줘요." 내가 말했다. "토할 것 같아요."

웩슬러가 차를 홱 꺾어 고속도로 갓길에 세웠다. 검은 얼음 위에서 차가 조금 미끄러졌지만, 웩슬러가 다시 차를 제어했다. 차가 완전히 멈추기도 전에 나는 필사적으로 문을 열려고 했지만 손잡이가 말을 듣지 않았다. 그렇지, 이건 형사들의 차였다. 그러니 뒷좌석에 가장 자주 타는 사람은 용의자 아니면 죄수일 터였다. 뒷문의 잠금장치는 앞에서 조종하게 되어 있었다.

"문." 숨넘어갈 듯한 목소리로 간신히 말했다.

차가 마침내 끽 하고 서는 순간 웩슬러가 잠금장치를 풀어주었다. 나는 문을 열고 몸을 밖으로 기울인 채, 눈이 녹아 생긴 더러운 진창에 속을 게워냈다. 창자에서부터 세 번, 속이 요동쳤다. 속이 또다시 요동칠까 싶어 나는 한 30초 동안 꼼짝도 않고 기다렸지만, 그것으로 끝이었다. 나는 텅 비었다. 자동차 뒷좌석에 대해 생각해 보았다. 죄수와 용의자를 위한 자리. 지금 나는 그 두 가지 다인 것 같았다. 동생으로서는 용의자, 나 자신으로서는 자존심의 감옥에 갇힌 죄수. 지금 내가 언도받은 형은 당연히 무기징역이었다.

속을 비워내는 행위가 가져다준 안도감 덕분에 이런 생각들이 재빨리 사라져갔다. 나는 조심스레 차 밖으로 나와 아스팔트 가장자리까지 걸어갔다. 지나가는 자동차들의 불빛이 2월의 눈을 반들반들하게 덮고 있는 배기가스의 흔적 위에 반사되어 무지개색으로 춤췄다. 우리가 차를 세운 곳은 어딘가의 방목장 근처인 것 같았는데, 정확히는 알 수 없었다. 그동안 크게 신경 쓰지 않았던 터라 우리가 볼더까지 얼마나 왔는지도 알 수 없었다. 장갑과 안경을 벗어 외투 주머니에 넣었다. 그러고는 더러운 눈 속으로 손을 집어넣어 아직 눈이 하얗고 순수하게 남아 있는 곳까지 파들어 갔다. 나는 차갑고 깨끗한 눈가루를 두 주먹 가득 들어 올려 얼굴에 대고 얼얼해질 때까지 문질렀다.

"괜찮아요?" 세인트루이스가 물었다.

그는 이 멍청한 질문을 던지려고 내 등 뒤에 다가와 있었다. 이건 기분이 어떠냐는 질문과 마찬가지였다. 나는 그의 질문을 무시해 버렸다.

"가죠." 내가 말했다.

우리가 다시 차에 오르자 웩슬러는 말없이 고속도로로 차를 몰았다. 브룸필드 나들목을 알리는 표지판이 보였다. 목적지까지 절반쯤 왔다는 뜻이었다. 나는 볼더에서 자랐기 때문에 볼더와 덴버 사이의 48킬로미터 거리를 천 번은 족히 오갔다. 그런데 지금은 이 길이 낯선 땅처럼 보였다.

처음으로 부모님 생각이 났다. 이 소식을 두 분은 어떻게 받아들일까. 금욕적으로 받아들일 것이다. 두 분은 모든 일에 그런 식으로 대처했다. 문제를 밖으로 꺼내 토론하는 일은 결코 없었다. 그냥 앞으로 나아갈 뿐이었다. 새라 누나 때도 그랬다. 이제 션에게도 그렇게 할 것이다.

"형이 왜 그런 거죠?" 몇 분이 흐른 뒤 내가 물었다.

웩슬러와 세인트루이스는 아무 말이 없었다.

"난 션의 동생입니다. 그것도 쌍둥이 동생이라고요."

"기자이기도 하죠." 세인트루이스가 말했다. "우리가 당신을 데리러 간 건, 라일리가 혹시 가족과 같이 있고 싶어 할지도 모른다는 생각이 들어서예요. 당신은 그저…."

"내 형이 자살했다고요, 젠장!"

내 목소리가 너무 컸다. 히스테리를 부리는 것 같은 느낌이었다. 경찰관들에게는 그런 것이 절대 통하지 않는다는 것을 나는 알고 있었다. 이쪽이 고함을 지르기 시작하면 그들은 귀를 막아버리고 차갑게 변한다. 나는 가라앉은 목소리로 말을 이었다.

"나한테는 사건의 경위와 이유를 알 권리가 있다고 생각합니다. 내가 지금 빌어먹을 기사를 쓰자는 게 아니잖아요. 당신들 정말이지…."

나는 고개를 절레절레 저으며 말을 중간에서 멈췄다. 말을 계속하려고 하면 또 이성을 잃을 것 같았다. 창밖을 내다보니 볼더의 불빛이 점점 가까워지는 것이 보였다. 내가 어렸을 때보다 불빛들이 훨씬 더 많았다.

"이유는 우리도 모릅니다." 30초쯤 시간이 흐른 뒤 마침내 웩슬러가 말했다. "알겠어요? 내가 해줄 수 있는 말은 그냥 일이 벌어졌다는 것뿐입니다. 가끔은 경찰관들도 눈앞에서 벌어지는 거지같은 일들에 지쳐버릴 때가 있어요. 맥도 지쳐버린 거겠죠. 그뿐이에요. 누가 알겠습니까? 하지만 지금 수사가 진행 중이니까 그쪽에서 뭔가를 밝혀내면 나도 알게 될 겁니다. 그럼 당신한테도 알려드리죠. 약속합니다."

"수사는 누가 하고 있습니까?"

"공원 경비대가 우리 부서로 사건을 넘겼고 지금은 SIU가 담당하고 있습니다."

"특수수사대Special Investigations Unit라니, 무슨 소리예요? 거긴 원래 경찰관 자살사건을 맡는 데가 아니잖아요."

"원래는 그렇죠. 그런 건 우리 CAPs 소관입니다. 하지만 이번에는 우리가 우리 부서 사람 일을 수사하게 내버려둘 수가 없답니다. 이해관계 충돌이라는 거죠."

CAPs라. 대인범죄Crimes Against Persons를 담당하는 부서. 살인, 폭행, 강간, 자살. 보고서에 이 범죄의 피해자가 누구로 적혀 있을지 궁금했다. 라일리? 나? 우리 부모님? 형?

"테레사 로프턴 때문이죠?" 내가 물었다. 하지만 사실 이건 질문이 아니었다. 두 사람한테서 그렇다거나 아니라는 대답을 꼭 들어야 한다는 생각은 들지 않았다. 그냥 나는 불을 보듯 뻔한 사실을 큰소리로 말했을 뿐이었다.

"그건 몰라요, 잭." 세인트루이스가 말했다. "지금은 그냥 그 정도로 해둡시다."

테레사 로프턴 살인사건은 모든 사람을 잠시 멈칫하게 만드는 사건이었다. 덴버뿐만 아니라 모든 곳의 사람들이 다 똑같았다. 그 사건에 관해 듣거나 기사를 읽은 사람은 누구나 아주 잠깐만이라도 모든 움직임을 멈추고 마음속에 폭력적인 영상과 뱃속이 뒤틀리는 듯한 느낌을 떠올리지 않을 수가 없었다.

사람이 죽는 사건은 대부분 '작은 살인'이다. 신문사에서 일하는 사람들은 실제로 이런 표현을 사용한다. 그런 사건이 미치는 영향은 제한적이고, 사람들의 상상력을 사로잡는 기간도 짧다. 대개는 신문 안쪽 면에 기사가 몇 줄 실릴 뿐이다. 희생자가 땅에 묻히듯이 기사도 다른 기사들 속에 묻히는 것이다.

하지만 매력적인 대학생이 워싱턴파크처럼 평화로운 곳에서 두 동강 난 시체로 발견되면, 대개 신문들은 지면이 모자랄 만큼 많은 기사를 쏟아낸다. 그 사건은 작은 살인이 아니었고, 곧 자석처럼 전국의 기자들을 끌어당겼다. 두 동강 난 시체로 발견된 아가씨가 바로 테레사 로프턴이었다. 이 사건에서 사람들의 마음을 사로잡은 것이 바로 이 부분이었다. 뉴욕, 시카고, 로스앤젤레스 같은 곳에서 텔레비전, 타블로이드, 신문 가릴 것 없이 기자들이 덴버로 몰려왔다. 일주일간 그들은 룸서비스가 훌륭한 호텔에 머물면서 덴버대학 캠퍼스와 시내를 배회하며 아무 의미 없는 질문을 던져 아무 의미 없는 답변을 얻었다. 로프턴이 시간제로 일하던 어린이 놀이방 앞에서 잠복하거나, 그녀의 고향인 밴워트까지 올라가는 사람도 있었다. 어디를 가든 그들이 알아내는 사실은 똑같았다. 테레사 로프턴이 전적인 미디어 창작품이라 할 수 있는 '전형적인 미국 아가씨' 이미지에 딱 들어맞는 사람이라는 것.

테레사 로프턴 살인사건은 50년 전 로스앤젤레스에서 발생한 블랙달리아 사건과 비교될 수밖에 없었다. 전형적인 미국 아가씨와 조금 거리가 있는 여자가 공터에서 몸통 중간이 잘린 채 발견된 사건이었다. 선정적인 텔레비전 프로그램들은 테레사 로프턴에게 '화이트 달리아'라는 별명을 붙여주었다. 그녀가 덴버의 그래스미어 호수 근처에 있는, 눈 덮인 들판에서 발견되었다는 사실로 말장난을 한 것이다.

이 사건은 이런 식으로 스스로 몸집을 불려나갔다. 이 사건에 관한 소식들이 거의 2주 동안 불난 쓰레기통처럼 뜨겁게 달아올랐다. 하지만 범인은 체포되지 않았고, 세상에는 다른 사건도 많았다. 전국적인 언론매체들이 벌 떼처럼 달려들 만한 뜨거운 사건들. 로프턴 사건에 관한 기사는 콜로라도에서 발행되는 신문들의 안쪽 면으로 밀려났다. 단신만 모아놓은 면에 짤막하게 실리게 된 것이다. 얼마 뒤 테레사 로프턴은 마침내 작은 살인사건 중에 한 자리를 차지하게 되었다. 그녀는 땅에 묻혔다.

그동안 경찰 전체, 특히 우리 형은 입을 꾹 다물고 피살자의 시체가 두 동강 나 있었다는 이야기조차 확인해 주려 하지 않았다. 그 이야기가 흘러나오게 된 것은 순전히 〈로키 마운틴 뉴스〉의 이기 고메스라는 사진기자가 우연히 현장을 보아서였다. 그는 풍경 사진(기사가 별로 없을 때 면을 채우는 기획 사진) 거리를 찾으려고 공원에 나갔다가 우연히 다른 기자보다 먼저 사건 현장을 보게 되었다. 〈로키 마운틴 뉴스〉와 〈덴버 포스트〉가 경찰 무전 내용을 엿듣는다는 것을 알고 있던 경찰은 유선으로 검시관과 감식반을 호출했다. 고메스는 시체가 두 개의 비닐백에 담겨 두 개의 들것으로 옮겨지는 모습을 찍었다. 그러고는 사회부장에게 전화를 걸어 경찰들이 비닐백 두 개를 옮기고 있는데, 크기로 보아 피살자들이 십중팔구 아이들인 것 같다고 말했다.

나중에 〈로키 마운틴 뉴스〉의 경찰 출입기자인 밴 잭슨이 검시관실의 취재원에게서 피살자가 두 동강 난 채 시체안치소로 실려왔다는 끔찍한 사실을 확인했다. 다음 날 아침 〈로키 마운틴 뉴스〉에 실린 기사는 전국의 기자들을 불러 모으는 사이렌 역할을 했다.

형이 이끄는 CAPs팀은 마치 국민에게 정보를 알려줄 의무가 전혀 없는 사람들처럼 움직였다. 덴버 경찰국 홍보실은 매일 겨우 몇 줄짜리 보도자료로 수사가 계속되고 있으며 아직 체포된 사람은 없음을 알렸다. 기자들이 집요하게 몰아붙이면, 경찰의 고위 간부들은 언론이 수사하는 건 아니지 않느냐고 했다. 이건 우스꽝스러운 말이었다. 당국에서 정보를 거의 얻어낼 수 없게 되자 언론은 이런 사건에서 항상 하던 대로 행동했다. 스스로 수사에 나서서 사실상 사건과는 아무런 상관없는 피살자의 사생활에 대해 시시콜콜 늘어놓으며 신문을 읽거나 텔레비전 보는 이들의 감각을 마비시킨 것이다.

그런데도 경찰국에서는 정보가 거의 새어나가지 않았고, 델라웨어 거리에 있는 경찰본부 밖으로 알려진 사실은 거의 없었다. 그렇게 2주쯤 지나자 언론의 습격은 생명줄인 정보 부족 탓에 끝나버렸다.

나는 테레사 로프턴 기사를 쓰고는 싶었지만 쓰지 않았다. 이런 일을 하면서 그런 사건을 만나는 것은 자주 있는 일이 아니어서 기자라면 누구나 발을 담그고 싶어 했을 것이다. 하지만 밴 잭슨이 처음부터 대학 담당기자인 로라 피츠기번스와 함께 이 사건을 담당했기 때문에 나는 때를 기다릴 수밖에 없었다. 나는 경찰이 사건을 속 시원히 해결하지 못하는 한 내게도 기회가 오리라는 것을 알았다. 그래서 사건 초기 잭슨이 나더러 형에게서 비보도를 전제로 하고서라도 무언가 정보를 빼올 수 없겠느냐고 물었을 때 한번 해보겠다고 하고서 실제로는 그냥 가만히 있었다. 나도 그 기사를 쓰고 싶은 마당에 내 취재원에게 얻은 정보를 잭슨한테 줘서 그가 사건을 계속 담당하게 도와줄 이유가 없지 않은가.

사건이 발생한 지 한 달이 흘러 기사가 거의 끊어진 1월 말에 나는 마침내 움직이기 시작했다. 그것이 내 실수였다.

어느 날 아침 나는 그레그 글렌 사회부장을 찾아가 로프턴 사건을 한번 다뤄보고 싶다고 말했다. 그것이 내 특기였다. 로키 마운틴 제국의 유명한 살인사건을 넓은 시각에서 바라보는 것. 신문기자들이 흔히 쓰는 표현을 빌리자면, 헤드라인 뒤에서 진짜 이야기를 물어오는 것이 내 특기였다. 그래서 나는 글렌을 찾아가 내게 내부 취재원이 있음을 상기시켰다. 형이 맡았던 사건입니다. 형은 내가 아니면 아무한테도 사건 얘기를 안 해줄 거예요. 글렌은 잭슨이 이미 그 사건에 들인 시간과 공을 생각하며 머뭇거리지 않았다. 나도 그가 그럴 거라고는 생각하지 않았다. 그가 생각하는 것은 오로지 〈덴버 포스트〉에는 없는 기사를 싣는 것이었다. 나는 그 일을 따냈다.

내 실수는 형과 미리 이야기해 보지 않고 글렌에게 먼저 내부 취재원이 있다고 말해버린 것이었다. 다음 날 나는 〈로키 마운틴 뉴스〉에서 두 블록 떨어진 경찰서까지 걸어가 형을 만났다. 카페테리아에서 함께 점심을 먹으며 내가 그 사건을 맡게 되었다고 했다. 션은 그만두라고 말했다.

"돌아가, 잭. 난 널 도와줄 수 없어."

"무슨 소리야? 형이 맡은 사건이잖아."

"내 사건이긴 하지만 그 사건에 대해 기사를 쓰고 싶어 하는 사람이라면 동생이든 누구든 협조해 줄 수 없어. 이미 기본적인 사항을 밝혔잖아. 내가 의무적으로 알려줘야 하는 정보는 그게 다야. 그 이상은 말 안 할 거야."

형은 카페테리아 건너편으로 시선을 돌렸다. 형은 상대의 의견이 자기와 다르면 상대를 바라보지 않는 기분 나쁜 버릇이 있었다. 어렸을 때 형이 그런 짓을 하면 나는 형을 덮쳐 등을 후려치곤 했다. 커서도 그러고 싶을 때가 많지만 그럴 수는 없는 노릇이었다.

"형, 이건 훌륭한 기삿거리야. 형이…."

"내게는 이제 의무가 없어. 그리고 어떤 기삿거리든 상관 안 해. 이 사건은 끔찍하다고, 잭. 알겠어? 이 사건 생각이 한시도 머리에서 떠나지 않아. 네가 이 사건으로 신문을 팔아먹는 걸 도와줄 생각 없어."

"형, 왜 이래? 난 기자야. 날 봐. 이 기사 덕분에 신문이 팔리든 말든 상관없어. 중요한 건 기사란 말이야. 신문사 따위 난 관심 없어. 내가 신문사를 어떻게 생각하는지 알잖아."

션이 마침내 고개를 돌려 나를 바라보았다.

"그럼 너도 이제 내가 그 사건을 어떻게 생각하는지 알겠네." 션이 말했다.

나는 잠시 가만히 있다가 담배를 꺼냈다. 하루에 대략 반 갑까지 흡연량을 줄인 터라 그냥 참을 수도 있었지만, 담배를 피우면 션의 신경을 긁을 수 있었다. 그래서 션의 마음을 돌려놓고 싶을 때는 담배를 피웠다.

"여긴 흡연석이 아냐, 잭."

"그럼 날 고발해. 그러면 하다못해 나라도 체포할 수 있을 테니."

"넌 원하는 걸 얻지 못하면 항상 이렇게 못되게 굴지."

"그러는 형은? 형은 그 사건을 해결할 생각이 없지? 그래서 이러는 거야. 내가 여기저기 쑤시고 다니면서 형이 실패한 이야기를 기사로 쓰는 게 싫은 거라고. 형은 사건을 포기할 생각이야."

"잭, 비겁한 수 쓰지 마. 그런 수법이 절대 안 통한다는 걸 알면서 왜 이래?"

션이 옳았다. 그 방법은 통한 적이 없었다.

"그럼 뭐야? 이 끔찍한 이야기를 혼자만 알고 있겠다는 거야? 그래?"

"그래, 비슷해. 그렇다고 할 수 있어."

웩슬러와 세인트루이스가 함께 타고 있는 차 안에서 나는 팔짱을 끼고 앉아 있었다. 그 자세가 위안이 되었다. 마치 내가 나 자신을 끌어안고 있는 것 같았다. 형에 대해 생각하면 할수록 처음부터 끝까지 앞뒤가 맞지 않는다는 생각이 들었다. 로프턴 사건이 형을 짓누르고 있다는 건 알았지만, 자살할 정도는 아니었다. 션답지 않았다.

"형이 자기 총을 썼나요?"

웩슬러가 백미러로 나를 바라보았다. 나를 살피는군. 나는 속으로 생각했다. 형과 나 사이에 오간 이야기를 그가 알고 있는지 궁금했다.

"그래요."

그때 깨달음이 왔다. 그때까지 내가 보지 못했을 뿐이었다. 우리가 함께 보낸 모든 시간이 그 깨달음을 향하고 있었다. 로프턴 사건 따위는 관심 없었다. 저 사람들은 있을 수 없는 일을 이야기하고 있었다.

"션답지 않아요."

세인트루이스가 고개를 돌려 나를 바라보았다.

"그게 무슨 소립니까?"

"형이 그런 짓을 할 리가 없어요."

"이봐요, 잭, 그 친구는…."

"형은 끔찍한 사건에 질린 게 아니에요. 형은 자기 일을 사랑했어요. 라일리한테 물어보세요. 아니 누구든… 웩스, 당신이 형을 제일 잘 알 테니 이게 말도 안 된다는 걸 알 거예요. 형은 범인을 쫓는 걸 좋아했어요. 그걸 사냥이라고 했죠. 세상의 무엇을 준다 해도 그 일과 바꾸지 않았을 거예요. 지금쯤이면 차장인지 뭔지가 될 수도 있었겠지만, 션은 원하지 않았어요. 강력반에서 계속 일하고 싶어 했단 말입니다. 그래서 CAPs에 남아 있었던 거예요."

웩슬러는 아무 대답이 없었다. 우리는 이제 볼더에 들어서서 베이스라인에서 캐스케이드를 향하고 있었다. 나는 차 안의 침묵 속에서 지쳐가고 있었다. 저 사람들이 나한테 말해준 션의 행동이 나를 짓눌러 고속도로 양편에 쌓여 있는 눈처럼 차갑고 더러워진 기분이 들었다.

"혹시… 유서 같은 건 없나요?" 내가 물었다.

"유서가 있었어요. 우리가 보기에는 유서 같아요."

세인트루이스가 웩슬러를 흘깃 바라보며, 말이 너무 많다고 주의를 주는 듯한 표정을 짓는 모습이 눈에 들어왔다.

"뭐라고요? 뭐라고 써 있었습니까?"

한참 동안 침묵이 흐르더니 웩슬러가 세인트루이스의 주의를 무시해 버렸다.

"공간을 넘고, 시간을 넘어." 그가 말했다.

"공간을 넘고, 시간을 넘어? 그것뿐인가요?"

"그것뿐이에요. 그 말뿐이었어요."

라일리의 얼굴에 미소가 머무른 시간은 아마 3초쯤 될 것이다. 그녀의 표정은 순식간에 뭉크의 그림에 나오는 공포의 표정으로 바뀌었다. 뇌는 놀라운 컴퓨터다. 자기 집에 찾아온 세 사람의 얼굴을 3초 동안 바라보고 남편이 이제 집에 올 수 없게 됐다는 사실을 알아차리다니. IBM

은 결코 그 실력을 따라가지 못할 것이다. 그녀의 입이 무시무시한 블랙홀처럼 변하더니, 거기서 알아들을 수 없는 소리가 나왔다. 그 뒤를 이어 필연적이지만 아무 쓸모도 없는 단어가 흘러나왔다. "안 돼!"

"라일리." 웩슬러가 먼저 나섰다. "잠시 좀 앉아서 이야기하죠."

"안 돼요, 세상에, 하느님, 안 돼요!"

"라일리…."

그녀는 궁지에 몰린 짐승처럼 문에서 뒷걸음질을 치며 정신없이 좌우를 오락가락했다. 만약 우리를 피할 수만 있다면 상황이 바뀔지도 모른다고 생각하는 것 같았다. 그녀는 모퉁이를 돌아 거실로 들어갔다. 우리가 뒤를 따라가 보니, 그녀가 소파 한가운데에 쓰러져서 거의 발작을 일으키다시피 하고 있었다. 나와 크게 다르지 않은 반응이었다. 눈에는 이제 막 눈물이 차오르는 참이었다. 웩슬러가 그녀 옆에 앉았다. 빅독과 나는 겁쟁이처럼 아무 말도 하지 못하고 그냥 옆에 서 있었다.

"그 사람이 죽었나요?" 그녀가 물었다. 이미 답을 알면서도 물어볼 수밖에 없다는 사실을 깨달은 것이다.

웩슬러가 고개를 끄덕였다.

"어떻게?"

웩슬러는 시선을 내리깔고 잠시 머뭇거렸다. 그는 나를 바라보다가 다시 라일리에게 시선을 돌렸다.

"스스로 목숨을 끊었어요, 라일리. 미안합니다."

그녀는 믿지 않았다. 내가 그랬던 것처럼. 하지만 웩슬러의 말솜씨가 좋았는지 얼마쯤 시간이 흐르자 그녀는 항변을 그만두었다. 그녀가 나를 처음으로 바라본 순간이 바로 그때였다. 눈물이 그녀의 뺨으로 흘러

내렸다. 애원하는 듯한 표정이었다. 우리 둘이 똑같은 악몽을 꾸고 있으니 나더러 어떻게 좀 해보라고 부탁하는 것 같은 표정. 이 악몽에서 날 좀 깨워주면 안 돼요? 흑백영화에서 나온 것 같은 이 두 사람한테 틀렸다고 말해주면 안 돼요? 나는 소파로 가서 그녀 옆에 앉아 그녀를 안아주었다. 내가 그 자리에 있는 이유가 바로 그거였다. 이런 장면을 많이 보아온 나는 무엇을 해야 할지 알고 있었다.

"내가 여기 있을게요." 내가 속삭였다. "가라고 할 때까지."

그녀는 아무 대답이 없었다. 그녀가 내 품에서 몸을 돌려 웩슬러를 바라보았다.

"어디서 그랬어요?"

"이스티스 공원이에요. 호수 옆에서."

"아뇨, 그 사람이 갈 만한 곳이 아니에요. 거긴 왜 갔대요?"

"전화를 받았어요. 어떤 사람이 그 친구가 맡고 있는 사건에 관해 정보가 있다고 했다는군요. 그 사람들을 만나 커피를 마시며 이야기하려고 스탠리에 간 거예요. 그러고 나서… 호수로 차를 몰고 갔죠. 그 친구가 왜 그리로 갔는지는 몰라요. 공원 경비원이 총소리를 듣고 차 안에서 그 친구를 발견했어요."

"어떤 사건이죠?" 내가 물었다.

"이봐요, 잭. 난 별로 자세히…."

"어떤 사건이에요?" 나는 고함을 질렀다. 이번에는 내 목소리의 억양 따위는 신경 쓰지 않았다. "로프턴 사건이죠, 맞죠?"

웩슬러는 짧게 딱 한 번 고개를 끄덕였고, 세인트루이스는 고개를 절레절레 저으며 나가버렸다.

"형이 누굴 만난 겁니까?"

"그만합시다, 잭. 당신한테 그런 얘기를 해줄 수는 없어요."

"난 션의 동생이에요. 여기 션의 아내도 있어요."

"전부 수사 중인 사안이에요. 혹시 수상쩍은 점이 있을까 봐 물어보는 거라면 말인데, 그런 건 전혀 없어요. 우리가 직접 거기 갔다 왔어요. 션은 자살한 겁니다. 자기 총으로. 유서도 남겼고, 손에 화약 잔여물 반응도 있었어요. 션이 그런 짓을 안 했으면 좋겠지만, 해버린 걸 어쩝니까."

02

미끼

겨울에 콜로라도에서 무덤을 만들려고 굴착기로 서리 덮인 땅을 파면 얼어붙은 흙이 덩어리로 떨어져 나온다. 형은 볼더의 그린마운틴 추모공원에 묻혔다. 우리가 자란 집에서 겨우 1.5킬로미터 정도 떨어진 곳이었다. 어렸을 때 형과 같이 쇼토쿠아 공원으로 여름캠프 가는 길에 차를 타고 이 묘지 옆을 지나친 적이 있었다. 그때 묘비들을 보며 이 묘지가 우리의 마지막 안식처가 될 거라고 생각했던 것 같지는 않다. 하지만 이제 션에게는 이곳이 마지막 안식처가 되었다.

그린마운틴은 거대한 제단처럼 묘지를 굽어보고 있었다. 그래서 션의 무덤 앞에 모인 사람 수가 더욱더 적어 보였다. 라일리는 물론 그 자리에 있었다. 그녀의 부모님과 우리 부모님도. 웩슬러, 세인트루이스를 비롯한 스무 명쯤 되는 경찰관들, 션도 나도 라일리도 그동안 연락하지 않고 지냈던 고등학교 때 친구들 몇 명 그리고 내가 전부였다. 팡파르를

울리고 색색의 깃발을 내거는 공식적인 경찰장葬은 아니었다. 그런 의식은 임무를 수행하다 쓰러진 사람을 위한 것이었다. 션 역시 임무 수행 중에 죽었다고 주장할 수는 있겠지만, 경찰국 쪽에서는 그렇게 생각하지 않았다. 결국 션의 장례식은 공식적인 경찰장이 되지 못했고, 덴버의 경찰관들도 대부분 참석하지 않았다. 경찰관 중에는 자살이 전염성이 있다고 생각하는 사람이 많다.

나는 다른 사람들과 함께 운구를 맡았다. 내가 아버지와 함께 맨 앞에 섰다. 나는 그날 처음 보았지만 CAPs에서 션과 같은 팀에 있던 경찰관 두 명이 중간을 맡고, 웩슬러와 세인트루이스가 뒤를 맡았다. 세인트루이스는 키가 너무 크고, 웩슬러는 너무 작았다. 머트와 제프. 두 사람 때문에 운구하는 동안 관이 갑자기 불안하게 흔들리곤 했다. 틀림없이 이상하게 보였을 것이다. 무거운 관을 들고 씨름하는 동안 내 생각은 다른 곳을 방황하고 있었다. 션의 시신이 관 안에서 이리저리 내던져지고 있을 것이라는 생각도 들었다.

그날 부모님과는 별로 이야기를 나누지 않았다. 라일리, 라일리의 부모님, 우리 부모님과 함께 리무진에 타고 있었는데도. 뭔가 의미 있는 이야기를 나눈 지 이미 오래여서, 션의 죽음도 우리 사이의 장벽을 뚫지는 못했다. 20년 전 누나가 죽은 뒤 왠지 나를 대하는 두 분의 태도가 바뀌었다. 그 사고에서 살아남은 나를 범인으로 의심하는 것 같았다. 살아남았으니까. 또한 그때 이후로 내가 어떤 결정을 내릴 때마다 계속 부모님을 실망시켰다는 확신이 들었다. 예금에 쌓이는 이자처럼 작은 실망들이 오랜 세월 차곡차곡 쌓였다. 이자가 많이 쌓이면 우리는 그 이자를 믿고 편안히 은퇴할 수 있게 된다. 그런 의미에서 우리는 남이었다. 나는 명절에만 어쩔 수 없이 부모님을 만났다. 내가 무슨 말을 해도 두 분에게는 별로 중요하지 않을 터였고, 두 분 역시 내게 할 말이 전혀 없는 듯했다. 라일리가 가끔 상처 입은 짐승처럼 흐느끼는 소리 외에, 리무진 안은 션의 관 속만큼이나 조용했다.

장례식 이후 나는 신문사에서 가족을 잃은 사람에게 허락해 주는 한 주 동안의 휴가 외에 두 주 휴가를 더 내서 직접 차를 몰고 로키산맥으로 들어갔다. 내 앞에서 산은 단 한 번도 그 찬란함을 잃지 않았다. 산은 내가 다친 마음을 가장 빨리 치유할 수 있는 곳이었다.

70번 도로를 타고 서쪽으로 향하면서 러브랜드 고개를 지나 봉우리를 넘어 그랜드 정크션으로 갔다. 차를 천천히 몰아서인지 사흘이 걸렸다. 중간에 차를 멈추고 스키를 타기도 하고, 그냥 생각을 좀 하려고 분기점에서 멈춰 서기도 했다. 그랜드정크션을 지난 뒤에는 남쪽으로 방향을 바꿔 다음 날 텔류라이드까지 갔다. 4륜구동의 체로키 자동차를 종일 운전했다. 잠은 방값이 싼 실버튼에서 자면서 일주일 동안 매일 스키를 탔다. 밤이면 예거마이스터(독일의 국민주로 불리는 술-옮긴이)를 마셨다. 내 방에서 마실 때도 있고, 스키 오두막에 들어가 벽난로 옆에서 마실 때도 있었다. 나는 몸을 탈진시키려고 애썼다. 그러면 마음도 그 뒤를 따를 것 같아서. 하지만 성공하지 못했다. 온통 션 생각뿐이었다. 공간을 넘고, 시간을 넘어. 이 수수께끼 같은 마지막 말을 도저히 떨쳐버릴 수 없었다.

형은 고귀한 사명감에 배신당했다. 사명감이 형을 죽였다. 이 단순한 결론이 몰고 온 슬픔이 도무지 물러가려 하질 않았다. 슬로프를 미끄러지고 있을 때도 마찬가지였다. 바람이 선글라스 뒤로 비집고 들어와 내 눈에서 눈물을 끄집어냈다.

나는 공식적인 수사결과에 더 이상 의문을 제기하지 않았다. 웩슬러와 세인트루이스가 나를 납득시킨 것이 아니다. 그냥 나 스스로 납득했다. 시간이 흐르면서 드러난 사실들이 내 결심을 갉아먹었다. 하루하루 날이 갈수록 션이 저지른 끔찍한 짓을 조금씩 믿기 쉬워졌고, 심지어 인정할 수도 있게 되었다. 라일리도 한몫했다. 소식을 들은 그날 밤이 지난 뒤 그녀는 웩슬러와 세인트루이스도 아직 모르던 사실을 내게 말해주었다. 션이 일주일에 한 번씩 심리상담을 받으러 다녔다는 것이었다. 물론 경찰국에서도 경찰관에게 상담 서비스를 제공해 주지만, 션은 소문이 자기 자리를 갉아먹는 것이 싫어서 비밀리에 치료받고 있었다고 했다.

나는 로프턴 사건을 기사로 쓰고 싶다며 션을 만나러 갔던 바로 그 무렵 그가 상담을 받았음을 깨달았다. 어쩌면 션은 그 사건으로 인해 겪게 된 고뇌를 나만은 겪지 않게 하려고 했던 것인지도 모른다는 생각이 들었다. 이 생각이 마음에 들어서 나는 산속에서 머무르는 동안 이 생각에 매달리려고 했다.

어느 날 밤, 술을 지나치게 많이 마신 나는 호텔 방 거울 앞에서 수염을 깎고 션처럼 머리를 짧게 자를까 생각해 보았다. 우리는 일란성 쌍둥이라서 엷은 갈색 눈동자, 밝은 갈색 머리, 호리호리한 몸매가 똑같았다. 하지만 그 사실을 깨닫는 사람은 많지 않았다. 우리가 서로 독립적인 정체성을 만들어내려고 항상 신경을 썼기 때문이다. 션은 콘택트렌즈를 끼고, 운동을 해서 몸에 근육을 붙였다. 나는 안경을 쓰고, 대학 때 이후로 수염을 길렀으며, 고등학교 때 농구를 한 뒤로는 아령 한 번 들어본 적이 없었다. 브레킨리지에서 그 여자가 반지로 만들어 놓은 흉터도 있었다. 내 전투의 상흔.

션은 고등학교를 마친 뒤 군대를 거쳐 경찰관이 되었기 때문에 항상 짧은 머리를 유지했다. 나중에 션은 평생교육원에서 학위를 땄다. 승진을 위해서는 학위가 필요했다. 나는 2년쯤 빈둥거리면서 뉴욕과 파리에서 살다가 대학에 들어갔다. 작가가 되고 싶었지만, 결국은 신문사에서 일하게 되었다. 속으로는 그냥 잠시 머무르다 가는 곳에 불과하다고 자신을 타일렀다. 그런 지가 벌써 10년이었다. 아니 조금 더 된 것 같기도 했다.

그날 밤 호텔 방에서 나는 거울 속의 나를 오랫동안 바라보았지만 수염을 깎지도, 머리를 자르지도 않았다. 나는 언 땅에 묻힌 션을 계속 생각했다. 뱃속이 뒤틀리는 것 같았다. 내 장례는 화장으로 해야겠다고 결심했다. 얼음 밑에 누워 있고 싶지 않았다.

나를 가장 강하게 붙들고 놓아주지 않은 것은 바로 션의 유서였다. 경찰의 공식 발표에 따르면, 사건의 경위는 다음과 같았다. 션은 스탠리 호텔을 나와 경찰국이 지급한 차를 몰고 이스티스 공원을 가로질러 베어 호수까지 가서 주차한 다음 한동안 엔진을 공회전시켰다. 난방도 계속 틀어놓았다. 난방 때문에 유리창에 김이 서리자 션은 손을 뻗어 장갑 낀 손가락으로 유리창에 유서를 썼다. 밖에서 사람들이 읽을 수 있게 거꾸로. 션이 부모님, 아내, 쌍둥이 동생이 살고 있는 세상을 향해 마지막으로 남긴 말이었다.

공간을 넘고, 시간을 넘어.

도무지 이해가 가지 않았다. 무슨 시간? 무슨 공간? 션은 무언가 절망적인 결론을 내렸지만, 그걸로 우리를 시험해 보지 않았다. 내게도, 부모님에게도, 라일리에게도 손을 뻗지 않았다. 션이 남몰래 괴로워하고 있다는 걸 몰랐다 해도 우리가 션에게 손을 뻗어야 했던 걸까? 도로를 혼자 달리면서 나는 그렇지 않다는 결론을 내렸다. 션이 먼저 손을 뻗었어야 했다. 시도라도 한번 해봤어야 했다. 션이 그렇게 하지 않았기에 우리는 션을 구해줄 기회를 빼앗겼다. 션이 그렇게 하지 않았기 때문에 우리는 슬픔과 죄책감에서 구원받을 수 없게 되었다. 나는 내 슬픔이 사실은 대부분 분노라는 것을 깨달았다. 나는 내 쌍둥이 형이 내게 저지른 일로 미친 듯이 화를 내고 있었다.

하지만 죽은 사람에게 앙심을 품기란 어려운 일이다. 션에게 계속 화를 낼 수는 없었다. 그렇다면 분노를 달래는 유일한 방법은 사건 경위를 의심하는 것이었다. 그래서 다람쥐 쳇바퀴 돌듯 같은 과정이 처음부터 되풀이되었다. 부정, 수용, 분노. 부정, 수용, 분노.

텔류라이드에서 머무른 마지막 날 웩슬러에게 전화를 걸었다. 그는 내 전화를 반가워하지 않는 기색이 역력했다.

"그 정보원을 찾아냈어요? 션이 스탠리에서 만난 사람 말입니다."

"아뇨, 잭. 소득이 없었어요. 소식이 있으면 당신한테 알려주겠다고 했잖아요."

"알아요. 그냥 의문이 가시지 않아서 그래요. 당신은 안 그래요?"

"그만 잊어버려요, 잭. 이 일을 잊어버리면 우리 모두 한결 편해질 겁니다."

"특수수사대는 어때요? 그 사람들도 이 일을 벌써 잊어버렸나요? 사건이 종결됐어요?"

"이번 주에는 그쪽하고 얘기를 안 해봤지만 거의 그런 셈이에요."

"그런데도 계속 그 정보원을 찾는 이유가 뭐예요?"

"나도 당신처럼 궁금한 게 있어서 그래요. 정리해야 할 것이 있어서."

"션 사건에 대해서 생각이 바뀐 겁니까?"

"아니에요. 그냥 모든 걸 말끔히 정리하고 싶을 뿐이에요. 션이 정보원과 무슨 이야기를 했는지, 서로 이야기를 나누기는 했는지 알고 싶은 거라고요. 로프턴 사건은 알다시피 아직 수사 중이에요. 션을 대신해서 그 사건을 해결해 주는 것도 좋겠죠."

그는 션을 맥이라고 부르지 않았다. 이젠 션이 자기 패거리가 아니라는 뜻이었다.

그다음 주 월요일에 나는 〈로키 마운틴 뉴스〉에 다시 출근했다. 편집국에 들어서자 여러 사람의 시선이 느껴졌다. 하지만 이건 이상한 일이 아니었다. 내가 들어설 때 사람들이 나를 지켜본다는 생각을 한 적이 한두 번이 아니니까. 나는 편집국에서 일하는 모든 기자가 바라는 일을 하고 있었다. 매일 잔소리를 듣지 않아도 되고, 매일 마감에 허덕이지 않아도 되는 일. 나는 로키산맥 일대를 마음대로 돌아다니며 딱 한 종류의 기사만 쓰면 됐다. 살인사건에 관한 기사. 잘 쓴 살인사건 기사는 누구나 좋아하는 법이다. 나는 총격사건을 분석해서 그 사건의 범인과 피해자의 운명적인 충돌에 관한 이야기를 들려주기도 하고, 체리힐의 사교계에서 벌어진 살인사건이나 리드빌의 술집에서 벌어진 총격사건 기사를 쓰기도 했다. 나는 상류층과 하류층, 작은 사건과 큰 사건을 가리지 않았다. 형이 옳았다. 기사를 제대로 쓰기만 한다면, 그런 사건으로 신문을 팔 수 있었다. 나는 반드시 그런 기사를 써야 했다. 시간을 들여 제대로 된 기사를 써야 했다.

내 책상의 컴퓨터 옆에는 신문이 30센티미터 높이로 쌓여 있었다. 이

것이 나의 주요 취재원이었다. 나는 푸에블로 북부에서부터 보즈먼 사이의 지역에서 발행되는 일간, 주간, 월간 신문을 모조리 구독했다. 이 신문들을 샅샅이 뒤져 긴 기사로 탈바꿈시킬 수 있는 자그마한 살인사건 기사들을 찾아냈다. 로키 마운틴 제국에는 골드러시 이래로 폭력적인 성향이 항상 존재했으므로, 내가 고를 수 있는 기사가 아주 많았다. 물론 이곳은 로스앤젤레스나 마이애미나 뉴욕처럼 폭력적이지는 않았다. 그런 지역에 비하면 턱도 없었다. 하지만 기삿거리가 모자랐던 적은 한 번도 없었다. 나는 항상 범죄나 수사와 관련해 무언가 새로운 것, 남다른 것을 찾아다녔다. 감탄사가 저절로 터져 나올 만한 요소나 가슴을 때리는 슬픈 이야기 같은 것. 그런 요소를 이용하는 것이 내 일이었다.

하지만 오늘 아침에 나는 기삿거리를 찾을 생각이 없었다. 나는 우리 신문인 〈로키 마운틴 뉴스〉와, 경쟁지인 〈덴버 포스트〉 과월호를 찾으려고 신문 더미를 뒤지기 시작했다. 특별한 상황이 아니면 자살사건은 보통 신문에 실리지 않는다. 형의 죽음은 특별한 상황에 해당했다. 나는 형에 관한 기사가 실렸을 가능성이 높다고 판단했다.

내 생각이 옳았다. 〈로키 마운틴 뉴스〉는 나를 생각해서인지 그 기사를 싣지 않았지만 〈덴버 포스트〉에는 션이 죽은 다음 날 조간 지역소식면 맨 밑에 15센티미터 길이의 기사가 실려 있었다.

덴버 경찰국 형사, 국립공원에서 자살

덴버대학생 테레사 로프턴(19) 살인사건 수사를 맡고 있던 덴버 경찰국의 베테랑 형사 션 매커보이(34)가 목요일 로키산맥 국립공원에서 스스로 발사한 것으로 보이는 총상을 입고 숨진 채 발견되었다고 당국이 발표했다.

매커보이 형사는 별다른 표식이 없는 경찰국 소속 승용차 안에서 발견되었는데, 이 승용차는 험준한 산악공원으로 들어가는 입구인 이스티스 공원 근처의 베어 호수 주차장에 세워져 있었다. 매커보이 형사의 시신을 발견한 공원 경비원은 오후 5시경에 총성을 듣고 주차장으로 가보았다고 말했다.
덴버 경찰국은 공원 관리국의 요청으로 이 사건의 수사를 맡기로 했으며, 현재 특수수사대가 수사를 진행 중이다. 이 수사의 책임자인 로버트 스캘러리 형사는 1차 조사 결과, 자살로 보인다고 말했다.
스캘러리 형사는 현장에서 유서가 발견되었다고 밝혔지만, 유서 내용은 공개하지 않았다. 스캘러리 형사는 매커보이 형사가 일과 관련된 스트레스로 낙담해 있었던 것 같다면서도, 스트레스의 원인이 무엇인지는 역시 공개하지 않았다.
어렸을 때부터 지금까지 볼더에서 살고 있는 매커보이 형사는 기혼이지만 자녀는 없다. 그는 12년 경력의 베테랑 형사이며 CAPs 팀장으로 고속승진했다. CAPs, 즉 대인범죄부는 시내에서 벌어지는 강력범죄를 전담해서 처리하는 부서이다.
매커보이 형사는 자신의 팀을 이끌면서 최근 로프턴 사건의 수사를 지휘하고 있었다. 로프턴은 석 달 전 워싱턴 공원에서 목이 졸려 죽은 뒤 훼손된 시신으로 발견되었다.
스캘러리 형사는 아직 미해결로 남아 있는 로프턴 사건이 매커보이 형사의 유서에 언급되었는지, 아니면 그가 겪은 스트레스의 원인 중 하나인지에 관해서도 명확한 답변을 하지 않았다.
스캘러리 형사는 매커보이 형사가 자살 전에 이스티스 공원으로 간 이유도 알 수 없다면서, 앞으로도 수사를 계속 진행할 것이라고 말했다.

나는 이 기사를 두 번 읽었다. 여기에 내가 모르는 사실은 하나도 없었지만, 이 기사는 묘하게 매혹적이었다. 어쩌면 션이 이스티스 공원에 간 이유와 굳이 베어 호수까지 올라간 이유를 알 것 같은, 아니 짐작할 수 있을 것 같은 생각이 들게 해서인지도 몰랐다. 하지만 나는 그 이유에 대해 자세히 생각하고 싶지 않았다. 나는 기사를 오려서 서류철에 집어넣고 서류철을 서랍에 넣었다.

내 컴퓨터에서 삑 소리가 나더니 화면에 메시지가 떴다. 사회부장의 호출이었다. 내가 다시 일을 시작했다는 것이 실감났다.

그레그 글렌의 사무실은 편집국 뒤편에 있었다. 한쪽 벽이 유리로 되어 있어서, 그는 줄줄이 놓여 있는 기자들의 자리를 죽 내다볼 수 있었다. 서쪽 벽에 난 창문으로는 스모그가 없을 때 산을 바라볼 수 있었다.

글렌은 좋은 편집자였으며, 기사의 재미를 무엇보다 소중하게 생각했다. 내가 좋아하는 점도 바로 그것이었다. 언론계에서 편집자들은 두 부류로 갈린다. 첫째, 사실을 좋아해서 기사 안에 넘쳐흐를 지경으로 사실을 잔뜩 쑤셔 넣는 부류. 이런 기사를 끝까지 읽을 수 있는 사람은 사실상 하나도 없을 것이다. 둘째, 문장을 좋아해서 사실이 문장의 방해가 되는 것을 참지 못하는 부류. 글렌이 나를 좋아하는 것은 내가 글을 쓸 줄 알기 때문이었다. 글렌은 대개 기삿거리를 내가 스스로 고르게 해주었다. 기사를 재촉하는 법도, 제출한 기사를 심하게 물어뜯은 적도 없었다. 만약 글렌이 이 신문사를 그만두거나, 승진이나 좌천 때문에 편집국을 떠난다면 내 처지 또한 완전히 바뀌게 될 것임을 나는 이미 오래전부터 깨닫고 있었다. 사회부장들은 항상 자기만의 둥지를 만들었다. 글렌이 떠나면, 나는 십중팔구 예전처럼 매일 경찰서를 출입하며 경찰 기록을 토대로 단신을 쓰게 될 것이다. 작은 살인사건 기사들.

글렌이 전화를 마무리하는 동안 그의 책상 앞 푹신한 의자에 앉았다. 글렌은 나보다 다섯 살쯤 나이가 많았다. 10년 전 내가 〈로키 마운틴 뉴스〉에서 처음 일을 시작했을 때, 글렌은 지금의 나처럼 유능한 기자 중 한 명이었다. 하지만 그는 결국 관리직 쪽으로 방향을 틀었다. 이제 글렌은 매일 양복을 입고, 책상 위에는 고개를 주억거리는 브롱코 미식축구팀 선수의 자그마한 조각상을 놓아두었으며, 하루 중 전화통에 매달려 있는 시간이 가장 많고, 신시내티의 본부에서 불어오는 정치적 바람에 항상 주의를 기울였다. 배가 불룩 나오고, 아내와 두 자녀가 있고, 월급은 많은 편이지만 아내가 살고 싶어 하는 동네의 집을 살 정도는 아닌 마흔 살의 남자. 이건 모두 예전에 윙큽에서 맥주를 마시며 그가 직접 해준 이야기이다. 지난 4년 동안 내가 그를 밖에서 만난 것은 그때가 유일했다.

글렌의 사무실 한쪽 벽에는 지난 일주일 동안 발행된 신문 1면이 꽂혀 있었다. 매일 출근하자마자 그는 일주일 전의 신문을 내리고 가장 최근 신문의 1면을 거기에 꽂았다. 내 짐작에는 뉴스의 맥을 놓치지 않고 보도의 지속성을 유지하기 위해서인 것 같다. 아니면 이젠 자기 이름이 기사 작성자로 신문에 실릴 일이 없으므로 신문을 벽에 붙임으로써 자기가 모든 것을 책임지고 있음을 스스로에게 일깨우고 싶어 하는 것이거나. 글렌이 전화를 끊고 내게 시선을 돌렸다.

"와줘서 고마워." 그가 말했다. "자네 형 일에 대해 한 번 더 조의를 표하고 싶어서 부른 거야. 시간이 필요하면 주저 말고 말해. 함께 방안을 생각해 보면 되니까."

"고맙지만 이제 괜찮아요."

글렌은 고개를 끄덕였지만, 그만 나가봐도 될 것 같은 분위기는 아니었다. 글렌이 나를 부른 데에는 다른 이유가 더 있었다.

"뭐, 그럼 일 이야기를 해보지. 지금 진행 중인 기사가 있나? 내가 기억하는 한, 다음 기삿거리를 찾는 중이었던 것 같은데. 그… 그 일이 일어났을 때 말이야. 이제 다시 일을 시작해도 된다면, 바쁘게 지내는 게 자네한테 좋을 거야. 알지? 그냥 일에 빠져드는 거."

내가 다음에 하게 될 일이 무엇인지 깨달은 것은 바로 그 순간이었다. 항상 코 앞에 있었는데. 그런데도 글렌이 그 질문을 던진 뒤에야 그 일이 비로소 수면으로 떠올랐다. 그러고 나니 내가 왜 이걸 몰랐는지 의아할 정도였다.

"형 얘기를 쓸 거예요." 내가 말했다.

글렌이 내게서 이 말을 듣고 싶어 했던 건지는 알 수 없지만, 아마 그랬을 거라고 짐작한다. 글렌은 경찰관들이 로비에서 나를 만나 형 소식을 전해주었다는 말을 들었을 때부터 이미 형 얘기를 기삿거리로 점찍고 있었을 것이다. 머리 좋은 사람이니 자기가 내게 기삿거리를 암시해줄 필요가 없다는 것, 내가 그 생각을 스스로 떠올릴 거란 것도 십중팔구 이미 알고 있었을 것이다. 글렌은 그냥 간단한 질문만 하나 던지면 그만이었다.

어쨌든 나는 그 미끼를 물었다. 그리고 그 뒤로 내 삶의 모든 것이 변했다. 누구의 삶이든 세월이 흐른 뒤 회고를 해보면 삶의 지도를 분명히 그릴 수 있듯이, 내 삶은 그 한 문장과 함께, 내가 글렌에게 형 이야기를 쓰겠다고 말한 그 순간에 변해버렸다. 그때 나는 죽음에 대해 조금은 안다고 생각했다. 악마에 대해서도 안다고 생각했다. 하지만 사실 나는 아무것도 모르고 있었다.

03

최고의 친구

윌리엄 글래든의 눈이 자기 옆을 지나가는 행복한 얼굴들을 훑었다. 이건 마치 거대한 자동판매기 같았다. 아무거나 골라. 저 남자애는 싫어? 저기 또 온다. 저 여자애면 되겠어?

이번에는 마음에 드는 사람이 없었다. 게다가 부모들이 너무 가까이 있었다. 누가 됐든 부모가 실수를 저지르는 순간을 기다려야 할 것 같았다. 귀한 아이를 혼자 내버려두고 부두까지 걸어 나오든가, 아니면 솜사탕을 사러 매점으로 가는 순간을.

글래든은 샌타모니카 부두의 회전목마를 무척 좋아했다. 그것이 원본 그대로라서 좋아하는 것이 아니었다. 케이스 안에 들어 있는 설명문에 따르면, 말들을 일일이 손으로 색칠해서 원본 그대로 복원하는 데 6년이 걸렸다지만. 그가 그동안 본 영화들, 특히 레이포드에 살 때 본 영화들에 이 회전목마가 자주 나왔기 때문에 좋아하는 것도, 사라소타 카운티 축제에서 '최고의 친구'와 함께 회전목마를 타던 추억이 생각나 좋아하는 것도 아니었다. 그가 이 회전목마를 좋아하는 것은 거기에 타고 있는 아이들 때문이었다. 회전목마가 오르간 소리에 맞춰 빙글빙글 돌고 또 도는 동안 주위에 신경 쓰지 않는 순수한 행복이 아이들 얼굴에서 춤을 추었다. 피닉스에서 여기로 온 뒤 그는 매일 이곳을 찾았다. 시간이 조금 걸릴지는 몰라도 언젠가 지금까지의 노력이 결실을 맺어 명령을 수행할 수 있게 되리라는 것을 그는 알고 있었다.

갖가지 색깔들이 빚어내는 콜라주를 지켜보면서 그는 과거를 향해 훌쩍 뒷걸음질 쳤다. 레이포드 시절 이후 이런 일이 자주 있었다. '최고의 친구'가 생각났다. 바닥에만 띠처럼 빛이 비치던 깜깜한 벽장도 생각났다. 그는 그 빛줄기 근처, 공기가 들어오는 곳 근처 바닥에 웅크리고 있었다. 자신의 발이 그쪽으로 움직이는 것이 보였다. 한 발, 한 발. 나이도 더 많고 키도 더 크면 좋겠다는 생각이 들었다. 그러면 맨 꼭대기 선반에 손이 닿을 텐데. 그렇게만 되면 '최고의 친구'를 깜짝 놀라게 할 수 있을 텐데.

글래든은 현실로 돌아왔다. 그는 주위를 둘러보았다. 회전목마가 멈춰 서고, 아이들이 문 뒤에서 기다리는 부모에게 가는 중이었다. 다음 차례가 돌아오면 회전목마로 뛰어가서 자리를 골라 앉으려고 줄 서 있는 아이들도 있었다. 그는 매끈한 갈색 피부에 머리카락이 까만 여자아이를 다시 찾아보았지만, 한 명도 보이지 않았다. 그때 아이들에게서 표 받는 여자가 그를 뚫어지게 바라보는 것이 눈에 들어왔다. 그 여자와 눈이 마주치자 글래든은 시선을 피했다. 그는 어깨에 멘 가방 끈을 다시 정리했다. 그 안에 든 카메라와 책들의 무게가 어깨를 짓눌렀다. 다음번에는 책을 차 안에 두고 와야겠다는 생각이 들었다. 그는 회전목마를 마지막으로 한 번 더 바라보고 부두로 통하는 출구 중 한 곳으로 향했다.

자동차 있는 곳에 이르렀을 때 그는 무심히 여자를 뒤돌아보았다. 아이들은 소리를 지르며 목마를 향해 뛰어갔다. 부모와 함께 타는 아이들도 있었지만, 대부분 혼자였다. 표 받는 여자는 벌써 그를 잊어버린 모양이었다. 그는 안전했다.

04

사라진 희망

내가 걸어 들어가자 로리 프라인은 단말기에서 눈을 들어 미소를 지었다. 안 그래도 그녀가 자리에 있으면 좋겠다고 생각하던 참이었다. 나는 카운터를 돌아 들어가 빈 책상에서 의자를 끌어다 그녀 옆에 앉았다. 〈로키 마운틴 뉴스〉의 도서실이 지금은 한가해 보였다.

"어머, 안 돼요." 그녀가 쾌활하게 말했다. "당신이 이렇게 앉는다는 건 오래 걸리는 일이라는 뜻인데."

내가 기사를 준비할 때 꽤 많은 자료 검색을 요청하는 편이다 보니 하는 말이었다. 내가 쓰는 범죄기사 중에는 결국 수사기관과 관련된 광범위한 문제가 등장하는 경우가 많았다. 그래서 그 주제에 관해 어디의 누가 무슨 기사를 썼는지 항상 알아볼 필요가 있었다.

"미안해요." 나는 죄를 뉘우치는 시늉을 했다. "이번 일도 당신이 종일 렉스와 넥스에 매달려야 하는 건인데."

"글쎄요, 그럴 시간이 있을지 잘 모르겠는데요. 이번엔 뭐가 필요한 거예요?"

그녀는 매력적이었지만, 그 매력이 다소 억눌려 있는 편이었다. 검은 머리는 항상 땋아서 늘어뜨렸고, 철테 안경 뒤의 눈동자는 갈색이었으며, 도톰한 입술에는 뭔가 색을 칠하는 법이 없었다. 그녀는 줄이 쳐진 노란색 종이철을 자기 앞으로 끌어다 놓고, 안경을 고쳐 쓰며 펜을 집어 들고 내가 원하는 것들의 목록을 받아 적을 준비를 했다. 렉시스와 넥시스는 법원의 판결문은 물론 전국에서 발행되는 주요 신문과 그보다 조금 떨어지는 신문의 기사가 수록된 데이터베이스였다. 이 두 데이터베이스는 그 밖에도 정보고속도로상의 수많은 주차장에 들어 있는 정보 역시 담고 있었다. 특정 주제나 기사에 관해 얼마나 많은 기사가 나왔는지 보고 싶다면, 렉시스/넥시스 네트워크부터 찾아보는 것이 정석이었다.

"경찰관 자살사건." 내가 말했다. "그런 사건에 대해 찾을 수 있는 자료를 모조리 찾아줘요."

그녀의 안색이 굳었다. 내가 개인적인 이유로 이 자료를 검색한다고 생각하는 모양이었다. 컴퓨터 이용 비용이 비싼 까닭에, 회사는 개인적 용도의 컴퓨터 이용을 엄격히 금지하고 있다.

"걱정하지 말아요. 기사 때문에 찾는 거니까. 글렌 부장이 방금 허락했어요."

그녀는 고개를 끄덕였지만, 정말로 내 말을 믿는지 의심스러웠다. 나중에 글렌에게 확인해 볼 거라는 생각이 들었다. 그녀가 노란색 종이로 다시 시선을 돌렸다.

"내가 찾으려는 건, 발생률에 관한 전국 통계예요. 경찰관 자살률을 다른 직업과 비교한 통계, 인구 전체와 비교한 통계, 혹시 이 문제를 연구한 싱크탱크나 정부기관이 있다면 그쪽의 자료도 필요해요. 그리고 보자, 또 뭐가 있어야 하나…. 아, 뭐든 일화가 될 만한 것도요."

"일화가 될 만한 것?"

"알잖아요. 경찰관 자살사건에 관한 기사라면 뭐든지. 한 5년 전 것까지 부탁해요. 사례가 필요하니까."

"이를테면 이번…."

그녀는 자기가 무슨 말을 하고 있는 건지 퍼뜩 깨달은 모양이었다.

"그래요, 이번 우리 형 사건 같은 것."

"정말 안됐어요."

그녀는 더 이상 아무 말도 하지 않았다. 우리 사이에 침묵이 걸린 채로 나는 잠시 가만히 있다가 그녀에게 컴퓨터 검색에 시간이 얼마나 걸리겠느냐고 물어보았다. 나는 마감에 쫓기는 기자가 아니어서 내 요청은 순서에서 밀리는 경우가 많았다.

"글쎄요, 이게 좀 무차별적인 검색이라서. 구체적인 걸 찾는 게 아니잖아요. 일단 자료를 찾아보겠지만, 일간신문들이 들어오기 시작하면 내가 그쪽 일을 봐야 하는 거 알죠? 그래도 노력은 해볼게요. 오늘 오후 늦게면 어때요? 그러면 괜찮겠어요?"

"당연하죠."

나는 편집국으로 돌아가서 머리 위에 걸린 시계를 보았다. 11시 반이었다. 내가 해야 하는 일에 딱 맞는 시간이었다. 나는 내 책상에서 경찰서의 취재원에게 전화를 걸었다.

"잘 있었어요, 스키퍼? 거기 계속 있을 거예요?"

"언제 올 건데?"

"점심시간에요. 좀 필요한 게 있을 것 같아서요. 아마도."

"젠장. 알았어, 여기 있을게. 잠깐, 언제부터 출근한 거야?"

"오늘요. 이따 봐요."

나는 전화를 끊고 긴 외투를 입은 뒤 편집국을 나갔다. 덴버 경찰청사까지 두 블록을 걸어가서 정문 접수대에 있는 경찰관에게 내 기자 통행증을 휙 보여주었다. 경찰관은 〈덴버 포스트〉를 읽느라 시선을 들지도 않았다. 나는 4층에 있는 특수수사대로 올라갔다.

"물어볼 것이 한 가지 있습니다." 내가 원하는 것을 말하고 난 뒤, 로버트 스캘러리 형사가 말했다. "여기는 동생으로서 온 겁니까, 기자로서 온 겁니까?"

"둘 다입니다."

"앉으시죠."

스캘러리는 책상 너머로 몸을 기울였다. 아마도 머리가 벗어진 부분을 감추려고 세심하게 머리카락으로 덮어놓은 것을 내게 인정받고 싶은 모양이었다.

"잘 들어요, 잭." 그가 말했다. "문제가 좀 있습니다."

"무슨 문제요?"

"이번 사건이 벌어진 이유를 알고 싶은 동생으로 나를 찾아온 거라면, 아마 나는 내가 아는 모든 걸 당신한테 말해줄 겁니다. 하지만 내 얘기가 〈로키 마운틴 뉴스〉에 실릴 거라면, 얘기할 생각 없습니다. 나는 당신 형을 아주 높이 평가합니다. 그 친구 사건을 이용해 신문을 팔게 내버려둘 수 없어요. 당신이 개의치 않는다 해도 말입니다."

우리는 책상 네 개가 있는 작은 사무실에 단둘이 있었다. 스캘러리의 말을 들으니 화가 났지만 나는 꾹 참고 그를 향해 몸을 기울였다. 그가 나의 풍성하고 건강한 머리카락을 볼 수 있도록.

"뭐 하나 물어봐도 되겠습니까, 스캘러리 형사? 형은 살해된 겁니까?"

"아뇨."

"자살이라고 확신하는 거죠?"

"그렇습니다."

"그럼 사건이 종결된 겁니까?"

"그렇습니다."

나는 다시 뒤로 몸을 빼냈다.

"그거야말로 마음에 안 드는 일이군요."

"왜요?"

"당신이 둘 다 가지려고 하니까 말입니다. 사건이 종결됐다면서도 나한테 기록을 보여줄 수 없다니요. 사건이 종결됐다면, 난 당연히 그 기록을 볼 수 있어야 합니다. 션은 내 형이니까요. 그리고 사건이 종결됐다면, 기자로서 내가 그 기록을 본다 해도 진행 중인 수사에 영향을 미칠 수 없습니다."

나는 그가 내 말을 이해할 수 있게 잠시 기다렸다가 다시 입을 열었다.

"그러니까…. 당신 논리대로라면, 내가 기록을 보지 못할 이유가 없단 말입니다."

스캘러리는 나를 바라보았다. 그의 뺨 뒤에서 분노가 차오르는 것이 눈에 보였다.

"내 말 잘 들어요, 잭. 그 기록에는 사람들에게 알려지지 않는 편이 차라리 나은 내용이 있습니다. 기사화되는 건 말할 필요도 없죠."

"그런 판단은 내가 더 잘 내릴 것 같은데요, 스캘러리 형사. 션은 내 형이었습니다. 쌍둥이 형. 내가 형한테 상처를 입힐 리가 없죠. 난 그저

나 자신을 납득시키고 싶을 뿐입니다. 그다음에 내가 기사를 쓴다면, 그건 형을 온전히 마음속에 묻기 위해서일 겁니다. 알겠습니까?"

우리는 한참 동안 서로를 노려보며 앉아 있었다. 이제 그가 말할 차례였으므로 나는 끝까지 기다렸다.

"당신을 도와줄 수 없습니다." 마침내 그가 말했다. "도와주고 싶어도 그럴 수가 없어요. 사건은 종결됐습니다. 종결됐단 말입니다. 사건 기록은 기록실에서 처리 중입니다. 자료를 보고 싶으면 가서 보세요."

나는 자리에서 일어섰다.

"참 일찍도 말해주시는군요."

나는 한 마디도 하지 않고 방을 나섰다. 스캘러리가 나를 물먹이리라는 것은 이미 알고 있었다. 내가 그를 만나러 간 건 일단 절차를 거칠 필요가 있고, 기록의 행방을 그에게서 알아낼 수 있는지 시험해 보고 싶기도 해서였다.

나는 대개 경찰관만 이용하는 계단을 내려가 경찰국 행정 책임자의 사무실로 들어갔다. 12시 15분이라 접수대 쪽은 텅 비어 있었다. 접수대를 지나 문을 두드렸다. 안에서 들어오라고 하는 소리가 들렸다.

사무실 안에는 포리스트 그롤론 경감이 책상에 앉아 있었다. 몸집이 워낙 커서 일반적인 책상이 아동용 가구처럼 보였다. 머리카락을 모두 밀어버린 흑인인 그가 자리에서 일어나 나와 악수했다. 그의 키가 195센티미터를 넘는다는 사실이 새삼 느껴졌다. 그의 몸무게를 제대로 재려면 140킬로그램까지 잴 수 있는 저울이 있어야 할 것 같았다. 나는 그와 악수하며 미소를 지었다. 그는 내가 6년 전 경찰담당기자가 되었을 때부터 내 취재원이었다. 그때 그는 순찰업무를 맡은 경사였다. 우리 둘 다 그동안 상당히 승진한 셈이었다.

“잭, 어떻게 지내? 오늘부터 출근했다고?”

“네. 휴가를 좀 썼죠. 이제 괜찮아요.”

그는 형 이야기를 입에 올리지 않았다. 장례식에 참석한 소수의 경찰관 중에 그도 끼어 있었으므로, 그가 형 일에 관해 어떤 기분인지는 말하지 않아도 알 수 있었다. 그가 다시 의자에 앉자 나도 책상 앞의 의자에 앉았다.

그롤론은 이제 시내를 순찰하는 것과는 거의 상관없는 일을 하고 있었다. 경찰국의 행정 업무가 그의 몫이었다. 그는 연간 예산, 직원의 고용과 훈련을 맡고 있었다. 해고도 그의 일이었다. 경찰 일과는 거의 상관없는 업무였지만, 이건 모두 처음부터 그의 계획에 포함되어 있었다. 그롤론은 언젠가 경찰국장이 될 포부를 갖고 있었으므로, 때가 됐을 때 최고의 조건을 갖추기 위해 다양한 경험을 축적하고 있었다. 그의 계획 중에는 지역신문과 접촉을 유지하는 것도 포함되었다. 때가 되면, 그는 내가 〈로키 마운틴 뉴스〉에 호의적인 프로필을 실어줄 거라 믿고 안심할 수 있을 것이다. 물론 나도 그 기대에 부응할 것이다. 그때까지는 나 역시 그를 믿고 이것저것 부탁할 수 있었다.

“그래, 무슨 일이기에 내 점심시간까지 빼앗은 거야?”

그가 무뚝뚝하게 말했다. 이건 우리가 늘 주고받는 대화의 일부였다. 나는 부하직원이 자리를 비운 점심시간에 나를 만나는 편을 그롤론이 더 좋아한다는 점을 알고 있었다. 그래야 나와 함께 있는 모습을 남에게 들키지 않을 테니까 말이다.

“점심시간을 빼앗을 생각은 없어요. 그냥 점심을 늦게 먹는 것뿐이지. 우리 형 사건기록을 보고 싶어요. 스캘러리 말이 벌써 기록실로 보내서 필름 작업을 하고 있다던데요. 경감님이라면 그걸 빼올 수 있을 것 같아서 말이에요. 빨리 훑어볼게요."

"왜 그걸 보려는 거야, 잭? 잠자는 개를 그냥 내버려두면 안 되겠나?"

"꼭 봐야 돼요, 경감님. 기사에 그 기록을 인용하지는 않을게요. 그냥 보고 싶어서 그래요. 경감님이 기록을 가져다주시면 마이크로필름 담당자들이 점심을 먹고 돌아오기도 전에 다시 돌려드릴게요. 아무도 눈치 못 챌 거예요. 오로지 경감님과 저만 아는 일이 될 거라고요. 은혜는 잊지 않을게요."

10분 뒤 그롤론은 기록을 건네주었다. 애스펀(미국 콜로라도주에 있는 유명한 관광지. 주민이 그리 많지 않다-옮긴이)의 전화번호부만큼이나 얄팍했다. 이유는 알 수 없지만, 기록이 이보다는 더 두껍고 무거울 줄 알았다. 마치 수사기록의 크기와 거기 담긴 죽음의 의미 사이에 모종의 관계가 있기라도 한 것처럼.

표지 안쪽 맨 위에는 '사진'이라고 적힌 봉투가 있었다. 나는 그 봉투를 열어보지 않고 책상 한쪽에 놓아두었다. 그다음에는 부검보고서가 있었고, 클립으로 한데 묶어둔 일반적인 보고서도 여러 장 있었다.

부검보고서를 이미 몇 번이나 본 적이 있으므로 나는 몸속의 여러 분비샘, 장기, 전반적인 건강상태에 관한 장황한 설명은 건너뛰고 결론이 나와 있는 맨 뒷부분을 보아야 한다는 걸 알고 있었다. 뜻밖의 사실은 전혀 없었다. 사인은 머리에 입은 총상이었다. 그 밑에 자살이라는 단어에 동그라미가 쳐져 있었다. 흔한 마약류 사용 여부를 알아보기 위한 혈액검사에서는 브롬화수소산덱스트로메토르판이 미량 검출되었다. 그 밑에 검사원의 메모가 있었다. '기침약-대시보드 서랍.' 형이 입안에 총구를 들이밀 때, 차 안에 둔 기침약을 한두 번 먹은 것 외에 그 어떤 약에도 취하지 않은 멀쩡한 상태였다는 뜻이었다.

감식보고서에는 'GSR'이라는 제목이 붙은 간이보고서가 딸려 있었다. 나는 GSR이 화약 잔여물의 약자라는 것을 알고 있었다. 그 보고서에 따르면, 피해자가 끼고 있던 가죽장갑에 중성자유도방사화학분석을 실시한 결과 오른쪽 장갑에서 불에 탄 화약 입자가 발견되었다. 피해자가 무기를 발사할 때 그쪽 손을 사용했다는 뜻이었다. 피해자의 목구멍에서도 GSR과 가스 화상이 발견되었다. 총이 발사되었을 때 총구가 션의 입안에 있었다는 얘기였다.

그다음 서류뭉치는 증거목록이었는데, 여기에도 별다른 것은 없었다. 그다음에는 증인 진술서가 있었다. 증인인 공원 경비원 스티븐 피나는 베어 호수에 있는 1인 경비지서와 안내부스 근무자였다.

증인은 부스 안에서 일하는 동안 주차장이 보이지 않는 위치에 있었다고 진술했다. 오후 4시 58분경, 증인은 둔탁한 폭음을 들었고, 지금까지의 경험을 바탕으로 그것이 총성이라고 판단했다. 증인은 총성이 주차장에서 들려왔다는 판단을 내리고 혹시 밀렵꾼들이 들어왔는지 조사하려고 즉시 현장으로 달려갔다. 당시 주차장에는 차량이 단 한 대밖에 없었는데, 부분적으로 김 서린 창문을 통해 피해자가 운전석에 늘어져 있는 것이 보였다. 증인은 차량으로 달려갔지만, 문이 잠겨 있어서 열 수 없었다. 김 서린 창문으로 자세히 안을 들여다본 증인은 피해자가 뒤통수에 심한 상처를 입은 것으로 보아 이미 죽은 것 같다는 결론을 내렸다. 증인은 다시 부스로 돌아와서 즉시 당국과 상관들에게 상황을 알렸다. 그러고는 피해자의 자동차로 돌아가 관계자들의 도착을 기다렸다.
증인은 자신이 총성을 들은 뒤 피해자의 차량이 보이는 곳으로 나갈 때까지 걸린 시간이 5초를 넘지 않는다고 진술했다. 피해자의 차량은 가장 가까운 숲이나 건물로부터 약 50미터 떨어진 곳에 주차되어 있었다. 증인은 누군가가 피해자에게 총을 쏜 뒤 자신의 눈에 띄지 않고 숲이나 건물로 숨는 것은 불가능한 일이라고 믿고 있다.

나는 진술서를 원래 자리에 돌려놓고 다른 보고서들을 훑어보았다. 사건 보고서라는 제목이 적힌 서류에는 형의 생애 마지막 날이 자세히 기록되어 있었다. 션은 아침 7시 30분에 출근해서 정오에 웩슬러와 점심을 먹고 오후 2시에 스탠리로 나갔다. 자신이 거기서 누굴 만날 예정인지에 관해서는 웩슬러를 비롯해 어느 누구에게도 말하지 않았다.

수사관들은 션이 실제로 스탠리에 갔는지 알아보려 했으나 소득이 없었다. 그 호텔 식당의 웨이트리스와 웨이터 조수 들을 모두 만나보았지만, 션을 기억하는 사람이 하나도 없었다.

스캘러리가 션의 심리치료사를 면담한 내용이 담긴 1쪽짜리 보고서도 있었다. 아마도 라일리를 통해 션이 덴버의 그 심리치료사에게 치료받고 있었다는 사실을 알아낸 모양이었다. 스캘러리의 보고서에 따르면, 션의 심리치료사인 콜린 도시너 박사는 션이 직장에서 겪는 스트레스, 특히 로프턴 사건을 해결하지 못한 데서 오는 스트레스 때문에 심한 우울증에 시달리고 있었다고 말했다. 하지만 이 면담 요약문에는 스캘러리가 도시너에게 형의 자살 성향 여부에 관해 질문을 던졌는지 밝혀져 있지 않았다. 스캘러리는 아마도 그런 질문을 던지지 않았을 것 같았다.

그 서류뭉치의 마지막 장은 수사 담당자의 최종 보고서였다. 이 보고서의 마지막 문단에서 스캘러리는 사건의 전말을 요약한 뒤 다음과 같은 결론을 내렸다.

션 매커보이 형사의 죽음에 관한 물리적인 증거와 목격자 진술을 바탕으로, 본 수사관은 피해자가 김 서린 유리창 안쪽에 유서를 쓴 뒤 스스로 총을 쏘아 자살했다는 결론을 내렸다. 본 수사관을 포함한 피해자의 동료들과 그의 아내, 심리학자인 콜린 도시너는 피해자가 12월 19일에 발생한 테레사 로프턴 사건(사건번호 832)의 범인을 체포하지 못한 데 심정적인 부담을 느끼고 있음을 알고 있었다. 피해자는 이러한 부담감으로 인해 결국 스스로 목숨을 끊게 된 것으로 보인다. 덴버 경찰국 심리상담 자문인 아먼드 그리그스 박사는 면담(2월 22일)에서 유리창에 써 있던 글(공간을 넘고, 시간을 넘어)을 피해자의 심리상태와 일치하는 유서 겸 작별 인사로 생각할 수 있다고 말했다.

현재로서는 이 사건이 자살이라는 결론에 어긋나는 증거가 전혀 없다.

제출일자 2/24/I/O RJS D-II

나는 이 보고서를 다시 서류뭉치에 끼워 넣으면서 이제 남은 자료가 딱 하나밖에 없음을 깨달았다.

그롤론은 카페테리아에 가서 샌드위치나 하나 사와야겠다며 벌써 나가고 없었다. 나는 그의 사무실에 혼자 있었다. 꼼짝도 하지 않고 정적 속에서 그 봉투를 바라본 시간이 아마 5분은 되었을 것이다. 그 봉투 안의 사진을 보면, 그것이 형의 마지막 모습으로 내 머릿속에 남게 되리라는 것을 알고 있었다. 그런 건 싫었다. 하지만 형의 죽음을 확실히 조사하고, 끝까지 남아 있는 의심을 모두 훑어버리려면 그 사진을 보아야 한다는 것도 알고 있었다.

마음이 바뀌기 전에 재빨리 봉투를 열었다. 8×10 크기의 컬러 사진 뭉치를 꺼내자 가장 먼저 눈에 들어온 것은 현장 정황을 담은 사진이었다. 형의 수사용 차량인 흰색 쉐보레 커프리스가 주차장 끝에 홀로 서 있었다. 주차장 옆의 야산 위에 경비원용 오두막이 보였다. 주차장에서 이제 막 눈을 치웠는지, 가장자리에 눈이 12센티미터 높이로 쌓여 있었다.

그다음 사진은 자동차 유리창을 바깥쪽에서 클로즈업으로 찍은 것이었다. 유리창에 서려 있던 김이 이미 사라진 후라 창문에 적힌 글을 알아보기 어려웠다. 하지만 글은 분명히 적혀 있었고, 유리창 너머로 션의 모습도 보였다. 머리가 뒤로 홱 젖혀져 턱을 치켜든 것처럼 보였다. 다음 사진은 자동차 안에 들어와서 찍은 듯했다. 조수석에서 션의 전신을 찍은 사진이었다. 뒤통수에서 흘러내린 피가 두꺼운 목걸이처럼 목을 휘감고 스웨터까지 이어졌다. 두툼한 외투는 앞섶을 잠그지 않은 상태였다. 자동차 천장과 뒤 창문에 피가 튄 자국이 보였다. 총은 션의 오른쪽 허벅지 바로 옆의 좌석 위에 있었다.

나머지 사진은 대부분 다양한 각도에서 클로즈업으로 찍은 것이었다. 생각했던 것만큼 충격이 크지는 않았다. 황량한 플래시 불빛이 형에게서 인간성을 빼앗아버린 탓이었다. 션은 마치 마네킹처럼 보였다. 하지만 그 사진들보다는 션의 죽음이 정말로 자살이었음을 또다시 확인했다는 사실이 더 충격이었다. 내가 이곳을 찾아올 때 어떤 희망을 남몰래 간직하고 있었으며, 그 희망이 지금은 사라져버렸다는 사실을 인정할 수밖에 없었다.

그때 그롤론이 돌아왔다. 호기심 어린 눈으로 나를 바라보던 그가 책상 옆을 돌아 의자로 가는 동안 나는 자리에서 일어나 서류를 그의 책상에 놓았다. 그는 갈색 종이봉투를 열어 비닐로 싼 달걀샐러드 샌드위치를 꺼냈다.

"괜찮나?"

"괜찮아요."

"이거 절반 잘라줄까?"

"아뇨."

"그래, 기분이 어때?"

나는 미소를 지었다. 내가 예전에 수도 없이 던진 질문이었다. 내 미소를 보고 그는 당혹스러웠는지 인상을 찌푸렸다.

"이거 보이죠?" 나는 얼굴의 흉터를 가리키며 말했다. "어떤 사람한테 바로 그 질문을 했다가 생긴 거예요."

"미안하군."

"괜찮아요. 그때 나도 미안해하지 않았으니까요."

05
1시간의 조사

형의 죽음에 관한 기록을 보고 나니 테레사 로프턴 사건을 자세히 알아보고 싶다는 생각이 들었다. 이 기사를 쓰려면, 형이 알아낸 것을 나도 알아야 했다. 형이 이해하게 된 것을 나도 이해해야 했다. 하지만 이번에는 그롤론도 나를 도와줄 수 없었다. 수사가 진행 중인 살인사건 기록은 엄중히 보관되었다. 그롤론은 나를 위해 로프턴 사건 기록을 구하려 나서는 것에 득보다 실이 더 많다고 판단할 터였다.

CAPs 사무실을 들여다보니 점심시간이라 텅 비어 있었다. 내가 웩슬러를 찾으려고 가장 먼저 간 곳은 새타이어였다. 경찰관들이 점심시간에 가장 즐겨 찾는 식당이었다. 술을 마시는 사람도 있었다. 새타이어의 뒤쪽 칸막이 자리에서 웩슬러의 모습이 눈에 띄었다. 문제는 그가 세인트루이스와 함께 있다는 것이었다. 두 사람은 아직 나를 보지 못한 상태였으므로 일단 물러났다가 나중에 웩슬러 혼자 있을 때 오는 편이 더 나을지 어떨지 생각해 보았다. 그런데 그때 웩슬러의 시선이 내게 멎었다. 나는 그쪽으로 다가갔다. 케첩 묻은 접시를 보니 식사를 이미 끝낸 모양이었다. 웩슬러의 앞에는 짐빔처럼 보이는 술에 얼음을 띄운 잔이 놓여 있었다.

"뭘 보러 오셨나?" 웩슬러가 사람 좋은 표정으로 말했다.

나는 널찍한 칸막이 자리에서 세인트루이스 옆자리에 슬쩍 앉았다. 그 자리를 택한 것은 웩슬러와 마주보기 위해서였다.

"이거 왜 이래요?" 세인트루이스가 가볍게 이의를 제기했다.

"난 기자잖아요." 내가 말했다. "그래, 요즘 어때요?"

"대답하지 마." 세인트루이스가 재빨리 웩슬러에게 말했다. "자기가 알면 안 되는 걸 캐내려는 거야."

"그거야 당연하죠." 내가 말했다. "그것 말고 뭐 새로운 소식 없어요?"

"그런 건 없어요, 잭." 웩슬러가 말했다. "빅독의 말이 사실이에요? 알면 안 되는 걸 캐내려는 거예요?"

이건 일종의 게임이었다. 사이좋게 수다 떠는 척하면서 핵심적인 정보를 캐내려는 게임. 구체적인 질문을 정면으로 던지는 짓은 하지 않았다. 이 게임은 경찰관들이 사용하는 별명과도 잘 어울렸다. 나는 이런 게임을 수도 없이 해보았을 뿐더러 실력도 좋았다. 이 게임을 하려면 수완이 필요했다. 고등학교 농구경기에서 3인 작전을 연습할 때처럼. 공에서 눈을 떼지 말고 다른 두 선수를 동시에 감시하라. 나는 항상 수완이 좋았다. 션은 주로 힘을 사용했다. 션이 미식축구선수라면, 나는 농구선수였다.

"꼭 그런 건 아니에요." 내가 말했다. "하지만 내가 일을 다시 시작한 건 사실이에요."

"아이고, 내 이럴 줄 알았어." 세인트루이스가 우는소리를 했다. "정신 바짝 차려."

"그래, 로프턴 사건은 어떻게 되어가고 있어요?" 나는 세인트루이스를 무시하고 웩슬러에게 물었다.

"아이고, 잭. 이건 우리한테 기자로서 묻는 거예요?" 웩슬러가 물었다.

"내가 물어본 건 당신 한 사람뿐이에요. 그리고 기자로서 물어본 건 맞아요."

"그럼 아무 말도 해줄 수 없어요."

"진전된 것이 전혀 없다는 얘기네요."

"난 아무 말도 안 하겠다고 했어요."

"이봐요, 당신이 알고 있는 걸 좀 보여줘요. 사건이 일어난 지 벌써 석 달이 다 됐잖아요. 지금은 아니더라도, 조금 있으면 미제 사건으로 넘어갈 거예요. 다 알잖아요. 난 그냥 사건기록을 보고 싶을 뿐이에요. 션이 뭣 때문에 거기서 헤어 나오질 못했는지 알고 싶다고요."

"잊어버린 모양인데, 당신 형의 죽음은 자살로 결론 났어요. 사건이 종료됐다고요. 그 친구가 로프턴 사건의 어떤 점 때문에 헤어 나오지 못했는지는 중요하지 않아요. 게다가 그 사건과 그 친구 사건 사이에 뭔가 관계가 있다고 확실하게 밝혀진 것도 아니에요. 기껏해야 짐작일 뿐이라고요. 사실이 뭔지는 영원히 알 수 없겠죠."

"헛소리는 그만둬요. 방금 션의 사건기록을 보고 오는 길이에요." 웩슬러가 자기도 모르게 눈썹을 치켜올리는 것 같았다. "그 안에 전부 있었어요. 션은 그 사건 때문에 정신이 나가 있었다고요. 심리치료도 받고, 시간을 온통 그 사건에 쏟고 있었어요. 그러니까 사실을 영원히 알 수 없다느니 하는 얘기는 하지 말아요."

"이봐, 애송이, 우린…."

"션을 그렇게 부른 적 있어요?" 내가 중간에서 말을 끊었다.

"뭐?"

"애송이 말이에요. 션을 애송이라고 부른 적 있어요?"

웩슬러는 혼란스러운 표정이었다.

"없어요."

"그럼 나한테도 그런 말 쓰지 말아요."

웩슬러는 더 이상 상관하지 않겠다는 듯이 양손을 들어 올렸다.

"내가 왜 기록을 볼 수 없다는 거예요? 그 사건을 해결할 수 있는 것도 아니면서."

"누가 그래요?"

"내가요. 당신들은 그 사건을 두려워하고 있어요. 그 사건 때문에 션이 그 지경이 된 걸 보고는, 자기도 같은 꼴이 될까 봐 걱정하고 있다고요. 그러니 그 사건은 서랍 속 어딘가에 처박히는 신세가 됐죠. 거기서 먼지나 뒤집어쓰고 있겠지. 내 말이 틀림없을걸요."

"이봐, 잭. 정말이지 말 같지 않은 소리만 골라서 하는군. 당신이 그 친구 동생만 아니었으면 그냥 밖으로 내던져버렸을 거야. 지금 점점 열이 오르는데, 난 열받는 거 싫어하거든."

"그래요? 그럼 내 기분이 어떤지 생각해 봐요. 중요한 건, 난 션의 동생이니 끼어들 권리가 있다는 거예요."

세인트루이스가 능글맞은 웃음을 터뜨렸다. 대놓고 나를 깔보려는 수작이었다.

"이봐요, 빅독. 밖으로 나가서 소화전이나 아니면 어디 다른 곳에 물이라도 줘야 할 시간 아니에요?" 내가 말했다.

웩슬러는 갑자기 웃음을 터뜨렸지만, 곧 자신을 억제했다. 세인트루이스의 얼굴은 빨갛게 달아올랐다.

"야, 이 좆 같은 새끼야." 그가 말했다. "내가 널…."

"자자, 그만해." 웩슬러가 끼어들었다. "그만해. 레이, 밖에 나가서 담배나 한 대 피우지 그래? 내가 재키한테 알아듣게 이야기한 다음에 따라 나갈 테니."

나는 세인트루이스가 밖으로 나갈 수 있게 칸막이 밖으로 나왔다. 세인트루이스는 내 옆을 지나가며 죽일 듯이 나를 노려보았다. 나는 다시 자리에 앉았다.

"마셔요, 웩스. 앞에 짐빔이 없는 척해봤자 소용없어요."

웩슬러는 히죽 웃더니 술을 한 모금 쭉 마셨다.

"쌍둥이든 뭐든, 당신 정말 형하고 똑같네. 쉽게 포기할 줄을 몰라. 수완도 있고. 그 수염을 깎고 히피 같은 머리만 어떻게 하면 형이라고 해도 믿겠어. 그 흉터도 어떻게 해야겠지만."

"그래, 사건기록은 어떻게 할 거예요?"

"그게 뭐?"

"형을 생각해서라도 나한테 그걸 보여줘야죠."

"무슨 말인지 모르겠는데, 잭."

"알면서 왜 그래요. 자료를 전부 훑어보기 전에는 내 마음이 정리가 안 돼요. 난 그저 형이 왜 그런 짓을 했는지 이해하고 싶을 뿐이라고요."

"그걸로 기사도 쓸 생각이잖아."

"당신이 그 잔 속에 든 걸 마시듯이 난 기사를 써요. 내가 기사를 쓸 수 있다면, 그 사건을 이해할 수 있다는 뜻이에요. 그 일을 마음속에 묻어버릴 수 있다는 뜻이기도 하고요. 원하는 건 그것뿐이에요."

웩슬러는 내 시선을 피하며 웨이트리스가 두고 간 계산서를 집어 들었다. 그러고는 남은 술을 마저 들이켜고 칸막이 밖으로 나갔다. 그는 선 채로 나를 내려다보며 버번 냄새가 짙게 밴 숨을 내쉬었다.

"나중에 사무실로 와." 그가 말했다. "1시간 동안 사건기록을 볼 수 있게 해주지."

그는 손가락 하나를 들어 올리며, 혹시 내가 잘못 들었을까 봐 다시 말했다.

"1시간이야."

나는 CAPs의 사무실에서 형이 쓰던 책상을 썼다. 그 자리는 아직 누구의 것도 아니었다. 어쩌면 지금은 기분 나쁜 책상이 되어버렸을 수도 있었다. 웩슬러는 벽에 줄지어 놓인 서류함 앞에 서서 어떤 서랍을 열고 안을 뒤지고 있었다. 세인트루이스는 어디에도 보이지 않았다. 이 일에는 일절 관여하지 않기로 한 모양이었다. 웩슬러가 마침내 두툼한 서류철 두 개를 들고 서랍에서 물러나 내 앞에 놓았다.

"이제 전부예요?"

"전부야. 1시간이야."

"세상에, 서류 두께가 10센티미터가 넘어요." 나는 협상을 시도했다. "내가 집으로 가져갔다가…."

"이것 봐. 형하고 똑같다니까. 1시간이야, 매커보이. 시계를 미리 맞춰 놔. 1시간 뒤에는 그걸 다시 서랍 안에 넣어야 하니까. 이제 59분 남았네. 이래봤자 시간 낭비야."

나는 장황한 말싸움을 그만두고 맨 위의 서류철을 열었다.

테레사 로프턴은 교육학을 공부하려고 대학에 입학한 아름다운 여성이었다. 그녀는 초등학교 1학년생들을 가르치는 선생님이 되려는 꿈을 갖고 있었다. 그녀는 대학 1학년생이었고, 학교 기숙사에 살았으며, 수업을 꽉 채워 들으면서도 대학 내 기혼자 기숙사의 놀이방에서 시간제 아르바이트를 하고 있었다.

로프턴은 크리스마스 연휴 전 마지막 수업 다음 날인 수요일, 캠퍼스 안이나 근처에서 납치당한 것으로 추정되었다. 대부분의 학생은 이미 연휴를 보내려고 떠난 뒤였다. 테레사는 두 가지 이유로 아직 덴버에 남아 있었다. 우선 그녀가 일하는 놀이방이 연휴와 상관없이 주말까지 문을 열었다. 게다가 자동차에도 문제가 있었다. 클러치를 교체하려고 수리를 맡긴 낡은 폴크스바겐 자동차가 공장에서 나와야 그 차를 몰고 집으로 갈 수 있었다.

로프턴이 납치당했다는 사실을 신고한 사람은 없었다. 그녀의 룸메이트를 비롯한 친구들이 모두 명절을 보내러 집으로 가버린 탓이었다. 그녀가 실종되었다는 사실 자체를 아무도 몰랐다. 그녀가 목요일 아침 놀이방에 출근하지 않자 놀이방 책임자는, 크리스마스 연휴 뒤까지 이 일을 계속할 생각이 없던 그녀가 주말까지 기다리지 못하고 몬태나의 집으로 일찍 가버린 모양이라고 생각했다. 학생이 이런 행동을 하는 것이 처음 있는 일도 아니었다. 기말고사가 끝나고 연휴가 유혹적으로 손짓하고 있을 때는 더욱 그랬다. 놀이방 책임자는 그녀의 행방을 수소문하지도, 당국에 신고하지도 않았다.

로프턴의 시체는 금요일 오전 워싱턴 공원에서 발견되었다. 수사관들은 그녀가 수요일 정오에 놀이방에서 자동차 정비소에 전화한 것을 마지막으로 종적이 사라졌음을 알아냈다. 정비공은 통화할 때 아이들의 목소리가 들렸다는 사실을 기억했다. 통화에서 정비공은 차 수리가 끝났다고 그녀에게 말해주었다. 그러자 그녀는 일을 마친 뒤 은행에 들렀다가 차를 찾으러 가겠다고 했다. 하지만 그녀는 은행에도, 정비소에도 나타나지 않았다. 정오에 그녀는 놀이방 책임자에게 작별 인사를 하고 밖으로 나갔다. 그것이 마지막 모습이었다. 물론 로프턴의 살인범은 그 뒤로도 그녀가 살아 있는 모습을 보았겠지만.

나는 서류철 속 사진만 보고도 션이 왜 이 사건에 깊이 사로잡혔는지 알 수 있었다. 서류철 속에는 사건 이전 사진과 이후 사진이 있었다. 십중팔구 고등학교 졸업앨범에서 가져온 것처럼 보이는 인물사진 속에는 앞길이 창창한 상큼한 소녀가 있었다. 짙은 색 머리카락은 구불거리고, 눈은 수정처럼 선명한 파란색이었다. 양쪽 눈에 모두 카메라 플래시가 반사되어 자그마한 별 같은 모양이 생긴 채였다. 민소매 셔츠와 반바지 차림으로 찍은 스냅사진도 한 장 있었다. 사진 속에서 그녀는 자동차에서 마분지 상자를 옮기며 웃고 있었다. 구릿빛으로 그을린 날씬한 팔의 근육이 팽팽히 긴장되어 있었다. 무거운 상자를 들고 카메라 앞에서 포즈를 취하기가 조금 힘든 모양이었다. 사진을 뒤집어보니 아마도 어머니나 아버지가 쓴 것 같은 글이 있었다. "테리가 캠퍼스에 간 첫날! 콜로라도주 덴버."

다른 사진들은 사건 이후에 찍은 것이었다. 사진이 엄청나게 많다는 점이 충격적이었다. 경찰관들이 사진을 왜 이렇게 많이 찍은 걸까? 각각의 사진이 그녀를 끔찍하게 범하고 있는 것 같았다. 그녀는 이미 죽은 뒤였는데도. 사진 속 테레사 로프턴의 눈에는 이제 빛이 없었다. 눈은 뜨고 있었지만, 우윳빛 막에 뒤덮여 탁하게 보였다.

이 사진들은 완만한 비탈길에서 높이가 60센티미터쯤 되는 덤불과 눈 속에 누워 있는 피살자의 모습을 보여주었다. 신문보도가 옳았다. 그녀의 몸은 두 동강 나 있었다. 목에는 스카프가 단단하게 매어져 있고, 눈을 아주 크게 뜨고 있어서 그녀가 목 졸려 죽었음을 알 수 있었다. 하지만 범인은 그녀를 죽인 뒤에도 할 일이 남아 있었던 것 같았다. 그는 허리쯤에서 시신을 둘로 잘라 하반신을 머리 위에 놓았다. 그것도, 그녀가 혼자서 섹스를 하는 것 같은 끔찍한 포즈로.

웩슬러가 다른 책상에 앉아 이 소름 끼치는 사진들을 보는 나를 지켜보고 있음을 깨달았다. 역겨움을 드러내지 않으려고 애썼다. 이 사진들에 홀린 듯 빠져 있다는 사실도. 형이 과연 무엇으로부터 날 보호하려 했는지 이제 알 수 있었다. 이런 끔찍한 광경은 본 적 없었다. 나는 마침내 웩슬러를 바라보았다.

"세상에."

"그래."

"타블로이드 신문들이 로스앤젤레스의 블랙 달리아 사건과 이 사건이 비슷하다고 했던 게 그리 틀린 말도 아니었네요, 그렇죠?"

"맞아. 맥은 그 사건에 관한 책도 한 권 사서 봤어. 로스앤젤레스 경찰국의 고참 형사들한테 전화도 걸어보고. 두 사건 사이에 유사점이 몇 가지 있었지. 시체를 자른 솜씨 같은 것. 하지만 그 사건이 일어난 건 50년 전이야."

"누가 그 사건에서 아이디어를 얻었을 수도 있잖아요."

"그럴지도 모르지. 맥도 그런 생각을 했어."

나는 사진을 다시 봉투에 넣은 뒤 웩슬러를 또 바라보았다.

"이 아가씨 레즈비언이었나요?"

"아니. 우리가 아는 한은 아니야. 밴워트에 남자친구가 있었으니까. 남자친구는 착한 애야. 우리가 이미 확인했어. 당신 형도 한동안 같은 생각을 했지. 범인이 시체를 가지고 해놓은 짓 때문에. 피살자가 레즈비언이라서 누가 보복을 한 게 아닐까. 역겹지만 뭔가 나름대로 의사표현을 한 게 아닐까. 하지만 그 방면으로는 전혀 수사성과가 없었어."

나는 고개를 끄덕였다.

"이제 45분 남았어."

"그거 알아요? 당신이 우리 형을 '맥'이라고 부른 게 아주 오랜만이라는 거."

"쓸데없는 건 생각하지 마. 이제 44분 남았어."

사진을 본 뒤여서인지 부검보고서를 볼 때는 그냥 덤덤했다. 나는 사망시각이 로프턴이 실종된 첫날로 되어 있는 것에 주목했다. 그녀는 죽은 지 40시간이 넘게 지나서야 발견된 것이다.

요약보고서들은 대부분 수사가 막다른 길에 몰렸음을 보여주었다. 피살자의 가족, 남자친구, 학교 친구, 동료 아르바이트생, 심지어 그녀가 돌보던 아이들의 부모까지 모두 조사해 보았지만 성과가 전혀 없었다. 거의 모든 사람이 알리바이가 증명되거나, 아니면 다른 방식으로 혐의를 벗었다.

보고서의 결론은, 테레사 로프턴과 범인이 서로 모르는 사이였으며, 그녀가 범인과 마주친 것은 순전히 불운일 뿐이라는 것이었다. 정체를 알 수 없는 범인은 아직 성별을 확실히 알 수 있는 증거가 없는데도 항상 남성으로 지칭되었다. 피살자가 성폭행당한 흔적은 없었다. 하지만 여성을 끔찍하게 살해하고 시체를 훼손한 범인은 대부분 남자였고, 뼈와 연골을 그렇게 동강 내려면 힘이 세야 했다. 시체를 자르는 데 사용된 도구는 발견되지 않았다.

시체에는 피가 거의 남아 있지 않았지만, 시반 흔적이 있었다. 피살자가 숨을 거둔 뒤 어느 정도 시간이 흐른 뒤에야 시신이 훼손되었다는 뜻이다. 보고서에 따르면, 그 시간이 무려 2~3시간이나 될 수도 있었다.

또 한 가지 특이한 점은 시체가 공원에 버려진 시점이었다. 시신은 수사관들이 추정한 테레사 로프턴의 살해시각에서 약 40시간 뒤 발견되었다. 그런데 그 공원은 시민들이 달리기나 산책을 하기 위해 자주 찾는 곳이었다. 사방이 탁 트인 공원에서 시신이 그렇게 오랫동안 사람들의 눈에 띄지 않았을 가능성은 희박했다. 일찌감치 눈이 내려 공원을 찾는 사람의 수가 상당히 줄었다는 점을 감안해도 마찬가지였다. 사실 보고서는 시체가 그 자리에 버려진 뒤 발견될 때까지 길어야 3시간이 흘렀을 것이라는 결론을 내렸다. 시신은 동이 튼 뒤에 일찍 조깅 나온 시민에게 발견되었다.

그럼 공원에 버려질 때까지 시체가 어디 있었던 걸까? 수사관들은 답을 찾아내지 못했다. 하지만 단서는 하나 있었다.

섬유분석 보고서에는 피살자의 것이 아닌 체모 여러 점과 면섬유가 피살자의 몸과 머리카락 속에서 발견되었다고 기록되어 있었다. 용의자가 나타난다면, 이 증거물을 가장 먼저 용의자의 것과 비교할 터였다. 보고서에는 특별히 동그라미가 쳐진 부분이 있었다. 시신에서 대량으로 발견된 어떤 섬유에 관한 부분이었다.

시신에서는 케이폭나무의 씨를 싸고 있는 솜털인 케이폭이 33점이나 발견되었다. 이 정도 숫자면, 케이폭이 있는 물건과 피살자가 직접 접촉했다는 뜻이다. 보고서에는 케이폭 섬유가 면화와 비슷하지만, 주위에서 흔히 볼 수 있는 섬유가 아니라고 되어 있었다. 케이폭 섬유는 선박용 쿠션, 구명조끼, 슬리핑백처럼 부력이 필요한 물건에 주로 사용되었다. 나는 왜 이 부분에 동그라미가 쳐져 있는지 웩슬러에게 물어보았다.

"션은 이 케이폭 섬유야말로 시체가 사람들에게 발견될 때까지 있었던 장소를 밝혀줄 열쇠라고 생각했어. 그 섬유가 그다지 흔한 건 아니니, 만약 그 섬유가 있는 곳을 찾아낸다면 거기가 바로 범죄현장일 거라는 얘기지. 하지만 우리는 그런 장소를 전혀 찾아내지 못했어."

보고서는 시간순으로 정리되어 있어서 수사관들이 어떤 가설을 세웠다가 버렸는지 차례대로 볼 수 있었다. 수사관들이 점점 절박하게 변해가는 것도 느낄 수 있었다. 수사에는 아무런 진전이 없었다. 형은 테레사 로프턴이 연쇄살인범에게 당했다고 생각했음이 틀림없었다. 연쇄살인범만큼 추적하기 까다로운 범인은 없다. 사건서류 중에는 FBI의 국립폭력범죄분석센터에서 보내온 회신도 있었다. 범인의 심리 프로필을 분석한 자료였다. 형은 또한 자신이 FBI의 폭력범죄자 체포프로그램 VICAP에 보낸, 이번 범죄에서 확인해야 할 점을 담은 17쪽 분량의 질문지도 사건 기록에 한 부 보관해 두었다. 하지만 VICAP의 컴퓨터는 이 질문지에 대해 부정적인 답변을 내놓았다. 전국에서 발생한 살인사건 중에 FBI가 관심을 가질 만큼 로프턴 살해사건과 비슷한 사건이 없다는 것이었다.

FBI가 보내온 심리 프로필의 작성자는 레이철 월링 요원이라고 보고서에 명시되어 있었다. 이 심리 프로필에는 수사에 별로 도움이 되지 않는 일반적인 사실이 잔뜩 들어 있었다. 범인의 성격묘사는 깊이가 있었고 어쩌면 실제 범인의 모습을 정확히 알아맞혔을 가능성도 있지만, 그 프로필에 일치하는 남자가 수백만 명이나 되는 상황에서 형사들이 그들을 일일이 확인할 수는 없는 노릇이었다. 이 프로필에 따르면, 범인은 스무 살에서 서른 살 사이의 백인 남성일 가능성이 아주 높았다. 그는 열등감과 여성에 대한 분노를 품고 있을 터였다. 피살자의 시신을 소름 끼치게 훼손한 것이 그 증거였다. 그는 아주 기가 센 어머니 손에 자랐을 가능성이 높고, 아버지는 십중팔구 집에 없거나 돈벌이에만 열중하느라 자녀양육에 관한 모든 권리를 아내에게 빼앗겼을 가능성이 높았다. 이 프로필은 범인의 수법이 '조직형'에 속한다면서, 범인이 범죄를 저지르고도 수사망을 성공적으로 피했다는 믿음을 바탕으로 비슷한 범죄를 또 저지를 가능성이 있다고 경고했다.

첫 번째 서류철의 마지막 보고서들은 탐문조사, 제보확인결과 등 소소한 수사관련 사항을 요약해 놓은 것이었다. 이 서류들을 작성할 당시에는 아무런 의미가 없었더라도 혹시 나중에 수사에서 중추적인 역할을 할 수도 있는 사항들. 이 보고서들을 통해 나는 션이 테레사 로프턴에게 점점 애착을 갖게 되는 과정을 추적할 수 있었다. 보고서 앞부분에 그녀는 그냥 피살자로 지칭되었다. 가끔 로프턴이라는 이름이 쓰이기도 했다. 하지만 뒤로 갈수록 션은 그녀를 테레사라고 부르기 시작했다. 션이 죽기 전, 2월에 작성한 마지막 보고서에는 테리라는 애칭이 등장했다. 아마도 그녀의 가족과 친구에게서 그 애칭을 들었거나, 그녀가 캠퍼스에 온 첫날을 찍은 사진 뒤의 메모에서 가져온 모양이었다. 그날 그녀는 행복한 모습이었다.

10분이 남았을 때 나는 그 서류철을 덮고 다른 서류철을 열었다. 앞의 것보다 얇은 이 서류철은 수사과정에서 분명히 해결되지 않은 자잘한 사항이 뒤죽박죽 섞여 있는 것 같았다. 이 사건에 관해 나름대로 가설을 세운 시민들이 보낸 편지도 여러 통 있었다. 그중 어떤 영매가 보낸 편지도 있었는데, 그녀는 테레사 로프턴의 생령生靈이 고주파대역의 오존층 위를 선회하면서 뭐라고 말하고 있다고 했다. 그녀의 말이 너무 빨라서 평범한 사람에게는 새 지저귀는 소리처럼 들릴 테지만, 영매인 자신은 그 소리를 해석할 수 있으며, 션이 원한다면 그녀에게 대신 질문해 줄 용의도 있다고 했다. 서류철에는 션이 그 영매에게 실제로 그런 부탁을 했다는 기록은 전혀 없었다.

테레사의 은행과 자동차 정비소가 모두 학교에서 걸어갈 수 있는 거리에 있다는 점을 명시한 보충자료도 있었다. 형사들은 그녀의 기숙사 방, 놀이방, 은행, 정비소를 잇는 길을 세 번이나 직접 걸어봤지만, 그 수요일에 테레사를 봤다는 증인은 한 명도 찾아내지 못했다. 그런데도 형은 로프턴이 놀이방에서 정비소로 전화를 건 뒤, 돈을 찾으러 은행에 가기 전에 납치당했을 것이라는 가설을 세웠다(또 다른 보충자료에 이 가설을 대략적으로 설명해 두었다).

이 사건에 배당된 수사관들의 활동을 시간순으로 기록한 자료도 있었다. 처음에는 CAPs 소속 수사관 네 명이 이 사건에 전적으로 매달렸다. 그러다 수사에 진전이 거의 없고 다른 사건이 계속 발생하자 수사팀은 션과 웩슬러로 축소됐고 나중에는 션 혼자 남았다. 션은 이 사건을 포기하려 하지 않았다.

이 자료의 마지막 기록은 션이 죽던 날 작성한 것이었다. 기록은 딱 한 줄이었다. '3/13-스탠리에서 러셔. 테리에 관한 P/R 정보.'

"시간 다 됐어."

나는 고개를 들었다. 웩슬러가 자신의 손목시계를 가리키고 있었다. 나는 순순히 서류철을 닫았다.

"P/R이 무슨 뜻이에요?"

"개인적인 신고. 션이 전화를 받았다는 뜻이야."

"러셔는 누구예요?"

"우리도 몰라. 션의 전화번호 수첩에 그 이름이 두 명 있어서 전화해 봤지만, 도무지 영문을 모르는 눈치였어. NCIC도 조회해 봤는데, 성만 가지고는 쓸 만한 자료를 찾을 수 없었지. 그 사람이 누군지 몰라. 심지어 남자인지 여자인지, 션이 그날 실제로 누굴 만나기는 했는지도. 스탠리에는 그날 션을 봤다는 사람이 없었어."

"션이 왜 당신에게 알리거나 제보자에 관한 기록도 남기지 않은 채 이 사람을 만나러 갔을까요? 왜 혼자 갔을까요?"

"그걸 누가 알겠어? 그 사건과 관련된 제보전화는 엄청 많아서 메모를 작성하는 데만도 하루가 걸릴 지경이야. 어쩌면 션도 그 사람이 누군지 몰랐을 수 있고. 그냥 자기에게 뭔가 이야기를 하고 싶어 하는 사람이 있다는 정도만 알고 있었을 가능성도 있어. 이 사건에 완전히 정신을 팔고 있었으니까, 뭘 좀 안다는 사람이 나서면 누구든 만나러 갔을 거야. 작은 비밀 하나 알려줄까? 서류철에는 없는 얘기야. 여기 사람들이 자기를 미친놈으로 생각할까 봐 션이 기록으로 남기지 않았거든. 션은 거기에 이름이 나오는 그 영매를 만나러 간 적이 있어."

"거기서 뭘 좀 알아냈나요?"

"알아내긴 무슨. 살인범이 또 일을 저지르고 싶어 한다는 헛소리만 듣고 왔지. 그러니까 뭐랄까. 아, 예, 설마요, 어쨌든 제보 주셔서 감사합니다, 뭐 이런 식이었어. 어쨌든 그 영매를 만난 얘기는 기사에 쓰지 마. 사람들이 맥을 괴짜로 생각하는 건 싫어."

그가 방금 한 말이 아주 멍청한 소리라는 얘기는 굳이 하지 않았다.

형은 이미 자살했는데, 웩슬러는 션이 점쟁이를 만났다는 사실이 알려지면 션의 이미지가 손상될까 봐 걱정하고 있다니.

"절대 어디서도 말하지 않을게요." 나는 그냥 이렇게만 말했다. 그리고 잠시 침묵을 지키다가 다시 입을 열었다. "그럼 당신 생각에는 그날 일이 어떻게 되었을 것 같아요, 웩스? 이것도 기사에는 안 쓸게요."

"내 생각이 뭐냐고? 맥이 약속장소에 갔는데, 누군지는 몰라도 제보하겠다던 사람이 안 나타났을 거야. 또 막다른 길에 들어선 거지. 그게 결정적이었어. 그래서 맥은 차를 몰고 호수로 가서 그런 짓을 한 거야…. 당신, 션에 관한 기사를 쓸 거야?"

"잘 모르겠어요. 아마 쓸 거예요."

"이봐, 어떻게 말해야 할지 잘 모르겠지만 일단 들어봐. 맥은 당신 형이지만, 내 친구이기도 했어. 어쩌면 당신보다 내가 맥을 더 잘 알지도 몰라. 그러니까 괜히 손대지 마. 그냥 묻어두라고."

나는 한번 생각해 보겠다고 했지만, 그건 그냥 그를 달래려고 한 말일 뿐이었다. 내 마음은 이미 정해져 있었다. 나는 그곳을 나서며 손목시계를 확인했다. 어두워지기 전에 이스티스 공원까지 갈 수 있을지 확인하려고.

06

베어 호수

5시가 지나서야 베어 호수의 주차장에 도착했다. 주차장은 형이 왔을 때와 똑같이 인적이 없었다. 호수는 얼어붙었고, 기온이 빠르게 떨어지는 중이었다. 하늘은 이미 자주색으로 변해 점점 어두워지고 있었다. 이렇게 늦은 시각에는 이곳 주민도 관광객도 이곳에 오고 싶은 생각이 별로 들지 않을 터였다.

주차장에서 차를 몰면서 션이 왜 하필 이곳으로 왔을지 생각해 보았다. 내가 아는 한, 이곳은 로프턴 사건과 아무 상관이 없었다. 하지만 션이 이곳에 온 이유를 알 것 같았다. 나는 션이 차를 세운 자리에 차를 세우고 가만히 앉아 생각에 잠겼다.

경비원 오두막의 정면 위로 불쑥 튀어나온 발코니 천장에 불이 하나 켜져 있었다. 차에서 내려 목격자인 피나가 그곳에 있는지 확인해 보기로 했다. 그때 또 다른 생각이 뇌리를 스쳤다. 나는 조수석으로 자리를 옮겨 두어 번 심호흡한 뒤 문을 열고 자동차와 가장 가까운 숲을 향해 달리기 시작했다. 달리면서 큰 소리로 숫자를 셌다. 1만 1천까지 셌을 때, 눈 둔덕을 넘어 몸을 숨길 수 있는 곳에 도착했다.

부츠도 신지 않은 채 눈 속에 한 발이 깊이 빠진 채로 숲속에 서서, 허리를 구부려 양손으로 무릎을 짚고 숨을 골랐다. 피나가 경찰에서 진술한 대로 재빨리 오두막에서 나왔다면 범인이 숲으로 달려가 몸을 숨기는 것은 도저히 불가능했을 터였다. 호흡이 제대로 돌아오자 나는 피나에게 어떻게 접근하면 좋을지 머리를 굴리면서 경비원 오두막으로 향했다. 기자로 접근할까, 션의 동생으로 접근할까?

피나는 창가에 있었다. 그의 제복에 달린 이름표가 보였다. 내가 창문을 들여다보았을 때 그는 책상에 자물쇠를 채우고 있었다. 오늘 일이 끝난 모양이었다.

"어떻게 오셨습니까? 오늘은 업무가 끝났는데요."

"아, 몇 가지 여쭤볼 것이 있어서 왔습니다."

그가 수상쩍다는 듯이 나를 바라보며 밖으로 나왔다. 내가 눈 속에서 등산을 즐기려고 나선 차림이 아닌 까닭이었다. 나는 청바지에 리복 운동화를 신고, 코르덴 셔츠 위에 두꺼운 모직 스웨터를 껴입고 있었다. 긴 외투를 차에 두고 와서인지 몹시 추웠다.

"저는 잭 매커보이라고 합니다."

잠시 가만히 서서 그가 이 이름을 알아차리는지 지켜보았다. 그는 모르는 눈치였다. 아마도 진술서에 서명하면서 이 이름을 한 번 보았거나, 신문에서 본 게 전부일 것이다. 게다가 매커보이라는 발음에서 'McEvoy' 라는 철자를 유추해 내기도 쉽지 않다.

"제 형… 댁이 2주쯤 전에 발견한 사람이 제 형입니다."

나는 주차장 쪽을 가리켰다.

"아." 그는 이제 알겠다는 표정이었다. "자동차 안에 있던… 경찰관."

"저, 오늘 종일 경찰서에서 이런저런 기록을 살펴봤는데, 아무래도 여기 와서 한번 직접 봐야겠다는 생각이 들어서요. 그게, 아시다시피… 좀 힘드네요."

그는 고개를 끄덕이며 내게 들키지 않게 재빨리 손목시계를 흘깃 바라보았다.

"그냥 잠깐 몇 가지만 여쭤보면 됩니다. 그 소리가 났을 때 이 안에 계셨나요? 총소리 말입니다."

나는 그가 중간에 끼어들 틈을 주지 않고 빠르게 말했다.

"네." 그는 이렇게 말하고 나서 잠시 망설이더니 이내 마음을 정한 모양이었다. "그날도 오늘처럼 일을 마무리하던 참이었습니다. 퇴근 직전이었죠. 소리가 들렸습니다. 그런 소리 있잖습니까. 듣는 순간 뭔지 알 것 같았습니다. 이유는 잘 모르겠지만. 사실 그땐 밀렵꾼들이 사슴을 뒤쫓고 있나 보다 했습니다. 그래서 재빨리 밖으로 나와 먼저 주차장부터 봤습니다. 형님의 차가 보이더군요. 그 안에 있는 형님의 모습도 보였습니다. 창문이란 창문은 죄다 김이 서려 있었는데도 보였어요. 형님은 운전석에 앉아 계셨습니다. 그런데 뒤로 기대고 있는 모습을 보는 순간, 어떻게 된 건지 직감했죠…. 그런 일이 생기다니 유감입니다."

나는 고개를 끄덕이며 경비원 오두막을 자세히 살펴보았다. 자그마한 사무실 하나와 창고가 있을 뿐이었다. 피나는 총소리를 들은 뒤 주차장을 살펴볼 때까지 5초쯤 걸렸다고 진술했지만, 그것도 길게 잡은 추정치일 가능성이 높다는 생각이 들었다.

"고통스럽지는 않았을 겁니다." 피나가 말했다.

"네?"

"그게 궁금하신가 해서요. 고통스럽지는 않았을 겁니다. 제가 자동차로 달려갔을 때 형님은 이미 이 세상 사람이 아니었습니다. 즉사였어요."

"경찰 보고서에 보니까, 댁이 우리 형을 직접 볼 수는 없었다고 되어 있던데요. 문이 잠겨 있어서."

"네, 문을 열려고 해봤죠. 하지만 형님이 이미 돌아가셨다는 걸 분명히 알 수 있었습니다. 그래서 이리로 다시 올라와 연락을 했죠."

"형이 그 일을 저지르기 전에 거기 차를 세워놓고 얼마나 있었던 것 같습니까?"

"저야 모르죠. 경찰에서도 말했지만, 여기서는 주차장이 안 보입니다. 저는 그때 이 안에 있었어요. 히터가 있거든요. 아, 총소리가 들릴 때까지 적어도 30분은 있었을 겁니다. 형님이 그동안 내내 주차장에 계셨을 수도 있죠. 지금 생각해 보니 그럴 수도 있을 것 같습니다."

나는 고개를 끄덕였다.

"형이 호숫가로 나온 적은 없죠? 그러니까, 총소리가 들리기 전에 말입니다."

"호숫가요? 네, 없습니다. 호숫가에는 아무도 없었어요."

나는 가만히 서서 뭔가 다른 질문을 생각해 내려고 머리를 쥐어짰다.

"이유가 밝혀졌습니까?" 피나가 물었다. "말씀드렸다시피, 형님이 경찰관이었다는 것을 저도 압니다."

나는 고개를 저었다. 처음 만난 사람과 그런 이야기를 나누고 싶지 않았다. 나는 고맙다고 인사하고 주차장으로 향했다. 피나는 오두막 문을 잠갔다. 눈을 치워 놓은 주차장에 서 있는 자동차는 내 것뿐이었다. 뭔가 생각이 떠올라서 나는 다시 몸을 돌렸다.

"눈을 얼마나 자주 치우시죠?"

피나가 문에서 물러났다.

"눈이 내릴 때마다 치웁니다."

나는 고개를 끄덕이며 또 다른 질문을 생각해 냈다.

"댁의 차는 어디에 세워둡니까?"

"저 길을 따라 8백 미터쯤 내려간 곳에 장비 야적장이 있습니다. 저는 아침에 거기다 차를 세우고 여기까지 걸어 올라왔다가, 퇴근할 때 다시 걸어 내려갑니다."

"거기까지 태워드릴까요?"

"아뇨, 괜찮습니다. 걸어가는 게 더 빠를걸요."

볼더로 돌아가는 동안 내내 나는 베어 호수에 마지막으로 갔을 때를 생각했다. 그때도 겨울이었다. 하지만 호수는 얼어 있지 않았다. 적어도 전부 얼지는 않았다. 그리고 그때도 호수를 떠나면서 나는 지금만큼 춥고 외로웠다. 지금만큼 죄책감도 느꼈다.

라일리는 장례식에서 봤을 때보다 10년쯤 늙은 것 같은 얼굴이었다. 그런데도 나는 그녀가 문을 열어주는 순간 예전에 미처 알지 못했던 사실을 깨닫고 깜짝 놀랐다. 테레사 로프턴이 열아홉 살 때의 라일리 매커보이와 똑같이 생겼다는 사실. 스캘러리든 누구든 션의 심리치료사에게 이 점에 관해 물어보았는지 궁금해졌다.

라일리가 나더러 안으로 들어오라고 했다. 그녀는 자기 몰골이 엉망이라는 것을 알고 있었다. 문을 연 뒤에 그녀는 아무렇지도 않게 손을 들어 엉망이 된 얼굴 한쪽을 가렸다. 그러고는 힘없이 미소를 지으려고 애썼다. 나를 부엌으로 데려가며 커피를 마시겠느냐고 물어보았지만,

나는 금방 갈 거라고 하고는 식탁에 앉았다. 이 집에 올 때마다 다들 식탁에 모여 앉게 되는 것 같았다. 션이 세상을 떠났는데도 그건 변함이 없었다.

"션에 관한 기사를 쓸 생각이라고 말해주려고 왔어요."

그녀는 오랫동안 말이 없었다. 나를 바라보지도 않았다. 그러더니 일어나서 식기세척기에서 그릇을 꺼내 정리하기 시작했다. 나는 가만히 기다렸다.

"꼭 그래야 돼요?" 마침내 그녀가 물었다.

"네…. 그래야 할 것 같아요."

그녀는 아무 말이 없었다.

"심리치료사 도시너에게 연락할 생각이에요. 그 사람이 나한테 이야기를 해줄지 잘 모르겠지만, 션이 이미 세상을 떠났으니 왜 안 해주겠나 싶어요. 하지만, 저, 혹시 그 사람이 당신한테 허락을 구할지도 몰라서…."

"걱정 마세요. 말릴 생각은 없어요."

나는 고맙다는 뜻으로 고개를 끄덕였지만, 그녀의 말에 날이 서 있음을 놓치지 않았다.

"오늘 경찰관들을 만나보고 호수에도 가봤어요."

"그런 얘긴 듣고 싶지 않아요, 잭. 꼭 기사를 써야 한다면, 그건 잭이 결정할 일이에요. 꼭 써야 한다면 쓰세요. 다만 나는 그 얘기를 듣고 싶지 않아요. 잭이 그 사람에 관한 기사를 정말로 쓴다 해도, 나는 그 기사 역시 안 읽을 거예요. 그건 나도 어쩔 수 없는 일이에요."

나는 고개를 끄덕이며 말했다. "이해해요. 하지만 물어보고 싶은 게 하나 있어요. 그것만 물어보고 다시는 끌어들이지 않을게요."

"무슨 소리예요? 끌어들이지 않는다니?" 그녀가 성난 표정으로 물었다. "나도 이번 일과 상관없는 사람이 되고 싶어요. 하지만 그럴 수는 없잖아요. 평생 벗어날 수 없잖아요. 이번 일을 기사로 쓰고 싶다고요? 그렇게 하면 이번 일을 마음속에서 지워버릴 수 있을 거라고 생각하죠? 그럼 나는 어떻게 하면 될까요?"

나는 바닥을 내려다보았다. 이 자리를 떠나고 싶었지만, 방법을 알 수 없었다. 라일리의 고통과 분노가 닫힌 오븐에서 퍼져 나오는 열기처럼 나를 향해 퍼져 나왔다.

"그 여자에 대해 알고 싶은 거죠?" 그녀가 조금 전보다 차분해진 목소리로 나직하게 말했다. "형사들도 전부 그 여자 얘기만 물어봤어요."

"맞아요. 왜 이번 사건이 유독…?"

묻고 싶은 걸 어떻게 표현해야 할지 알 수 없었다.

"그 사람이 왜 이번 사건 때문에 자기 삶의 좋은 부분을 죄다 잊어버리게 되었느냐고요? 그건 나도 몰라요. 모른다고요, 젠장."

그녀의 눈에 분노의 눈물이 다시 차오르고 있었다. 마치 남편을 다른 여자에게 빼앗기기라도 한 것 같았다. 그런데 그녀 앞에 앉아 있는 나는 션과 아주 흡사하게 생긴, 살아 있는 사람이었다. 그녀가 자신의 분노와 고통을 내게 터뜨리는 것도 무리가 아니었다.

"션이 집에서 그 사건 얘기를 한 적이 있어요?" 내가 물었다.

"그렇지는 않아요. 원래는 가끔 이런저런 사건 얘기를 해주곤 했는데, 이번 사건도 별다르지 않은 것 같았어요. 피살자가 유난히 끔찍한 일을 당했다는 점만 빼면. 범인이 피살자한테 무슨 짓을 했는지 션이 이야기해 줬어요. 자기가 그 여자의 모습을 보지 않을 수 없었다는 얘기도. 그러니까, 이미 죽은 모습 말이에요. 그게 마음에 걸렸던 건 확실한

데, 그 사람은 그것 말고도 마음에 걸리는 게 많았던 사람이에요. 그런 사건이 많았어요. 범인을 꼭 잡고 싶어 했죠. 항상 그렇게 말했어요."

"하지만 이번에는 심리치료까지 받게 됐잖아요."

"자꾸 악몽을 꾸는 것 같아서 내가 치료를 받아보라고 했어요. 내가 시킨 거예요."

"악몽이라니요?"

"그 사람이 그 자리에 있는 꿈이요. 그 여자가 그 일을 당할 때 그 자리에 있는 꿈. 그 광경을 보면서도 범인을 막기 위해 아무것도 하지 못하는 꿈을 꿨대요."

그 말을 들으니 오래전에 죽은 다른 사람이 생각났다. 새라. 얼음 속으로 빠지던 모습. 나는 그 광경을 지켜보며 아무것도 할 수 없다는 사실에 무기력감을 느꼈었다. 나는 라일리를 바라보았다.

"션이 왜 거기까지 올라갔는지 알아요?"

"아뇨."

"새라 때문이었나요?"

"모른다고 했잖아요."

"그건 라일리를 만나기 전에 벌어진 일이지만 누나가 죽은 곳이 바로 거기였어요. 사고로…."

"나도 알아요. 하지만 그 일이 이번 일과 무슨 관련이 있는지 잘 모르겠어요. 지금은 그래요."

나도 마찬가지였다. 머릿속에 수없이 떠오른 혼란스러운 생각 중에 그 생각을 놓아버릴 수 없었다.

덴버로 돌아가기 전에 나는 차를 몰고 묘지에 들렀다. 왜 그랬는지 모르겠다. 날도 이미 어두웠고, 장례식 이후로 눈도 두 번이나 내린 뒤였다. 션의 무덤을 찾는 데만도 15분이나 걸렸다. 아직 묘비도 없었다. 내가 션의 무덤을 찾을 수 있었던 것은 바로 옆의 무덤 덕분이었다. 누나의 무덤.

션의 무덤에는 얼어붙은 꽃들이 꽂힌 꽃병 두 개와 플라스틱 이름표가 있었다. 션의 이름이 적힌 이름표는 눈 속에서 삐죽 고개를 내밀고 있었다. 새라의 무덤에는 꽃 한 송이 없었다. 션이 묻힌 곳을 한동안 바라보았다. 날이 맑아서 달빛만으로도 주위를 알아볼 수 있었다. 내 입김이 하얗게 구름을 만들었다.

"왜 그랬어, 션?" 나는 큰소리로 물었다. "왜 그랬어?"

이게 지금 무슨 짓인가 싶은 생각이 들어서 나는 주위를 둘러보았다. 묘지에 사람이라고는 나뿐이었다. 유일하게 살아 있는 사람. 션이 범인을 꼭 잡고 싶어 했다는 라일리의 말을 생각해 보았다. 나는 훌륭한 기삿거리만 제공해 준다면 범인이야 어찌 되든 신경도 쓰지 않는 사람이라는 사실도 생각해 보았다. 우리는 어쩌다 이토록 완전히 달라진 걸까? 우린 쌍둥이인데. 왜 이렇게 됐는지 알 수 없었다. 그냥 슬펐다. 무덤에 들어가야 하는 건 내 쪽이었는지도 모른다는 생각이 들었다.

웩슬러가 형 소식을 전하러 나를 찾아왔을 때 했던 말이 생각났다. 그는 일을 하면서 접하게 되는 끔찍한 일들을 션이 더는 견딜 수 없게 된 모양이라고 말했다. 지금도 그 말을 믿을 수가 없었다. 하지만 뭔가 믿을 것이 필요하기는 했다. 나는 테레사 로프턴의 사진과 라일리를 생각했다. 누나가 얼음 속으로 빠져 들어가던 모습도 생각했다. 그러자 그녀의 살인사건으로 인해 형이 무엇보다 절박한 감정을 느꼈을 거라는 확신이 들었다. 몸이 두 동강으로 잘린 그녀의 선명한 푸른 눈과 절망감이 션에게 달라붙어 떨어지지 않았을 것이다. 동생에게 그런 속내를 털어놓을 수 있는 처지가 아니었으니, 누나에게 의지할 수밖에 없었을 것이다. 그래서 누나를 데려간 호수로 간 것이다. 그래서 누나 곁으로 간 것이다.

나는 묘지에서 걸어 나오며 한 번도 뒤돌아보지 않았다.

07

PTL 네트워크

글래든은 여자가 아이들에게서 표를 받는 곳 반대편의 난간 옆에 자리를 잡았다. 여자가 그를 볼 수 없는 위치였다. 하지만 커다란 회전목마가 돌기 시작하자 그는 아이들을 한 명 한 명 자세히 살펴볼 수 있었다. 글래든은 금발로 염색한 머리를 손으로 쓸어 올리며 주위를 둘러보았다. 그는 다른 사람들 눈에 자신도 아이를 따라 나온 아버지처럼 보일 것이라고 확신했다.

다시 회전목마가 돌기 시작했다. 회전목마에서 흘러나오는 노래는 글래든이 모르는 노래였다. 말들이 위아래로 오르락내리락하며 시계 반대방향으로 돌았다. 글래든은 실제로 회전목마를 타본 적이 한 번도 없지만, 부모가 아이와 함께 회전목마를 타는 모습을 본 적은 많았다. 글래든 자신이 회전목마를 타는 것은 너무 위험할 것 같았다.

다섯 살쯤 된 여자아이가 검은색 목마를 죽어라 부여잡고 있는 모습이 눈에 들어왔다. 아이는 앞으로 약간 몸을 수그려 말의 목을 뚫고 삐어 나온 줄무늬 기둥을 자그마한 팔로 끌어안고 있었다. 아이가 입은 분홍색 반바지 한쪽 끝자락이 허벅지 안쪽으로 밀려 올라간 상태였다. 아이의 피부는 커피 같은 갈색이었다. 글래든은 가방에서 카메라를 꺼냈다. 그러고는 회전목마의 움직임 때문에 사진이 흐릿하게 찍히는 것을 막기 위해 셔터 속도를 올리고 카메라를 회전목마 쪽으로 향했다. 그는 카메라의 초점을 맞추며 여자아이가 다시 이쪽으로 돌아 나오기를 기다렸다.

회전목마가 두 바퀴나 돈 뒤에야 그는 사진을 제대로 찍은 것 같다는 생각이 들었다. 그는 카메라를 아래로 내리고, 주위를 둘러보았다. 자신이 지금 차분한 상태라는 것을 확인하기 위해서였다. 오른쪽으로 6미터쯤 떨어진 난간에 어떤 남자가 기대어 서 있는 것이 눈에 띄었다. 아까까지만 해도 그곳엔 아무도 없었다. 남자가 재킷과 넥타이 차림인 것이 아무리 봐도 이상했다. 변태 아니면 경찰관, 둘 중 하나일 것이다. 글래든은 그만 가봐야겠다는 생각이 들었다.

부두의 햇빛은 거의 앞이 보이지 않을 정도로 강렬했다. 글래든은 카메라를 가방에 던져 넣고 거울처럼 빛이 반사되는 선글라스를 꺼냈다. 그는 부두를 더 걸어 사람들이 북적이는 곳까지 가기로 했다. 그러면 필요한 경우 그 남자를 떨쳐버릴 수 있을 것이다. 그 남자가 정말로 자신을 미행하고 있는 거라면. 그는 차분하게 행동하면서 흔들림 없이 부두 중간쯤까지 걸어갔다. 그러고는 난간 옆에서 걸음을 멈추고 몸을 돌려 햇볕을 좀 쬐려는 사람처럼 난간에 등을 기댔다. 그는 태양을 향해 얼굴을 들어 올렸지만, 거울 같은 선글라스 뒤의 눈은 자신이 걸어온 부두의 모습을 살펴보고 있었다.

잠시 동안은 특별히 눈에 띄는 것이 없었다. 타이를 매고 재킷을 걸친 남자의 모습도 보이지 않았다. 하지만 이내 그 남자가 눈에 띄었다. 남자는 겉옷을 팔에 걸치고 선글라스를 쓴 모습으로 상점가를 따라 걸으며 천천히 글래든에게 다가오고 있었다.

"젠장!" 글래든은 큰소리로 말했다.

남자아이와 근처 벤치에 앉아 있던 여자가 그 소리를 듣고 무서운 표정으로 글래든을 바라보았다.

"죄송합니다." 글래든이 말했다.

그는 몸을 돌려 부두의 다른 부분을 둘러보았다. 빨리 판단해야 했다. 경찰관들이 현장 근무를 할 때는 대개 둘씩 짝을 지어 다니는 법이다. 그럼 나머지 한 명은 어디 있을까? 그는 30초 만에 사람들 속에서 여자 형사를 찾아냈다. 넥타이를 맨 남자 뒤로 약 30미터 거리에 있는 그녀는 긴 바지에 폴로셔츠 차림이었다. 남자처럼 격식을 갖춘 옷차림이 아니었다. 옆구리에 쌍방향 무전기를 차고 있다는 점만 빼면 군중 속에 있을 때 잘 눈에 띄지 않았다. 글래든이 보기에 여자는 무전기를 감추려 애쓰고 있었다. 그가 지켜보는 동안 여자는 몸을 돌려 그에게 등을 돌리고 서서 무전기로 뭔가 대화를 나눴다.

그녀가 방금 지원을 부탁했음이 분명했다. 틀림없었다. 차분하게 행동하면서 빨리 대책을 생각해 내야 했다. 타이를 맨 남자와의 거리는 20미터쯤 되는 것 같았다. 글래든은 난간에서 물러나 조금 전보다 약간 빠른 속도로 부두 끝을 향해 걷기 시작했다. 그도 여자 형사와 마찬가지로 자기 몸을 방패로 삼아 자신의 행동을 가리며 가방을 앞으로 끌어당겨 지퍼를 열고 카메라를 움켜쥐었다. 하지만 카메라를 밖으로 꺼내지는 않고, 방향을 돌려 '삭제' 스위치를 찾아내서 메모리칩의 내용물을 지웠다. 사실 그 안에 들어 있는 사진은 몇 장 되지 않았다. 회전목마에서 본 여자아이와 공중 샤워장에서 본 아이들 몇 명의 사진이 다였다. 손실은 그다지 크지 않았다.

삭제를 마친 뒤 그는 다시 부두 끝을 향해 걷기 시작했다. 그는 가방에서 담배를 꺼내 물고 몸으로 바람을 가리며 돌아서서 불을 붙였다. 그러고 나서 고개를 들어보니 두 경찰관이 점점 가까이 다가오고 있었다. 두 사람은 그를 완전히 궁지로 몰았다고 생각하는 듯했다. 그는 더 나아갈 곳이 없는 부두 끝을 향하고 있었다. 여자 형사는 아까와 달리 남자와 나란히 서서 이야기를 나누며 포위망을 좁혀 들어왔다. 아마 지원팀이 올 때까지 기다려야 할지 의논하는 거겠지. 글래든은 속으로 생각했다.

글래든은 미끼 가게와 부두 관리사무실이 있는 곳을 향해 잰걸음으로 걸었다. 그는 부두 끝부분의 구조를 잘 알고 있었다. 부모와 함께 나들이를 나온 아이의 뒤를 미행하느라 회전목마에서 여기 부두 끝까지 온 적이 이번 주에만 두 번이었다. 그는 미끼 가게 뒤편에 옥상 전망대로 올라가는 계단이 있다는 것을 알고 있었다.

글래든은 그 가게의 모퉁이를 돌아 경찰관들의 시야에서 벗어난 뒤 가게 뒤쪽으로 달려가 계단을 올라갔다. 이제 가게 앞쪽에서 부두를 내려다볼 수 있었다. 두 경찰관은 저 아래에서 다시 뭐라고 이야기를 나누고 있었다. 그러더니 남자가 글래든의 뒤를 쫓아왔고, 여자는 그 자리에 남았다. 그를 반드시 잡고야 말겠다고 단단히 마음먹은 모양이었다. 그때 갑자기 한 가지 의문이 떠올랐다. 저 사람들이 어떻게 알아낸 거지? 정장 차림의 경찰관이 우연히 부두를 지나가는 일은 없는 법이다. 저 사람들이 여기 온 데는 반드시 이유가 있을 것이다. 바로 그를 잡으러 왔다는 얘기였다. 하지만 그걸 어떻게 알아냈을까?

그는 이런 생각을 그만두고 눈앞의 상황으로 관심을 돌렸다. 형사들의 주의를 돌려놓을 것이 필요했다. 남자 형사는 그가 부두 끝에서 낚시하는 사람들 속에 있지 않다는 사실을 곧 알아내고 그를 찾아 전망대로 올라올 터였다. 그때 나무 난간 옆 구석의 쓰레기통이 눈에 들어왔다. 그는 그리로 달려가서 안을 들여다보았다. 거의 텅 비어 있었다. 그는 가방을 내려놓고 쓰레기통을 머리 위로 들어 올려 난간으로 달려가 가능한 한 멀리까지 던졌다. 쓰레기통은 저 아래에서 낚시하던 두 남자의 머리 위를 날아가 물속으로 떨어졌다. 엄청나게 물이 튀었고, 어떤 남자아이가 고함을 질렀다. "이거 뭐야!"

"사람이 물에 빠졌다!" 글래든이 소리쳤다. "사람이 물에 빠졌다!"

그러고 나서 가방을 움켜쥐고 재빨리 전망대 뒤쪽 난간으로 자리를 옮겼다. 여자 형사가 어디 있는지 찾아보았다. 여자 형사는 아직 그 자리에 있었지만, 물 튀는 소리와 고함소리를 들은 모양이었다. 아이들 두 명이 고함소리와 소란에 이끌려 미끼 가게 옆을 돌아 뛰어갔다. 여자 형사는 잠시 망설이다가 아이들을 따라 건물 모퉁이를 돌아 소란이 벌어진 곳으로 향했다. 글래든은 가방을 어깨에 둘러메고 재빨리 난간을 넘어 내려가다가 1.5미터 지점에서 뛰어내렸다. 그러고는 부두를 따라 육지를 향해 뛰기 시작했다.

목적지까지 절반쯤 뛰었을 때, 자전거를 탄 해변경찰 두 명이 눈에 띄었다. 두 사람은 반바지와 파란색 폴로셔츠 차림이었다. 웃기는군. 어제 그는 그들을 지켜보며 저런 꼴로 경찰 행세를 하는 것이 가소롭다는 생각을 했었다. 하지만 지금은 그들을 향해 곧장 뛰어가며 손을 흔들어 불러 세웠다.

"댁들이 지원팀인가요?" 그는 두 사람과 가까워지자 소리쳤다. "형사님들은 부두 끝에 있어요. 범인은 물에 빠졌고요. 놈이 뛰어든 거예요. 지원팀과 배가 필요하대요. 지원팀을 데려오라고 절 보냈어요."

"네가 가!" 경찰관 한 명이 파트너에게 소리쳤다.

한 명이 자전거를 몰고 출발하자 나머지 한 명은 허리띠에서 무전기를 꺼내 구명보트가 필요하다고 연락했다.

글래든은 신속히 대응해 줘서 고맙다고 인사하고는 그 자리를 떠났다. 몇 초 후 뒤를 돌아보니 남아 있던 경찰관도 부두 끝을 향해 가고 있었다. 글래든은 다시 뛰기 시작했다.

해변과 오션 애비뉴를 잇는 다리 꼭대기에서 글래든은 다시 뒤를 돌아보았다. 부두 끝에서 소란이 벌어진 것이 보였다. 그는 담배에 불을 붙여 물고 선글라스를 벗었다. 경찰관들은 진짜 멍청해. 그는 속으로 생각했다. 그러니 저런 꼴을 당해도 싸. 그는 서둘러 다리를 건너 오션 애비뉴를 가로질러 3번 산책로로 향했다. 그곳은 사람들이 쇼핑과 외식을 위해 자주 찾는 곳이니 사람들 속에 섞여 들어갈 수 있을 터였다. 경찰관들 따위 엿이나 먹으라지. 기회가 왔는데도 그냥 날려버렸잖아. 놈들 하는 짓이 그렇지. 그는 속으로 생각했다.

산책로에 도착한 그는 자그마한 패스트푸드 식당 여러 곳과 이어진 통로를 따라 걸었다. 방금 아슬아슬한 고비를 넘긴 탓에 굶어 죽을 것처럼 배가 고파져서 그는 피자 한 조각과 음료수를 사먹으려고 그곳의 식당 중 한 곳으로 들어갔다. 여자 종업원이 오븐으로 피자를 데우는 동안 그는 회전목마에서 본 여자아이를 생각하며 사진을 지우지 말걸 그랬다고 후회했다. 이렇게 쉽게 빠져나올 수 있을 줄이야.

"괜한 짓을 했어." 그는 화가 나서 큰소리로 말했다. 그러고는 혹시 종업원이 들었나 싶어서 주위를 둘러보았다. 그는 종업원을 잠시 살펴본 결과 매력이 없다는 결론을 내렸다. 나이가 너무 많았다. 사실상 아이를 낳을 수도 있는 나이였다.

글래든이 지켜보는 가운데 종업원은 피자 조각을 손가락으로 잡고 오븐에서 조심스레 꺼내 종이접시에 담았다. 그리고 손가락을 핥더니 (손가락을 덴 모양이었다) 계산대 위에 접시를 놓았다. 그는 자기 자리로 접시를 가져왔지만 피자를 먹지는 않았다. 그는 원래 다른 사람이 자기 음식에 손대는 것을 싫어했다.

글래든은 여기서 얼마나 더 시간을 보내다가 자동차가 있는 해변으로 돌아가야 안전할지 생각해 보았다. 밤새 주차할 수 있는 곳에 차를 세워둔 것이 다행이었다. 혹시 몰라서 그렇게 했던 건데. 무슨 일이 있어도 경찰이 그의 차를 발견하게 놔둘 수는 없었다. 경찰이 그의 차를 찾아낸다면 트렁크를 열어 그의 컴퓨터를 손에 넣을 것이다. 그것을 손에 넣은 뒤에는 절대로 그를 놓아주지 않을 것이다.

방금 경찰관들과 있었던 일을 생각하면 할수록 화가 치밀었다. 이제 회전목마는 잊어버릴 수밖에 없었다. 다시는 그곳에 갈 수 없다. 다시 가더라도 한참 뒤에야 가능할 것이다. 그러니 인터넷으로 다른 사람들에게 소식을 알려줘야 했다.

어쩌다 일이 이렇게 되었는지 도무지 알 수 없었다. 그는 여러 가능성을 생각해 보았다. 심지어 온라인상의 누군가를 의심해 보기까지 했지만, 결국 회전목마에서 표를 받던 여자에게 생각이 멈췄다. 그녀가 불만을 제기했음이 틀림없었다. 그가 회전목마를 보러 갈 때마다 그를 본 사람은 그 여자밖에 없었다. 그 여자가 틀림없었다.

눈을 감고 등 뒤의 벽에 머리를 기댔다. 머릿속으로 회전목마를 그리며 표 받는 여자에게 다가가는 상상을 했다. 손에는 칼이 들려 있었다. 그는 남의 일에 참견하지 말라며 본때를 보여줄 작정이었다. 그 여자는….

누군가의 존재가 느껴졌다. 누군가가 그를 보고 있었다.

글래든은 눈을 떴다. 부두에서 본 두 경찰관이 앞에 서 있었다. 땀으로 흠뻑 젖은 남자가 손을 들어 글래든에게 일어나라고 손짓했다.

"일어나, 이 개자식아."

경찰서로 가는 길에 두 경찰관은 글래든에게 쓸모 있는 말을 한 마디도 하지 않았다. 두 사람은 그의 가방을 빼앗고, 몸수색을 한 뒤 수갑을 채우고는 그를 체포한다고 말했다. 하지만 체포사유는 말해주려 하지 않았다. 두 사람은 그의 담배와 지갑도 빼앗았다. 카메라는 그가 이 세상에서 소중하게 생각하는 유일한 물건이었다. 이번에는 책을 가지고 나오지 않은 것이 다행이었다.

글래든은 지갑 안에 무엇이 들어 있는지 생각해 보았다. 중요한 것은 전혀 없었다. 앨라배마에서 발급된 면허증에는 그의 이름이 해럴드 브리스베인이라고 되어 있었다. 그는 네트워크를 통해 이 면허증을 구했다. 자신이 찍은 사진으로 신분증을 산 것이다. 자동차 안에는 또 다른 신분증이 있었으므로, 경찰에서 풀려나는 즉시 해럴드 브리스베인과는 작별을 고하면 그만이었다.

경찰관들은 그의 자동차 열쇠를 확보하지 못했다. 자동차 열쇠는 바퀴 안에 잘 숨겨져 있었다. 혹시 자신이 경찰에 잡힐 경우를 미리 대비한 것이다. 경찰관들이 자동차를 발견하게 할 수는 없었다. 그는 항상 최악의 경우를 대비해 신중을 기해야 한다는 것을 경험으로 터득했다.

레이포드에서 호러스가 그에게 가르쳐준 것이 바로 그 점이었다. 그와 매일 밤을 함께 보내던 그 시절에.

샌타모니카 경찰국 형사계에 도착하자 형사들은 아무 말 없이 그를 자그마한 심문실로 거칠게 끌고 갔다. 그들은 그를 회색 강철의자에 앉히고, 한쪽 수갑을 풀어 탁자 상판 중앙과 연결된 쇠고리에 다시 채웠다. 그러고는 밖으로 나가버렸다. 그는 1시간 넘도록 혼자 앉아 있었다.

벽에는 거울처럼 생긴 창문이 있었다. 그가 앉아 있는 방을 밖에서 들여다볼 수 있다는 뜻이었다. 하지만 경찰이 저 유리창 뒤편에 과연 누굴 데려다 놓았을지 도무지 알 수 없었다. 피닉스든 덴버든 아니면 다른 곳에서든, 그가 경찰에게 꼬리를 잡혔을 가능성은 전혀 없었다.

한번은 유리창 뒤편에서 사람들의 목소리가 들리는 것 같았다. 사람들이 거기서 그를 관찰하고 지켜보며 작은 목소리로 이야기를 나누는 모양이었다. 그는 눈을 감고, 그들이 자기 얼굴을 보지 못하게 턱을 가슴 쪽으로 떨어뜨렸다. 그러다가 갑자기 눈을 부릅뜨고 미친놈처럼 히죽 웃으며 고개를 들고 소리쳤다. "네놈들이 이러고도 무사할 줄 알아!"

경찰이 저 뒤에 누굴 데려다 놓았든, 그 사람은 이 소리를 듣고 움찔했을 것이다. 표를 받던 그 망할 놈의 여자. 그는 다시 생각했다. 그러고는 그녀에게 복수하는 백일몽 속으로 되돌아갔다.

방에 갇힌 지 90분 만에 문이 열리더니 아까의 경찰관 두 명이 들어왔다. 두 사람은 각각 의자에 앉았다. 여자는 그의 맞은편에, 남자는 왼편에. 여자가 탁자 위에 그의 가방과 함께 녹음기를 올려놓았다. 이건 아무 일도 아냐. 그는 마치 주문을 외듯이 속으로 계속 중얼거렸다. 해 지기 전에 풀려날 거라고.

“기다리게 해서 미안해요.” 여자가 상냥하게 말했다.

“괜찮아요.” 그가 말했다. “담배 좀 돌려주시겠어요?”

그는 고갯짓으로 자기 가방을 가리켰다. 담배를 피우고 싶어서가 아니라, 가방 안에 아직 카메라가 있는지 확인하고 싶어서였다. 망할 놈의 경찰을 절대 믿으면 안 된다. 굳이 호러스가 가르쳐주지 않아도 그 정도는 알고 있었다. 여자 형사는 그의 요청을 무시하고 녹음기를 켰다. 그러고는 자신은 콘스턴스 델피 형사고, 파트너는 론 스위처 형사라고 신분을 밝혔다. 두 사람 모두 아동학대 전담반 소속이었다.

글래든은 여자가 주도권을 쥐고 일을 진행시키는 듯한 모습을 보고 깜짝 놀랐다. 그녀는 스위처보다 다섯 살이나 여덟 살쯤 어려 보였다. 금발머리는 관리하기 쉬운 짧은 스타일이었다. 몸무게는 정상체중보다 7킬로그램쯤 더 나가는 것 같았는데, 그 무게가 대부분 엉덩이와 팔뚝에 몰려 있었다. 아마도 철봉운동을 하는 모양이었다. 그녀가 레즈비언일 거라는 생각도 들었다. 그런 건 척 보면 알 수 있었다. 그에게는 그런 감각이 있었다.

스위처는 지칠 대로 지친 표정에 말도 별로 없었다. 머리가 벗어져 머리통 중심부를 따라 머리카락이 가느다란 줄무늬를 그리고 있었다. 글래든은 델피에게 정신을 집중하기로 했다. 그녀가 대장이었다.

델피는 주머니에서 카드를 한 장 꺼내 글래든에게 헌법에 보장된 그의 권리를 읽어주었다.

“그걸 왜 나한테 읽어주는 거죠?” 그녀가 카드를 다 읽은 뒤 그가 물었다. “난 잘못한 게 없어요.”

“내가 읽어준 내용을 이해했어요?”

“내가 왜 이리로 잡혀온 건지 이해를 못하겠어요.”

"브리스베인 씨, 내가 읽어준…?"

"네."

"좋아요. 그건 그렇고, 면허증이 앨라배마 거네요. 이곳엔 무슨 일로 온 거죠?"

"볼일이 있으니까 왔죠. 변호사를 불러주세요. 당신들이 묻는 말에는 대답 안 할 거예요. 방금 말했듯이, 당신이 방금 읽어준 내 권리를 다 알고 있으니까요."

그는 두 사람이 그의 주소와 자동차의 행방을 알아내려 한다는 것을 알고 있었다. 두 사람에게 증거는 하나도 없었다. 하지만 그가 도망쳤다는 사실만으로도 판사는 십중팔구 충분한 사유가 있다며 그의 집과 자동차에 대한 수색영장을 내줄 터였다. 경찰이 그의 집과 자동차를 찾아내기만 한다면… 무슨 일이 있어도 그것만은 안 될 일이었다.

"변호사 문제는 조금 있다 이야기하죠." 델피가 말했다. "그 전에 당신이 스스로 혐의를 깨끗이 벗을 기회를 줄게요. 변호사한테 돈을 낭비하지 않고도 여기서 그냥 걸어 나갈 수 있을지 모르잖아요."

그녀는 가방을 열고 카메라와 아이들이 아주 좋아하는 스타버스트 사탕봉지를 꺼냈다.

"이게 다 뭐죠?" 그녀가 물었다.

"굳이 말해줄 필요도 없을 것 같은데요."

그녀는 카메라를 들고 마치 생전 처음 보는 물건처럼 바라보았다.

"이건 어디에 쓰는 물건이에요?"

"사진을 찍죠."

"아이들 사진?"

"당장 변호사를 불러줘요."

"이 사탕은 뭐예요? 이걸 당신이 왜 갖고 있는 거죠? 이걸 아이들한테 주나요?"

"변호사를 불러줘요."

"변호사 좋아하시네." 스위처가 발칵 화를 냈다. "넌 이미 꼬리를 잡혔어, 브리스베인. 샤워장에서 애들 사진을 찍고 있었지? 엄마랑 같이 벌거벗고 샤워하는 아이들 사진. 역겨운 놈 같으니."

글래든은 헛기침을 하며 죽은 사람처럼 흐릿한 눈으로 델피를 바라보았다.

"전혀 모르는 일이에요. 하지만 궁금한 게 하나 있긴 하네요. 도대체 죄목이 뭐예요? 댁들은 알고 있나요? 내가 아이들 사진을 찍었다는 얘기가 아니에요. 하지만 설사 사진을 찍었다 해도 바닷가에서 아이들 사진을 찍는 게 법에 어긋나는 일인 줄은 몰랐어요."

글래든은 혼란스럽다는 듯이 고개를 절레절레 저었다. 델피는 역겹다는 듯이 고개를 절레절레 저었다.

"델피 형사님, 분명히 말씀드리지만 공공장소에서 사람들이 사회적으로 수용될 수 있을 만큼 몸을 노출했을 때, 그러니까 지금처럼 바닷가에서 엄마가 아이의 몸을 씻겨주는 경우에는 그 광경을 지켜보아도 음란죄가 아니라는 판례가 수없이 많아요. 그러니까 만약 그런 사진을 찍은 것이 죄라면, 그런 기회를 제공한 아이 엄마도 함께 기소해야죠. 하긴, 형사님도 이 정도는 알고 계시겠죠. 지난 1시간 반 동안 두 분 중 한 분이 틀림없이 시청 소속 자문변호사에게 자문을 구했을 테니까요."

스위처가 탁자 너머의 그를 향해 몸을 기울였다. 담배 냄새와 바비큐 감자칩 냄새가 숨결에 실려 왔다. 일부러 감자칩을 먹은 것 같았다. 심문할 때 도저히 참을 수 없을 만큼 역겨운 입냄새를 풍기려고.

"잘 들어, 이 더러운 놈아. 네놈이 어떤 놈인지, 무슨 짓을 하고 있는지, 우린 다 알아. 난 강간사건이나 살인사건도 다뤄봤지만… 너 같은 놈이 이 세상에서 제일 벌레 같은 녀석이야. 우리랑 말하기 싫다고? 좋아, 우리도 애쓸 필요 없지. 그냥 오늘 밤에 널 비스카일루즈 감옥으로 데려가서 처넣어버리면 되니까. 그 안에는 내가 아는 사람들이 있어, 브리스베인. 거기에 소문을 퍼뜨릴 거야. 어린애를 좋아하는 놈이 왔다고. 그런 놈들이 그 안에서 어떻게 되는지 알아?"

글래든은 천천히 고개를 돌려 차분한 표정으로 스위처의 눈을 처음으로 마주보았다.

"형사님, 잘은 모르겠지만 형사님 입냄새만으로도 내가 잔인하고 이례적인 처벌을 받았다고 할 수 있을 것 같군요. 혹시 내가 바닷가에서 사진을 찍은 혐의로 유죄판결을 받는다면, 그 점을 항소사유로 삼게 될지도 몰라요."

스위처가 팔을 쳐들었다.

"론!"

그는 그대로 동작을 멈추고 델피를 바라보더니 천천히 팔을 내렸다. 글래든은 상대의 위협적인 행동에도 눈 하나 깜짝하지 않았다. 차라리 한 대 맞는 편이 더 좋았을 것이다. 그러면 법정에서 도움이 되었을 테니까.

"귀엽군." 스위처가 말했다. "변호사 빰치게 법을 잘 아는데? 모르는 게 없다고 생각하는 모양이지? 좋아. 오늘 밤에 사건 적요서를 제출하시게 되겠군. 무슨 소린지 알지?"

"이제 변호사를 불러줄래요?" 글래든은 심드렁한 목소리로 말했다.

그는 두 사람의 속셈을 알고 있었다. 두 사람에게는 증거가 하나도 없었으므로, 글래든에게 겁을 줘서 실수를 유도할 작정이었다. 하지만 그는 그들에게 휘둘릴 사람이 아니었다. 그러기에는 머리가 너무 좋았다. 저 두 사람도 속으로는 그 사실을 알고 있는 것 같았다.

"이봐요, 난 감옥에 갈 일이 없어요. 당신들도 알잖아요. 지금 손에 쥔 증거라도 있어요? 내 카메라를 갖고 있긴 하죠. 이미 확인해 봤는지 잘 모르겠지만, 그 안에는 사진이 하나도 없어요. 어디서 표 받는 여자인지 바닷가 구조대원인지, 하여튼 어떤 사람이 찾아와서 내가 사진을 찍었다고 말했겠죠. 하지만 그 사람들 말 외에는 증거가 전혀 없잖아요. 만약 조금 전에 그 사람들을 저 거울 뒤에 데려다 놓고 나를 보라고 했어도, 또 그 사람들이 나를 알아보았다 해도 객관적인 증거가 될 수 없어요. 어느 모로 봐도, 편견의 소지를 배제한 범인 식별 과정이라고 할 수 없으니까."

그는 상대의 반응을 기다렸지만 두 사람은 아무 말도 하지 않았다. 이제 주도권을 쥔 사람은 글래든 자신이었다.

"이번 일에서 확실한 건, 당신들이 저 유리창 뒤에 누굴 데려다 놓았든, 그 사람이 목격한 행위는 범죄가 아니라는 거예요. 그런 걸 가지고 어떻게 날 하루 동안 감옥에 가둬놓겠다는 건지 모르겠네요. 혹시 설명 좀 해줄 수 있겠어요, 스위처 형사님? 그 머리에 지나친 부담이 되는 게 아니라면."

스위처가 벌떡 일어나는 바람에 의자가 뒤로 넘어지면서 벽에 부딪쳤다. 이번에는 델피가 손을 뻗어 직접 그를 말렸다.

"진정해요, 론." 그녀가 명령했다. "앉아요. 어서."

스위처는 명령에 따랐다. 델피가 글래든을 바라보았다.

"계속 이런 식으로 나온다면, 나도 전화할 수밖에 없어요." 그가 말했다. "전화기가 어디 있죠?"

"전화기는 금방 쓸 수 있을 거야. 유치장에 들어간 직후에. 하지만 담배는 포기해야 할걸. 유치장은 금연시설이라서 말이야. 네 건강을 위해서야."

"무슨 혐의로 유치장에 넣는다는 거예요? 날 가둘 수는 없어요."

"공공수로를 오염시킨 죄. 시의 재산을 파괴한 죄. 경찰관을 피한 죄."

글래든은 무슨 소리냐는 듯이 눈썹을 치떴다. 델피가 그를 향해 미소를 지었다.

"네가 잊어버린 게 있어." 그녀가 말했다. "네가 샌타모니카만에 던져 넣은 쓰레기통 말이야."

그녀는 의기양양하게 고개를 끄덕이며 녹음기를 껐다.

경찰서 유치장에서 글래든은 전화해도 좋다는 허락을 받았다. 수화기를 귀에 대자 공업용 비누 냄새가 났다. 경찰이 지문을 찍느라 손가락에 묻은 잉크를 닦으라며 준 비누 때문이었다. 그 냄새를 맡으니 경찰이 지문대조를 하기 전에 이곳을 빠져나가야겠다는 생각이 다시 들었다. 그는 이곳으로 온 첫날 밤에 외워둔 전화번호를 눌렀다. 네트워크 명단에 있는 변호사 크래스너의 전화번호였다.

처음에는 크래스너의 비서가 그를 따돌리려고 했다. 하지만 글래든은 페더슨 씨의 소개로 크래스너 씨에게 전화했다는 말을 전해달라고 했다. 페더슨이라는 이름도 네트워크 게시판에 있었다. 크래스너가 곧장 전화를 받았다.

"아서 크래스너입니다. 무슨 일이십니까?"

"크래스너 씨, 저는 해럴드 브리스베인이라고 하는데, 곤란한 일이 있습니다."

글래든은 크래스너에게 사정을 자세히 설명했다. 혼자가 아니라서 그는 통화하며 목소리를 낮췄다. 유치장에는 비스케일러즈 센터의 교도소로 이송되기를 기다리는 남자 두 명이 그와 함께 갇혀 있었다. 한 사람은 바닥에 누워 자고 있었는데, 마약에 취한 듯했다. 다른 한 사람은 달리 할 일이 없어서인지 맞은편에 앉아 글래든을 지켜보며 그의 말에 귀를 기울이고 있었다. 글래든은 그가 위장잠입한 경찰인지도 모른다고 생각했다. 자신이 변호사와 통화하는 내용을 엿들으려고 죄수 행세를 하는 경찰관.

글래든은 자신의 본명만 빼고 모든 것을 사실대로 이야기했다. 그의 이야기가 끝난 뒤 크래스너는 오랫동안 말이 없었다.

"그 뒤에서 나는 소리가 뭐죠?" 마침내 그가 물었다.

"여기 바닥에 어떤 사람이 누워 자면서 코 고는 소리예요."

"해럴드, 당신은 그런 사람들하고 그렇게 같이 갇혀 있을 사람이 아닌데." 크래스너가 탄식했다. 선심을 베푸는 척하는 그 말투가 마음에 들지 않았다. "어떻게든 조치를 취해야겠습니다."

"그래서 이렇게 전화를 드린 거예요."

"오늘과 내일 제가 일을 봐드리는 비용은 1천 달러입니다. 그 정도면 후하게 할인해 드리는 거죠. 그런 가격은… 페더슨 씨가 소개한 분들에게만 제시하는 겁니다. 제가 내일 이후에도 계속 일을 봐드리게 된다면, 그건 그때 가서 이야기하기로 합시다. 돈을 쉽게 마련할 수 있겠습니까?"

"네, 그럼요."

"보석금은요? 제 수임료 말고, 보석금도 해결할 수 있습니까? 부동산을 담보로 돈을 마련하는 건 애당초 생각할 필요도 없는 일 같군요. 보증인이 판사가 정한 보석금의 10퍼센트를 가져갈 겁니다. 그게 그 사람들 수수료니까요. 그 돈은 나중에 돌려받을 수 없습니다."

"부동산이 없는 건 맞아요. 당신의 터무니없는 수임료를 지불한 뒤에도, 아마 5천쯤은 더 마련할 수 있을 거예요. 당장 마련할 수 있는 돈이 그 정도라는 얘기예요. 돈을 더 구할 수는 있지만, 좀 힘들 수도 있어요. 5천을 넘지 않는 선에서 해결하고 싶어요. 가능한 한 빨리 날 여기서 꺼내주세요."

크래스너는 '터무니없는 수임료'라는 말을 무시해 버렸다.

"5천이라고요?" 그가 물었다.

"네. 5천이요. 그 돈으로 어떻게 해보실 수 있나요?"

글래든의 짐작에 크래스너는 엄청나게 부풀린 수임료를 미리 깎아준 걸 죽도록 후회할 것 같았다.

"좋습니다. 보석금 5만 달러까지는 해결할 수 있다는 말씀이군요. 그 정도면 괜찮을 것 같습니다. 지금 당신은 중죄를 저지른 혐의로 체포됐습니다. 하지만 경찰을 보고 도망친 것이나 물을 오염시킨 혐의는 약해요. 중죄로 기소할 수도 있고, 경범죄로 기소할 수도 있다는 얘깁니다. 저쪽에서도 이 둘에 대해서는 별로 힘을 쓰지 않을 겁니다. 경찰이 만들어낸 말도 안 되는 혐의일 뿐이에요. 그러니까 우리는 그냥 법정에 나가서 보석 판정을 얻어내기만 하면 됩니다."

"맞아요."

"이런 혐의에 5만이면 많은 돈이지만, 소송 서류 담당자와 흥정하는데 일부가 들어갈 겁니다. 일단 두고 봅시다. 보아하니, 댁은 저한테 주소를 가르쳐주고 싶지 않은 눈치군요."

"맞아요. 다른 주소가 필요해요."

"그럼 아무래도 5만을 다 써야 할 겁니다. 제가 주소를 한번 찾아보죠. 그 때문에 추가비용이 발생할 수도 있습니다. 액수가 많지는 않을 겁니다. 제가…."

"좋습니다. 얼른 일이나 처리해 주세요."

글래든은 맞은편 벽에 앉아 있는 남자를 뒤돌아보았다.

"오늘 밤은 어떻게 하죠?" 그가 조용히 물었다. "이미 말했지만, 이 경찰관들은 내가 감옥에서 곱게 지낼 수 없게 손을 쓸 거예요."

"제가 보기에는 그쪽에서 그냥 허풍을 떠는 것 같지만…."

"당신이야 쉽게 그런 말을…."

"하지만 제가 철저하게 손을 쓸 겁니다. 제 말을 끝까지 들으세요, 브리스베인 씨. 오늘 밤에 당신을 거기서 꺼내줄 수는 없지만, 지금부터 몇 군데에 연락을 취해둘 겁니다. 괜찮을 거예요. 당신이 K-9 재킷을 입고 감옥에 들어가게 해주겠습니다."

"그게 뭔데요?"

"감옥 안에서 건드리면 안 되는 지위를 뜻합니다. 대개 경찰 정보원이나 힘센 죄수들이 이런 지위를 차지하죠. 교도소에 전화해서 당신이 워싱턴에서 진행되는 연방사건 수사의 정보원이라고 알리겠습니다."

"그 말을 확인하려 들지 않을까요?"

"그렇겠죠. 하지만 오늘은 시간이 너무 늦어서 그럴 수 없으니, 당신한테 K-9 재킷을 입혀줄 거예요. 내일 제 말이 거짓이라는 걸 확인할 때쯤이면 당신은 이미 법정에 나와 있을 테고, 운이 좋으면 거기서 자유의 몸이 될 겁니다."

"좋은 계획이네요, 크래스너 씨."

"그렇죠. 하지만 이 방법을 다시 써먹을 수는 없습니다. 그 손해를 보상하기 위해 아까 말했던 수임료를 조금 더 올려야 할지도 모릅니다."

"웃기시네. 이봐요, 잘 들어요. 내가 마련할 수 있는 돈은 최대 6천이에요. 일단 날 꺼내준 다음에 보증인 수수료를 제하고 나머지를 다 가져요. 당신 솜씨에 따라 수임료가 늘어날 수도 있다는 얘기예요."

"좋습니다. 그리고 한 가지 더. 아까 지문 얘기를 하셨는데, 무슨 소린지 알아야겠습니다. 그래야 제가 법정에서 양심에 어긋나지 않게…."

"전과가 있어요. 그걸 알고 싶은 거죠? 하지만 당신한테 내 전과에 대해 자세히 이야기할 필요는 없을 것 같아요."

"알겠습니다."

"법정에는 언제 나가게 될까요?"

"오전 늦게요. 이 전화를 끊고 교도소에 연락하면서 당신이 아침 일찍 샌타모니카로 가는 버스에 탈 수 있게 하겠습니다. 비스케일러즈보다 법원 유치장에서 기다리는 편이 더 낫거든요."

"그건 나야 모르는 일이죠. 여긴 처음이니까."

"저, 브리스베인 씨, 제 수임료와 보석금 얘기를 또 해야 할 것 같은데…. 내일 법원에 가기 전에 그 돈을 받아야 합니다."

"은행 계좌 갖고 계시죠?"

"네."

"번호를 불러주세요. 아침에 돈을 넣어드릴게요. K-9이라면 장거리 전화도 할 수 있을까요?"

"아뇨. 제 사무실로 전화하셔야 할 겁니다. 주디에게 전화가 올 거라고 말해두겠습니다. 당신이 주디에게 전화번호를 불러주면, 주디가 다른 전화로 그쪽에 전화를 걸어 중간에서 연결해 줄 겁니다. 문제없습니다. 전에도 이런 식으로 일해본 적이 있으니까요."

크래스너는 자신의 계좌번호를 불러주었고, 글래든은 호러스가 가르쳐준 암기법으로 그 번호를 외웠다.

"크래스너 씨, 내가 입금한 기록을 지워버리고 그냥 현찰로 수임료를 받아 계좌에 넣은 것처럼 꾸미는 편이 당신에게도 아주 이로울 거예요."

"알겠습니다. 또 생각나는 것 없습니까?"

"있어요. PTL 네트에 들어가서 사람들에게 내 사정을 알리고, 그 회전목마 근처에는 가지 말라고 말해주세요."

"그렇게 하죠."

전화를 끊은 뒤 글래든은 벽에 등을 대고 주르르 미끄러지듯 바닥에 앉았다. 그는 맞은편 남자를 일부러 바라보지 않았다. 이제는 코 고는 소리가 들리지 않았다. 바닥에서 자고 있던 남자가 죽었는지도 모른다는 생각이 들었다. 마약을 너무 먹어서 죽었을 것이다. 그때 남자가 살짝 몸을 뒤척였다. 순간적으로 글래든은 손을 뻗어 남자의 플라스틱 팔찌와 자기 것을 바꿔 놓을까 생각했다. 그렇게 하면 십중팔구 변호사 수임료와 보석금 5만 달러를 물지 않고도 아침에 석방될 수 있을 터였다.

아냐, 너무 위험해. 그는 속으로 결론을 내렸다. 맞은편에 앉아 있는 남자가 경찰일 수도 있었다. 게다가 바닥에서 자고 있는 남자가 아주 전과 많은 상습범일 수도 있었다. 이번에야말로 판사가 더 이상 봐줄 수 없다는 판단을 내릴지 어찌 알겠는가. 글래든은 크래스너에게 운을 맡기기로 했다. 어쨌든 네트워크 게시판에서 그 이름을 알게 됐으니까 말이다. 크래스너는 틀림없이 이런 일을 잘하는 사람일 것이다. 하지만 6천 달러가 마음에 걸렸다. 사법 체제 때문에 돈을 갈취당하는 것 같았다. 내가 왜 6천 달러를 내야 돼? 뭘 잘못했기에?

그는 담배를 찾으려고 주머니로 손을 가져갔다가 담배를 빼앗겼다는 사실을 기억해 냈다. 분노가 한층 더 무겁게 그를 짓눌렀다. 자기연민도. 이 사회가 자기를 왜 이렇게 박해하는지 모르겠다는 생각이 들었다. 그의 본능과 욕망은 그가 선택한 것이 아니었다. 사람들은 왜 그걸 이해해 주지 못하는 걸까?

지금 노트북 컴퓨터가 옆에 있으면 좋겠다는 생각이 들었다. 네트워크에 접속해 그곳 사람들과 이야기를 나누고 싶었다. 자신과 같은 사람들. 감방에 들어와 있으니 외로웠다. 맞은편 벽에 기대어 앉은 남자가 자신을 지켜보지만 않으면, 심지어 울음을 터뜨릴지도 모른다는 생각이 들 정도였다. 그 남자 앞에서는 울고 싶지 않았다.

08

공간을 넘고, 시간을 넘어

사건 서류를 본 뒤로 나는 잠을 잘 이루지 못했다. 자꾸만 그 사진들이 생각났다. 먼저 테레사의 사진이 생각나고, 그다음에는 형의 사진이 생각났다. 둘 다 끔찍한 모습으로 영원히 사진 속에 사로잡혀서 봉투 속에 저장되어 있었다. 경찰서로 다시 가서 그 사진들을 훔쳐다가 태워버리고 싶었다. 다른 사람이 그 사진을 보는 것이 싫었다.

아침에 커피를 끓여 잔에 따른 뒤 메일을 확인하려고 컴퓨터를 켜고 〈로키 마운틴 뉴스〉의 웹사이트에 접속했다. 웹사이트가 화면에 뜨고 컴퓨터가 내 비밀번호를 확인하는 동안 나는 상자에 들어 있는 시리얼을 한 줌 먹었다. 노트북 컴퓨터와 프린터를 항상 식탁 위에 놓아두는 것은, 컴퓨터를 쓰면서 식사할 때가 많아서였다. 혼자 식탁에 앉아 식사하게 된 게 언제부터인지 곱씹기보다는 이 편이 훨씬 나았다.

내 집은 자그마했다. 지난 9년간 침실 하나인 이 아파트에서 살았다.

가구도 전혀 바꾸지 않았다. 살기 나쁜 곳은 아니지만, 특별한 곳도 아니었다. 션을 제외하면, 마지막으로 찾아온 사람이 누군지 기억도 나지 않았다. 여자를 사귀더라도 이 집에 데려오진 않았다. 애당초 사귄 여자도 많지 않지만.

이 집에 처음 이사 왔을 때는 2년쯤 여기 살다가 집을 사서 결혼도 하고 개나 다른 반려동물을 기르며 살게 될 거라고 생각했다. 하지만 내 인생은 그렇게 풀리지 않았다. 이유는 잘 모르겠다. 아마 직업 때문일 것이다. 적어도 나 자신은 속으로 그렇게 되뇌었다. 나는 일에 모든 힘을 쏟았다. 아파트의 방이란 방에는 죄다 내 기사가 실린 신문들이 높이 쌓여 있었다. 내 기사를 다시 읽는 것도 모아두는 것도 좋았다. 내가 집에서 죽는다면, 사람들이 이 집에 들어와서 나를 보고는 내가 쓸모없는 잡동사니를 모아두는 버릇이 있었나 보다, 하고 잘못 생각할 것이다. 잡동사니를 버리지 못해 신문을 천장까지 쌓아두고, 매트리스 속에 현금을 잔뜩 쑤셔 넣은 채 세상을 떠나는 그런 사람들에 대해서는 나도 기사를 쓴 적이 있었다. 하지만 내 시체를 발견한 사람들은 굳이 방에 쌓인 신문을 꺼내 내 기사를 읽어보려 하지 않을 것이다.

컴퓨터에는 이메일이 두 통밖에 들어와 있지 않았다. 가장 최근에 온 것은 그레그 글렌이 일이 어떻게 진행되고 있느냐며 보낸 것이었다. 보낸 시각은 어제 저녁 6시 30분이었다. 이 시각을 확인하고 나니 짜증이 치밀었다. 월요일 아침에 나더러 기사를 써도 좋다고 허락해 놓고, 월요일 저녁에 진행 상황을 묻다니. 부장이 일이 어떻게 진행되고 있느냐고 묻는 것은 곧 빨리 기사를 내놓으라는 뜻이었다.

젠장. 나는 속으로 이런 생각을 하며 간단한 답장을 보냈다. 월요일에 경찰관들과 이야기를 나눠본 결과 형이 자살했다는 확신을 얻었다는 내용이었다. 이제 의문이 해결되었으므로, 나는 경찰관 자살사건의 원인과 빈도를 조사할 작정이었다.

부장의 이메일보다 앞서 들어온 것은 자료실의 로리 프라인이 보낸 것이었다. 보낸 시각은 월요일 4시 30분. 이메일 내용은 아주 간단했다. "넥시스에 재미있는 것이 있어요. 카운터에 놓아두었어요."

나는 신속하게 자료조사를 해줘서 고맙다, 뜻하지 않은 일 때문에 볼더에 붙잡혀 있었지만 당장 자료를 찾으러 가겠다는 내용의 답장을 보냈다. 아무래도 그녀가 내게 관심이 있는 것 같았다. 하지만 나는 그녀에게 직장 동료의 선을 넘는 반응을 보인 적이 한 번도 없었다. 이런 일에는 확신이 없는 이상 조심해야 하는 법이다. 상대도 이쪽의 접근을 바란다면, 이쪽은 멋진 사람이 된다. 하지만 상대가 이쪽의 접근을 바라지 않는다면, 인사부에서 잔소리를 듣게 된다. 그러니 이런 일을 아예 피하는 것이 상책이다.

이메일 확인을 마친 뒤에는 AP와 UPI 통신 기사들을 훑어보며 흥미로운 사건이 있는지 살폈다. 어떤 의사가 콜로라도 스프링스의 여성병원 앞에서 총에 맞았다는 기사가 있었다. 낙태 반대운동가가 범인으로 체포되었지만, 의사는 아직 죽지 않았다. 나는 이 기사를 복사해 내 개인 자료함으로 보냈다. 하지만 의사가 죽지 않는 한, 이 기사를 다시 들춰보게 될 것 같지는 않았다.

문을 두드리는 소리가 났다. 나는 문에 뚫린 구멍으로 밖을 내다보았다. 복도를 사이에 두고 맞은편으로 한 집 아래쪽에 사는 제인이었다. 그녀가 그 집에서 살기 시작한 지 이제 1년쯤 됐는데, 내가 그녀를 처음 만난 것도 그 무렵이었다. 그녀는 짐을 정리하면서 가구 옮기는 것을 좀 도와달라고 날 찾아왔다. 내가 신문기자라고 하자 그녀는 대단히 감동한 눈치였다. 신문기자라는 직업이 어떤 것인지 모르는 탓이었다. 우리는 두 번 영화를 보았고, 한 번 저녁을 먹었으며, 키스톤에서 스키를 타며 하루를 보냈지만, 이 모든 일이 그녀가 이사 온 뒤 1년에 걸쳐 드문드문 이어졌으므로 우리 사이가 발전할 가능성은 전혀 없어 보였다.

내 생각에는 그녀가 아니라 내가 머뭇거린 것이 문제였다. 그녀는 야외활동을 즐기는 매력적인 여성이었다. 어쩌면 그것이 문제였는지도 모른다. 나 또한 야외활동을 즐기는 편이라(적어도 내 생각으로는 그랬다) 나와는 조금 다른 상대를 원했다.

"안녕하세요, 잭. 어젯밤에 차고에서 당신 차를 보고 돌아온 걸 알았어요. 여행은 어땠어요?"

"좋았어요. 일상을 떠나 있으니 좋던데요."

"스키도 탔어요?"

"조금요. 텔류라이드에 갔거든요."

"좋았겠네요. 있잖아요, 미리 말하려고 했는데 당신이 이미 여행을 떠난 뒤라서…. 또 여행을 떠날 일이 있으면, 식물을 돌보는 일이나 우편물을 받아두는 일 같은 건 제가 맡을게요. 뭐든지 말씀만 하세요."

"세상에, 고마워요. 하지만 식물은 키우지 않는 편이라서…. 일 때문에 밖에서 돌아다니느라 밤에 집에 못 들어올 때가 많거든요. 그래서 식물은 전혀 키우지 않아요."

나는 문 앞에 선 채로 내 말이 맞는지 확인하려는 것처럼 아파트 안쪽을 뒤돌아보았다. 아마 그녀에게 커피나 한잔하겠느냐며 안으로 들어오라고 해야 했겠지만, 나는 그렇게 하지 않았다.

"지금 출근하시는 길인가요?" 내가 물었다.

"네."

"저도요. 이제 나가봐야겠어요. 아, 제가 조금 안정이 되면 영화를 보러 가든지 하죠."

우리는 둘 다 로버트 드니로의 영화를 좋아했다. 우리 사이에 접점이 하나 있다면 바로 그것이었다.

"좋아요. 나중에 전화하세요."

"그럴게요."

문을 닫은 뒤 나는 그녀에게 들어오라는 말을 하지 않은 나 자신을 다시 나무랐다. 식탁으로 돌아가 컴퓨터를 끄자 프린터 옆에 2~3센티미터 두께로 쌓여 있는 종이 더미가 눈에 들어왔다. 내 미완성 소설이었다. 그 소설을 쓰기 시작한 지 벌써 1년도 더 지났지만 도무지 글이 앞으로 나아가질 못했다.

원래 나는 오토바이 사고로 사지가 마비된 작가의 이야기를 쓸 작정이었다. 그는 합의금으로 받은 돈으로 근처 대학에 다니는 아름다운 여성을 타자수로 고용해 자신이 생각한 문장을 입력하게 한다. 하지만 오래지 않아 그는 자신이 불러준 문장을 입력도 하기 전에 그녀가 멋대로 고쳐 쓰고 있음을 알게 된다. 알고 보니 그녀의 글 솜씨가 자기보다 나아서 그는 곧 그녀가 글을 쓰는 방에 말없이 가만히 앉아 있게 된다. 그가 하는 일이라고는 그냥 지켜보는 것뿐이다. 그녀를 죽이고 싶다. 자기 손으로 목을 졸라 죽이고 싶다. 하지만 그는 손을 움직일 수 없다. 그의 삶은 지옥이었다.

그 원고 더미가 식탁 위에 앉아서 한 번 더 노력해 보라고 충동질하고 있었다. 쓰다가 포기한 다른 원고처럼 그 원고를 서랍에 넣어버리지 않은 이유를 모르겠다. 아마 내 눈에 보이는 곳에 그 원고를 놓아두고 싶었던 것 같다.

내가 들어갔을 때 〈로키 마운틴 뉴스〉의 편집국에는 사람이 전혀 없었다. 조간 담당국장과 기자들이 사회부 쪽에 앉아 있는 것을 빼면 눈에 띄는 사람이 하나도 없었다. 대부분의 기자들은 9시가 지나야 모습을 드러냈다. 나는 우선 카페테리아에 들러 커피를 산 뒤 곧장 자료실로 가서 내 이름이 붙어 있는 두툼한 자료를 찾았다. 그러고는 직접 고맙다는 인사를 하려고 로리 프라인의 책상으로 갔지만 그녀 역시 아직 출근 전이었다.

내 자리에서는 그레그 글렌의 사무실이 들여다보였다. 그는 그 안에서 여느 때처럼 통화 중이었다. 나는 평소와 마찬가지로 〈로키 마운틴 뉴스〉와 〈덴버 포스트〉를 나란히 놓고 읽기 시작했다. 이렇게 신문을 읽으며 덴버에서 벌어지는 신문사들의 전쟁에 매일 판정을 내리는 이 시간이 나는 항상 즐거웠다. 점수를 매길 때는, 단독보도 기사의 점수가 항상 제일 높았다. 하지만 대개 두 신문은 같은 기사를 실었으므로, 진짜 전투는 사실 참호 속에서 벌어지고 있었다. 나는 우리 기사를 먼저 읽은 뒤 저쪽 기사를 읽으며 누가 기사를 더 잘 썼는지, 누가 최고의 정보를 쥐고 있는지 살펴보았다.

내가 항상 〈로키 마운틴 뉴스〉의 손을 들어주는 것은 아니었다. 사실 그렇지 않을 때가 대부분이었다. 이곳의 동료 기자 중에는 진짜 형편없는 놈들도 섞여 있었으므로 〈덴버 포스트〉가 그놈들에게 한 방을 먹이더라도 아쉬워할 이유가 없었다. 하지만 다른 사람에게 이런 속내를 털어놓을 생각은 전혀 없었다. 이런 것이 언론계의 속성이고, 경쟁의 속성이었다. 우리는 다른 신문사와도 경쟁하고, 우리끼리도 경쟁했다. 내가 편집국을 돌아다닐 때마다 일부 기자들이 나를 지켜보고 있을 거라고 확신하는 이유도 바로 그것이었다. 일부 젊은 기자들에게 나는 거의 영웅이나 다름없었다. 남들이 기를 쓰고 갖고 싶어 하는 기삿거리와 재능과 출입처를 갖고 있는 영웅. 하지만 다른 기자들의 눈에는 분에 넘치게 편한 일을 맡은 한심한 놈으로 보일 터였다. 공룡 같은 놈으로. 그들은 나를 죽이고 싶어 했다. 그건 상관없었다. 그들의 심정을 이해할 수 있었으니까. 나도 그런 처지였다면 똑같은 생각을 했을 것이다.

덴버의 신문들은 뉴욕, 로스앤젤레스, 시카고, 워싱턴의 대형 신문사들에 기자를 공급해 주는 역할을 했다. 나도 이미 오래전에 그런 신문사로 자리를 옮겼어야 마땅할 것이다. 사실 몇 년 전에 〈로스앤젤레스 타임스〉의 제의를 거절한 적도 있었다. 그때 그런 제의가 왔다는 사실을 이용해 글렌에게서 지금처럼 살인사건을 전담하는 지위를 얻어냈다. 글렌은 〈로스앤젤레스 타임스〉 쪽에서 내게 경찰을 취재하는 민완기자 자리를 제의했다고 생각했다. 사실, 제의받은 자리는 '계곡 섹션'이라는 교외면 담당기자 자리였지만, 글렌에게 말하지는 않았다. 글렌은 내게 〈로키 마운틴 뉴스〉에 남는다면 나를 위해 살인사건 전담기자라는 자리를 새로 만들어주겠다고 제의했다. 가끔은 그때 글렌의 제의를 받아들인 것이 실수라는 생각도 들었다. 어쩌면 어딘가 다른 곳에서 새 출발을 하는 편이 더 좋았을 수도 있는데.

조간 경쟁에서 우리의 성적은 좋은 편이었다. 나는 신문을 밀쳐놓고 자료실에서 가져온 자료를 집어 들었다. 로리 프라인은 동부의 신문들에서 경찰관 자살사건의 병리학적 측면을 분석한 기사들을 여러 건 찾아주었다. 전국에서 발생한 자살사건에 관한 단신기사 몇 건도 자료철 속에 포함되어 있었다. 하지만 로리 프라인은 나를 배려해서 〈덴버 포스트〉에 실린 형의 기사는 뽑아주지 않았다.

긴 분석기사들은 대부분 자살을 경찰관이라는 직업에 따르는 위험으로 보고 있었다. 모두들 경찰관이 자살한 사례를 맨 앞에 제시한 뒤, 경찰관들이 총을 입에 물게 만드는 이유에 대해 정신과 의사와 경찰 전문가들이 분석한 내용을 실었다. 모든 기사의 결론은 한결같았다. 경찰관의 자살, 직업적인 스트레스, 피해자가 겪은 끔찍한 사건 사이에 인과관계가 있다는 것.

이 기사들은 내게 중요했다. 내가 기사를 쓰는 데 필요한 전문가들의 이름이 나와 있다는 점에서. 워싱턴 D.C.의 법집행재단이 FBI의 후원을 받아 실시하고 있는 경찰관 자살연구를 언급한 기사도 여러 편 있었다. 나는 FBI나 이 재단 측에서 나온 최신 통계자료를 이용하면 내 기사에 신선함과 신뢰성을 덧붙일 수 있을 것 같아서 그 부분을 따로 표시해 두었다.

전화벨이 울려서 받아보니 어머니였다. 어머니와 이야기 나누는 것은 장례식 이후로 처음이었다. 여행은 잘 다녀왔느냐, 다들 잘 지내느냐면서 가볍게 안부를 물은 뒤, 어머니는 곧장 핵심으로 들어갔다.

"라일리한테 들었는데, 네가 션의 일을 기사로 쓸 생각이라면서?"

이건 질문이 아니었지만 나는 마치 질문에 답하듯이 말했다.

"네, 맞아요."

"존, 왜?"

나를 존이라고 부르는 사람은 어머니뿐이었다.

"그럴 수밖에 없으니까요. 마치… 그런 일이 없었던 것처럼 계속 이렇게 살 수는 없어요. 적어도 그 일을 이해하려고 노력은 해봐야죠."

"넌 어렸을 때도 항상 물건을 분해하곤 했지. 기억나니? 네가 장난감을 얼마나 망가뜨렸는지."

"무슨 말씀을 하시려는 거예요, 어머니? 이건…."

"내가 말하고 싶은 건, 네가 물건을 분해해 놓고서 다시 조립하지 못할 때도 있다는 거다. 그럼 뭐가 남겠니? 아무것도 안 남아, 조니. 네 손엔 아무것도 안 남는다고."

"어머니, 말도 안 되는 소리는 그만하세요. 전 이 기사를 쓸 수밖에 없어요."

어머니와 이야기할 때면 왜 이렇게 금방 화가 치미는지 나도 알 수 없었다.

"너 자신 말고 다른 사람 생각을 해본 적은 있니? 이번 일을 기사로 쓰는 게 사람들한테 상처가 될 수도 있다는 걸 알고는 있는 거야?"

"아버지를 말씀하시는 거예요? 아버지한테 오히려 도움이 될 수도 있어요."

오랫동안 침묵이 흘렀다. 나는 부엌 식탁에 앉아 있는 어머니의 모습을 상상했다. 수화기를 귀에 댄 채 눈을 감고 있는 모습. 아버지도 십중팔구 함께 앉아 있을 것이다. 겁이 나서 그 일에 관해 차마 나와 직접 이야기를 나누지는 못하지만.

"혹시 두 분 중 누구라도 낌새 같은 걸 눈치채셨나요?" 내가 조용히 물었다.

"그럴 리가 없잖니." 어머니가 슬픈 목소리로 말했다. "그럴 줄은 아무도 몰랐다."

또다시 침묵이 흐르더니, 어머니가 마지막으로 애원했다.

"한번 생각해 봐라, 존. 상처는 개인적으로 치유하는 편이 더 좋아."

"새라 누나 때처럼요?"

"그게 무슨 소리니?"

"그 얘기는 한 번도 안 하셨잖아요…. 저한테 뭐라고 하신 적도 없죠."

"지금은 그 이야기를 하기 싫다."

"언제나 그러시잖아요. 겨우 20년 전 일이에요."

"그런 일을 가지고 그렇게 비꼬지 마라."

"죄송해요. 저도 일부러 이러는 게 아니에요."

"그냥 내 말을 한번 생각해 보기나 해."

"그럴게요." 내가 말했다. "나중에 연락드릴게요."

어머니는 나 못지않게 화가 나서 전화를 끊었다. 내가 션의 일을 기사로 쓰는 것을 어머니가 싫어한다는 사실이 마음에 걸렸다. 마치 어머니가 지금도 션을 더 귀여워하며 지켜주고 있는 것 같았다. 션은 죽었고, 나는 아직 살아 있는데.

나는 의자에 앉은 채 등을 똑바로 폈다. 그래야 내 책상을 둘러싼 방음 칸막이 너머를 볼 수 있었다. 이제 기자들이 편집국으로 하나둘씩 들어오고 있었다. 글렌은 자기 사무실에서 나와 사회부에서 낙태 의사가 총에 맞은 사건을 어떻게 다룰지를 놓고 조간 담당국장과 이야기하고 있었다. 나는 등에서 힘을 빼고 다시 의자 위로 늘어졌다. 저 사람들이 나를 본다면, 그 의사에 관한 기사를 고쳐 쓰라고 할 수도 있었다. 남의 기사를 고쳐 쓰는 일은 항상 질색이었다. 편집국에서 기자 여러 명을 사건 현장으로 보내면, 그 기자들은 취재 결과를 전화로 내게 알려주었다. 그러면 나는 마감시간에 맞춰 기사를 만들어낸 뒤 바이라인에 어떤 기자의 이름을 넣어줄지 결정해야 했다. 눈코 뜰 새 없이 기사를 취재하고 작성하는 신문사의 본 모습이 바로 이런 데서 드러나는 법이지만, 나는 이미 그런 일에 지쳐 있었다. 누구의 간섭도 받지 않고 그저 살인사건에 관한 기사만 쓰고 싶었다.

자료실에서 가져온 자료를 들고 남들 눈에 띄지 않게 카페테리아로 가려다가, 그냥 내 자리에 남아 운을 시험해 보기로 하고 다시 자료를 읽었다. 5개월 전 〈뉴욕 타임스〉에 실린 기사가 가장 인상적이었다. 무리도 아니었다. 〈뉴욕 타임스〉는 언론계의 성배 같은 존재니까. 최고의 신문이었다. 나는 그 기사를 읽다가 마지막을 위해 아껴두기로 하고 그냥 내려놓았다. 그러고는 나머지 자료를 전부 훑어본 뒤 커피를 한 잔 더 사와서 서두르지 않고 천천히 〈뉴욕 타임스〉의 기사를 다시 읽어보았다.

6주간 뉴욕시 최고의 경찰관 세 명이 자살한 사건이 기사 주제였다. 이 세 건은 겉보기엔 서로 전혀 관련되지 않은 것 같았다. 세 명이 서로 아는 사이도 아니었다. 하지만 모두가 이 신문의 표현처럼 '경찰관 우울증'에 무릎을 꿇었다. 두 명은 집에서 자기 총으로 자살했고 나머지 한 명은 헤로인 중독자들이 주로 투약하는 장소에서, 중독자 여섯 명이 놀라서 멍하니 지켜보는 가운데 목을 매 자살했다.

기사는 버지니아주 콴티코에 있는 FBI의 행동과학국과 법집행재단이 공동으로 실시하는 경찰관 자살연구를 자세히 설명했다. 법집행재단의 이사장 네이선 포드의 말도 인용되어 있었다. 나는 그 이름을 수첩에 적은 뒤 계속 기사를 읽었다. 포드는 자살 동기에 공통점이 있는지 알아보기 위해 지난 5년간 보고된 경찰관 자살사건을 모조리 살펴보았다고 했다. 그 결과, 경찰관 우울증에 취약한 사람을 미리 알아내기가 불가능하다는 결론이 나왔다. 하지만 일단 우울증 진단을 받은 경찰관이 적극적으로 도움을 구한다면 병을 적절히 치료할 수 있었다. 포드는 데이터베이스를 구축해 경찰간부들이 너무 늦기 전에 경찰관 우울증에 걸린 부하들을 찾아낼 수 있게 도와주는 지침을 만드는 것이 이번 연구의 목표라고 말했다.

이 기사에는 1년 전 시카고에서 한 경찰관이 우울증에 걸렸다는 사실을 밝혔는데도 도움을 받지 못하고 결국 자살한 사건을 다룬 별도의 기사가 포함되어 있었다. 이 기사를 읽으며 나는 뱃속이 뒤틀리는 것 같았다. 기사에 따르면, 시카고 경찰국의 존 브룩스 형사는 어떤 살인사건의 수사를 맡은 뒤 괴로움을 느껴 정신과 치료를 받기 시작했다. 문제의 사건은 보비 스매더스라는 열두 살짜리 남자아이의 유괴 살해사건이었다. 아이는 실종된 지 이틀 만에 링컨파크 동물원 근처의 눈더미 속에서 시체로 발견됐다. 사인은 교살이고, 손가락 여덟 개가 없었다.

부검 결과 아이가 죽기 전에 손가락이 잘린 것으로 드러났다. 여기에 범인까지 잡지 못하자 브룩스가 더 이상 견디지 못한 모양이었다.

수사관으로서 높은 평가를 받던 브룩스 형사는 갈색 눈의 어른스러운 소년이 살해된 사건에 유난히 심한 충격을 받았다.

그는 그 사건이 업무에 지장을 주고 있다는 사실이 상관과 동료들에게 알려진 뒤 4주간 휴가를 얻어 로널드 캔터 박사에게 집중적인 치료를 받기 시작했다. 캔터 박사는 시카고 경찰국 소속의 심리학자가 추천해 준 의사였다.

캔터 박사에 따르면, 처음 치료를 시작할 때 브룩스 형사는 자살충동을 느낀다고 솔직히 고백했으며, 살해당한 아이가 고통에 겨워 비명을 지르는 꿈을 자주 꾼다고 말했다.

4주간 스무 번의 상담치료를 한 뒤 캔터 박사는 브룩스 형사가 다시 살인전담반에서 일을 시작해도 좋다는 판정을 내렸다. 브룩스 형사는 모든 면에서 정상으로 돌아와 있었으며, 그 뒤로 여러 건의 살인사건을 맡아 해결했다. 친구들에게 이제 악몽을 꾸지 않는다는 말도 했다. 열정적으로 뛰어다니며 일단 가서 범인을 잡아들이고 보는 성질 때문에 '뛰어다니는 존'이라는 별명이 있는 브룩스 형사는 심지어 보비 스매더스의 살해범을 찾으려고 수사를 재개하기도 했으나 성과를 거두지 못했다.
그런데 시카고의 추운 겨울 동안 심경의 변화를 일으켰는지, 브룩스 형사는 스매더스가 살아 있었다면 열세 번째 생일이 되었을 3월 13일에 사건을 벌였다. 그는 살인사건 전담 형사로 일하다가 가끔 기분전환 삼아 시를 쓰곤 하던 방에서 가장 좋아하는 의자에 앉아 1년 전 허리 부상 때문에 처방받아, 먹다 남은 퍼코셋(강한 마취 성분이 있는 진통제-옮긴이)을 적어도 두 알 삼킨 뒤 시작詩作 노트에 글을 한 줄 썼다. 그러고는 자신의 38구경 권총을 입에 물고 방아쇠를 당겼다. 그의 시신은 퇴근해서 돌아온 아내에게 발견되었다.
브룩스 형사의 죽음은 가족들과 친구들에게 슬픔과 많은 의문을 남겼다. 우리가 무언가 도움을 줄 수는 없었을까? 이미 징조가 있었는데 놓친 것은 아닐까? 캔터 박사는 이런 가슴 아픈 의문에 답이 있느냐는 질문에 안타깝게 고개를 저었다.
"우리 정신은 예측할 수 없는 존재입니다. 때로는 무서워지기도 하죠." 캔터 박사는 자신의 진료실에서 부드러운 목소리로 이렇게 말했다. "저는 브룩스 형사가 저와 상담하면서 아주 많이 좋아진 줄 알았습니다. 하지만 그렇지 않았던 모양이에요."
브룩스 형사를 괴롭힌 것의 정체는 여전히 수수께끼로 남아 있다. 그가 마지막으로 남긴 글도 수수께끼다. 그 글로는 과연 무엇 때문에 그가 스스로 권총을 입에 물게 되었는지 짐작하기 어렵다.
'창백한 문을 지나.' 이것이 그가 마지막으로 쓴 글이다. 브룩스 형사의 창작품은 아니고, 에드거 앨런 포의 글에서 빌려온 것이다. 포의 유명한 단편인 〈어셔가의 몰락〉에 나오는 시 '귀신 붙은 궁전'의 한 구절로, 이 구절이 나오는 연은 다음과 같다.

무섭게 빠른 강물처럼,

창백한 문을 지나

소름 끼치는 군중이 한없이 몰려나와

웃어댄다 - 하지만 더 이상 미소는 짓지 않는다.

브룩스 형사에게 이 구절이 어떤 의미였는지는 불분명하지만, 그의 마지막 행동에 드러난 우울한 분위기가 분명히 여기서도 풍기고 있다.

한편 보비 스매더스의 살인사건은 여전히 미결로 남아 있다. 브룩스 형사가 일했던 살인전담반의 동료 형사들은 지금도 범인을 잡으려고 애쓰며, 이제는 피해자가 두 명으로 늘어난 셈이라고 말한다.

브룩스 형사의 어린 시절 친구이며 살인전담반에서도 브룩스 형사와 파트너였던 로런스 워싱턴 형사는 "이 살인사건의 피해자는 두 명"이라면서, "아이를 죽인 범인이 '뛰어다니는 존'도 죽였다. 누가 뭐래도 내 생각은 바뀌지 않을 것"이라고 말했다.

나는 허리를 펴고 편집국 안을 둘러보았다. 나를 지켜보는 사람은 없었다. 다시 종이로 시선을 돌려 기사의 끝부분을 거듭 읽었다. 기분이 멍했다. 웩슬러와 세인트루이스가 나를 찾아왔던 그날 밤과 거의 비슷할 정도였다. 심장이 요동치는 소리가 들리고, 누군가가 차가운 손으로 창자를 쥐어짜는 것 같았다. 기사에 등장하는 단편소설 제목 외에는 어떤 것도 눈에 들어오지 않았다. 어셔. 나는 그 소설을 고등학생 때와 대학생 때 각각 한 번씩 읽었다. 잘 아는 작품이었다. 제목에 등장하는 인물도 잘 알았다. 로더릭 어셔. 수첩을 열어 전날 웩슬러와 헤어진 뒤 적어둔 몇 가지 메모를 바라보았다. 거기에도 그 이름이 있었다. 션이 시간 순서대로 정리한 기록 속에 그 이름이 있었다. 션이 마지막으로 남긴 기록 속에.

러셔

나는 자료실로 전화를 걸어 로리 프라인을 바꿔달라고 했다.

"로리, 나…."

"잭이군요."

"저기, 빨리 검색해 줬으면 하는 게 있어요. 그러니까, 아마 검색하면 될 거예요. 그걸 어떻게 하면 찾을 수 있을지 나도 잘…."

"뭔데 그래요, 잭?"

"에드거 앨런 포. 그 사람에 관한 자료가 있나요?"

"물론이죠. 그 사람 생애를 요약한 자료가 아주 많아요. 그러니까…."

"내 말은, 그 사람이 쓴 단편소설이나 작품 같은 게 있냐는 얘기예요. 〈어셔가의 몰락〉이 필요해요. 말을 끊어서 미안해요."

"괜찮아요. 음, 그 사람 작품이 여기 있는지는 잘 모르겠어요. 아까도 말했지만, 대부분 생애에 관한 자료라서. 한번 찾아볼게요. 저기… 여기 없더라도 근처 서점에 가면 그 사람 책을 살 수 있을 거예요."

"아, 고마워요. 그럼 그냥 태터드 커버에 가서 찾아볼게요."

내가 막 수화기를 놓으려는데 그녀가 내 이름을 불렀다.

"네?"

"방금 생각난 게 있어서요. 만약 그 작품의 어떤 구절을 인용하려는 거라면, 그런 구절들을 모아 놓은 시디롬이 있어요. 그걸 그냥 컴퓨터에 넣기만 하면 돼요."

"좋아요. 그럼 그렇게 해줘요."

그녀가 수화기를 내려놓았다. 기다리는 시간이 영원처럼 길었다. 나는 〈뉴욕 타임스〉 기사의 끝부분을 다시 읽었다. 내가 떠올린 생각은 별로 가능성이 없어 보였지만, 형과 브룩스의 자살 사건에서 우연히 겹치는 부분들과 로더릭 어셔와 러셔라는 이름을 그냥 무시해 버릴 수 없었다.

"됐어요, 잭." 로리가 다시 수화기를 들고 말했다. "색인을 찾아봤어요. 포의 책은 여기 없어요. 지금 내가 컴퓨터에 넣은 건 포의 시를 담은 거예요. 이제 한번 돌려보죠. 찾고 싶은 게 뭐예요?"

"'귀신 붙은 궁전'이라는 시가 있어요. 〈어셔가의 몰락〉에 나오는 거예요. 그걸 한번 찾아볼래요?"

그녀는 대답하지 않았다. 그녀가 컴퓨터 자판을 두드리는 소리가 들렸다.

"아, 여기 있네요. 그 소설에서 발췌한 구절들과 그 시가 있어요. 3쪽 분량이에요."

"좋아요. 거기 혹시 '공간을 넘고, 시간을 넘어'라는 구절이 있어요?"

"'공간을 넘고, 시간을 넘어.'"

"맞아요. 구두점이 어떻게 찍혔는지는 모르겠어요."

"그건 상관없어요."

그녀가 자판을 두드렸다.

"음, 없네요. 여긴…."

"젠장!"

내가 왜 그렇게 벌컥 화를 냈는지 모르겠다. 소리를 지르자마자 후회가 되었다.

"그런데요, 잭. 그 구절은 다른 시에 있어요."

"뭐라고요? 포의 작품이에요?"

"네, '꿈의 나라'라는 시예요. 한번 읽어볼까요? 한 연이 여기 통째로 들어 있거든요."

"그럼 읽어줘요."

"알았어요. 시 낭송은 잘 못하지만 어쨌든 읽어볼게요. '외지고 고독한 길가, / 나쁜 천사들만 출몰하는 곳, / 그곳에서 밤이라는 이름의 아이돌론이, / 검은 옥좌에 꼿꼿이 앉아 군림한다, / 나는 이 땅에 도달했지만 얼마 되지 않았다, / 어느 곳보다 어두운 숲에서- / 괴상한 황무지에서 온 지 / 공간을 넘고- 시간을 넘어 장엄하게 펼쳐진 곳.' 이게 다예요. 여기 편집자 주가 붙어 있네요. 아이돌론은 유령을 뜻한대요."

나는 아무 말도 하지 않고, 얼어붙은 듯 꼼짝도 하지 않았다.

"잭?"

"다시 읽어봐요. 이번엔 좀 더 천천히."

나는 그 시를 수첩에 받아 적었다. 로리에게 그냥 그 시를 출력해 달라고 한 다음 가서 가져올 수도 있었겠지만, 꼼짝도 하기 싫었다. 잠시 그 시와 단둘이서만 있고 싶었다. 반드시 그래야 했다.

"잭, 왜 그래요?" 그녀가 시를 다 읽고 나서 물었다. "굉장히 흥분한 것 같아요."

"나도 아직 모르겠어요. 그만 끊을게요."

나는 전화를 끊었다.

순식간에 내 자리가 너무 덥고 답답하게 느껴지기 시작했다. 편집국이 아주 넓은데도 벽들이 나를 향해 다가드는 것 같았다. 심장이 마구 날뛰었다. 차 안에 쓰러져 있던 형의 모습이 뇌리를 스쳤다.

글렌의 방으로 들어가 책상 앞에 앉았을 때, 글렌은 통화 중이었다.

그는 문을 가리키며 고갯짓을 했다. 통화가 끝날 때까지 밖에서 기다리라는 뜻인 것 같았다. 나는 움직이지 않았다. 그가 다시 문을 가리키자 나는 고개를 저었다.

"잠깐, 여기 일이 좀 생겼어요." 그가 수화기에 대고 말했다. "조금 있다가 다시 전화하죠. 네, 좋아요."

그가 전화를 끊었다.

"무슨…."

"시카고에 가야겠어요." 내가 말했다. "오늘. 그다음에는 아마 워싱턴에도 가야 할 거예요. 어쩌면 버지니아주 콴티코에도 가야 할지 모르고. FBI 말이에요."

글렌은 내 말을 믿지 않았다.

"공간을 넘고, 시간을 넘어? 이봐, 잭, 자살을 생각하거나 실제로 자살을 하는 사람들이라면 대개 그런 생각을 하지 않겠어? 어떤 우울한 친구가 150년 전에 쓴 시에서 그런 말을 했다고 해서 그리고 자살한 그 경찰관이 그 친구의 다른 시를 인용했다고 해서, 음모론 같은 걸 들먹일 수는 없어."

"그럼 러셔와 로더릭 어셔는요? 그것도 우연의 일치일까요? 우연히 일치한 게 벌써 세 가지나 돼요. 그럼 한번 확인해 볼 가치가 있는 거잖아요."

"확인할 가치가 없다고는 안 했어." 글렌의 목소리가 조금 높아졌다. 화가 났다는 뜻이었다. "당연히 확인해 봐야지. 여기저기 전화를 걸어서. 하지만 고작 그 정도 정보만 가지고 자네한테 출장을 핑계로 전국 관광을 시켜줄 순 없어."

글렌은 의자를 홱 돌려 컴퓨터에 들어온 메시지가 없는지 확인해 보았다. 새로 들어온 메시지는 없었다. 잠시 후 그가 다시 고개를 돌려 나를 바라보았다.

"동기가 뭐야?"

"네?"

"자네 형과 시카고의 그 친구를 죽이고 싶어 한 사람이 누구야? 이건 말도 안 되는…. 경찰이 이걸 실수로 놓쳤겠어?"

"나야 모르죠."

"자네는 종일 경찰서에서 이 사건을 조사했잖아. 자살처럼 보이는 사건에 구멍이 있었어? 범인이 이런 짓을 저지르고 그냥 유유히 사라졌단 말이야? 어제는 틀림없이 자살이라며? 어제 나한테 틀림없다고 했잖아. 경찰들도 뭔가 이유가 있으니까 그렇게 확신했을 거 아냐?"

"아직은 저도 뭐라고 말할 수가 없어요. 그래서 시카고에 갔다가 FBI까지 가봐야겠다는 거예요."

"이봐, 잭, 자네는 여기서 멋진 일을 맡고 있어. 나한테 와서 그 일을 하고 싶다고 말한 기자가 몇 명이나 되는지 헤아릴 수도 없을 정도야. 자네는…."

"누구예요?"

"뭐?"

"내 일을 하고 싶다는 게 누구예요?"

"그건 알아서 뭐 하게? 지금 하는 얘기는 그게 아니잖아. 중요한 건, 자네가 여기서 멋진 일을 하고 있고, 우리 주 안에서는 어디든 마음대로 돌아다닐 수 있다는 거야. 하지만 이런 식으로 출장을 가려면 네프와 네이버스에게 내세울 그럴듯한 이유가 있어야 해. 저 밖에 앉아 있는 기자들도 다들 가끔은 취재를 위해 출장을 다니고 싶어 한다고. 나도 출장 보내주고 싶어. 그래야 계속 의욕적으로 일할 테니까. 하지만 지금은 경기가 안 좋아. 출장 가겠다는 기자들을 전부 보내줄 수가 없다고."

나는 이런 잔소리가 너무나 싫었다. 편집주간과 편집국장인 네프와 네이버스는 좋은 기사만 나올 수 있다면 글렌이 어떤 기자를 어디로 출장 보내든 신경도 쓰지 않을 것이다. 이건 좋은 기사였다. 글렌의 말은 헛소리였고, 글렌 자신도 그걸 알고 있었다.

"좋아요. 그럼 휴가를 내서 하죠, 뭐."

"장례식이 끝난 뒤에 휴가를 전부 썼잖아. 게다가 〈로키 마운틴 뉴스〉의 일로 출장 간 것도 아니면서 여기저기서 〈로키 마운틴 뉴스〉 기자라고 말할 거야?"

"그럼 무급 휴가는 어때요? 어제 저더러 시간이 더 필요하면 사정을 봐주겠다고 했잖아요."

"그건 자네 형을 애도할 시간을 말한 거지, 전국을 돌아다니란 얘기가 아니잖아. 어쨌든, 무급 휴가의 원칙은 알지? 내 힘으론 자네 자리를 지켜줄 수 없어. 휴가에서 돌아오면 출입처가 없어질지도 몰라."

당장 사표를 내고 싶었지만, 나는 그렇게 용감하지도 않았고 내게 이 신문사가 필요하다는 것도 알았다. 경찰과 학자 등 이 사건과 관련된 사람들에게 접근하려면 언론사 기자라는 직함이 필요했다. 기자증이 없다면, 나는 그저 형이 자살한 사건을 잊어버리지 못하고 집착하는 사람에 불과할 터였다.

"출장할 이유를 보여주려면, 지금보다 더 많은 정보가 필요해, 잭." 글렌이 말했다. "비싼 돈을 들여 낚시질을 하러 돌아다닐 수는 없어. 정보가 필요하단 말이야. 정보가 더 있다면 시카고 출장까지는 어떻게 해

볼 수 있을지 모르지. 하지만 그 재단이랑 FBI 취재는 전화로도 얼마든지 할 수 있어. 그렇게 못하겠다면 워싱턴 지국에 얘기해서 알아봐 달라고 부탁할 수도 있고."

"이건 우리 형 일이고, 내 기사예요. 그걸 다른 사람한테 주다니요."

글렌이 진정하라는 듯 양손을 들어 올렸다. 자기 말이 도를 넘었다는 걸 그도 알았다.

"그럼 전화로 취재해서 그럴듯한 정보를 물어와."

"부장님, 지금 무슨 소리를 하시는 거예요? 증거 없이는 출장을 못 간다고요? 바로 그 증거를 구하려고 출장을 가겠다는 거잖아요."

자리로 돌아온 나는 컴퓨터에 새 문서를 하나 만들어 테레사 로프턴과 형의 죽음에 관해 알고 있는 사실을 모조리 입력하기 시작했다. 사건 기록에서 기억나는 사실을 모두 입력했다. 전화벨이 울렸지만 받지 않았다. 그냥 자판만 두드렸다. 정보를 기반으로 일을 시작해야 했다. 그래야 그 정보를 이용해 형에게 불리한 주장을 깨뜨릴 수 있었다. 글렌은 마침내 나와 타협했다. 내가 경찰을 설득해서 형 사건의 수사를 재개하게 만든다면, 시카고에 가도 좋다는 것이었다. 워싱턴 D.C.에 가는 문제는 나중에 더 이야기해 보자고 했다. 하지만 일단 시카고까지만 가면 워싱턴에도 갈 수 있다는 것을 나는 알고 있었다.

컴퓨터 자판을 두드리는 동안 사진에서 본 형의 모습이 자꾸만 떠올랐다. 그 황량하고 생기 없는 모습이 마음에 걸렸다. 내가 말도 안 되는 소리를 사실로 믿었기 때문에. 내가 형의 마음을 알아주지 못했다는 생각에 죄책감이 한층 더 아프게 마음을 찔렀다. 그 차 안에 쓰러져 있던 사람은 내 형, 내 쌍둥이 형이었다. 그 사람은 바로 나였다.

09
새로운 확신

자료를 모두 입력하고 나니 4쪽이나 되었다. 나는 그 자료를 1시간 동안 자세히 살핀 끝에 내용을 통합해서 반드시 조사해야 하는 의문을 간략하게 여섯 줄로 정리했다. 사건과 관련된 사실들을 정반대 시각에서, 즉 션이 자살한 것이 아니라 살해당했다는 관점에서 바라보니, 경찰이 미처 보지 못하고 지나친 것을 발견할 수 있었다.

경찰의 실수는, 처음부터 션의 사건을 자살로 믿고 자살이라는 결론을 그냥 받아들였다는 점이었다. 그들은 션이 어떤 사람인지 알고 있었으며, 테레사 로프턴 사건으로 고민한다는 것도 알았다. 아니, 어쩌면 모든 경찰이 다른 경찰관의 자살 가능성을 그대로 믿어버리곤 하는지도 모른다. 아니면 시체를 너무 많이 봐서 대부분의 사람이 자살하지 않는다는 사실이 오히려 놀랍다고 생각하는 건지도. 하지만 자살이 아니라는 입장에서 자료를 다시 훑어보니, 전에는 보이지 않던 것들이 눈에 들어왔다.

나는 수첩에 적어 놓은 의문점들을 자세히 살펴보았다.

피나: 손?

시간이 얼마나 흐른 뒤에?

웩슬러/스캘러리: 자동차?

히터?

잠금장치?

라일리: 장갑?

라일리에게는 전화로도 물어볼 수 있을 것 같았다. 그래서 전화를 걸었지만 벨이 여섯 번이나 울리도록 응답이 없었다. 막 끊으려던 순간, 그녀가 전화를 받았다.

"라일리? 잭이에요. 괜찮아요? 지금 통화할 수 있어요?"

"나중에 건다고 뭐가 달라지겠어요?"

술에 취한 것 같았다.

"그쪽으로 갈까요? 지금 갈게요."

"아뇨, 오지 마세요. 그냥, 그러니까, 가끔 우울할 때가 있잖아요. 계속 그 사람 생각이 나는 거 있죠."

"그래요. 나도 형 생각이 나요."

"그러면서 왜 그 사람이 가기 전에는 찾아오지도 않았어요…. 미안해요. 이런 말 하면 안 되는 건데…."

나는 잠시 가만히 있었다.

"모르겠어요, 라일스. 무슨 문제로 싸움 비슷한 걸 했는데, 내가 하지 말아야 할 말을 했어요. 션도 그랬고요. 그랬던 것 같아요. 그래서 우리 둘 다 열을 식히는 중이었던 것 같아요…. 그런데 내가 형을 다시 찾아가기 전에 형이 그런 짓을 저지른 거예요."

내가 그녀를 라일스라고 부른 것이 아주 오랜만이라는 사실을 깨달았다. 그녀도 알아차렸는지 궁금했다.

"무슨 일로 싸운 거예요? 두 동강 난 그 아가씨?"

"왜 그렇게 생각해요? 션이 무슨 얘기라도 하던가요?"

"아뇨. 그냥 찍은 거예요. 그 아가씨가 그 사람을 꼭 붙들고 있었는데, 당신이라고 그러지 말라는 법 없잖아요? 그냥 그런 생각을 한 것뿐이에요."

"라일리…. 저기, 그 일을 자꾸 생각하는 건 좋지 않아요. 좋은 일을 생각하려고 해봐요."

나는 하마터면 이성을 잃고 그녀에게 내가 지금 무엇을 추적하려 하는지 말해버릴 뻔했다. 어떻게든 그녀의 고통을 덜어주고 싶었다. 하지만 지금은 때가 너무 일렀다.

"그러기가 힘들어요."

"알아요, 라일리. 미안해요. 무슨 말을 해야 할지 나도 모르겠어요."

우리 둘 사이에 긴 침묵이 흘렀다. 수화기 속에서는 아무 소리도 들리지 않았다. 음악 소리도, 텔레비전 소리도 없었다. 그 집에서 그녀 혼자 무엇을 하고 있는 걸까.

"오늘 어머니가 전화하셨어요. 내가 기사 쓴다는 얘기를 당신한테 들었다면서."

"네. 어머님이 아셔야 할 것 같아서요."

나는 아무 말도 하지 않았다.

"무슨 일로 전화한 거예요, 잭?" 마침내 그녀가 물었다.

"좀 물어볼 게 있어요. 좀 생뚱맞은 질문이긴 한데, 어쨌든 물어볼게요. 경찰이 션의 장갑을 보여주거나 돌려줬어요?"

"그 사람 장갑이요?"

"그날 션이 끼고 있던 것 말이에요."

"아뇨. 못 받았어요. 장갑 얘기는 한 마디도 못 들었어요."

"그럼, 션의 장갑이 어떤 종류였죠?"

"가죽장갑이에요. 그건 왜요?"

"그냥 이런저런 생각을 하는 중이에요. 뭔가 결론이 나면 얘기해 줄게요. 색깔은 뭐였어요? 검은색?"

"네. 검은 가죽장갑이었어요. 가장자리에 모피가 둘러져 있었던 것 같아요."

그녀의 설명은 내가 범죄현장 사진에서 본 장갑의 모양과 일치했다. 사실 그건 별다른 의미가 없는 정보였다. 혹시 몰라서 확인해 본 것뿐이었다.

우리는 몇 분 정도 더 이야기를 나눴고, 나는 저녁 때 볼더에 갈 일이 있으니 같이 식사하지 않겠느냐고 물었다. 그녀는 거절했고 우리는 전화를 끊었다. 그녀가 힘들어하고 있는 것 같아서 그나마 나와 이야기를 나눈 것이, 그러니까 다른 사람과 접촉했다는 사실이 그녀의 기운을 북돋워주면 좋겠다는 생각이 들었다. 일을 모두 마친 뒤에 무작정 그녀의 집에 들러보는 것도 괜찮을 것 같았다.

볼더 시내를 지나가면서 보니 플랫아이언 산꼭대기 부근에 눈구름이 모이고 있었다. 나는 이 동네에서 자랐으므로 일단 구름이 몰려오면 순식간에 눈이 내리기 시작한다는 것을 알고 있었다. 내가 몰고 나온 회사 차 트렁크에 스노체인이 있으면 좋겠지만, 그럴 가능성은 희박했다.

내가 베어 호수에 도착했을 때, 피나는 경비원 오두막 밖에서 크로스컨트리 스키를 즐기러 온 사람들과 이야기를 하고 있었다. 나는 이야기가 끝나기를 기다리며 호숫가로 걸어갔다. 사람들이 눈을 치워서 얼음이 드러난 곳이 몇 군데 보였다. 나는 얼어붙은 호수 위로 조심스레 걸어나가 검푸른 빛을 띤 얼음 속을 들여다보며 물의 깊이가 얼마나 될지 생각해 보았다. 몸속 깊은 곳이 살짝 떨렸다. 20년 전 누나가 이 호수에서 얼음 구덩이에 빠져 죽었다. 그리고 지금은 형이 여기서 50미터쯤 떨어진 곳에 차를 세워놓고 그 안에서 죽었다. 검은 얼음을 내려다보며 예전에 들었던 이야기를 떠올렸다. 호수에 사는 물고기 중 어떤 녀석은 겨울에 꽁꽁 얼었다가 봄에 호수가 녹으면 순식간에 잠에서 깨어난다는 얘기였다. 그 말이 사실인지 궁금해졌다. 사람이 그 물고기처럼 할 수 없다는 사실이 안타깝다는 생각도 들었다.

"또 오셨네요."

뒤를 돌아보니 피나가 서 있었다.

"네, 자꾸 귀찮게 해서 미안합니다. 그냥 몇 가지 더 여쭤볼 것이 있어서요."

"괜찮아요. 그때 어떻게든 돕지 못한 것이 저도 아쉬운데요 뭐. 형님이 처음 주차장에 들어왔을 때 미리 보았더라면 좋았을 텐데. 도움이 필요하다는 걸 그때 알아차렸더라면. 저도 잘 모르겠어요."

우리는 오두막을 향해 걷기 시작했다.

"누구든 형을 도울 수 없었을 거예요." 내가 말했다. 그냥 뭐라도 말해야 할 것 같아서였다.

"그래, 뭘 물어보시려고요?"

나는 수첩을 꺼냈다.

"어, 우선, 차로 달려갈 때 형의 손을 보셨나요? 손의 위치 같은 거?"

그는 아무 말 없이 걷기만 했다. 그때의 광경을 머릿속으로 그려보는 모양이었다.

"손을 본 것 같아요. 제가 자동차로 달려가서 차 안에 형님 혼자밖에 없다는 걸 확인하자마자 자살이라는 생각이 들었거든요. 그래서 혹시 총을 쥐고 있는지 확인하려고 틀림없이 손을 보았을 거예요."

"총을 쥐고 있던가요?"

"아뇨. 총은 옆 좌석에 있었어요. 의자 위로 떨어진 거죠."

"자동차 안을 들여다보았을 때, 형이 장갑을 끼고 있던가요?"

"장갑이라…. 장갑." 그가 말했다. 마치 기억 속에서 답을 끄집어내려는 것처럼. 그는 이번에도 오랫동안 말이 없다가 입을 열었다. "모르겠어요. 머릿속에 떠오르지 않아요. 경찰에선 뭐라고 하던가요?"

"그냥 댁이 기억하고 있는지 궁금해서 물어본 거예요."

"기억이 안 나네요, 죄송해요."

"경찰이 요청한다면 최면에 응할 생각이 있어요? 그런 식으로 기억을 끄집어낼 수 있는지 보게?"

"최면이요? 경찰이 그런 것도 해요?"

"가끔은요. 중요한 일인 경우."

"뭐, 그게 중요한 일이라면 저도 아마 응하겠죠."

우리는 이제 오두막 앞에 서 있었다. 나는 형이 주차했던 바로 그 자리에 세워둔 내 차를 바라보았다.

"물어보고 싶은 게 한 가지 더 있는데, 바로 시간이에요. 경찰 보고서에는 댁이 총소리를 듣고 5초도 채 안 돼서 자동차를 볼 수 있었다고 하더라고요. 겨우 5초 동안 누가 다른 사람 눈에 띄지 않고 자동차에서 숲까지 달려가는 건 불가능한 일이죠."

"맞아요. 불가능해요. 분명히 눈에 띄었을 거예요."

"그럼 나중은 어떨까요?"

"나중이라니요?"

"댁이 자동차로 달려가서 차 안에 있는 사람이 총에 맞았다는 걸 확인한 뒤. 지난번에 저한테 그랬죠? 여기 오두막으로 다시 달려와서 전화를 두 통 걸었다고. 맞나요?"

"네. 911과 제 상관한테 걸었어요."

"그때는 여기 오두막 안에 있어서 자동차를 볼 수 없었죠?"

"네."

"그 시간이 얼마나 되죠?"

피나는 내가 무슨 소리를 하려는 건지 알겠다는 듯 고개를 끄덕였다.

"하지만 그건 문제가 안 돼요. 차 안에는 형님 혼자밖에 없었으니까."

"그건 알지만 그래도 한번 생각해 보세요. 그 시간이 얼마나 되죠?"

그는 에라 모르겠다는 듯이 어깨를 으쓱하더니 다시 침묵에 빠졌다. 그러고는 오두막으로 들어가 손으로 수화기를 들어 올리는 시늉을 했다.

"911에 전화했을 땐 바로 통화가 됐어요. 정말로 빠르더라고요. 그쪽에서 제 이름과 신고 내용을 받아 적었는데, 그게 시간이 좀 걸렸어요. 그다음에는 사무실에 전화해서 더그 패킨을 바꿔달라고 했어요. 제 상관이요. 급한 일이라고 했더니 곧장 연결해 줬죠. 상관한테 사정을 설명했더니, 저더러 밖에 나가서 경찰이 올 때까지 차를 지키라고 했어요. 그걸로 통화가 끝났고, 저는 다시 밖으로 나왔어요."

곰곰이 생각한 끝에 그가 적어도 30초 동안은 션의 자동차를 볼 수 없었을 것이라는 결론을 얻었다.

"처음에 뛰어나갔을 때 말인데요, 혹시 자동차 문이 전부 잠겨 있는지 확인해 봤나요?"

"운전석만 확인했어요. 하지만 전부 잠겨 있었어요."

"그걸 어떻게 알죠?"

"경찰이 와서 문을 전부 확인했는데 잠겨 있었어요. 그래서 길쭉한 막대를 가져다가 잠금장치를 열었어요."

나는 고개를 끄덕이며 말했다. "뒷좌석 말인데요, 어제 창문에 김이 서려 있었다고 했죠? 뒷좌석 유리창도 가까이 얼굴을 대고 들여다봤어요? 바닥까지?"

피나는 이제 내가 무엇을 묻고 있는지 알아차린 모양이었다. 그는 잠시 생각하더니 고개를 흔들었다.

"아뇨, 뒷좌석을 직접 들여다보지는 않았어요. 그냥 차 안에 한 사람만 있는 모양이라고 생각했거든요."

"경찰도 댁한테 이런 걸 물어보던가요?"

"아뇨, 그렇지는 않았어요. 댁이 지금 무슨 생각을 하는지 저도 알겠네요."

나는 고개를 끄덕였다.

"마지막으로 한 가지만 더요. 신고하며 자살사건이라고 했나요, 아니면 그냥 총격이 있었다고 했나요?"

"저는… 아, 여기서 누가 총으로 자살했다고 말했어요. 그냥 그렇게요. 아마 제 신고내용이 어딘가에 녹음되어 있을 거예요."

"그렇겠죠. 오늘 고마웠습니다."

내가 자동차를 향해 걸음을 떼는데 눈송이가 팔랑팔랑 내려오기 시작했다. 피나가 뒤에서 나를 불렀다.

"최면은 할 건가요?"

"경찰이 그럴 생각이 있으면 연락할 거예요."

나는 자동차에 오르기 전에 트렁크를 확인해 보았다. 스노체인은 없었다.

볼더 시내를 지나 돌아오는 길에 나는 '모르그가'라는 서점에 들러 에드거 앨런 포의 단편과 시가 모두 수록된 두꺼운 책을 한 권 샀다. 서점 이름이 참으로 절묘했다(포의 첫 추리소설 제목이 《모르그가의 살인사건》-옮긴이). 나는 밤부터 그 책을 읽을 생각이었다. 차를 몰고 덴버로 돌아오면서 피나에게서 들은 이야기를 내 가설과 통합해 보았다. 피나의 이야기를 아무리 이리저리 굴려봐도 내 머릿속에 새로 자리 잡은 확신은 무너지지 않았다.

나는 덴버 경찰국 특수수사대로 가서 스캘러리를 찾았으나 그가 외출했다는 말을 듣고 살인사건 전담반으로 갔다. 웩슬러가 자기 자리에 앉아 있었다. 세인트루이스의 모습은 보이지 않았다.

"젠장." 웩슬러가 말했다. "또 내 턱을 한 대 갈기려고 온 거야?"

"그런 거 아니에요." 내가 말했다. "그쪽은 내 턱을 갈길 생각이 있는 거예요?"

"당신이 나한테 뭘 물어볼지에 달렸지."

"우리 형 차 어디 있어요? 아직 현장에 복귀하지 않았어요?"

"차는 왜? 우리가 수사도 제대로 할 줄 모르는 사람처럼 보여?"

그는 벌컥 화를 내며 들고 있던 펜을 구석의 쓰레기통에 던져 넣었다. 그러나 곧 자신이 한 짓을 깨닫고 쓰레기통으로 가서 펜을 도로 꺼냈다.

"난 경찰에 망신을 주거나 문제를 일으키려는 게 아니에요." 나는 차분하게 말했다. "그냥 의문을 해결하고 싶을 뿐인데, 애를 쓸수록 자꾸 새로운 의문이 생겨나서 그래요."

"의문이라니?"

나는 피나를 만난 일을 이야기해 주었다. 그는 또 화가 치밀어 오르는 모양이었다. 그의 얼굴로 피가 몰리더니 왼쪽 턱선이 살짝 떨렸다.

"경찰은 그 사건을 이미 종결했잖아요." 내가 말했다. "그러니 내가 피나를 만나도 문제 될 게 없어요. 게다가 당신이든 스캘러리든 아니면 다른 누구든 뭔가를 놓친 게 틀림없어요. 피나가 신고하는 동안 우리 형 차는 30초 넘게 시야에서 벗어나 있었다고요."

"그래서 그게 뭐?"

"경찰은 피나가 자동차를 보기 전에만 신경 썼잖아요. 그 시간이 5초밖에 안 되니까 누가 거기서 도망칠 여유는 없었다, 그럼 자살이다, 끝. 하지만 피나는 창문에 김이 서려 있었다고 했어요. 누가 됐든 창문에 그 글을 쓰려면 반드시 김이 서려 있어야 했겠죠. 피나는 뒷좌석을 바닥까지 들여다보지 않았어요. 그러고는 적어도 30초 동안 그 자리를 비웠다고요. 누가 뒷좌석 바닥에 누워 있다가, 피나가 신고하러 간 사이 차에서 나와 숲속으로 뛰어갔을 수도 있어요. 아주 쉽게 그렇게 할 수 있었다고요."

"당신 머리가 어떻게 된 거 아냐? 창문에 있던 그 글은 어쩌고? 장갑에 묻은 화약 잔여물은?"

"다른 사람도 얼마든지 창문에 그 글을 쓸 수 있었어요. 그리고 화약 잔여물이 묻은 장갑도 범인 것일 수 있고요. 범인이 자기 장갑을 벗어서 션한테 씌울 수도 있었다고요. 30초는 긴 시간이에요. 어쩌면 그보다 더 길었을 수도 있어요. 아마 그랬을 거예요. 피나는 전화를 두 통이나 걸었어요, 웩스."

"그걸로는 불확실해. 범인은 피나가 전화를 거는 데 시간이 그만큼 걸릴 거라는 추측에 모든 걸 건 셈이라고."

"그렇지 않을 수도 있어요. 혹시 시간이 모자라면 피나를 죽이기로 했을지도 모르죠. 경찰이 지금처럼 수사한다면, 범인이 피나를 죽였더라도 그냥 션이 피나를 죽이고 자살했다는 결론이 나왔을 거예요."

"헛소리 그만해, 잭. 난 당신 형을 친동생처럼 아꼈어. 그 녀석이 그렇게 총알을 물고 죽었다는 사실을 난들 믿고 싶은 줄 알아?"

"한 가지 물어볼게요. 션의 소식을 들었을 때 어디 있었어요?"

"지금 이 자리에. 왜?"

"누구한테서 그 소식을 들었죠? 누가 전화를 했던가요?"

"그래, 전화가 왔었어. 반장한테서. 팍스가 당직 반장한테 전화했고, 당직 반장이 우리 반장한테 전화로 알려줬지."

"반장님이 뭐라고 하던가요? 정확히 뭐라고 했어요?"

웩스는 기억을 더듬었다.

"기억이 안 나. 그냥 맥이 죽었다고 했어."

"그냥 그렇게 말했나요, 아니면 맥이 자살했다고 했나요?"

"뭐라고 했는지 모르겠어. 그렇게 말했을 수도 있지. 그건 왜?"

"피나가 신고하면서 션이 총으로 자살했다고 말했어요. 거기서부터 모든 게 저절로 굴러가게 된 거예요. 다들 자살이라는 생각을 품고 현장에 나갔으니, 자살 증거만 눈에 들어왔겠죠. 미리 생각하고 있던 그림에 딱 맞는 조각들만 눈에 들어온 거예요. 로프턴 사건 때문에 션이 어떻게 됐는지 여기 사람들은 다 알고 있었어요. 내 말이 무슨 뜻인지 알겠어요? 다들 션의 죽음을 자살로 믿을 만한 조건이 갖춰져 있었다고요. 심지어 당신은 그날 밤 볼더로 가는 길에 나까지 그게 자살이라고 믿게 만들었어요."

"말도 안 되는 소리. 난 바쁜 사람이야. 당신 말에는 증거가 하나도 없어. 난 사실을 사실로 받아들이지 못하는 사람의 헛소리를 들어줄 시간이 없어."

나는 그가 흥분을 가라앉힐 수 있게 잠시 침묵을 지켰다.

"그럼, 우리 형 차가 어디 있어요, 웩스? 자살이라고 그렇게 확신한다면, 그 차를 보여줘요. 내가 확실히 증명해 보일 테니까."

웩슬러는 잠시 가만히 있었다. 이런 식으로 휘말려도 될지 생각해 보는 눈치였다. 만약 그가 나한테 차를 보여준다면, 그건 내 말이 그에게 조금이라도 의심의 씨앗을 뿌렸음을 스스로 인정한다는 뜻이었다.

"아직 주차장에 있어." 마침내 그가 말했다. "매일 출근할 때마다 그 차가 눈에 보인다고, 젠장."

"처음 발견했을 때의 상태 그대로인가요?"

"그래, 그래, 그대로야. 봉인이 돼 있거든. 출근할 때마다 그 녀석의 피로 범벅이 된 창문을 봐야 해."

"같이 보러 가요, 웩스. 당신을 납득시킬 방법이 있을 것 같아요. 어떻게든."

볼더에서부터 내리던 눈이 여기도 내리고 있었다. 경찰서 주차장에서 웩슬러는 차량 관리자가 갖고 있던 열쇠를 받아왔다. 혹시 그동안 열쇠를 가져간 사람이 있는지, 수사관들 외에 다른 사람이 그 차 안에 들어간 적이 있는지 확인하려고 관리대장도 살펴보았다. 그런 사람은 없었다. 자동차는 이곳으로 견인되어 왔을 때의 상태 그대로였다.

"국장실에서 세차 명령서가 내려오기를 기다리고 있었대. 차를 씻기려면 밖으로 보내야 돼. 시체가 발견된 집이나 자동차 같은 걸 청소하는 일만 전문으로 하는 회사가 있는 건 당신도 알지? 진짜 엿 같은 직업일 거야."

웩슬러가 이렇게 말을 많이 하는 건 불안 때문인 것 같았다. 우리는 자동차 옆에 서서 차를 바라보았다. 눈이 바람에 휘말려 소용돌이치며 펑펑 내렸다. 뒷좌석 창문 안쪽에 흩뿌려진 피가 말라서 짙은 갈색으로 변해 있었다.

"문을 열면 고약한 냄새가 날 거야." 웩슬러가 말했다. "젠장, 내가 왜 이런 짓을 하고 있는지 모르겠네. 당신이 확실하게 증명하지 못하면, 이걸로 끝이야. 더 이상은 안 돼."

나는 고개를 끄덕였다.

"좋아요. 내가 보고 싶은 건 두 가지예요. 난방 스위치가 높게 올려져 있는지 그리고 뒷문의 안전 잠금장치가 걸려 있는지 풀려 있는지."

"그건 왜?"

"창문에는 김이 서려 있었어요. 날씨가 춥기는 했지만 그 정도는 아니었는데도요. 사진에서 션은 옷을 따뜻하게 입고 있었어요. 겉옷을 입고 있었다고요. 그러니까 난방을 세게 틀 필요가 없었을 거예요. 그럼 시동을 끄고 주차한 자동차 창문에 왜 김이 서린 거죠?"

"나야…."

"잠복근무할 때를 생각해 봐요, 웩스. 어떻게 하면 창문에 김이 서리죠? 옛날에 형한테 들었는데, 잠복근무할 때 창문에 김이 서리는 바람에 범인이 집에서 나오는 걸 놓쳐서 허탕을 친 적이 있다면서요?"

"맞아. 슈퍼볼이 끝난 뒤였는데, 우리는 망할 놈의 브롱코스가 또 졌다는 얘길 하고 있었어. 우리 입김 때문에 창문에 온통 김이 서렸지."

"맞아요. 그리고 내가 알기로, 형은 혼잣말하는 타입이 아니에요. 그러니까 만약 난방이 약하게 틀어져 있는데도 글을 쓸 수 있을 만큼 창문에 김이 서렸다면, 차 안에 누군가 다른 사람이 있었다는 얘기예요. 둘이 얘기하고 있었던 거라고요."

"그걸로는 아무것도 증명할 수 없어. 잠금장치는 왜 보려는 거야?"

나는 내 생각을 말해주었다. "누군가가 션하고 같이 있었어요. 그 사람은 무슨 방법을 썼는지 션의 총을 빼앗았어요. 아니면 처음부터 총을 가지고 와서 그걸로 션의 총을 빼앗았거나. 그 사람은 션한테 장갑도 벗어서 넘기라고 했죠. 그 장갑을 끼고 션의 총으로 션을 죽인 거예요. 그 다음에는 뒷좌석으로 훌쩍 넘어가서 바닥에 숨어 있다가 피나가 전화 걸러 간 다음에 앞좌석 쪽으로 다시 고개를 내밀고 유리창에 그 글을 쓴 다음 션의 손에 장갑을 씌웠어요. 그래서 션한테 화약 잔여물이 묻은 거예요. 범인은 뒷좌석 문을 열고 나가서 잠근 다음 숲속으로 달려가서 숨었어요. 주차장의 눈을 치워놓았으니 발자국은 남지 않았죠. 피나가 상관 명령대로 차를 지켜보러 돌아왔을 때 범인은 이미 사라진 뒤였어요."

웩슬러는 오랫동안 아무 말 없이 생각을 정리했다.

"그럴듯한 이야기야." 그가 마침내 말했다. "그럼 이제 증명해 봐."

"당신은 우리 형이 어떤 사람인지 알죠? 같이 일했으니까. 평소에는 안전 잠금장치를 어떻게 해놓죠? 항상 걸어놓죠? 그래야 죄수를 호송할 때 실수를 방지할 수 있으니까. 죄수가 아닌 사람을 태웠을 때는 언제든 잠금장치를 풀어줄 수 있으니 상관없거든요. 당신이 나를 데리러 왔을 때처럼. 내가 속이 안 좋아서 토하려고 했을 때, 잠금장치가 걸려 있었어요. 기억나요? 그래서 당신이 잠금장치를 풀어준 뒤에야 내가 문을 열고 토할 수 있었잖아요."

웩슬러는 아무 말도 하지 않았지만, 표정을 보니 내가 정곡을 찌른 모양이었다. 형 차의 안전 잠금장치가 풀려 있다 해도, 그것이 확고한 증거가 되지는 않았다. 하지만 그는 형이 어떤 사람인지 아니까, 차 안에 다른 사람이 있었음을 확신하게 될 터였다.

웩슬러가 마침내 말했다. "그냥 보기만 해서는 몰라. 순전히 버튼 하나로 작동하는 거니까. 누가 뒷좌석에 타서 실제로 문을 열 수 있는지 봐야 돼."

"문 여세요. 내가 탈게요."

웩슬러가 자동차 문을 열고, 전기 잠금장치를 풀어주었다. 나는 뒤쪽 오른편 문을 열었다. 말라붙은 피의 메스껍고 들척지근한 냄새가 나를 강타했다. 나는 차에 타고 문을 닫았다.

오랫동안 나는 꼼짝도 하지 않았다. 이미 사진을 봤는데도, 차 안에 직접 타는 건 차원이 다른 일이었다. 메스꺼운 냄새, 창문과 천장과 운전석 머리받침에 흩뿌려진 채로 말라버린 피. 형의 피. 목구멍으로 토기가 올라왔다. 재빨리 좌석 너머의 대시보드로 시선을 돌려 난방 스위치를 살펴보았다. 그러고는 오른쪽 창문으로 밖에 있는 웩슬러를 바라보았다. 잠시 우리의 시선이 마주쳤다. 나는 안전 잠금장치가 풀려 있기를 바라는 걸까. 그냥 이쯤에서 모든 걸 잊어버리는 편이 더 편할지도 모른다는 생각이 들었지만, 재빨리 그 생각을 쫓아냈다. 여기서 그만둔다면 틀림없이 평생 괴로워할 것이다.

손을 뻗어 내가 탄 자리의 문에 달린 잠금장치를 풀었다. 손잡이를 돌리자 문이 활짝 열렸다. 나는 밖으로 나와 웩슬러를 바라보았다. 눈이 그의 머리와 어깨에 쌓이기 시작했다.

"난방기는 꺼져 있어요. 그러니 난방기 때문에 창문에 김이 서렸을 리가 없어요. 차 안에 션 말고 다른 사람이 있었을 거예요. 둘이 얘기하고 있었겠죠. 그러다가 그 망할 놈이 션을 죽인 거예요."

웩슬러는 마치 유령이라도 본 것 같은 표정이었다. 그의 머릿속에서 모든 것이 찰칵거리며 제자리를 찾아 들어가고 있었다. 내 얘기는 이제 단순한 추측이 아니었다. 그는 금방이라도 울음을 터뜨릴 것 같았다.

"젠장." 그가 말했다.

"당신뿐만 아니라 우리 모두의 실수예요."

"아냐, 그건 달라. 경찰관은 자기 파트너를 그렇게 실망시키면 안 돼. 자기 식구도 보살피지 못하는 주제에 우리가 뭘 하겠어? 젠장맞을 기자가…."

그는 말을 끝맺지 않았지만 나는 그의 기분을 알 것 같았다. 마치 자기가 션을 배신한 것 같은 기분일 것이다. 나도 똑같은 기분이라서 알 수 있었다.

"아직 끝난 게 아니에요." 내가 말했다. "이제부터 실수를 만회할 수 있어요."

그는 여전히 절망적인 표정이었다. 나는 무슨 수를 써도 그를 위로할 수 없었다. 그가 자신의 내면에서 스스로 위안을 찾아야 했다.

"우린 그저 시간을 조금 잃어버린 것뿐이에요, 웩스." 그래도 나는 이렇게 말했다. "이제 안으로 들어가죠. 날씨가 점점 추워지네요."

라일리와 이야기하려고 갔을 때 형의 집에는 불이 꺼져 있었다. 노크를 하려다 말고, 내가 가져온 소식이 라일리에게 조금이라도 위안이 될 거라고 생각하다니 나도 참 멍청하다는 생각을 했다. 좋은 소식이에요, 라일리. 션은 우리 생각처럼 자살한 게 아니에요. 어떤 미친놈한테 살해당한 거예요. 그놈은 아마 전에도 살인을 저지른 적이 있을 테고, 앞으로도 또 저지를 거예요.

그래도 나는 문을 두드렸다. 아직 그리 늦은 시간이 아니었다. 어둠 속에 앉아 있는 그녀의 모습을 그려보았다. 불빛 하나 새어나오지 않는 집 뒤쪽 침실에 있을 수도 있었다. 곧 내 머리 위에 불이 켜지더니 그녀가 문을 열어주었다. 문을 다시 두드릴 필요는 없었다.

"잭."

"라일리. 안에서 잠깐 얘기 좀 할 수 있을까요?"

그녀는 아직 모르고 있었다. 나는 웩슬러와 담판을 지었다. 내가 이 소식을 그녀에게 직접 전달하기로. 웩슬러는 상관없다고 했다. 그는 수사 재개를 위해 유력한 용의자의 명단을 작성하고, 지문을 비롯한 여러 증거를 채취하기 위해 션의 자동차를 다시 조사할 준비를 하느라 정신이 없었다. 시카고 사건에 대해서는 그에게 한 마디도 하지 않았다. 내가 말하지 않은 이유는 나 자신도 잘 알 수 없었다. 기사 때문인가? 그래서 그 이야기를 혼자만 알고 있으려고 한 건가? 이건 손쉬운 설명이었으므로, 나는 그것으로 불편한 마음을 달랬다. 하지만 내 마음속 깊은 곳에는 무언가 다른 이유가 있다는 생각이 도사리고 있었다. 그 이유를 내가 백일하에 드러내고 싶어 하지 않는 것 같다는 생각도.

"들어오세요." 라일리가 말했다. "무슨 문제라도 생겼나요?"

"그런 건 아니에요."

나는 그녀의 뒤를 따라 안으로 들어갔다. 그녀는 앞장서서 부엌으로 들어가 식탁 위의 전등을 켰다. 그녀는 청바지에 두꺼운 모직양말을 신고, 콜로라도 버팔로스의 로고가 새겨진 티셔츠를 입고 있었다.

"션의 사건에 조금 변화가 있어서 말해주려고 왔어요. 전화로 말하는 것보다 나을 것 같아서."

우리는 식탁에 앉았다. 그녀의 눈 밑에는 다크서클이 여전했다. 그녀는 화장으로 그걸 감추려는 시도도 하지 않았다. 슬픔에 지친 그녀의 심정이 내게도 옮겨 오는 것 같아서 나는 그녀의 얼굴을 외면했다. 내가 슬픔에서 탈출한 줄 알았는데, 여기서는 그것이 불가능한 일이었다. 그녀의 고통이 집 안 구석구석에 배어들어 다른 사람까지 전염시키고 있었다.

"자고 있었어요?"

"아뇨, 책을 좀 읽었어요. 무슨 변화가 있었다는 거예요?"

나는 그녀에게 말해주었다. 웩슬러에게와는 달리, 모든 걸 말해주었다. 시카고 사건에 대해서도, 시에 대해서도, 내가 지금부터 하려는 일에 대해서도. 그녀는 이야기를 들으며 간간이 고개를 끄덕였을 뿐, 별다른 반응이 없었다. 눈물도, 질문도 없었다. 눈물이나 질문은 내 이야기가 끝난 다음으로 미뤄둔 모양이었다.

"그렇게 된 거예요." 내가 말했다. "그 얘기를 해주러 왔어요. 난 가능한 한 빨리 시카고로 갈 거예요."

오랜 침묵이 흐른 뒤 그녀가 입을 열었다.

"웃기네요. 내가 왜 이렇게 죄책감이 드는지 모르겠어요."

그녀의 눈에 눈물이 고여 있었지만, 흘러내리지는 않았다. 아마 눈물이 거의 말라버린 탓일 것이다.

"죄책감이라고요? 무엇 때문에요?"

"지금까지 내내 나는 그 사람한테 화를 내고 있었어요. 그런 짓을 저지른 게 미워서요. 마치 그 사람이 자살한 게 아니라, 나를 죽이기라도 한 것처럼. 그래서 그 사람이 미워졌어요. 그 사람과의 추억도 미워졌어요. 그런데 지금… 이런 얘기를 듣게 되다니."

"우리 모두 그랬어요. 이번 일을 견뎌낼 수 있는 방법이 그것뿐이었으니까."

"밀리와 톰에게도 알려드렸어요?"

밀리와 톰은 내 부모님이었다. 라일리는 항상 두 분을 다르게 부르는 걸 불편해했다.

"아직요. 알려드려야죠."

"웩슬러한테 시카고 얘기는 왜 안 했어요?"

"모르겠어요. 경찰보다 유리한 입장에 서고 싶었나 봐요. 내일쯤이면 경찰도 그 사건을 알게 되겠죠."

"잭, 나한테 말해준 게 전부 사실이라면 경찰한테도 모두 말해줘야 돼요. 기사 때문에 범인을 놓칠 수는 없잖아요."

"라일리." 나는 흥분을 가라앉히려고 애썼다. "내가 이 생각을 해내지 못했다면, 범인은 정말로 수사망을 완전히 빠져나갔을 거예요. 난 그냥 웩슬러보다 먼저 시카고의 경찰관들을 만나보고 싶을 뿐이에요. 딱 하루만 먼저."

잠시 침묵이 흐른 뒤 내가 다시 입을 열었다.

"오해는 하지 말아요. 기사를 원하는 건 사실이지만, 그게 다는 아니에요. 이건 나와 션의 문제예요."

그녀는 고개를 끄덕였고, 나는 우리 사이에 걸린 침묵을 그냥 내버려두었다. 그녀에게 내 뜻을 어떻게 설명해야 할지 알 수 없었다. 단어들을 조합해 조리 있고 재미있는 이야기를 만들어내는 것이 내 직업인데도, 지금 내 뜻을 설명할 수 있는 단어는 내 머릿속에 없었다. 아직은. 그녀가 내게서 더 많은 이야기를 듣고 싶어 한다는 것을 알고 있었으므로, 그녀가 원하는 대로 설명해 주려고 했다. 하지만 나 자신도 아직 이해하지 못하는 일을 제대로 설명할 수는 없었다.

"고등학교를 졸업할 무렵에 이미 우리 둘은 각자 하고 싶은 일이 뭔지 거의 마음을 정한 상태였어요. 나는 책을 써서 유명해지거나 부자가 되고 싶었죠. 명성과 부를 동시에 얻게 될 수도 있었고. 션은 덴버 경찰국의 형사과장이 돼서 이 도시에서 벌어지는 모든 사건을 해결하고 싶어 했어요…. 우리 둘 다 꿈을 이뤘다고 할 수는 없죠. 그래도 션은 꿈에 가까이 다가가 있었어요."

그녀는 내 이야기에 미소를 지으려 했지만, 얼굴의 나머지 부분이 협조해 주질 않아 포기해 버렸다.

"어쨌든…." 나는 이야기를 계속했다. "그해 늦여름에 나는 위대한 소설을 쓰려고 파리로 떠날 예정이었어요. 션은 입대를 기다리는 중이었고. 작별 인사를 하면서 우리는 약속했죠. 꽤 촌스러운 약속이었는데, 내가 부자가 되면 스키 랙이 있는 포르셰를 션한테 사주겠다는 거였어요. 로버트 레드퍼드가 〈다운힐 레이서〉에서 타고 나왔던 자동차 같은 것 말이에요. 션이 원하는 건 그것뿐이었어요. 자동차 모델은 자기가 고를 테니 나더러 돈이나 내라더군요. 나는 션에게 그 대가로 받는 게 하나도 없으니 내 손해라고 했어요. 그랬더니 션이 자기도 나한테 주는 게 있다고 하는 거예요. 나한테 무슨 일이 생기면, 그러니까 누가 날 죽이거나 해치거나 강도짓을 하면, 자기가 범인을 잡아주겠대요. 절대 범인을 놓치지 않을 테니 안심하라면서. 그런데 말이죠, 나는 그 말을 믿었어요. 션이 정말로 그렇게 할 수 있을 거라고 믿었어요. 그게 왠지 위안이 되더라고요."

이야기를 하다 보니 별로 말이 안 되는 것 같았다. 도대체 이야기의 요점이 뭔지 나도 알 수 없었다.

"하지만 그건 그 사람이 약속한 거죠. 잭이 약속한 게 아니잖아요." 라일리가 말했다.

"나도 알아요." 그녀의 눈길을 받으며 나는 잠시 가만히 있었다. "그냥… 나도 잘 모르겠어요. 가만히 앉아서 결과가 나오기만 기다릴 수는 없어요. 내가 직접 나가지 않으면 안 될 것 같아요. 내가 직접…."

내 심정을 설명할 말이 생각나지 않았다.

"어떻게든 해야 한다고요?"

"그런 것 같아요. 나도 잘 모르겠어요. 뭐라고 말해야 할지. 그냥 그렇게 해야 해요. 그래서 시카고로 갈 거예요."

10

기소인부절차

글래든은 다섯 명의 남자들과 함께 엄청나게 넓은 법정 구석에 있는, 유리로 둘러싸인 대기실로 이끌려 들어갔다. 유리에는 사람 얼굴 높이에 세로 30센티미터 크기의 구멍이 죽 나 있었는데, 피고인들은 그 구멍을 통해 법정에서 진행되는 기소인부절차(심리에 앞서 피고인을 재판정에 출석시키고 공소사실을 고지하는 절차. 피고는 여기서 유죄 또는 무죄를 주장할 수 있다-옮긴이)를 듣고 변호사나 판사의 질문에 답변할 수 있었다.

글래든은 간밤에 잠을 자지 못한 탓에 부스스한 꼴이었다. 그의 감방은 독방이었지만, 다른 죄수들이 내는 소음 때문에 한잠도 자지 못했다. 레이포드 생각도 났다. 그는 법정 안을 둘러보았지만 아는 얼굴은 하나도 없었다. 델피와 스위처라던 경찰관들도 보이지 않았다. 텔레비전 중계 카메라나 일반 카메라도 없었다. 그의 진짜 정체가 아직 밝혀지지 않은 모양이었다. 이런 생각을 하니 기운이 났다. 곱슬곱슬한 붉은 머리에 두꺼운 안경을 낀 남자가 변호사석을 빙 돌아 나와 유리방으로 다가왔다. 키가 작아서인지 깊은 물속에 서 있는 사람처럼 턱을 쳐들어야 유리창에 난 구멍에 입을 댈 수 있었다.

"브리스베인 씨." 방금 유리방 안으로 들어온 남자들을 기대에 찬 시선으로 보며 그가 이름을 불렀다.

글래든이 그에게 다가가 구멍을 통해 내려다보았다.

"크래스너 씨?"

"네, 안녕하세요?"

그는 구멍 안으로 손을 들이밀었다. 글래든은 마지못해 악수했다. 아이가 아니면 그 누구와도 몸이 닿는 것이 싫었다. 그는 크래스너의 인사에 대답하지 않았다. 감방에서 밤을 보낸 사람에게 그런 인사를 하는 건 터무니없는 일이었다.

"검사는 만나봤어요?" 그는 대답 대신 이렇게 물었다.

"네, 만나봤어요. 대단한 사람이더군요. 불운이 계속되는 것 같아요. 이번 사건을 맡은 지방검사보가 예전에 저를 상대했던 여자거든요. 아주 드센 여잔데, 당신을 체포한 경찰관들이 그 여자한테, 부두에서 자기들이 본 광경을 말해준 모양이에요."

"그럼 그 여자가 나를 아주 잡아먹으려고 들겠네요."

"그래요. 하지만 판사는 괜찮은 사람이에요. 판사 쪽은 아무 문제없을 겁니다. 이 법원에서 검사 경력이 없는 판사는 그 사람이 유일할 걸요."

"이런, 만만세로군요. 돈은 받았어요?"

"네. 당신이 말한 그대로였어요. 그러니 모든 준비가 끝났습니다. 한 가지만 물어볼게요. 오늘 유무죄 여부를 주장하고 싶어요, 아니면 계속

가고 싶어요?"

"그게 중요한가요?"

"별로 그렇지는 않아요. 하지만 당신이 이미 혐의를 부인했고, 법정에서 기꺼이 싸울 생각이라는 걸 판사가 알게 된다면, 보석 문제를 논할 때 판사가 우리 쪽으로 조금이라도 넘어오게 될지 모르죠."

"좋아요, 그럼 무죄를 주장하죠. 어떻게 해서든 날 여기서 꺼내주기나 해요."

샌타모니카 지법 판사인 해럴드 나이버그가 해럴드 브리스베인이라는 이름을 부르자 글래든은 다시 구멍 쪽으로 다가섰다. 크래스너가 변호사석을 돌아 나와 구멍 옆에 섰다. 필요한 경우 의뢰인과 상의하기 위해서였다. 크래스너는 자신이 변호인임을 밝혔고, 지방검사보 태머라 파인스톡도 자기 신분을 밝혔다. 크래스너는 장문의 기소장을 낭독하지 않고 그냥 지나가도 좋다고 한 뒤, 판사에게 의뢰인이 무죄를 주장한다고 밝혔다. 나이버그 판사는 잠시 머뭇거렸다. 재판이 시작되자마자 이렇게 유무죄 여부를 주장하고 나서는 게 드문 일인 모양이었다.

"브리스베인 씨가 오늘 무죄라는 주장을 내놓고 싶어 하는 게 확실합니까?"

"네, 재판장님. 브리스베인 씨는 이번 혐의에 대해 1백 퍼센트 무죄이므로 빨리 소송을 진행시키고 싶어 합니다."

"알겠습니다…." 판사는 자기 앞에 놓인 어떤 서류를 읽느라 잠시 지체했다. 지금까지 그는 글래든 쪽으로 눈길 한 번 주지 않았다. "그럼, 브리스베인 씨가 열흘간의 말미를 얻을 수 있는 권리를 포기하는 것으로 알겠습니다."

"잠시만요, 재판장님." 크래스너가 이렇게 말하고는 글래든을 향해 속삭였다. "법정이 열리는 날짜로 열흘 안에 혐의에 대한 예심을 받을 권리가 있습니다. 당신이 그 권리를 포기하면, 판사는 심리 날짜를 잡고, 거기서 예심 날짜가 잡힐 겁니다. 그 권리를 포기하지 않으면, 지금부터 열흘 뒤로 예심 날짜를 잡을 겁니다. 그 권리를 포기하지 않는다는 건 법정에서 싸우겠다는 또 다른 신호가 됩니다. 지방검사의 호의를 기대하지 않는다는 뜻이죠. 보석 결정에 그게 도움이 될 수도 있습니다."

"그럼 포기하지 말아요."

크래스너가 다시 판사를 바라보았다.

"감사합니다, 재판장님. 그 권리를 포기하지 않겠습니다. 제 의뢰인은 예심에서 검찰 측이 혐의를 입증할 수 없을 거라고 믿기 때문에, 법정이 가능한 한 빨리 날짜를 잡아주시기를 바랍니다. 그래야…."

"크래스너 변호사, 파인스톡 검사는 당신이 말을 길게 해도 별로 이의가 없을지 모르지만, 나는 다릅니다. 지금 이건 기소인부절차입니다. 여기서 변호를 할 필요는 없습니다."

"네, 재판장님."

판사는 고개를 돌려 서기의 책상 위에 걸린 달력을 보았다. 법정이 열리는 날짜로 열흘 뒤가 언제인지 확인하고는 110 재판부에 예심을 할당했다. 크래스너는 수첩을 열고 날짜를 적었다. 검사도 똑같이 적었다. 검사는 젊었지만 매력적이지 않았다. 절차가 진행되는 3분간 그녀는 한마디도 하지 않았다.

"좋습니다." 판사가 말했다. "보석에 관해 할 말 있습니까?"

"네, 재판장님." 파인스톡이 처음으로 일어서면서 말했다. "본 검사는 일반적인 보석허가 원칙에서 벗어나 보석금을 25만 달러로 책정할 것을 요청합니다."

나이버그 판사는 서류에서 눈을 들어 파인스톡을 바라보더니 처음으로 글래든에게 시선을 돌렸다. 마치 별 볼 일 없는 혐의로 기소된 피고에게 왜 그토록 높은 보석금을 책정해야 하는지 알아내려고 피고를 조사하려는 것 같았다.

"이유가 뭡니까, 파인스톡 검사?" 그가 물었다. "그렇게 원칙에서 벗어나야 할 근거를 받아보지 못했습니다."

"본 검사는 피고가 도주할 우려가 있다고 생각합니다, 재판장님. 피고는 체포 경관에게 주소를 대지 않았으며, 자기 소유의 자동차 번호도 알려주지 않았습니다. 운전면허증은 앨라배마에서 발급된 것이었으나, 그것이 합법적인 것인지는 아직 확인되지 않았습니다. 따라서 해럴드 브리스베인이 피고의 본명인지 여부조차 알 수 없습니다. 피고가 어떤 사람이고, 어디 사는지, 직업이나 가족이 있는지도 모릅니다. 따라서 그런 정보를 얻을 때까지 피고에게 도주의 우려가 있다고 간주해야 합니다."

"재판장님." 크래스너가 재빨리 나섰다. "파인스톡 검사는 사실을 왜곡하고 있습니다. 경찰은 이미 제 의뢰인의 이름을 알고 있으며, 의뢰인은 앨라배마에서 받은 합법적인 면허증을 제시했습니다. 그 면허증에 문제가 있다는 말은 듣지 못했습니다. 브리스베인 씨는 일자리를 찾으려고 모바일에서 이곳으로 막 이주했기 때문에 아직 정해진 거처가 없습니다. 거처가 정해지면, 당국에 기꺼이 주소를 알려줄 겁니다. 그때까지는 제 사무실을 통해 제 의뢰인과 연락할 수 있습니다. 의뢰인은 저나 재판장님이 선택하시는 법정 대리인과 하루에 두 번씩 연락하기로 동의했습니다. 재판장님도 아시다시피, 보석원칙을 벗어날 때에는, 피고의 도주 성향이 그 근거가 되어야 합니다. 주소가 없다고 해서 도주 의사가 있다고 인정할 수는 없습니다. 브리스베인 씨는 이미 자신이 무죄라고 주장했고, 재판을 지연시킬 수 있는 모든 권리를 포기했습니다. 제 의뢰인은 가능한 한 빠른 시일 안에 자신이 무죄임을 입증해서 누명을 벗고 싶어 합니다."

"변호인의 사무실을 통해 연락하는 건 좋습니다. 하지만 주소는 어떻게 하겠습니까?" 판사가 물었다. "피고는 어디에 머무를 예정입니까? 변호인은 언급하지 않았지만, 피고는 체포되기 전에 이미 경찰을 피해 도망친 사실이 있습니다."

"재판장님, 저희는 그 혐의도 인정하지 않습니다. 그 경찰관들은 사복 차림이었으며, 한 번도 신분을 밝히지 않았습니다. 제 의뢰인은 그때 제법 값비싼 카메라 장비를 갖고 있었는데, 참고로 말씀드립니다만 의뢰인에게 카메라는 생계수단입니다. 그래서 경찰관들을 강도로 오인하고 도망친 것입니다."

"아주 흥미로운 주장이군요." 판사가 말했다. "주소는 어떻게 하겠습니까?"

"브리스베인 씨는 피코 대로의 홀리데이 인에 묵고 있습니다. 그곳에 머무르며 일자리를 찾고 있죠. 제 의뢰인은 프리랜서 사진가이자 그래픽 디자이너이며, 곧 일자리를 찾을 수 있을 거라 자신하고 있습니다. 다른 곳으로 갈 생각이 없습니다. 아까도 말씀드렸다시피, 제 의뢰인은 법정에서 싸울…."

"그래요, 변호인. 그 얘긴 아까 했습니다. 변호인이 생각하는 보석금은 얼마입니까?"

"재판장님, 바다에 쓰레기통을 던진 혐의에 대해 25만 달러의 보석금을 책정하는 것은 전적으로 이해할 수 없는 일입니다. 저는 5천 내지 1만 달러 정도가 이런 혐의에 더 잘 어울린다고 생각합니다. 제 의뢰인은 자금이 많지 않습니다. 보석금으로 가진 돈을 다 써버리면, 먹고살 돈도, 제 수임료를 지불할 돈도 남지 않을 겁니다."

"피고가 체포를 피해 도망친 것과 기물을 파손한 사실도 있습니다."

"재판장님, 말씀드렸듯이 의뢰인이 도망친 것은 사실이지만 그들이 경찰관이라고는 꿈에도 생각하지 못했습니다. 제 의뢰인은…."

"변호인. 다시 말하지만, 긴 말은 그만두고 요점을 말하세요."

"죄송합니다, 재판장님. 하지만 제 의뢰인에게 적용된 혐의를 보십시오. 이건 경범죄 사건임이 분명합니다. 그러니 보석금도 거기에 맞게 책정되어야 합니다."

"또 할 말이 있습니까?"

"없습니다."

"파인스톡 검사."

"있습니다, 재판장님. 본 검사는 이번 사건에 보석원칙을 적용하지 않는 것을 고려해 달라고 다시 한번 요청합니다. 브리스베인 씨에게 적용된 두 가지 주요 혐의는 중죄에 해당되며, 앞으로도 중죄로 취급될 겁니다. 크래스너 변호사는 달리 주장하지만, 본 검사는 피고인이 도주의 우려가 있으며, 이름이 정말로 해럴드 브리스베인인지도 의심스럽다고 생각합니다. 경찰관들의 말에 의하면, 피고는 머리를 염색했는데, 염색 시점이 면허증에 붙은 사진을 찍은 시점과 일치한다고 합니다. 그것은 정체를 감추려는 사람의 행동입니다. 저희는 오늘 로스앤젤레스 경찰국의 지문 데이터베이스를 빌려 확인을…."

"재판장님." 크래스너가 끼어들었다. "이의 있습니다. 그 근거로…."

"변호인." 판사가 말했다. "변호인의 발언기회는 이미 지나갔습니다."

"게다가…." 파인스톡이 말했다. "브리스베인 씨가 체포된 것은 그가 다른 수상쩍은 행동에 관련되어 있었기 때문입니다. 다시 말해서…."

"이의 있습니다!"

"…어린아이 사진을 찍고 있었습니다. 개중에는 옷을 입지 않은 아이의 사진도 있었는데, 아이와 부모 들은 아이가 사진 찍히고 있다는 사실도 몰랐고, 거기에 동의하지도 않았습니다. 본 재판에서…."

"재판장님!"

"…혐의가 적용된 사건은 브리스베인 씨에 대한 불만을 접수한 경찰이 조사하러 나갔을 때, 브리스베인 씨가 경찰관들을 피해 도망치려다 발생한 것입니다."

"재판장님." 크래스너가 큰소리로 말했다. "제 의뢰인에게는 그런 혐의가 적용되어 있지 않습니다. 지방검사는 지금 이 법정에 제 의뢰인에 대한 편견을 심어주려 하고 있습니다. 이것은 대단히 부적절하고 비윤리적인 행위입니다. 브리스베인 씨가 그런 행동을 저질렀다면, 왜 혐의를 적용하지 않은 겁니까?"

침묵이 넓은 법정을 가득 채웠다. 크래스너의 격렬한 반응 때문에 다른 변호인들조차 자기 의뢰인에게 입 다물고 가만히 있으라고 속삭일 정도였다. 판사는 파인스톡에게서 크래스너에게로, 크래스너에게서 글래든에게로 천천히 시선을 움직이더니 다시 검사를 바라보며 말을 이었다.

"파인스톡 검사, 현재 검사가 피고에게 적용하려고 검토 중인 다른 혐의가 있습니까? 바로 지금의 상황을 묻는 겁니다."

파인스톡은 머뭇거리다가 마지못해 입을 열었다. "혐의를 적용할 만큼 정보가 제출되지는 않았지만, 이미 말씀드렸듯이, 경찰이 피고의 정체와 활동에 관해 계속 수사하고 있습니다."

판사는 다시 자기 앞의 서류를 내려다보며 뭔가를 쓰기 시작했다. 크래스너는 말을 덧붙이려고 입을 열었다가 마음을 바꿨다. 판사의 태도를 보니 이미 결정을 내렸음이 분명했다.

"보석원칙에 따르면, 보석금은 1만 달러로 책정되어야 합니다." 나이버그 판사가 말했다. "나는 그 원칙에서 조금 벗어나 보석금을 5만 달러로 책정하겠습니다. 변호인, 만약 피고가 자신의 정체와 거주지 등에 관한 지방검사의 우려를 일소해 준다면, 그때 기꺼이 이 결정을 재고할 생각이 있습니다."

"네, 재판장님. 감사합니다."

판사는 다음 사건을 호명했다. 파인스톡은 앞에 있던 서류철을 덮어 오른쪽 서류 더미 위에 둔 다음, 왼쪽 서류 더미에서 다른 서류철을 집어 펼쳤다. 크래스너는 살짝 미소를 머금은 채 글래든을 보았다.

"미안해요. 판사가 2만 5천을 부를 줄 알았는데. 다행인 건, 검사도 만족할 거라는 겁니다. 검사도 보석금은 잔돈푼이나마 올리자는 생각으로 25만 달러를 불렀을 거예요. 잔돈치고는 큰돈을 얻은 셈이죠."

"그런 건 신경 쓰지 마세요. 내가 언제쯤 여기서 나갈 수 있는지나 말해줘요."

"가만히 앉아 계세요. 내가 1시간 뒤에 꺼내줄 테니."

11

시카고 경찰국

미시간호는 가장자리가 얼어 있었다. 폭풍이 지나간 뒤라 들쭉날쭉한 모양이 되어버린 얼음은 잘못 밟았다가는 큰일이 날 수도 있었지만 아름다웠다. 시어스타워의 윗부분이 보이지 않았다. 도시 상공에 잿빛 감도는 하얀 수의처럼 걸려 있는 구름에 먹힌 탓이었다. 내가 스티븐슨 고속도로를 타고 시내로 들어가는 동안 이 모든 광경이 눈에 들어왔다. 정오가 멀지 않은 시각이었다. 오늘 안으로 눈이 또 올 것 같았다. 덴버가 춥다고 생각했더니, 여기 미드웨이는 더했다.

시카고에 마지막으로 다녀간 것이 3년 전이었다. 매서운 추위에도 불구하고 나는 이 도시가 그리웠다. 80년대 초 나는 이곳 메딜에 있는 저널리즘 학교를 다니면서 이 도시를 진심으로 사랑하게 되었다. 학교를 마친 뒤 이곳에 남아 이곳 신문사에 취직하고 싶었지만, 〈시카고 트리뷴〉과 〈시카고 선 타임스〉 모두 나를 받아주지 않았다. 면접관들은 나더러 넓은 세상에 나가서 경험을 좀 쌓고, 직접 쓴 기사 모음을 들고 다시 찾아오라고 했다. 씁쓸하고 실망스러웠다. 면접에 떨어진 것보다는 이 도시를 떠나야 한다는 사실이. 물론 학교에 다니는 동안 일했던 〈시티 뉴스 뷰로〉에서 계속 일할 수도 있었을 것이다. 하지만 면접관들이 말한 경험은 그런 것이 아니었다. 나 역시 돈보다 기사 작성 경험이 더 필요한 학생에게나 알맞은 봉급을 주는 통신사에서 일하고 싶지 않아서 고향으로 돌아가 〈로키 마운틴 뉴스〉에 취직했다. 그 뒤로 오랜 세월이 흘렀다. 처음에 나는 적어도 1년에 두 번씩 시카고에 가서 친구들도 만나고, 잘 가던 술집에도 들렀지만, 세월이 흐를수록 점점 가지 않게 되었다. 마지막으로 다녀온 것이 3년 전이었다. 내 친구 래리 버나드가 면접관들의 말처럼 넓은 세상에서 경험을 쌓은 끝에 막 〈시카고 트리뷴〉에 안착했을 때였다. 그때 그를 만나러 갔다 온 이후로 나는 시카고에 가지 않았다. 이제는 〈시카고 트리뷴〉 같은 신문에 내놓을 수 있을 만큼 많은 기사를 쓴 것 같지만, 그 기사들을 시카고에 보내지는 않았다.

강을 사이에 두고 〈시카고 트리뷴〉과 마주보고 있는 하얏트 호텔 앞에서 택시에서 내렸다. 체크인은 3시부터 가능하기 때문에 나는 벨맨에게 가방을 맡겨두고 공중전화로 갔다. 전화번호부를 뒤져 시카고 경찰국 3구역 폭력범죄 전담반의 번호를 찾아낸 나는 그곳에 전화해 로런스 워싱턴 형사를 바꿔달라고 했다. 하지만 그가 전화를 받았을 때 나는 전화를 끊었다. 내 목적은 그가 그곳에 있는지 확인하는 것뿐이었다. 기자로서 그동안 경찰관을 상대하면서 나는 경찰관과는 절대 약속을 하면 안 된다는 것을 배웠다. 약속을 하는 것은 경찰관에게 반드시 피해야 할 시간과 장소를 구체적으로 알려주는 것과 같았다. 대부분의 경찰관은 기자와 이야기하기를 꺼렸고, 기자와 함께 있는 모습조차 보이기 싫어하는 사람이 대다수였다. 그렇지 않은 사람도 소수 있었지만, 그들은 요주의 인물이었다. 그러니 경찰관을 만날 때는 살금살금 기습하는 수밖에 없었다. 일종의 게임이었다.

전화를 끊고 나서 시계를 보았다. 거의 정오가 다 된 시각이었다. 내게 남은 시간은 20시간. 나는 다음 날 아침 8시에 덜레스행 비행기를 탈 예정이었다.

호텔 밖으로 나간 나는 택시를 잡아타고 기사에게 난방을 올려달라고 부탁하며 링컨 공원을 지나 벨몬트와 웨스턴 거리 모퉁이에 내려달라고 말했다. 가는 길에 스매더스 소년의 시체가 발견된 곳을 보아둘 작정이었다. 아이의 시체가 발견된 지 이제 1년이 지났다. 아이의 시체가 있던 곳은 그때나 지금이나 거의 똑같은 모습일 것 같았다. 그 장소를 찾아낼 수 있을지가 문제였다.

가방을 열고 컴퓨터를 켜서 전날 밤 〈로키 마운틴 뉴스〉의 자료실에서 내려받은 〈시카고 트리뷴〉의 기사들을 화면에 불러냈다. 그러고는 스매더스 사건에 관한 기사를 뒤져, 동물원 안내인이 여자친구의 아파트에서 집으로 돌아가는 길에 공원을 가로지르다가 시체를 발견했다는 내용이 실린 부분을 찾아냈다. 아이는 눈으로 뒤덮인 공터에서 발견되었다. 여름에 이탈리아와 미국 리그의 보치(잔디밭에서 하는 이탈리아식 볼링의 일종-옮긴이) 토너먼트가 열린 곳이었다. 기사에 따르면, 위스콘신 거리 근처의 클락 거리와 인접한 이 공터에서 빨간 헛간이 보인다고 했다. 그 헛간은 동물원 안에 있는 시립 농장의 일부였다.

도로에 차가 별로 없다 보니 우리는 10분도 안 되어 공원에 도착했다. 기사에게는 클락까지 가로질러 가서 위스콘신이 나오면 옆으로 차를 붙여달라고 말했다.

벌판에 쌓인 눈은 내린 지 얼마 되지 않은 것이라 발자국이 아주 조금밖에 없었다. 보도를 따라 놓여 있는 벤치 위에도 눈이 7~8센티미터 높이로 쌓여 있었다. 이 일대에는 인적이 전혀 없는 것 같았다. 나는 택시에서 내려 공터로 걸어갔다. 특별히 뭘 기대하지는 않았지만, 그래도 약간은 기대가 있었다. 다만 내가 뭘 기대하는지 알 수 없을 뿐이었다. 그냥 육감이었던 건지도 모른다. 공터를 절반쯤 가로질렀을 때, 내가 가려던 길을 왼쪽에서 오른쪽으로 가로지른 발자국들이 나타났다. 이 발자국을 건너가자 오른쪽에서 왼쪽으로 향하는 또 다른 발자국들이 나타났다. 이 발자국을 남긴 일행이 왔던 길을 되짚어 간 모양이었다. 애들이군. 아마 동물원에 가는 길이었을 거야. 동물원이 열려 있었는지는 잘 모르겠지만. 이런 생각을 하며 빨간 헛간 쪽을 바라보았다. 20미터쯤 떨어진 곳에 우뚝 서 있는 떡갈나무 밑동에서 꽃이 눈에 들어온 것이 바로 그때였다.

나무로 걸어가면서 그것이 무엇인지 본능적으로 알아차렸다. 누군가가 1주년을 기념해 꽃을 갖다 놓은 것이다. 가까이 가서 보니 꽃은 대팻밥으로 만든 조화였다. 눈 위에 피처럼 흩뿌려진 밝은 빨간색 장미. 나뭇가지가 처음으로 갈라져 나간 부분에는 미소 짓고 있는 아이의 사진이 끼워져 있었다. 스튜디오에서 찍은 이 작은 사진에서 아이는 탁자 위에 팔꿈치를 괴고 손으로 뺨을 받치고 있었다. 하얀 셔츠에 아주 작은 파란색 나비넥타이를 매고 빨간 재킷을 입은 차림이었다. 아마 가족들이 이곳을 다녀간 모양이었다. 이 사진을 왜 아이의 무덤이 아니라 여기에 갖다 놓았는지 궁금했다.

주위를 둘러보았다. 헛간 근처의 연못은 얼음으로 덮여 있고, 거기서 두어 명이 스케이트를 타고 있었다. 그 밖에는 아무도 없었다. 클락 거리 쪽을 바라보니 내가 타고 온 택시가 기다리고 있었다. 클락 거리 건너편에는 벽돌 탑이 하나 서 있었다. 탑 전면에 걸려 있는 차양에 '헤밍웨이 하우스'라는 간판이 보였다. 동물원 안내인이 소년의 시체를 발견하던 날 밤을 지냈다는 아파트가 바로 거기였다.

나뭇가지 사이에 끼워진 사진을 다시 바라보다가 주저 없이 손을 뻗어 사진을 내렸다. 사진은 비바람에 망가지지 않게 운전면허증처럼 비닐로 코팅되어 있었다. 사진 뒷면에는 아이의 이름만 달랑 적혀 있었다. 나는 외투 주머니에 사진을 넣었다. 나중에 기사와 함께 이 사진을 신문에 실어야 할 것 같았다.

택시 안은 벽난로가 있는 거실처럼 쾌적하고 따뜻했다. 나는 3구역 경찰서로 가는 동안 〈시카고 트리뷴〉의 기사들을 살펴보았다.

이 사건은 테레사 로프턴 사건만큼이나 끔찍했다. 아이는 디비전 거리에 있는 초등학교의 담장 안 레크리에이션 센터에서 실종됐다. 다른 친구 두 명과 눈뭉치를 만들려고 밖으로 나간 것이 끝이었다. 교실에서 그 아이들의 자리가 비어 있는 것을 발견한 교사는 밖으로 나가 아이들을 찾았다. 하지만 바비 스매더스는 이미 사라진 뒤였다. 바비와 함께 나갔던 열두 살짜리 목격자 두 명은 경찰관들에게 자초지종을 설명하지 못했다. 그 아이들은 바비 스매더스가 그냥 사라졌다고 했다. 눈을 뭉치다가 고개를 들어보니 바비가 없었다는 것이다. 아이들은 바비가 어디 숨어서 자기들을 놀래주려는 줄 알고 바비를 찾아 나서지 않았다.

바비는 하루가 지난 뒤 링컨 공원의 보치 경기장 근처 눈 더미 속에서 발견되었다. 존 브룩스 형사가 이끄는 수사팀이 이 사건에 몇 주간 전적으로 매달렸지만, 바비를 마지막으로 목격한 두 아이의 진술 외에는 아무것도 찾아내지 못했다. 두 아이의 말처럼, 바비 스매더스는 그날 학교에서 그냥 사라져버렸을 뿐이었다.

나는 이런 내용이 실린 기사들을 다시 훑어보면서 로프턴 사건과의 유사점을 찾아보았다. 유사점은 거의 없었다. 로프턴은 백인 성인 여성, 바비는 흑인 남자아이였다. 조건이 달라도 이보다 다를 수는 없었다. 다만 두 사람 모두 실종된 지 24시간 이상이 흐른 뒤 시체로 발견되었다. 두 사람의 시신이 훼손되어 있었다는 점, 발견 장소가 시내 공원이라는 점도 비슷했다. 마지막으로, 두 사람 모두 실종되던 날 어린이들을 위한 장소에 있었다. 아이는 학교에 있었고, 여자는 자신이 일하던 어린이집에 있었다. 이러한 유사점들에 무슨 의미가 있는지는 알 수 없지만, 내가 가진 거라고는 이것뿐이었다.

3구역 경찰서는 오렌지색 벽돌로 된 요새 같은 건물이었다. 납작하고 넓게 펼쳐진 이 2층짜리 건물에는 쿡 카운티 제1지방법원도 자리하고 있었다. 짙은 색 유리문을 통해 시민들이 끊임없이 드나들었다. 문을 밀고 로비로 들어가니 눈 녹은 물 탓에 바닥이 축축했다. 전면 접수대도 건물과 똑같은 벽돌로 만들어져 있었다. 누가 차를 몰고 유리문으로 돌진해 들어온다 해도 접수대 뒤의 경찰관들을 어쩌지는 못할 것 같았다. 물론 접수대 앞에 서 있는 시민들은 별개의 문제였다.

오른쪽 계단을 바라보았다. 그 계단이 형사계로 이어져 있다는 기억이 났다. 절차 따위 무시해 버리고 그냥 저리로 올라가 버릴까 하는 생각이 들었지만, 그렇게 하지 않기로 했다. 경찰관들 앞에서 아주 사소한 규칙이라도 하나 어기면, 그들이 발끈해서 일을 까다롭게 만들어버릴 수 있다. 나는 접수대 뒤에 있는 경찰관들 중 한 명에게 다가갔다. 그는 내가 어깨에 메고 있는 컴퓨터 가방을 흘깃 바라보았다.

"여기로 이사라도 올 작정이에요?"

"아뇨, 이건 그냥 컴퓨터예요." 내가 말했다. "로런스 워싱턴 형사를 만나고 싶습니다."

"성함이 어떻게 되시죠?"

"잭 매커보이입니다. 워싱턴 형사와는 모르는 사이예요."

"약속하셨나요?"

"아뇨. 하지만 스매더스 사건과 관련된 일입니다. 그렇게 말씀하시면 될 거예요."

경찰관이 눈썹을 홱 치켜 올렸다.

"아무래도 그 가방을 열어봐야겠군. 내가 전화하는 동안 당신 컴퓨터를 한번 확인해 봅시다."

그의 말대로 컴퓨터를 열었다. 공항 검색대에서 하는 것처럼. 컴퓨터를 켜서 보여주고, 다시 꺼서 가방에 넣었다. 경찰관은 수화기를 귀에 대고 누군가와 통화하며 나를 지켜보았다. 사무원과 통화하는 듯했다. 스매더스라는 이름을 입에 올리면 적어도 1차 관문은 통과할 수 있으리라는 것이 내 계획이었다.

"그 아이 사건과 관련해서 래리 레그스를 만나겠다는 시민이 여기와 있어요."

그는 잠시 수화기에 귀를 기울이다가 전화를 끊었다.

"2층으로 가요. 저기 왼쪽 계단을 올라가서 복도를 쭉 따라가다가 마지막 방이에요. 살인전담반이라고 써 있을 겁니다. 흑인 형사를 찾아요."

"고맙습니다."

계단을 올라가면서 경찰관이 스매더스를 그냥 '그 아이'라고 부른 것에 대해 생각했다. 그의 전화를 받은 사람이 누군지는 몰라도, 그 역시 '그 아이'가 누군지 금방 알아들은 것 같았다. 이 사실 하나만으로도 나는 이 사건에 대해 많은 것을 알 수 있었다. 신문에 실린 내용보다 더 많은 것을. 경찰관들은 자신이 맡은 사건에서 인간적인 색채를 지워버리려고 최선을 다한다. 그런 면에서는 연쇄살인범들과 같다. 숨을 쉬고 살면서 상처 입기도 하는 다른 사람들과 피해자를 분리해서 생각할 수 있다면, 피해자 때문에 괴로워하지 않아도 된다. 하지만 피살자를 '그 아이'로 부르는 것은 이와 정반대의 행동이었다. 1년이 지난 지금도 그 사건이 3구역 경찰관들의 마음을 강하게 틀어쥐고 있다는 뜻이었다.

살인전담반 사무실은 테니스장 반 정도의 크기였으며, 바닥에는 짙은 초록색의 산업용 카펫이 깔려 있었다. 방 안의 책상들은 다섯 개씩 세 그룹으로 배치되어 있었다. 그룹마다 책상이 다섯 개씩이었다. 책상 네 개는 둘씩 마주보게 놓이고, 반장 자리인 나머지 하나는 한쪽 끝에 붙은 형태였다. 왼쪽 벽에는 서류함들이 줄줄이 늘어서 있었다. 서류함을 꺼낼 때 잡아당기는 손잡이에 자물쇠 역할을 하는 막대기가 죽 꽂혀 있는 상태였다. 책상들 뒤편의 반대편 벽에는 유리 창문이 있는 사무실 두 개가 있었다. 하나는 총반장의 사무실이었고, 다른 하나는 심문실처럼 보였다. 심문실 안의 탁자에 남자 한 명과 여자 한 명이 앉아서 식품점 포장지를 냅킨 대신 깔고 샌드위치를 먹는 모습이 보였다. 그 두 사람 외에 살인전담반 책상에 세 명이 더 있었고, 문 근처 책상에는 사무원이 앉아 있었다.

"래리를 만나러 오신 분이죠?" 그녀가 내게 말했다.

내가 고개를 끄덕이자 그녀는 반대편 벽 쪽 책상에 앉아 있는 남자를 가리켰다. 그쪽 반에 혼자 남아 있는 사람이었다. 나는 그쪽으로 다가갔다. 내가 옆에 섰는데도 그는 서류에서 눈을 들지 않았다.

“밖에 눈이 옵니까?” 그가 물었다.

“아뇨, 아직. 하지만 금방 올 것 같아요.”

“항상 그렇죠. 내가 워싱턴입니다. 무슨 일로 오셨습니까?”

나는 다른 반에 앉아 있는 형사 두 명을 바라보았다. 두 사람 다 나를 거들떠보지도 않았다.

“단둘이서만 이야기를 나누고 싶은데요. 스매더스 소년에 관한 일입니다. 알려드릴 정보가 있어요.”

다른 두 형사가 있는 쪽을 바라보지 않아도, 그들이 내 말을 듣고 내게 시선을 돌렸음을 알 수 있었다. 워싱턴 역시 펜을 내려놓고 마침내 나를 올려다보았다. 30대처럼 보이는 얼굴이었지만, 짧게 깎은 머리가 벌써 희끗희끗했다. 그래도 몸은 좋았다. 그가 자리에서 일어서지 않았는데도 분명히 알 수 있었다. 얼굴도 무척 예리해 보였다. 그는 하얀 셔츠에 줄무늬 넥타이를 매고 짙은 갈색 양복을 입고 있었다. 가슴이 두툼해서 양복저고리가 터질 것 같았다.

“나랑 단둘이서 얘길 하고 싶다고요? 무슨 일입니까?”

“그 얘기를 단둘이서 하고 싶다는 겁니다.”

“범행을 자백하러 온 건 아니겠죠?”

나는 미소를 지었다.

“그렇다면 어쩌실 건가요? 어쩌면 제가 진범인지도 모르죠.”

“그럼 오죽 좋겠습니까. 좋습니다. 저쪽 방으로 가죠. 공연한 말로 내 시간을 빼앗을 생각이라면 그만두는 게 좋을 겁니다. 이름이 뭐라고 했죠?”

“잭 매커보이.”

"좋습니다, 잭. 내가 저 사람들을 저기서 쫓아내고 들어갔는데 당신이 쓸데없는 이야기나 늘어놓는다면, 저 사람들과 내가 가만히 있지 않을 겁니다."

"그런 걱정은 하지 마세요."

그가 일어섰다. 생각보다 키가 작았다. 그의 하반신은 상반신과 완전히 달랐다. 널찍하고 튼튼한 상반신 밑에 짧고 뭉툭한 다리가 달려 있었다. 그래서 접수대에 있던 경찰관이 래리 레그스라고 부른 모양이었다. 그가 아무리 옷을 잘 차려입어도, 이 이상한 몸매가 항상 그를 배신할 것 같았다.

"무슨 문제라도 있습니까?" 그가 내게 다가오며 물었다.

"아, 아뇨. 저는… 잭 매커보이입니다."

나는 컴퓨터 가방을 내려놓고 손을 내밀었지만, 워싱턴은 악수하려 하지 않았다.

"저쪽 방으로 가죠, 잭."

"네."

내가 자기를 빤히 본 것을 복수하듯이 그도 나를 빤히 보았다. 상관없었다. 그의 뒤를 따라 남자와 여자가 점심 식사 중인 방으로 갔다. 가는 도중 그는 딱 한 번 뒤를 돌아보며 내 가방을 내려다보았다.

"그 안에 뭐가 있죠?"

"컴퓨터요. 형사님이 관심이 있다면 보여드릴 것이 두어 가지 들어 있어요."

그가 문을 열자 방 안에 있던 남자와 여자가 시선을 들었다.

"미안하지만, 소풍은 이제 끝났어." 워싱턴이 말했다.

"10분만 봐주면 안 돼요, 레그스?" 남자가 이렇게 말하고는 자리에서 일어났다.

"안 돼. 손님이 오셨거든."

두 사람은 남은 샌드위치를 다시 포장지로 싸서 아무 말 없이 방을 나갔다. 남자가 나를 한 번 노려보았는데, 아마도 신경질이 난 모양이었다. 난 개의치 않았다. 워싱턴이 나더러 들어오라고 손짓했다. 나는 금연 기호가 그려진 마분지 표지판 옆의 탁자 위에 컴퓨터 가방을 내려놓았다. 우리는 탁자를 사이에 두고 서로 마주보며 앉았다. 방에서는 퀴퀴한 연기 냄새와 이탈리안 드레싱 냄새가 났다.

"이제 무슨 일로 날 찾았는지 말해 보시죠." 워싱턴이 말했다.

나는 생각을 정리하며 차분하게 보이려고 애썼다. 경찰의 세계에 매혹되어 있는데도 난 그들을 상대하면서 편안했던 적이 한 번도 없었다. 왠지 항상 경찰관들이 나를 의심할 것 같다는 생각이 들었다. 아주 나쁜 짓을 했다고 의심할 것 같았다. 내 결점을 알아볼 것 같았다.

"어디서부터 시작해야 할지 잘 모르겠네요. 저는 덴버에서 왔습니다. 오늘 아침에 여기 도착했죠. 저는 기자인데 우연히…."

"잠깐, 잠깐. 기자라고요? 무슨 기자죠?"

그의 왼쪽 뺨 검은 피부 밑에서 분노가 살짝 팔딱거리는 게 보였다. 이 정도는 미리 예상한 일이었다.

"신문기자예요. 〈로키 마운틴 뉴스〉에서 일하고 있습니다. 일단 제 말을 끝까지 들어보세요. 그러고 나서 절 쫓아내고 싶다면 쫓아내셔도 됩니다. 하지만 아마 그런 생각은 안 들걸요."

"이봐요, 당신 같은 사람들이 하는 말은 이미 들을 만큼 다 들어봤어요. 난 바쁜 사람입니다. 이럴 시간이…."

"만약 존 브룩스가 살해당했다면 어쩔 거죠?"

나는 혹시 그가 이미 이런 생각을 하고 있었던 건 아닌지 확인하려고 그의 얼굴을 열심히 지켜보았다. 그런 낌새는 전혀 없었다. 그는 속내를 전혀 드러내지 않았다.

"형사님 파트너 말이에요." 내가 말했다. "어쩌면 그분이 살해당한 건지도 모릅니다."

워싱턴은 고개를 저었다.

"그런 소리는 그만합시다. 누가 그 친구를 죽였다는 겁니까?"

"제 형을 죽인 사람이요." 나는 잠시 시간을 끌면서 그가 내게 모든 주의를 집중할 때까지 그를 바라보았다. "제 형은 살인사건을 전담하는 형사였습니다. 덴버에서 일했죠. 그런데 한 달 전에 죽었어요. 제 형의 경우도 처음에는 다들 자살이라고 생각했습니다. 그런데 제가 그 사건을 조사하다가 결국 여기까지 오게 됐어요. 제가 기자인 건 맞지만, 반드시 기자라는 이유만으로 여기에 온 건 아닙니다. 이건 우리 형의 일이기도 해요. 형사님 파트너 일이기도 하고요."

워싱턴은 검은 이마에 V자 주름을 잡고 한참 동안 나를 빤히 바라보기만 했다. 나는 그를 끝까지 기다렸다. 그는 지금 벼랑 끝에 있었다. 나와 함께 절벽 아래로 떨어지든지, 아니면 나만 아래로 던져버릴 것이다. 그가 시선을 거두며 몸을 뒤로 기댔다. 그러고는 겉옷 안주머니에서 담뱃갑을 꺼내 담배에 불을 붙이고 구석에 있던 강철 쓰레기통을 재떨이로 쓰려고 잡아당겼다. 저 사람이 담배를 피우면 키가 안 큰다는 말을 지금까지 과연 몇 번이나 들었을지 궁금해졌다. 그는 고개를 갸우뚱하게 기울이고 담배 연기를 내뿜었다. 파란 연기가 위로 올라가 천장 근처에서 어른거렸다. 그가 몸을 탁자 너머로 기울였다.

"당신이 미친 건지 아닌지 잘 모르겠군. 신분증 좀 봅시다."

우린 함께 절벽에서 떨어지는 중이었다. 나는 지갑을 꺼내 내 운전면허증, 기자증, 덴버 경찰국 출입증을 건네주었다. 그는 그 증명서들을 모두 자세히 살펴보았지만, 나는 그가 내 얘기를 듣기로 이미 마음을 정했음을 알고 있었다. 워싱턴이 보기에도 브룩스의 죽음에 뭔가 미심쩍은 부분이 있었기 때문에, 생전 처음 보는 기자의 말을 들어보기로 한 것 같았다.

"좋습니다." 그가 내 증명서들을 돌려주며 말했다. "신분은 확실하군. 그래도 내가 당신의 말을 믿을 이유는 없어요."

"그렇죠. 하지만 이미 믿고 계시는 것 같은데요."

"이봐요, 나한테 하겠다는 얘기를 할 거요, 말 거요? 그 사건에 조금이라도 이상한 부분이 있었다면, 내가 달려들어서 뭐랄까…. 뭐, 어쨌든 당신이 그 사건에 대해 알고 있다는 게 뭡니까?"

"별로 많지는 않습니다. 그냥 신문에 실린 내용뿐이에요."

워싱턴은 쓰레기통 옆구리에 담배를 비벼 끄고는 꽁초를 안에 던져 버렸다.

"이봐요, 잭, 할 말 있으면 얼른 해요. 그게 아니라면 여기서 당장 꺼지는 게 날 도와주는 겁니다."

굳이 수첩을 펼쳐볼 필요가 없었다. 이 사건과 관련된 세세한 정보는 다 알고 있었으니까. 내가 이야기하는 30분간 워싱턴은 담배를 두 개비 더 피웠지만, 질문은 한 마디도 하지 않았다. 그가 담배를 계속 입에 물고 있자 연기가 구불구불 위로 올라가며 그의 눈을 가렸다. 하지만 난 알고 있었다. 웩슬러 때 그랬던 것처럼. 그는 내 이야기를 들으며 처음부터 속으로 의심하던 사실을 확인하는 중이었다.

"웩슬러 형사의 전화번호를 가르쳐드릴까요?" 이야기를 마치면서 내가 물었다. "웩슬러 형사에게 물어보면 방금 내가 한 얘기가 전부 맞다고 확인해 줄 거예요."

"아니, 필요하면 내가 알아낼 수 있어요."

"나한테 물어볼 건 없나요?"

"아니, 지금은 없소."

그는 그냥 나를 빤히 바라보기만 했다.

"그럼 이제 어떻게 하실 거죠?"

"당신 이야기를 확인해 봐야지. 어디에 묵을 거요?"

"강가에 있는 하얏트요."

"좋습니다. 나중에 연락하죠."

"워싱턴 형사님, 그 정도로는 안 됩니다."

"무슨 소리요?"

"난 여기에 정보를 들으러 온 겁니다. 형사님한테 내 정보를 주고 그냥 호텔로 돌아갈 수는 없어요. 나도 형사님한테 브룩스 형사에 대해 몇 가지 물어볼 것이 있어요."

"이봐요, 젊은이, 처음부터 그렇게 하기로 약속한 것도 아니잖아. 그냥 당신이 와서 이야기를 늘어놓은 거지. 미리 약속한 건 전혀…."

"젊은이 운운하면서 어른인 척하지 마십쇼. 내가 무슨 시골뜨기인 줄 알아요? 내가 정보를 줬으니, 그 대가로 다른 정보를 얻어야겠어요. 그게 내가 여기 온 이유라고요."

"지금으로선 당신한테 줄 정보가 전혀 없어요, 잭."

"거짓말 마세요. 거짓말을 하든 말든 형사님 마음이지만, 형사님은 분명히 뭔가를 알고 있어요. 난 그게 필요하단 말입니다."

"왜, 그걸로 엄청난 기사를 써서 당신 같은 사람들이 자칼처럼 몰려오게 만들려고?"

이번에는 내가 그를 향해 몸을 기울였다.

"이미 말했듯이, 난 기사를 쓰려고 이러는 게 아닙니다."

다시 뒤로 몸을 기댔다. 우리는 서로를 바라보았다. 담배를 피우고 싶었지만 내 수중에는 담배가 없었다. 워싱턴에게 담배를 빌리기도 싫었다. 아까 살인전담반 사무실에 있던 형사가 문을 열고 안을 들여다보는 바람에 침묵이 끝을 맺었다.

"무슨 일 있어요?" 그가 물었다.

"당장 꺼져, 레조." 워싱턴이 말했다. 형사가 문을 닫고 사라진 뒤 워싱턴이 다시 입을 열었다. "귀찮은 놈 같으니. 저놈들이 무슨 생각을 할지 알지? 당신이 그 아이를 그 꼴로 만든 놈일지도 모른다는 생각을 하고 있을 거요. 1주년이 됐으니까. 세상에서는 때로 괴상한 일들이 벌어지지. 당신 이야기를 듣고 저놈들이 어떤 반응을 보일지…."

나는 주머니 속에 있는 아이의 사진을 생각했다.

"이리로 오는 길에 그곳에 가봤어요." 내가 말했다. "꽃이 놓여 있는 걸 봤죠."

"거긴 항상 꽃이 있어요." 워싱턴이 말했다. "아이 가족들이 항상 들르니까."

나는 고개를 끄덕였다. 그 사진을 가져온 것에 처음으로 죄책감이 느껴졌다. 나는 아무 말도 없이 그냥 워싱턴의 반응을 기다렸다. 그가 조금 긴장을 푸는 것 같았다. 표정이 조금 전보다 부드럽고 편안해졌다.

"이봐요, 잭, 내가 먼저 몇 가지 확인을 좀 해봐야겠어요. 생각할 것도 좀 있고. 내가 연락하겠다고 약속한 이상, 약속은 지킬 겁니다. 그러니까 호텔로 돌아가서 마사지를 받든지 다른 일을 하든지 해요. 두어 시간

후에 무조건 전화할 테니까."

내가 마지못해 고개를 끄덕이자 그가 일어나 탁자 너머로 오른손을 내밀었다. 나는 그 손을 잡고 악수했다.

"수사 솜씨가 좋군요. 기자 치고는."

나는 컴퓨터를 들고 그 방을 나왔다. 살인전담반 사무실에는 아까보다 많은 사람이 북적였는데, 그중 내가 나가는 모습을 지켜본 사람도 많았다. 그래도 그 방에 꽤 오래 있었으니 다들 내가 미친놈은 아니라는 걸 알아차렸을 것이다. 밖으로 나오니 아까보다 더 추웠다. 눈도 펑펑 내리기 시작했다. 택시를 잡는 데 15분이나 걸렸다.

호텔로 돌아가는 길에 나는 기사에게 위스콘신과 클락 거리 모퉁이를 지나가달라고 부탁했다. 차가 그곳에 이르렀을 때 나는 밖으로 뛰어나와 눈 속을 뚫고 나무가 있는 곳으로 뛰어가서 바비 스매더스의 사진을 원래 자리에 돌려놓았다.

12

세 가지 가능성

나는 오후 내내 래리 레그스의 전화를 기다리며 안절부절못했다. 결국 5시에 그에게 전화를 걸어보았지만 그는 3구역 경찰서에도, 1121이라 불리는 경찰국 본부에도 없었다. 살인전담반의 사무원은 그의 행방을 알려주거나 그를 호출해 줄 수도 없다고 했다. 6시가 되자 나는 아무래도 바람을 맞은 것 같다며 체념했다. 그때 누군가가 방문을 두드렸다. 래리 레그스였다.

"잭." 그가 문 밖에 선 채 말했다. "차를 타고 어디로 좀 갑시다."

워싱턴의 차는 호텔 진입로에서 주차원들이 이용하는 차선에 세워져 있었다. 하지만 문제가 생기지 않도록 대시보드에 경찰 업무 중임을 표시하는 카드를 놓아두었다. 내가 차에 오르자 워싱턴이 차를 뺐다. 그는 강 건너 미시간 애비뉴를 따라 북쪽으로 향했다. 내 눈에 눈발은 전혀 약해지지 않은 것 같았다. 길 양편에 눈이 바람에 날려 쌓여 있었다. 도로를 달리는 자동차들도 대부분 7~8센티미터 두께의 눈을 이고 있었다. 차 안에 있는데도 입김이 하얗게 나왔다. 난방 스위치가 높게 올려져 있었다.

"당신이 사는 곳에도 눈이 많이 오죠, 잭?"

"네."

그는 그냥 분위기를 가볍게 하려고 대화를 시도했을 뿐이었다. 나는 그가 무슨 이야기를 들려줄지 빨리 알고 싶어 안달이 났지만, 그가 입을 열 때까지 잠자코 기다리는 편이 더 나을 것 같았다. 기자 행세를 하며 질문을 던지는 건 나중에라도 얼마든지 할 수 있었다.

그는 디비전 거리에서 서쪽으로 방향을 틀어 호수에서 멀어지기 시작했다. 미러클 마일과 골드 코스트가 곧 시야에서 사라지고, 화려한 건물들이 점점 누추해졌다. 다들 수리가 필요해 보였다. 바비 스매더스가 실종된 학교로 가고 있나 했지만, 워싱턴은 아무 말도 하지 않았다.

밖은 이미 칠흑같이 어두웠다. 고가 철도 밑을 지나자 학교가 나타났다. 워싱턴이 그 학교를 가리켰다.

"저게 그 아이가 다니던 학교예요. 저기가 그 운동장이고. 저기서 그냥 감쪽같이 사라졌지." 그가 손가락을 튕겼다. "난 어제 종일 저기서 잠복을 했어요. 아이가 실종된 지 꼬박 1년이 되는 날이었으니까. 혹시라도 무슨 일이 일어나지 않을까 싶어서. 어쩌면 범인이 다시 나타날지도 모르고."

"소득이 좀 있었나요?"

워싱턴은 고개를 젓고는 다시 생각에 빠진 듯 입을 다물었다.

거기에 차를 세우지는 않았다. 워싱턴이 그 학교를 보여주고 싶었던 건지는 잘 모르겠지만, 어쨌든 우리는 학교 옆을 순식간에 지나쳤다. 계속 서쪽으로 달리다 보니 왠지 버림받은 곳처럼 보이는 벽돌 건물들이 탑처럼 우뚝 솟은 곳이 나왔다. 그 건물이 뭔지는 알고 있었다. 주택단지. 검푸른 하늘 밑에서 그 건물들은 희미한 조명을 받으며 서 있었다. 그 안에 사는 사람들과 닮아버린 듯한 모습이었다. 차갑고 절망적인 모습. 도시의 스카이라인 중에서도 빈곤을 대표하는 모습.

"여긴 왜 온 거죠?" 내가 물었다.

"여기가 어딘지 알아요?"

"네. 여기 시카고에서 학교를 다녔거든요. 카브리니 그린은 누구나 아는 곳이죠. 여긴 왜요?"

"난 여기서 자랐어요. '뛰어다니는 존 브룩스'도 마찬가지고."

즉시 확률을 계산해 보았다. 이런 곳에서 살아남을 확률. 그리고 여기서 살아남아 경찰이 될 확률.

"저 건물들 하나하나가 위로 우뚝 솟은 게토예요. 나와 존은 엘리베이터를 타고 올라가야 하는 지옥은 여기밖에 없을 거라고 말하곤 했지."

그냥 고개를 끄덕이기만 했다. 이건 내가 결코 끼어들 수 없는 영역이었다.

"그것도 엘리베이터가 제대로 작동할 때나 그런 거지만." 그가 말을 덧붙였다.

나는 브룩스가 흑인일 수도 있다는 생각을 한 번도 해보지 않았음을 깨달았다. 자료실에서 컴퓨터로 뽑아준 자료에는 사진이 없었고, 기사에서도 특별히 인종을 언급할 이유가 없었다. 그래서 그냥 백인이라고 생각해 버렸다. 이 문제를 나중에 자세히 생각해 봐야 할 것 같았다. 지금은 워싱턴이 날 이리로 데려와서 보여주려는 것이 무엇인지 열심히 생각하는 중이었다.

워싱턴은 어떤 건물 옆 공터에 차를 세웠다. 수십 년간 사람들이 갈겨 쓴 갖가지 표어로 뒤범벅된 대형 쓰레기통 두어 개가 있었다. 녹슨 농구 백보드도 있었지만, 둥그런 테두리는 사라지고 없었다. 워싱턴은 자동차 기어를 주차로 바꿨다. 시동은 끄지 않았다. 난방이 계속 들어오게 하려고 그런 건지, 필요한 경우 빨리 자리를 뜨려고 그런 건지 알 수 없었다. 긴 외투를 입은 십대 아이들 몇 명이 보였다. 지금의 하늘처럼 얼굴이 검은 그 아이들은 우리와 가장 가까운 건물에서 허겁지겁 빠져나와 얼어붙은 마당을 지나 다른 건물 안으로 앞다퉈 들어가 버렸다.

"도대체 여긴 왜 온 건지 모르겠다는 생각을 하고 있겠군." 워싱턴이 말했다. "그럴 만도 하지. 당신 같은 백인은."

이번에도 나는 아무 말도 하지 않았다. 그냥 그가 하고 싶은 말을 다 하게 내버려둘 생각이었다.

"저것 보여요? 오른쪽 세 번째 건물. 저게 우리가 살던 곳이오. 난 고모할머니랑 14층에 살았고, 존은 어머니랑 12층에 살았지. 우리 집 바로 아래층에. 저 건물에 13층은 없었어요. 그렇지 않아도 이 동네에는 운 나쁜 사람이 많았으니까. 우리 둘 다 아버지가 없었어요. 적어도 우리랑 같이 살지는 않았지."

그는 내가 무언가 말하기를 바라는 것 같았지만, 나는 무슨 말을 해야 할지 알 수 없었다. 지금 가리키고 있는 무덤 같은 건물에서 빠져나오기 위해 그와 브룩스가 얼마나 몸부림을 쳤을지 나로서는 짐작도 할 수 없었다. 그래서 계속 아무 말도 하지 않았다.

"우린 평생지기였어요. 뭐, 그 녀석이 내 첫 번째 여자친구인 에드나와 결혼하기는 했지만. 경찰이 돼서 우리 둘 다 살인전담반에 배치됐지. 몇 년 동안 고참형사들과 함께 훈련받고 우리가 파트너가 되겠다고 했더니 젠장, 그러라고 하더군요. 우리 얘기가 〈시카고 선 타임스〉에 실린 적도 있어요. 위에서 우리를 계속 3구역에 박아둔 건, 여기가 그쪽 관할이기 때문이에요. 이 동네 전문가라고 생각한 거지. 우리가 다룬 사건들 중에는 이쪽 일이 많아요. 그래도 순환근무라는 게 있으니까, 손가락을 모두 잘린 그 아이가 발견된 날 우리가 우연히도 그 자리에 있게 된 거요. 젠장, 신고가 들어온 건 8시였어요. 10분만 빨랐어도 야간 조가 맡았을 텐데."

그는 한동안 말이 없었다. 그 신고전화를 다른 사람이 받았더라면 그 뒤로 상황이 어떻게 달라졌을지 생각하는 모양이었다.

"가끔 밤에 일을 하거나 잠복하다가 근무가 끝나면 우린 이리로 차를 몰고 와서 지금 이 자리에 차를 세우고 그냥 저 건물을 바라보곤 했어요."

그 순간 나는 워싱턴이 하려는 말이 무엇인지 깨달았다. 래리 레그스는 '뛰어다니는 존'이 스스로 방아쇠를 당기지 않았다는 사실을 알고 있었다. 브룩스가 이런 동네에서 빠져나오려고 얼마나 몸부림을 쳤는지 잘 알고 있으니까. 사투 끝에 지옥에서 빠져나온 브룩스가 자기 손으로 방아쇠를 당겨 지옥으로 돌아갈 리는 없었다. 워싱턴이 하려는 말이 바로 이거였다.

"그래서 알게 된 거로군요, 그렇죠?"

워싱턴은 나를 바라보며 한 번 고개를 끄덕였다.

"살다 보면 그냥 알게 되는 일이 있는 법이지. 그런 거요. 그 친구는 자살하지 않았어. 내가 특수수사대에다가도 얘기했지만, 그쪽은 그 사건을 그냥 빨리 치워버릴 생각뿐이더군."

"그러니까 그때는 그냥 형사님의 육감뿐이었던 거네요. 뭐가 됐든 이상한 점은 없었나요?"

"한 가지 있기는 했지만, 특수수사대 사람들은 받아들이지 않았어요. 그 친구 필체, 정신과 상담을 받은 기록이 다 기가 막히게 맞아떨어진다는 거지. 그래서 시신을 수습하기도 전에 이미 자살이라는 결론을 내린 거요."

"한 가지 이상한 점이라는 게 뭐죠?"

"총알 두 발."

"총알 두 발이라니요?"

"일단 어디 가서 뭘 좀 먹읍시다."

워싱턴은 기어를 바꾸고 공터에서 크게 원을 그리며 차를 돌려 거리로 나왔다. 우리는 북쪽으로 향했다. 내가 한 번도 와본 적이 없는 거리들이 줄줄이 나타났다. 하지만 어디로 향하는지는 알 것 같았다. 5분쯤 지난 뒤, 나는 다음 이야기가 궁금해서 더 이상 견딜 수 없었다.

"총알 두 발이 어쨌다는 거예요?"

"그 친구가 총을 두 발 쐈다는 말이오."

"그래요? 신문에는 그런 얘기가 없었는데요."

"경찰은 무슨 일이든 자세한 사항을 전부 밝히지 않아요. 하지만 난 현장을 봤어. 에드나가 그 친구를 발견하고 나한테 전화했어요. 그래서 내가 특수수사대보다 먼저 현장에 도착했지. 바닥에 한 발, 입에 대고 한 발을 쐈더군. 공식적인 수사결과는 그 친구가 정말로 총을 쏠 수 있을지 어떨지 연습 삼아 바닥에 대고 한 발을 쐈다는 거였소. 실제로 방아쇠를 당길 용기를 얻으려고 말이지. 그러고는 두 번째 총알로 일을 저질렀다고 했지. 말도 안 되는 소리. 내가 보기에는 그랬어요."

"왜요? 그럼 왜 총을 두 발이나 발사했다고 생각하세요?"

"난 그 친구 입속에 박힌 총알이 첫 번째라고 생각해요. 두 번째는 화약 잔여물 검사 때문에 쏜 거지. 범인이 존의 손에 총을 쥐여주고 바닥에 쏜 거예요. 존의 손에 화약 잔여물이 묻게. 그래서 사건은 자살로 처리되고, 그걸로 끝."

"그런데 형사님 의견에 동조하는 사람이 하나도 없었군요."

"오늘까지는 그랬어요. 당신이 나타나서 에드거 앨런 포 얘기를 꺼내기 전까지는. 나는 특수수사대에 가서 당신한테 들은 이야기를 했어요. 자살로 보기에 문제가 있었다는 얘기도 다시 하고. 내가 문제라고 생각했던 점들. 그쪽에서 수사를 재개해서 다시 살펴볼 거요. 내일 오전 1121에서 수사 개시 회의가 열릴 예정이지. 특수수사대장이 날 수사팀으로 부르겠다고 했어요."

"그거 잘됐네요."

나는 창밖을 내다보며 한동안 침묵을 지켰다. 가슴이 뛰었다. 이야기가 착착 맞아떨어지고 있었다. 이제 두 도시에서 각각 자살로 처리됐던 두 경찰관의 죽음이 혹시 살인일지 모르고, 서로 연관된 사건일지 모른다는 가정 하에 재수사를 앞두고 있었다. 이건 기사감이었다. 그것도 기가 막히게 좋은 기사감. 게다가 워싱턴에 가서 기본적인 기록을 뒤지는 데는 물론 FBI를 파고들 때에도 이 점이 실마리가 될 수 있었다. 물론, 내가 그쪽하고 먼저 접촉한다면 그렇다는 얘기지만. 만약 시카고나 덴버 경찰국이 FBI와 먼저 접촉한다면, 난 그냥 밀려날 가능성이 높았다. 그쪽한테 나는 더 이상 필요한 존재가 아니니까.

"왜죠?" 내가 큰소리로 말했다.

"왜라니, 뭐가?"

"범인은 왜 그런 짓을 한 걸까요? 정확한 목적이 뭐죠?"

워싱턴은 대답하지 않았다. 그냥 차가운 밤거리에서 계속 차를 몰 뿐이었다.

우리는 경찰관들이 단골로 드나드는, 3구역 경찰서 근처의 술집 슬래머 뒤쪽 칸막이 자리에서 저녁 식사를 했다. 둘 다 스페셜을 주문했다. 그레이비소스를 뿌린 구운 칠면조. 추운 날 먹기에 딱 좋은 음식이었다. 식사를 하면서 워싱턴은 특수수사대의 수사계획을 대략 설명해 주었다. 그는 자기가 들려준 얘기를 한 마디라도 기사에 쓰면 안 된다면서, 기사에 이 내용을 쓰고 싶다면, 나중에 수사팀장이 임명된 뒤 그 사람한테서 들으라고 했다. 그건 문제 될 것이 없었다. 수사팀이 생기게 된 원인이 바로 나였으니까. 수사팀장은 내 취재에 응할 수밖에 없을 터였다.

워싱턴은 식사하는 내내 양쪽 팔꿈치를 탁자 위에 올려놓았다. 마치 자기 음식을 지키려는 것 같았다. 들뜬 기분에 가끔은 입에 음식을 가득 문 채 말하기도 했다. 들뜨기는 나도 마찬가지였다. 하지만 이번 수사와 내 기사에서 내 자리를 지켜야 한다는 생각도 강하게 들었다.

"우리는 덴버 쪽과 같이 수사를 시작할 거야." 워싱턴이 말했다. "서로 협조하면서 모든 정보를 비교해 봐야지. 참, 웩슬러한테 연락해 봤어? 자네한테 아주 화를 내고 있던데."

"아니, 왜요?"

"왜인 것 같아? 웩슬러한테 포와 브룩스와 시카고 얘기를 안 했더군. 아무래도 그쪽 취재원을 잃어버린 것 같아, 잭."

"글쎄요. 그쪽에서 뭐 새로 나온 건 없나요?"

"있지. 공원 경비원."

"그 사람이 왜요?"

"최면술을 했대. 그래서 그날의 기억을 떠올리게 했더니, 자기가 총이 있나 보려고 자동차 유리창 안을 들여다봤을 때 당신 형이 한 손에만 장갑을 끼고 있었다고 하더래. 화약 잔여물이 묻은 장갑은, 어찌된 영문인지 모르겠지만, 나중에 나타난 거라더군. 웩슬러 말로는 이제 그쪽에도 다른 말을 하는 사람이 없다던데."

나는 그의 말 때문이라기보다는 나 자신을 향해 고개를 끄덕였다.

"일이 그렇게 됐으니, 이쪽이나 덴버 쪽이나 FBI와 연락해야겠네요. 서로 다른 주에서 일어난 사건들이 연결돼 있으니까 말이에요."

"그건 두고 봐야지. 지방 경찰들은 그 친구들하고 같이 일하는 걸 절대 좋아하지 않아. 우리가 그쪽한테 도움을 요청해 봤자, 힘으로 밀리기만 하는데 뭐. 항상 그런 식이야. 물론 자네 말이 맞기는 해. 아마 그럴 수밖에 없겠지. 만약 나와 자네 생각이 맞다면, 결국 FBI가 수사를 맡아야 할 거야."

나는 직접 FBI에 가볼 생각이라는 말은 하지 않았다. 내가 그쪽과 먼저 접촉해야 했다. 접시를 옆으로 밀치고 워싱턴을 바라보며 고개를 절레절레 저었다. 이런 일이 벌어졌다는 걸 믿을 수 없었다.

"형사님 느낌은 어때요? 범인이 어떤 사람인 것 같아요?"

"가능성은 몇 가지밖에 없어." 워싱턴이 말했다. "첫째, 범인이 한 명일 경우. 범인이 사람을 죽이고 나서 범행 장소로 되돌아와 자기 사건의 수사를 이끄는 경찰관을 죽이는 거지."

나는 고개를 끄덕였다. 내 생각도 같았다.

"둘째, 먼저 일어난 살인사건들이 서로 관련 없는 경우. 우리가 뒤쫓는 범인은 그냥 이 도시로 흘러 들어와서 자기 마음에 드는 사건이 일어나기를 기다리다가 텔레비전 뉴스에서 그런 사건을 발견하고 수사를 이끄는 경찰관의 뒤를 쫓는 거야."

"그렇죠."

"셋째, 범인이 두 명인 경우. 두 도시에서 모두 한 명이 먼저 사람을 죽인 뒤 두 번째 범인이 나타나서 경찰관을 죽이는 거야. 이 세 가지 가능성 중에서 이 마지막 것은 별로 마음에 안 들어. 의문점이 너무 많아서. 범인들이 서로 아는 사이일까? 공범일까? 해결해야 할 의문이 너무 많거든."

"서로 아는 사이일 수밖에 없겠죠. 그렇지 않고서야 첫 번째 범인이 어느 도시에서 일을 저질렀는지 두 번째 범인이 어떻게 알겠어요?"

"맞아. 그러니까 우린 첫 번째와 두 번째를 중점적으로 조사해야 해. 덴버 쪽 사람들이 이리로 오고 우리도 그쪽으로 사람을 보낼지 어떨지 아직 결정 나지 않았지만, 양쪽 사람들이 모두 아이와 그 여대생을 살펴볼 필요가 있어. 혹시 서로 연관된 부분이 있는지 봐야 하니까. 만약 그런 부분이 발견되면, 거기서부터 출발하는 거지."

나는 고개를 끄덕였다. 나는 첫 번째 경우를 생각하고 있었다. 범인 한 명이 이 모든 일을 저질렀을 가능성.

"범인이 한 명뿐이라면, 진짜 목표는 누굴까요?" 내가 물었다. 워싱턴에게 묻는 말이라기보다는 나 자신에게 묻는 말에 더 가까웠다. "첫 번째 피해자일까요, 아니면 경찰관일까요?"

워싱턴의 이마에 다시 V자 주름이 생겼다.

"어쩌면 범인이 죽이고 싶어 하는 건 경찰관인지도 몰라요." 내가 말했다. "그게 범인의 목적이라고요. 그래서 첫 번째 살인, 즉 스매더스와 로프턴 사건을 이용해서 사냥감을 꾀어낸 거예요. 경찰관을."

나는 주위를 둘러보았다. 비행기를 타고 올 때부터 생각하던 것인데도 막상 소리 내어 말하고 보니 오싹 소름이 끼쳤다.

"소름 끼치지?" 워싱턴이 물었다.

"예, 정말 소름이 끼치네요."

"왜 그런지 알아? 만약 그 말이 옳다면 같은 사건이 더 있을 테니까. 경찰관 자살사건이 발생하면 항상 신속하고 조용하게 수사가 이루어져. 어느 지방 경찰국이든 그런 사건을 싫어하기는 마찬가지거든. 신속하게 절차를 밟아서 끝내버리지. 그러니 사건이 틀림없이 더 있을 거야. 만약 첫 번째 가정이 옳다면, 범인이 브룩스와 자네 형만 죽였을 리가 없어. 더 있을 거야. 틀림없이."

그는 접시를 옆으로 밀었다. 식사가 끝났다는 뜻이었다.

30분 뒤 그는 나를 하얏트 호텔 앞에 내려주었다. 호수에서 불어오는 바람이 싸늘했다. 나는 추운 바깥에 서 있고 싶지 않았지만, 워싱턴은 방으로 올라가지 않겠다고 했다. 그가 내게 명함을 주었다.

"거기 내 집 전화번호랑 호출기 번호도 있어. 연락해."

"그러죠."

"그럼 난 이만 갈게, 잭." 그가 손을 내밀었고, 나는 그 손을 잡았다.

"고마워."

"뭐가요?"

"수사대 사람들이 내 말을 믿게 해줘서. 내가 신세를 졌어. '뛰어다니는 존'도 마찬가지고."

13
아이돌론

글래든은 밝은 파란색 화면을 몇 초 동안 뚫어지게 쳐다보았다. 그는 마음속에서 압박감과 증오심을 몰아내고 싶을 때 이런 행동을 하곤 했다. 하지만 이번에는 잘 되지 않았다. 그는 분노로 가득 차 있었다.

잠시 후 그는 분노를 떨쳐버리고 노트북컴퓨터를 무릎 위로 당겼다. 그러고는 스크린을 처음 상태로 되돌리고 엄지손가락으로 마우스 볼을 굴려 화면 위의 화살표를 움직이다가 터미널 아이콘 위에서 멈췄다. 그는 마우스 버튼을 눌러 자신이 원하는 프로그램을 선택했다. 거기서 다시 다이얼을 선택한 다음 컴퓨터가 연결되면서 나는, 끔찍하게 긁히는 듯한 소리에 귀를 기울였다. 이건 출산 같아. 그는 속으로 생각했다. 항상 그래. 저 끔찍하게 긁히는 소리는 신생아의 울음소리였다. 연결이 끝나자 환영의 글이 화면에 떴다.

PTL 클럽에 오신 것을 환영합니다.

몇 초가 지나자 그 화면이 위로 올라가면서 첫 번째 패스워드를 입력하라는 암호 메시지가 나타났다. 글래든은 패스워드를 입력한 뒤 컴퓨터가 승인할 때까지 기다렸다가 두 번째 패스워드를 입력하라는 메시지가 나오자 그 명령에 따랐다. 그의 패스워드는 금방 승인받았고, 경고 메시지가 화면에 떴다.

주님을 찬양하라!

여행의 규칙

1. 절대로 본명을 사용하지 않는다.
2. 아는 사람에게 시스템 번호를 절대로 가르쳐주지 않는다.
3. 다른 사용자와 절대로 만나지 않는다.
4. 다른 사용자가 외부 단체일 수도 있다는 점을 염두에 둔다.
5. 운영자는 사용자를 제명할 권리가 있다.
6. 게시판에서 불법적인 활동을 논의하면 안 된다. 이건 절대적인 금지사항이다!
7. PTL 네트워크는 이 사이트의 내용에 책임지지 않는다.
8. 계속하려면 아무 키나 누르시오.

글래든이 엔터를 누르자 그에게 개인 메시지가 와 있다는 안내문이 떴다. 그가 자판에서 필요한 키를 누르자 운영자가 보낸 메시지가 화면의 위쪽 절반을 채웠다.

경고해 주셔서 감사합니다. 모든 일이 잘 해결되었으면 좋겠습니다. 어려운 처지에 몰리셨다니 유감입니다. 이쪽은 아무 문제없습니다. 지금 이 글을 읽고 계신다면, 다시 자유의 몸이 되셨다는 뜻이겠지요. 브라보! 행운을 빕니다. 또 연락하죠(헤헤).

PTL

글래든은 R을 입력하고 엔터를 눌렀다. 답장을 입력할 수 있는 화면이 떴다. 그는 답장을 썼다.

제 걱정은 마십시오. 다 처리되었습니다. 다시 자유의 몸이 되었습니다.

PTL

글래든은 답장을 보낸 뒤 게시판 목록으로 이동했다. 게시판 목록이 화면을 가득 채웠다. 각각의 게시판 이름 옆에 지금 읽을 수 있는 활성 메시지의 숫자가 나와 있었다.

1. 전체 포럼	89	6. 모두 공평해	51
2. B+9	46	7. 생각과 칭얼거림	76
3. B-9	23	8. 합법적인 비글	24
4. G+9	12	9. 시가 제공하는 서비스	56
5. G-9	6	10. 물물교환	91

그는 재빨리 명령어를 입력해 '생각과 칭얼거림' 게시판으로 이동했다. 가장 인기 있는 게시판 중 하나였다. 그는 이미 여기 있는 글을 대부

분 읽은 상태였다. 직접 올린 글도 몇 개 있었다. 여기에 글을 쓴 사람들은 모두 세상이 불공평하다고 법석을 떨었다. 다른 시대에 태어났더라면 자신의 취향과 본능이 정상으로 받아들여졌을지도 모른다면서. 글래든은 여기에 '생각'보다는 '칭얼거림'이 더 많다고 항상 생각했다. 그는 '아이돌론'이라고 표시된 글을 찾아 읽기 시작했다.

저들이 나에 대해 곧 알게 될 것 같다. 대중의 매혹과 두려움이라는 빛 속에 설 때가 가까이 왔다. 난 준비됐다. 나의 동류들이 하나씩 자리 잡고 있다. 익명성은 사라질 것이다. 내게는 이름이 부여될 것이다. 나의 사람됨이나 수많은 재주를 반영한 것이 아니라, 순전히 타블로이드 신문의 헤드라인에 딱 들어맞고 대중의 두려움을 자극하려고 만들어진 이름. 우리는 두려워하는 것을 열심히 들여다본다. 두려움이 있어야 신문과 텔레비전 프로그램이 잘 팔린다. 곧 내가 그렇게 팔릴 차례다.

나는 곧 사냥감이 될 것이고, 악명을 얻을 것이다. 하지만 저들은 나를 찾아내지 못할 것이다. 절대로. 하지만 저들은 깨닫지 못할 것이다. 내가 항상 저들과 맞설 준비를 하고 있었다는 사실을.

이제 내 이야기를 들려줄 때가 되었다는 결론을 내렸다. 이야기를 들려주고 싶다. 내가 가진 모든 것, 나의 모든 것을 쏟아부을 것이다. 이 창들을 통해 여러분은 나의 삶과 죽음을 볼 것이다. 내 노트북컴퓨터 보스웰은 도덕적 판단을 내리지도, 말 한마디에 움츠러들지도 않는다. 보스웰만큼 내 고백을 듣기에 적당한 상대가 어디 있겠는가? 보스웰만큼 정확한 전기작가가 어디 있겠는가? 이제부터 모든 것을 털어놓을 것이다. 모두들 손전등을 켜라. 나는 여기 어둠 속에서 살다가 죽을 것이다.

사람은 때로 대단히, 열정적으로, 고통을 사랑하게 된다.

처음에 나는 이 문장을 쓰지 않았지만, 썼더라면 좋았을 거라는 생각이 든다. 하지만 내가 저 말을 믿고 있으므로 상관없다. 나의 고통이 곧 나의 열정, 나의 종교이다. 고통은 결코 내 곁을 떠나지 않는다. 고통은 나를 인도한다. 고통은 나다. 이제 그걸 알겠다. 이 말의 의미는, 인생이라는 여정과 선택의 통로가 고통이라는 것 같다. 말하자면, 우리가 하는 모든 행동, 우리의 모든 모습을 위해 고통이 길을 닦아주는 셈이다. 따라서 우리는 고통을 끌어안는다. 우리는 고통을 연구하며, 그 가혹함에도 불구하고 고통을 사랑한다. 우리에게는 선택의 여지가 없다.
나는 이 점에 대해 아주 분명한 감정, 완전히 이해할 것 같은 느낌을 받는다. 고개를 돌려 지금까지 걸어온 길을 되돌아보면, 고통이 나의 모든 선택에 어떤 영향을 미쳤는지가 보인다. 앞을 바라보면, 고통이 나를 어디로 데려갈지가 보인다. 나는 이제 그 길을 따라 걷고 있지 않다. 그 길이 내 발밑에서 움직이며 나를 싣고 간다. 시간을 관통하는 거대한 띠처럼. 그 길이 나를 이리로 데려다주었다.
나의 고통은 내 버팀목이 되어주는 바위다. 나는 악당이다. 아이돌론이다. 진정한 실체는 고통이다. 나의 고통. 죽음이 우리를 갈라놓을 때까지.

안전운전 하세요, 사랑하는 친구들.

그는 이 글을 다시 읽어보며 깊은 감동을 받았다. 심금을 울리는 글이었다.

그는 다시 메인 메뉴로 돌아가서 물물교환 게시판으로 들어가 새로운 고객이 있는지 살펴보았다. 새로운 고객은 없었다. 그는 '안녕'을 뜻하는 G를 입력했다. 그러고는 컴퓨터를 끄고 뚜껑을 덮었다.

경찰에게 카메라를 빼앗기지 않았더라면 얼마나 좋을까. 카메라를 찾으러 가기에는 위험이 컸다. 그렇다고 새 카메라를 사기에는 지금 남은 돈이 너무 아슬아슬했다. 하지만 카메라가 없으면 주문량을 채울 수 없고, 돈도 벌 수 없었다. 마음속에서 점점 차오르는 분노가 혈관을 타고 돌아다니며 면도날처럼 안에서부터 그를 베었다. 그는 플로리다에 있는 돈을 온라인으로 꺼내어 카메라를 사러 나가기로 했다.

창가로 가서 선셋 대로를 따라 천천히 움직이는 자동차들을 내다보았다. 도로가 아니라 계속 움직이는 주차장 같았다. 연기를 내뿜는 저 강철 덩어리들 같으니. 그는 속으로 생각했다. 그 안에 들어 있는 몸뚱이들. 어디로 가는 걸까? 저 자동차 안에 타고 있는 사람들 중 자기 같은 사람이 몇 명이나 될지 궁금했다. 자기와 같은 충동을 느끼는 사람이 몇 명이고, 면도날 같은 분노를 느끼는 사람은 몇 명일까? 그 충동을 끝까지 따라갈 만큼 용기 있는 사람은? 분노가 또다시 생각을 비집고 올라왔다. 이제는 손에 잡힐 듯 생생했다. 분노가 검은 꽃처럼 그의 목구멍 안에서 봉오리를 벌리며 그의 숨통을 막았다.

전화기로 가서 크래스너가 가르쳐준 번호를 눌렀다. 벨이 네 번 울린 뒤 스위처가 전화를 받았다.

"바빠요, 스위처?"

"누구야?"

"나예요. 애들은 어때요?"

"무슨… 누구야?"

글래든의 본능은 당장 전화를 끊으라고 말하고 있었다. 이런 사람은 상대하지 말라고. 하지만 호기심이 너무 컸다.

"댁이 내 카메라를 갖고 있죠?" 그가 말했다.

잠시 침묵이 흘렀다.

"브리스베인 씨. 안녕하세요?"

"네, 형사님. 잘 지내요."

"그래요, 우리가 당신 카메라를 갖고 있어요. 당신은 그걸 돌려받을 권리가 있고. 당신도 먹고살아야 할 테니 말이죠. 지금 약속시간을 잡을까요?"

글래든은 눈을 감고 수화기 잡은 손에 힘을 주었다. 이러다 수화기가 부서지지 싶을 정도로. 저들은 알고 있었다. 몰랐다면 카메라 따위 잊어버리라고 했을 것이다. 하지만 저들은 뭔가 알고 있었다. 그래서 그가 오기를 바라고 있었다. 저들이 얼마나 알고 있을까. 글래든은 소리를 지르고 싶었지만, 스위처 앞에서 냉정을 잃으면 안 된다는 생각이 앞섰다. 조금이라도 발을 잘못 디디면 안 돼. 그는 자신을 타일렀다.

"그건 생각을 좀 해봐야겠는데요."

"글쎄, 좋은 카메라 같던데요. 작동법은 모르겠지만, 하나쯤 갖고 싶긴 해요. 카메라는 여기 있으니 원한다면…."

"웃기지 마, 이 새끼야."

분노가 그를 압도했다. 글래든은 이를 악물고 있었다.

"이봐, 브리스베인, 난 내 일을 했을 뿐이야. 그게 불만이면 날 찾아와. 그러면 뭔가 조치를 취해줄 테니. 네놈의 빌어먹을 카메라를 찾고 싶다면, 네놈이 직접 와서 찾아가. 하지만 네놈이 그런 식으로 나오면 내가 전화를 끊어버릴 수도…."

"자식이 있나, 스위처?"

수화기 속에서 한참 동안 침묵이 흘렀다. 하지만 글래든은 형사가 전화를 끊은 게 아님을 알고 있었다.

"방금 뭐라고 했지?"

"다 알아들었잖아."

"너 지금 우리 가족을 어떻게 하겠다고 협박하는 거냐, 이 개 같은 새끼야?"

글래든은 잠시 아무 말이 없었다. 얼마 뒤 그의 목구멍 깊은 곳에서부터 나직한 소리가 시작되어 점점 커지더니 미친 사람 같은 웃음으로 변했다. 그는 걷잡을 수 없이 웃어댔다. 그의 귀와 머리가 웃음소리로 가득 찰 때까지. 그러다가 갑자기 수화기를 쾅 내려놓고 마치 목에 칼이 꽂히기라도 한 것처럼 웃음을 딱 그쳤다. 그의 얼굴이 흉하게 일그러져 있었다. 그는 이를 악물고 텅 빈 방을 향해 소리쳤다.

"씨팔!"

글래든은 노트북컴퓨터를 다시 열고 사진 목록을 화면에 띄웠다. 컴퓨터 화면은 노트북컴퓨터 치고는 거의 예술에 가까운 수준이었지만, 그래픽 칩의 성능은 아직 데스크톱 컴퓨터의 근처에도 미치지 못했다. 그래도 사진이 어느 정도 선명하게 재현되어서 그럭저럭 해나갈 수는 있었다. 그는 사진을 하나씩 차례로 살펴보았다. 산 사람과 죽은 사람이 섞여 있는 소름 끼치는 사진들이었다. 이 사진들을 보며 왠지 위안을 얻을 수 있었다. 자신이 주변의 일들을 통제할 수 있다는 느낌.

하지만 눈 앞에 늘어선 사진들과 자신이 저지른 일을 생각하니 슬펐다. 이 자그마한 희생제물들. 그가 자신의 상처를 치료하려고 바친 제물. 그는 자신이 얼마나 이기적인지, 이것이 얼마나 기괴하게 뒤틀린 짓인지 알고 있었다. 게다가 이 희생제물들을 이용해 돈벌이를 하고 있다는 사실이 그의 마음을 찢어발겨 그가 느끼던 위안을 자기혐오와 역겨움으로 바꿔 놓았다. 언제나 그랬다. 스위처나 다른 사람들의 말이 옳았다. 그는 사냥감이 되어야 마땅했다.

등을 대고 드러누운 채 물에 젖은 얼룩이 있는 천장을 바라보았다. 눈물이 가득 고였다. 눈을 감고 잠을 청했다. 모든 걸 잊어버리려고 했다. 하지만 '최고의 친구'가 눈꺼풀 뒤 어둠 속에 있었다. 언제나 그렇듯이 그곳에. 딱딱하게 굳은 얼굴에, 입술이 있어야 할 자리에는 끔찍하게 베인 상처가 있었다.

글래든은 눈을 뜨고 문을 보았다. 문 두드리는 소리가 들렸다. 열쇠를 열쇠구멍에 밀어 넣을 때 나는, 금속이 긁히는 소리가 들려오자 그는 벌떡 일어나 앉았다. 자신이 실수를 저질렀다는 걸 알 수 있었다. 스위처가 전화에 발신지 추적장치를 달아놓은 것이다. 그들은 그가 전화하리라는 것을 알고 있었다!

문이 활짝 열렸다. 하얀 유니폼을 입은 자그마한 흑인 여자가 팔에 수건 두 개를 걸친 채 문간에 서 있었다.

"청소하러 왔어요." 그녀가 말했다. "오늘은 좀 늦어서 죄송해요. 하지만 워낙 바빠서요. 내일은 손님 방을 제일 먼저 치워드릴게요."

글래든은 숨을 내쉬었다. 자신이 깜박 잊고 '방해하지 마시오'라는 표시를 바깥쪽 문고리에 걸어놓지 않았음을 이제야 알 수 있었다.

"괜찮아요." 그는 그녀가 방에 들어오는 것을 막으려고 재빨리 일어나며 말했다. "오늘은 그냥 수건만 주고 가세요."

수건을 받으면서 그는 그녀의 유니폼에 이밴절린이라는 이름이 자수로 새겨진 것을 보았다. 사랑스러운 외모의 여자였다. 그녀가 다른 사람들이 남긴 쓰레기나 치우며 살아간다는 사실이 안타까웠다.

"고마워요, 이밴절린."

그녀의 시선이 그를 지나쳐 방 안으로 향하더니 침대 위에 머무르는 것이 보였다. 침대는 깔끔하게 정리된 그대로였다. 전날 밤 그는 이불을 들추지 않았다. 그녀가 다시 그에게 시선을 돌리더니 고개를 끄덕였다. 왠지 미소를 띠고 있는 것 같았다.

"그거면 되겠어요?"

"그래요, 이밴절린."

"즐거운 하루 보내세요."

글래든은 문을 닫고 돌아섰다. 침대 위에 노트북컴퓨터가 열린 채 놓여 있었다. 화면에 사진이 떠 있는 상태였다. 그는 다시 문을 열고 그녀가 섰던 문틀에 섰다. 그러고는 컴퓨터를 바라보았다. 틀림없었다. 바닥에 쓰러진 소년의 모습. 그리고 캔버스처럼 펼쳐진 눈 위에 떨어진 것은 피가 아니고 뭐겠는가.

그는 재빨리 컴퓨터로 가서 스스로 프로그램해 둔 응급 킬 단추를 눌렀다. 문은 아직 열려 있었다. 글래든은 생각을 정리하려고 애썼다. 세상에, 이런 실수를 저지르다니.

그는 문 밖으로 나갔다. 이밴절린은 저 아래쪽에서 청소 카트 옆에 서 있었다. 그녀가 그를 뒤돌아보았다. 그녀의 표정에 별다른 기색은 없었다. 하지만 모든 걸 확실히 해둘 필요가 있었다. 저 여자의 표정만 믿고 모든 걸 위험에 내맡길 수는 없었다.

"이밴절린." 그가 말했다. "생각이 바뀌었어요. 아무래도 방을 싹 청소하는 게 좋을 것 같아요. 어차피 화장실 휴지랑 비누도 필요하고요."

그녀는 뭔가를 적고 있던 클립보드를 내려놓고 허리를 굽혀 카트에서 휴지와 비누를 꺼냈다. 그녀를 지켜보면서 글래든은 주머니에 손을 넣었다. 그녀는 껌을 씹으며 딱딱 소리를 내고 있었다. 다른 사람 앞에서 그런 짓을 하는 것은 모욕적인 행동이었다. 마치 그를 투명인간으로 취급하는 것 같았다. 그가 아무것도 아닌 것처럼.

이밴절린이 카트에서 꺼낸 물건을 들고 다가오는데도 그는 주머니에서 손을 뺄 생각을 하지 않고, 한 발 뒤로 물러서 그녀가 방으로 들어갈 수 있게 했다. 그녀가 들어간 뒤 글래든은 카트로 걸어가서 그녀가 맨 위에 놓아둔 클립보드를 보았다. 112호실 옆에 '수건만'이라고 적혀 있었다.

글래든은 방으로 돌아오며 주위를 둘러보았다. 모텔은 가운데에 마당이 있는 형태로 두 개 층에 각각 방이 약 스물네 개씩 있었다. 위층 건너편에 또 다른 청소 카트가 보였다. 열린 문 앞에 서 있는 상태였는데, 청소부의 모습은 보이지 않았다. 마당 한가운데의 풀장에는 손님이 한 명도 없었다. 날씨가 너무 추운 탓이었다. 어디에도 사람은 전혀 보이지 않았다.

그가 방으로 들어와 문을 닫는데 이밴절린이 쓰레기통을 비운 봉지를 들고 욕실에서 나왔다.

"손님, 저희가 방 안에서 일할 때는 반드시 문을 열어두어야 해요. 그게 규칙이에요."

그는 문으로 향하는 그녀를 막아섰다.

"사진을 봤나?"

"네? 손님, 문을 열어야…."

"컴퓨터에서 사진을 봤어? 침대 위에 있던 거 말이야."

그는 노트북컴퓨터를 가리키며 그녀의 눈빛을 지켜보았다. 그녀는 혼란스러운 표정이었지만 고개를 돌리지 않았다.

"무슨 사진이요?"

그녀는 가운데가 푹 꺼진 침대로 시선을 돌렸다가 다시 혼란스러운 표정으로 그를 바라보았다. 점점 짜증을 내는 기색이 역력했다.

"전 아무것도 훔치지 않았어요. 제가 뭘 훔쳐간 것 같으시면 당장 바스 씨한테 전화하세요. 저는 정직한 여자예요. 바스 씨한테 다른 여직원을 시켜서 제 몸수색을 해보라고 하시면 되잖아요. 전 사진 같은 거 가져가지 않았어요. 지금 말씀하시는 게 무슨 사진인지도 모른다고요."

글래든은 잠시 그녀를 바라보다가 미소를 지었다.

"저기, 이밴절린, 당신이 정직한 여자 같다는 생각은 나도 했어요. 하지만 확인할 필요가 있을 것 같아서요. 이해해 줘요."

14

법집행재단, 워싱턴 D.C.

법집행재단은 워싱턴 D.C. 9번가에 있었다. 법무부와 FBI 본부로부터 몇 블록 떨어진 곳이었다. 건물이 커서 공공 자금을 지원받는 다른 여러 기관과 재단도 여기 있을 것 같았다. 무거운 문을 지나 안으로 들어간 나는 층별 입주기관 목록을 확인한 뒤 엘리베이터를 타고 3층으로 올라갔다.

법집행재단이 3층을 온통 다 차지하고 있는 것 같았다. 엘리베이터에서 내리자 커다란 접수대가 나를 맞이했고, 그 뒤에 몸집 큰 여자가 앉아 있었다. 기자들은 이런 접수대를 '기만대'라고 부른다. 접수대 뒤에 앉아 있는 여자 중 기자를 가고 싶은 곳으로 가게 해주거나 만나고 싶어 하는 사람을 만나게 해주는 경우가 아주 드물기 때문이다. 나는 포드 박사를 만나고 싶다고 했다. 경찰관 자살사건을 다룬 〈뉴욕 타임스〉 기사에 발언이 인용된 이 재단 이사장이 바로 그 사람이었다. 포드가 지키고 있는 데이터베이스 이용권을 반드시 얻어내야 했다.

"점심 드시러 나가셨습니다. 약속을 하고 오셨나요?"

나는 약속하지 않았다며 그녀 앞에 명함을 내려놓고는 손목시계를 보았다. 1시 15분 전이었다.

"아, 기자분이시군요." 마치 기자라는 말이 전과자라는 말과 동의어라도 된다는 듯한 말투였다. "그럼 얘기가 완전히 달라지죠. 일단 홍보부를 거치셔야 해요. 거기서 기자님이 포드 박사님을 만나도 되는지 결정할 겁니다."

"그렇군요. 홍보부에 지금 사람이 있을까요? 혹시 그쪽 직원들도 점심 먹으러 나가지 않았을까요?"

그녀는 수화기를 들고 전화를 걸었다.

"마이클? 지금 사무실이에요, 아니면 식당이에요? 〈로키 마운틴 뉴스〉에서 왔다는 기자분이 여기 있는데…. 아뇨, 포드 박사님을 만나고 싶대요."

그녀는 잠시 상대방의 말을 듣다가 알았다고 하더니 전화를 끊었다.

"마이클 워런을 만나보세요. 1시 30분에 약속이 있다니까 서두르셔야겠는데요."

"어디로 가야 하는데요?"

"303호실이요. 제 뒤 복도를 따라 내려가다가 맨 처음 길이 꺾어지는 곳에서 우회전하셔서 오른쪽 첫 번째 방이에요."

그녀가 일러준 대로 걸어가면서 마이클 워런이라는 이름을 어디서 들어본 것 같다는 생각을 계속했지만, 도대체 어디서 들었는지 생각나진 않았다. 303호 앞에 도착해 문을 향해 손을 뻗는데, 마침 문이 열렸다. 마흔 살쯤 된 남자가 막 밖으로 나오려다가 나를 보고 멈춰 섰다.

"〈로키 마운틴 뉴스〉에서 오신 분인가요?"

"네."

"혹시 길을 잘못 드신 게 아닌가 하던 참입니다. 들어오세요. 내드릴 수 있는 시간이 몇 분밖에 안 돼요. 전 마이크 워런입니다. 제 이름을 신문에 인용하실 때는 마이클이라고 쓰셔야 하지만, 저보다는 여기 직원들 이름을 인용하는 편이 전 더 좋습니다. 기자님이 만나고 싶은 분을 제가 만날 수 있게 해드리면 좋을 텐데요."

그가 어질러진 책상에 앉은 뒤 나는 자기소개를 했고, 우리는 악수를 나눴다. 그는 내게 자리를 권했다. 책상 한편에 신문이 쌓여 있었다. 반대편에는 아내와 두 아이의 사진이 여러 장 있었는데, 워런 본인은 물론 손님들도 볼 수 있는 각도로 놓여 있었다. 그의 왼편 나지막한 탁자에는 컴퓨터가 있고, 그 위의 벽에는 워런이 대통령과 악수하는 사진이 걸려 있었다. 워런은 깨끗하게 면도한 얼굴이었으며, 하얀 와이셔츠에 고동색 넥타이 차림이었다. 오후가 되어 자라난 수염이 부딪치는 옷깃 부분은 조금 낡아 보였다. 겉옷은 의자 등받이에 걸쳐져 있었다. 피부는 아주 하얀 편이었는데, 짙은 색의 날카로운 눈과 곧게 쭉 뻗은 검은 머리 때문에 더욱 도드라져 보였다.

"기자님. 어쩐 일로 오셨습니까? 스크립스의 워싱턴 지사에서 일하시나요?"

스크립스는 〈로키 마운틴 뉴스〉의 모회사다. 스크립스 워싱턴 지사는 스크립스가 거느린 모든 신문에 워싱턴 기사를 제공했다. 이번 주 초 그레그 글렌도 나더러 스크립스에 협조를 요청해 보라고 했었다.

"아뇨, 저는 덴버에서 왔어요."

"그래, 제가 어떻게 도와드리면 될까요?"

"네이선 포드 씨를 만나야 합니다. 그분이 안 된다면, 경찰관 자살사건 연구를 직접 담당하는 분 아무나 괜찮아요."

"경찰관 자살사건이라. 그건 FBI 프로젝트죠. 올라인 프레드릭 연구원이 그쪽과 함께 그 프로젝트를 담당하고 있습니다."

"FBI가 관련된 연구라는 건 저도 알고 있어요."

"어디 보죠." 그는 수화기를 집어 들었다가 다시 내려놓았다. "저기, 저희한테 미리 연락하고 오신 건 아니죠? 제가 기자님 이름을 본 적이 없는 것 같은데요."

"네, 방금 워싱턴에 도착했어요. 제가 쓰려는 기사는 일종의 긴급특보 같은 겁니다."

"긴급특보요? 경찰관 자살사건이요? 그런 건 마감에 쫓기며 쓸 기사는 아닌 것 같은데요. 왜 이렇게 서두르시는 겁니까?"

그 순간 나는 그가 누군지 깨달았다.

"혹시 예전에 〈로스앤젤레스 타임스〉에서 일하셨나요? 워싱턴 지국에서? 댁이 그 마이클 워런인가요?"

내가 이렇게 그의 이름을 기억해 내자 그는 미소를 지었다.

"네, 그걸 어떻게 아세요?"

"〈포스트-타임스〉 통신문. 제가 그걸 보기 시작한 게 언젠데요. 댁의 이름을 자주 봤어요. 법무부 출입기자였죠? 좋은 기사를 정말 많이 쓰셨는데."

"1년 전까지는 그랬죠. 그 뒤 회사를 그만두고 이리로 옮겼습니다."

나는 고개를 끄덕였다. 이쪽 생활을 그만두고 반대편으로 옮겨간 사람과 우연히 마주칠 때면 항상 순간적으로 불편한 침묵이 흐르곤 했다. 대개 그들은 몸도 마음도 지칠 대로 지쳐 있었다. 항상 마감에 쫓기고,

항상 뭔가를 만들어내야 하는 삶에 진력이 난 기자들. 예전에 어떤 기자가 기자에 관해 쓴 책을 읽은 적이 있었다. 그 책 저자는 기자가 항상 탈곡기 앞에서 뜀박질하듯이 살고 있다고 묘사했다. 기자의 삶을 그보다 더 정확히 표현하는 말은 없었다. 때로 기자는 탈곡기 앞에서 뜀박질을 하는 데 진력이 나기도 하고, 아예 탈곡기 안으로 빨려 들어가서 갈기갈기 찢기기도 한다. 개중에는 다시 기계 앞으로 나오는 데 성공하는 사람도 있다. 그들은 언론계에서 쌓은 경험을 이용해 언론계의 일원이 되기보다는 언론을 상대하는 안정적인 직장을 잡기도 한다. 워런이 바로 그런 경우였다. 왠지 그가 안됐다는 생각이 들었다. 정말 기막히게 좋은 기자였는데. 그가 나처럼 안타까움을 느끼지 않기를 바랄 뿐이었다.

"옛날이 그리운가요?"

이 질문을 하지 않을 수 없었다. 예의상.

"아직은요. 가끔 좋은 기사가 눈에 띄면 예전으로 돌아가 동료들과 참신한 시각의 기사를 찾아다니고 싶다는 생각이 들긴 합니다. 하지만 그러다 사람이 너덜너덜해질 수도 있으니까요."

거짓말이다. 내가 그 사실을 알고 있다는 걸 그도 아는 것 같았다. 그는 옛날을 그리워하고 있었다.

"맞아요, 저도 요즘은 슬슬 그런 기분이 들어요."

나도 거짓으로 응수했다. 그냥 그의 기분을 풀어주려고. 그게 가능한 일인지는 잘 모르겠지만.

"그래, 경찰관 자살사건은 왜요? 어떤 시각에서 바라보시는 겁니까?"

그가 손목시계를 보았다.

"한 이틀 전까지만 해도 긴급특보 수준은 아니었어요. 하지만 지금은 그래요. 몇 분밖에 없으니 아주 빨리 설명하죠. 전 그저… 댁을 모욕하려는 말이 아니니 오해 말고 들으세요. 지금 여기서 하는 말을 비밀로 해주겠다고 약속해 주세요. 이건 제 기사니까, 취재가 끝난 뒤 터뜨리는 것도 제 몫이에요."

그는 고개를 끄덕였다.

"걱정 마세요. 충분히 이해합니다. 무슨 말을 하셔도 다른 기자에겐 입도 뻥긋하지 않겠습니다. 다른 기자가 똑같은 질문을 하지 않는 이상. 여기 재단 사람이나 수사기관 사람한테는 이야기할 수밖에 없는 상황이 생길지도 몰라요. 댁의 얘기를 듣기 전엔 그 부분에 대해 어떤 약속도 할 수 없습니다."

"그 정도면 괜찮네요."

그를 믿어도 될 것 같았다. 아무래도 자신과 같은 일을 해본 사람을 쉽게 믿게 되는 것 같다. 내가 알아낸 것이 어떤 기사 가치가 있는지 잘 아는 이에게 이야기를 털어놓는 것이 그냥 좋았던 것 같기도 하다. 나 역시 자랑하고 싶은 마음을 떨쳐버릴 수 없는 사람이었다. 난 이야기를 시작했다.

"이번 주 초 저는 경찰관 자살사건에 관한 기사를 준비하기 시작했어요. 아시겠지만, 전에도 이런 기사가 나온 적이 있기는 하죠. 다만 저는 새로운 시각에서 바라보기로 했습니다. 우리 형이 경찰이었는데, 한 달 전에 죽었거든요. 경찰은 자살로 판정했고, 저는…."

"아, 세상에. 힘드셨겠네요."

"고맙습니다. 하지만 형 때문에 그 기사를 생각해 낸 건 아니에요. 그 기사를 쓰기로 한 건, 형이 저지른 짓, 그러니까 덴버 경찰이 자살이라고 판정한 형의 죽음을 이해하고 싶어서였어요. 저는 일상적인 취재과정을 거쳤습니다. 넥시스를 검색해 관련기사들을 찾았죠. 그러다 보니 이 재단의 이름이 두어 군데에서 언급되어 있는 것이 자연스레 눈에 띄었어요."

그는 몰래 손목시계를 들여다보았다. 나는 그의 관심을 끌어야겠다는 결정을 내렸다.

"얘기하자면 길지만, 간단히 말하면 저는 형이 자살한 이유를 찾으려다가 사실은 자살한 게 아니라는 걸 알게 됐습니다."

워런을 바라보았다. 그의 관심을 끄는 데 어느 정도 성공했음을 알 수 있었다.

"그게 무슨 말입니까? 자살이 아니라니요?"

"지금까지 취재한 결과, 형의 죽음은 자살로 세심하게 위장된 살인이었어요. 누군가가 형을 죽인 겁니다. 그래서 수사가 재개됐죠. 저는 작년에 시카고에서 자살로 판정된 다른 경찰관의 죽음도 형 사건과 관련되었음을 알아냈습니다. 그쪽에서도 수사를 재개했어요. 오늘 아침에 그쪽에서 이리로 곧장 왔습니다. 시카고와 덴버의 경찰관도 그렇고 저도 그렇고, 누군가가 전국을 돌아다니며 경찰관들을 죽이고는 자살로 위장하는 것 같다고 생각하고 있습니다. 그자가 저지른 다른 사건을 찾아내는 열쇠가 이 재단이 연구를 위해 수집한 정보 속에 있을지도 몰라요. 지난 5년 동안 전국에서 발생한 경찰관 자살사건에 관한 기록을 이쪽에서 전부 갖고 있지 않습니까?"

우리는 잠시 침묵 속에 앉아 있었다. 워런은 그냥 나를 빤히 바라보기만 했다.

"아무래도 자세한 이야기를 들어야겠군요." 마침내 그가 말했다. "저, 잠깐만요."

그는 정지신호를 보내는 교통정리원처럼 한 손을 들어 올리고 다른 손으로는 수화기를 들고 단축번호를 눌렀다.

"드렉스? 마이크야. 저기, 연락이 너무 늦어서 미안한데 난 아무래도 못 갈 것 같아. 여기 일이 좀 생겨서…. 아냐…. 나중에 시간을 다시 잡지 뭐. 내가 내일 연락할게. 고마워."

그는 수화기를 내려놓고 나를 바라보았다.

"그냥 점심 약속이었어요. 자, 이제 자세한 이야기를 해보시죠."

30분 뒤, 워런은 나를 이끌고 재단 건물의 미로 같은 복도를 지나 383호실로 갔다. 이미 전화를 몇 통 걸어 약속을 잡아놓은 다음이었다. 그 방은 회의실이었는데, 네이선 포드 박사와 올라인 프레드릭이 미리 와서 자리에 앉아 있었다. 우리는 서로 재빨리 인사를 나눴고, 워런과 나는 자리에 앉았다.

프레드릭은 20대 중반처럼 보이는 곱슬곱슬한 금발머리 여성이었다. 그녀에게 왠지 무심한 분위기가 풍겨 나왔다. 나는 곧장 포드에게 더 주의를 기울였다. 이미 워런에게서 들은 이야기가 있었다. 어떤 결정이 내려지든 결정권자는 포드라는 것이었다. 이 재단 이사장인 포드는 자그마한 몸집에 짙은 색 정장을 입고 있었지만, 존재감이 대단해서 방 안을 압도했다. 두꺼운 검은 테에 장밋빛이 살짝 가미된 렌즈를 끼운 안경을 쓰고 있었고, 풍성한 수염은 한 치의 흐트러짐도 없이 회색을 띠었으며, 머리카락과 완벽하게 어울렸다. 우리가 방으로 들어와 커다란 타원형 탁자에 앉는 모습을 머리보다는 눈동자로 뒤쫓던 그는 팔꿈치를 탁자 위에 괴고 양손을 앞에서 맞잡은 자세를 취하고 있었다.

"이제 시작하지." 인사가 끝나자 그가 말했다.

"잭이 제게 해준 이야기를 두 분에게도 들려드리려고 이 자리를 마련했습니다." 워런이 말했다. "그다음 일은 그때 이야기하죠. 잭, 아까 했던 이야기를 다시 해주겠어요?"

"물론이죠."

"이번에는 제가 메모를 좀 하겠습니다."

나는 워런에게 이야기했을 때와 마찬가지로 자세하게 이야기를 들려주었다. 가끔 딱히 중요하지는 않지만 아까는 떠오르지 않았던 새로운 사실이 떠오르면 그것도 이야기에 끼워넣었다. 올라인 프레드릭의 협조를 얻을 수 있을지 어떨지가 포드의 손에 달려 있었으므로, 그의 마음을 움직여야 했다.

내가 이야기하는 동안 프레드릭이 딱 한 번 끼어들었다. 내가 형의 죽음에 대해 이야기하자, 그녀는 지난주에 그 사건에 관해 덴버 경찰국에서 조서를 받았다고 했다. 나는 그녀에게 이제 그 자료는 그냥 쓰레기통에 던져버려도 된다고 했다. 이야기를 끝낸 뒤 워런을 바라보며 양손을 들어 올렸다.

"제가 혹시 빠뜨린 게 있나요?"

"없는 것 같은데요."

우리는 포드를 바라보며 그의 반응을 기다렸다. 이야기를 듣는 동안 그는 이렇다 할 움직임이 없었다. 그런 그가 맞잡은 두 손을 들어 부드럽게 턱을 두드리며 생각에 잠겼다. 그가 무슨 분야에서 박사학위를 받은 건지 궁금했다. 이런 재단의 책임자가 되려면 어떤 박사학위가 필요할까? 박사보다는 정치가가 되어야 할 것 같았다.

"아주 흥미로운 이야기로군요." 그가 조용히 말했다. "당신이 흥분한 이유를 알 만합니다. 워런이 흥분한 이유도 알 만하고. 사회생활 대부분을 언론계에서 보낸 사람이니 기삿거리를 보면 흥분하는 기질이 아직도 그 핏속에 남아 있겠죠. 어쩌면 지금의 자리를 위협할 정도로 말입니다."

그는 이렇게 한 방을 날리면서도 워런을 바라보지 않았다. 그의 시선은 내게 머물러 있었다.

"그런데 이해할 수 없는 게 하나 있습니다. 그러니 나는 당신들 두 사람처럼 가슴이 뛰지도 않아요. 지금 이 이야기가 우리 재단과 무슨 관계가 있습니까? 난 그걸 잘 모르겠군요, 매커보이 기자."

"저, 포드 박사님." 워런이 입을 열었다. "잭은…."

"아닐세." 포드가 그의 말을 바로 잘랐다. "매커보이 기자한테서 직접 듣겠네."

나는 정확한 표현을 생각해 내려고 했다. 포드는 헛소리를 원하지 않았다. 그는 이 일로 자신이 어떤 이득을 얻을 수 있는지 알고 싶을 뿐이었다.

"자살사건 연구기록이 컴퓨터에 있겠지요?"

"그렇습니다." 포드가 말했다. "우리의 연구 대부분이 컴퓨터에 들어 있죠. 현장연구를 위해 우리는 수많은 경찰국의 협조를 구하고 있어요. 아까 프레드릭이 말한 것처럼 그쪽에서 조서를 보내줍니다. 그 자료들이 컴퓨터에 입력돼요. 하지만 그건 아무 의미도 없습니다. 노련한 연구자가 그 자료들을 소화해 의미를 밝혀줘야 하죠. 이번 연구에서는 원자료 검토 작업을 FBI 전문가들과 함께하고 있습니다."

"그건 잘 알고 있습니다." 내가 말했다. "제가 말씀드리고 싶은 건, 이 재단이 경찰관 자살사건에 관해 엄청난 데이터를 갖고 있다는 점입니다."

“아마 5, 6년 전 자료까지 있을 겁니다. 올라인이 재단에 합류하기 전부터 연구가 시작됐으니까.”

“저는 그 컴퓨터 자료를 보고 싶습니다.”

“왜요?”

“우리가 옳다면… 단순히 제 생각만 말하는 게 아닙니다. 시카고와 덴버의 형사들도 저와 같은 생각이니까요. 그렇다면, 우리는 서로 연결된 사건 두 개를 찾아낸 셈입니다. 그래서….”

“연결된 듯 보이는 사건이지.”

“맞습니다, 연결된 듯 보이는 사건이죠. 만약 연결되어 있다면, 다른 사건이 더 있을 가능성이 높습니다. 이건 연쇄살인입니다. 어쩌면 사건이 아주 많을 수도 있고, 몇 건밖에 안 될 수도 있고, 하나도 없을 수도 있습니다. 그걸 확인하고 싶습니다. 여기에 바로 그 자료가 있고요. 지난 6년간 보고된 모든 자살사건에 관한 기록 말입니다. 저는 이 재단의 컴퓨터에 들어가서 위장일 수도 있는 자살사건을 찾아보고 싶습니다. 우리가 찾는 범인이 저질렀을 가능성이 있는 사건 말입니다.”

“그런 사건을 어떻게 찾아보죠?” 프레드릭이 말했다. “컴퓨터에 저장된 사건이 수백 건은 되는데요.”

“경찰국이 작성해서 보내는 조서에는 사망자의 계급과 직책이 포함되어 있죠?”

“네.”

“그럼 먼저 살인전담반 형사들 중 자살한 사람을 찾아볼 겁니다. 제 생각에 범인은 살인사건을 담당하는 경찰관을 죽이는 것 같습니다. 경찰에 쫓기던 자가 쫓는 자로 변신한 것인지도 모르죠. 범인의 심리는 잘 모르지만, 일단 그걸 출발점으로 삼을 생각입니다. 살인사건 담당 경찰관들. 거기서 돌파구가 마련된다면, 의심스러운 사건을 하나씩 살펴봐야죠. 유서가 필요합니다. 자살하면서 남긴 유서. 거기서…."

"그건 컴퓨터에 없어요." 프레드릭이 말했다. "우리가 모든 사건의 유서 사본을 다 갖고 있는 것도 아니고, 혹시 있더라도 문서고에 있는 조서 사본과 함께 있어요. 유서에 사망자의 병리적인 부분이 암시되어 있지 않은 한, 유서는 연구 대상이 아니거든요."

"어쨌든 조서 사본을 갖고 있는 거죠?"

"네, 전부 갖고 있어요. 문서고에."

"그럼 그걸 보면 되죠." 워런이 들뜬 목소리로 맞장구를 쳤다.

그의 말이 침묵을 불러왔다. 결국 모두의 시선이 포드에게 쏠렸다.

"질문이 하나 있어요." 포드가 마침내 입을 열었다. "FBI도 아는 일입니까?"

"현재로서는 저도 확실히 모르겠습니다." 내가 말했다. "시카고와 덴버 경찰국이 제가 거쳐 온 길을 되짚어볼 생각이라는 건 확실합니다. 제가 방향을 제대로 잡았다는 확신이 들면, 그쪽에서 FBI를 불러들이겠죠. 거기서부터 수사가 시작될 테고요."

포드는 고개를 끄덕이며 말했다. "매커보이 기자, 잠시 밖으로 나가서 기다려주시겠습니까? 이 문제에 관해 결정을 내리기 전에 여기 두 사람과 상의를 좀 해야 할 것 같은데."

"그러죠." 나는 일어서서 문으로 향했다. 하지만 곧장 밖으로 나가지는 않고 문 앞에서 포드를 바라보았다. "저는… 그러니까… 이걸 할 수 있으면 좋겠습니다. 어쨌든 고맙습니다."

마이클 워런의 얼굴을 보니 말을 듣지 않아도 사정을 알 수 있었다.

대기실에서 육중한 인조가죽 소파에 앉아 있는데, 그가 시선을 내리깐 채 복도를 걸어왔다. 나와 눈이 마주치자 그는 고개를 저었다.

"내 사무실로 돌아가죠." 그가 말했다.

나는 아무 말 없이 그의 뒤를 따라가서 아까 앉았던 의자에 앉았다. 그도 나 못지않게 낙담한 표정이었다.

"이유가 뭐죠?" 내가 물었다.

"이사장이 못된 인간이라서 그래요." 그가 속삭였다. "법무부가 우리 명줄을 쥐고 있는데, FBI가 곧 법무부라서 그렇기도 하고요. 이건 그쪽 연구예요. 그쪽에서 의뢰한 거니까. 이사장이 그쪽에 먼저 알리지도 않고 당신한테 자료를 마음대로 봐도 좋다고 허락할 리가 없죠. 이렇게 편한 자리에서 쫓겨날 빌미가 될지도 모르는 일이라면 절대로 안 할 사람이에요. 아까 당신이 말을 잘못했어요, 잭. FBI에 이미 이 일을 알렸는데 별로 관심이 없더라고 말했어야 하는 건데."

"그래봤자 이사장이 안 믿었을 걸요."

"중요한 건, 이사장이 나중에 변명할 구실이 생긴다는 거예요. 만약이 일 때문에 FBI에 알리지도 않고 기자에게 정보를 줬다는 비난을 받으면, 이사장은 모든 걸 당신 책임으로 돌릴 수 있어요. FBI가 관심 없는 줄 알았다고 말하면 되니까요."

"그럼 이제 어쩌죠? 난 여기서 그냥 물러날 수 없어요."

이건 사실 그에게 묻는 말이 아니었다. 혼잣말이었다.

"FBI에 혹시 아는 사람 없어요? 이사장은 지금 틀림없이 자기 사무실에서 FBI에 전화를 걸고 있을 거예요. 십중팔구 밥 배커스한테 곧장 전화를 걸겠죠."

"그게 누군데요?"

"그쪽 거물들 중 하나예요. 자살 연구를 그 사람 팀이 맡고 있어요."

"내가 아는 이름인 것 같은데요."

"당신이 아는 건 아마 밥 배커스 시니어일 거예요. 그 사람 아버지. '슈퍼 경찰관'이었죠. FBI가 오래전 행동과학국과 폭력범죄자 체포프로그램을 마련하며 그 사람을 영입했어요. 추측이지만, 아들 바비가 아버지 자리를 차지하려는 것 같아요. 중요한 건, 포드와 통화를 끝내자마자 배커스가 모든 정보를 차단해 버릴 거라는 점이에요. 당신이 정보를 볼 수 있는 방법은 FBI 사람을 통하는 것밖에 없어요."

생각나는 사람이 없었다. 완전히 궁지에 몰린 셈이었다. 나는 자리에서 일어나 좁은 사무실 안을 서성거리기 시작했다.

"세상에, 말도 안 돼. 이건 내 기산데…. 그런데 턱수염을 기르고 자기가 에드거 후버(1924년부터 1972년까지 FBI를 이끈 인물-옮긴이)인 줄 아는 멍청한 녀석이 날 밀어내려 하다니."

"포드 이사장은 후버처럼 여장은 안 해요."

"그걸 농담이라고 하는 거예요?"

"아뇨, 미안해요."

나는 다시 자리에 앉았다. 워런은 날 내보낼 기색이 전혀 없었다. 우리 사이의 일은 이미 끝났는데도. 그제야 그가 무엇을 기대하는지 깨달았다. 하지만 그 말을 어떻게 꺼내야 할지 알 수 없었다. 워싱턴에서 일해본 적이 없으니 이쪽 상황이 어떻게 돌아가는지 몰랐다. 그래서 그냥 덴버 식으로 하기로 했다. 대놓고 말했다는 뜻이다.

"당신도 컴퓨터에 들어갈 수 있기는 하죠?"

그의 왼쪽에 있는 컴퓨터를 가리켰다. 그는 잠시 나를 바라보다가 입을 열었다.

"웃기는 소리 말아요. 난 '딥스로트(워터게이트 사건 때 기자에게 정보를 주어 특종 보도를 하게 한 내부 정보원-옮긴이)'가 아니에요, 잭. 이건 그냥 범죄기사일 뿐이라고요. 그 이상도, 그 이하도 아니에요. 당신은 그냥 FBI보다 먼저 정보를 보고 싶을 뿐이잖아요."

"당신도 기자예요."

"전직 기자죠. 지금은 여기가 내 직장이고, 내 자리가 위험해질 만한 일은 절대로…."

"이 기사를 반드시 써야 한다는 걸 당신도 알아요. 포드가 지금 FBI와 통화하고 있다면, 내일 그쪽 사람들이 이리로 나올 거예요. 기사는 물 건너가는 거죠. 그 사람들한테 정보 얻어내기가 얼마나 어려운지 알잖아요. 당신도 해본 일이니까. 이번 기사가 여기서 그냥 죽어버리든지, 아니면 1년 넘게 지난 뒤에 사실보다 추측이 더 많은 엉터리 기사로 실리든지, 둘 중 하나예요. 내가 컴퓨터 자료를 볼 수 있게 당신이 도와주지 않으면 그렇게 될 거예요."

"안 된다고 했어요."

"그래요, 당신이 옳아요. 내가 원하는 건 기사예요. 대형 특종. 난 그런 기사를 쓸 자격이 있어요. 그건 당신도 알잖아요. 내가 아니었으면 FBI의 마음을 돌릴 수도 없었을 거예요. 그런데 내가 밀려나게 생겼다고요…. 생각해 보세요. 내 입장이라면 어떨지요. 당신 형이 그런 일을 당했다고 생각해 봐요."

"이미 생각해 봤어요. 그래도 내 대답은 똑같아요."

나는 자리에서 일어섰다.

"뭐, 나중에라도 생각이 바뀌면…."

"안 바뀔 거예요."

"난 여길 나가서 힐튼에 머무를 거예요. 레이건이 총에 맞았던 그 호텔이요."

나는 이 말만 남기고 그 방을 나왔다. 그는 한 마디도 하지 않았다.

15

공모자

힐튼의 내 방에서 시간을 보내며, 나는 얼마 되지는 않지만 그래도 재단에서 알아낸 사실을 내 컴퓨터 파일에 덧붙여 정리한 뒤 그레그 글렌에게 전화를 걸어 시카고와 워싱턴에서 있었던 일을 모두 알려주었다. 내 이야기를 다 들은 그는 큰소리로 휘파람을 불었다. 그가 의자에 기대 앉아 여러 가지 가능성을 생각하는 모습이 눈에 선했다.

지금까지 알아낸 것만으로도 훌륭한 기사를 쓸 수 있었지만, 아직은 불만스러웠다. 나는 계속 남들보다 앞서 나가고 싶었다. FBI나 다른 수사기관들이 멋대로 추려서 알려주는 정보에만 의존하기는 싫었다. 내가 직접 수사하고 싶었다. 지금까지 살인사건 수사에 관해 헤아릴 수도 없이 많은 기사를 썼지만, 매번 밖에서 수사 상황을 바라보는 외부인의 입장이었다. 이번에는 내가 내부인이었고, 계속 그 자리에 머무르고 싶었다. 나는 지금 가장 앞에서 수사를 선도하고 있었다. 션도 사건을 추적할 때 꼭 지금의 나처럼 흥분했을 거라는 생각이 들었다. 션은 그걸 사냥꾼의 심정이라고 표현했다.

"듣고 있나, 잭?"

"네? 네, 그냥 다른 생각을 좀 하느라고…."

"그 기사를 쓸 수 있겠어?"

"두고 봐야죠. 내일이 금요일이니 내일까지만 시간을 주세요. 재단에 있는 그 친구 느낌이 좋아요. 하지만 내일 오전까지 그 친구한테 소식이 없으면, FBI 쪽을 뚫어봐야죠. 그쪽 사람 이름을 하나 알아뒀어요. 그쪽에서도 아무 소득이 없으면 덴버로 돌아가서 일요일자에 실릴 기사를 토요일에 쓸게요."

일요일은 판매부수가 가장 많은 날이었다. 틀림없이 글렌은 일요일에 그 기사를 크게 터뜨리고 싶을 터였다.

"그렇군." 그가 말했다. "그렇게 할 수밖에 없다 해도, 자네가 이미 알아낸 것만으로도 굉장한 기사가 될 거야. 자네가 경찰관만 죽이는 연쇄살인범에 대해 전국적인 수사가 실시되게 만든 거니까. 그놈이 아무런 처벌도 받지 않고 언제부터 그런 짓을 저질렀는지 누가 알겠어. 이번 기사는…."

"그 정도는 아니에요. 아직 확인된 건 하나도 없어요. 지금으로서는 경찰관 살해범이 존재할 가능성에 대해 두 개 주가 수사에 나선 것에 불과해요."

"그래도 굉장한 일이야. 그러다가 일단 FBI가 나서기만 하면, 전국적인 수사가 되는 거지. 〈뉴욕 타임스〉며 〈워싱턴 포스트〉며 전국의 모든 신문이 우리 꽁무니를 쫓아다니게 될 거야."

내 꽁무니를 쫓아다니는 거겠지. 나는 이 말을 하고 싶었지만 참았다.

글렌의 말은 대부분의 기사 뒤에 숨어 있는 진실을 드러내고 있었다. 이제 언론계에 이타주의는 별로 없었다. 기사를 쓰는 것이 공공서비스라는 의식도 없고, 국민의 알 권리도 중요하지 않았다. 무엇보다 중요한 것은 경쟁이었다. 신문사들은 저마다 기사를 잡으려고 이전투구를 벌였다. 연말에 발표되는 퓰리처상 수상자 명단도 중요했다. 이건 비관적인 생각이지만, 이 바닥에서 오래 일하다 보니 냉소적으로 변할 수밖에 없었다.

그래도 전국적인 기사를 터뜨려서 다른 사람이 모두 내 뒤를 따라오게 만드는 상상이 즐겁지 않았다면, 거짓말이었다. 난 그저 글렌처럼 그런 생각을 큰소리로 떠들고 싶지 않을 뿐이었다. 그리고 션도 생각해야 했다. 션을 잊어버릴 수는 없었다. 나는 션을 그렇게 만든 놈을 잡고 싶었다. 내가 무엇보다 바라는 게 바로 그거였다.

글렌에게 새로운 소식이 생기면 전화하겠다고 말하고서 전화를 끊었다. 잠시 방 안을 서성이면서 나 역시 여러 가능성에 대해 생각하고 있음을 스스로 인정하지 않을 수 없었다. 나는 이 기사로 내가 어떤 프로필을 얻게 될지 생각하고 있었다. 내가 원하기만 하면 간단히 덴버를 벗어날 수도 있을 터였다. 어쩌면 로스앤젤레스, 뉴욕, 워싱턴의 3대 신문사 중 한 곳으로 가게 될지도 몰랐다. 최소한 시카고나 마이애미 정도는 갈 수 있을 것이다. 상상은 여기서 그치지 않고, 출판계약을 맺는 데까지 뻗어나갔다. 실제 범죄를 다룬 책은 잘 팔리는 아이템이었다.

나는 곧 이런 생각을 털어버렸다. 창피했다. 사람들이 저마다 마음속에 품고 있는 가장 비밀스러운 생각을 남들은 모른다는 점이 다행이었다. 그런 생각이 남에게 알려진다면, 다들 교활하고 자기과시밖에 모르는 바보 같은 본모습이 드러날 것이다.

이 방에서 나가야 할 것 같았지만, 언제 전화가 올지 모르니 그럴 수도 없었다. 텔레비전을 켜니, 천박한 이야기만 매일 늘어놓는 고만고만한 토크쇼들뿐이었다. 한 채널에서는 스트리퍼의 자식들이 나와서 이야기를 늘어놓았고, 다른 채널에서는 포르노 스타들이 나와 자기 배우자가 질투를 느낀다고 했다. 또 다른 채널에서는 남자가 여자를 가끔 두들겨 패서 얌전하게 길들여야 한다는 이야기를 하고 있었다. 텔레비전을 끄고 나서 문득 이 방을 나가기만 하면 모든 일이 잘 풀릴 것 같은 생각이 들었다. 방에서 나가면 틀림없이 워런에게서 전화가 올 것이다. 내가 방을 비워서 전화를 받을 수 없게 됐으니까. 이 방법은 항상 효과를 발휘했다. 그저 워런이 메시지를 남겨놓기만을 바랄 뿐이었다.

호텔은 듀폰트 서클 근처의 코네티컷 애비뉴에 있었다. 나는 듀폰트 서클 쪽으로 걸어가다가 추리소설 전문서점에 들어가서 앨런 러셀이 쓴《여러 개의 상처》라는 책을 샀다. 어딘가에서 이 책에 대한 호평을 읽은 적이 있어서, 읽다 보면 잡념이 사라질 것 같았다.

호텔로 들어가기 전, 호텔 주위를 한 바퀴 돌며 힝클리가 총을 들고 레이건을 기다리던 장소를 찾아보았다. 사건 당시의 혼란스러운 상황을 찍은 사진들을 생생히 기억하고 있는데도 그 자리를 찾을 수가 없었다. 혹시 호텔 측이 개조공사를 한 게 아닌가 하는 생각이 들었다. 그 장소가 관광명소가 되는 걸 막으려고 그렇게 했을 가능성이 있었다.

경찰 출입기자인 나는 관광할 때도 무서운 일을 찾아다녔다. 나는 눈 하나 깜짝하지 않고 살인사건 등 무시무시한 사건을 쫓아다닐 수 있었다. 원칙적으로는. 로비를 지나 엘리베이터로 가면서 경찰기자로서 나의 특징과 나의 본모습 사이에 어떤 관계가 있는지 생각해 보았다. 나한테 조금 문제가 있는 것 같았다. 힝클리가 레이건을 기다리던 장소가 내게 왜 중요했던 걸까?

"잭?"

나는 엘리베이터 앞에서 뒤로 돌았다. 마이클 워런이었다.

"아, 안녕하세요."

"방으로 전화를 했는데…. 아무래도 이 근처에 있겠지 싶어서…."

"그냥 산책 좀 했어요. 당신을 막 포기하려던 참이었는데…."

나는 미소를 지었다. 희망이 부풀어 올랐다. 지금 이 순간에 많은 것이 달려 있었다. 워런은 사무실에 있을 때와는 달리 정장 차림이 아니었다. 청바지에 스웨터를 입고, 팔에 트위드 롱코트를 걸친 모습이었다. 그는 비밀 정보원의 행동패턴을 그대로 따르고 있었다. 혹시라도 기록이 남을 수 있는 전화 대신 직접 찾아오는 것.

"내 방으로 올라갈까요, 아니면 여기서 이야기할까요?"

그는 엘리베이터 쪽으로 움직이며 말했다. "방으로 가죠."

엘리베이터 안에서 우리는 중요한 말을 한 마디도 하지 않았다. 나는 그의 옷차림을 다시 바라보며 말했다. "벌써 집에 갔다 온 모양이네요."

"코네티컷 애비뉴 근처, 순환도로 건너편에 집이 있어요. 메릴랜드죠. 별로 멀지 않아요."

그가 집에서 전화했다면 시외전화가 됐을 것이다. 그래서 내게 먼저 전화하지 않은 모양이었다. 이 호텔이 그가 집에서 재단으로 가는 길목에 있다는 사실도 알 수 있었다. 가슴이 서서히 설레기 시작했다. 워런이 이쪽으로 전향할 것 같았다.

복도에서는 축축한 냄새가 났다. 지금까지 묵었던 모든 호텔에서 같은 냄새가 나는 것 같았다. 나는 카드키로 문을 열고 그를 안으로 초대했다. 자그마한 책상 위에 있는 내 컴퓨터는 아직 열린 채였고, 내 외투와 이번 여행에 유일하게 가져온 넥타이는 침대 위에 아무렇게나 던져져 있었다. 그것만 빼면 방 안은 깔끔했다. 워런은 자기 외투를 침대에 던지고 나와 함께 의자에 앉았다.

"그래, 어떻게 됐어요?" 내가 물었다.

"조사를 좀 해봤어요."

그는 뒷주머니에서 접힌 종이를 꺼냈다.

"나는 중앙 컴퓨터 파일에 접근할 권한이 있어요." 그가 말했다. "오늘 퇴근하기 전에 거기 들어가서 살인전담 형사였던 사망자들의 현장 보고서를 살펴봤죠. 열세 명밖에 없었어요. 그 사람들 이름, 부서, 사망 날짜를 프린터로 뽑아왔어요."

그가 주머니에서 꺼낸 종이를 펼쳐 내게 내밀었다. 나는 얇게 편 금판을 잡듯이 부드럽게 그 종이를 받았다.

"고마워요." 내가 말했다. "이 자료를 검색한 기록이 남나요?"

"나도 잘 몰라요. 아마 안 남을 거예요. 상당히 개방적인 시스템이니까. 보안을 위해 추적장치가 있는지 어떤지는 잘 모르겠어요."

"고마워요." 나는 같은 말을 반복했다. 달리 뭐라고 해야 할지 알 수 없었다.

"별로 어려운 일도 아닌데요, 뭐." 그가 말했다. "문서고에서 조서를 뒤지는 건 시간이 좀 걸릴 거예요…. 당신이 날 좀 도와줘야 될 것 같은데. 어떤 조서가 중요한지 나보다 더 잘 알 것 아니에요."

"언제요?"

"오늘 밤. 그때밖에 시간이 없어요. 문서고 문이 잠기겠지만, 나한테 열쇠가 있어요. 언론 요청으로 내가 옛날 자료를 찾아봐야 할 때가 가끔 있어서. 오늘 밤에 해치우지 않으면, 내일 그 조서들이 사라져버릴지도 몰라요. 그 자료들을 거기다 내버려두는 걸 FBI가 좋아할 것 같지 않거든요. 더구나 당신이 그 자료들을 요청했다는 걸 알고 있으니, 내일 당장 달려와서 몽땅 챙겨갈 거예요."

"포드가 그렇게 말하던가요?"

"딱히 그런 건 아니에요. 올라인에게 들은 얘기예요. 포드가 레이철 월링한테 상황을 알렸어요. 배커스가 아니라. 포드 말로는 그 여자가…."

"잠깐만요. 레이철 월링이라고요?"

아는 이름이었다. 잠시 기억을 더듬던 나는 션이 테레사 로프턴 사건에 관해 제출한 VICAP 조사서에 서명한 프로파일러가 바로 그녀였음을 떠올렸다.

"네, 레이철 월링이요. 거기 프로파일러예요. 그런데 그건 왜요?"

"아무것도 아니에요. 어디서 들어본 이름이라서."

"배커스 밑에서 일하는 사람이에요. 자살 연구 프로젝트에서 본부와 재단 사이의 연락을 맡고 있다고나 할까. 어쨌든 올라인 말로는 그 여자가 포드한테 이번 연구를 처음부터 다시 살펴봐야겠다고 말했대요. 어쩌면 당신을 만나고 싶어 할지도 몰라요."

"내가 그 여자를 먼저 만날 수도 있죠." 나는 자리에서 일어섰다. "갑시다."

"잠깐만." 그도 자리에서 일어섰다. "난 당신한테 이런 일을 해준 적 없는 거예요, 알죠? 그 자료들은 취재도구로만 사용해야 해요. 기사에 재단의 서류를 보았다는 말을 쓰면 안 된다는 뜻이에요. 자료를 봤다는 사실을 다른 사람한테 시인해도 안 돼요. 내 목이 날아갈 수도 있으니까. 알았어요?"

"물론이죠."

"그럼 알았다고 말해요."

"알았어요. 당신이 한 말 전부."

우리는 문으로 향했다.

"웃기네요." 그가 말했다. "취재원을 확보하려고 그렇게 오랜 세월 뛰어다니면서도 난 그들이 날 위해 어떤 위험을 무릅쓰는지 한 번도 제대로 깨닫지 못했어요. 이제는 알겠어요. 조금 겁이 나네요."

나는 그냥 그를 바라보며 고개를 끄덕이기만 했다. 내가 공연히 뭐라고 말을 했다가 그가 마음을 바꿔 집으로 가버릴까 봐 무서웠다.

그의 차를 타고 재단으로 가는 길에 그가 기본적인 규칙 몇 가지를 덧붙였다.

"기사에 내 이름을 쓰면 안 돼요, 알았죠?"

"알았어요."

"나한테 얻은 정보를 쓰면서 '재단 소식통'이라고 해도 안 돼요. 그냥 '수사에 정통한 소식통'이라고만 하세요, 알았죠? 그래야 내 정체가 조금 감춰질 테니까."

"알았어요."

"당신이 여기서 찾고 싶은 건 당신이 쫓는 범인과 연관되었을 가능성이 있는 피해자들의 이름이에요. 원하는 걸 찾는 건 좋지만, 나중에 그 이름들을 어디서 찾아냈는지 반드시 밝힐 필요는 없어요. 무슨 말인지 알겠죠?"

"네, 아까 이미 한 얘기잖아요. 당신이 잘못되는 일은 없을 거예요, 마이크. 난 취재원을 그냥 내버려두지 않아요. 절대로. 여기서 얻은 정보는 다른 데서 확인받을 때만 이용할게요. 여기서 얻은 정보가 청사진 역할을 하는 거예요. 걱정할 필요 없어요."

그는 잠시 말이 없었지만, 이내 또 의심이 마음속으로 기어든 모양이었다.

"그래도 이사장은 그게 나라는 걸 알아차릴 거예요."

"그럼 여기서 그만둘까요? 당신 일자리를 위험에 빠뜨리고 싶지는 않아요. 그냥 FBI에서 어떻게 나오는지 기다리죠, 뭐."

그러고 싶진 않았지만, 워런에게 선택권을 줄 필요가 있었다. 아직 나는 취재원이 일자리를 잃든 말든 순전히 기사를 위한 정보를 얻어내는 데만 혈안이 될 만큼 염치가 없지는 않았다. 양심에 그런 짐을 지기는 싫었다. 지금 지고 있는 짐만으로도 충분했다.

"월링이 이번 일을 맡고 있는 한, FBI는 기대하지 말아요."

"그 여자를 알아요? 까다로운 사람인가요?"

"네, 빡빡하기가 이루 말할 수 없어요. 옛날에 내가 그 여자한테 허튼소리를 조금 지껄인 적이 있는데, 그다음부터는 날 아예 상대도 않더라고요. 올라인 말로는 이혼한 지 좀 됐다나 어쨌다나. 아마 아직도 '남자들은 다 돼지'라는 생각에서 벗어나지 못한 것 같은데, 앞으로도 생각이 바뀔 것 같지는 않아요."

나는 일부러 아무 말도 하지 않았다. 결정을 내려야 하는 사람은 워런이고, 나는 그에게 어떤 도움도 줄 수 없었다.

"포드에 대해서는 걱정 말아요." 마침내 그가 말했다. "나를 의심할지도 모르지만, 그것 때문에 날 어쩌지는 못할 거예요. 내가 잡아뗄 테니까. 그러니까, 당신이 우리 합의를 깨지만 않으면 이사장은 심증만 있고 물증은 없는 상태가 될 거예요."

"약속은 확실히 지킬 테니까 걱정 말아요."

그는 재단에서 반 블록 떨어진 컨스티튜션 거리에서 빈 자리를 발견하고 차를 세웠다. 차에서 내리니 우리 입에서 입김이 구름처럼 뭉게뭉게 흘러나왔다. 불안했다. 그가 일자리를 걱정하는 것과는 상관없이. 우리 둘 다 불안했던 것 같다.

경비원은 한 명도 없었다. 퇴근 시간이 한참 지나도록 일하는 직원도 없었다. 우리는 워런의 열쇠로 정문을 열고 들어갔다. 워런은 내부 지리를 잘 알고 있었다.

문서고는 자동차 두 대가 들어갈 수 있는 차고 정도의 크기였으며, 줄지어 늘어선 2.5미터 높이의 서가에는 색색가지 꼬리표가 붙은 서류철들이 쌓여 있었다.

"여기서 자료를 어떻게 찾죠?" 내가 속삭였다.

그는 프린터로 뽑아온 자료를 주머니에서 꺼냈다.

"자살연구 자료만 모아둔 곳이 있어요. 우리가 여기 있는 이름들을 찾아서 관련 조서를 내 사무실로 가져가 필요한 부분을 복사하면 돼요. 퇴근할 때 일부러 복사기를 안 껐어요. 그러니까 예열할 필요도 없을 거예요. 그리고 그렇게 속삭이지 않아도 돼요. 이 안에는 아무도 없으니까."

그가 '우리'라고 말한 부분이 귀에 쏙 들어왔지만, 나는 아무 말도 하지 않았다. 그는 나를 이끌고 서가들 사이의 통로를 내려가면서 손가락을 뻗어 서가를 가리키며 거기에 붙어 있는 프로그램 이름을 읽었다. 마침내 그가 '자살사건 연구'라는 이름을 찾아냈다. 이곳의 서류철에는 빨간 꼬리표가 붙어 있었다.

"여기 있네요." 워런이 손을 들어 서류철을 가리키며 말했다.

서류철 하나하나는 얄팍했지만, 세 칸을 몽땅 차지하고 있었다. 올라인 프레드릭의 말이 옳았다. 서류철이 수백 개나 되었다. 서류철마다 삐

죽 튀어나와 있는 빨간 꼬리표는 죽음을 의미했다. 이 서가에는 비참한 이야기가 너무 많았다. 이들 중 적어도 몇 명이라도 여기까지 오지 않았더라면 좋았을 거라는 생각이 들었다. 워런이 프린트해 온 자료를 내게 건네주었고, 나는 거기 적힌 열세 명의 이름을 찾기 시작했다.

"이 많은 자료들 중에 열세 명만 살인전담반 형사였다고요?"

"네. 이번 프로젝트를 위해서 1천 6백 건이 넘는 자살사건 자료가 수집됐어요. 1년에 약 3백 건 꼴이죠. 대부분 순찰경관이에요. 살인전담 형사는 항상 시체를 보지만, 현장에 도착할 때쯤이면 가장 안 좋은 장면은 이미 지나간 다음이 아닌가 싶어요. 대개 그들은 경찰 내부에서 제일 실력 좋고, 제일 똑똑하고, 제일 강해요. 그래서 순찰경관보다 자살 건수가 적은 것 같아요. 그러니 열세 명밖에 찾지 못한 거고요. 당신 형과 시카고의 브룩스 이름도 나왔지만, 그 자료는 당신이 갖고 있을 것 같아서 뺐어요."

나는 그냥 고개만 끄덕였다.

"아마 알파벳순으로 돼 있을 거예요." 그가 말했다. "목록에 있는 이름을 불러주면 내가 서류철을 찾아서 빼낼게요. 당신 수첩도 나한테 줘요."

서류철을 찾아서 빼내는 데는 5분도 채 걸리지 않았다. 워런은 내 수첩에서 백지를 찢어 서류철들이 있던 자리를 표시해 두었다. 일이 끝난 뒤 서류철들을 재빨리 제자리에 돌려놓기 위해서였다. 힘든 작업이었다. 대통령을 끌어내리려고 주차장에서 딥스로트 같은 취재원을 만난 것도 아닌데, 심장이 두근거리기는 마찬가지였다.

어쨌든 규칙은 똑같았다. 가진 정보가 무엇이든 취재원이 기자를 위해 위험을 무릅쓰는 데는 다 나름의 이유와 동기가 있기 마련이다. 그런데 워런을 바라보아도 그의 진짜 동기가 무엇인지 알 수 없었다. 이것이 훌륭한 기삿거리인 건 맞지만, 그가 이 기사를 쓰는 건 아니었다. 나를 도움으로써 그가 얻을 수 있는 것은 하나도 없었다. 자기가 나를 도왔다는 의식뿐. 그걸로 충분한 걸까? 쉽사리 판단을 내릴 수는 없었지만, 그와 '기자와 비밀 정보원'이라는 신성한 유대를 맺음과 동시에 적당한 거리를 유지할 필요도 있다는 결론을 내렸다. 그의 진정한 동기를 알 때까지는.

서류철을 들고 우리는 재빨리 복도 두 개를 지나 303호실에 이르렀다. 워런이 갑자기 걸음을 멈추는 바람에 하마터면 뒤에서 그와 부딪칠 뻔했다. 그의 사무실 문이 5센티미터쯤 열려 있었다. 그는 그것을 가리키며 고개를 저었다. 자기가 열어 놓은 게 아니라는 뜻이었다. 나는 어깨를 치켜 올렸다가 내렸다. 그의 판단에 맡기겠다는 신호였다. 그는 문틈에 귀를 대고 숨을 죽였다. 내 귀에도 뭔가 소리가 들렸다. 종이가 부스럭거리는 소리였다. 곧이어 휙 하는 소리가 났다. 누가 차가운 손가락으로 내 머리통을 훑어 내리는 것 같았다. 워런이 묘한 표정으로 나를 향해 돌아서는데 문이 갑자기 안으로 활짝 열렸다.

도미노 같았다. 워런이 깜짝 놀라 움직였고, 나도 그 뒤를 따랐다. 문간에 자그마한 동양인 남자가 한 손에는 먼지털이를, 다른 손에는 쓰레기봉투를 들고 서 있었다. 상황을 파악하고 숨을 고르는 데 조금 시간이 걸렸다.

"죄송합니다." 동양인 남자가 말했다. "전 사무실을 청소하는 사람이에요."

"아, 네." 워런이 미소를 지으며 말했다. "그렇군요. 좋아요."

"복사기를 켜놓으셨더군요."

이 말과 함께 그는 물건을 들고 복도를 내려가 허리띠에 체인으로 연결된 열쇠로 옆 사무실 문을 열고 들어갔다. 나는 워런을 바라보며 미소를 지었다.

"당신 말이 맞아요. 당신은 딥스로트가 아니에요."

"당신도 로버트 레드퍼드(워터게이트 사건을 다룬 영화 〈모두가 대통령의 사람들〉에서 이 사건을 특종보도한 기자 밥 우드워드 역할을 맡았다-옮긴이)는 아니에요. 갑시다."

그는 나더러 문을 닫으라고 하더니 소형 복사기를 다시 켜고 서류철을 든 채 자기 책상 뒤로 돌아갔다. 나는 낮에 왔을 때 앉았던 의자에 앉았다.

"좋아요." 그가 말했다. "이제 자료를 살펴봅시다. 조서마다 개요를 요약해 놓은 부분이 있을 거예요. 유서처럼 중요한 자료가 있다면 반드시 거기 있을 겁니다. 봐서 필요하면 복사하세요."

우리는 서류철을 살펴보기 시작했다. 나는 워런이 마음에 들었지만, 그가 서류철 절반을 맡아 살펴보고 있는 것은 마음에 들지 않았다. 내 기사에 필요한 자료인지 아닌지 결정하는 중이었으니까. 모든 자료를 직접 살펴보고 싶었다.

"잊으면 안 돼요." 내가 말했다. "문학작품이나 시처럼 보이는 미사여구를 찾아야 돼요."

그는 보고 있던 서류철을 닫아 서류더미 위에 올려놓았다.

"왜요?"

"나한테 이 일을 맡기고 싶지 않죠?"

"아니에요. 난 그냥… 우리 둘 다 같은 생각을 갖고 자료를 봐야 한다고 생각했을 뿐이에요."

"이건 멍청한 짓이에요." 그가 말했다. "그냥 자료를 전부 복사해서 나갑시다. 그걸 호텔로 가져가서 당신이 직접 보면 되잖아요. 그 편이 더 빠르고 안전해요. 굳이 내가 옆에 있을 필요가 없잖아요."

나는 고개를 끄덕였다. 처음부터 그렇게 했어야 한다는 생각이 들었다. 그 뒤 15분 동안 워런이 복사를 맡고, 나는 서류철에서 조서를 꺼내 그에게 주었다가 다시 돌려받아 제자리에 끼워 넣는 일을 맡았다. 복사기는 대용량 제품이 아니어서 속도가 느렸다.

복사가 끝난 뒤 워런은 복사기를 끄고 나더러 사무실에서 기다리라고 했다.

"이 시간에 청소부들이 돌아다니는 걸 깜박했어요. 내가 이걸 문서고에 갖다 놓고 와서 당신과 같이 나가는 편이 나을 거예요."

"좋아요."

그가 문서고에 간 사이 나는 복사한 조서들을 살펴보기 시작했지만, 불안감에 신경이 곤두서서 정신을 집중할 수 없었다. 일이 잘못되기 전에 복사한 자료를 들고 도망치고 싶었다. 나는 시간을 때우려고 워런의 사무실을 둘러보다가 그의 가족사진을 집어 들었다. 예쁘고 자그마한 아내와 아들 하나, 딸 하나가 있었다. 두 아이 모두 아직 학교에 들어가기 전인 것 같았다. 사진을 보고 있는데 문이 열렸다. 워런이었다. 나는 당황했지만, 그는 전혀 신경 쓰지 않는 모습이었다.

"다 됐어요, 갑시다."

우리는 스파이처럼 은밀하게 밤의 어둠 속으로 스며들었다.

워런은 호텔로 가는 동안 내내 거의 말이 없었다. 자신이 할 일은 모두 끝났다고 생각하기 때문인 것 같았다. 기자는 나고, 그는 취재원이었다. 이 기사는 내 것이었다. 그의 질투와 욕망이 느껴졌다. 기사에 대한 욕망. 기자로 돌아가고 싶은 욕망.

"그 일을 그만둔 진짜 이유가 뭐예요?" 내가 물었다.

이번에는 그도 입에 발린 소리를 늘어놓지 않았다.

"아내와 가족들 때문이에요. 내가 집에 있는 시간이 거의 없었거든요. 알다시피 사건이라는 게 쉬지 않고 일어나니까. 난 그 사건들을 모조리 취재해야 직성이 풀렸어요. 그래서 결국 가정과 일 중에 하나를 선택할 수밖에 없었죠. 내가 옳은 결정을 내렸다는 생각이 드는 날이 있는가 하면, 그렇지 않은 날도 있어요. 오늘은 그렇지 않은 날이네요. 이건 진짜 끝내주는 기사예요, 잭."

이번에는 내가 한동안 말이 없었다. 워런은 호텔 진입로로 들어서서 정문으로 향했다. 그가 호텔 오른편을 가리켰다.

"저기 보여요? 레이건이 총에 맞은 자리예요. 나도 그 자리에 있었어요. 대통령을 기다리는 동안 힝클리하고 1.5미터 거리에 있었다고요. 심지어 그놈이 나더러 시간을 묻기까지 했어요. 다른 기자들은 거의 나와 있지 않았어요. 그때만 해도 대부분의 기자가 대통령 나가는 모습을 보려고 죽치고 기다리진 않았으니까. 하지만 그날 이후에는 상황이 바뀌었죠."

"우와."

"맞아요. 그때가 최고였어요."

나는 그를 바라보며 진지한 표정으로 고개를 끄덕였다. 그러고는 우리 둘 다 웃음을 터뜨렸다. 우리 둘 다 알고 있었다. 그때가 최고라고 말하는 사람은 기자들밖에 없다는 것을. 기자로서 대통령 암살미수사건을 현장에서 목격하는 것보다 더 좋은 일은 암살이 성공하는 현장을 목격하는 것밖에 없었다. 총알이 난무하는 현장에서 기자인 자신도 총에 맞지만 않는다면.

그가 문 앞에 차를 세우자 나는 차에서 내려 머리만 차 안으로 집어 넣었다.

"오늘 당신은 참모습을 보여줬어요."

그가 미소를 지었다.

"글쎄요."

16

또 다른 피해자

열세 개의 서류는 모두 얄팍했다. 그 안에는 각각 FBI와 재단이 만든 설문지를 바탕으로 작성한 5쪽 분량의 조서가 있었으며, 그 밖에 사망자가 직장에서 어떤 스트레스에 시달렸는지에 관해 동료들이 진술한 내용이나 보충 메모 등이 몇 장 더 붙어 있는 경우가 많았다.

열세 건의 조서 내용은 대부분 똑같았다. 일 때문에 받은 스트레스, 술, 가정불화, 우울증. 경찰관 우울증의 기본공식이었다. 그중에서도 가장 중요한 요소는 우울증이었다. 사망자가 경찰 내부의 사정으로 인해 이런저런 우울증에 시달리고 있었다는 말이 거의 모든 조서에 언급되어 있었다. 하지만 사망자가 미결이든 기결이든 자신이 맡은 특정한 사건으로 고민했다는 말이 언급된 경우는 조금밖에 없었다.

각 조서의 결론을 재빨리 훑어보며 여러 사건을 조사대상에서 제외시켰다. 다른 사람이 자살 순간을 목격했거나, 위장이라고 보기 어려운 상황에서 자살한 경우 등 다양한 요인을 고려한 결정이었다.

그 과정을 거쳐 살아남은 여덟 건 중에는 제외해도 좋을 만한 사건이 쉽사리 눈에 띄지 않았다. 적어도 사건 개요만 놓고 보면, 모두 요건을 갖추고 있었다. 이 여덟 건의 조서에는 모두 사망자가 특정한 사건 때문에 부담감을 느꼈다는 말이 언급되어 있었다. 사실 지금까지 내가 밝혀낸 공통 패턴이라고는 피해자가 미결사건으로 부담감에 시달렸다는 점과 포의 작품에서 따온 인용문밖에 없었다. 오로지 그 두 가지 사실만을 기준으로 삼아 이 여덟 건의 사건을 가짜 자살사건에 포함시킬지 여부를 결정했다.

기준을 마련하고 보니, 여덟 건 중 두 건을 더 제외할 수 있었다. 조서에 언급된 유서 내용 때문이었다. 이 두 건의 사건에서 사망자들은 각각 특정한 대상(한 사람은 어머니, 나머지 한 사람은 아내) 앞으로 쓴 유서에서 용서와 이해를 구했다. 여기에는 시와 비슷한 구절은 물론 문학작품 냄새가 나는 구절이라고는 전혀 없었다. 이 두 건을 제외하고 나니 여섯 건이 남았다.

여섯 건 중 한 건의 조서를 읽다가 나는 수사관 보고서가 포함된 부록에서 사망자의 유서를 발견했다. 형과 브룩스의 경우처럼 딱 한 줄로 된 이 유서를 읽는 순간 서늘한 기운이 몸을 꿰뚫고 지나갔다.

그 단 한 줄은 이미 내가 아는 구절이었다.

나쁜 천사들이 내게 출몰한다

재빨리 수첩을 열어, 로리 프라인이 시디롬 자료에서 읽어준 시 '꿈의 나라'를 받아 적은 부분을 폈다.

외지고 고독한 길가,

나쁜 천사들만 출몰하는 곳,

그곳에서 밤이라는 이름의 아이돌론이,

검은 옥좌에 꼿꼿이 앉아 군림한다,

나는 이 땅에 도달했지만 얼마 되지 않았다,

어느 곳보다 어두운 숲에서-

괴상한 황무지에서 온 지

공간을 넘고- 시간을 넘어 장엄하게 펼쳐진 곳

마침내 찾아냈다. 가슴과 관자놀이에 각각 총을 한 방씩 쏘아 자살했다고 알려진 앨버커키의 모리스 코타이트 형사와 우리 형이 똑같은 시의 똑같은 연에서 따온 구절을 유서에 남겼다. 연결고리였다.

하지만 마침내 해냈다는 흥분은 금방 가라앉고, 대신 저 깊은 곳에서부터 분노가 치솟았다. 형과 이 사람들이 그런 일을 당했다는 사실에 화가 났다. 살아 있는 경찰관들이 이 사실을 좀 더 일찍 발견하지 못했다는 사실에도 화가 났다. 내 말을 듣고 형이 살해당했음을 확신하게 되었을 때 웩슬러가 한 말이 퍼뜩 떠올랐다. 젠장 맞을 기자가…. 이제 그의 분노를 이해할 수 있을 것 같았다.

내 분노가 가장 크게 향한 대상은 이런 짓을 저지른 작자였다. 그리고 그 작자에 대해 내가 아는 게 너무 없다는 점 역시. 그놈의 표현처럼 그놈은 아이돌론이었다. 나는 유령 뒤를 쫓고 있는 셈이었다.

나머지 다섯 건의 조서를 살펴보는 데 1시간이 걸렸다. 그중 세 건에 관해서는 메모를 했고, 다른 두 건은 제외시켰다. 그중 한 건은 존 브룩스가 시카고에서 살해당한 날과 발생 날짜가 같았다. 이런 일을 저지르려면 면밀한 계획을 세워야 할 테니, 하루에 두 건을 해치우기는 힘들 것 같았다.

또 한 건은 뉴욕주 롱아일랜드에서 어린 소녀가 유괴되어 끔찍하게 살해당한 사건에 대해 사망자가 느낀 절망감이 자살 사유 중 하나로 언급되어 있는 걸 보고 제외시켰다. 비록 사망자가 유서를 남기지는 않았지만 처음에는 이 사건 역시 내가 찾아낸 패턴에 전체적으로 들어맞는 것 같아서 자세히 조사해 볼 생각이었다. 하지만 조서 끝에 첨부된 보고서를 읽어 보니, 이 경찰관이 그 유괴 살해 사건의 용의자를 체포한 것으로 되어 있었다. 이는 패턴과 맞지 않았고, 시카고의 래리 워싱턴이 제안하고 나 또한 동의한 가설과도 당연히 맞지 않았다. 자살한 경찰관에게 심적인 부담을 안긴 살인사건과 자살을 위장한 경찰관 살인사건의 범인이 동일인물이라는 가설 말이다.

일찌감치 패턴에 들어맞는 것으로 분류한 코타이트 사건 외에 마지막까지 남은 세 건 중에서, 가슴과 얼굴에 각각 총을 맞은 댈러스의 갈런드 페트리 형사는 "슬프지만 나는 힘을 다 베였다"는 유서를 남겼다. 물론 나는 페트리와 모르는 사이였다. 하지만 경찰관이 '힘을 베였다'는 식의 표현을 사용했다는 말은 들은 적이 없었다. 이 문장에는 문학적인 느낌이 있었다. 자살을 코앞에 둔 경찰관의 머리와 손에서 나올 수 있는 문장이 아니었다.

세 건 중 두 번째 사건의 유서도 한 줄이었다. 플로리다주 사라소타 카운티 보안관서의 클리퍼드 벨트런 형사는 3년 전(모든 사건 중 가장 오래된 사건이었다) 자살하면서 짤막한 유서를 남겼다. "주님, 저의 가엾은 영혼을 돌봐주십시오." 이 문장 역시 내가 보기에는 경찰관에게 어울리지 않는 단어들의 집합체였다. 그냥 육감에 불과했지만, 나는 벨트런도 관련 사건으로 포함시켰다.

마지막 사건, 즉 볼티모어 경찰국의 살인전담반에서 일하던 존 P. 매커퍼티 형사의 사건에는 유서가 전혀 언급되지 않았지만, 그래도 관련 사건으로 포함시켰다. 그의 죽음이 오싹할 정도로 존 브룩스의 죽음과 닮았기 때문이었다. 매커퍼티는 자기 아파트 바닥에 총을 한 발 발사한 다음, 자기 목구멍에 총을 쏘아 자살한 것으로 되어 있었다. 범인이 피살자의 손에 화약 잔여물을 묻히기 위해 이런 방법을 썼을 것이라던 로런스 워싱턴의 말이 생각났다.

모두 네 명이었다. 나는 이 네 건의 조서와 내가 정리한 메모를 한동안 살펴보다가 볼더에서 산 포의 작품집을 가방에서 꺼냈다.

포의 모든 작품이 수록된 두꺼운 책이었다. 차례를 훑어보니 그의 시가 76쪽에 걸쳐 수록되어 있었다. 그렇잖아도 긴 밤이 더 길어질 것 같았다. 여덟 잔 분량의 커피 한 주전자를 룸서비스로 주문하면서 아스피린도 좀 갖다달라고 했다. 밤새 커피를 마시다 보면 틀림없이 두통이 찾아올 것 같아서였다.

그리고 나는 책을 읽기 시작했다.

나는 원래 혼자 있는 거나 어둠을 무서워하는 편이 아니다. 10년간 혼자 살았고, 국립공원에서 혼자 캠핑한 적도 있으며, 취재 차 불에 타서 인적이 끊긴 건물들 사이를 혼자 누비고 다닌 적도 있다. 선거에 출마한 후보나 폭력배를 만나려고, 또는 기자를 꺼리는 취재원을 만나려고 으슥한 길에 차를 세워놓고 어두운 차에 앉아 기다린 적도 있다. 폭력배를 만날 때는 확실히 조금 무서웠지만, 어둠 속에 혼자 있다는 사실이 겁난 적은 한 번도 없었다. 하지만 그날 밤 포의 작품을 읽으면서 나는 몸이 오싹해졌다. 낯선 도시의 호텔 방에 혼자 있어서인지도 모른다. 죽음과 살인에 관한 기록에 둘러싸여 있어서인지도. 아니면 왠지 죽은 형이 곁에 있는 것 같은 느낌 때문이었던 것 같기도 하다. 어쩌면 내가 읽는 글이 어떻게 이용되고 있는지 알아서였을 수도 있다. 이유가 뭐든, 책을 읽는 내내 무서운 기분이 사라지지 않았다. 텔레비전 소리라도 배경음처럼 들려오면 조금 나을까 싶어 텔레비전을 틀어보았지만 소용없었다.

나는 침대 위에서 베개에 기대어 앉아 양쪽 편의 불을 모두 환하게 켠 채 책을 읽었다. 그래도 복도 어딘가에서 날카로운 웃음소리가 갑자기 들려온 순간, 허리를 똑바로 세웠다. 내 무게가 베개에 새긴 자국에 몸을 푹 파묻고 막 편안하게 자리를 잡은 채 '수수께끼'라는 시를 읽고 있을 때 갑자기 전화벨이 울렸다. 한꺼번에 두 번씩 울리는 전화벨 소리가 우리 집 전화벨 소리와 너무 달라서 나는 또 화들짝 놀랐다. 지금이 밤 12시 30분이니, 여기보다 2시간 늦은 덴버에서 그레그 글렌이 건 전화일 것 같았다.

하지만 전화기를 향해 손을 뻗으면서 그 생각이 틀렸음을 깨달았다. 글렌에게는 내가 묵고 있는 호텔 이름을 아직 알려주지 않은 상태였다.

전화를 걸어온 사람은 마이클 워런이었다.

"그냥 뭘 좀 찾아낸 것이 있는지 확인하고 싶어서요. 아직 안 자고 있을 것 같아서…."

그가 이렇게 적극적으로 관심을 보이며 여러 질문을 던지는 것이 이번에도 역시 불편하게 느껴졌다. 지금까지 내게 남몰래 정보를 준 취재원들 중 이런 사람은 없었다. 그래도 워런이 나 때문에 위험을 무릅썼다는 점을 생각하면, 그를 그냥 따돌릴 수가 없었다.

"아직 검토하는 중이에요." 내가 말했다. "지금 침대에 앉아서 에드거 앨런 포의 시를 읽고 있어요. 말도 못하게 무서운데요."

그가 예의바르게 웃었다.

"혹시 괜찮은 게 눈에 띄던가요? 자살사건 중에서 말이에요."

그 순간 뭔가가 뇌리에 떠올랐다.

"잠깐, 지금 어디서 전화하는 거예요?"

"집이에요. 왜요?"

"집이 메릴랜드라고 하지 않았어요?"

"그랬죠. 왜요?"

"그럼 이거 장거리 전화죠? 당신이 나한테 전화한 사실이 요금 청구서에 나올 거 아니에요. 그 생각은 안 해봤어요?"

이처럼 경솔한 행동을 하다니 믿을 수가 없었다. 그가 직접 FBI와 월링 요원을 조심해야 한다고 내게 경고까지 하지 않았던가.

"아, 젠장. 나는… 사실 에라 모르겠다는 심정이에요. 누가 내 전화기록을 꺼내 보겠어요. 내가 무슨 국가기밀을 만천하에 누설하는 것도 아닌데."

"글쎄요. 그쪽 사람들에 대해서는 나보다 당신이 잘 알 텐데요."

"그러니까 그건 신경 쓰지 말고, 뭘 찾아냈는지나 말해봐요."

"아직 살펴보는 중이라고 했잖아요. 관련 있는 것 같은 사건을 두어 개 찾아냈어요. 그뿐이에요."

"아, 뭐, 잘 됐네요. 위험을 무릅쓴 보람이 있어서 다행이에요."

나는 고개를 끄덕이다가 그가 지금 내 모습을 볼 수 없다는 사실을 깨달았다.

"그래요. 아까도 말했지만 고마워요. 이제 일해야겠어요. 점점 졸음이 와서 빨리 끝내고 싶어요."

"그럼 이만 끊을게요. 혹시 내일 시간이 나거든 전화로 상황 좀 알려줘요."

"그래도 되는지 잘 모르겠네요, 마이클. 우리 둘 다 조용히 납작 엎드려 있는 편이 나을 것 같은데."

"좋을 대로 해요. 어차피 나중에 기사로 읽으면 되겠죠. 마감날짜는 아직 안 정해졌나요?"

"네. 마감 이야기는 아직 하지도 않았어요."

"좋은 부장이네요. 어쨌든, 이제 일하세요. 즐거운 사냥이 되기를 빌겠어요, 잭."

나는 시인이 적은 단어들의 품속으로 금방 되돌아왔다. 시인은 이미 150년 전에 세상을 떠났지만, 무덤 속에서 손을 뻗어 나를 움켜쥐었다. 시인은 분위기와 속도조절의 대가였다. 분위기는 음울했고, 속도는 대부분 광적이었다. 나는 나도 모르게 시 속의 단어와 구절 들을 내 삶과 동일시하고 있었다. "나는 혼자였다/탄식의 세상에서/내 영혼은 흐르지 않는 물이었다." 적어도 그 순간에는 내게 잘 들어맞는 것처럼 보이는 예리한 표현이었다.

계속 시를 읽다 보니 오래지 않아 시인의 감정에 동화되어 나 역시 우울한 기분에 사로잡히는 것이 느껴졌다. 그때 '호수'의 구절들이 눈에 들어왔다.

하지만 밤이 자신의 장막을

그 자리에, 모든 것 위에 던져버렸을 때,

그리고 신비로운 바람이

곡조에 맞춰 중얼거리며 지나갈 때-

그때- 아, 그때 나는 깨달으리라

고독한 호수의 공포를

단속적으로 끊어져 있는 나의 무서운 기억이 여기에 그대로 묘사되어 있었다. 나의 악몽이. 포는 150년이라는 세월을 뛰어 넘어 차가운 손가락으로 내 가슴을 짚었다.

죽음이 그 유독한 물결 속에 있었다,

그리고 그 심연에는 걸맞은 무덤이

마지막 시를 다 읽은 시각은 새벽 3시였다. 나는 자살 경찰관들의 유서와 관련된 부분을 딱 한 곳밖에 찾아내지 못했다. 댈러스의 갈런드 페트리 형사 자살사건 보고서에 적혀 있던 구절, "슬프지만 나는 힘을 다 베였다"는 '애니에게'라는 시의 한 구절이었다.

사라소타의 형사였던 벨트런의 유서와 일치하는 구절은 찾지 못했다. 너무 피곤해서 미처 그 구절을 못 보고 지나친 건 아닐까 싶었지만, 많이 늦은 시간에도 내가 지나치다 싶을 만큼 꼼꼼히 시를 읽었다는 확신은 흔들리지 않았다. 에드거 앨런 포의 시와 일치하는 구절이 정말로 없었다는 얘기다. "주님, 저의 가엾은 영혼을 돌봐주십시오." 이것이 벨트런이 남긴 구절이다. 그가 자살하며 마지막으로 진심에서 우러난 기도를 드린 게 아닐까 하는 생각이 들었다. 나는 벨트런의 이름을 목록에서 지웠다.

졸음과 싸우며 메모를 자세히 살펴본 끝에, 나는 볼티모어의 매커퍼티 사건과 시카고의 브룩스 사건 사이에 그냥 무시해 버릴 수 없을 만큼 공통점이 많다는 결론을 내렸다. 아침에 해야 할 일이 떠올랐다. 볼티모어로 가서 더 조사해 봐야 할 것 같았다.

그날 밤 나는 그 꿈을 다시 꾸었다. 자꾸만 반복되는 내 평생의 유일한 악몽. 언제나 그렇듯이 꿈속에서 나는 얼어붙은 거대한 호수를 걸어서 건너고 있었다. 발밑의 얼음은 검푸른 색이었다. 사방 어디를 봐도 호수만 한없이 펼쳐져 있었다. 수평선은 모조리 눈이 멀어버릴 것 같은 하얀색으로 타올랐다. 나는 고개를 숙이고 걸었다. 살려달라고 외치는 여자아이의 목소리가 들려오자 나는 머뭇거렸다. 주위를 둘러보았지만 아이의 모습은 보이지 않았다. 나는 계속 앞으로 나아갔다. 한 걸음. 두 걸음. 그때 얼음 속에서 손이 불쑥 올라와 나를 잡았다. 그 손이 점점 커지는 구멍을 향해 나를 잡아끌었다. 저 손은 나를 아래로 잡아끌고 있는 걸까, 아니면 나를 잡고 밖으로 나오려는 걸까? 결코 정답을 알 수 없었다. 그 꿈을 꿀 때마다 나는 결코 정답을 알아내지 못했다.

내 눈에 보이는 것이라고는 검은 물속에서 위로 솟아오른 손과 가느다란 팔뿐이었다. 그 손은 죽음이었다. 나는 잠에서 깨어났다.

전등과 텔레비전이 여전히 켜져 있었다. 나는 일어나 앉아서 주위를 둘러보았다. 처음엔 뭐가 뭔지 알 수 없었지만, 이내 내가 어디서 뭘 하고 있었는지 기억났다. 나는 오싹한 기분이 사라지기를 기다렸다가 일어나 텔레비전을 끄고 미니바로 가서 봉인을 뜯고 문을 열었다. 자그마한 병에 든 아마레토를 꺼내서 잔도 없이 그냥 마셨다. 그러고는 거기 붙어 있는 가격표에 아마레토를 먹었다는 표시를 했다. 6달러였다. 달리 할 일이 없어서 나는 그냥 그 목록에 적힌 터무니없는 가격들을 살펴보았다.

마침내 술기운 때문에 몸이 따뜻해지는 것이 느껴졌다. 침대에 앉아 시계를 보았다. 5시 15분 전이었다. 다시 누워야 했다. 잠이 필요했다. 나는 이불 밑으로 들어가 협탁에 있던 책을 집어 들었다. 그러고는 '호수'를 펴서 다시 읽었다. 내 눈이 자꾸만 다음의 두 줄로 향했다.

죽음이 그 유독한 물결 속에 있었다,
그리고 그 심연에는 걸맞은 무덤이

머릿속이 복잡했지만, 결국 피로가 승리를 거뒀다. 나는 책을 내려놓고 침대 속으로 무너져 내렸다. 그 뒤로는 죽은 듯이 곤하게 잤다.

17 유혹

이 도시에 머무르는 것은 글래든의 본능에 어긋나는 짓이었지만, 아직은 이곳을 떠날 수 없었다. 아직 할 일이 남아 있었다. 몇 시간 뒤면 송금한 돈이 웰스파고 지점에 도착할 테니 그 돈으로 잃어버린 카메라를 대신할 카메라를 구해야 했다. 그것이 무엇보다 중요했다. 하지만 프레스노든 어디든 다른 곳으로 도망치며 그 일을 해낼 수는 없었다. 로스앤젤레스에 머물러야만 했다.

그는 침대 위의 거울을 올려다보며 자신의 모습을 자세히 살펴보았다. 이제 그의 머리카락은 검은 색이었다. 수요일부터 면도를 하지 않은 탓에 벌써 구레나룻이 무성했다. 그는 협탁에 있던 안경을 썼다. 그동안 끼고 있던 컬러 콘택트렌즈는 전날 밤 인앤아웃에서 저녁을 먹으면서 쓰레기통에 던져버렸다. 그는 다시 거울을 올려다보며 자신의 새로운 모습을 향해 미소를 지었다. 그는 이제 새사람이었다.

그는 텔레비전을 흘깃 바라보았다. 어떤 여자가 어떤 남자에게 구강 성교를 해주고 있었고, 또 다른 남자가 개들이나 본능적으로 좋아하는 자세로 그녀와 성교하고 있었다. 소리를 죽여 놓지 않았더라면 화면에서 무슨 소리가 흘러나오고 있을지 짐작이 갔다. 텔레비전은 밤새 켜져 있었다. 방값과 함께 요금이 청구되는 포르노 영화들을 아무리 봐도 그는 조금도 흥분되지 않았다. 화면에 등장하는 사람들이 너무 나이가 많고, 세상에 지친 것 같은 모습을 하고 있어서였다. 역겨웠다. 그래도 텔레비전은 계속 켜두었다. 모든 사람이 부정한 욕망을 품고 있다는 사실을 일깨우는 데 도움이 되었다.

그는 자신의 책을 뒤돌아보다가 포의 시를 다시 읽기 시작했다. 오랫동안 워낙 많이 읽어서 이미 외우고 있는 시였다. 그래도 종이 위에 써 있는 단어들을 직접 보고, 손으로 직접 책을 들고 있는 기분이 좋았다. 그렇게 하고 있으면 왠지 마음이 편안해졌다.

깊은 밤의 환상 속에서
나는 기쁨이 떠나는 꿈을 꿨다-
하지만 삶과 빛에 관한 백일몽이
내 가슴을 아프게 했다

글래든은 일어나 앉아서 책을 내려놓았다. 밖에서 자동차 멈추는 소리가 들렸기 때문이다. 그는 창가로 가서 커튼 틈새로 주차장을 내다보았다. 햇빛 때문에 눈이 아팠다. 차를 타고 온 사람이 막 체크인을 하는 중이었다. 남녀 한 쌍. 두 사람 모두 술에 취한 모습이었다. 아직 정오도 안 된 시각인데도.

글래든은 이제 나갈 때가 됐음을 깨달았다. 먼저 신문을 사서 이밴절린에 관한 기사가 있는지, 자신에 관한 기사가 있는지 확인해야 했다. 그다음에는 은행에 들렀다가 카메라를 구하러 가야 했다. 그러고도 혹시 시간이 남으면 탐색하러 갈 수도 있었다.

실내에 머무를수록 발각될 위험이 줄어든다는 사실을 그는 알고 있었다. 하지만 자신이 지금까지의 행적을 충분히 잘 감췄다는 확신도 있었다. 그는 할리우드 스타 모텔에서 나온 뒤 모텔을 두 번이나 바꿨다. 처음으로 들렀던 컬버 시티의 모텔에서는 머리만 염색했을 뿐이다. 그는 일을 마친 뒤 방을 깨끗이 청소하고 나왔다. 그러고는 차를 몰고 밸리로 와서 지금 그가 앉아 있는 이 더러운 여관에 투숙했다. 스튜디오 시티의 벤투라 대로에 있는 봉수아 모텔. 성인영화가 나오는 채널 세 개의 시청료를 포함해서 방값은 하룻밤에 40달러였다.

그는 숙박계에 리처드 키드웰이라는 이름을 적었다. 마지막 신분증에 있는 이름이었다. 네트워크에 접속해서 신분증을 몇 개 더 사야 할 것 같았다. 그러다 보니 신분증을 받으려면 우편물을 받을 수 있는 주소가 있어야 한다는 데 생각이 미쳤다. 그것 역시 그가 로스앤젤레스에 머물러야 하는 이유가 되었다. 적어도 한동안은 그래야 할 것 같았다. 그는 할 일 목록에 '주소 확보'를 추가했다.

바지를 입으면서 그는 텔레비전을 흘깃 바라보았다. 고무로 만든 남근을 끈으로 배에 묶은 여자가 다른 여자와 섹스하고 있었다. 글래든은 신발 끈을 묶고, 텔레비전을 끈 뒤 방을 나섰다.

햇빛 때문에 몸이 움찔했다. 그는 성큼성큼 주차장을 가로질러 모텔 사무실로 향했다. 입고 있는 하얀 티셔츠에 그려진 플루토는 만화에 등장하는 동물들 중에 그가 가장 좋아하는 녀석이었다. 옛날에는 이 티셔츠가 아이들의 두려움을 달래는 데 도움이 되었다. 항상 효과가 있는 것 같았다.

사무실 유리창 뒤에 지저분한 여자가 앉아 있었다. 옛날에는 왼쪽 젖무덤 윗부분이었을 부분에 문신이 있었다. 지금은 피부가 축 처졌고, 문신도 워낙 오래돼 멍인지 문신인지 구분하기가 힘들었다. 여자는 커다란 금발 가발을 쓰고, 밝은 분홍색 립스틱을 칠한 모습이었다. 뺨에 화장품을 어찌나 두껍게 발랐는지 컵케이크 위에 설탕 장식을 입힌 것 같기도 하고, 텔레비전에 나와 설교하는 목사 같기도 했다. 전날 그가 이 모텔에 투숙할 때도 바로 이 여자가 사무실에 앉아 있었다. 그는 1달러 지폐를 창구 구멍 안으로 들이밀며 25센트짜리 동전 세 개, 10센트짜리 두 개, 5센트짜리 한 개로 바꿔달라고 말했다. 로스앤젤레스에서는 신문 값이 얼마인지 알 수 없었다. 다른 도시에서는 25센트에서 50센트 정도였다.

"미안하지만 동전이 없네요." 그녀는 니코틴 금단증상에 시달리는 듯한 목소리로 말했다.

"아, 젠장." 글래든은 화가 나서 고개를 절레절레 저었다. 요즘 세상에 서비스 정신을 기대한 것이 잘못이었다. "아줌마 가방 속에도 없어요? 신문 한 장 사려고 저 아래까지 걸어가기 싫어서 그래요."

"한번 보죠. 그리고 말조심해요. 그렇게 욱할 건 없잖아요."

그는 여자가 일어서는 모습을 지켜보았다. 여자는 짧은 검은색 치마 차림이었는데, 허벅지 뒤쪽으로 거미줄처럼 얽혀 있는 정맥이 민망할 정도로 드러나 있었다. 저 여자 나이를 도무지 짐작도 할 수 없다는 생각이 들었다. 세파에 찌든 서른 살 같기도 하고, 이미 한창 때를 넘긴 마흔다섯 살 같기도 했다. 여자는 서류함 아래서랍에서 가방을 꺼내려고 허리를 숙이면서 일부러 그에게 자기 뒷모습을 보여주는 것 같더니, 곧 가방을 갖고 와서 동전을 찾으려고 안을 뒤졌다. 커다란 검은색 가방이 짐승처럼 여자의 손을 집어삼켰다. 여자는 가방을 뒤지면서 유리창 너머로 그를 평가하듯 바라보았다.

"구경은 재미있어요?" 여자가 물었다.

"아뇨, 그렇지는 않아요." 글래든이 대답했다. "동전 찾았어요?"

여자는 가방 주둥이에서 손을 꺼내 동전을 들여다보았다.

"그렇게 못되게 굴 건 없잖아요. 그건 그렇고, 동전이 71센트밖에 안 되네요."

"그거면 됐어요."

그는 1달러 지폐를 안쪽으로 휙 밀었다.

"괜찮겠어요? 1센트짜리가 여섯 개나 되는데."

"괜찮아요. 돈 여기 있어요."

여자가 구멍 안에 동전을 놓았다. 동전을 모두 집기가 쉽지 않았다. 그가 손톱을 하도 물어뜯어서 남아 있는 손톱이 거의 없기 때문이었다.

"6호실에 있죠?" 여자가 투숙객 명단을 보며 말했다. "혼자 투숙하셨네요. 지금도 혼자예요?"

"그건 왜요? 스무고개라도 하게요?"

"확인하는 거예요. 어쨌든, 혼자 방에서 뭘 해요? 설마 침대 위에서 혼자 그 짓을 하는 건 아니겠죠?"

여자가 능글맞게 히죽거렸다. 그에게 한 방 먹였다고 생각하는 모양이었다. 그는 화가 끓어올라 이성을 잃어버렸다. 냉정을 잃어서도 안 되고, 기억에 남을 만한 인상을 주어도 안 된다는 것을 알고 있었지만 도저히 참을 수가 없었다.

"나더러 못되게 군다더니 이건 또 뭐야? 당신 꼴이 어떤지 알아? 아주 구역질이 난다고. 당신 엉덩이로 올라가는 그 혈관들은 지옥행 지도처럼 끔찍해."

"이봐요! 말조심…."

"싫다면? 날 쫓아내기라도 하게?"

"그냥 말조심이나 해요."

글래든은 마지막으로 남아 있던 10센트 동전을 집어 들고 아무 말 없이 돌아섰다. 거리로 나온 그는 무인 신문판매대로 가서 조간신문을 샀다.

어두운 관 같은 방으로 무사히 돌아온 글래든은 신문을 뒤져 메트로 섹션을 찾아냈다. 만약 기사가 실렸다면 거기 있을 터였다. 메트로 섹션 8쪽을 재빨리 훑어보았지만, 모텔 살인사건에 관한 기사는 없었다. 실망스러웠다. 이 도시에서는 흑인 청소부의 죽음이 뉴스가 되지 못하는 모양이었다.

그는 침대 위로 신문을 던져버렸다. 하지만 신문이 침대에 떨어지는 순간, 메트로 섹션 1면에 실린 사진 한 장이 그의 눈길을 끌었다. 미끄럼을 내려가는 남자아이의 사진이었다. 그는 신문을 다시 집어 들고 사진 밑의 설명을 읽었다. 지하철역 공사로 대부분의 공원이 폐쇄되면서 맥아서 공원에서도 그네를 비롯한 여러 놀이기구가 제거되었으나 이번에 다시 설치되었다는 내용이었다.

글래든은 사진을 다시 바라보았다. 사진 속 남자아이는 일곱 살의 미겔 애럭스라고 되어 있었다. 글래든은 이 신설 공원이 있는 동네를 잘 몰랐지만, 지하철역 공사가 진행 중이라면 틀림없이 저소득층 동네일 것이라는 생각이 들었다. 그렇다면 사진 속 남자아이처럼 짙은 갈색 피부의 가난한 아이들이 대부분일 터였다. 그는 우선 할 일을 끝내고 어느 정도 자리를 잡은 다음에 그 공원에 가보기로 했다. 가난한 아이들 쪽이 항상 더 쉬웠다. 필요한 것도, 원하는 것도 아주 많기 때문이었다.

자리를 잡아야지. 글래든은 속으로 생각했다. 그 순간, 자리를 잡는 것이야말로 시급한 일이라는 생각이 들었다. 그가 아무리 행적을 잘 감춘다 해도 계속 모텔을 떠돌아다닐 수는 없었다. 그건 안전하지 않았다. 위험이 계속 높아지고 있으니, 오래지 않아 놈들이 그를 찾아 나설 것이다. 이건 순전히 육감만을 바탕으로 한 느낌이었다. 놈들이 곧 그를 찾아 나설 테니, 어딘가 안전한 곳을 마련해야 했다.

그는 신문을 밀치고 전화기로 갔다. 0번을 돌리자 전화기에서 흘러나온 목소리는 담배 연기에 찌들어 있었다. 누구 목소리인지는 뻔했다.

"저는, 저, 리처드예요…. 6호실이요. 아까 일 때문에 사과하고 싶어서요. 못되게 굴어서 미안해요."

여자는 아무 말이 없었다. 그는 계속 밀어붙였다.

"어쨌든, 아줌마 말이 맞았어요. 여기 있다 보니 상당히 외로워져서, 아줌마가 했던 제안이 아직도 그대로인지 물어보려고요."

"무슨 제안?"

여자는 일부러 심술을 부리고 있었다.

"그거 있잖아요. 아까 구경이 재미있냐고 물었죠? 네, 재미있는 걸 찾아냈어요."

"글쎄요. 아까 그쪽이 워낙 고약하게 굴어서. 난 고약한 사람 싫어해요. 그래, 뭘 어쩌자는 거예요?"

"글쎄요. 나한테 1백 달러가 있는데, 그거면 재미있게 놀 수 있을 거예요."

여자는 잠시 말이 없었다.

"뭐, 4시가 되면 나도 이 방구석에서 나갈 수 있으니까. 주말 내내 출근할 필요도 없고요. 내가 그쪽으로 가도 되겠네요."

글래든은 미소를 지었지만, 목소리로는 기쁜 내색을 하지 않았다.

"시간이 빨리 갔으면 좋겠는데요."

"뭐, 나도 미안해요. 나도 못되게 굴면서 이런저런 말을 했으니까."

"그쪽이 그렇게 말해주니까 좋은데요. 조금 있다가 봐요…. 아, 아직 듣고 있어요?"

"그럼요."

"이름이 뭐죠?"

"달린."

"아, 달린, 4시가 빨리 됐으면 좋겠어요."

그녀는 웃음을 터뜨리더니 전화를 끊었다. 글래든은 웃지 않았다.

18

볼티모어 경찰국

아침이 되었지만 나는 10시까지 기다려야 했다. 덴버에서 로리 프라인이 출근하는 시간까지. 나는 하루 일을 빨리 해치우고 싶어서 안달이 나 있었지만, 로리는 이제 막 출근한 참이었으므로 가벼운 인사말과 함께 지금 내가 어디서 무엇을 하는지 묻는 그녀의 질문에 모조리 대답해 준 뒤에야 비로소 용건을 꺼낼 수 있었다.

"지난번에 내 부탁으로 경찰관 자살사건을 조사할 때 말이에요, 그때 〈볼티모어 선〉도 조사했어요?"

"그럼요."

그럴 거라고 생각했지만, 확실히 해둘 필요가 있었다. 또한 컴퓨터 검색에서 자료가 누락되는 경우가 간혹 있는 것도 사실이었다.

"좋아요. 그럼 존 매커퍼티라는 이름만으로 〈볼티모어 선〉을 검색해 줄 수 있어요?"

나는 이름의 철자를 불러주었다.

"당연히 해드려야죠. 언제 날짜까지 거슬러 올라갈까요?"

"글쎄요. 5년 치 정도면 괜찮을 것 같은데."

"언제까지 해드리면 돼요?"

"어젯밤까지요."

"전화를 안 끊고 기다리겠다는 소리죠?"

"맞아요."

나는 그녀가 자판을 두드리며 자료를 검색하는 소리에 귀를 기울였다. 기다리는 동안 포의 책을 무릎 위에 펼쳐놓고 시 몇 편을 다시 읽었다. 커튼 사이로 햇빛이 들어오고 있어서인지 시 구절들이 어젯밤만큼 나를 사로잡지는 못했다.

"됐어요. 우와. 자료가 아주 많은데요, 잭. 스물여덟 건이나 돼요. 특별히 찾는 거라도 있어요?"

"음, 아뇨. 가장 최근 자료가 뭐예요?"

나는 그녀가 화면에 헤드라인만 불러내서 자료를 검색할 수 있다는 것을 알고 있었다.

"여기 있네요. 최신 기사. '예전 파트너의 죽음과 관련된 혐의로 형사 파면.'"

"그거 이상한데요." 내가 말했다. "지난번 검색했을 때 이 자료도 떴어야 하는데. 기사 좀 읽어줄래요?"

로리는 자판을 몇 개 두드리고 나서 기사가 화면에 뜨기를 기다렸다.

"아, 떴어요. '볼티모어의 대니얼 블레드소 형사가 지난 봄 오랜 파트너였던 동료형사의 자살 현장을 훼손해서 살인처럼 꾸미려 한 혐의로 월요일에 파면되었다. 경찰국 인권위는 이틀 동안 비공개 청문회를 연

끝에 이 같은 결정을 내렸다고 밝혔다. 블레드소는 연락이 닿지 않았지만, 청문회 때 블레드소를 대변한 동료 경찰관은 그동안 뛰어난 실력으로 많은 상을 받은 블레드소가 22년 동안 열성을 바친 경찰국으로부터 부당하게 가혹한 대우를 받았다고 말했다. 경찰 관계자들에 따르면, 블레드소의 파트너였던 존 매커퍼티 형사는 5월 8일에 스스로 총을 쏘아 자살했다. 그의 시신을 처음 발견한 아내 수전은 블레드소에게 가장 먼저 연락했다. 경찰 관계자들에 따르면, 블레드소는 파트너의 아파트로 가서 그의 셔츠 주머니에 들어 있던 유서를 파기하고, 현장을 훼손해 누군가가 매커퍼티의 아파트에 침입해 매커퍼티의 총으로 그를 살해한 것처럼 꾸몄다. 경찰에 따르면….' 계속 읽을까요, 잭?"

"네, 계속 읽어봐요."

"'경찰에 따르면, 블레드소는 매커퍼티 시신의 허벅지에 총을 쏘기까지 했다. 그런 뒤 블레드소는 수전 매커퍼티에게 911에 연락하라고 하고는 아파트를 나갔다가, 나중에 파트너가 죽었다는 소식을 듣고 놀란 척 연기를 했다. 매커퍼티는 목숨을 끊을 때 바닥에 먼저 한 발을 쏜 뒤 총구를 입안에 넣고 방아쇠를 당긴 것으로 보인다. 경찰은 매커퍼티의 죽음이 스스로 초래한 것이 아님이 증명되면 수전 매커퍼티가 더 많은 액수의 사망수당, 의료비 지원, 연금혜택을 받을 수 있어서 블레드소가 매커퍼티의 죽음을 살인처럼 꾸미려 했다고 주장한다. 하지만 사건 당일 경찰이 의심을 품고 수전 매커퍼티를 장시간 조사한 결과 이 계획이 들통 나고 말았다. 수전 매커퍼티는 결국 자신이 목격한 블레드소의 행동을 경찰에 털어놓았다.' 읽는 속도가 너무 빠른가요? 혹시 받아 적고 있어요?"

"아뇨, 괜찮아요. 계속 읽어요."

"알았어요. '블레드소는 수사가 진행되는 동안 자신이 음모를 꾸몄다는 사실을 인정하지 않았으며, 인권위 청문회에서도 증언을 거부했다. 청문회에서 블레드소를 변호하는 대리인으로 나선 동료 형사 제리 리블링은 블레드소가 쓰러진 동료를 위해 의리 있는 파트너다운 행동을 했다고 말했다. 리블링은 블레드소가 순전히 *동료의 부인을 위해 애썼을 뿐*이라며 *경찰국의 처사가 지나치다. 블레드소는 좋은 일을 하려다가 직장을 잃게 됐다. 이것이 경찰조직의 사기에 어떤 영향을 미치겠는가?*라고 말했다. 월요일에 기자와 이야기를 나눈 다른 경찰관들도 비슷한 심정을 토로했다. 하지만 경찰의 고위 간부들은 블레드소에 대한 처분이 공정하게 이루어졌다며, 경찰국이 블레드소와 수전 매커퍼티에게 온정을 베풀어 형사범으로 기소하지 않기로 했음을 상기시켰다. 매커퍼티와 블레드소는 7년간 파트너로 활약하며 유명한 살인사건들을 다뤘다. 그중 한 사건은 매커퍼티의 죽음과도 관련되어 있는 것으로 알려졌다. 경찰은 매커퍼티가 폴리 앰허스트 살인사건을 해결하지 못한 것에 낙심해서 우울해하다가 죽음에 이르렀다고 말했다. 초등학교 1학년 교사이던 앰허스트는 사립학교인 홉킨스 초등학교에서 납치되어 성적 학대를 당하고 목이 졸려 살해되었다. 매커퍼티는 이 사건으로 인한 우울증 외에 지나친 음주습관과도 씨름하고 있었다. 리블링은 *월요일 청문회가 끝난 뒤 경찰국은 훌륭한 수사관을 두 명이나 잃어버렸다*면서 *블레드소와 매커퍼티만큼 유능한 사람을 둘씩이나 찾아내는 건 결코 불가능한 일이다. 경찰국이 오늘 큰 실수를 저질렀다*고 말했다.' 이게 끝이에요, 잭."

"고마워요. 저, 그 기사를 내 컴퓨터로 보내줬으면 좋겠는데. 지금 노트북컴퓨터를 갖고 있으니까 이쪽에서 받을 수 있어요."

"알았어요. 다른 기사들은 어떻게 할까요?"

"다시 헤드라인 목록으로 돌아가 볼래요? 매커퍼티의 죽음에 관한 기사가 있어요? 전부 원래 살인사건에 관한 기사뿐인가요?"

로리는 약 30초 동안 헤드라인들을 죽 훑어보았다.

"전부 살인사건 기사뿐인 것 같아요. 그 교사에 관한 기사가 상당히 많네요. 자살에 관한 기사는 더 없어요. 그런데요, 내가 방금 읽어준 기사가 월요일에 검색할 때 뜨지 않은 건, 기사 안에 '자살'이라는 말이 없기 때문이에요. 내가 '자살'을 핵심단어로 지정했었거든요."

나는 이미 그럴 거라고 짐작하고 있었다. 초등학교 교사에 관한 기사를 내 컴퓨터로 보내달라고 부탁한 뒤, 고맙다는 인사와 함께 전화를 끊었다.

나는 볼티모어 경찰국의 형사부로 전화해서 제리 리블링을 바꿔달라고 했다.

"제가 리블링입니다."

"리블링 형사님, 저는 잭 매커보이라고 합니다. 부탁드릴 것이 있는데요, 혹시 댄 블레드소 씨의 연락처를 아십니까?"

"무슨 일로 연락하려는 거죠?"

"그건 본인과 직접 이야기하고 싶은데요."

"미안하지만 가르쳐줄 수 없습니다. 그럼 다른 전화가 와서…."

"저기, 그분이 매커퍼티 형사를 위해 무슨 일을 했는지 알고 있습니다. 그래서 그분에게 도움이 될 만한 이야기를 해주고 싶어요. 지금 제가 말씀드릴 수 있는 건 이것뿐이에요. 형사님이 제게 그분의 연락처를 가르쳐주시지 않는다면, 그분을 도울 기회를 그냥 흘려보내는 거나 마찬가지입니다. 제 연락처를 알려드릴 테니, 형사님이 그분께 제 연락처를 드리면 어떨까요? 그분이 직접 결정하게 하세요."

한참 동안 침묵이 흘렀다. 갑자기 이미 전화가 끊긴 게 아닐까 하는 생각이 들었다.

"여보세요?"

"네, 듣고 있어요. 댄이 당신과 이야기하고 싶다는 생각이 들면 이야기를 하겠죠. 당신이 직접 전화해 봐요. 전화번호부에 번호가 나와 있으니까."

"네, 전화번호부에요?"

"맞아요. 그럼 이만."

그가 전화를 끊었다. 바보가 된 기분이었다. 전화번호부를 찾아볼 생각은 처음부터 하지도 않았다. 전화번호부에 자기 이름과 번호를 싣는 경찰관을 본 적이 없기 때문이었다. 나는 볼티모어의 안내전화로 전화를 걸어서 블레드소의 이름을 댔다.

"대니얼 블레드소라는 이름은 없는데요." 교환원이 말했다. "블레드소 보험과 블레드소 탐정사무소밖에 없어요."

"그럼 그 번호라도 가르쳐주세요. 혹시 주소도 가르쳐줄 수 있나요?"

"이 두 곳이 목록에 따로 올라 있고 번호도 다른데, 주소지는 펠스 포인트로 똑같네요."

교환원에게서 번호와 주소를 알아낸 나는 탐정사무소로 전화를 걸었다. 어떤 여자가 전화를 받았다. "블레드소 탐정사무소입니다."

"저, 댄을 좀 바꿔주세요."

"죄송하지만 지금은 안 계세요."

"혹시 나중에라도 사무실로 돌아올 예정인가요?"

"지금도 사무실에 계세요. 하지만 통화 중이라서요. 이 번호는 그분이 외출하셨거나 통화 중일 때 연결되는 번호입니다. 지금은 확실히 사무실에 계세요. 메시지를 확인하신 지 아직 10분도 안 됐거든요. 하지만 언제까지 계실지는 모르겠네요. 제가 그분 일정을 다 꿰고 있는 게 아니니까요."

펠스 포인트는 볼티모어의 내항 동쪽에 모래톱처럼 튀어나와 있는 땅이다. 관광객을 위한 기념품점과 호텔들이 들어선 지역을 지나면 펑키한 술집과 상점들이 나오고, 그다음으로는 벽돌로 지은 낡은 공장들과 리틀 이탈리아가 나온다. 도로는 군데군데 아스팔트가 벗겨져 바닥에 깐 벽돌이 드러나 있고, 바람의 방향에 따라 축축하고 짠 바다 냄새가 나기도 하고 입구 바로 건너편에 있는 설탕공장의 달콤한 냄새가 나기도 한다. 블레드소 탐정사무소와 보험은 캐롤라인 거리와 플릿 거리가 만나는 모퉁이의 1층짜리 벽돌 건물에 들어서 있었다.

1시 몇 분쯤 된 시각이었다. 거리에 면한 자그마한 사무실의 문에는 바늘을 마음대로 움직일 수 있는 플라스틱 시계 문자판이 걸려 있고, '__시에 돌아오겠습니다'라는 문장이 적힌 이 시계의 바늘은 1시에 맞춰져 있었다. 주위를 둘러보았지만, 정해진 시간에 맞춰 사무실로 돌아오려고 달려오는 사람이 보이지 않았으므로 그냥 그를 기다리기로 했다. 달리 갈 데도 없었다.

나는 플릿 거리의 시장으로 가서 코카콜라를 하나 산 후 자동차로 돌아왔다. 운전석에 앉으면 블레드소의 사무실 문이 보였다. 20분 동안 그 문을 지켜보았다. 마침내 새까만 머리의 중년 남자가 재킷 자락 사이로 올챙이배를 불룩 내민 채 약간 다리를 절며 거리를 걸어와 자물쇠를 열고 안으로 들어갔다. 나는 컴퓨터 가방을 들고 차에서 내려 그를 따라 갔다.

블레드소의 사무실은 예전에 의사의 진찰실이던 곳을 개조한 것 같았다. 하지만 의사가 이런 곳에 간판을 내건 이유를 내 머리로는 생각해 낼 수 없었다. 사무실 안에는 미닫이 창문이 있는 자그마한 방과 카운터가 있었다. 예전에는 접수원이 그 카운터 뒤에 앉아 있었을 것 같았다. 샤워실 문처럼 불투명하게 처리된 창문은 닫혀 있었다. 문을 열 때 버저 소리 같은 것이 울렸는데, 아무도 그 소리를 듣고 나와 보지 않았다. 나는 잠시 제자리에 서서 주위를 둘러보았다. 낡은 소파와 커피 탁자가 눈에 들어왔다. 그 밖에는 뭘 더 들여놓을 공간도 없었다. 탁자 위 부채꼴로 펼쳐진 다양한 잡지들은 모두 나온 지 6개월 이상 된 것들이었다. 아무래도 누구 없느냐고 소리를 지르거나 안쪽 방으로 들어가는 문을 두드리기라도 해야겠다는 생각이 들었다. 바로 그때, 미닫이 창문 뒤편 어딘가에서 화장실 물을 내리는 소리가 들렸다. 이내 유리창 뒤에서 흐릿한 형체가 움직이더니 왼쪽의 문이 열렸다. 머리카락이 새까만 남자가 그 문 뒤에 서 있었다. 이제 보니 지도 위에 표시된 고속도로처럼 얇은 콧수염이 그의 입술 위를 가로지르고 있었다.

"네, 어떻게 오셨습니까?"

"대니얼 블레드소 씨인가요?"

"그렇습니다만."

"저는 잭 매커보이입니다. 존 매커퍼티 씨에 관해 좀 여쭤보고 싶어서요. 선생님과 제가 서로를 도울 수 있을 것 같습니다."

"존 매커퍼티는 이미 오래전에 죽었습니다."

그는 컴퓨터 가방을 힐끔거렸다.

"이건 그냥 컴퓨터예요." 내가 말했다. "어디 좀 앉아서 이야기할 수 있을까요?"

"어, 그러죠, 뭐."

나는 그를 따라 문 안으로 들어가서 짧은 복도를 걸어갔다. 복도 오른편에 문이 세 개 더 있었다. 그가 첫 번째 문을 열었고, 우리는 싸구려 모조 단풍나무로 벽을 장식한 사무실로 들어갔다. 주 당국이 발행한 그의 면허증과 경찰 시절의 사진들이 벽에 나란히 걸려 있었다. 모든 게 그의 콧수염만큼이나 싸구려 같았지만, 나는 끝까지 장단을 맞추기로 굳게 마음먹었다. 내가 알기로는, 경찰관들을 외양만 보고 판단하는 것은 섣부른 짓이었다. 전직 경찰관들도 그 점에서는 마찬가지일 것 같았다. 콜로라도의 경찰관들 중에도 여전히 연한 하늘색 폴리에스터 레저복을 입고 다니는 사람들이 있었다. 지금도 그런 옷을 만드는 데가 있는지는 잘 모르겠지만. 어쨌든 옷차림과 상관없이 그들은 경찰국 내에서 가장 실력 좋고, 머리 좋고, 강한 형사들이었다. 블레드소도 그럴 것 같았다. 그는 상판이 검은 포마이카로 된 책상에 앉았다. 아무리 중고가게에서 사들인 물건이라 해도 너무 한심했다. 번쩍이는 상판에 먼지가 두껍게 쌓인 것이 훤히 보였다. 나는 책상을 사이에 두고 블레드소의 맞은편에 앉았다. 어차피 방 안에 남은 의자라고는 그것 하나밖에 없었다. 그가 내 짐작을 확인해 주었다.

"원래 낙태를 해주던 병원이었어요. 그런데 6개월 이상 된 태아를 낙태한 혐의로 의사가 쫓겨났죠. 대개 전화로 일을 해서 난 여기 쌓인 먼지나 외양 같은 건 신경 안 써요. 경찰관들한테 보험을 파는 거죠. 그리고 탐정 일을 맡기려는 고객은 내가 직접 찾아가요. 그 사람들이 날 찾아오는 게 아니라. 여기까지 찾아오는 사람은 대개 문 옆에 꽂만 놔두고 가죠. 추모의 뜻인 것 같아요. 틀림없이 옛날 전화번호부를 보고 찾아왔을 겁니다. 이제 당신이 여기 온 이유를 말해보시죠."

나는 우리 형과 시카고의 존 브룩스에 관해 이야기했다. 내 말을 들으면서 그는 의심스럽다는 표정을 지었다. 어쩌면 10초 만에 여기서 쫓겨날지도 모르겠다는 생각이 들었다.

"무슨 꿍꿍이입니까?" 그가 말했다. "누가 보내서 왔어요?"

"날 보낸 사람은 없어요. 하지만 하루쯤 지나면 FBI도 이 사실을 알게 될 겁니다, 아마. 그래서 여길 찾아오겠죠. 난 혹시 댁이 FBI보다 나한테 먼저 입을 열지 않을까 하고 찾아왔습니다. 당신이 어떤 심정인지 알아요. 형과 나는 쌍둥이였습니다. 오랫동안 파트너로 활동한 사람들, 특히 살인전담반 형사들은 진짜 형제가 된다고들 하더군요. 쌍둥이처럼 된다고."

나는 잠시 기다렸다. 에이스만 빼놓고 모든 패를 꺼내 보였으므로 적당한 순간이 올 때까지 잠시 기다릴 필요가 있었다. 블레드소는 흥분이 조금 가라앉은 듯했다. 분노 대신 혼란을 느끼는 것 같았다.

"그래, 나한테 원하는 게 뭐요?"

"유서요. 매커퍼티 형사가 유서에 뭐라고 썼는지 알고 싶습니다."

"유서 같은 건 없었어요. 난 유서가 있었다고 말한 적 없습니다."

"하지만 매커퍼티의 아내는 있다고 했습니다."

"그럼 거기 가서 물어봐요."

"아뇨, 당신한테서 듣고 싶습니다. 한 가지 알려드릴까요? 이 사건의 범인은 피살자들이 한두 구절의 글을 유서로 남기게 만듭니다. 범인이 무슨 방법을 쓰는지, 피살자들이 왜 범인의 뜻을 따르는지 모르겠지만, 하여튼 그런 글을 남깁니다. 그것도 항상 시에서 따온 구절이죠. 똑같은 시인이 쓴 시. 에드거 앨런 포."

나는 컴퓨터 가방을 들어 올려 지퍼를 열었다. 그러고는 두꺼운 포의 책을 꺼내 그가 볼 수 있게 책상 위에 올려놓았다.

"내가 보기에 당신 파트너는 살해당했습니다. 당신이 들어갔을 때 현장은 자살사건처럼 보였겠죠. 원래 그렇게 보이려고 꾸며놓은 거였으니까. 당신이 없애버린 유서, 그것도 틀림없이 이 책에 실린 시에서 따온 구절이었을 겁니다. 당신 파트너의 연금을 몽땅 걸어도 좋아요."

블레드소가 나와 책을 차례로 바라보더니 다시 내게 시선을 돌렸다.

"파트너의 부인이 조금이라도 편안히 살 수 있게 해주려고 해고당할 위험까지 무릅쓴 걸 보면, 당신은 의리가 대단한 사람입니다."

"그래서 내 꼴이 어떻게 됐는지 좀 봐요. 거지 같은 사무실에, 거지 같은 면허증을 걸어 놓고 있는 꼴이라니. 의사들이 여자 몸에서 애를 잘라내던 방에 앉아 있는 신세가 됐어요. 그게 뭐 훌륭한 일이라고."

"경찰에서 일하는 사람들은 당신이 훌륭한 행동을 했다는 걸 알고 있어요. 그렇지 않고서야 당신이 파는 보험을 사줄 리 없죠. 당신의 행동은 파트너를 위한 거였습니다. 기왕 시작한 거 끝장을 보세요."

블레드소는 고개를 돌려 벽에 걸린 사진 중 하나를 바라보았다. 그가 다른 남자와 함께 어깨동무를 하고 파안대소하고 있는 사진이었다. 한창 좋은 시절에 술집에서 찍은 사진인 듯했다.

"'삶이라는 열병이 마침내 정복되었다.'" 그가 사진에서 눈을 떼지 않은 채 말했다.

나는 찰싹 소리가 나도록 손으로 책을 짚었다. 그 소리에 우리 둘 다 흠칫 놀랐다.

"그 구절이란 말이죠?" 나는 이렇게 말하고서 책을 집어 들었다. 범인이 인용했던 시가 있는 페이지들의 한 귀퉁이를 접어 이미 표시해 둔 참이었다. 나는 '애니에게'라는 시가 있는 페이지를 찾아서 시를 훑어보며 내 생각이 옳았음을 확인했다. 그러고는 책을 책상 위에 놓고, 블레드소가 읽을 수 있게 방향을 돌려주었다.

"첫 번째 연이에요." 내가 말했다.

블레드소는 몸을 앞으로 기울여 시를 읽었다.

하늘이시여 감사합니다! 위기가-
위험이 지나가고,
미적거리던 병도
마침내 끝났다-
그리고 '삶'이라는 열병이
마침내 정복되었다.

19

속임수

오후 4시, 나는 힐튼 호텔 로비를 서둘러 걸어가며 그레그 글렌이 천천히 자기 책상 앞으로 돌아 나와 사회부 회의실에서 매일 열리는 편집회의에 참석하러 걸어가는 모습을 머릿속으로 그려보았다. 그레그에게 급히 할 이야기가 있었다. 내가 그레그를 먼저 낚아채지 못하면, 그는 일일 편집회의와 그 뒤에 진행되는 주말판 편집회의에 2시간 동안 파묻힐 터였다.

엘리베이터로 다가가는데 문 열린 엘리베이터에 어떤 여자가 타는 모습이 눈에 들어왔다. 나는 재빨리 그녀의 뒤를 따라 엘리베이터에 올랐다. 그녀가 이미 12층 버튼을 누른 다음이었으므로, 나는 엘리베이터 안쪽으로 들어가서 다시 손목시계를 확인했다. 잘하면 그레그를 잡을 수 있을 것 같았다. 편집회의가 정각에 열리는 경우는 한 번도 없는 것 같았으니까.

여자는 엘리베이터 오른쪽으로 옮겨 가 있었다. 우리는 낯선 사람들이 엘리베이터 안에 갇혀 있을 때 항상 생겨나는, 약간 불편한 침묵 속으로 빠져들었다. 엘리베이터 문의 반짝거리는 황동 장식에 여자의 얼굴이 비쳤다. 여자는 층수를 표시하는 문 위의 숫자를 지켜보고 있었다. 아주 매력적인 여자였다. 나는 들킬까 봐 걱정하면서도 문에 비친 그녀의 얼굴에서 눈을 뗄 수 없었다. 여자도 내가 자기를 지켜보는 걸 아는 것 같았다. 아름다운 여자는 자기가 항상 남의 눈길을 받는다는 사실을 잘 안다는 것이 나의 지론이다.

12층에서 엘리베이터 문이 열리자 나는 여자가 먼저 내리기를 기다렸다. 여자는 왼쪽으로 방향을 꺾어 복도를 걸어갔다. 나는 오른쪽으로 방향을 꺾어 내 방으로 갔다. 그녀를 흘깃 돌아보고 싶었지만 참았다. 셔츠 주머니에서 카드키를 꺼내며 내 방으로 다가가는데 복도에 깔린 카펫을 누군가가 가볍게 밟는 소리가 들려왔다. 고개를 돌려보니 그 여자였다. 여자가 미소를 지었다.

"방향을 착각했어요."

"네." 나는 이렇게 말하며 미소를 지었다. "조금 돌아다니다 보면 여기가 온통 미로 같죠."

이 무슨 멍청한 소리냐. 나는 문을 열며 속으로 생각했다. 여자는 내 뒤를 지나갔다. 방으로 들어서는데 갑자기 누군가의 손이 내 재킷 목덜미를 움켜쥐더니 나를 방 안으로 확 밀었다. 이와 동시에 또 다른 손이 내 재킷 안으로 들어가 허리띠를 움켜쥐었다. 나는 얼굴을 아래로 한 채 침대 위에 쿵 하고 쓰러졌다. 그래도 2천 달러짜리 노트북컴퓨터를 떨어뜨리면 안 되겠다 싶어서 컴퓨터 가방만은 떨어뜨리지 않았다. 하지만 상대가 내 손에서 그 가방을 거칠게 빼앗아갔다.

"FBI다! 널 체포하겠다. 꼼짝 마!"

상대는 한 손으로 내 목덜미를 눌러 여전히 고개를 들 수 없게 한 채 다른 손으로 내 몸을 수색했다.

"이게 대체 뭡니까?" 매트리스에 입이 막힌 채로 나는 간신히 이 말을 할 수 있었다.

나를 붙든 손은 처음 습격할 때와 마찬가지로 갑자기 나를 놓았다.

"됐어요. 일어서요. 갑시다."

나는 몸을 돌려 침대 위에 일어나 앉아서 위를 올려다보았다. 엘리베이터에 같이 탔던 그 여자였다. 좀 황당했다. 그 여자 혼자 날 그토록 쉽게 제압했다는 사실에 너무 속상하고 화가 나서 뺨이 붉게 달아올랐다.

"걱정할 필요 없어요. 당신보다 더 크고 더 나쁜 사람들도 나한테 당했으니까."

"신분증이나 보여주시죠. 안 그러면 변호사를 구해야 하는 신세가 될 테니."

여자는 외투 주머니에서 지갑을 꺼내 내 얼굴 앞에 획 펼쳤다.

"변호사가 필요한 쪽은 당신이에요. 이제 저기 책상에서 의자를 가져다가 구석에 놓고 앉아요. 내가 이 방을 좀 조사해야겠으니까. 오래 안 걸릴 거예요."

그녀는 진짜처럼 보이는 FBI 배지와 신분증을 갖고 있었다. 신분증에는 레이철 월링 특수요원이라고 되어 있었다. 그 이름을 보니 일이 어떻게 된 건지 대충 짐작이 갔다.

"자, 빨리빨리. 구석으로 가요."

"수색영장을 보여주시죠."

"당신이 선택할 수 있는 건 두 가지예요." 그녀가 단호하게 말했다.

"구석으로 가든지, 아니면 화장실로 끌려가서 세면대 밑의 배수 파이프에 수갑으로 묶이는 신세가 되든지. 선택해요."

나는 자리에서 일어나 의자를 구석으로 끌고 가서 앉았다.

"그래도 망할 놈의 수색영장은 봐야겠어요."

"그렇게 거친 말투를 쓰는 건 남성으로서의 우월감을 되찾으려는 서툰 시도라는 거, 알고 있어요?"

"젠장. 당신이 지금 웃기지도 않는 짓을 하고 있다는 건 알아요? 수색영장은 어디 있어요?"

"난 수색영장 필요 없어요. 당신이 날 안으로 초대해서 수색을 허락한 거예요. 그리고 이 방에서 도난당한 물건을 발견한 내가 당신을 체포한 거죠."

그녀는 내게서 눈을 떼지 않은 채 뒷걸음질로 문까지 걸어가 문을 닫았다.

"난 당신을 초대한 적 없어요. 또 그런 헛소리를 늘어놓았다가는 무사하지 못할 테니 그리 알아요. 내가 정말로 훔친 물건을 여기에 보관하고 있었다면, 멍청하게 당신을 안에 들여 수색을 허락했다는 말을 판사가 믿어줄 것 같아요?"

그녀는 나를 바라보며 달콤한 미소를 지었다.

"매커보이 씨, 난 키 165센티미터에 몸무게 52킬로그램이에요. 총 무게까지 합친 게 그 정도예요. 당신이 여기서 일어난 일을 사실대로 얘기하면 판사가 믿어줄 것 같아요? 아니, 방금 나한테 당한 일을 당신 입으로 직접 법정에서 떠벌리고 싶어요?"

나는 그녀의 시선을 피해 창밖으로 눈을 돌렸다. 청소부가 커튼을 열어놓고 나간 모양이었다. 하늘에서 빛이 점점 사라지고 있었다.

"그럴 줄 알았어요." 그녀가 말했다. "이제 쓸데없이 시간 끌지 않을 거죠? 복사한 조서는 어디 있어요?"

"컴퓨터 가방에요. 그걸 구하겠다고 범죄를 저지르지도 않았고, 그걸 갖고 있는 것도 범죄는 아니에요."

말을 조심할 필요가 있었다. 마이클 워런이 날 도왔다는 사실이 이미 발각됐는지 어쨌는지 나로서는 알 길이 없었다. 여자는 내 가방을 뒤지다가 포의 책을 꺼내더니 의아하다는 표정으로 바라보다가 침대 위에 던졌다. 그다음으로 꺼낸 것은 내 수첩과 조서 복사본이었다. 워런이 옳았다. 그녀는 아름다운 여자였다. 껍질이 단단했지만, 아름다운 건 사실이었다. 내 또래쯤 될까? 어쩌면 한두 살쯤 위인 것 같기도 했다. 갈색 머리가 어깨 바로 위까지 내려왔고, 초록색 눈은 날카로웠으며, 전체적으로 강한 자신감이 뿜어져 나왔다. 무엇보다 매력적인 점은 바로 그것이었다.

"무단침입은 범죄예요." 그녀가 말했다. "당신이 훔친 서류가 FBI 물건이라는 게 판명되면, 내 관할 사건이 돼요."

"난 무단침입도 안 했고, 도둑질도 안 했어요. 당신은 지금 무고한 시민을 괴롭히고 있는 거라고요. FBI 사람들은 남이 자기 일을 대신해 주면 화를 낸다더니 그 말이 맞았어."

그녀는 침대 위로 몸을 수그린 채 서류를 훑어보다가 허리를 펴고 주머니에서 증거품을 넣는 깨끗한 비닐봉투를 꺼냈다. 그 안에는 종이가 한 장 들어 있었다. 그녀가 봉투를 들어 내게 종이를 보여주었다. 어떤 기자의 수첩에서 찢어낸 종이였다. 검은 잉크로 여섯 줄의 메모가 적혀 있었다.

피나: 손?

시간이 얼마나 흐른 뒤에?

웩슬러/스캘러리: 자동차?

히터?

잠금장치?

라일리: 장갑?

내가 직접 적은 이 메모를 보자 모든 것이 아귀가 맞아 떨어지기 시작했다. 워런은 문서고에서 서류를 꺼낼 때 그 자리를 표시하려고 내 수첩에서 종이를 찢어 사용했었다. 그런데 그가 이 메모가 적힌 종이까지 찢어서 사용했다가 나중에 서류를 제자리에 돌려놓으면서 미처 챙기지 못한 모양이었다. 내가 이 종이를 알아본 것을 월링도 알아차렸다.

"칠칠치 못한 짓을 했어요. 여기 필체를 비교분석해 보면 슬램덩크가 될 것 같은데, 당신 생각은 어때요?"

이번에는 하다못해 엿이나 먹으라는 말조차 할 수 없었다.

"당신 컴퓨터와 이 책과 수첩을 잠재적인 증거로 압수하겠어요. 나중에 수사에 필요 없는 물건으로 밝혀지면 돌려받을 수 있을 거예요. 자, 이제 가볼까요? 내 차가 바로 바깥에 있어요. 내가 그렇게 못된 여자는 아니라는 걸 보여주고 싶으니, 아래로 내려갈 때 수갑은 채우지 않겠어요. 버지니아까지 갈 길이 멀지만 지금 출발하면 차 막히는 시간은 피할 수 있을 거예요. 얌전히 굴 거죠? 조금이라도 이상한 짓을 하면, 결혼반지만큼 꽉 끼는 수갑을 채워줄 거예요."

그냥 고개를 끄덕이며 자리에서 일어섰다. 머리가 멍했다. 그녀와 시선을 마주칠 수 없었다. 고개를 푹 숙인 채 문으로 향했다.

"이봐요, 이럴 땐 뭐라고 한마디쯤 해야 하는 것 아니에요?" 그녀가 내게 말했다.

나는 고맙다고 중얼거렸다. 그녀가 내 뒤에서 가볍게 웃는 소리가 들렸다.

그녀가 틀렸다. 우리는 차 막히는 시간을 피하지 못했다. 지금은 금요일 저녁이었다. 다른 때보다 더 많은 사람이 시외로 나가고 있었다. 우리는 고속도로까지 시내를 가로지르며 기듯이 천천히 움직일 수밖에 없었다. 30분 동안은 둘 다 말이 없었다. 다른 운전자가 큰소리로 욕하거나 빨간 신호에 걸렸을 때 그녀가 혼자 욕하며 투덜거렸을 뿐이었다. 나는 조수석에 앉아 계속 생각에 잠겨 있었다. 가능한 한 빨리 글렌에게 전화를 걸어 변호사를 구해달라고 해야 했다. 아주 실력 있는 사람으로. 여기서 빠져나가려면 취재원을 밝히는 방법밖에 없는데, 나는 이미 취재원을 절대 밝히지 않겠다고 약속한 몸이었다. 만약 워런에게 연락해 사정을 알린다면, 그가 나서서 내가 재단 건물에 무단으로 침입한 것이 아님을 증명해 줄지 생각해 보다가 금방 포기해 버렸다. 나는 그와 맺은 맹약을 반드시 지킬 의무가 있었다.

마침내 조지타운 남쪽에 이르러 막히던 길이 조금 뚫리자 그녀가 긴장을 푸는 것 같았다. 아니, 최소한 차 안에 내가 같이 타고 있다는 사실을 기억해 낼 정도는 되었다. 그녀는 재떨이에서 하얀 카드 한 장을 꺼내더니 차 안의 불을 켜고 카드를 핸들 위에 올려놓았다. 그러고는 운전하며 그 카드를 읽었다.

"펜 있어요?"

"네?"

"펜이요. 기자들은 항상 펜을 갖고 다니는 줄 알았는데요."

"맞아요."

"잘됐네요. 지금부터 헌법에 보장된 당신의 권리를 읽어줄게요."

"권리요? 당신이 이미 그 권리를 대부분 침해했잖아요."

그녀는 카드에 적힌 권리를 읽더니 나더러 이해하느냐고 물었다. 내가 이해한다고 중얼거리자 그녀가 내게 카드를 건네주었다.

"좋아, 됐어요. 이제 당신 펜을 꺼내서 카드 뒤에 서명하고 날짜를 적어요."

지시대로 한 다음, 카드를 다시 그녀에게 주었다. 그녀는 입김을 불어 잉크를 말리고는 카드를 주머니에 넣었다.

"됐어요." 그녀가 말했다. "이제야 이야기할 수 있겠네. 당신이 변호사를 부르고 싶어 한다면 또 모르지만. 재단 건물에 도대체 어떻게 들어갔어요?"

"무단침입은 아니에요. 변호사를 만날 때까지 내가 할 수 있는 말은 이것뿐이에요."

"당신도 증거를 봤잖아요. 그게 당신 것이 아니라고 할 작정이에요?"

"거기엔 그럴 만한 이유가 있어요…. 내가 할 수 있는 말은 그 자료를 구하려고 불법적인 일은 하지 않았다는 말뿐이에요. 더 이상 말을 하다가는 취재원…."

나는 말을 끝까지 하지 않았다. 이미 할 말을 다 했으니까.

"또 그놈의 취재원을 밝힐 수 없다는 술수를 쓰는군요. 오늘 종일 어디 있었어요, 매커보이 씨? 난 정오부터 기다리고 있었는데."

"볼티모어에 있었어요."

"거기서 뭘 했어요?"

"그런 것까지 말해야 돼요? 조서 원본이 당신한테 있으니 직접 생각해 봐요."

"매커퍼티 사건. 이봐요, 이런 식으로 연방수사에 끼어들면 추가로 기소될 수 있어요."

나는 최대한 연기 실력을 발휘해 가짜로 웃는 시늉을 했다.

"그래요, 맞아요." 내가 빈정거렸다. "연방수사라니 무슨 수사요? 내가 어제 포드를 만나지 않았다면, 당신은 지금도 사무실에 앉아서 자살 사건 발생건수나 헤아리고 있었을 텐데요. 하긴, 그런 게 FBI 방식이지. 안 그래요? 남이 그럴듯한 얘기를 하면 처음부터 자기네가 생각했던 거라고 우기고, 남이 훌륭한 주장을 내놓으면 자기네가 주장한 거라고 우기고. 그러면서 자기네 눈에 문제가 보이지 않으면, 아무리 사건이 많이 일어나도 그냥 넘기고."

"세상에, 아주 전문가 나셨군."

"우리 형이 죽었어요."

그녀는 이런 말이 나올 줄은 짐작도 못 했는지 몇 분간 꼼짝도 하지 않았다. 내 말이 그녀가 스스로를 감쌌던 단단한 갑옷을 깨뜨리는 역할도 한 것 같았다.

"유감이에요." 그녀가 마침내 말했다.

"나도 마찬가지예요."

션의 일로 느끼고 있던 분노가 한꺼번에 치솟았지만, 나는 꿀꺽 삼켜 버렸다. 낯선 사람인 그녀에게 이렇게 개인적인 감정을 털어놓을 수는 없었다. 나는 감정을 뒤로 밀쳐버리고 다른 할 말을 찾았다.

"어쩌면 당신도 우리 형을 알지 몰라요. 형이 담당하던 사건과 관련해 FBI에서 받은 VICAP 조사서와 범인 프로파일에 서명한 사람이 당신이거든요."

"네, 알아요. 하지만 당신 형과 직접 이야기를 나눈 적은 없어요."

"내가 한 가지 물어봐도 돼요?"

"글쎄요. 일단 말해봐요."

"날 어떻게 찾아냈어요?"

혹시 워런 쪽에서 어떤 식으로든 내 정보가 그녀에게 새어나간 것인지도 모른다는 생각이 들었다. 만약 그랬다면, 약속 따윈 지킬 필요가 없었다. 처음부터 나를 함정에 빠뜨린 사람을 보호하느라 감옥에 갈 필요는 없었다.

"그건 쉬웠어요." 그녀가 말했다. "재단의 포드 박사한테서 당신 이름과 배경을 알아냈어요. 당신이 어제 포드 박사를 만나고 간 뒤에 박사가 나한테 전화했거든요. 그래서 오늘 오전에 이리로 온 거예요. 그 자료들의 보안을 강화해 둘 필요가 있겠다 싶었는데, 역시 내 생각이 옳았죠. 당신이 워낙 빨리 움직여서 내가 좀 늦기는 했지만. 기자 수첩에서 나온 그 종이를 찾아낸 뒤에는 당신이 거기 왔다 갔다는 걸 알아내기가 정말 쉬웠어요."

"난 무단침입한 게 아니에요."

"그런데 그 프로젝트와 관련된 사람은 전부 당신과 이야기한 적이 없다고 하거든요. 포드 박사는 FBI가 승인하기 전에는 당신이 그 자료를 볼 수 없다고 말한 것을 분명히 기억하고 있고요. 그런데 당신이 그 자료를 갖고 있으니 웃기는 일이죠."

"내가 힐튼에 있다는 건 어떻게 알아냈어요? 그런 것도 종이에 써 있던가요?"

"당신네 부장한테 전화해서 사환을 대하듯이 허세 좀 부렸죠. 당신한테 줄 중요한 정보가 있다고 했더니 당신 있는 곳을 알려주더라고요."

슬그머니 웃음이 나왔지만, 나는 그녀가 내 표정을 보지 못하게 고개를 돌려 창밖을 내다보았다. 그녀가 방금 한 말은 워런이 내 행방을 알려주었다고 대놓고 말하는 것 못지않은 큰 실수였다.

"지금은 사환이라는 말을 안 써요." 내가 말했다. "그건 정치적으로 올바른 표현이 아니에요."

"그럼 사무원이라고 하나요?"

"비슷해요."

나는 정색하고 그녀를 바라보았다. 이 차에 탄 뒤로 처음이었다. 힘이 다시 돌아오는 것 같았다. 그녀가 호텔에서 나를 침대 위로 찍어 누르며 솜씨 좋게 짓밟아버렸던 내 자신감이 다시 생명을 얻고 있었다. 이제는 내가 그녀를 마음대로 주무를 차례였다.

"FBI 수사관들은 항상 둘씩 짝 지어 다니는 줄 알았는데요." 내가 말했다.

우리는 또 빨간 신호등에 걸려 서 있었다. 저 앞에 고속도로 나들목이 보였다. 수를 쓸 거라면 지금 움직여야 했다.

"대개는 그렇죠." 그녀가 말했다. "하지만 오늘은 바빴어요. 밖에 나가 있는 사람도 많았고. 사실 콴티코에서 나올 때는 여기 재단으로 와서 올라인과 포드 박사를 만난 뒤 자료만 가져가면 될 줄 알았어요. 누굴 체포하게 될 줄은 몰랐죠."

그녀의 거짓말이 순식간에 무너져 내리고 있었다. 이제 진실이 훤히 보였다. 수갑도 파트너도 없고, 나는 조수석에 앉아 있다. 게다가 그레그 글렌은 내가 어떤 호텔에 묵고 있는지 몰랐다. 그에게 말해주지도 않았고, 시간이 없어서 〈로키 마운틴 뉴스〉 출장 담당부서를 통해 호텔을 예약하지도 않았으니까.

내 컴퓨터 가방은 그녀와 나 사이에 놓여 있었다. 그녀는 그 가방 위에 조서 복사본과 포의 책, 내 수첩을 쌓아놓았다. 나는 손을 뻗어 그것을 전부 내 무릎으로 가져왔다.

"무슨 짓이에요?" 그녀가 물었다.

"난 여기서 내릴 거예요." 나는 조서들을 그녀의 무릎으로 던졌다. "그건 당신이 가져가요. 필요한 정보는 이미 다 찾아냈으니까."

나는 문손잡이를 잡아당겨 문을 열었다.

"움직이기만 해봐, 젠장!"

나는 그녀를 바라보며 미소를 지었다.

"그렇게 거친 말투를 쓰는 건 우월감을 되찾으려는 서툰 시도라는 걸 알고 있어요? 시도는 좋았지만, 당신은 내 질문에 정답을 대지 못했어요. 난 택시 타고 호텔로 돌아가야겠어요. 기사를 써야 하니까."

물건을 챙겨 들고 차에서 내려 인도로 올라섰다. 주위를 둘러보니 공중전화가 밖에 설치된 편의점이 있었다. 나는 그쪽으로 걸어가기 시작했다. 그녀의 차가 순식간에 방향을 꺾어 주차장으로 들어오더니 내 앞을 막아섰다. 그녀는 급정거로 차를 세우고 차에서 뛰어내렸다.

"당신 지금 실수하는 거예요." 그녀가 재빨리 내게 다가오며 말했다.

"실수라니 무슨 실수? 실수한 건 당신이죠. 도대체 왜 그런 거짓말을 한 거예요?"

그녀는 그냥 나를 바라보기만 했다. 말문이 막힌 모양이었다.

"알았어요, 그럼 내가 대신 말해주죠. 나한테 사기를 친 거죠?"

"사기? 내가 왜 당신한테 사기를 쳐요?"

"정보를 얻으려고. 내가 어떤 정보를 갖고 있는지 알고 싶었던 거예요. 음, 일단 나한테서 원하는 정보를 얻고 나면 이렇게 말할 작정이었겠죠. '아이고, 이런, 미안해요. 당신 취재원을 방금 찾아냈어요. 당신은 신경 쓰지 말고 이제 가도 돼요. 사소한 오해가 있었던 건 미안하게 생각해요.' 뭐, 콴티코로 돌아가서 연기 연습을 좀 더 하고 오는 게 어때요?"

그녀의 옆을 돌아서 공중전화로 향했다. 수화기를 들어보니 전화기가 먹통이었지만, 나는 내색하지 않았다. 그녀가 나를 지켜보고 있었다. 나는 안내전화 번호를 눌렀다.

"택시회사 번호를 알려줘요." 나는 교환원과 통화하는 시늉을 했다.

그러고는 동전 투입구에 25센트를 넣고 어떤 번호를 눌렀다. 그리고 전화기 위에 있는 주소를 불러주며 택시를 보내달라고 했다. 전화를 끊고 돌아서 보니, 윌링 요원이 아주 가까이에 서 있었다. 그녀가 손을 뻗어 수화기를 들었다. 그녀는 수화기를 귀에 대더니 살짝 미소를 지으며 수화기를 원래 자리에 돌려놓았다. 그녀는 전화선이 연결되어 있는 상자를 가리켰다. 선이 끊어져서 매듭처럼 묶여 있었다.

"당신도 연기 연습을 좀 더 해야겠어요."

"그건 됐으니까, 날 귀찮게 하지 말아요."

나는 몸을 돌려 가게 안을 들여다보며 안에 전화기가 또 있는지 찾아보았다. 전화는 없었다.

"이봐요, 내가 어떡하면 좋겠어요?" 그녀가 등 뒤에서 물었다. "당신이 알고 있는 걸 알아야 해요."

나는 홱 고개를 돌려 그녀를 바라보았다.

"왜 처음부터 그렇다고 말하지 않았어요? 왜 그렇게 나한테… 굴욕을 주고 난리를 피운 거죠?"

"당신은 기자예요, 잭. 내가 부탁하면 당신이 그냥 자료를 펼쳐서 나한테 다 얘기해 줬겠어요?"

"그랬을지도 모르죠."

"어련하시겠어요. 그런 날이 오기나 할지 모르겠네요. 당신 같은 기자들이 그런 행동을 하는 날이. 워런을 봐요. 이젠 기자도 아닌데 기자처럼 굴잖아요. 그건 체질이에요."

"이봐요, 난 지금 단순히 기사나 쓰자고 돌아다니는 게 아니에요, 알겠어요? 당신이 처음부터 인간답게 날 대했다면 내가 다르게 행동했을 수도 있어요."

"알았어요." 그녀가 부드럽게 말했다. "그랬을지도 모르죠. 그건 인정할게요."

우리는 서로 반대 방향을 향해 잠깐 서성거렸다. 그러다가 그녀가 입을 열었다.

"그럼 이제 어떻게 하죠? 당신이 내 거짓말을 알아챘으니 선택권은 당신한테 있어요. 난 당신이 알고 있는 정보가 필요해요. 나한테 말해줄 건가요, 아니면 그냥 다 챙겨서 집으로 가버릴 건가요? 당신이 그냥 가버리면 우리 둘 다 지는 거예요. 당신 형도 마찬가지고."

그녀가 노련한 솜씨로 날 궁지에 몰아넣었다는 것을 나도 알고 있었다. 원칙을 따진다면, 내가 그냥 가버려야 옳았다. 그런데 그럴 수가 없었다. 이러니저러니 해도 그녀가 마음에 들었다. 그래서 말없이 차로 걸어가 올라탄 뒤 창문으로 그녀를 바라보았다. 그녀는 한 번 고개를 끄덕하고 운전석 쪽으로 다가왔다. 차에 오른 뒤 그녀는 나를 바라보며 한 손을 내밀었다.

"레이철 월링이에요."

나는 그 손을 잡고 흔들었다.

“잭 매커보이예요.”

“알아요. 만나서 반가워요.”

“이쪽도 마찬가지예요.”

20

시인

신의를 지키는 차원에서 레이철 월링이 먼저 이야기를 풀어놓았다. 자신의 팀장이 나와 어디까지 협력할지 결정하기 전에는 자신에게 들은 정보를 절대 기사화하지 않겠다는 약속을 내게서 먼저 받아낸 뒤였다. 그런 약속을 꺼릴 이유는 없었다. 내가 더 유리한 입장이라는 것을 알고 있었으니까. 나는 이미 기사를 쓸 수 있을 만큼 취재를 한 상태였고, FBI는 아직 그 기사가 나오지 않기를 바라는 입장일 터였다. 그렇다면 내가 아주 유리한 고지를 선점한 셈이었다. 월링 요원이 그 사실을 아는지 모르는지는 잘 모르겠지만.

고속도로를 타고 남쪽의 콴티코로 서서히 달리던 30분 동안 그녀는 지난 28시간 동안 FBI가 무엇을 했는지 말해주었다. 법집행재단의 네이선 포드가 목요일 3시에 그녀에게 전화를 걸어 내가 다녀갔으며, 자살사건 자료를 보고 싶어 하더라고 알려주었다. 내 취재가 어디까지 진전됐는지도 말해주었다. 월링은 그와 마찬가지로 내 요청을 거절하기를 잘했다는 결론을 내리고, 자신의 직속상관인 밥 배커스와 상의했다. 배커스는 그녀에게 맡고 있던 프로파일 작업을 중단하고 내가 포드를 만나서 한 이야기를 우선적으로 수사하라고 지시했다. 이때까지도 FBI는 아직 덴버나 시카고 경찰국으로부터 아무런 연락을 받지 못한 상태였다. 월링은 행동과학국 컴퓨터로 작업을 시작했다. 그 컴퓨터는 재단의 컴퓨터와 직접 연결되어 있었다.

"내가 검색한 자료는 기본적으로 마이클 워런이 당신을 위해 검색한 자료와 똑같았어요." 그녀가 말했다. "사실 내가 콴티코에서 접속 중일 때, 워런이 들어와서 자료를 검색했죠. 나는 그의 신분을 확인하고 내 노트북컴퓨터로 사실상 그의 움직임을 감시하다시피 했어요. 당신이 그를 취재원으로 포섭했고, 그가 당신을 위해 자료를 검색하고 있다는 걸 그 자리에서 금방 알아차렸죠. 짐작하겠지만, 그건 정보보안상 문제가 생겼다는 뜻이었어요. 콴티코에 조서 사본이 전부 있어서 내가 굳이 워싱턴까지 갈 필요는 없었어요. 하지만 당신이 뭘 하고 있는지 내 눈으로 직접 봐야겠다는 생각이 들더라고요. 문서고에서 당신의 수첩 조각을 찾아냈을 때, 워런이 당신한테 자료를 유출했고, 당신이 조서 사본을 갖고 있다는 걸 다시 한번 확인했죠."

나는 고개를 절레절레 저었다.

"이제 워런은 어떻게 되는 거죠?"

"포드에게 사실을 알린 뒤에 포드랑 같이 오늘 아침 워런을 불러서 이야기를 했어요. 워런은 자신이 한 일을 인정했죠. 당신이 머물고 있는 호텔을 나한테 알려주기까지 했어요. 포드는 워런에게 사직을 요구했고, 워런은 사직서를 제출했어요."

"젠장."

죄책감이 들었다. 하지만 죄책감이 마음을 짓누를 정도는 아니었다. 혹시 워런이 어떤 식으로든 일부러 퇴직당할 구실을 만든 것이 아닐까 하는 생각이 들었기 때문이다. 그가 스스로 탈선한 것은 아닐까. 어쨌든 나는 이런 생각을 하며 마음을 다스렸다. 그래야 견디기가 더 편했다.

"그건 그렇고, 내 연기를 언제 눈치챘어요?" 그녀가 물었다.

"우리 부장은 내가 어느 호텔에 있는지 몰라요. 워런만 알죠."

그녀는 잠시 말이 없었다. 결국 내가 나머지 얘기를 계속하라고 그녀를 재촉했다. 그녀는 목요일 오후에 컴퓨터로 자료를 검색하면서 워런과 마찬가지로 살인전담반 형사였던 자살자 열세명의 이름과 우리 형, 시카고의 존 브룩스를 찾아냈다고 말했다. 그녀는 관련 조서 사본을 꺼내서 서로 연관성이 있는지 살펴보았다. 특히 내가 포드에게 말한 대로 유서에 주의를 집중했다. 그녀는 FBI의 암호 전문가와 암호 컴퓨터를 이용할 수 있었다. 이 암호 컴퓨터의 데이터베이스에 비하면, 〈로키 마운틴 뉴스〉의 데이터는 만화책 수준에 불과했다.

"당신 형과 브룩스를 포함해 총 다섯 건이 유서를 통해 직접적으로 연결돼 있었어요." 그녀가 말했다.

"그러니까 내가 꼬박 일주일이 걸려 알아낸 것을 당신은 3시간 만에 해냈다는 얘기네요. 매커퍼티 사건은 어떻게 알아냈어요? 자료에 유서가 없었는데."

그녀는 가속페달에서 발을 떼고 나를 바라보았다. 아주 잠깐. 그러고는 다시 가속페달을 밟아 속도를 올렸다.

"매커퍼티는 포함시키지 않았어요. 볼티모어 지부의 요원들이 지금 그 사건을 수사 중이에요."

그렇다면 숫자가 맞지 않았다. 내가 찾아낸 사건은 매커퍼티까지 포함해서 다섯 건이었다.

"그럼 다섯 건이라는 게 누구누구예요?"

"어, 잠깐만요…."

"우선 우리 형하고 브룩스. 이렇게 두 건."

나는 이 말을 하면서 수첩을 펼쳤다.

"맞아요."

나는 수첩의 메모를 보며 말했다. "앨버커키의 코타이트도 있어요? '나쁜 천사들만 출몰하는 곳'이라는 유서를 남긴?"

"있어요. 그리고 또 한 명은…."

"댈러스죠. 갈런드 페트리. '슬프지만 나는 힘을 다 베였다.' '애니에게'의 한 구절."

"네, 맞아요."

"나머지 하나는 매커퍼티인데. 당신이 찾아낸 사람은 누구예요?"

"어, 플로리다 쪽 사건이에요. 아주 오래된 일인데, 부보안관이었어요. 나도 메모를 봐야 돼요."

"잠깐만요." 내가 수첩을 몇 장 넘기자 그 자료가 나왔다. "클리퍼드 벨트런, 새러소타 카운티 보안관서. 이 사람은…."

"그 사람이에요."

"하지만 이 사람이 남긴 유서는 '주님, 저의 가엾은 영혼을 돌봐주십시오'예요. 포의 시를 다 읽어봤지만, 이런 구절은 없었어요."

"맞아요. 우린 다른 자료를 보고 찾아낸 거예요."

"다른 자료라니요? 포의 단편 말인가요?"

"아뇨. 그건 포가 마지막으로 남긴 말이었어요. 최후의 말. '주님, 저의 가엾은 영혼을 돌봐주십시오.'"

나는 고개를 끄덕였다. 시는 아니지만 조건에 맞았다. 그렇다면 사건은 모두 여섯 건이었다. 나는 잠시 침묵했다. 새로 추가된 사람에게 예의를 갖추기라도 하려는 것처럼. 나는 수첩을 내려다보았다. 벨트런이 죽은 것은 3년 전이었다. 이렇게 오랫동안 살인사건이 그냥 묻혀버리다니.

"포는 자살했나요?"

"아뇨. 하지만 그 사람 생활방식을 보면, 아주 서서히 진행된 자살이라고 봐도 될 것 같다는 생각이 드네요. 포는 바람둥이에 술꾼이었어요. 마흔 살에 죽었죠. 볼티모어에서 한참 동안 술을 마신 뒤에."

나는 고개를 끄덕이며 유령 같은 살인범에 대해 생각했다. 그놈이 혹시 포의 삶을 따라가고 있는 게 아닐까.

"잭, 매커퍼티 사건은 어떻게 된 거예요?" 그녀가 물었다. "우리도 그 사건이 관련됐을 가능성을 생각했지만, 조서에는 유서가 없는 걸로 돼 있잖아요? 뭘 알아낸 거예요?"

이건 또 새로운 문제였다. 블레드소. 그는 지금까지 아무에게도 밝히지 않은 이야기를 내게 해주었다. 그러니 내가 안면을 싹 바꿔서 그 이야기를 FBI에 넘겨줄 수는 없는 노릇이었다.

"당신한테 말해주기 전에 일단 전화부터 걸어야겠어요."

"세상에, 잭. 내가 온갖 얘기를 다 해줬는데 또 그렇게 헛소리를 늘어놓는 거예요? 나랑 약속한 거 아니었어요?"

"약속했죠. 그냥 취재원한테 전화해서 확실하게 정리하고 싶을 뿐이에요. 전화기 있는 곳으로 데려다주면 당장 처리할게요. 저쪽도 문제 삼지는 않을 거예요. 어쨌든, 중요한 건 매커퍼티도 그 목록에 포함시켜야 한다는 거예요. 유서가 있었어요."

나는 수첩을 뒤져서 메모를 찾아냈다.

"'삶이라는 열병이 마침내 정복되었다.' 이게 유서예요. '애니에게'의 한 구절이죠. 댈러스의 페트리와 똑같아요."

나는 그녀를 바라보았다. 그녀는 여전히 화난 기색이 역력했다.

"레이철, 내가 이렇게 불러도 되죠? 당신한테 뭘 감추려는 게 아니에요. 저쪽에 전화만 걸면 돼요. 어찌 됐건 지부에서 일하는 당신네 요원이 이미 이 정보를 손에 넣었는지도 몰라요."

"아마 그랬겠죠." 그녀가 말했다. '당신이 뭘 하든 우린 더 잘할 수 있다'고 말하는 듯한 목소리였다.

"좋아요. 그럼 얘기를 계속하죠. 그 다섯 명을 찾아낸 뒤에는 어떻게 됐어요?"

그녀는 목요일 저녁 6시에 자신과 배커스가 행동과학국과 중요사건팀 회의를 소집해 그녀가 알아낸 정보를 토의했다고 말했다. 그녀는 다섯 명의 이름을 먼저 제시한 뒤 이 사건들 사이의 연관성을 설명했다. 그녀의 상관인 배커스는 흥분해서 이 사건을 최우선으로 수사하라고 지시했다. 배커스에게 직접 수사상황을 보고하게 될 책임자로 월러가 지명되었다. 행동과학국과 중요사건팀의 다른 요원들은 피해자 조사와 프로파일링을 맡았고, 사건이 일어난 다섯 개 도시 지부의 VICAP 요원들에게도 즉시 사건 관련자료를 모아 보내라는 지시가 전달되었다. 그 뒤 수사팀은 문자 그대로 밤을 꼬박 새우다시피 했다.

"시인."

"뭐라고요?"

"우리가 범인을 부르는 이름이에요. 특별수사팀이 가동되면 항상 암호명이 붙거든요."

"세상에." 내가 말했다. "타블로이드 신문들이 알면 좋아 죽겠네요. 어떤 헤드라인을 붙일지 뻔해요. '운율도 이유도 없는 시인의 살인.' 당신들이 아주 알아서 자료를 대주는 꼴이에요."

"타블로이드 신문에는 절대로 알려지지 않을 거예요. 배커스는 이 이야기가 언론에 새어나가기 전에 범인을 잡겠다고 기세가 대단해요."

잠시 침묵이 흘렀다. 나는 이 말에 어떻게 대답해야 할지 생각했다.

"뭘 잊어버리고 있는 것 같은데요." 마침내 내가 말했다.

"잭, 당신이 기자라는 건 나도 알아요. 이번 일이 당신 덕분에 시작됐다는 것도 알고요. 하지만 우리 입장도 이해해 줘요. 당신 때문에 언론이 이 사건에 벌 떼처럼 달려들게 된다면, 우린 절대 범인을 잡을 수 없어요. 범인이 겁을 먹고 잠수해 버릴 거라고요. 그러면 범인을 잡을 가망이 없어요."

"뭐, 난 공무원이 아니에요. 사건을 취재해서 기사로 쓰는 일로 월급을 받는 사람이라고요…. FBI가 나더러 기사를 쓰라느니 말라느니 간섭할 수는 없어요."

"내가 방금 한 얘기는 절대로 기사에 쓰면 안 돼요."

"그건 나도 알아요. 이미 그러겠다고 약속했으니 약속은 지킬 거예요. 당신 말을 굳이 기사에 쓸 필요도 없어요. 내가 이미 다 아는 사실이니까. 대부분은. 벨트런만 빼고요. 하지만 이 책의 작가 설명에 포의 마지막 말이 나와 있을 거예요…. 이번 기사에 FBI의 정보나 허가는 필요 없어요."

이 말과 함께 다시 침묵이 내려앉았다. 그녀가 열을 내고 있다는 건 척 봐도 알 수 있었지만, 나도 뒤로 물러날 수는 없었다. 가능한 한 영리하게 내 카드를 쓸 필요가 있었다. 이런 게임에는 두 번째 기회라는 것이 없는 법이다. 몇 분이 흐른 뒤 콴티코로 향하는 고속도로 표지판이 나타났다. 목적지가 가까웠다.

"이봐요." 내가 말했다. "기사 얘기는 나중에 하죠. 내가 지금 당장 도망쳐서 기사를 쓸 것도 아니니까. 부장하고 차분히 얘기해 본 다음에 어떻게 할 건지 당신한테 알려줄게요. 그러면 됐죠?"

"좋아요, 잭. 부장하고 얘기할 때 당신이 형을 생각하길 바랄 뿐이에요. 당신 부장은 그런 생각 따위 하지 않을 테니까."

"이봐요, 부탁이 하나 있는데, 내 앞에서 우리 형이 어떻다느니, 내가 이 기사를 쓰는 의도가 어떻다느니 하는 얘기는 하지 말아요. 나나 우리 형에 대해 아무것도 모르잖아요? 내가 무슨 생각을 하는지도 모르고."

"알았어요."

우리는 깊은 침묵 속에서 몇 킬로미터를 더 달렸다. 분노가 좀 가라앉자 그녀에게 너무 심한 말을 한 것 같다는 생각이 들었다. 그녀의 목표는 자기들이 '시인'이라고 부르는 범인을 잡는 것이다. 내 목표도 똑같다.

"저기, 아까 그런 얘기를 해서 미안해요." 내가 말했다. "난 지금도 우리가 서로를 도울 수 있다고 생각해요. 우리가 협력해서 범인을 잡을 수 있을지도 모르잖아요."

"난 잘 모르겠어요." 그녀가 대답했다. "내 말이 신문과 텔레비전과 타블로이드에 차례로 실리게 될 거라면 당신과 협조하는 게 무슨 의미가 있는지 모르겠어요. 당신 말이 맞아요. 당신이 무슨 생각을 하는지 난 몰라요. 당신이 어떤 사람인지도요. 그러니까 당신을 믿을 수 없을 것 같아요."

그녀는 콴티코의 FBI 건물에 도착할 때까지 더 이상 한 마디도 하지 않았다.

21
콴티코 기지

날이 어두워서 차가 정문을 통과할 때 바닥이 잘 보이지 않았다. FBI 아카데미의 연구센터는 해병대기지 중심부에 자리 잡고 있었다. 넓게 뻗은 벽돌건물 세 동이 유리 통로와 중앙 홀로 연결된 구조였다. 월링 요원은 FBI 요원 전용이라고 표시된 자리에 차를 세웠다.

차에서 내릴 때에도 그녀는 여전히 말이 없었다. 침묵이 점점 불편해졌다. 그녀가 내게 안 좋은 감정을 품거나, 나를 이기적인 사람으로 생각하는 것은 싫었다.

“저기, 나한테 가장 중요한 건 그놈을 잡는 거예요.” 나는 대화를 시도했다. “내가 전화만 한 통 걸면 돼요. 취재원과 부장한테 전화한 다음에 방법을 생각해 보자고요. 알았죠?”

“알았어요.” 그녀가 마지못해 대답했다.

마침내 그녀에게서 대답을 들었다는 생각에 단 한 마디를 들었을 뿐인데도 기분이 좋아졌다. 우리는 중앙 건물로 들어갔다. 여러 복도를 지나고 계단을 내려가 전국 폭력범죄분석센터로 향했다. 센터는 지하에 있었다. 그녀는 나를 이끌고 접수대를 지나 커다란 방으로 들어갔다. 신문사 편집국과 그다지 달라 보이지 않는 방이었다. 두 줄로 죽 늘어선 책상들 사이를 방음 칸막이로 막아 개인 작업공간을 만들었고, 오른편에는 개인 사무실이 줄줄이 늘어서 있었다. 그녀는 뒤로 한 걸음 물러나 그 개인 사무실 중 한 곳을 가리키며 들어가라고 시늉했다. 그곳이 그녀의 사무실인 모양이었다. 아무런 장식도, 개인적인 특징도 보이지 않는 방이었다. 사진이라고는 뒤쪽 벽에 붙어 있는 대통령 사진뿐이었다.

"거기 앉아서 전화를 쓰세요." 그녀가 말했다. "난 팀장님을 만나서 그동안 새로 밝혀진 사실이라도 있는지 알아보고 올게요. 전화기에 도청기는 달려 있지 않으니까 걱정 말아요."

목소리에 비꼬는 기색이 배어 있었다. 그녀는 나만 혼자 남게 될 방 안에 혹시 중요한 서류가 뒹굴고 있지는 않은지 확인하려고 자기 책상을 눈으로 훑어보았다. 중요 서류가 없음을 확인한 그녀는 방을 나갔다. 나는 책상에 앉아 수첩을 열고 댄 블레드소가 알려준 번호를 찾았다. 그의 집 전화번호였다.

"잭 매커보이입니다. 오늘 만났죠."

"네."

"저기, 제가 워싱턴으로 돌아온 뒤에 FBI 요원에게 잡혔어요. 이번 사건을 아주 중요하게 다루고 있는데, 연관된 사건 다섯 건을 이미 찾아냈더라고요. 하지만 매커퍼티 형사의 사건은 유서가 없어서 찾아내지 못했어요. 제가 유서 이야기를 해주면 수사에 단서가 될 것 같은데, 형사님하고 먼저 이야기를 해봐야겠다 싶어서요. 만약 제가 유서 이야기를 하면, 십중팔구 요원들이 형사님을 찾아갈 거예요. 제가 말하지 않아도 찾아갈 거고요."

그가 생각하는 동안 나는 월링이 그랬던 것처럼 눈으로 책상을 훑어보았다. 책상은 아주 깨끗했다. 책상에서 공간을 가장 많이 차지한 것은 압지 역할도 겸하고 있는 달력이었다. 달력을 보니 그녀가 이제 막 휴가를 마치고 돌아왔음을 알 수 있었다. 지난주 날짜의 칸칸마다 '휴가'라고 적혀 있었다. 그것 말고도 약자로 표시해 놓은 날짜들이 있었지만, 나로서는 그 의미를 해독할 수 없었다.

"그쪽에 말해줘요." 블레드소가 말했다.

"정말로 괜찮겠어요?"

"물론이에요. 만약 FBI가 나서서 조니 맥이 살해당했다고 말하면, 그 친구 아내가 생활비를 받을 수 있어요. 처음부터 내가 바란 건 그것뿐이었으니까, 유서 이야기를 해줘도 상관없습니다. 그 사람들이 날 어쩌지는 않을 거예요. 그럴 수도 없고요. 이미 저지른 일인데 어쩌겠어요. 오늘 요원들이 이쪽으로 나와서 기록을 훑어보고 있다는 얘기를 이미 친구한테 들었습니다."

"그렇군요. 고마워요."

"그러면 당신도 그쪽에서 정보를 얻을 수 있는 건가요?"

"잘 모르겠어요. 노력 중이에요."

"이건 당신 사건이니까, 끝까지 버텨요. 정부기관을 믿지는 말아요. 당신이 가진 정보만 이용한 뒤에 당신을 개똥처럼 길가에 내버릴 테니."

나는 좋은 충고를 해줘서 고맙다고 말했다. 전화를 끊는 순간, FBI 요원 특유의 회색 양복을 입은 남자가 열린 문 앞을 지나다가 내가 책상에 앉아 있는 것을 보고 걸음을 멈췄다. 그가 이상하다는 표정으로 안으로 들어왔다.

"실례지만 여기서 뭘 하시는 겁니까?"

"월링 요원을 기다리고 있습니다."

그는 몸집이 컸으며, 인상이 날카롭고, 혈색이 좋았다. 검은 머리를 짧게 깎은 모습이었다.

"실례지만 성함이…."

"잭 매커보이입니다. 월링 요원이…."

"그 책상에는 앉지 마세요."

그는 허공에서 손을 빙빙 돌렸다. 책상 앞으로 나와서 손님용 의자에 앉으라는 뜻이었다. 그와 입씨름을 벌이는 대신 나는 시키는 대로 했다. 그는 고맙다고 인사하고는 사무실을 나갔다. 이 일 덕분에 나는 FBI 요원들을 상대하기가 항상 껄끄러웠다는 사실을 다시 떠올렸다. 그들은 대체로 까다로운 성격 유전자를 지니고 있었다. 거의 모든 요원이 그런 식이었다.

그 요원이 가버린 것을 확인한 뒤 나는 책상 너머로 손을 뻗어 수화기를 들고 그레그 글렌의 직통번호를 눌렀다. 덴버는 5시가 막 지난 시각이므로, 그레그는 마감시간을 앞두고 기사를 독촉하느라 정신없이 바쁠 터였다. 하지만 시간대를 골라서 전화를 걸 여유가 없었다.

"잭, 나중에 전화하면 안 되나?"

"안 돼요. 지금 꼭 이야기해야 해요."

"그럼 빨리 해. 낙태 병원 총격사건이 또 일어나서 마감시간을 조금 미루고 있거든."

나는 내가 찾아낸 정보와 FBI 요원을 만난 이야기를 재빨리 그에게 들려주었다. 그는 총격사건과 마감시간은 까맣게 잊어버린 듯, 내가 정말 엄청난 기사를 건졌다는 말만 자꾸 되풀이했다. 나는 워런이 쫓겨났다는 얘기와 월링이 내게 속임수를 쓰려 했던 얘기는 하지 않았다. 그냥 내가 지금 어디 있고 무엇을 할 생각인지만 말해주었다. 그는 내 계획을 승인해 주었다.

"어쨌든 총격사건이 사회면을 몽땅 차지할 거야." 그가 말했다. "적어도 앞으로 이틀 동안은. 여긴 지금 난리도 아냐. 자네가 기사를 손봐 주면 좋을 텐데."

"죄송해요."

"그래, 자네 생각대로 밀고 나가. 결과는 나중에 알려주고. 이건 정말 굉장한 기사가 될 거야, 잭."

"그러면 좋죠."

글렌은 내가 이 기사로 상을 받을 수도 있고, 경쟁사들의 콧대를 납작하게 해줄 수도 있으며, 전국의 언론사가 내 기사를 받아쓰게 될 것이라는 얘기를 다시 늘어놓았다. 이런 이야기를 듣고 있는데, 월링이 어떤 남자와 사무실로 들어왔다. 그가 밥 배커스인 모양이었다. 그도 회색 양복 차림이었지만, 남을 지휘하는 자리에 있는 사람다운 분위기가 풍겼다. 나이는 30대 중반이나 후반쯤 된 것 같았는데, 여전히 훌륭한 몸을 유지하고 있었다. 표정은 유쾌했으며, 갈색 머리는 아주 짧았고, 푸른 눈은 상대를 꿰뚫는 듯했다. 나는 통화가 거의 끝났다는 뜻으로 손가락 하나를 들어 올렸다. 그러고는 글렌의 말을 끊었다.

"그레그, 그만 끊어야겠어요."

"그래, 나중에 연락해. 아, 하나만 더."

"네?"

"그림도 좀 가져와."

"알았어요."

전화를 끊으면서 글렌이 너무 희망에 부푼 것 같다는 생각이 들었다. 이번 취재에 사진기자를 끌어들이기는 힘들 터였다. 우선 나도 아직 사건에 끼어들지 못한 입장이니까 말이다.

"잭, 이쪽은 이번 사건을 담당한 밥 배커스 특수요원이에요. 우리 팀장님이죠. 팀장님, 〈로키 마운틴 뉴스〉의 잭 매커보이예요."

우리는 악수했다. 배커스는 바이스처럼 손힘이 셌다. 양복과 마찬가지로 이것 역시 FBI 요원 특유의 과시용 행동이었다. 말을 하면서 그는 무의식적으로 책상에 손을 뻗어 달력을 똑바로 놓았다.

"제4계급(언론계-옮긴이)의 친구분을 만나는 것은 항상 기쁜 일이죠. 이 근처에서 일하는 분이 아니라면 더욱더 그렇고요."

나는 그냥 고개만 끄덕였다. 이게 무의미한 헛소리라는 것은 이 자리에 있는 사람 모두가 아는 사실이었다.

"잭, 회의실로 가서 커피나 한잔할까요?" 배커스가 말했다. "오늘은 아주 일이 많았습니다. 회의실까지 가는 길에 이곳을 좀 안내해 드리죠."

위층으로 올라가는 동안 배커스는 형의 죽음에 조의를 표한 것 외에는 이렇다 할 의미 있는 말을 한 마디도 하지 않았다. 우리 세 사람이 각자 커피를 들고 회의실이라 불리는 카페테리아에 한 자리씩 차지하고 앉은 뒤에야 그는 일 이야기를 꺼냈다.

"잭, 지금부터 하는 얘기는 기사에 쓰면 안 됩니다." 배커스가 말했다. "여기 콴티코에서 당신이 보고 들은 건 모두 다 기사화 금지예요. 알겠습니까?"

"네, 지금 당장은요."

"좋습니다. 이 조건을 바꾸고 싶다면 저나 레이철에게 말씀하세요.

함께 머리를 맞대고 상의하면 되니까. 이런 내용의 동의서에 서명하시겠습니까?"

"물론이죠. 하지만 동의서는 내가 직접 작성하겠습니다."

배커스는 고개를 끄덕였다. 마치 토론대회 결승에서 점수를 얻은 사람에게 하듯이.

"좋습니다." 그는 자신의 커피 잔을 옆으로 밀고, 손바닥에서 뭔가 먼지 같은 것을 터는 시늉을 한 뒤 나를 향해 몸을 기울였다.

"잭, 15분 뒤에 상황보고 회의가 열립니다. 레이철한테서 이미 들으셨겠지만, 지금 우리는 전속력으로 움직이고 있어요. 이런 수사를 진행하면서 그렇게 하지 않는다면, 그건 범죄에 가까운 업무태만이 되겠죠. 지금 우리 팀원 전부를 이 사건에 투입했을 뿐만 아니라, 행동과학국 요원 여덟 명을 더 빌려왔습니다. 그 밖에 기술요원 두 명이 이 일에만 매달리고 있고, 현장 지부 여섯 곳도 동원됐습니다. 내가 기억하는 한, 우리가 어떤 수사에 이렇게 매달린 적은 없었습니다."

"그거 반가운 소리군요…. 밥."

그는 내가 자신의 이름을 불렀는데도 눈 하나 깜짝하지 않는 것 같았다. 내 입장에서 그건 일종의 자그마한 시험이었다. 겉보기에 그는 내 이름을 자주 부르며 나를 동등하게 취급해 주는 것 같았다. 그래서 나도 똑같이 행동하면 그가 어떤 반응을 보이는지 보고 싶었다. 시험 결과는, 아직까지는, 괜찮았다.

"취재를 아주 잘하셨더군요." 배커스가 계속 말을 이었다. "당신이 밝혀낸 사실 덕분에 확실한 청사진을 얻었습니다. 그걸 출발점으로 삼아 우리가 이미 꼬박 24시간 이상을 이 사건에 투자했다는 걸 알려드리고 싶습니다."

배커스의 뒤쪽으로 아까 월링의 사무실에서 내게 말을 걸었던 요원이 커피와 샌드위치를 들고 다른 자리에 앉는 것이 보였다. 그는 음식을 먹으며 우리를 지켜보았다.

"이번 사건에 엄청난 양의 자원이 투입되고 있다는 뜻입니다." 배커스가 말했다. "다만 현재 우리가 가장 중점을 두는 것은 이번 사건이 밖으로 새어나가지 않게 하는 겁니다."

이야기가 정확히 내 예상대로 흘러가고 있었다. 나는 FBI 수사가 사실상 내 손안에 있는 거나 마찬가지라는 생각을 얼굴에 드러내지 않으려고 애썼다. 나한테는 유리한 카드가 있었다. 내가 바로 사건 관계자라는 사실.

"나더러 기사를 쓰지 말라는 얘기군요." 내가 조용히 말했다.

"그래요, 바로 그겁니다. 적어도 아직은 쓰지 마세요. 당신이 이미 충분한 정보를 갖고 있다는 건 압니다. 우리한테서 들은 얘기를 빼더라도 굉장한 기사를 쓸 수 있겠죠. 이건 엄청난 폭발력을 지닌 기사입니다, 잭. 당신이 덴버에서 이걸 기사로 쓰면 사방에서 주의를 끌 거예요. 바로 다음 날이면 전국의 모든 신문과 방송에 나오겠죠. 텔레비전 타블로이드 프로그램들이 그 뒤를 따를 테고요. 세상과 담 쌓은 사람이 아니라면 누구나 이 사건에 대해 알게 될 겁니다. 아주 간단히 분명하게 말하죠, 잭. 우리로서는 그런 걸 허락할 수 없습니다. 우리가 이번 사건에 대해 알고 있다는 걸 범인이 알아차리면 사라져버릴지도 몰라요. 똑똑한 놈이라면 자취를 감춰버릴 겁니다. 지금까지 한 짓을 보면 놈은 기가 막히게 똑똑해요. 그런 놈이 사라져버리면 절대 잡을 수 없을 겁니다. 그럴 수는 없어요. 이놈은 당신 형을 죽였습니다. 당신도 일이 그렇게 되는 건 바라지 않죠?"

나는 그 딜레마를 이해한다는 듯 고개를 끄덕이고는 잠시 침묵하며 대답할 말을 정리했다. 나는 배커스에서 월링에게로, 다시 배커스에게로 시선을 돌렸다.

"신문사에서는 이미 이번 일에 많은 시간과 돈을 투자했습니다." 내가 말했다. "전 이미 기사를 완벽하게 확보했어요. 아시다시피, 오늘 밤에라도 당장 기사를 쓸 수 있습니다. 경찰 연쇄살인범이 무려 3년간 누구에게도 들키지 않고 활동했을 가능성에 대해 당국이 전국적인 수사를 진행하고 있다고요."

"방금 말했듯이, 당신의 취재는 정말 훌륭했습니다. 그러니 기사의 질에 대해서는 어느 누구도 왈가왈부하지 못할 겁니다."

"그럼, 당신의 제안은 뭡니까? 그냥 기사를 포기하고, 당신들이 언젠가 혹시라도 범인을 잡게 돼서 기자회견을 열 때까지 마냥 기다리라는 건가요?"

배커스는 헛기침을 하며 의자에 몸을 기댔다. 난 월링을 흘깃 바라보았지만, 그녀는 무표정했다.

"듣기 좋은 말로 얼버무리지는 않겠습니다." 배커스가 말했다. "맞습니다. 당신이 한동안 기사화를 미뤄주기를 바랍니다."

"언제까지지요? '한동안'이라는 게 무슨 뜻입니까?"

배커스는 마치 생전 처음 온 곳을 둘러보듯이 카페테리아 안을 둘러보았다. 그러고는 나를 외면한 채 대답했다.

"우리가 범인을 잡을 때까지요."

나는 나직하게 휘파람을 불었다.

"내가 기사화를 미루는 대가로 얻는 건요? 〈로키 마운틴 뉴스〉는 뭘 얻게 되죠?"

"우선 우리가 당신 형의 살인범을 잡는 걸 돕게 됩니다. 그걸로 충분하지 않다면, 용의자를 체포한 뒤 모종의 독점 기사를 제공하는 방안을 마련할 수 있을 겁니다."

오랫동안 아무도 말이 없었다. 이제 공이 내 손에 넘어왔음이 분명했으니까. 나는 신중하게 생각을 정리한 뒤 앞으로 몸을 기울이며 입을 열었다.

"밥, 당신도 알겠지만, 이번처럼 당신들 쪽에서 모든 카드를 쥐고 이래라저래라 할 수 없는 경우는 아주 드뭅니다. 이건 내가 발굴한 사건이에요. 내가 취재를 시작했다고요. 그러니 여기서 빠질 생각은 없습니다. 그냥 덴버로 돌아가서 내 자리에 앉아 당신들의 전화만 기다릴 수는 없어요. 나도 수사에 참여할 겁니다. 당신들이 날 끼워주지 않으면 난 덴버로 돌아가서 기사를 쓸 거예요. 일요일 조간에 기사가 실리게. 판매부수가 가장 많은 날이 일요일이거든요."

"당신 형 일인데 그렇게까지 해야겠어요?" 월링이 말했다. 분노가 잔뜩 묻은 목소리였다. "마음에 걸리지도 않아요?"

"레이철, 그만." 배커스가 말했다. "좋은 지적이에요. 이렇게 하면…."

"나도 마음에 걸려요." 내가 말했다. "처음부터 마음에 걸려서 행동에 나선 사람은 나뿐이었어요. 그러니까 나한테 죄책감을 뒤집어씌울 생각은 하지 말아요. 당신들이 범인을 잡든 말든, 내가 기사를 쓰든 말든, 우리 형이 다시 살아나지는 않아요."

"좋습니다, 잭. 당신이 수사에 끼어들려는 동기를 갖고 왈가왈부할 생각은 없어요." 배커스가 말했다. 그는 양손을 들어 올리며 분위기를 가라앉히려고 했다. "적대적인 분위기로 이야기가 흘러간 것 같은데, 이런 건 내 의도가 아닙니다. 원하는 걸 명확하게 말해봐요. 그러면 지금 이 자리에서 어떻게든 합의점을 찾을 수 있을 겁니다. 이 커피가 식기도 전에."

"간단해요." 내가 재빨리 말했다. "날 수사에 참여시켜 줘요. 참관인으로서 모든 자료를 볼 수 있게 해주고요. 대신 우리가 그 개자식을 잡거나 아니면 포기할 때까지 기사는 한마디도 쓰지 않겠습니다."

"아주 협박을 하시네요." 월링이 말했다.

"아뇨, 이건 내 타협안이에요." 내가 대답했다. "내 입장에서는 양보한 거예요. 난 이미 기사를 확보했으니까. 그런데도 내 직업적인 본능을 억누르고 기사화를 미루겠다는 거잖아요."

배커스를 바라보았다. 월링이 화를 내고 있었지만, 그건 문제가 되지 않았다. 결정권자는 배커스였다.

"그럴 수는 없을 것 같습니다, 잭." 마침내 그가 말했다. "외부인을 그렇게 수사에 끌어들이는 건 우리 규정에 어긋나는 일이에요. 당신도 위험해질 수 있고요."

"난 그런 거 모릅니다. 전혀 신경 안 써요. 더 이상 물러나지 않을 겁니다. 내 제안을 받아들이든지 말든지 맘대로 해요. 미리 상의해야 할 사람이 있다면 누구든 좋으니까 연락하셔도 됩니다. 하지만 난 더 이상 물러나지 않을 겁니다."

배커스는 잔을 앞으로 당겨 아직도 김이 모락모락 피어오르는 검은 액체를 내려다보았다. 아직 커피를 한 모금도 마시지 않은 상태였다.

"당신이 내놓은 타협안은 내 권한을 한참 벗어나는 얘깁니다." 그가 말했다. "나중에 다시 연락하죠."

"언제요?"

"지금 당장 다른 사람들과 연락해 보겠습니다."

"상황보고 회의는 어쩌고요?"

"어차피 내가 없으면 회의를 시작할 수 없어요. 월링 요원과 함께 여기서 기다리고 계세요. 오래 걸리지 않을 겁니다."

배커스는 자리에서 일어나 의자를 탁자 밑으로 밀어 넣었다.

"분명히 해야 할 것 같아서 말하는 건데…." 그가 돌아서기 전에 내가 말했다. "만약 내가 참관인으로서 수사에 참여하는 것이 허락된다면, 범인을 잡든지 아니면 당신들이 수사해 봤자 소용없다는 판단을 내리고 다른 사건에 주의를 돌리기 전에는 이 사건에 관한 기사를 쓰지 않을 겁니다. 단, 두 가지 예외가 있습니다."

"어떤 예외를 말하는 겁니까?" 배커스가 물었다.

"첫째는 당신들이 나더러 기사를 쓰라고 요청하는 경우입니다. 당신들이 기사를 이용해서 범인을 끌어내야겠다고 생각할 수도 있으니까요. 그러면 기사를 쓸 겁니다. 둘째는 이야기가 새어나가는 경우입니다. 다른 신문이나 텔레비전에 이 사건에 관한 기사가 나오면 그 즉시 우리가 맺은 타협은 전부 무효가 됩니다. 누군가가 이 기사를 터뜨릴 예정이라는 얘기가 내 귀에 들어오기만 해도 내가 먼저 기사를 터뜨릴 겁니다. 이건 내가 발굴한 기사니까요."

배커스는 나를 바라보며 고개를 끄덕였다.

"금방 돌아오죠."

배커스가 떠난 뒤 월링이 나를 바라보며 조용히 말했다. "나라면 당신이 밑져야 본전이라는 생각으로 무모하게 달려드는 거라고 생각했을 거예요."

"무모한 게 아니에요." 내가 말했다. "내 제안은 진심이에요."

"그렇다면, 당신이 형을 죽인 범인을 잡는 일과 기사를 맞바꿀 수도 있는 사람이라면, 참 안쓰럽다는 생각이 드네요. 난 가서 커피나 더 가져오죠."

그녀는 자리를 떴다. 그녀가 커피가 있는 탁자로 걸어가는 것을 지켜보면서 나는 그녀가 한 말을 생각했다. 전날 밤에 읽은 뒤로 내내 머리를 떠나지 않던 포의 시 구절이 떠올랐다.

나는 혼자였다
탄식의 세상에서
내 영혼은 흐르지 않는 물이었다

22

프로파일링

나는 배커스, 월링과 함께 회의실에 들어갔다. 요원들이 앉아 있지 않은 의자가 거의 없었다. 상황보고 회의가 열리는 회의실은 긴 탁자 주위에 요원들이 빙 둘러 앉고, 벽을 따라 죽 늘어선 의자에도 사람들이 앉게 되어 있었다. 배커스는 벽을 따라 놓인 의자를 가리키며 나더러 앉으라는 시늉을 했다. 그와 월링은 탁자 중앙의 비어 있는 두 자리로 갔다. 처음부터 두 사람 몫으로 배정된 곳인 것 같았다. 외부인인 내게 많은 사람의 시선이 쏠리는 것이 느껴졌지만, 나는 바닥으로 손을 뻗어 내 컴퓨터 가방을 만지작거리며 뭔가를 찾는 시늉을 했다. 나를 쏘아보는 사람들의 시선을 피하기 위해서였다.

배커스는 내 제안을 받아들이기로 했다. 아니, 그가 연락을 취한 사람이 누구인지는 몰라도 그 사람이 내 제안을 받아들였다고 해야 할 것이다. 나는 수사에 참여할 수 있게 됐고, 월링 요원이 나를 돌보는 보모(그녀의 표현이다) 역할을 맡았다. 나는 범인이 잡히거나 수사팀이 해체되거나 내가 언급한 두 가지 예외적인 경우가 발생하지 않는 한 이번 사건에 관한 기사를 쓰지 않겠다는 내용의 동의서를 작성하고 서명했다. 배커스에게 사진기자를 합류시켜도 되겠느냐고 물었더니 그건 타협안에 포함되어 있지 않다는 대답이 돌아왔다. 하지만 특별히 사진이 필요한 경우 내가 요청하면 고려해 보겠다고는 했다. 글렌을 위해 내가 할 수 있는 일은 여기까지였다.

배커스와 월링이 자리에 앉고 내게 쏠리던 관심이 조금 옅어진 뒤, 나는 주위를 둘러보았다. 방 안에는 십여 명의 남자와 월링을 포함해 세 명의 여자가 앉아 있었다. 남자들은 대부분 와이셔츠 차림으로, 각자 맡은 임무가 뭔지는 몰라도 하여튼 경력이 어느 정도 되는 것 같았다. 탁자 위에 스티로폼 컵이 많이 놓여 있었고, 사람들의 무릎과 탁자 위에 서류들이 흩어져 있었다. 어떤 여자가 방 안을 한 바퀴 돌면서 요원들에게 자료를 나눠주고 있었다.

월링의 사무실과 카페테리아에서 마주쳤던 그 예리한 인상의 남자도 보였다. 월링이 카페테리아에 커피를 가지러 갔을 때, 그는 식사하다 말고 일어나 음식을 진열해 둔 탁자로 가서 그녀와 이야기를 나눴다. 두 사람의 이야기가 들리지는 않았지만, 그녀가 그에게 뭔가 퇴짜를 놓았고 그래서 그가 기분이 별로 좋지 않다는 것은 알 수 있었다.

"자, 여러분." 배커스가 말했다. "이제 시작해 봅시다. 그렇잖아도 일이 많은 하루였는데, 지금부터는 일이 더 많아질 것 같습니다."

웅성웅성 이야기를 나누던 사람들이 갑자기 조용해졌다. 나는 가능한 한 매끄러운 동작으로 손을 뻗어 컴퓨터 가방에서 수첩을 살짝 꺼냈다. 그러고는 아무것도 써 있지 않은 부분을 펼쳐 메모할 준비를 했다.

"먼저 간단히 알려줄 것이 있습니다." 배커스가 말했다. "저쪽 벽 앞에 앉아 있는 분은 잭 매커보이 씨입니다. 〈로키 마운틴 뉴스〉의 기자인데 이번 일이 끝날 때까지 우리와 함께할 겁니다. 이 수사팀이 꾸려진 건 매커보이 기자의 훌륭한 취재 덕분입니다. 시인을 찾아낸 사람이 매커보이 기자예요. 매커보이 기자는 우리가 범인을 잡을 때까지 기사를 쓰지 않겠다고 약속했습니다. 여러분 모두 매커보이 기자를 정중히 대하기 바랍니다. 매커보이 기자는 부국장님의 허락을 받고 이 자리에 있는 거니까요."

다시 사람들의 시선이 느껴졌다. 나는 수첩과 펜을 든 채 얼어붙은 듯이 앉아 있었다. 마치 범죄 현장에서 손에 피를 잔뜩 묻힌 채 사람들에게 들킨 것 같았다.

"기사를 쓰지 않는다면서 수첩은 왜 꺼내 들고 있는 거죠?"

익숙한 목소리를 향해 시선을 돌렸다. 월링의 사무실에서 마주쳤던 그 예리한 인상의 남자였다.

"나중에 기사 쓸 때를 위해 메모하는 거예요." 월링이 말했다. 그녀가 나를 변호하고 나선 것이 뜻밖이었다.

"그럼 드디어 신문에 사실이 있는 그대로 실리겠군요." 예리한 인상의 남자가 그녀의 말을 맞받아쳤다.

"고든, 매커보이 기자를 불편하게 만드는 얘기는 그만두지." 배커스가 웃는 얼굴로 말했다. "매커보이 기자가 어련히 알아서 기사를 잘 쓸까. 부국장님도 그렇게 믿고 계셔. 사실 매커보이 기자가 지금까지 취재를 워낙 잘 해줬으니까 우리도 매커보이 기자를 무조건 백안시하지 않고 협조하기로 한 거야."

나는 고든이라는 남자가 당혹스럽다는 듯 고개를 절레절레 젓는 모습을 지켜보았다. 그의 얼굴이 점점 어두워지고 있었다. 적어도 이 자리에 앉은 사람 중 누구를 멀리해야 하는지 알 것 같았다. 두 번째 공격은 자료를 나눠주던 여자에게서 왔다. 그녀가 내게는 아무것도 주지 않고 그냥 지나가버린 것이다.

"모두 모여 회의를 하는 건 이번이 마지막입니다." 배커스가 말했다. "내일이면 다들 이리저리 흩어질 거고, 수사본부는 가장 최근 사건이 발생한 덴버로 옮겨질 겁니다. 레이철은 앞으로도 계속 수사팀 조정 역할을 할 것이고, 브래스와 브래드는 여기 남아서 자료대조 같은 재미있는 일을 도맡을 겁니다. 요원들 모두 매일 동부 시간으로 18시까지 덴버와 콴티코로 서면 보고서를 제출하세요. 우선은 덴버 지부에 팩스로 보내면 됩니다. 여러분이 방금 받은 자료에 팩스 번호가 있을 겁니다. 나중에 수사팀 전용선이 생기는 대로 번호를 알려주겠습니다. 자, 이제 지금까지의 수사결과를 살펴봅시다. 우리 모두 주파수를 똑같이 맞추는 게 아주 중요합니다. 수사에 조금이라도 틈이 생기는 건 금물이니까요. 지금까지 삐걱거린 것만으로도 충분합니다."

"일을 망치지 말아야겠죠." 고든이 빈정거렸다. "기자가 우릴 지켜보고 있으니."

몇 명이 웃음을 터뜨렸지만, 배커스가 중간에 끼어들었다.

"자자, 고든, 자네 뜻은 이미 충분히 알았어. 이제 브래스가 지금까지의 수사결과를 설명할 겁니다."

배커스의 맞은편에 앉아 있던 여자가 목을 가다듬었다. 그녀는 컴퓨터에서 뽑아온 자료처럼 보이는 종이 세 장을 탁자 위에 좍 펼쳐놓고 자리에서 일어섰다.

"지금까지 여섯 개 주에서 형사 여섯 명이 죽었습니다. 그 형사들이 사망 당시 각각 수사 중이던 여섯 건의 미결 살인사건도 있습니다. 확실한 건, 한두 명의 범인이 이 사건들을 모두 저질렀는지 단정하기가 어렵다는 겁니다. 물론 범인이 더 있을 수도 있지만, 그럴 가능성은 그다지 높지 않아 보입니다. 육감으로는 범인이 한 명인 것 같지만, 지금으로서는 그 느낌을 뒷받침할 증거가 그리 많지 않습니다. 단언할 수 있는 것은 이 여섯 형사의 죽음이 서로 관련되어 있으며, 따라서 범인은 한 명일 가능성이 아주 높다는 점입니다. 현재 우리는 이 범인에게 초점을 맞추고 있습니다. 우리가 시인이라고 부르는 범인이죠. 그것 외에는 사망한 형사들이 다루던 사건과도 이 범인이 관련 있을지 모른다는 짐작이 있을 뿐입니다. 그 점에 대해서는 나중에 이야기하겠습니다. 먼저 형사들부터 살펴보죠. 나눠드린 자료 중에 첫 번째 피해자 조사 1차 보고서(PVR)를 보면서 제가 몇 가지를 지적해 드리겠습니다."

모두들 자료를 살펴보는 모습을 보며 나는 혼자 따돌림당한 것 같아 기분이 나빠졌다. 회의가 끝난 뒤 배커스와 이야기해 봐야 할 것 같았다. 고든을 바라보니 그도 나를 바라보고 있었다. 그는 내게 윙크하고는 자기 앞의 자료로 시선을 돌렸다. 그때 월링이 일어서서 탁자 옆을 돌아 내 쪽으로 다가오더니 자료를 한 부 건네주었다. 고맙다는 뜻으로 고개를 끄덕했지만, 그녀는 이미 자기 자리로 돌아가는 중이었다. 그녀는 걸어가면서 고든을 흘깃 바라보았고, 두 사람은 한참 동안 서로에게서 시선을 떼지 않았다.

자료를 내려다보았다. 첫 번째 장은 이번 수사팀에 소속된 요원들의 이름과 임무가 적힌 조직도였다. 덴버, 볼티모어, 탬파, 시카고, 댈러스, 앨버커키 지부의 전화번호와 팩스번호도 있었다. 요원들 목록을 죽 훑어보니 고든이라는 이름은 딱 하나밖에 없었다. 고든 소슨. 그의 임무는 간단히 '콴티코-현장'이라고만 되어 있었다.

그다음으로 브래스라는 이름을 찾아보았다. 브래실리아 도런이 브래스라는 것쯤은 쉽게 짐작할 수 있었다. 그녀의 임무는 '피해자 담당/프로파일링'으로 되어 있었다. 다른 요원의 임무도 목록으로 정리되어 있었다. 필체 분석과 암호 분석을 담당한 요원도 있었지만, 피해자의 이름 옆에 해당 도시 이름만 적혀 있는 경우가 대부분이었다. 시인이 나타났던 도시마다 행동과학국 요원 두 명이 배정되어 FBI 지부 및 지역 경찰과 협조해 수사를 진행하게 되는 것 같았다.

다음 장으로 종이를 넘겼다. 지금 다른 사람들이 열심히 들여다보고 있는 바로 그 부분이었다.

피해자 조사 1차 보고서 -- 시인, BSS95-17

피해자 번호

1. 클리퍼드 벨트런, 사라소타 카운티 보안관서, 살인전담반

   백인 남성 1934. 3. 14~1992. 4. 1

   무기: S&W 12구경 엽총

   두부 총상 한 발

   사망장소: 자택, 목격자 없음

2. 존 브룩스, 시카고 경찰국, 살인전담반, 3구역

   흑인 남성 1954. 7. 1~1993. 10. 30

   무기: 경찰용, 글록 19

   두 발 발사, 두부 총상 한 발

   사망장소: 자택, 목격자 없음

3. 갈런드 페트리, 댈러스 경찰국, 살인전담반

백인 남성 1951. 11. 11~1994. 3. 28

무기: 경찰용, 베레타 38

두 발 발사, 흉부와 두부 총상

사망장소: 자택, 목격자 없음

4. 모리스 코타이트, 앨버커키 경찰국, 살인전담반

히스패닉 남성 1956. 9. 14~1994. 9. 24

무기: 경찰용, S&W 38

두 발 발사, 두부 총상 한 발

사망장소: 자택, 목격자 없음

5. 션 매커보이, 덴버 경찰국, 살인전담반

백인 남성 1961. 5. 21~1995. 2. 10

무기: 경찰용, S&W 38

두부 총상 한 발

사망장소: 승용차, 목격자 없음

가장 먼저 눈에 띈 것은 이 목록에 매커퍼티의 이름이 아직 없다는 점이었다. 그가 있었다면 2번이 되었을 것이다. 그때 방 안에 있는 많은 사람의 눈이 다시 내게 쏠리는 것을 느낄 수 있었다. 목록 맨 마지막의 이름을 읽고 내가 누군지 깨달은 모양이었다. 나는 자료에서 시선을 들지 않은 채 형의 이름 밑에 적혀 있는 글자들을 뚫어지게 바라보았다. 형의 삶이 짤막한 글귀 몇 개와 날짜만으로 요약되어 있었다. 브래실리아 도런이 마침내 나를 구해주었다.

"참고로 말씀드리면, 이 자료는 여섯 번째 사건이 확인되기 전에 작성된 것입니다." 그녀가 말했다. "그 사건을 자료에 포함시킨다면, 벨트런과 브룩스 사이에 오게 될 겁니다. 피해자의 이름은 존 매커퍼티, 볼티모어 경찰국의 살인전담반 형사였습니다. 그 사건에 대해서는 나중에 더 자세한 정보를 알려드리겠습니다. 어쨌든, 자료를 통해 알 수 있듯이, 이 사건들을 관통하는 공통점은 그리 많지 않습니다. 범행에 사용된 무기도, 사망 장소도 다릅니다. 피해자의 특징도 백인 세 명, 흑인 한 명, 히스패닉 한 명입니다…. 추가로 밝혀진 매커퍼티는 47세의 백인 남성입니다. 하지만 사건 현장의 모습과 증거들 사이에 제한적이나마 공통분모가 있습니다. 피해자들은 모두 살인전담반의 남성 형사였으며, 치명적인 두부 총상으로 사망했고, 총격을 목격한 목격자가 전혀 없습니다. 그 밖에 우리가 중점을 두게 될 두 가지 핵심 공통점이 있습니다. 각각의 사건에서 에드거 앨런 포가 언급되었다는 것이 첫 번째이고, 두 번째는 피해자의 동료들이 보기에, 모든 피해자가 특정한 살인사건에 집착하는 것처럼 보였다는 점입니다. 피해자 중 두 사람은 심지어 심리상담을 받으러 다닐 정도였습니다. 자료를 한 장 더 넘기시면…."

종이를 넘기는 소리가 방 안에 속삭임처럼 울려 퍼졌다. 모든 사람이 점점 이 사건의 음울한 매력에 빠져 들어가는 것을 느낄 수 있었다. 초현실적인 느낌이었다. 자기 영화를 마침내 극장에서 보게 된 시나리오 작가의 심정이 이럴 것 같았다.

전에는 이 모든 사실이 내 수첩과 컴퓨터와 머릿속에 숨어 아득한 가능성의 일부로만 존재했었다. 하지만 지금 이 방을 가득 채운 수사관들이 이 끔찍한 사건에 대해 터놓고 이야기하고, 자료를 들여다보며 그 사건의 존재를 확인해 주고 있었다.

그다음 장에는 피해자들이 남긴 유서가 적혀 있었다. 내가 전날 밤에 포의 시에서 찾아내 적어놓은 구절들이었다.

"이 사건들의 연관성을 확실히 보여주는 게 바로 이겁니다." 도런이 말했다. "시인은 에드거 앨런 포를 좋아합니다. 이유는 아직 모르지만, 여러분이 출장 나가 있는 동안 우리가 여기 콴티코에서 그 점을 조사할 겁니다. 여기서 브래드에게 발언권을 넘기겠습니다. 브래드가 이 유서들에 대해 이야기할 겁니다."

도런 바로 옆에 앉아 있던 요원이 일어서서 말을 이었다. 나는 자료 맨 앞 장으로 돌아가서 브래들리 헤이즐턴 요원의 이름을 찾아냈다. 브래스와 브래드라. 둘이 정말 잘 어울리네. 속으로 이런 생각을 했다. 호리호리한 몸매에 뺨에는 여드름 자국이 있는 헤이즐턴은 먼저 안경을 손가락으로 밀어 올린 뒤 입을 열었다.

"저, 여기 자료에 있는 건 이 사건들에서 나온 여섯 개의 구절입니다. 볼티모어 사건도 포함되어 있습니다. 모두 포의 시 세 편과 포가 마지막으로 남긴 말에서 나온 겁니다. 이 시들의 의미가 무엇인지, 그리고 이 시들이 범인과 어떤 관계가 있는지에 관해 모종의 공통점을 찾아낼 수 있는지 조사 중입니다. 무엇이든 단서가 될 만한 것을 찾고 있습니다. 범인이 이 구절들을 통해 우리를 놀리고 있을 뿐만 아니라, 자신 또한 위험을 무릅쓰고 있다는 것을 분명히 알 수 있습니다. 에드거 앨런 포의 시를 인용하지 않았더라면, 우리가 오늘 이 자리에 모이지도 않았을 거고, 매커보이 기자가 이 사건들 사이의 연관성을 찾아내지도 못했을 겁니다. 그러니까 이 시들이 범인의 서명입니다. 범인이 이를테면 월트 휘트먼이 아니라 굳이 포를 택한 이유를 조사할 예정이지만 저는…."

"그 이유는 내가 말해주죠." 탁자 한쪽 끝에 앉은 요원이 말했다. "포는 우울하기 짝이 없는 인간이었어요. 범인도 그런 녀석이겠죠."

몇몇 사람이 웃음을 터뜨렸다.

"저, 그렇습니다. 일반적인 의미에서는 아마 그게 맞는 말이겠죠." 헤이즐턴이 말했다. 탁자 끝의 요원이 분위기를 밝게 만들려고 한 말이라는 걸 모르는 눈치였다. "어쨌든, 저는 브래스와 함께 이 부분을 조사할 겁니다. 혹시 좋은 생각 있다면 말씀해 주세요. 지금으로선 관심 가는 것이 두 가지입니다. 포는《모르그가의 살인》을 발표해서 탐정소설의 아버지로 인정받았습니다. 그 작품은 기본적으로 미스터리 소설이죠. 그러니까 범인은 이번 사건을 모종의 미스터리 퍼즐로 보고 있는지도 모릅니다. 포의 말을 단서로 던져주며 자기 나름의 미스터리로 우리를 놀리면서 그냥 즐기고 있는 건지도요. 또 제가 포의 작품에 대한 비평과 분석을 조금 읽어보았는데, 흥미로운 얘기가 있었습니다. 범인이 인용한 시 중에 '귀신 붙은 궁전'이 있습니다. 〈어셔가의 몰락〉이라는 단편에 나오죠. 여러분 모두 그 작품에 관해 들어보았거나, 읽은 적이 있을 겁니다. 어쨌든 이 시에 관한 일반적인 분석에 따르면, 이 시가 표면적으로는 어셔가를 묘사하지만 그 이면을 파고 들어가 보면 소설의 핵심인물인 로더릭 어셔에 관한 설명이 감춰져 있다는 겁니다. 어젯밤에 브리핑을 들은 분이라면 아시겠지만, 여섯 번째 사건에 그 이름이 등장합니다. 죄송합니다, 션 매커보이 사건입니다. 그냥 번호로만 지칭하면 안 되는 건데."

그는 나를 바라보며 묵례했다. 나도 묵례로 답했다.

"시에 등장하는 묘사는… 잠깐만요." 헤이즐턴은 자기 메모를 훑어보다가 필요한 부분을 찾아내고는 안경을 다시 밀어 올리며 말을 이었다. "네, 여기 있군요. '노란색의, 찬란한, 황금빛 깃발들/지붕에 둥둥 떠서 흘러 다녔다.' 시의 뒷부분에는 이런 구절도 나옵니다. '깃발 꽂힌 창백한 성벽을 따라.' 다시 몇 줄 더 내려가면 '반짝이는 창문 두 개' 어쩌고저쩌고. 어쨌든 이 구절들을 해석해 보면, 남들과 어울리기 싫어하는 금발의 백인 남성이라는 결론이 나옵니다. 범인은 머리가 아마 길거나 곱슬머리일 것이고, 안경을 썼을 겁니다. 신체적인 특징과 관련해선 이것을 출발점으로 삼아야 할 겁니다."

방 안 전체에 웃음이 일었다. 헤이즐턴은 이것을 개인적인 비난으로 받아들인 모양이었다.

"다 책에 있는 얘깁니다." 그가 반발했다. "정말이에요. 이게 출발점입니다."

"잠깐만, 잠깐만." 바깥쪽 의자에서 누군가가 말했다. 그가 일어서자 방 안의 시선이 모두 그를 향했다. 그는 대부분의 요원들보다 나이가 많았으며, 베테랑 특유의 진지한 분위기를 풍겼다. "지금 이게 다 무슨 소린가? 노란 깃발이 흐른다고? 무슨 헛소리야? 포가 어쩌고 하는 얘기는 다 좋아. 저기 앉아 있는 저 젊은 친구가 신문을 파는 데는 도움이 되겠지. 하지만 내가 여기에 온 뒤로 지금까지 20시간 동안 어떤 우울한 녀석이 거리를 돌아다니며 대여섯 명의 베테랑 형사를 제압하고 그 입에 권총을 박아 넣었다는 얘기를 믿을 만한 증거는 전혀 없었어. 그런 말을 믿기가 힘들단 말이야. 자네들 생각은 어떤가?"

사람들은 이 말에 동의한다는 듯 고개를 끄덕이며 웅성거렸다. 이렇게 분위기를 바꿔놓은 요원을 누군가가 '스미티'라고 부르는 소리가 들렸다. 자료 맨 앞 장을 보니 척 스미스라는 이름이 있었다. 그는 댈러스로 갈 예정이었다.

브래스 도런이 대답하기 위해 일어섰다.

"그게 문제라는 건 저희도 압니다." 그녀가 말했다. "현재 저희는 범행수법에 관해 이야기할 준비가 전혀 되어 있지 않습니다. 하지만 제 판단으론 포의 시가 언급된 부분이 결정적입니다. 팀장님도 동의하셨고요. 이번 사건을 다른 시각으로 본다면 어떤 대안이 있습니까? 말도 안 된다며 그냥 수사를 중단해 버릴까요? 아뇨, 다른 사람이 또 목숨을 잃을 가능성이 있다고 보고 행동해야 합니다. 실제로 그럴 가능성이 있으니까요. 선배님이 제기한 의문점은 수사과정에서 해결되길 바랄 뿐입니다. 하지만 선배님의 의견이 고려할 만한 가치가 있으며, 회의적인 태도를 유지하는 것이 항상 좋다는 점에 대해서는 저도 동의합니다. 이번 사건은 통제권의 문제입니다. 시인은 이 사람들을 어떻게 통제할 수 있었을까요?"

그녀는 방 안을 죽 훑어보았다. 스미티는 아무 말이 없었다.

"브래스." 배커스가 말했다. "처음 피해자들부터 살펴보지."

"알겠습니다. 여러분, 다음 장을 보세요."

다음 장에는 시인이 죽인 형사들이 집착했던 살인사건에 관한 정보가 있었다. 이 살인사건의 피해자들은 형사들보다 먼저 죽었지만 이 보고서에서는 2차 피해자로 분류되었다. 이번에도 새로 밝혀진 사실은 자료에 포함되어 있지 않았다. 볼티모어에서 존 매커퍼티가 집착했던 살인사건의 피해자인 폴리 앰허스트가 아직 명단에 없었다.

2차 피해자 -- 1차 보고서

1. 게이브리얼 오티즈, 플로리다주 사라소타

   학생

   히스패닉 남성 1982. 6. 1~1992. 2. 14

   끈을 이용한 교살, 성추행

   (케이폭 섬유)

2. 로버트 스매더스, 시카고

   학생

   흑인 남성 1981. 8. 11~1993. 8. 15

   손으로 교살, 사망 전 신체 훼손

3. 앨시아 그러네이딘, 댈러스

   학생

   흑인 여성 1984. 10. 10~1994. 1. 4

   흉부에 다수의 자상, 사망 전 신체 훼손

4. 마누엘라 코테즈, 뉴멕시코주 앨버커키

   가정부

   히스패닉 여성 1946. 4. 11~1994. 8. 16

   둔기에 의한 다수의 상처, 사후 신체 훼손

   (케이폭 섬유)

5. 테레사 로프턴, 콜로라도주 덴버

   학생, 놀이방 직원

   백인 여성 1975. 7. 4~1994. 12. 16

   끈을 이용한 교살, 사후 신체 훼손

   (케이폭 섬유)

"여기에도 한 건이 빠져 있습니다." 도런이 말했다. "볼티모어 사건이죠. 제가 알기로 그 사건 피해자는 아이가 아니라 교사였습니다. 폴리 앰허스트. 끈을 이용한 교살이며 사후 신체 훼손이 있었습니다."

그녀는 메모하는 사람들을 위해 잠시 말을 쉬었다.

"아직은 이 사건들의 자료를 팩스로 받는 단계입니다." 그녀가 말을 이었다. "지금 보고 계신 건 오늘 회의를 위해 정리한 자료일 뿐입니다. 하지만 2차 사건만 놓고 보면, 공통점으로 어린이들이 드러난다는 것을 알 수 있습니다. 피해자 세 명이 어린이였고, 두 명은 어린이와 직접적으로 관계된 일을 했으며, 나머지 한 명인 마누엘라 코테즈는 주인집 아이를 데리러 학교로 가던 길에 납치·살해당했습니다. 따라서 범인이 원래 겨냥한 것은 어린이였으나, 일이 잘못된 사례가 절반이라고 추정할 수 있습니다. 어른 피해자가 아이를 미행하는 범인의 행동을 어떤 식으로든 방해해서 범인이 제거해 버린 거겠죠."

"신체 훼손은 어떻게 봐야 합니까?" 바깥 줄에서 한 요원이 물었다. "사후에 이루어진 경우도 있지만 아이들의 경우에는… 아닌데요."

"확신할 수는 없지만, 지금으로서는 범인이 정체를 감추려고 그런 짓을 한 것 같습니다. 각각 다른 범행수법과 병리적 행동을 드러냄으로써 범인은 자신을 감출 수 있었습니다. 이 자료를 보면 사건들이 비슷해 보이겠지만, 좀 더 철저히 분석할수록 다른 점이 많이 눈에 띕니다. 마치 각각 다른 병리적 증상을 지닌 여섯 명의 범인이 이들을 죽인 것 같습니다. 실제로 해당 지역의 기관이 이 사건들을 전부 VICAP 설문조사 때 제출했는데도, 이 사건들 사이에서 연관성을 발견한 사람은 하나도 없었습니다. 설문지 분량이 지금은 18쪽이나 되는데도 말입니다. 아무래도 이 범인은 우리를 연구한 것 같습니다. 우리의 믿음직한 컴퓨터가 절대 연관성을 찾아내지 못하게 하려면 범행수법을 얼마나 달리 해야 하는지 알고 있는 것 같아요. 범인의 유일한 실수는 바로 케이폭 섬유입니다. 거기서 우리가 알아챈 겁니다."

바깥 줄에서 한 요원이 손을 들자 도런이 그를 향해 고개를 끄덕했다.

"케이폭 섬유가 나온 사건이 세 건이나 되고, 이 사건들이 모두

VICAP 컴퓨터에 입력됐다면, 왜 컴퓨터가 연관성을 찾아내지 못한 겁니까?"

"사람의 실수 때문이죠. 맨 처음 오티즈 사건에서는 그 지역에 판야 나무가 자라고 있어서 케이폭 섬유를 그냥 넘겼습니다. 설문지에 포함되지 않았죠. 앨버커키 사건에서는 섬유의 정체가 케이폭이라는 사실이 밝혀지지 않았고, 나중에 밝혀진 뒤에는 자료를 새로 입력하지 않았습니다. 담당자가 깜박한 겁니다. 그래서 우리도 연관성을 놓쳤죠. 오늘에야 현장 지부에서 그 정보를 얻었습니다. 케이폭 섬유를 중요하게 보고 VICAP 목록에 포함시킨 건 덴버 사건뿐입니다."

여러 요원이 앓는 소리를 냈다. 나도 가슴이 내려앉았다. 앨버커키 사건 때 이미 연쇄살인범이 활동 중이라는 증거를 잡을 수 있었는데 그 기회가 그냥 지나가버렸다. 그때 증거를 놓치지 않았더라면 어떻게 됐을까. 그럼 션이 살아 있을지도 모르는데.

"이제 아주 중요한 문제를 생각해야 할 차례입니다." 도런이 말했다. "살인범이 몇 명이나 되는 걸까요? 첫 번째 사건을 저지른 범인과 형사들을 죽인 범인이 다른 걸까요? 아니면 그냥 한 명일까요? 한 명이 이 모든 사건을 다 저지른 걸까요? 지금으로서는 범인이 두 명일 가능성이 낮다는 점을 근거로, 범인이 한 명이라는 쪽에 무게를 두고 있습니다. 모든 도시에서 두 살인사건이 연결되어 있다는 것이 우리의 추측입니다."

"범인의 병리적 증상은 뭔가?" 스미티가 물었다.

"아직은 그저 추측만 할 뿐입니다. 확실한 건, 범인이 형사들을 죽이는 걸 자신의 자취를 감추고 확실히 도망칠 길을 마련하는 방편으로 본다는 겁니다. 다른 추측도 가능합니다. 범인이 살인전담반 형사를 꾀어 내려고 첫 번째 사건을 저질렀다고 보는 겁니다. 첫 번째 살인은 미끼라는 거죠. 살인전담반 형사가 집착하게 만들 정도로 아주 끔찍하게 사람을 죽인 살인. 첫 번째 살인을 저지른 뒤 시인은 사건을 맡은 형사들을 미행하며 그들의 일상적인 행동과 습관을 알아냈을 겁니다. 그 덕분에 그 형사들에게 접근해서 아무도 모르게 살인을 저지를 수 있었겠죠."

이 말에 방 안이 조용해졌다. 이 방에는 지금까지 수많은 연쇄살인사건을 수사한 경험이 있는 베테랑 요원들이 많았지만, 그들도 이 시인이라는 녀석 같은 사냥꾼을 만난 적은 없는 것 같았다.

"물론…." 브래스가 말했다. "지금으로서는 모든 것이 추측에 불과…."

배커스가 일어섰다.

"고맙네, 브래스." 그는 이렇게 말하고 나서 모든 사람을 향해 덧붙였다. "이제 빨리빨리 진행합시다. 프로파일링을 실시해서 일을 끝내고 싶으니까. 고든, 발표할 것이 있었지?"

"네, 빨리 하겠습니다." 소슨이 이렇게 말하며 자리에서 일어나 커다란 종이가 얹혀 있는 이젤로 다가갔다. "나눠드린 자료 속 지도에는 볼티모어가 빠져 있습니다. 그러니 잠시 주목해 주시기 바랍니다."

그는 굵은 검은색 매직펜으로 재빨리 대략적인 미국 지도를 그렸다. 그러고는 빨간색 매직펜으로 시인의 행적을 표시하기 시작했다. 플로리다(소슨은 다른 지역에 비해 플로리다를 유난히 작게 그렸다)에서부터 시작된 선은 볼티모어로 올라갔다가 시카고를 거쳐 댈러스로 내려간 뒤 다시 앨버커키로 올라와서 마침내 덴버에 이르렀다. 소슨은 검은색 펜을 다시 집어 들고 각 도시에서 사건이 발생한 날짜를 적었다.

"이것만 봐도 자명합니다." 소슨이 말했다. "놈은 서쪽을 향하고 있으며, 무엇 때문인지 살인전담반 형사들에게 아주 화가 나 있습니다."

그는 한 손을 들어 지도의 서쪽 절반을 가리켰다.

"우리가 운 좋게 놈을 먼저 잡지 못한다면, 이쪽에서 다음 사건이 일어날 겁니다."

빨간 선이 끝난 지점을 바라보다 보니 앞으로 닥칠 일에 대해 묘한 느낌이 들었다. 시인은 어디 있을까? 다음은 누구 차례일까?

"놈이 그냥 캘리포니아로 가서 비슷한 족속과 어울리게 두는 건 어때요? 그러면 문제 해결인데."

바깥 줄에 앉은 요원이 던진 농담에 모두들 웃음을 터뜨렸다. 이런 분위기에 헤이즐턴이 용기를 냈다.

"이봐, 고도." 그가 이젤을 향해 손을 뻗어 자그마한 플로리다를 연필로 툭툭 치며 말했다. "혹시 이 지도에 자네의 심리적 비밀 같은 게 드러난 건 아니겠지?"

이 말에 그 어느 때보다 커다란 웃음이 터졌고, 소슨의 얼굴은 붉게 달아올랐다. 하지만 그는 자신을 놀리는 그 농담에 미소를 지었다. 레이철 월링의 얼굴이 기쁨으로 빛나고 있었다.

"아주 재미있는 농담이야, 헤이즐." 소슨이 큰소리로 맞받아쳤다. "자네는 시 분석이나 계속하지 그래. 원래 그런 거 잘하잖아."

웃음소리가 순식간에 잦아들었다. 소슨의 말이 재치 있는 농담이라기보다는 가시 돋친 인신공격에 더 가깝다고들 생각한 모양이었다.

"원래 하던 얘기로 돌아가죠." 소슨이 말했다. "참고로 말씀드리지만, 오늘 밤에 모든 지부에 이런 사건을 예의 주시하라는 경보를 내릴 겁니다. 특히 서부 쪽 지부에요. 다음 사건이 발생했을 때 우리가 일찍 연락받고 현장 분석을 하게 된다면 수사에 많은 도움이 될 겁니다. 그래서 현장에 출동할 팀을 대기시킬 예정입니다. 하지만 지금은 각 지역 수사기관들에 모든 걸 의존하고 있습니다. 팀장님?"

배커스가 목을 가다듬고는 말을 이어받았다.

"다들 달리 지적할 것이 없다면 프로파일링으로 넘어갑시다. 이 범인의 특징이 뭘까? 고든이 지부에 경보를 내릴 때 같이 보낼 정보가 필요합니다."

요원들이 이런저런 의견을 내놓았다. 아주 자유로운 추측이 많았고, 개중에는 심지어 폭소를 이끌어낸 것도 있었다. 요원들이 서로 끈끈한 동지애로 뭉쳐 있음을 알 수 있었다. 물론 소슨과 월링, 소슨와 헤이즐턴의 행동에서 드러났듯이 갈등도 있었다. 그래도 이 사람들은 이 방에 이렇게 앉아 이런 일을 하는 것에 아주 익숙한 듯이 보였다. 슬픈 일이었다. 이런 사건이 많았다는 것은.

이런 과정을 거쳐 도출된 범인의 프로필은 시인을 잡는 데 큰 도움이 될 것 같지는 않았다. 요원들이 내놓은 일반적인 의견은 주로 범인의 내면에 관한 묘사였다. 분노, 고립, 평균 이상의 교육수준과 지능. 수많은 사람 중에서 이런 특징을 어떻게 가려낼 수 있을까. 절대 불가능한 일이었다.

가끔 배커스가 나서서 토론을 원래 자리로 되돌려 놓기 위해 질문을 하나씩 던지곤 했다.

"브래스가 내놓은 추측이 옳다면, 왜 살인전담반 형사들이지?"

"그 답을 알아내면 범인을 다 잡은 거나 마찬가지죠. 그게 수수께끼예요. 시를 인용한 건 교란작전입니다."

"부자일까, 가난할까?"

"놈은 돈이 있어요. 반드시. 놈은 어딜 가든 오래 머무르지 않습니다. 직업이 없다는 얘기죠. 살인이 직업이에요."

"은행에 돈이 있거나 부모가 부자거나 할 겁니다. 자동차를 갖고 있으니 기름 살 돈이 필요할 거예요."

이런 식으로 회의가 20분 더 계속되었고, 도런은 1차 프로파일링을 위해 메모했다. 마침내 배커스가 회의를 마무리하며 모두들 아침에 출장을 가야 하니 오늘 밤은 그냥 쉬라고 말했다.

회의가 끝난 뒤 요원들 몇 명이 다가와 이름을 밝히고는 형에게 애도의 뜻을 표하고, 내 취재에 감탄했다. 하지만 그런 사람은 몇 명에 불과했다. 그중에는 헤이즐턴과 도런이 있었다. 몇 분 뒤 나는 혼자 남아서 월링을 찾으려고 두리번거렸다. 그때 고든 소슨이 다가와 손을 내밀었다. 나는 망설이다가 그 손을 잡았다.

"당신을 괴롭힐 생각은 아니었습니다." 그가 따뜻한 미소를 지으며 말했다.

"괜찮습니다. 신경 쓰지 마세요."

그는 손힘이 셌다. 일반적인 관습대로 2초쯤 악수를 한 뒤 손을 빼내려고 했지만 그는 놓아주지 않았다. 오히려 내 손을 잡아당기더니 아무도 자기 말을 듣지 못하게 내게 가까이 몸을 기울였다.

"당신 형이 지금 이 자리에서 이런 모습을 볼 수 없다는 게 다행이야." 그가 속삭였다. "만약 내가 이 사건에 끼려고 당신 같은 짓을 했다면 부끄러워 못 견딜 거야. 나 자신을 견딜 수 없을 거라고."

그는 몸을 똑바로 폈다. 여전히 미소 띤 얼굴이었다. 나는 그냥 그를 바라보며 고개를 끄덕였다. 왜 그랬는지는 나도 모르겠다. 그는 내 손을 놓고 가버렸다. 내가 스스로를 변호하지 않은 것이 굴욕적이었다. 바보같이 고개나 끄덕이다니.

"무슨 얘길 했어요?"

고개를 돌려 보니 레이철 월링이었다.

"어, 아무것도 아니에요. 그냥… 별일 아니에요."

"저 사람이 뭐라고 했든 그냥 잊어버려요. 가끔 아주 고약하게 구는 사람이니까."

나는 고개를 끄덕였다.

"네, 그런 것 같았어요."

"자, 회의실로 다시 가요. 배고파 죽겠어요."

복도에서 그녀는 출장계획을 말해주었다.

"내일 아침 일찍 떠날 거예요. 당신도 힐튼까지 갔다가 오느니 오늘 밤을 그냥 여기서 보내는 편이 나을 거예요. 방문객 숙소가 금요일이면 대개 비어 있거든요. 내가 그곳에 방을 마련하라고 하고, 힐튼에 연락해서 당신 물건을 덴버로 보내라고 할게요. 그래도 괜찮겠어요?"

"네, 뭐…."

나는 여전히 소슨에 대해 생각하고 있었다.

"나쁜 자식."

"네?"

"그놈 말이에요, 소슨. 정말 고약한 자식이에요."

"잊어버려요. 우린 내일 떠나고, 그 사람은 여기 남을 거예요. 힐튼 쪽은 어떻게 하면 좋겠어요?"

"네, 좋아요. 컴퓨터랑 그 밖에 중요한 건 이미 갖고 왔으니까."

"아침에 당신한테 새 셔츠를 가져다주라고 할게요."

"아, 내 차. 힐튼 주차장에 렌터카를 세워 놨어요."

"열쇠는 어디 있어요?"

나는 주머니에서 열쇠를 꺼냈다.

"나한테 줘요. 우리가 알아서 할 테니."

23

환상적인 기사

아주 이른 시간. 새벽빛이 커튼에 비칠락 말락 하는 시간. 글래든은 달린의 집 안을 돌아다녔다. 너무 신경이 곤두서서 잠이 오지 않았고, 기분이 너무 들떠서 자고 싶지도 않았다. 자그마한 방들을 돌아다니며 생각하고, 계획하고, 기다렸다. 침실에 누워 있는 달린을 잠시 지켜보다가 다시 거실로 돌아왔다.

오래된 포르노 영화의 포스터들이 액자도 없이 벽에 테이프로 붙여져 있고, 아무 짝에도 쓸모없는 삶을 보여주는 고물 잡동사니들이 집 안에 가득했다. 사방에 니코틴이 배어 있었다. 글래든도 담배를 피웠지만, 이런 건 역겨웠다. 이 집은 정말이지 난장판이었다.

그는 한 포스터 앞에서 걸음을 멈췄다. 〈달린의 내면〉이라는 영화의 포스터였다. 그녀는 1980년대 초에 자신이 스타였다고 말했다. 하지만 그 뒤로 비디오 때문에 이 업계는 혁명적인 변화를 겪었고, 그녀도 점점 늙기 시작하면서 눈가와 입가에 세월의 풍상이 드러났다. 그녀는 몸매와 얼굴이 주름 하나 없이 매끈하게 보이도록 수정된 포스터들을 가리키며 아련한 미소를 지었다. 포스터에서 그녀의 이름은 간단히 달린이라고만 되어 있었다. 성 같은 건 필요 없었다. 그는 찬란했던 과거의 자신이 지금의 자신을 조롱하는 이런 곳에서 살아가는 게 어떤 기분일지 궁금했다.

고개를 돌리자 식당의 카드놀이 탁자 위에 그녀의 가방이 보였다. 그는 가방을 뒤졌다. 화장품이 대부분이고, 빈 담뱃갑과 종이성냥이 있었다. 불량배를 막기 위한 자그마한 스프레이 깡통과 지갑도 있었다. 지갑에는 7달러가 있었다. 그는 그녀의 운전면허증을 보고서야 비로소 그녀의 이름과 성을 알았다.

"달린 쿠젤." 그가 큰소리로 말했다. "만나서 반가워요."

그는 돈을 꺼낸 뒤 다른 물건은 모조리 가방 속에 다시 집어넣었다. 7달러는 큰돈이 아니지만, 그래도 돈은 돈이었다. 디지타임의 대리점 점원이 하도 고집을 부리는 바람에 그는 카메라를 주문하면서 선금을 내야 했다. 결국 수중의 돈이 겨우 몇백 달러로 줄어들었다. 7달러를 챙기는 것이 나쁘지는 않을 거라는 생각이 들었다.

그는 돈 걱정을 접어두고 다시 서성거리기 시작했다. 시간이 문제였다. 카메라는 뉴욕에서 우편으로 오기로 되어 있으므로, 수요일이나 되어야 도착할 것이다. 닷새를 더 기다려야 한다는 얘기였다. 안전을 위해서는 그동안 여기 달린의 집에 있어야 한다는 것을 그는 알고 있었다. 또한 그가 이곳에 있으려면 얼마든지 있을 수 있다는 것도 알고 있었다.

그는 상점에 가서 사올 물건 목록을 만들기로 했다. 달린의 찬장에는 참치 말고는 먹을 것이 거의 없었다. 그런데 그는 참치를 끔찍이 싫어했다. 수요일까지 여기 처박혀 있으려면 밖에 나가서 장을 좀 보아야 했다. 살 것이 많지는 않았다. 생수(달린은 수돗물을 그냥 마시는 듯했다)와 과일 맛 사탕, 스파게티 소스를 좀 사는 것도 괜찮을 것 같았다.

밖에서 자동차 소리가 들렸다. 문으로 다가가서 귀를 기울이자 줄곧 기다리던 소리가 들려왔다. 신문이 땅에 떨어지는 소리. 달린은 옆집에 세 들어 사는 사람이 신문을 본다고 말해주었다. 글래든은 달린에게 신문에 대해 물어볼 생각을 한 자신이 대견스러웠다. 그는 창가로 가서 블라인드 틈새로 거리를 내다보았다. 하늘이 회색으로 뿌옇게 밝아오고 있었다. 밖에는 사람이 하나도 없었다.

글래든은 잠금장치 두 개를 풀고 상쾌한 아침 공기 속으로 나갔다. 주위를 둘러보자 옆집 앞의 인도에 신문이 떨어져 있었다. 옆집에서는 불빛이 전혀 새어나오지 않았다. 글래든은 재빨리 옆집으로 가서 신문을 들고 달린의 집으로 돌아왔다.

소파에 자리 잡은 그는 신문지 여덟 장을 재빨리 넘겨 메트로 섹션을 찾아냈다. 기사가 없었다. 모텔 청소부에 대한 기사가 하나도 없었다. 그는 메트로 섹션을 던져버리고 그 앞부분을 집어 들었다.

신문을 찬찬히 살핀 끝에 그는 마침내 원하는 것을 찾아냈다. 1면 오른쪽 아래 구석에 그의 사진이 있었다. 샌타모니카에서 체포되었을 때 경찰에서 찍은 상반신 사진이었다. 그는 자신의 사진에서 시선을 떼고 기사를 읽기 시작했다. 어찌나 기분이 좋은지 이루 말할 수 없을 정도였다. 자신이 또 1면을 장식하다니. 이게 얼마만인지. 기사를 읽는 동안 그의 얼굴이 붉게 상기되었다.

모텔 살인사건 용의자 플로리다에서 법망을 피해 도주한 전력

케이샤 러셀, 〈로스앤젤레스 타임스〉 기자

할리우드에 위치한 모텔의 청소부를 잔인하게 살해하고 신체를 훼손한 용의자가 이미 플로리다에서 아동 성추행 혐의를 받고 도주 중인 인물로 밝혀졌다고 로스앤젤레스 경찰이 금요일에 밝혔다.

용의자의 이름은 윌리엄 글래든(29)이며, 그가 묵고 있던 할리우드 스타 모텔의 방에서 발견된 이밴절린 크라우더(19)의 시체는 여러 토막이 난 상태로 방에 있던 서랍장의 서랍 세 칸에 들어 있었다.

이 시체는 글래든이 모텔을 떠난 뒤, 사라진 청소부를 찾던 모텔 직원에 의해 발견되었다. 경찰에 따르면, 이 모텔 직원은 글래든이 묵던 방에 들어갔다가 서랍장에서 피가 배어나오는 것을 보았다고 한다. 크라우더에게는 아직 갓난아기인 아들이 있다.

글래든은 호텔에 숙박할 때 브라이스 키더라는 이름을 사용했으나, 경찰은 방에서 발견된 지문을 분석해 그가 글래든임을 밝혀냈다.

글래든은 7년 전 플로리다주 탬파에서 큰 주목을 끌었던 아동 성추행 사건으로 징역 70년을 선고받았다. 그러나 감옥에서 겨우 2년을 보낸 뒤, 항소심에서 판결이 뒤집혀 석방되었다. 핵심적인 증거였던 어린이들의 알몸 사진을 경찰이 불법적으로 취득했다는 판결이 내려진 때문이었다. 재판에서 패배한 검찰 측은 더 가벼운 혐의로 유죄를 인정하겠다는 글래든의 제안을 받아들여 글래든은 가석방되었다.

한편 경찰은 모텔 살인사건이 발생하기 사흘 전 글래든이 샌타모니카에서 체포된 적이 있다는 사실도 알아냈다. 그는 바닷가 샤워장에서 몸을 씻는 아이들과 부두에서 회전목마를 타는 아이들의 사진을 찍고 있다는 신고가 접수된 뒤 여러

가지 경범죄를 저지른 혐의로 체포되었으나, 정체가 밝혀지기 전에 기소인부절차에서 보석으로 풀려났다.

-14A면에 계속

글래든은 기사를 계속 읽기 위해 안쪽 면을 펼쳤다. 거기에도 그의 또 다른 사진이 독자를 쏘아보고 있었다. 플로리다에서 기소되기 전, 여윈 얼굴에 빨간 머리를 하고 있던 스물한 살 시절의 사진이었다. 이 사진 옆에는 그에 관한 기사가 하나 더 있었다. 그는 1면에서 이어진 기사부터 재빨리 읽었다.

-1A면에서 계속

경찰은 글래든이 크라우더를 살해한 동기를 아직 찾아내지 못했다고 밝혔다. 글래든이 거의 일주일 가까이 묵었던 방은 지문이 남지 않게 꼼꼼히 청소되어 있었지만, 로스앤젤레스 경찰국의 에드 토머스 형사는 글래든이 저지른 딱 하나의 실수 덕분에 그의 정체를 밝혀낼 수 있었다고 말했다. 그가 화장실 변기의 물을 내리는 손잡이 아래쪽에 묻은 지문을 미처 닦아내지 못했다는 것이다.

토머스 형사는 "우리에겐 행운이었다"면서 "그 지문 하나로 충분했다"고 말했다.

경찰은 그 지문을 경찰국의 자동지문인식시스템(AFIS)에 입력했다. 이는 지문자료가 입력된 전국적인 컴퓨터네트워크에 소속되어 있어 경찰은 플로리다의 수사국 컴퓨터에 입력된 글래든의 지문을 찾아낼 수 있었다.

토머스 형사에 따르면, 글래든은 가석방 조건을 어긴 혐의로 거의 4년째 수배 중이었다. 그는 플로리다에서 가석방 담당관을 정기적으로 만나야 했지만, 이를 중단하고 사라진 것으로 알려졌다.

샌타모니카 사건에서 경찰은 일요일에 글래든이 회전목마 타는 어린이들을 지켜보는 모습을 감시하다가 추격전 끝에 그를 체포했다. 글래든은 경찰을 따돌리려고 쓰레기통을 바다 속에 빠뜨리기도 했으나, 결국 3번가 산책로의 식당에서 체포되었다.

체포 당시 해럴드 브리스베인이라는 이름을 댄 글래든은 공공수로를 오염시킨 혐의, 시 재산을 파괴한 혐의, 경찰을 피해 도망친 혐의로 기소됐으나 지방검사실은 증거가 부족하다며 그가 아이들을 촬영했다는 혐의에 대해서는 불기소처분을 내렸다.

샌타모니카 경찰국의 콘스턴스 델피 형사는 회전목마 관리직원에게 신고를 받고 파트너와 회전목마 주변을 감시하게 됐다고 말했다. 글래든을 신고한 직원은 그가 어린이들 주위를 어슬렁거리며 바닷가 샤워장에서 부모들이 아이의 옷을 벗기고 씻기는 모습을 카메라로 찍고 있다고 신고했다.

글래든은 체포 당시 지문을 찍었지만, 샌타모니카에는 지문인식 컴퓨터가 없는 관계로 법무부와 로스앤젤레스 경찰국 등 다른 기관의 컴퓨터를 이용해 지문을 검색하고 있다. 그러나 각 기관이 자신들의 사건을 우선적으로 다루기 때문에 산타모니카 사건의 지문검색에는 대개 여러 날이 걸린다.

이번 사건에서도 샌타모니카 경찰서에서 자신이 브리스베인이라고 주장한 남자의 지문은 로스앤젤레스 경찰국에서 화요일에야 비로소 컴퓨터에 입력되었다. 그때 글래든은 유치장에서 일요일 밤을 보내고 5만 달러의 보석금에 대한 보증금을 낸 뒤 이미 석방된 상태였다.

로스앤젤레스 경찰국은 목요일 늦게야 모텔에서 채취한 지문이 글래든의 것이라는 사실을 알아냈다.

이 두 사건을 담당한 형사들은 그동안 벌어진 일들이 결국 살인으로 끝난 것을 안타까워하고 있다.

샌타모니카 경찰국 아동학대 전담반의 델피 형사는 "이런 일이 일어나면 항상 이런저런 생각을 하게 된다"면서 "우리가 글래든을 계속 가둬놓을 수 있는 방법이 있었는지 잘 모르겠다. 결과가 좋을 때도 있고 나쁠 때도 있게 마련이다"라고 말했다.

토머스 형사는 글래든을 자유의 몸으로 풀어준 플로리다에서 이미 진짜 범죄가 저질러진 셈이라고 말했다.

"이 남자는 아동성애자임이 분명한데도 당국은 그를 놓아주었다."고 말했다. "시스템이 제대로 작동하지 않을 때 항상 이런 사건이 일어나 무고한 사람이 대가를 치르게 되는 것 같다."

글래든은 재빨리 다음 기사로 옮겨갔다. 자신에 관한 기사를 읽다 보니 묘하게 의기양양한 기분이 들었다. 그는 그 황홀한 느낌을 만끽했다.

용의자 플로리다에서 법망을 교묘히 피해 도주

케이샤 러셀, 〈로스앤젤레스 타임스〉 기자

당국에 따르면, 법률에 관해 해박한 지식을 갖고 있던 윌리엄 글래든은 교도소에서 배운 술수를 이용해 사법체계를 무력화시키고 사라져버렸다. 이번 주에 그의 신원이 밝혀질 때까지 그는 여전히 종적이 묘연한 상태였다.

글래든은 8년 전 탬파의 리틀덕스어린이센터에서 근무하면서 3년 동안 무려 열한 명의 어린이를 성추행한 혐의로 체포되어 재판에 회부되었다. 이 사건은 대대적으로 보도되어 큰 화제가 되었으며, 2년 후 글래든은 스물여덟 개 혐의에 대해 유죄판결을 받았다. 그가 유죄판결을 받는 데 결정적인 역할을 한 증거는 피해자들 중 아홉 명을 찍은 폴라로이드 사진이었다. 이 사진 속에서 아이들은, 지금은 없어진 리틀덕스어린이센터 벽장 안에서 옷차림이 흐트러진 모습을 하고 있었다.

그러나 이 사진에서 가장 중요한 것은 아이들 중 일부가 알몸으로 사진을 찍혔다는 점이 아니라, 바로 아이들의 표정이었다. 당시 힐스버로 카운티 검사로서 이 사건을 담당했으며 지금은 탬파에서 변호사로 활동하는 찰스 하운첼은 금요일에 기자와의 전화 인터뷰에서 "아이들은 모두 겁에 질린 표정이었다"면서 "아이들이 사진 속에서 당하고 있는 일을 좋아하지 않는다는 사실이 역력히 드러나 있었다. 그것이 이 사건의 본질을 밝혀주었다. 사진 속에 드러난 아이들의 표정과 아이들이 상담 전문가에게 진술한 이야기가 일치했다"고 말했다.

재판에서 이 사진들은 아이들이 상담에서 진술한 이야기보다 더 중요한 역할을 했다. 글래든은 아들이 자신에게 성추행당했다고 생각한 경찰관이 자신의 아파트를 불법적으로 수색하다가 그 사진들을 발견했다며 이의를 제기했지만 판사는 사진들을 증거로 채택했다.

배심원들은 글래든에게 유죄 평결을 내릴 때 거의 전적으로 사진에만 의존했다고 나중에 밝혔다. 아이들을 상담했던 두 전문가에 대해 글래든의 변호사가 아이들을 조종해 글래든을 비난하게 만드는 방법을 썼다며 신뢰성에 의문을 제기했기 때문이었다.

유죄 평결 이후, 글래든은 레이퍼드의 유니언 교도소에서 70년간 복역해야 한다는 선고를 받았다.

체포되기 전, 영문학 학위가 있던 글래든은 교도소에서 시, 심리학, 법학을 공부했다. 그는 특히 법학에서 뛰어난 성적을 거둔 것 같다. 하운첼에 따르면, 글래든은 복역하면서 재빨리 법 관련 지식을 습득해 다른 재소자의 항소 적요서 작성을 돕는 한편 자신의 항소 적요서도 작성했다.

성범죄자들 중에서 글래든의 '의뢰인'이었던 유명한 인물로는 올랜도의 베갯잇 강간범 도넬 폭스, 마이애미의 서핑 챔피언 앨런 재닌, 라스베이거스에서 최면술 공연을 하던 호러스 곰블 등이 있다. 세 명 모두 여러 건의 강간 혐의로 복역 중이었는데, 글래든은 자신이 대신 작성해 준 항소 적요서로 이들이 자유의 몸으로 석방되거나 새로 재판받을 수 있게 해주려고 애썼으나 성공하지 못했다.

그러나 하운첼에 따르면, 글래든은 복역한 지 1년도 채 안 돼서 철저한 준비 끝에 항소를 제기해 자신의 유죄 판결에 결정적인 역할을 했던 사진이 불법 수색으로 발견되었다는 점을 다시 지적했다.

하운첼은 이 사진들을 발견한 레이먼드 고메즈 경관이 다섯 살짜리 아들에게서 어린이센터에 근무하는 남자에게 성추행당했다는 말을 듣고 분노에 휩싸여 글래든의 집으로 갔다고 설명했다. 당시 비번이던 고메즈 경관은 문을 두드려도 아무 대답이 없고 문이 잠겨 있지도 않자 안으로 들어갔다. 고메즈 경관은 나중에 이 문제에 대해 개최된 청문회에서 문제의 사진이 침대 위에 펼쳐져 있었다고 증언했다. 그는 재빨리 그 집을 나와 형사들에게 이 사실을 알렸고, 형사들은 수색영장을 받았다.

형사들은 수색영장을 들고 글래든의 집에 가서 벽장 속에 숨겨져 있던 사진들을 찾아낸 뒤 글래든을 체포했다. 재판에서 글래든은 자신이 외출했을 때 문이 열려 있지 않았고, 사진을 펼쳐놓지도 않았다고 주장했다. 그는 또한 문이 열려 있든 아니든, 사진이 밖에 나와 있든 아니든, 고메즈 경관의 수색은 불법적인 수색과 압수로부터 보호받을 권리를 명시한 헌법에 분명히 어긋난다고 주장했다.

재판을 맡은 판사는 고메즈 경관이 글래든의 집에 들어간 순간에는 경찰관이 아니라 아버지의 입장이었다고 판결했다. 따라서 핵심증거를 우연히 발견한 것이 헌법에 어긋나지 않는다는 것이었다.

그러나 항소심 재판관은 고메즈 경관이 훈련과정에서 수색과 압수에 관한 법을 이미 배워 알고 있었으므로 영장도 없이 그 집에 들어가는 일은 삼갔어야 마땅하다며 글래든의 손을 들어주었다. 플로리다주 대법원도 이 항소심 결과를 뒤집지 않았고, 글래든은 사진을 증거로 채택하지 않은 상태에서 새로 재판받을 길이 열렸다.

첫 번째 재판에서 배심원들이 결정적인 역할을 했다고 밝힌 핵심 증거 없이 재판에서 이겨야 하는 어려운 상황에 직면한 당국은 어린이 한 명에게 음탕한 행동을 했다는 죄목에 대해서만 유죄를 인정하겠다는 글래든의 주장을 받아들였다. 이런 범죄의 최고 형량은 징역 5년과 보호 관찰 5년인데, 글래든은 이미 33개월을 복역하며 모범수로 같은 기간만큼의 감형 점수까지 따놓은 상태였다. 이에 글래든은 선고 재판에서 최고 형량을 받았는데도 자유의 몸으로 풀려나 보호 관찰을 받게 되었다.

하운첼은 "그가 법을 교묘히 이용했다"면서 "그걸 알면서도 우리는 우리 손에 있는 증거를 사용할 수 없었다. 선고가 내려진 뒤 나는 피해 어린이와 그 부모들의 얼굴을 차마 볼 수 없었다. 범인이 자유로이 풀려나면 같은 짓을 또 저지를 가능성이 높다는 것을 알고 있었기 때문"이라고 말했다.

석방된 지 1년도 안 돼서 글래든이 자취를 감추자 보호 관찰 조건을 어긴 혐의로 영장이 발부되었다. 그리고 이번 주, 그는 무시무시한 사건과 함께 남부 캘리포니아에서 다시 모습을 드러냈다.

글래든은 이 기사를 처음부터 끝까지 한 번 더 읽었다. 기자가 자신을 철저히 취재했고, 과거 범행을 인정해 주었다는 게 환상적이었다. 고메즈 경관의 이야기에 의문을 제기하는 듯한 분위기가 행간에 숨어 있는 것도 마음에 들었다. 그놈은 거짓말쟁이였다. 그놈이 제멋대로 남의 집에 들어와서 재판 결과가 달라졌다. 글래든 입장에서 보면 쌤통이었다. 그는 기자에게 전화를 걸어 이런 기사를 써줘서 고맙다고 인사할 뻔했지만 마음을 고쳐먹었다. 너무 위험한 짓이다. 그는 젊은 검사였던 하운첼을 생각했다.

“법을 교묘히 이용했단 말이지.” 그는 고함치며 같은 말을 반복했다. “법을 교묘히 이용했단 말이지!”

머리가 정신없이 돌아가며 기쁨으로 가득 찼다. 저들이 아직 모르는 게 아주 많은데도 그는 이미 1면을 장식했다. 저들도 곧 알게 될 것이다. 틀림없이. 영광의 순간이 다가오고 있다. 조금만 더 있으면….

글래든은 침실로 들어가 장 보러 나갈 준비를 했다. 일찍 갔다 오는 편이 좋을 것 같았다. 그는 다시 달린을 바라보고는 침대 위로 허리를 숙여 그녀의 팔목을 잡고 팔을 들어 올리려 했다. 사후경직이 완전히 진행된 상태였다. 그는 그녀의 얼굴을 보았다. 턱 근육이 벌써 수축하기 시작해 입술을 뒤로 잡아당기는 바람에 보기 싫게 히죽 웃는 것 같은 표정이 되어 있었다. 그녀의 눈은 침대 위의 거울에 비친 자신의 모습을 뚫어지게 바라보고 있는 듯했다.

그는 손을 뻗어 그녀의 가발을 벗겼다. 원래 머리는 불그스름한 갈색의 짧은 머리로 매력이 없었다. 가발 아래쪽 가장자리에 피가 조금 묻어 있는 것이 보였다. 그는 가발을 들고 욕실로 가서 핏자국을 닦고, 외출 준비를 하고는 침실로 돌아와 벽장에서 필요한 물건을 챙겼다. 방을 나가며 시체를 흘깃 뒤돌아본 글래든은 그녀에게 문신의 의미를 물어본 적 없다는 사실을 깨달았다. 이제는 어쩔 수 없는 일이었다.

그는 문을 닫기 전에 에어컨을 세게 틀었다. 그러고는 거실에서 옷을 갈아입으면서 향을 좀 사와야겠다고 생각했다. 그녀의 지갑에서 꺼낸 7달러를 거기에 쓸 생각이었다. 지금 문제를 일으키고 있는 사람이 그녀니까 문제를 해결하는 비용을 그녀가 내는 것이 당연했다.

24

그들과의 인터뷰

토요일 아침 우리는 헬리콥터로 콴티코에서 내셔널까지 가서 FBI 소유의 소형 제트기로 갈아타고 콜로라도로 향했다. 형이 죽은 곳. 범인의 최근 행적이 남아 있는 곳. 비행기 안에는 나, 배커스, 월링 그리고 전날 저녁 회의에서 보았던 톰슨이라는 감식 전문가가 타고 있었다.

나는 왼쪽 가슴에 FBI 로고가 찍힌 하늘색 티셔츠를 재킷 밑에 입고 있었다. 아침에 월링이 내 숙소로 와서 미소를 지으며 건네준 옷이었다. 그녀 입장에서는 친절을 베푼 것이었지만 나는 한시라도 빨리 덴버에 도착해서 내 옷으로 갈아입고 싶었다. 그래도 벌써 이틀 동안이나 입었던 셔츠를 계속 입는 것보다는 이 FBI 셔츠가 나았다.

비행은 순탄했다. 나는 배커스와 월링의 자리보다 세 줄 뒤에 앉았다. 톰슨은 두 사람 바로 뒤에 앉았다. 나는 이번에 산 포의 책에 실린 작가 이력을 읽고 노트북컴퓨터로 메모를 작성하며 시간을 보냈다.

국토를 절반쯤 가로질렀을 때 레이철이 자리에서 일어나 내게 다가왔다. 청바지에 초록색 코르덴 셔츠를 입고 검은 하이킹 부츠를 신은 그녀는 내 옆자리에 앉으면서 머리를 귀 뒤로 넘겼다. 그 덕분에 그녀의 얼굴 윤곽이 잘 드러났다. 그녀는 아름다웠다. 나는 그녀를 바라보는 내 감정이 24시간도 채 안 되는 사이에 미움에서 호감으로 바뀌었음을 깨달았다.

"뒷자리에 혼자 앉아서 무슨 생각을 하고 있어요?"

"별 생각 없어요. 형 생각을 했던 것 같아요. 우리가 범인을 잡는다면, 형이 그렇게 된 경위를 알게 되겠죠. 아직도 믿기가 힘들어요."

"형하고 사이가 좋았어요?"

"대개는요." 그 점에 대해 별로 생각하고 싶지 않았다. "지난 몇 달간은 아니었어요…. 전에도 그런 적이 있어요. 주기적으로 반복되는 것 같아요. 사이좋게 잘 지내다가 서로에게 진저리를 치는 식으로."

"형하고는 터울이 얼마나 돼요?"

"3분이요. 쌍둥이였거든요."

"몰랐어요."

나는 고개를 끄덕였다. 그녀는 우리가 쌍둥이여서 내 마음이 훨씬 더 아플 거라고 짐작했는지 인상을 찌푸렸다. 그 생각이 옳은 것 같기도 했다.

"보고서에서 그 부분을 미처 보지 못했어요."

"그런 건 별로 중요하지 않으니까요."

"어쨌든 그래서 당신이… 난 항상 쌍둥이들이 궁금했어요."

"형이 죽던 날 밤 형한테서 무슨 텔레파시 같은 걸 전달받거나 뭐 그런 것 말이에요? 그런 건 없었어요. 우리 사이에는 그런 일이 전혀 없었어요. 설사 있었다 해도 난 한 번도 눈치챈 적이 없어요. 형도 그런 얘기는 한 번도 안 했고요."

그녀는 고개를 끄덕였다. 나는 창으로 다시 시선을 돌려 잠시 창밖을 내다보았다. 그녀와 함께 있는 것이 좋았다. 비록 전날 처음 만났을 때는 이런저런 일이 많았지만. 레이철 월링은 불구대천의 원수조차 편안하게 해줄 수 있는 사람인 것 같다는 생각이 들었다.

나는 입장을 바꿔 보려고 그녀에게 몇 가지 질문을 던졌다. 그녀는 결혼한 적이 있다고 했다. 워런에게 들어 이미 아는 이야기였다. 그녀는 전남편에 대해선 별 말이 없었고, 조지타운에서 심리학을 공부하다가 4학년 때 FBI 요원으로 뽑혔다고 했다. 그 뒤 뉴욕 지부에서 요원으로 활동하며 다시 컬럼비아 대학 야간부에 들어가 법학 학위를 받았다. 그녀는 여자이면서 법학 학위가 있다는 점 때문에 FBI에서 빠르게 승진할 수 있었음을 스스럼없이 인정했다. 행동과학국은 FBI 요원 모두가 가고 싶어 하는 부서였다.

"부모님이 아주 대견해하시겠어요." 내가 말했다.

그녀는 고개를 저었다.

"아니에요?"

"어머니는 내가 어렸을 때 집을 나갔어요. 어머니 얼굴 본 게 한참 전이에요. 어머니는 내가 어떻게 지내는지 전혀 몰라요."

"그럼 아버지는요?"

"아버지는 내가 아주 어렸을 때 돌아가셨어요."

일상적인 대화의 범위를 넘어버렸다는 건 나도 알고 있었다. 하지만 기자로서의 본능 때문에 나는 항상 그다음 질문을 던질 수밖에 없었다. 상대방이 예상하지 못하는 질문. 게다가 그녀가 더 말하고 싶어 하지만 내가 묻지 않으면 입을 열지 않을 것이라는 느낌도 들었다.

"어쩌다가요?"

"아버지는 경찰관이었어요. 우린 볼티모어에 살았는데, 아버지는 자살하셨어요."

"세상에, 레이철. 정말 미안해요. 그런…."

"아뇨, 괜찮아요. 그렇잖아도 당신한테 말해주고 싶었어요. 내가 지금 이런 모습으로 이 일을 하고 있는 건 순전히 그 일 때문일 거예요. 당신에게는 형님 사건과 이번 기사가 그런 건지도 모르죠. 그래서 혹시 어제 내가 한 말이 너무 심했다면 사과하고 싶었어요."

"그런 건 신경 쓰지 말아요."

"고마워요."

우리는 잠시 가만히 있었지만, 이 이야기가 아직 끝나지 않았다는 느낌이 들었다.

"재단에서 하는 자살 연구 말인데요, 혹시…?"

"맞아요. 내가 시작했어요."

또다시 침묵이 뒤따랐지만 불편하지는 않았다. 그녀도 불편하지 않았을 것 같다. 결국 그녀는 자리에서 일어나 객실 뒤편의 짐칸으로 가서 사람들에게 음료수를 가져다주었다. 배커스가 그녀에게 훌륭한 스튜어디스라며 농담을 건넸고, 잠시 후 그녀는 다시 내 옆에 앉았다. 나는 그녀의 아버지 얘기와는 다른 방향으로 화제를 바꾸려고 했다.

"정신과 의사가 되지 않은 걸 후회한 적은 없어요?" 내가 물었다. "애당초 학교에 간 목적이 그거 아니었어요?"

"전혀요. 이 일이 더 보람 있어요. 정신과 의사들이 평생 만나는 사이코패스보다 내가 지금까지 직접 만난 사이코패스가 훨씬 더 많을걸요."

"당신이랑 같이 일하는 요원들만 따져도 그렇죠."

그녀가 편안하게 웃음을 터뜨렸다.

"세상에, 당신도 한번 겪어봐야 해요."

그녀가 여자라서 그런 느낌이 들었는지도 모르지만, 그녀는 내가 그동안 상대했던 요원들과는 다른 것 같았다. 그녀는 날카롭지 않았다. 말하기보다는 듣는 편이었고, 주어진 상황에 반응하기보다는 생각에 잠기는 편이었다. 언제든 내 생각을 그녀에게 말해도 혹시 이야기가 잘못 새어나갈까 봐 걱정할 필요는 없겠다는 생각이 문득 들었다.

"소슨을 봐요." 내가 말했다. "그 친구는 머리에 뚜껑을 너무 단단히 잠가놓은 사람 같잖아요."

"맞아요." 그녀는 이렇게 말하고 나서 불편한 미소를 지으며 고개를 절레절레 저었다.

"그 사람하고는 무슨 일이 있는 거예요?"

"소슨은 지금 화가 났어요."

"왜요?"

"이유야 많죠. 안고 있는 문제가 많은 사람이니까. 나도 포함해서요. 그 사람, 내 전남편이에요."

나는 그다지 놀라지 않았다. 두 사람 사이에는 분명히 긴장감이 흐르고 있었다. 소슨에 대한 내 첫인상은 '돼지 같은 인간 협회'의 모델을 해도 되겠다는 것이었다. 웰링이 그의 이면에 대해 좋지 않은 생각을 갖고 있는 것도 무리가 아니었다.

"그 사람 얘기를 괜히 꺼냈네요." 내가 말했다. "어떻게 꺼내는 얘기마다 이 모양인지…."

그녀는 미소를 지었다.

"괜찮아요. 그 사람한테서 그런 인상을 받는 사람이 많으니까."

"같이 일하려면 힘들겠어요. 그런데 어쩌다가 둘이 같은 부서에 있게 됐어요?"

"정확히 말하면 같은 부서가 아니에요. 그 사람은 중요사건 대응팀(CIR)이에요. 나는 행동과학국과 CIR 사이를 오가고요. 지금 같은 사건이 터졌을 때만 같이 일해요. 결혼하기 전에는 파트너였어요. 둘 다 VICAP 프로그램 일을 하면서 길에서 많은 시간을 함께 보냈죠. 그러다가 그냥 헤어졌어요."

그녀는 들고 있던 콜라를 조금 마셨다. 나는 더 이상 질문을 던지지 않았다. 자꾸 곤란한 질문만 던지는 것 같아서 나는 잠시 분위기를 식히기로 했다. 하지만 그녀가 자진해서 말을 이었다.

"이혼하면서 나는 VICAP팀을 떠나 주로 행동과학국의 연구 프로젝트를 다루는 일을 하게 됐어요. 프로파일링도 하고 가끔 사건을 맡기도 했죠. 그 사람은 CIR로 옮겨 갔고요. 그래도 아직 카페테리아에서 잠깐씩 만나기도 하고, 이런 사건이 터지면 이야기를 하기도 해요."

"그럼 아예 다른 곳으로 전근 가지 그래요?"

"아까도 말했지만, 전국 본부에서 일하는 건 선망의 대상이에요. 나도 여길 떠나고 싶지 않고, 그 사람도 마찬가지예요. 아니면 순전히 나한테 심술을 부리려고 내 근처에서 얼쩡거리는 건지도 모르고. 밥 배커스 팀장이 한번 우리를 불러 놓고, 두 사람 중 한 명이 전근 가는 편이 나을 것 같다고 말했지만 우리 둘 다 눈 하나 깜짝 안 했어요. 고든은 고참급이라 윗사람들이 맘대로 발령 내지 못해요. 그 사람은 여기 본부가 처음 생겼을 때부터 근무했거든요. 그렇다고 나를 다른 곳으로 발령 내면, 이곳 팀은 세 명밖에 안 되는 여자 요원 중 한 명을 잃게 될 거예요. 내가 여길 순순히 떠나지도 않을 테고요."

"어떻게 할 건데요?"

"그냥 내가 여자라서 다른 곳으로 발령받았다고 말하는 거예요. 〈워싱턴 포스트〉 같은 신문에 그런 얘기를 할 수도 있죠. 여기 본부는 FBI에서도 각광받는 곳이에요. 우리가 지역 경찰을 도우려고 나가면 영웅 대접을 받아요, 잭. 언론은 그걸 크게 부각시키고요. FBI는 그걸 잃고 싶어 하지 않아요. 그러니 고든과 나는 탁자를 사이에 두고 앉아서 계속 고약한 표정으로 서로를 바라볼 수밖에 없어요."

비행기가 하강을 시작했다. 나는 창문을 통해 우리 앞의 풍경을 볼 수 있었다. 저 멀리 서쪽에 친숙한 로키산맥이 보였다. 목적지가 얼마 남지 않았다.

"번디와 맨슨 같은 사람들의 인터뷰에도 참여했어요?"

나는 전국의 감옥에 갇혀 있는 유명한 연쇄강간 및 살인범들을 모두 인터뷰하는 프로젝트를 행동과학국이 진행했다는 얘기를 어디선가 들은 적이 있었다. 아니 어디서 읽은 것 같기도 했다. 행동과학국은 그 인터뷰를 통해 모은 심리 데이터뱅크를 이용해 다른 살인범들의 프로파일링을 했다. 그 인터뷰 프로젝트는 오랜 세월에 걸쳐 진행되었는데, 살인범들을 직접 면담했던 요원들이 적지 않은 후유증을 겪었다던 이야기가 생각났다.

"그건 굉장한 경험이었어요." 그녀가 말했다. "나, 고든, 팀장님, 모두 그 일에 참여했죠. 지금도 가끔 찰리 맨슨한테서 편지가 와요. 대개는 크리스마스 무렵에. 범죄자로서 찰리는 여성 추종자들을 조종하는 데 누구보다 뛰어났어요. 그래서 FBI 사람들 중 누구를 자기편으로 끌어들이려면 여자인 나를 겨냥해야 한다고 생각하는 것 같아요."

일리가 있는 것 같아서 나는 고개를 끄덕였다.

"그리고 강간범들." 그녀가 말했다. "그 사람들의 병리적인 특성은 살인범들과 아주 비슷해요. 개중에 곰살궂은 사람도 있기는 하죠. 강간범을 만날 때는 내가 방에 들어가는 순간 놈이 날 평가하는 게 느껴졌어요. 틀림없이 교도관이 들어와서 제지할 때까지 자기한테 시간이 얼마나 주어질지 생각하고 있었을 거예요. 도와줄 사람이 들어오기 전에 자기가 날 어떻게 해볼 수 있는지, 뭐 그런 거요. 그게 그 사람들의 병리적 특징이에요. 놈은 날 도우러 달려오는 사람만 생각하지, 내가 자기방어를 할 수 있을 거라는 생각은 안 해요. 내가 나 자신을 구할 수 있을 거라고는. 놈이 보기에 여자는 모두 그냥 피해자거든요. 사냥감."

"그런 사람을 당신 혼자 만났단 말이에요? 가운데 차단막 같은 것도 없이?"

"인터뷰는 대개 변호사실에서 비공식적으로 이루어졌어요. 차단막 같은 건 없었지만 대개 감시구멍은 있었죠. 규정에 따라…."

"감시구멍이요?"

"교도관이 안을 감시할 수 있는 창문이에요. 규정에 따르면 인터뷰할 때 항상 요원 두 명이 참가하게 되어 있었지만, 인터뷰 대상이 너무 많아서 현실적으로는 어쩔 수 없었어요. 그래서 대개 둘이 함께 교도소로 가서 갈라졌죠. 그러면 일이 더 빠르니까요. 인터뷰할 때는 항상 교도관이 감시했지만 가끔 소름 끼칠 때도 있었어요. 감시하는 사람도 없이 나 혼자 놈을 대면한 것처럼. 그렇다고 교도관이 지켜보고 있는지 시선을 들어 확인할 수는 없었어요. 그러면 인터뷰 대상도 시선을 들어 거길 볼 테고, 만약 교도관이 자리에 없다면…. 뭐, 그렇죠."

"세상에."

"아주 거친 놈을 만날 때는 파트너랑 같이 갔어요. 고든이든 팀장님이든, 하여튼 나랑 같이 간 사람이랑 함께. 하지만 일을 빨리 하려고 두 사람이 갈라져서 따로따로 인터뷰할 때가 훨씬 더 많았어요."

그런 인터뷰를 한 2년쯤 하다 보면 이쪽도 심리적으로 문제가 생길 것 같았다. 그녀가 소슨과의 결혼에 대해 한 말의 의미가 혹시 이런 것 아니었을까 하는 생각이 들었다.

"옷을 똑같이 입었어요?" 그녀가 물었다.

"네?"

"형님하고 당신이요. 가끔 쌍둥이들을 보면 그렇잖아요."

"아, 뭐든 똑같이 해주는 거요. 우린 안 그랬어요. 천만다행이죠. 우리 부모님은 우리한테 절대 그런 짓을 하신 적이 없어요."

"그럼 집안의 말썽꾸러기는 누구였어요? 당신이에요, 형님이에요?"

"나죠, 당연히. 션은 성자고 나는 죄인이었어요."

"무슨 죄를 지었는데요?"

나는 그녀를 바라보았다.

"너무 많아서 이루 말할 수도 없어요."

"그래요? 그럼 형님의 행동 중에 가장 거룩한 건요?"

그녀의 질문이 불러낸 기억으로 때문에 내 얼굴에서 점점 미소가 사라지던 순간 비행기가 왼쪽으로 급하게 커브를 그리더니 상승하기 시작했다. 레이철은 자기가 던진 질문 따위는 순식간에 잊어버리고 통로 쪽으로 몸을 내밀며 앞을 바라보았다. 곧 배커스가 통로를 내려오는 모습이 보였다. 그는 넘어지지 않으려고 벽을 꽉 잡고 있었다. 그가 톰슨에게 따라오라는 신호를 보내더니 톰슨과 함께 우리를 향해 다가왔다.

"무슨 일이에요?" 레이철이 물었다.

"방향을 바꿨어." 배커스가 말했다. "방금 콴티코에서 전화를 받았는데, 오늘 아침에 피닉스 지부에서 우리가 내려 보낸 경보를 받고 알려온 게 있대. 일주일 전에 살인전담반 형사 한 명이 자기 집에서 시체로 발견됐다는군. 자살 같지만 조금 이상한 점이 있어서 그쪽에서는 살인사건으로 판단했어. 시인이 이번에는 실수를 저지른 모양이야."

"피닉스요?"

"그래. 아주 신선한 사건이지." 그는 손목시계를 보았다. "서둘러야 돼. 4시간 뒤면 형사가 땅에 묻힐 예정이거든. 우선 시체부터 봐야겠어."

25

피닉스의 피해자

지부에서 나온 요원 네 명과 관용차 두 대가 피닉스의 스카이 하버 국제공항에 우리를 마중 나와 있었다. 얼마 전까지 우리가 있던 곳에 비하면 날씨가 따뜻했다. 우리는 겉옷을 벗어 컴퓨터 가방이며 여행가방과 함께 손에 들었다. 톰슨은 장비가 든 도구상자도 들고 있었다. 나는 월링과 함께 차에 탔다. 우리 차에 탄 지부 요원은 매터잭과 마이즈라는 이름의 백인이었는데, 두 사람의 경력을 합해도 10년이 안 될 것 같았다. 두 사람이 월링을 공손하게 대하는 것으로 보아 행동과학국을 대단히 우러러보고 있음이 분명했다. 두 사람은 내가 기자라는 사실을 이미 들어서 알고 있었는지, 아니면 내 수염과 머리모양을 보고서 비록 FBI 로고가 새겨진 셔츠를 입고 있어도 절대 요원은 아니라는 판단을 내렸는지 나를 거의 거들떠보지도 않았다.

“어디로 가는 거예요?” 이렇다 할 특징 없는 회색 포드 자동차가 이렇다 할 특징 없는 또 다른 회색 포드 자동차의 뒤를 따라 공항을 빠져 나갈 때 월링이 물었다. 앞차에는 배커스와 톰슨이 타고 있었다.

"스코츠데일 장의사로 갑니다." 마이즈가 조수석에서 말했다. 운전석에는 매터잭이 있었다. 그가 손목시계를 확인했다. "장례식은 2시입니다. 장의사가 장례식에서 사람들이 볼 수 있게 시체에 옷을 입혀 관에 넣기 전, 여러분이 볼 수 있는 시간은 아마 30분도 채 안 될 겁니다."

"관을 열어놓았어요?"

"네, 어젯밤에요." 매터잭이 말했다. "벌써 방부처리가 끝났습니다. 봐도 기대할 만한 게 없을 겁니다."

"기대하는 거 없어요. 그냥 한번 보고 싶을 뿐이에요. 배커스 요원은 저 앞에서 브리핑을 받고 있겠죠? 두 분이 우리한테 사건 내용을 좀 알려주실래요?"

"그분이 로버트 배커스 요원이십니까?" 마이즈가 물었다. "굉장히 젊어 보이시던데요."

"로버트 배커스 주니어예요."

"아." 마이즈는 왜 그리 젊은 사람이 지휘권을 쥐고 있는지 이해할 것 같다는 표정을 지었다. "어쩐지."

"그건 잘 모르고 하는 소리예요." 레이철이 말했다. "배커스 요원은 배커스라는 이름만으로 대접받는 게 아니에요. 지금까지 나는 그렇게 성실하고 철저한 요원을 본 적 없어요. 지금 그 자리는 실력으로 얻은 거라고요. 사실 팀장님 이름이 마이즈 같은 거였다면 오히려 더 쉬웠겠죠. 이제 상황이 어찌 돌아가고 있는지 누가 우리한테 얘기 좀 해줄래요?"

매터잭이 거울로 레이철을 자세히 살피는 모습이 눈에 들어왔다. 매터잭은 이내 내게로 시선을 돌렸고, 레이철은 이것을 눈치챘다.

"이 사람은 괜찮아요." 그녀가 말했다. "상부의 허가를 받고 이 자리에 있는 거예요. 우리가 아는 건 이 사람도 다 알고 있어요. 거기에 무슨 불만이라도 있어요?"

"아뇨, 그쪽이 괜찮다면 우리도 괜찮습니다." 매터잭이 말했다. "존, 자네가 말씀드려."

마이즈가 목을 가다듬었다.

"말씀드릴 게 많지는 않습니다. 수사에 협조요청을 받지 못해서 아는 게 별로 없어요. 하지만 윌리엄 오설랙이라는 친구가 월요일에 자기 집에서 시체로 발견된 건 확실합니다. 살인전담반 형사였죠. 경찰 쪽에서는 그 친구가 죽은 지 적어도 사흘은 지났다고 봤습니다. 초과근무에 대한 보상으로 금요일에 휴가를 받았고, 목요일에 경찰들이 잘 가는 술집에서 그 친구를 본 것이 마지막 모습입니다."

"시체는 누가 발견했죠?"

"같은 팀 동료요. 월요일에 출근을 안 해서 집에 가봤답니다. 오설랙은 이혼하고 혼자 살고 있었어요. 어쨌든, 경찰은 일주일 내내 결정을 내리지 못하고 갈팡질팡한 모양입니다. 자살이냐, 살인이냐. 결국 살인 쪽으로 결론을 내렸죠. 그게 어제 일입니다. 자살이라고 보기엔 문제가 너무 많았던 모양이에요."

"현장 상황에 대해 아는 거 있어요?"

"이런 말씀 드리기는 정말 싫지만요, 월링 요원. 저도 이 지역 신문에 나온 얘기 외에는 아는 게 없습니다. 아까도 말씀드렸다시피 피닉스 경찰이 우리한테 협조 요청을 하지 않아서 경찰이 뭘 알고 있는지 우리는 모릅니다. 오늘 아침 콴티코에서 전문이 온 뒤에, 제이미 폭스, 그러니까 배커스 요원과 같이 앞 차에 타고 있는 친구가 서류작업으로 초과근무를 하다가 이번 사건을 살펴봤어요. 그러다가 여러분이 수사 중인 사건과 맞아떨어지는 것 같아서 전화를 건 겁니다. 그다음에 저와 밥이 불려 나왔고요. 이미 말씀드린 것처럼 우리도 뭐가 어떻게 돌아가고 있는지 잘 모릅니다."

"그렇군요." 그녀가 풀 죽은 목소리로 말했다. 그녀가 저 앞 차에 타고 싶어 했다는 것을 나는 알고 있었다. "장의사에 가보면 뭔가 알 수 있겠죠. 여기 경찰도 오나요?"

"거기서 우리랑 만나기로 했습니다."

우리는 캐멀백 로드에 있는 스코츠데일 장의사 뒤편에 차를 세웠다. 장례식까지는 아직 2시간이나 남았는데도 주차장에는 이미 차가 가득했다. 주위를 서성거리거나 자동차에 기대서 있는 남자들이 여럿이었다. 형사들이었다. 척 보기만 해도 알 수 있었다. 아마 FBI가 와서 뭐라고 할지 들어보려고 기다리는 것 같았다. 지붕에 접시 안테나가 달린 방송국 차량이 주차장 끝에 서 있는 것이 보였다.

월링과 나는 차에서 내려 배커스, 톰슨과 함께 장례식장 뒷문으로 안내되었다. 건물 안으로 들어가 천장까지 하얀 타일로 뒤덮인 커다란 방에 발을 들여놓았다. 방 중앙에 시신을 놓는 스테인리스 테이블 두 개가 있고, 그 위에 물 뿌리는 호스가 달려 있었다. 삼면의 벽에는 스테인리스 카운터와 장비들이 있었다. 남자 다섯 명이 방 안에 있다가 우리를 맞이하러 다가왔다. 뒤쪽 테이블 위에 시신이 있는 것이 보였다. 오설랙일 터였다. 그런데 머리에 총상 흔적이 보이지 않았다. 시체는 알몸이었지만 허리 아래는 종이 타월로 덮여 있었다. 누군가가 카운터 위에 있는 두루마리에서 종이 타월을 1미터쯤 잘라 성기를 가려준 모양이었다. 오설랙이 무덤까지 입고 갈 양복은 반대편 벽의 옷걸이에 걸려 있었다.

우리 일행과 경찰관들이 두루두루 악수를 나눴다. 톰슨은 가방을 들고 시신 있는 곳으로 가서 시신을 조사하기 시작했다.

"우리가 이미 찾아낸 것 말고 새로운 사실이 드러나지는 않을 겁니다." 그레이슨이라는 형사가 말했다. 이곳 경찰의 수사 책임자인 그는 땅딸막한 몸집에 자신 있고 사람 좋은 분위기를 풍기고 있었다. 그레이슨은 피부가 햇볕에 심하게 그을려 있었는데, 그건 다른 경찰관들도 마찬가지였다.

"같은 생각이에요." 월링은 이렇게 말하고서 혹시 상대의 기분이 상하지 않도록 재빨리 말을 덧붙였다. "여러분이 이미 시신을 조사한 데다가, 장의사 측에서 이미 시신을 씻어서 장례식 준비를 했으니까요."

"그래도 일단 조사하는 시늉은 해야죠." 배커스가 말했다.

"여러분이 지금 수사 중인 사건에 대해 알고 싶은데요." 그레이슨이 말했다. "그러면 우리도 지금 이 상황을 조금 이해할 수 있을지 누가 압니까?"

"맞는 말입니다." 배커스가 말했다.

배커스가 시인 사건에 대해 간략히 설명할 때 나는 톰슨의 작업을 지켜보았다. 그는 시체 옆에서 아주 편안해 보였다. 시체를 만지고 살피고 꾹꾹 누르는 데 조금도 거리낌이 없었다. 장갑 낀 손으로 죽은 사람의 반백 머리카락을 훑고는 자기 주머니에서 빗을 꺼내 다시 단정하게 빗어놓는 데 상당한 시간을 할애했다. 그 뒤 전등 달린 확대경으로 입과 목구멍을 꼼꼼히 살피고는 확대경을 놓고 도구상자에서 카메라를 꺼내 목구멍 사진을 찍었다. 플래시 불빛이 방 안에 모여 있던 경찰관들의 주의를 끌었다.

"그냥 기록용 사진입니다, 여러분." 톰슨이 고개도 들지 않고 일을 계속하면서 말했다.

그다음으로 그가 살핀 곳은 시신의 팔과 손이었다. 그는 오른팔과 손을 먼저 살핀 뒤 왼쪽으로 넘어갔다. 왼쪽 손바닥과 손가락을 조사할 때에는 다시 확대경을 이용했다. 그러고는 손바닥 사진과 집게손가락 사진을 각각 두 장씩 찍었다. 방 안의 경찰관들은 이것에 별로 의미를 두지 않는 것 같았다. 그냥 기록용 사진일 뿐이라는 그의 말을 그대로 받아들인 모양이었다. 하지만 오른손 사진을 찍지 않았다는 것을 알고 있던 나는, 그가 왼손에서 뭔가 의미심장한 것을 찾아냈음을 알아차렸다. 톰슨은 카메라가 뱉어낸 네 장의 폴라로이드 사진을 카운터 위에 놓은 뒤 카메라를 다시 도구상자에 넣었다. 그러고는 시신을 계속 조사했지만, 더 이상 사진은 찍지 않았다. 그는 한창 이야기 중이던 배커스에게 시신을 뒤집게 도와달라고 하고는, 머리부터 발끝까지 살피는 작업을 다시 시작했다. 죽은 남자의 뒤통수에 검은색의 왁스 같은 물질이 묻어 있는 것이 보였다. 아마도 총알이 밖으로 나오면서 생긴 상처인 모양이었다. 톰슨은 이 상처를 사진으로 찍지 않았다.

톰슨이 시신 조사를 끝낸 것과 거의 동시에 배커스의 설명도 끝났다. 혹시 처음부터 두 사람이 시간을 맞추기로 계획한 것인지도 모른다는 생각이 들었다.

"뭐 좀 있나?" 배커스가 물었다.

"중요한 건 하나도 없어요." 톰슨이 말했다. "가능하면 부검보고서를 보고 싶은데. 혹시 가져왔나요?"

"요청하신 대로 가져왔습니다." 그레이슨이 말했다. "전부 복사해 왔어요."

그가 서류철을 넘겨주자 톰슨은 카운터로 물러나서 서류철을 펼치고 내용을 살피기 시작했다.

"자, 내가 아는 건 다 얘기했습니다, 여러분." 배커스가 말했다. "이제부터는 여러분이 이번 사건을 자살로 보지 않은 이유에 대해서 듣고 싶은데요."

"글쎄요, 요원의 이야기를 듣기 전에는 솔직히 그다지 확신이 없었습니다." 그레이슨이 말했다. "하지만 이제는 그 시인이라는 새끼가… 아 죄송합니다, 월링 요원. 그놈이 우리 사건의 범인이라는 생각이 드는군요. 어쨌든 우리가 자살 가능성에 의문을 제기하고 이 사건을 살인으로 분류하기로 한 것은 세 가지 이유에서입니다. 첫째, 빌을 발견했을 때 가르마가 잘못되어 있었습니다. 빌은 20년 동안 왼쪽에 가르마가 오도록 머리를 빗고 출근했어요. 그런데 시체의 가르마가 오른쪽으로 돼 있는 겁니다. 사소한 일이지만, 다른 이유 두 가지를 덧붙이니 의미가 생겼죠. 두 번째 이유는 감식반의 의견이었습니다. 총이 빌의 입속에 있었는지 아니면 조금 밖에 나와 있었는지 알아보려고 감식반원에게 빌의 입에 화약 잔여물 검사를 하라고 했습니다. 그랬더니 화약 잔여물 반응이 나오기는 했는데, 그것 말고도 총 닦는 기름과 정체를 알 수 없는 다른 물질이 함께 검출됐어요. 이런 물질들이 나온 이유가 밝혀지지 않는 한, 이번 사건을 자살이라고 쉽사리 단정할 수 없었습니다."

"그 물질에 대해서는 뭐 알아낸 것 없습니까?" 톰슨이 물었다.

"일종의 동물성 지방 추출물이에요. 실리콘 가루도 들어 있었고요. 요원이 지금 갖고 계신 보고서에 그 내용도 포함돼 있습니다."

톰슨이 배커스를 흘깃 바라본 뒤 시선을 돌린 것 같았다. 그 보고서를 보았다는 무언의 표시였다.

"그게 뭔지 아십니까?" 그레이슨이 물었다. 그도 나와 같은 인상을 받은 모양이었다.

"당장은 모릅니다." 톰슨이 말했다. "보고서에서 알아낸 정보를 콴티코의 컴퓨터에 넣고 돌려보라고 할 겁니다. 뭔가 밝혀지면 알려드리죠."

"세 번째 이유는 뭐였습니까?" 배커스가 재빨리 화제를 돌렸다.

"세 번째 이유는 짐 빔한테서 나왔습니다. 짐 빔은 오설랙의 옛날 파트너인데, 지금은 은퇴했습니다."

"짐 빔이 이름인가요?" 월링이 물었다.

"네, 정확히는 비머죠. 그 친구가 빌 얘기를 듣고 투산에서 전화해 총알을 찾았느냐고 물었습니다. 나는 당연히 찾았다, 그 친구 머리 뒤의 벽에서 파냈다고 했죠. 그랬더니 비머가 총알이 금으로 되어 있더냐고 물었습니다."

"금이요?" 배커스가 물었다. "진짜 금 말입니까?"

"네. 황금 총알이요. 나는 비머에게 금이 아니라, 빌의 탄창에 있던 다른 총알과 마찬가지로 납탄이라고 했습니다. 바닥에서 파낸 총알도 마찬가지라고요. 우리는 바닥에 총을 쏜 게 먼저라고 생각했습니다. 용기를 내려고 쏜 거라고요. 하지만 비머는 절대 자살이 아니라 살인이라고 했습니다."

"왜 그런 생각을 했다고 하던가요?"

"비머와 오설랙이 알게 된 건 아주 오래전인데, 비머가 알기로 오설랙은 가끔… 젠장, 한 번쯤 그런 생각을 안 해본 경찰관은 아마 한 명도 없을 겁니다."

"자살 말이군요." 월링이 말했다. 이건 질문이 아니라 단언이었다.

"그래요. 짐 빔은 오설랙이 옛날에 황금 총알을 보여줬다고 했습니다. 그 총알을 우편 주문으로 샀는지 어쨌는지는 모른다고 하더군요. 어쨌든 오설랙은 그 총알을 보여주면서 이렇게 말하더랍니다. '이게 내 황금 낙하산이야. 도저히 견딜 수 없다는 생각이 들면, 이걸로 할 거야.' 그러니까 빔의 말은 황금 총알이 없다면, 자살이 아니라는 얘기였습니다."

"황금 총알을 찾으셨나요?" 월링이 물었다.

"네, 찾았습니다. 빔의 말을 들은 뒤에. 빌의 침대 바로 옆에 있는 서랍 속에 있더군요. 언제 필요해질지 모르니까 항상 가까이 보관해 둔 것 같았습니다."

"그래서 마음을 굳히신 거군요."

"전체적으로 봤을 때, 세 가지 요인이 모두 살인 쪽으로 확실히 기울어져 있었습니다. 하지만 아까도 말했듯이, 여러분의 이야기를 듣기 전에는 완전히 확신하지 않았어요. 이제는 이 시인이라는 놈을 잡고 싶어서 좆나게… 아, 죄송합니다, 월링 요원."

"신경 쓰지 마세요. 우리 모두 좆나게 잡고 싶으니까요. 혹시 유서가 있었나요?"

"네, 바로 그것 때문에 쉽사리 살인이라는 결정을 내리지 못한 겁니다. 게다가 유서의 필적은 틀림없이 빌의 것이었습니다."

월링은 그의 말을 예상하고 있었다는 듯 고개를 끄덕였다.

"유서에 뭐라고 돼 있던가요?"

"무슨 말인지 알 수 없는 소리였습니다. 시 같았는데. 내용이 뭐였냐면… 아, 잠깐만요. 토머스 요원, 그 서류철 좀 잠시 빌려야겠습니다."

"톰슨입니다." 톰슨이 서류철을 넘겨주며 말했다.

"죄송합니다."

그레이슨은 서류를 몇 장 넘기다가 찾던 것을 찾아내고는 큰소리로 읽었다.

"'산들은 늘 무너진다 / 해변이 없는 바다 속으로.' 이게 유서였습니다."

월링과 배커스가 나를 바라보았다. 나는 책을 펼치고 시들을 훑어보기 시작했다.

"그 구절을 본 기억이 나는데 어디서 봤는지 잘 모르겠네요."

나는 시인이 이미 사용했던 시들을 찾아내서 재빨리 읽기 시작했다. '꿈의 나라'에 그 구절이 있었다. 시인이 형의 자동차 유리창에 남겨둔 유서를 포함해 이미 두 번이나 사용한 적이 있는 시였다.

"찾았어요." 내가 말했다.

나는 레이철이 읽을 수 있게 책을 내밀었다. 다른 사람들도 그녀 주위로 모여들었다.

"개 같은 새끼." 그레이슨이 중얼거렸다.

"사건 경위에 관한 여러분의 추측을 간략하게 설명해 주시겠어요?" 레이철이 그에게 말했다.

"어, 그러죠. 우리는 빌이 자고 있을 때 범인이 들어와서 기습했다고 봅니다. 빌의 총으로 말이죠. 범인은 빌에게 일어나서 옷을 입으라고 했습니다. 그때 빌이 가르마를 잘못 탄 거죠. 빌은 범인의 의도가 뭔지 몰랐을 겁니다. 어쩌면 알았을 수도 있고. 어쨌든 빌은 우리한테 작은 신호를 보낸 겁니다. 그러고 나서 거실로 끌려가 의자에 앉은 뒤 범인이 시키는 대로 자기 겉옷 주머니에 항상 가지고 다니던 수첩에서 종이를 한 장 찢어내 유서를 씁니다. 그다음에 범인이 빌을 쐈죠. 입안에 한 발. 범인은 총을 빌의 손에 쥐여주고 바닥을 향해 한 발을 더 발사합니다. 그래서 손에 화약 잔여물이 남은 겁니다. 범인은 현장을 빠져나가고 가엾은 빌은 사흘이 지난 뒤에야 우리한테 발견됐습니다."

그레이슨은 어깨 너머로 시신을 돌아보았다. 그런데 시신 옆에서 장례식 준비를 하는 사람이 아무도 없다는 것을 깨닫고 손목시계를 확인했다.

"아니, 여기 직원이 어디 갔지?" 그가 말했다. "누가 가서 우리 일이 다 끝났다고 말해. 시신 조사는 다 끝난 거 맞죠?"

"네." 톰슨이 말했다.

"그럼 장례식 준비를 해야지."

"그레이슨 형사." 웰링이 말했다. "오설랙 형사가 뒤쫓던 특별한 사건이 있습니까?"

"아, 그럼요. 그런 사건이 있죠. 꼬마 호아킨 사건. 여덟 살짜리 아이인데 지난달에 납치됐습니다. 사람들이 찾아낸 건 아이 머리뿐이었죠."

그레이슨이 이 사건의 잔혹한 실상을 언급하는 순간 죽은 자의 장례식을 준비하는 방은 침묵에 휩싸였다. 조금 전까지 나는 오설랙의 죽음이 다른 사건들과 관련되어 있음을 추호도 의심하지 않았다. 그리고 어린 꼬마가 당한 일을 들은 지금, 그 확신이 더욱더 굳어지면서 이제는 너무나 친숙해진 분노가 뱃속에서 부글거리는 것이 느껴졌다.

"다들 장례식에 가실 거죠?" 배커스가 말했다.

"그럴 겁니다."

"그럼 나중에 다시 만날 시간을 지금 정할까요? 호아킨이라는 아이에 관한 보고서도 보고 싶은데."

일행은 일요일 아침 9시에 피닉스 경찰국에서 만나기로 약속했다. 그레이슨은 이것이 자기 구역에서 일어난 사건이니만큼 끝까지 수사에 참여할 수 있을 거라고 생각하는 듯했다. 하지만 내가 보기에는 힘센 연방기관이 나타나 수영장 인명구조원의 감시탑을 때리는 해일처럼 그를 쓸어버릴 것 같았다.

"마지막으로 할 말이 있어요. 언론 문제." 월링이 말했다. "아까 밖에서 텔레비전 방송국 차를 봤어요."

"네, 기자들이 사방에서 쫓아다니고 있어요. 특히나…."

그는 말꼬리를 흐렸다.

"특히나 뭐요?"

"우리가 여기서 FBI와 만난다는 얘기를 누가 경찰 무전기로 한 모양입니다."

레이철은 끙 하고 신음소리를 냈다. 그레이슨은 그럴 줄 알았다는 듯이 고개를 끄덕였다.

"이번 사건에서는 철저히 비밀을 지켜야 돼요." 레이철이 말했다. "우리가 방금 여러분에게 이야기한 정보가 조금이라도 새어나가면 시인은 숨어버릴 겁니다. 그러면 절대 범인을 잡을 수 없어요."

그녀가 시체를 고갯짓으로 가리키자 경찰관 몇 명이 아직 시신이 그 자리에 있는지 확인하려는 듯 뒤를 돌아보았다. 장의사가 막 방으로 들어와서 오설랙의 마지막 예복이 걸린 옷걸이를 벽에서 떼어내고 있었다. 그는 이 자리에 모여 있는 수사관들을 바라보며 그들이 모두 나가기를 기다리고 있었다.

"안 그래도 나가려던 참이야, 조지." 그레이슨이 말했다. "이제 시작해도 돼."

배커스가 말했다. "기자들한테는 FBI가 이 사건에 관심을 보인 것이 순전히 일상적인 절차에 불과하고, 이번 사건은 여러분이 살인 가능성을 염두에 두고 계속 수사할 거라고 말하세요. 무엇이든 확신이 있는 것 같은 행동을 하면 절대 안 됩니다."

우리가 다시 주차장으로 나와 관용차로 걸어가고 있을 때, 머리를 금발로 염색한 우울한 표정의 젊은 여자가 마이크를 들고 다가왔다. 그녀의 뒤에는 카메라맨이 있었다. 그녀가 마이크를 자기 입에 대고 물었다.

"오늘 FBI가 여기 온 이유가 뭡니까?"

그녀는 마이크를 곧바로 내 턱 밑에 갖다 대고 대답을 기다렸다. 나는 입을 열었지만 아무 말도 할 수 없었다. 그 여자가 왜 나를 선택했는지 도무지 알 수 없었다. 그런데 순간적으로 내가 입은 셔츠 때문이란 생각이 들었다. 가슴 주머니에 새겨진 FBI 로고 때문에 내가 요원이라고 확신한 모양이었다.

"내가 대답하죠." 배커스가 재빨리 나서자 마이크가 그의 턱 밑으로 옮겨 갔다. "피닉스 경찰국의 요청으로 시신에 대한 통상적인 조사를 하고 사건의 자초지종을 청취하려고 왔습니다. 우리 일은 모두 끝났으니 더 물어볼 게 있으면 경찰을 찾아가야 할 겁니다. 우리는 더 드릴 말씀이 없습니다. 감사합니다."

"그럼 오설랙 형사가 범죄에 희생되었다고 확신하시나요?" 기자가 끈질기게 질문을 던졌다.

"죄송합니다." 배커스가 말했다. "그건 피닉스 경찰에게 물어보세요."

"선생님 성함은요?"

"내 이름은 밝히고 싶지 않습니다."

배커스는 그녀의 앞을 지나쳐 차에 올라탔다. 나는 월링을 따라서 다른 차로 향했다. 몇 분 만에 우리는 주차장을 빠져나와 피닉스로 향하고 있었다.

"마음에 걸려요?" 레이철이 물었다.

"뭐가요?"

"당신의 특종을 빼앗길까 봐."

"난 특종을 터뜨릴 거예요. 아까 그 여자가 대부분의 텔레비전 기자와 같은 사람이길 바라야죠."

"텔레비전 기자가 어떤데요?"

"취재원도 없고 분별도 없죠. 만약 그 여자가 그런 사람이라면, 난 걱정할 것 없어요."

26
달나라에서 온 자들

FBI 현장 지부는 워싱턴 거리의 연방법원 건물 안에 있었다. 우리가 다음 날 경찰과 만나기로 한 경찰국과 겨우 몇 블록 거리였다. 일행과 함께 마이즈와 매터잭의 뒤를 따라 반짝거리는 복도를 걸어 회의실로 향하는 동안 나는 레이철의 불안감을 느꼈다. 그 이유도 알 것 같았다. 그녀는 나와 함께 움직이는 바람에 톰슨이나 배커스와 같은 차에 타지 못했다. 톰슨이 시신에서 발견한 것을 차 안에서 배커스에게 이야기해 주었을 텐데 말이다.

회의실은 콴티코의 회의실보다 훨씬 더 작았다. 우리가 안으로 들어갔을 때 배커스와 톰슨은 이미 탁자에 앉아 있었고, 배커스는 귀에 수화기를 대고 있었다. 우리가 들어가자 그가 송화구를 손으로 가리며 말했다. "몇 분 동안 우리 직원들하고 따로 이야기 좀 해야겠어. 음, 가능하면 우리한테 차를 몇 대 마련해 주면 좋겠는데. 방도 좀 잡아주고. 방을 여섯 개는 잡아야 할 것 같은데."

매터잭과 마이즈는 방금 강등당했다는 말을 들은 사람들 같은 표정이었다. 두 사람은 풀 죽은 표정으로 고개를 끄덕이더니 방을 나갔다. 나는 이 자리에 남아야 하는지 아니면 두 사람처럼 나가야 하는지 판단을 내릴 수 없었다. 나도 사실 배커스의 부하직원은 아니었으니까.

"잭, 레이철, 앉지." 배커스가 말했다. "내가 통화를 끝낸 다음, 제임스가 아까 찾아낸 걸 이야기해 줄 거야."

우리는 자리에 앉아 배커스가 통화하는 소리에 귀를 기울였다. 배커스는 음성 메시지를 듣고 답을 남기는 중이었다. 모든 메시지가 시인 수사와 관련된 것은 아닌 듯했다.

"고든과 카터는 어떻게 됐지?" 그가 말했다. 메시지 처리가 마침내 다 끝난 모양이었다. "도착시간이 언제야? 그렇게 늦게? 젠장. 알았어. 잘 들어. 세 가지야. 덴버에 전화해서 매커보이 사건의 증거들을 살펴보라고 해. 특히 장갑 안쪽에 핏자국이 있는지 봐야 돼. 만약 핏자국이 있거든 시체 발굴절차를 시작하라고 해…. 그래, 그래. 혹시 문제가 생기면 당장 나한테 연락하고. 그리고 경찰한테 혹시 피해자 입에서 화약 잔여물 검사를 했는지 물어보고, 만약 검사했다면 자료를 전부 콴티코로 보내라고 해. 이건 모든 사건에 다 해당되는 거야. 세 번째, 제임스 톰슨 요원이 여기서 실험실로 뭘 보낼 텐데 그 물질이 뭔지 가능한 한 빨리 알아내야 해. 덴버에서 자료가 오면 그쪽도 마찬가지야. 또 뭐가 있지? 브래스하고 전화회의를 하는 게 언제지? 그래, 그럼 그때 이야기하지."

그는 전화를 끊고 우리를 바라보았다. 시체 발굴이라니, 무슨 소리냐고 묻고 싶었지만 레이철이 먼저 입을 열었다.

"방을 여섯 개나 잡아요? 고든도 이쪽으로 오나요?"

"카터랑 같이 올 거야."

"팀장님, 왜요? 아시잖아요…."

"필요하니까 오는 거야, 레이철. 지금 수사가 중요한 고비에 이르렀고 상황이 계속 변하고 있어. 우리는 지금 범인보다 최대한 열흘이나 뒤처져 있다고. 앞으로 제대로 움직이려면 지금보다 사람이 더 필요해. 다른 뜻은 전혀 없으니까 그 얘기는 이제 그만하지. 잭, 뭐 하고 싶은 말 있어요?"

"아까 시체 발굴 얘기를 하던데…."

"그 얘긴 조금 있다가 합시다. 얘길 하다 보면 무슨 뜻인지 분명해질 테니. 제임스, 시신에서 찾아낸 걸 말해줘."

톰슨은 주머니에서 폴라로이드 사진 네 장을 꺼내 레이철과 내 앞에 펼쳐 놓았다.

"이게 왼손 손바닥과 집게손가락입니다. 왼쪽 사진은 1대1의 비율이고, 나머지 두 장은 10배로 확대한 겁니다."

"구멍이 뚫려 있군요." 레이철이 말했다.

"맞아요."

나는 그녀가 말한 뒤에야 비로소 구멍이 있음을 알아차렸다. 피부에 자그마한 구멍들이 줄지어 뚫려 있었다. 손바닥에 세 개, 집게손가락 끝에 두 개.

"이게 뭐죠?" 내가 물었다.

"얼핏 보기에는 그냥 핀으로 찌른 상처처럼 보이죠." 톰슨이 말했다. "하지만 상처에 딱지가 앉거나, 아문 흔적이 없습니다. 사망 시점 전후에 생긴 상처라는 얘기예요. 죽기 직전 아니면 직후. 사망 후에 생긴 상처라면 별로 의미가 없겠지만."

"의미가 없다니요?"

"잭, 우린 지금 범인이 어떻게 이런 짓을 저질렀는지 알아내려는 겁니다." 배커스가 말했다. "현장에서 잔뼈가 굵은 베테랑 형사들이 어쩌다가 이렇게 당한 걸까? 우린 범인이 피해자를 통제했다는 데 중점을 두고 있습니다. 그게 사건의 열쇠 중 하나예요."

나는 손짓으로 사진들을 가리켰다.

"그럼 이 사진들을 보고 뭘 알아낼 수 있는 거죠?"

"그 사진들을 포함해 다른 증거들이 발견된다면, 범인이 최면술을 사용했을 가능성이 있죠."

"범인이 우리 형과 다른 형사들한테 최면을 걸어서 그 사람들 스스로 입안에 총을 집어넣고 방아쇠를 당기게 만들었다는 겁니까?"

"아뇨, 그렇게 간단하지는 않았을 겁니다. 사람의 자기보존 본능을 거스르는 암시를 최면술로 주입하는 건 아주 힘들어요. 그런 일은 전적으로 불가능하다고 말하는 전문가들이 대부분이죠. 하지만 최면술에 잘 걸리는 사람이라면 다양하게 통제할 수 있습니다. 얌전히 말을 잘 듣게 만들 수도 있어요. 지금으로서는 그냥 그럴 가능성이 있다는 정도입니다. 이 피해자의 손에 다섯 개의 구멍이 나 있다는 게 중요합니다. 피시술자가 최면에 걸렸는지 확인하기 위해 일단 통증이 전혀 없을 거라는 암시를 준 뒤 핀으로 피부를 찌르는 게 통상적인 방법이거든요. 피시술자가 그 자극에 반응한다면 최면술이 듣지 않는다는 뜻이고, 통증을 느끼는 기색이 전혀 없다면 최면에 완전히 걸린 겁니다."

"그래서 최면술사가 마음대로 통제할 수 있죠." 톰슨이 덧붙였다.

"그러니까 우리 형의 손을 살펴보고 싶은 거군요."

"그래요, 잭." 배커스가 말했다. "시체 발굴 허가를 받아야 할 겁니다.

자료에 형님이 기혼이라고 되어 있었던 것 같은데, 부인이 발굴을 허락할까요?"

"잘 모르겠습니다."

"당신이 좀 도와줘야 할지도 모르겠습니다."

나는 그저 고개만 끄덕였다. 시간이 갈수록 일이 점점 이상하게 돌아가는 것 같았다.

"다른 건 없습니까? 손에 난 구멍 외에 또 다른 증거들이 나온다면 최면술이 관련됐을 가능성이 있다고 했죠?"

"부검보고서요." 레이철이 대답했다. "피해자들 중에 혈액검사 결과가 깨끗하게 나온 사람이 하나도 없어요. 모두들 혈액 속에 뭔가가 들어 있었죠. 당신 형님은…."

"기침약이 있었죠." 내가 변명하듯이 말했다. "자동차의 대시보드 서랍에 들어 있던 약."

"맞아요. 피해자들의 혈액 속에서 검출된 물질은 기침약처럼 간단히 구할 수 있는 것에서부터 처방전이 있어야 하는 약까지 다양해요. 피해자 중 한 사람의 혈액에서는 18개월 전에 입은 등 부상으로 처방받은 퍼코셋이 검출됐어요. 시카고 사건이었던 것 같은데. 또 다른 사건에서는, 아마 댈러스의 페트리일 거예요, 그 사람 혈액에는 코데인(진통제 겸 수면제-옮긴이)이 있었어요. 코데인이 함유된 처방용 타이레놀에서 나온 성분이죠. 처방전으로 산 약병은 페트리의 집 약장 안에 있었고요."

"거기에 무슨 의미가 있는 거죠?"

"각각의 피해자들을 따로 떼어놓고 보면 아무 의미도 없어요. 피해자들의 혈액에서 나온 물질은 모두 피해자들이 쉽게 구할 수 있었던 것으로 판명됐으니까요. 그러니까 자살을 마음먹은 사람이 마음을 가라앉히려고 옛날에 처방받은 퍼코셋을 몇 알 먹는 건 충분히 있을 수 있는 일 아니냐, 뭐 이렇게 생각할 수 있어요. 그래서 이런 약물들을 그냥 무시해 버린 거죠."

"하지만 지금은 뭔가 의미가 있다?"

"그럴지도 몰라요." 그녀가 말했다. "손에서 구멍이 발견되면서 최면술 가능성이 떠올랐어요. 거기에 진정 효과가 있는 약물까지 혈액 속에서 발견됐다면, 범인이 피해자를 어떻게 통제했는지 짐작이 가죠."

"기침약도요?"

"기침약도 최면술 감수성을 강화시킬 수 있을 거예요. 코데인이 그런 역할을 한다는 건 이미 증명됐고요. 처방전이 필요 없는 기침약 중에 코데인을 함유한 제품들은 이제 시중에 나와 있지 않지만, 코데인 대신 들어간 약물이 비슷한 강화작용을 할 수도 있어요."

"처음부터 이런 생각을 하고 있었어요?"

"아뇨, 지금에야 전체적인 맥락에서 이해가 됐어요."

"전에도 이런 사건이 있었어요? 어떻게 그렇게 잘 알죠?"

"최면술은 수사과정에서 상당히 자주 사용되는 방법입니다." 배커스가 말했다. "예전에 범죄자들도 사용한 적이 있고."

"몇 년 전에 사건이 하나 있었어요." 레이철이 말했다. "라스베이거스 나이트클럽에서 최면술 공연을 하는 남자가 있었는데, 아동성애자였죠. 그 남자는 시골 장터 같은 데서 공연할 때 아이들에게 가까이 접근할 수 있었어요. 오전에 어린이용 공연을 했거든요. 무대에서 그 남자가 어린이 자원자가 필요하다고 하면, 부모들은 자기 아이를 거의 던지다시피 남자 앞에 내밀곤 했어요. 남자는 그중 한 명을 골라서 아이를 준비시켜야 하니까 잠시 무대 뒤로 가야 한다고 했죠. 자기가 들어가 있는 동안 다른 공연이 진행될 거라면서요. 남자는 무대 뒤에서 아이에게 최면을 건 다음에 성폭행을 하고는 다시 최면술로 암시를 줘서 그 기억을 싹 지워버렸어요. 그러고는 아이를 데리고 무대로 나와서 공연한 뒤 아이의 최면을 풀어줬죠. 그 남자가 강화 약품으로 사용한 게 코데인이에요. 그걸 콜라에 타서 줬죠."

"기억나요." 톰슨이 고개를 끄덕이며 말했다. "최면술사 해리."

"아뇨, 최면술사 호러스예요." 레이철이 말했다. "강간 연구 프로젝트 때 우리가 인터뷰한 사람 중 하나예요. 플로리다의 레이포드에서."

"잠깐만요." 내가 말했다. "혹시 그 사람이…."

"아뇨, 그 사람은 아니에요. 아직도 플로리다에서 복역 중이거든요. 아마 25년 형을 받았을 거예요. 그 사람이 일을 저지른 게 6, 7년 전이니까 아직 감옥에 있을 거예요. 틀림없이."

"그래도 확인은 해봐야겠어." 배커스가 말했다. "확실하게. 어쨌든, 지금 무슨 얘기를 하고 있는지 알겠죠, 잭? 그러니까 형수님한테 연락하세요. 당신이 직접 말하는 게 나을 겁니다. 이게 얼마나 중요한 일인지 말해줘요."

나는 고개를 끄덕였다.

"좋습니다, 잭, 고마워요. 자, 이제 잠시 쉬면서 이 동네 음식이 어떤지 한번 볼까? 1시간 20분 뒤에 다른 지부 직원들과 전화회의를 해야 하니까 말이야."

"다른 문제가 하나 더 있잖아요." 내가 말했다.

"다른 문제라니요?" 배커스가 물었다.

"그 형사의 입속에 있던 물질. 그게 뭔지 여러분이 아는 것 같던데."

"아뇨. 난 그저 그 물질을 본부로 보낼 수 있게 해둔 것뿐입니다. 조사해 보면 뭔지 알 수 있겠죠."

나는 그의 말이 거짓임을 알고 있었지만 더 이상 물고 늘어지지 않았다. 다들 일어서서 복도로 나갔다. 나는 배가 고프지 않다며 어디 가서 옷을 좀 사야겠다고 말했다. 걸어서 갈 만한 거리에 가게가 없으면 택시라도 타고 옷가게를 찾아보겠다는 말도 했다.

"나도 잭과 같이 갈까 봐요." 레이철이 말했다.

정말로 나랑 같이 가고 싶은 건지, 내가 어디로 도망쳐서 기사를 발표해 버리지 못하게 감시하는 것이 그녀의 임무라서 그런 건지 알 수 없었다. 나는 아무래도 상관없다는 뜻으로 한 손을 들어 올렸다.

매터잭이 일러준 대로 우리는 애리조나 센터라는 쇼핑몰을 향해 걷기 시작했다. 화창한 날씨였다. 정신없이 며칠을 보낸 뒤라 이렇게 걷는 것이 기분 좋았다. 레이철과 나는 피닉스에 대해 이야기를 나눴다. 그녀도 피닉스에 온 것은 이번이 처음이라고 했다. 그렇게 이야기를 나누다가 나는 마침내 아까 배커스가 마지막으로 했던 말을 다시 끄집어냈다.

"그건 거짓말이었어요. 톰슨도 거짓말을 했고."

"입에서 나온 물질 말이에요?"

"그래요."

"아마 팀장님은 당신에게 필요 이상으로 많은 걸 알려주고 싶지 않을 거예요. 당신이 기자라서 그런 게 아니라, 피해자의 동생이니까."

"뭔가 새로운 사실이 있다면 나도 알아야 돼요. 나를 수사에 끼워주기로 했잖아요. 어떨 땐 끼워주고 어떨 땐 따돌리기로 한 게 아니라고요. 이번에 이 최면술 어쩌고 하는 헛소리도 그렇잖아요."

그녀가 걸음을 멈추고 내게 시선을 돌렸다.

"당신이 그렇게 알고 싶다면 내가 말해줄게요, 잭. 만약 그 물질에 대한 우리의 짐작이 맞고 모든 살인사건이 같은 패턴을 따르고 있다면, 당신에게는 그다지 반갑지 않을 거예요."

나는 우리가 가려던 방향을 바라보았다. 쇼핑몰이 눈에 들어왔다. 사암 색깔의 건물 앞에 쾌적한 야외 산책로가 있었다.

"그래도 말해줘요." 내가 말했다.

"분석해 봐야 확실히 알 수 있겠지만, 그레이슨이 말한 그 물질을 우리가 전에 본 적이 있는 것 같아요. 거듭해서 범죄를 저지르는 놈들 중에는 제법 영리한 놈들이 있어요. 그래서 증거를 남기고 가면 안 된다는 걸 알죠. 정액 같은 증거 말이에요. 그래서 콘돔을 사용해요. 하지만 콘돔에 윤활제가 발라져 있다면 그 윤활제가 남죠. 우리가 탐지할 수 있을 만큼. 범인들이 그걸 자기도 모르게 남기고 갈 때도 있고… 자기가 한 짓을 알리려고 일부러 남길 때도 있어요."

나는 그녀를 바라보며 하마터면 큰소리로 신음을 토할 뻔했다.

"그러니까 그 시인이라는 놈이… 형하고 섹스를 했다는 말이에요?"

"그럴 가능성이 있어요. 솔직히 우린 처음부터 그걸 생각하고 있었어요. 연쇄살인범들은… 잭, 놈들이 좇는 건 거의 항상 성적인 만족감이에요. 힘으로 상대를 통제하는 데서 성적인 만족감을 얻는 거예요."

"그럴 시간이 없었을 거예요."

"무슨 소리예요?"

"우리 형 말이에요. 경비원이 바로 옆에 있었어요. 절대 그럴 리가…." 나는 말을 멈췄다. 시간이 촉박해진 건 범인이 이미 그 짓을 한 다음이라는 사실을 깨달았기 때문에. "세상에…. 젠장."

"팀장님이 그래서 당신한테 말하지 않으려고 한 거예요."

나는 고개를 돌려 푸른 하늘을 올려다보았다. 구름 한 점 없는 하늘을 어지럽히고 있는 것은 이미 사라져버린 비행기가 남긴 두 줄의 비행운뿐이었다.

"정말 이해가 안 돼요. 놈이 왜 그런 짓을 하는 거죠?"

"그 답은 영원히 알 수 없을지도 몰라요, 잭." 그녀가 나를 위로하듯 내 어깨에 손을 올려놓았다. "우리가 뒤쫓는 놈들은… 개중에는 아무 이유 없이 그러는 놈들도 있어요. 놈들이 그런 짓을 하는 동기를 찾아내고, 그런 짓을 하게 만드는 충동을 이해하는 것. 그게 가장 어려운 부분이에요. 우리는 그런 놈들을 달나라에서 온 놈들이라고 해요. 도저히 답을 찾아낼 수 없을 때는 정말로 그런 생각밖에 안 들어요. 그런 놈들을 이해하려고 애쓰는 건 산산조각으로 부서진 거울을 다시 맞추는 것과 똑같아요. 그놈들의 행동을 설명할 길이 없으니 우린 그냥 놈들은 인간이 아니라고 생각해 버려요. 달나라에서 온 놈들이라고. 이 시인이란 녀석이 살던 달에서는 그런 본능을 따르는 것이 자연스럽고 정상적인 일이겠죠. 그런 본능에 따라 자신이 만족을 느낄 수 있는 상황을 만들어내는 거예요. 우리가 할 일은 그놈이 살던 달나라를 지도에서 찾아내는 거고요. 그걸 알고 나면 그놈을 찾아 그 달나라로 돌려보내기가 더 쉬워지겠죠."

난 그저 그 말을 들으며 고개를 끄덕이는 것밖에 할 수 없었다. 그녀의 말은 전혀 위안이 되지 않았다. 내가 아는 것이라고는, 만약 기회만 주어진다면 내가 직접 그놈을 달나라로 돌려보내고 싶다는 것뿐이었다. 내 손으로 직접 그렇게 하고 싶었다.

"그만 가요." 그녀가 말했다. "당분간은 그런 건 생각하지 말아요. 가서 옷이나 좀 사자고요. 기자들이 당신을 계속 우리 요원으로 오해하게 내버려둘 수는 없으니까."

그녀가 미소를 지었다. 나도 희미한 미소로 답하며 그녀가 미는 대로 쇼핑몰을 향해 움직였다.

27

증거 수집

6시 30분에 지부 회의실에 다시 모였다. 배커스는 전화로 여러 일을 처리 중이었고, 톰슨, 매터잭, 마이즈 외에 처음 보는 요원 세 명도 와 있었다. 나는 쇼핑백을 탁자 밑에 놓았다. 그 안에 새 셔츠 두 벌, 바지 한 벌, 속옷과 양말이 있었다. 자리에 앉자마자 셔츠를 갈아입고 올 걸 그랬다는 생각이 들었다. 처음 보는 요원 세 명이 FBI 로고가 새겨진 내 셔츠와 나를 심각한 표정으로 유심히 살피는 것을 보니 내가 FBI 요원 행세를 하며 일종의 신성모독을 저질렀다고 생각하는 것 같았다. 배커스는 통화하던 상대에게 준비가 끝나면 다시 전화하라고 말하고는 전화를 끊었다.

"자." 그가 말했다. "저쪽에서 전화가 준비되는 대로 전체 회의를 시작할 거야. 그 전에 우선 피닉스 사건에 대해 이야기해 보지. 내일부터 형사 사건과 꼬마 사건 수사를 원점에서부터 다시 시작해. 두 사건 모두 처음부터. 그러니까 내 말은… 아, 이런 미안하네. 레이철, 잭, 이쪽은 피닉스의 빈스 풀 지부장이에요. 우리에게 필요한 물건들을 전부 조달해 줄 분이죠."

풀은 경력이 25년쯤은 되는, 이 방의 최고참인 것 같았다. 그는 우리에게 고개만 끄덕 했을 뿐 말은 한 마디도 하지 않았다. 배커스는 나머지 두 명의 요원은 굳이 소개하려 하지도 않았다.

"내일 9시에 지역 경찰과 회의가 있어요." 배커스가 말했다.

"아마 경찰은 무난히 수사에서 제외시킬 수 있을 거요." 풀이 말했다.

"어쨌든 저쪽의 반감을 사면 안 되죠. 오설랙을 제일 잘 아는 사람들이니 좋은 정보원 노릇을 해줄 거예요. 제 생각에는 경찰을 수사에 참여시키되 지휘권은 우리가 단단히 쥐는 게 좋을 것 같습니다."

"그거야 어려울 것 없지."

"어쩌면 이번 사건이 우리한테 가장 좋은 기회가 될지도 몰라요. 신선한 사건이니까요. 범인이 실수를 저질렀기를 바라야죠. 이번 꼬마와 형사 살인사건에서 우리가 그걸 찾아내야 합니다. 저는…."

탁자 위의 전화기가 울리자 배커스는 수화기를 집어 들었다.

"잠깐 기다려."

그는 전화기의 어떤 버튼을 누르고 수화기를 내려놓았다.

"브래스, 잘 들리나?"

"네, 팀장님."

"좋아. 이제 출석점검을 좀 해볼까? 누가 연결돼 있는지 보게."

여섯 개 도시의 요원들이 스피커를 통해 자신의 존재를 알렸다.

"좋아. 이번 회의는 가능한 한 형식에서 벗어나 진행할 예정이야. 먼저 각자 돌아가면서 알고 있는 걸 얘기하면 좋겠는데. 브래스, 자네가 마지막으로 정리하는 게 좋겠어. 그럼 플로리다부터. 테드, 듣고 있나?"

"아, 네, 팀장님. 스티브도 같이 있어요. 이제 막 사건에 손을 담근 수준이라 내일쯤이나 돼야 뭘 좀 알 수 있을 겁니다. 하지만 벌써 조금 이상한 점이 있어서 조사해 봐야 할 것 같아요."

"계속해 봐."

"어, 여기는 시인의 첫 번째 범행장소입니다. 아니, 아직까지는 첫 번째로 알려져 있죠. 클리퍼드 벨트런. 두 번째 사건인 볼티모어 사건은 거의 10개월이 지난 뒤에야 발생했습니다. 여기서 범행 사이의 간격이 가장 깁니다. 그래서 이 첫 번째 살인사건이 과연 무작위로 저질러진 건지 의심해 볼 만합니다."

"시인이 벨트런과 아는 사이였던 것 같아?" 레이철이 물었다.

"그랬을 수도 있지. 지금으로서는 그냥 육감일 뿐이야. 하지만 한꺼번에 늘어놓고 보면 이런 생각을 뒷받침할 수도 있을 것 같은 특징이 몇 가지 더 있어. 첫째, 이번 사건에서 유일하게 엽총이 사용됐다는 점. 오늘 부검보고서를 확인해 봤는데, 끔찍하더라고. 두 개의 총구에서 총알이 모두 발사돼 피해자 얼굴이 완전히 날아가 버렸어. 그런 행동이 무엇을 상징하는지는 이미 우리 모두 다 아는 사실이지."

"과잉살상." 배커스가 말했다. "면식범일 가능성이 있다는 뜻이지."

"맞습니다. 무기 자체도 문제예요. 범행에 사용된 총은 벨트런이 눈에 안 보이게 벽장 맨 위 선반에 넣어두었던 낡은 스미스앤웨슨입니다. 보고서에 따르면, 벨트런의 여동생이 총에 대해 말해줬다는군요. 벨트런은 평생 결혼하지 않고 어릴 때부터 같은 집에서 죽 살았습니다. 아직 직접 여동생을 만나보지는 못했지만 중요한 건, 그게 자살이었다면 벨트런이 벽장으로 가서 그 총을 꺼내왔다고 보면 되겠죠. 하지만 지금 우리는 이게 자살이 아니라고 보고 있으니 문제가 되는 겁니다."

"시인이 거기 선반 위에 엽총이 있다는 걸 어떻게 알았느냐, 그거지?" 레이철이 말했다.

"마~잣습니다…. 범인이 그걸 어떻게 알았을까요?"

"좋은 지적이야, 테드, 스티브." 배커스가 말했다. "잘했어. 또 어떤 게 있나?"

"마지막으로 지적할 건 좀 말하기 까다로운 이야기입니다. 그 기자가 지금 함께 있습니까?"

방 안의 모든 사람이 나를 바라보았다.

"그래." 배커스가 말했다. "하지만 보도통제 원칙이 지금도 작동 중이야. 그러니까 하고 싶은 말이 있으면 그냥 해도 돼. 맞죠, 잭?"

나는 고개를 끄덕이다가 다른 도시에 있는 요원들은 내 얼굴을 볼 수 없다는 것을 깨달았다.

"맞습니다." 내가 말했다. "보도하지 않을 거예요."

"좋습니다. 지금으로선 그냥 추측이라 이게 맞는지 잘 모르겠지만 어쨌든 얘기해 보죠. 첫 번째 피해자, 그러니까 게이브리얼 오티즈라는 소년의 부검보고서에서 검시관은 항문의 분비샘과 근육을 조사한 결과를 토대로 아이가 오랫동안 학대당했다는 결론을 내렸습니다. 만약 아이를 죽인 범인이 오랫동안 아이를 학대한 인물이라면, 범인이 무작위로 피해자를 선택했다는 패턴과 맞지 않습니다. 그래서 그럴 가능성은 없어 보입니다. 하지만 3년 전, 지금 우리가 아는 사실을 모르고 있던 벨트런의 입장에서 이 사건을 바라보면 좀 이상한 점이 있습니다. 벨트런은 우리가 지금 아는 다른 사건들에 대해 전혀 모르고 오로지 이 한 사건만 다루고 있었습니다. 그러니 아이가 오랫동안 학대당했다는 부검보고서를 받아보고는 아이를 학대한 사람이 가장 유력한 용의자라는 결론을 내리고 당장 찾아나서야 맞습니다."

"그런데 안 찾았다?"

"네. 벨트런은 형사 세 명으로 구성된 팀을 이끌고 있었는데, 방과 후 아이가 납치됐던 공원 쪽에 거의 모든 수사력을 집중하라고 지시했습니다. 이건 그 팀에 있던 형사한테서 개인적으로 얻은 정보예요. 그 형사 말로는 아이의 주변을 좀 더 폭넓게 조사해 보자고 했지만 벨트런이 받아들이지 않았다고 하더군요. 여기서부터 얘기가 흥미진진해집니다. 보안관서에 근무하는 제 정보원에 따르면, 벨트런이 그 소년의 사건을 콕 집어서 자기가 수사를 맡겠다고 나섰답니다. 수사를 자청해서 맡은 겁니다. 제 정보원이 일단 근무를 마친 뒤에 좀 조사해 봤는데, 벨트런이 '최고의 친구'라는 사회복지 프로그램을 통해 그 아이랑 이미 아는 사이였답니다. '최고의 친구'는 아버지 없는 사내아이들을 어른들과 연결시켜 주는 프로그램입니다. 일종의 빅 브러더 프로그램이죠. 벨트런은 경찰이었으니 아무 문제 없이 심사과정을 통과했습니다. 그래서 그 아이의 '최고의 친구'가 됐죠. 여러분 모두 이게 무슨 뜻인지 아실 겁니다."

"벨트런이 그 아이를 학대한 장본인일지도 모른다는 얘긴가?" 배커스가 물었다.

"그랬을지도 모르죠. 제 정보원도 그런 얘기를 하고 싶었던 것 같은데, 똑 부러지게 말로 하지는 않았어요. 관련자가 모두 죽었으니 사건이 그냥 유야무야된 거죠. 이런 이야기를 외부에 발표할 리도 없고요. 특히 자기네 형사가 관련돼 있고, 보안관은 선거로 선출되는 자리니까요."

배커스가 고개를 끄덕였다.

"그거야 당연히 그렇겠지."

잠시 침묵이 흘렀다.

"테드, 스티브, 아주 흥미로운 이야기였어." 배커스가 말했다. "하지만 그게 전체 맥락과 어떤 면에서 들어맞는 거지? 흥미롭지만 전체 패턴에서 벗어나는 특징에 불과한 건가, 아니면 자네들이 보기에 뭔가 있는 건가?"

"잘 모르겠습니다. 하지만 벨트런이 아이를 학대한 장본인, 그러니까 아동성애자라면 그리고 거기에 그가 엽총에 맞아 죽었고, 벨트런을 아는 누군가가 벽장 맨 위 선반에 그 엽총이 있다는 걸 알고 있었다는 사실을 덧붙이면, 좀 더 조사해 볼 가치가 있다는 결론이 나올 것 같습니다."

"맞는 말이야. 그래, 자네 정보원이 벨트런과 '최고의 친구'에 대해 더 알고 있는 건 없나?"

"벨트런이 오래전부터 '최고의 친구' 프로그램에 참여했다는 말을 들었다고 했습니다. 그러니 그동안 아주 많은 사내아이들과 함께 지냈겠죠."

"그러니까 거기서부터 조사를 시작해 보겠다는 얘기지?"

"아침부터 본격적으로 조사해 볼 생각입니다. 오늘 밤에는 할 수 있는 일이 하나도 없으니까요."

배커스는 고개를 끄덕이고는 손가락 하나를 입에 댄 채 잠시 생각에 잠겼다.

"브래스?" 배커스가 말했다. "자네 생각은 어떤가? 범인의 심리적 특징과 관련해 방금 말한 내용이 어떤 의미를 지닌 것 같아?"

"이 모든 사건을 관통하는 열쇠가 바로 아이들입니다. 살인전담반 형사가 또 다른 열쇠고요. 범인이 도대체 어떤 녀석인지 아직 확실히 밝혀내지는 못했지만, 이 방향을 열심히 파봐야 할 것 같습니다."

"테드, 스티브, 사람이 더 필요한가?" 배커스가 물었다.

"아뇨, 괜찮을 것 같습니다. 탬파 지부의 모든 직원이 이 사건에 참여하고 싶어 하니까요. 필요한 건 여기서 구할 수 있습니다."

"좋아. 그건 그렇고, 아이 어머니한테 아들과 벨트런의 관계에 대해 물어봤어?"

"아직 소재 파악이 안 됐습니다. 벨트런의 여동생도 마찬가지고요. 벌써 3년 전 사건이니까요. 내일 '최고의 친구' 쪽을 조사한 뒤에 두 사람과 연락이 닿기를 바라고 있습니다."

"그렇군. 이제 볼티모어 쪽 얘기를 들어보지. 실라?"

"네, 팀장님. 현지 경찰들이 조사한 걸 다시 확인하느라 오늘 하루를 거의 다 보냈어요. 블레드소도 만나봤고요. 그 사람은 폴리 앰허스트 사건이 터졌을 때 처음부터 아동 성추행범이 범인일 거라고 생각했다더군요. 앰허스트는 교사였습니다. 블레드소 말로는 자기와 매커퍼티가 처음부터 앰허스트가 학교 안에서 우연히 성추행범과 맞닥뜨렸고, 그 성추행범이 앰허스트를 납치해 목 졸라 죽인 뒤 범행의 진짜 동기를 숨기려고 시체를 훼손했다고 생각했답니다."

"왜 성추행범이라고 생각한 거지?" 레이철이 물었다. "피해자가 강도나 마약밀매상 같은 사람과 맞닥뜨렸을 수도 있잖아?"

"폴리 앰허스트는 실종된 날 3교시가 끝난 뒤 쉬는 시간에 학교 순찰을 맡았어. 당시 경찰은 운동장에 나와 있던 아이들을 한 명도 빼지 않고 만나봤지. 상충되는 이야기가 아주 많았지만, 학교 울타리에 어떤 남자가 서 있었다는 사실을 기억하는 아이가 몇 명 있었어. 남자는 떡이 진 금발머리에 안경을 쓰고 있었대. 백인이고. 로더릭 어셔의 생김새에 대한 브래드의 설명과도 조금 비슷한 모습이지. 아이들은 남자가 카메라를 갖고 있었다는 말도 했어. 인상착의 설명은 그게 다야."

"좋아, 실라. 또 다른 얘기가 있나?" 배커스가 물었다.

"시체에서 발견된 증거 중에 머리카락 한 가닥이 있습니다. 금발로 염색한 머리카락이죠. 원래 색깔은 불그스름한 갈색이고요. 지금으로서는 이게 답니다. 내일 블레드소를 다시 만나볼 생각입니다."

"알았네. 다음은 시카고."

나머지 요원들의 보고내용에는 시인의 정체를 밝혀내는 데 도움이 되거나 새로운 정보로 추가할 만한 것이 전혀 없었다. 요원들은 대부분 경찰이 이미 조사한 내용을 다시 확인하는 중이었고, 새로운 사실을 찾아내지는 못했다. 심지어 덴버 쪽의 보고도 이미 알고 있는 정보로 채워져 있었다. 하지만 보고 마지막에 요원은 형이 끼고 있던 장갑을 조사한 결과 오른쪽 장갑 안쪽의 모피에서 핏자국 하나가 발견되었다고 말했다. 그 요원은 내게 라일리한테 전화를 걸어 시체 발굴 허락을 받아줄 용의가 있느냐고 물었다. 나는 대답하지 않았다. 형에게 최면술이 사용되었다면 그 마지막 순간이 어땠을지 생각하느라 정신이 멍했기 때문이다. 요원이 재차 물은 뒤에야 나는 아침에 전화를 걸겠다고 했다.

요원은 뒤늦게 생각났다는 듯, 화약 잔여물 검사를 위해 형의 입에서 채취한 시료를 콴티코의 실험실로 보냈다고 말하며 보고를 마쳤다.

"여기 사람들도 실력이 꽤 좋습니다, 팀장님. 그러니 여기서 이미 발견한 것 외에 다른 것이 발견되지는 않을 겁니다."

"이미 발견한 것?" 배커스가 일부러 나를 보지 않으려고 시선을 돌리며 물었다.

"화약 잔여물이죠. 그것밖에 없었습니다."

이 말을 들으며 내 기분이 어땠는지 나도 알 수 없었다. 안도감을 느졌던 것도 같다. 하지만 요원의 말만으로는 형에게 무슨 일이 있었는지 증명할 수 없었다. 죽었던 션이 살아나는 것도 아니었다. 나는 형의 마지막 순간을 생각하며 여전히 괴로워하고 있었다. 그 생각을 밀어버리고 회의에 집중하려고 애썼다. 배커스가 브래스에게 피해자들의 특징에 관한 새로운 정보를 모두에게 말해주라고 했는데, 나는 이미 그 보고 내용을 대부분 놓쳐버린 상태였다.

"그래서 상관관계는 전혀 없는 것 같습니다." 그녀가 이런 말을 하고 있었다. "플로리다에서 아까 언급한 가능성 외에는, 범인이 피해자를 무작위로 선택한 것 같습니다. 피해자들은 서로 아는 사이도 아니고, 함께 일한 적도 없습니다. 여섯 명 모두 어떤 식으로도 관련이 없어요. 그중 네 명이 4년 전 콴티코에서 FBI가 후원한 일종의 살인사건 세미나에 참석했다는 걸 알아냈지만, 나머지 두 명은 참석하지 않았습니다. 게다가 그 세미나에 참석했던 네 명도 당시 서로 만나거나 이야기를 나눈 적이 있는지 확인되지 않았습니다. 그리고 지금까지의 조사에 피닉스의 오설랙은 전혀 포함되지 않았습니다. 오설랙의 주변을 조사할 시간이 아직 없어서요."

"상관관계가 전혀 없다면, 순전히 피해자들이 범인의 미끼를 물었기 때문에 그런 일을 당했다고 봐야 하는 건가?" 레이철이 물었다.

"그런 것 같아."

"그럼 범인은 미끼로 쓰려고 첫 번째 살인을 저지른 뒤 잘 지켜보다가 자기 사냥감을 처음 봤겠네."

"그것도 맞아. 범인이 미끼로 던진 사건은 모두 지역 언론에 대서특필됐어. 그러니 범인이 텔레비전이나 신문을 통해 담당형사의 얼굴을 처음 봤을 거야."

"범인이 전형적으로 매력을 느끼는 신체적 특징 같은 건 관련이 없는 거로군."

"응. 범인은 그냥 담당형사를 선택했을 뿐이야. 수사를 지휘하는 형사가 사냥감이 되는 거지. 물론, 일단 피해자를 선택한 뒤 범인이 피해자에게 매력을 느끼게 되거나 피해자가 자신의 환상을 충족시켜 주는 대상이라고 생각하게 되었을 가능성은 있어. 그런 일은 언제나 가능하니까."

"무슨 환상이요?" 내가 물었다. 브래스의 말을 따라가기가 벅찼다.

"잭인가요? 글쎄요, 잭. 범인이 무슨 환상을 품고 있는지는 우리도 몰라요. 그게 바로 중요한 점이에요. 우린 지금 잘못된 방향에서 접근하고 있어요. 범인에게 살인충동을 일으키는 환상이 뭔지 전혀 모르니, 겉으로 드러난 사실들과 우리가 내놓는 추측들은 모두 부분에 불과해요. 범인의 세계를 뒤흔드는 요인이 뭔지 영영 알아내지 못할 수도 있어요. 이 녀석은 달나라에서 온 놈이에요, 잭. 범인의 세계를 제대로 파악할 수 있는 유일한 방법은 범인한테서 직접 듣는 것뿐이에요."

나는 고개를 끄덕이며 또 다른 질문을 생각해 냈다. 하지만 곧장 질문을 던지지는 않고 다른 사람이 질문할 생각이 없음이 확실해질 때까지 기다렸다.

"저, 브래스 요원… 아니 도런?"

"네?"

"이미 얘기했는지 모르겠는데, 시는 어떻게 됐어요? 그 시들이 무슨 의미인지 알아낸 거라도 있어요?"

"음, 그 시들은 전시용이었던 것 같아요. 어제 알아낸 사실이죠. 그 시들은 범인의 서명과 같은 역할을 했어요. 범인은 우리한테 쉽사리 잡히지 않으려고 애쓰면서도 모종의 심리적인 이유로 그 시들을 남길 수밖에 없었을 거예요. '어이, 나 왔다 간다.' 이런 의미로 말이죠. 시의 역할이 바로 그런 거예요. 그 시들을 그냥 시 자체로만 읽어보면, 모두 죽음과 관련되어 있다는 게 공통점이죠. 죽음은 곧 다른 곳으로 통하는 문이라는 테마도 있어요. '창백한 문을 지나' 범인이 인용한 구절 중에 이런 게 있었던 것 같은데…. 이건 시인이 사람들을 죽여 더 좋은 세상으로 보내고 있다고 믿는다는 뜻인지도 몰라요. 시인이 피해자를 변화시킨다는 거죠. 범인의 병리적 특징을 생각할 때 한번 고려해 봐야 할 문제예요. 그래도 다시 말하지만, 이게 전부 추측에 지나지 않는다는 걸 잊으면 안 돼요. 이건 마치 쓰레기로 꽉 찬 쓰레기통을 들여다보며 어떤 사람이 어젯밤에 저녁 식사로 뭘 먹었는지 알아내려는 것과 같아요. 우린 범인이 지금 무슨 뜻으로 이런 일을 벌이는지 몰라요. 놈을 잡기 전에는 알 수 없을 거예요."

"브래스? 밥이야. 범인의 범행계획에 무슨 특징 같은 거 없나?"

"그건 브래드가 대답해야겠는데요."

"브래드입니다. 저, 우린 범인을 변형된 여행자라고 부릅니다. 범인은 전국을 무대 삼아 이동하면서 한 번에 몇 주, 또는 몇 달씩 잠복기를 거칩니다. 지금까지의 프로파일링 작업에 비추어볼 때, 이례적인 특징이죠. 시인은 치고 빠지는 살인자가 아닙니다. 놈은 상대를 친 다음 한동안 주위를 얼쩡거립니다. 그동안 사냥꾼이 돼서 사냥감을 감시하는 겁니다. 그렇게 해서 피해자의 일상과 미묘한 특징들을 알아차릴 겁니다. 어쩌면 스치듯 지나가며 피해자와 안면을 틀 수도 있습니다. 앞으로 이 점을 조사해 봐야 할 겁니다. 피해를 당한 형사들이 우연히 사귄 친구나 지인이 없었는지 말이죠. 옆집에 새로 이사 온 사람이나 동네 술집에서 우연히 만난 사람이 범인이었을 수도 있습니다. 덴버의 상황을 보면, 범인이 정보원 행세를 했을 가능성도 있습니다. 지금까지 열거한 역할 중 몇 개를 섞어 사용했을 수도 있고요."

"그럼 이제 다음 단계로 이어지는군." 배커스가 말했다. "피해자와 접촉한 이후의 일."

"힘이죠." 헤이즐턴이 말했다. "피해자에게 가까이 접근한 뒤에 범인이 어떻게 통제권을 잡았을까요? 처음에는 모종의 무기를 갖고 피해자를 위협해서 그의 무기를 빼앗았다고 볼 수 있지만, 그것 말고도 다른 요인이 있습니다. 살인전담반 형사 여섯 명, 아니 일곱 명이 왜 범인이 시키는 대로 시의 한 구절을 썼을까요? 범인이 무슨 수를 썼기에 몸싸움 흔적이 전혀 나타나지 않을까요? 저희는 범인이 피해자의 집에 있던 약물을 강화제로 사용해 최면을 걸었을 가능성을 조사하고 있습니다. 매커보이 사건은 조금 예외지만요. 그 사건을 제외하고 다른 사건을 살펴보면, 피해자 집의 약장에는 틀림없이 무엇이든 약이 들어 있었을 겁니다. 집집마다 약장에는 처방받은 약이나 약국에서 산 약이 있을 거고, 개중에는 최면 강화제로 쓸 만한 약물이 있게 마련이죠. 물론 유난히 효과 좋은 약물이 따로 있기는 하겠지만, 그보다 중요한 건 만약 우리 생각이 옳다면 시인이 피해자들에게서 구한 물건을 이용하고 있다는 점입니다. 이 점을 집중적으로 살펴보고 있습니다. 그러니까, 지금으로서는 이게 전부입니다."

"알았네." 배커스가 말했다. "질문 있나?"

방 안과 전화 스피커에서는 계속 침묵이 이어졌다.

"좋아." 배커스가 몸을 앞으로 기울이며 말했다. 그는 양손으로 탁자를 짚고 전화기 스피커에 입을 가까이 갖다 댔다. "최선을 다해줘. 이번엔 꼭 그래야 해."

레이철과 나는 배커스와 톰슨의 뒤를 따라 매터잭이 방을 예약해 놓은 하얏트 호텔로 갔다. 나는 체크인도 직접 하고 숙박비도 치러야 했지만, 나 외의 다섯 명은 배커스가 체크인을 하고 열쇠를 가져다주었다. 그들의 숙박비는 정부가 치르게 되어 있었다. 그래도 나 역시 호텔 측이 보통 FBI 요원에게 적용해 주는 할인율을 적용받았다. 틀림없이 셔츠 때문인 것 같았다.

레이철과 톰슨은 저녁을 먹기 전에 다 같이 한잔하기로 한 로비 라운지에서 기다리고 있었다. 배커스가 레이철에게 열쇠를 주면서 321호실이라고 말하는 소리가 들렸다. 그 번호를 열심히 외웠다. 내 방은 그 방과 문 네 개를 사이에 둔 317호였다. 나는 벌써 오늘 밤 그 거리를 뛰어넘을 궁리를 하고 있었다.

우리와 30분쯤 가벼운 이야기를 나눈 배커스는 자기 방에 가서 오늘 올라온 보고서를 먼저 읽어보고는 소슨과 카터를 데리러 공항에 가야겠다고 했다. 저녁을 같이 먹자고 권했지만 그는 사양하고 엘리베이터로 향했다. 몇 분 뒤 톰슨도 오설랙의 부검보고서를 자세히 읽어봐야겠다면서 자리를 떴다.

"당신과 나만 남았네요, 잭." 말이 들리지 않을 만큼 톰슨이 멀어지자 레이철이 말했다. "뭘 먹을까요?"

"글쎄요. 당신은요?"

"아직 생각 안 해봤어요. 하지만 지금 가장 먼저 하고 싶은 일이 뭔지는 확실히 알아요…. 뜨거운 물로 목욕하는 거예요."

우리는 1시간 뒤 다시 만나서 저녁을 먹기로 했다. 그러고는 말없이 엘리베이터를 타고 방으로 올라갔다. 성적인 긴장감이 우리를 감쌌다.

나는 방에 들어온 뒤 레이철에 관한 생각을 떨쳐버리기 위해 컴퓨터에 전화선을 연결하고 덴버에서 온 메시지가 없나 확인해 보았다. 메시지는 하나뿐이었다. 나더러 지금 어디 있느냐고 묻는 그레그 글렌의 메시지. 나는 답장을 보냈지만, 그는 월요일에 출근한 뒤에야 그 답장을 보게 될 터였다.

그다음에는 로리 프라인에게도 메시지를 보내 지난 7년간 플로리다의 신문에 최면술사 호러스에 관해 실린 기사가 있으면 모조리 찾아달라고 부탁했다. 나는 찾은 자료를 내 컴퓨터로 전송해 달라고 말했지만, 급하다는 얘기는 하지 않았다.

이 일을 마친 뒤 샤워를 하고, 레이철과의 저녁 식사를 위해 새 옷으로 갈아입었다. 약속 시간보다 20분 일찍 준비가 끝났다. 아래층으로 내려가 잡화점이 근처에 있는지 찾아볼까 했지만 만약 일이 잘 돼서 내가 레이철과 침대에 들게 될 경우, 내 주머니에서 콘돔이 발견되면 그녀가 어떤 인상을 받을지 생각해 보고는 그만두기로 했다. 그냥 상황에 따라 대처해 나갈 생각이었다.

"CNN 봤어요?"

"아뇨." 내가 말했다. 나는 그녀의 방 문간에 서 있었다. 그녀는 침대로 돌아가서 그 위에 앉아 신발을 신었다. 아까보다 훨씬 생기 있는 모습이었다. 옷차림은 크림색 셔츠에 블랙진이었다. 텔레비전은 여전히 켜져 있었는데, 지금은 콜로라도의 한 병원에서 일어난 총격사건을 보도하는 중이었다. 그녀가 CNN을 봤냐고 물은 것이 그 사건 때문인 것 같지는 않았다.

"거기서 뭐라고 했는데요?"

"우리가 나왔어요. 당신, 나, 팀장님이 장례식장에서 나오는 모습. 기자가 어떻게 알았는지 팀장님 이름까지 알아내서 화면에 자막으로 깔았더라고요."

"행동과학국 소속이라는 얘기도 나왔어요?"

"아뇨, 그냥 FBI라고만 돼 있었어요. 그런 건 중요하지 않아요. CNN은 틀림없이 이 지역 방송국에서 기사를 받아 썼을 거예요. 범인이 어디 있는지는 몰라도 그 뉴스를 봤다면, 문제가 될 수 있어요."

"어째서요? FBI가 이런 사건을 살펴보는 게 이례적인 일도 아니잖아요. FBI는 항상 여기저기 참견하는 게 일인데요 뭐."

"문제는, 그게 시인이 원하는 일이라는 거예요. 거의 모든 사건이 그래요. 이런 종류의 살인범은 자기가 저지른 일이 텔레비전과 신문에 나는 걸 보고 만족감을 느껴요. 사건을 저지를 때의 환상을 다시 경험한다고나 할까. 범인들은 그렇게 언론에 집착하는 동시에 자기를 뒤쫓는 사람들에게도 집착해요. 내 생각에 범인, 그러니까 시인은 우리에 대해 많은 것을 알고 있는 것 같아요. 내 생각이 맞다면, 범인은 십중팔구 연쇄살인범에 관한 책을 여러 권 읽었을 거예요. 상업적인 목적으로 쓴 쓰레기 같은 책은 물론이고, 진지한 책까지. 그래서 중요한 수사관들의 이름을 알고 있을지도 몰라요. 팀장님 아버지 이름은 여러 책에 등장해요. 팀장님 자신도 몇 군데 책에 등장했고요. 나도 마찬가지예요. 우리 이름, 사진, 말이 나온다고요. 범인이 CNN 뉴스에서 우리를 알아봤다면, 우리가 자기 뒤를 바짝 쫓고 있다고 생각할 거예요. 그러면 놈의 종적을 놓쳐버릴 수가 있어요. 놈이 잠수해 버릴지도 모르니까."

그날 밤에는 망설임이 이겼다. 우리는 어디에 가서 뭘 먹을지 정하지 못하고 결국 호텔 레스토랑에서 식사하기로 했다. 음식은 그럭저럭 괜찮은 편이었고, 함께 시킨 뷜러 포도주는 완벽했다. 나는 레이철에게 정부에서 지급하는 일당으로 식대를 치를 걱정은 하지 말라고 했다. 신문사 돈으로 저녁을 사겠다면서. 그녀는 이 말을 듣고 디저트로 체리 주빌레를 주문했다.

"당신은 세상에 자유로운 언론이 전혀 없다면 아주 좋아할 사람 같아요." 천천히 디저트를 먹으면서 내가 그녀에게 말했다. 저녁 먹는 내내 CNN 보도의 의미에 관한 이야기를 나눈 뒤였다.

"전혀 그렇지 않아요. 난 자유로운 사회에 언론이 반드시 필요하다는 점을 인정하는 사람이에요. 내가 싫어하는 건, 언론이 자주 드러내는 무책임한 행태죠."

"그 보도의 어떤 점이 무책임했는데요?"

"그다지 중요한 기사는 아니었지만, 우리 사진을 쓴 게 마음에 걸려요. 그게 어떤 결과를 낳을지 우리한테 물어보지 않았잖아요. 난 그저 가끔은 언론이 즉각적인 만족을 추구하기보다는 좀 더 넓은 시각으로 전체를 바라보는 데 집중하기를 바랄 뿐이에요."

"우리가 항상 즉각적인 만족만 추구하는 건 아니에요. 나만 해도 기사를 쓰겠다거나 당신들 정체를 다 밝혀버리겠다는 소리는 안 했잖아요. 장기적인 관점에서 더 넓은 시야로 기사를 쓰려고요."

"아, 고상하시기도 하네요. 수사에 참여하려고 거의 협박하다시피 했으면서."

그녀는 미소를 짓고 있었다. 나도 마찬가지였다.

"내가 언제요." 나는 그녀의 말을 반박했다.

"다른 얘기 하면 안 될까요? 이젠 좀 지겨워요. 그냥 가만히 누워서 한동안 이번 사건을 잊어버릴 수만 있다면 얼마나 좋을까."

또였다. 그녀가 선택한 어휘, 그 단어들을 말하면서 나를 바라보는 시선. 내가 그녀의 시선을 제대로 읽은 걸까, 아니면 내가 보고 싶은 것만 보고 있는 걸까?

"좋아요, 그럼 시인에 대해서는 다 잊어버려요." 내가 말했다. "당신 얘기를 하죠."

"나요? 나에 관한 무슨 얘기요?"

"당신과 소슨 사이의 일은 무슨 텔레비전 시트콤 같아요."

"그건 내 사생활이에요."

"두 사람이 항상 서로를 찌를 듯이 노려보고, 당신이 배커스한테 말해서 그 사람을 이번 사건에서 제외시키려고 하는데도요?"

"그 사람을 제외시킬 생각은 없어요. 그냥 그 사람이 나한테서 떨어져주길 바랄 뿐이죠. 그 사람은 항상 어떻게든 슬금슬금 다가와서 나를 마음대로 휘두르려고 해요. 당신도 보면 알 거예요."

"결혼생활은 얼마나 했어요?"

"15개월이요. 아주 화려하고 찬란했죠."

"언제 끝났어요?"

"오래전이에요. 3년 전."

"그런데 아직까지도 적의가 남아 있단 말이에요?"

"이런 얘긴 하고 싶지 않아요."

하지만 속으로는 하고 싶은 것 같았다. 나는 잠시 기다렸다. 웨이터가 다가와 커피를 다시 채워주었다.

"어쩌다 그렇게 된 거예요?" 내가 부드럽게 물었다. "당신은 그렇게 불행하게 살면 안 되는 사람인데."

그녀가 손을 뻗어 내 턱수염을 가볍게 잡아당겼다. 일전에 워싱턴에서 내 얼굴을 침대에 처박은 뒤 그녀가 내 몸에 손댄 것은 이번이 처음이었다.

"당신은 다정한 사람이에요." 그녀는 고개를 저었다. "그냥 우리 둘 다 결혼생활이 잘 안 맞았을 뿐이에요. 가끔은 우리가 애당초 서로에게 뭘 보고 결혼했는지 잘 모르겠어요. 우린 정말 안 맞았거든요."

"왜요?"

"그냥요. 그냥 그렇게 됐어요. 말했듯이, 우리 둘 다 문제가 많았어요. 그 사람 쪽이 더 많았죠. 그 사람은 가면을 쓰고 살았고, 나는 뒤늦게야 그 가면 뒤에 숨은 분노를 알아차렸어요. 그러곤 가능한 한 빨리 거기서 벗어났죠."

"그 사람은 왜 화가 난 건데요?"

"이유는 많아요. 분노가 많은 사람이에요. 지금까지 사귄 여자들 때문에. 그 사람은 전에도 결혼에 실패한 적이 있어요. 직장에 대해서도 불만이 많고. 그래서 가끔 화염방사기처럼 분노를 터뜨렸어요."

"당신한테 손대기도 했어요?"

"아뇨. 워낙 일찍 헤어져서 그 사람이 그런 짓을 할 새도 없었어요. 남자들은 여자의 직감을 부정하지만, 만약 내가 결혼생활을 계속했으면 결국 그런 일도 벌어졌을 거예요. 일이 자연스레 그렇게 흘러가게 돼 있었어요. 지금도 나는 그 사람과 거리를 두려고 해요."

"그런데 그쪽은 아직도 당신한테 모종의 감정이 있는 거로군요."

"말도 안 되는 소리 말아요."

"그 사람 마음에는 분명히 뭔가가 있어요."

"그 사람이 나한테 품은 감정이라고는 내가 불행해지는 걸 보고 싶다는 욕망뿐이에요. 그 사람은 나 때문에 자기 결혼생활이 실패하고 인생도 망가졌다면서, 나한테 복수하고 싶어 해요."

"그런 사람이 어떻게 이 일을 계속할 수 있죠?"

"아까도 말했듯이, 그 사람은 가면을 쓰고 있어요. 본심을 잘 감춰요. 회의 때 그 사람을 봤잖아요. 침착하게 자제하는 거. FBI의 특징에 대해 당신도 알아둘 게 있어요. FBI는 요원들을 일부러 무너뜨리려고 하지 않아요. 일만 잘하면, 그 사람이 무슨 생각을 하든 무슨 말을 하든 상관없어요."

"그 사람에 대해 불만을 제기한 적 있어요?"

"직접적으론 없어요. 그랬다간 오히려 내 목을 조르는 꼴이 되니까요. 나는 남들이 부러워하는 자리에 앉아 있지만 실수는 금물이에요. FBI는 남자의 세계거든요. 전남편이 이런저런 일을 하려는 것 같다며 추측만으로 상사한테 불만을 제기하는 건 안 될 일이죠. 그랬다간 십중팔구 솔트레이크시티의 금융팀으로 쫓겨날 거예요."

"그럼 방법이 없어요?"

"별로 없어요. 간접적으로 팀장님한테 상황을 알리는 암시를 많이 주기는 했어요. 당신도 오늘 보고 들은 걸로 짐작하겠지만, 팀장님은 어떤 식으로든 조치를 취할 생각이 없어요. 틀림없이 고든도 팀장님한테 이런저런 암시를 주고 있겠죠. 내가 팀장님이라 해도 지금처럼 그냥 가만히 앉아 우리 두 사람 중 한 명이 멍청한 짓을 저지르기를 기다릴 거예요. 먼저 멍청한 짓을 하는 사람이 쫓겨나는 거죠."

"멍청한 짓이라면 어떤 걸 말하는 거예요?"

"나도 몰라요. 여기서는 그걸 아는 사람이 하나도 없어요. 그래도 고든은 팀장님보다 나를 대할 때 더 조심해야 돼요. 알다시피 이런저런 요인들이 있잖아요. 여자 요원을 쫓아내고 싶다면 각별히 신경 써서 머리를 굴려야 하죠. 그러니까 그게 내 무기예요."

나는 고개를 끄덕였다. 이제 이런 대화의 자연스러운 결말이 다가와 있었다. 하지만 나는 그녀를 방으로 돌려보내기 싫었다. 그녀와 함께 있고 싶었다.

"당신 인터뷰 솜씨가 아주 좋은데요, 잭. 아주 교묘해요."

"네?"

"지금까지 계속 나와 우리 사무실 얘기만 했잖아요. 이제 당신 얘기 좀 해봐요."

"내 얘기요? 미혼이니까 이혼한 적도 없고, 집에서는 심지어 풀 한 포기도 기르는 게 없어요. 종일 컴퓨터 앞에만 앉아 있죠. 당신과 소슨의 얘기와는 차원이 달라요."

그녀는 미소를 짓더니 소녀처럼 키득거렸다.

"맞아요, 우린 한 쌍이었죠. 옛날에. 오늘 회의에서 덴버 이야기를 듣고 나니 기분이 좀 나아졌어요?"

"그런 흔적이 발견되지 않은 것 말이에요? 잘 모르겠어요. 형이 그런 일을 겪지 않아 다행이라는 생각이 들기는 해요. 그렇다고 기분이 나아질 게 뭐 있겠어요?"

"형수님한테 전화했어요?"

"아뇨, 아직. 아침에 할 거예요. 아무래도 그런 얘기는 밝은 대낮에 해야 할 것 같아요."

"난 피해자 가족을 대면한 적이 많지 않아요." 그녀가 말했다. "우리는 항상 나중에 요청받고 수사에 참여하니까."

"나는… 이제 막 남편을 잃은 부인, 아이를 잃은 어머니, 세상을 떠난 새색시의 아버지를 인터뷰하는 데 정말 도사였어요. 유족이라면 누구든."

우리는 오랫동안 말이 없었다. 웨이터가 커피 주전자를 들고 다가왔지만 우리 둘 다 괜찮다고 했다. 나는 계산서를 요구했다. 오늘 밤 그녀와의 사이에서는 아무 일도 없을 것이다. 그런 이야기를 꺼낼 배짱이 사라져버렸다. 그녀에게 거절당할 위험을 무릅쓰고 싶지 않았다. 내가 여자에게 다가가는 방식은 항상 똑같았다. 여자가 나를 거절하든 말든 신경 쓰이지 않을 때는 항상 기회를 놓치지 않았다. 하지만 여자에게 진짜 마음이 있어서 거절당하면 충격이 클 것 같을 때는 항상 뒤로 물러났다.

"무슨 생각 해요?" 그녀가 물었다.

"아무 생각 안 해요." 나는 거짓말을 했다. "형 생각을 한 것 같아요."

"그 이야기 좀 해줘요."

"무슨 이야기요?"

"지난번에, 형님에 대한 좋은 기억을 이야기하려다 말았잖아요. 형님이 당신을 위해 해준 최고의 일. 형님이 한 거룩한 일."

나는 테이블 맞은편의 그녀를 바라보았다. 그녀가 무슨 소리를 하는 건지 금방 알아들었지만, 말을 시작하기 전에 잠시 생각에 잠겼다. 그녀에게 쉽사리 거짓말을 할 수도 있었을 것이다. 형이 나를 위해 해준 최고의 일은 바로 나를 사랑해 준 거였다고. 하지만 나는 그녀를 믿었다. 우리는 자기가 아름답다고 생각하는 대상, 갖고 싶은 대상을 믿게 마련이다. 그리고 어쩌면 이렇게 오랜 세월이 흐른 지금 누군가에게 그 일을 고백하고 싶어졌던 것 같기도 하다.

"형이 나를 위해 해준 가장 좋은 일은 나를 한 번도 비난하지 않은 거였어요."

"무슨 비난이요?"

"우리가 어렸을 때 누나가 죽었어요. 내 실수로. 형도 그걸 알고 있었어요. 형은 누나를 빼고는 진상을 아는 유일한 사람이었죠. 하지만 형은 한 번도 나를 비난하지 않았어요. 진실을 다른 사람에게 말하지도 않았고요. 오히려 잘못의 절반을 형이 떠안기까지 했어요. 그게 형이 해준 최고의 일이에요."

그녀는 가슴 아픈 표정으로 나를 향해 몸을 기울였다. 만약 그녀가 심리학자의 길을 계속 걸었더라면, 환자에게 공감할 줄 아는 훌륭한 심리치료사가 되었을 것이다.

"누님은 어쩌다 그렇게 됐어요, 잭?"

"호수에서 얼음이 깨지면서 물에 빠졌어요. 형의 시체가 발견된 바로 그곳이에요. 누나는 나보다 몸집이 컸어요. 그날은 부모님과 함께 호숫가로 캠핑을 나간 참이었죠. 캠프용 자동차를 몰고. 부모님은 그때 아마 점심을 준비하고 있었나, 뭐 그랬을 거예요. 나와 형은 자동차 밖에 나와 있었고, 누나는 우리를 보고 있었어요. 그런데 내가 얼어붙은 호수로 달려 나갔어요. 누나는 내가 너무 멀리 가지 못하게 막으려고 내 뒤를 쫓아왔어요. 호수 중심부 쪽은 얼음이 얇았으니까. 하지만 누나가 나보다 몸집이 크고 무겁다 보니 얼음 속으로 빠져버린 거예요. 나는 비명을 질러댔어요. 형도 비명을 질러댔죠. 아버지와 다른 어른들이 누나를 구해내려고 했지만 이미 때가 너무 늦어서…."

커피를 마시려고 했지만 잔이 비어 있었다. 나는 그녀를 바라보며 말을 이었다.

"어쨌든 모두들 어떻게 된 일이냐고 묻는데, 나는… 나는 말할 수가 없었어요. 그런데 형이 우리 둘 다 얼음에 나가 있었는데 누나가 오자금이 가면서 누나가 빠졌다고 말했어요. 거짓말이었죠. 부모님이 정말로 그 말을 믿었는지 어땠는지 지금도 몰라요. 아마 안 믿었을 거예요. 그래도 형은 나를 위해 거짓말을 했어요. 기꺼이 나와 함께 죄를 뒤집어쓴 거죠. 내 죄책감을 절반이라도 덜어주려고."

나는 빈 잔 속을 멀거니 바라보기만 했다. 레이철은 아무런 말도 하지 않았다.

"당신은 아마 끝내주는 상담 치료사가 됐을 거예요. 이런 얘긴 지금껏 아무한테도 안 했는데."

"형한테 진 빚을 이렇게라도 갚아야겠다는 생각에 한 거겠죠. 나름대로 고맙다는 뜻을 표현하려고."

웨이터가 테이블 위에 계산서를 놓으며 고맙다고 인사했다. 나는 지갑을 열어 계산서 위에 신용카드를 놓았다. 형한테 감사하려면 더 좋은 방법이 있다는 생각이 들었다.

레이철과 엘리베이터에서 내린 뒤 나는 두려움 때문에 온몸이 거의 마비되다시피 했다. 도저히 내 욕망이 이끄는 대로 움직일 수가 없었다. 우리는 먼저 그녀의 방 앞으로 갔다. 그녀는 주머니에서 카드키를 꺼내더니 나를 올려다보았다. 나는 계속 머뭇거리면서 아무 말도 하지 않았다.

"그럼." 긴 침묵 끝에 그녀가 말했다. "내일은 일찍부터 움직이게 될 것 같네요. 원래 아침을 먹는 편이에요?"

"그냥 커피만 먹어요. 대개는."

"아, 그럼 내가 전화할게요. 아마 커피 한 잔 정도 마실 시간은 있을 거예요."

나는 고개를 끄덕였다. 내가 겁쟁이처럼 구는 바람에 실패하고 말았다고 생각하자 너무 창피해서 아무 말도 할 수가 없었다.

"잘 자요, 잭."

"잘 자요." 나는 간신히 이렇게 인사하고 복도를 걸어갔다.

나는 침대에 걸터앉아 30분 동안 CNN을 보았다. 그녀가 아까 말했던 뉴스를 혹시 볼 수 있지 않을까 싶어서. 아니 재앙으로 끝난 오늘 밤의 일을 내 머릿속에서 몰아낼 수 있는 뉴스라면 무엇이든 좋았다. 내게 아주 소중한 사람들에게 손을 뻗기가 가장 어려운 건 도대체 어찌 된 일일까? 내 마음속 깊은 곳의 본능은 아까 복도에 서 있던 그 순간이 바로 결정적인 순간이었다고 내게 속삭이고 있었다. 하지만 난 그 속삭임을 무시하고 도망쳤다. 그리고 지금은 내가 오늘 밤의 일을 평생 곱씹게 될까 봐 걱정하고 있었다. 아까처럼 본능이 내게 속삭이는 순간이 다시는 날 찾아오지 않을지도 모르니까.

첫 번째 노크 소리는 내가 듣지 못했던 것 같다. 우울한 상념에 잠겨 있던 나를 깨운 커다란 노크 소리는 분명 처음 문을 두드리는 소리가 아니었다. 서너 번쯤 문을 두드려도 응답이 없을 때 생기는 다급함이 그 소리에 배어 있었다. 나는 이 소리에 짜증을 내며 재빨리 텔레비전을 끄고 문으로 가서 구멍을 통해 밖을 내다보지도 않고 그냥 문을 열었다. 그녀였다.

"레이철."

"나예요."

"네."

"저기, 당신한테 만회할 기회를 한 번 주면 어떨까 싶어서요. 그러니까, 만약 당신이 원한다면요."

나는 그녀를 바라보았다. 어떤 대답을 해야 할지 오만 가지 생각이 뇌리를 스치고 지나갔다. 모두 그녀에게 공을 넘겨 그녀가 먼저 움직이게 만들 목적으로 깔끔하게 정리된 답변이었다. 하지만 본능의 목소리가 다시 들려왔다. 나는 그녀가 원하는 것이 무엇이고 내가 해야 하는 일이 무엇인지 깨달았다.

그녀에게 다가가 등 뒤로 팔을 두르고 입을 맞췄다. 그리고 그녀를 방 안으로 끌어들이며 문을 닫았다.

"고마워요." 내가 속삭였다.

그 뒤로는 우리 둘 다 거의 한 마디도 하지 않았다. 그녀는 전등 스위치를 끄고 나를 침대로 이끌었다. 내 목을 끌어안은 채 길고 진한 입맞춤 속으로 나를 잡아끌었다. 우리는 서로의 옷을 더듬거리다가 그냥 각자 옷을 벗기로 무언의 결정을 내렸다. 그 편이 더 빨랐다.

"그거 있어요?" 그녀가 속삭였다. "있잖아요, 그거."

아까 내린 결정이 이런 결과를 낳은 것에 기가 죽은 나는 고개를 저었다. 지금이라도 잡화점에 다녀오겠다고 말할 생각이었다. 그랬다가는 분위기가 모조리 깨져버리겠지만.

"나한테 있을 것 같아요." 그녀가 말했다.

그녀가 가방을 침대 위로 잡아당겼다. 가방 안쪽 주머니의 지퍼를 여는 소리가 들리더니 그녀가 포장을 뜯지 않은 콘돔을 내 손바닥에 놓았다.

"만일의 사태에 대비해서 항상 갖고 다니거든요." 그녀가 웃음기 밴 목소리로 말했다.

우리는 사랑을 나눴다. 천천히, 방 안의 어둠 속에서 미소를 지으면서. 지금도 정말 굉장한 순간이었다는 생각이 든다. 내 평생 가장 에로틱하고 열정적인 순간이었다고 해도 될 것 같다. 하지만 그 추억 위에 덧대 놓은 거즈를 떼고 현실을 바라보면, 우리 둘 모두에게 아주 불안한 순간이었다. 서로를 기쁘게 해주는 데 지나치게 열정을 기울인 나머지 그 순간의 진정한 기쁨을 제대로 느끼지 못했던 것 같다. 내가 느끼기로 레이철은 이런 친밀한 행위를 갈망하고 있었다. 관능적 쾌락을 느끼고 싶어 하기보다는 누군가와 가까이 몸을 맞대고 싶어 했다. 나도 마찬가지였지만, 나는 그녀의 몸에 대한 강렬한 욕망도 느끼고 있었다. 그녀의 가슴은 작았지만 유륜은 검고 널찍했으며, 배는 사랑스럽고 둥글었다. 그리고 그 아래에 부드러운 털이 있었다. 우리가 서로 리듬을 맞출 수 있게 되자 그녀의 얼굴이 붉고 따뜻하게 달아올랐다. 그녀는 아름다웠다. 나는 그녀에게 아름답다고 말했다. 하지만 그녀는 이 말을 듣고 쑥스러웠는지 나를 잡아당겨 꼭 끌어안아 내가 자기 얼굴을 못 보게 했다. 그녀의 머리카락 속에 얼굴을 묻고 있으려니 사과 냄새가 났다.

정사가 끝난 뒤 그녀는 배를 깔고 엎드렸고 나는 그녀의 등을 가볍게 쓸어내렸다.

"이번 일이 끝난 뒤에도 당신과 함께 있고 싶어." 내가 말했다.

그녀는 아무 말도 하지 않았지만 상관없었다. 우리가 방금 나눈 감정이 진짜라는 것을 나는 알고 있었다. 그녀가 천천히 몸을 일으켜 앉았다.

"왜 그래?"

"여기서 잘 수는 없어. 그러고 싶지만 안 돼. 혹시 팀장님이 전화할지도 모르니까 아침에는 내 방에 있어야 해. 경찰과 만나기 전에 이야기할 것이 있다면서 전화할 거라고 했거든."

실망한 나는 아무 말 없이 그녀가 옷 입는 모습을 지켜보았다. 그녀는 어둠 속에서도 능숙하게 움직였다. 옷을 다 입은 뒤 그녀는 허리를 숙여 내 입술에 가볍게 입을 맞췄다.

"이제 자."

"응. 당신도."

하지만 그녀가 떠난 뒤 나는 잠을 이룰 수 없었다. 기분이 너무 좋았다. 내 존재를 다시 확인받은 것 같았고, 설명할 수 없는 기쁨이 마음을 가득 채웠다. 매일 죽을힘을 다해 살아가고 있는 사람들에게 육체적인 사랑의 행위보다 더 생기를 주는 일이 어디 있겠는가? 형이 죽은 뒤로 지금까지 벌어진 모든 일이 아주 멀리 있는 것처럼 느껴졌다.

침대 가장자리로 굴러가서 수화기를 들었다. 자신감에 가득 찬 나는 지금 생각한 것들을 그녀에게 말해주고 싶었다. 하지만 벨이 여덟 번이나 울린 뒤에도 그녀는 전화를 받지 않았고, 대신 교환원이 전화를 받았다.

"내가 레이철 월링의 방 번호를 잘못 돌린 거 아니죠?"

"네, 손님. 321호실 맞습니다. 메시지를 남기시겠습니까?"

"아뇨, 괜찮아요."

나는 일어나 앉아서 불을 켰다. 그리고 리모컨으로 텔레비전을 켜고서 몇 분간 이리저리 채널을 바꿨다. 하지만 텔레비전을 볼 마음은 없었다. 그녀의 방에 다시 전화를 걸어보았지만 여전히 응답이 없었다.

옷을 입으면서 나는 콜라를 사러 나가는 거라고 자신을 타일렀다. 서랍에서 동전과 열쇠를 꺼낸 뒤 복도를 내려가 자동판매기로 향했다. 그리고 돌아오는 길에 321호 앞에서 걸음을 멈추고 귀를 기울였다. 아무

소리도 들리지 않았다. 가볍게 노크한 뒤 잠시 기다리다가 다시 노크했다. 아무 대답이 없었다.

내 방 앞에 도착한 나는 한 손에 콜라를 든 채 열쇠로 더듬더듬 문을 열고 손잡이를 돌리려고 했지만 잘 되지 않았다. 어쩔 수 없이 콜라를 바닥에 내려놓고 문을 여는데 발소리가 들렸다. 고개를 돌려보니 어떤 남자가 나를 향해 다가오고 있었다. 늦은 시각이라 복도의 불빛이 어둡게 조절되어 있는 데다가 엘리베이터 쪽에서 흘러나오는 밝은 불빛 때문에 다가오는 남자의 모습은 검은 윤곽만 보였다. 그는 몸집이 컸으며, 손에 뭔가를 들고 있었다. 가방 같았다. 그와 나 사이의 거리는 3미터쯤 되었다.

"여, 친구."

소슨이었다. 그 목소리의 주인이 누군지 알면서도 겁이 났다. 그도 내 표정을 보고 눈치챘던 것 같다. 그가 내 옆을 지나가며 킬킬거리는 소리가 들렸다.

"좋은 꿈 꿔요."

나는 아무 말도 하지 않고 콜라를 집어 든 뒤 천천히 방으로 들어갔다. 복도를 걸어가는 소슨을 계속 지켜보면서. 그는 321호실 앞을 주저 없이 지나쳐 더 안쪽 방 앞에서 걸음을 멈췄다. 그는 열쇠로 그 방의 문을 열면서 날 바라보았다. 우리의 시선이 순간적으로 얽혔다. 나는 아무 말 없이 내 방으로 들어갔다.

28

계획

글래든은 달린을 죽이기 전 리모컨이 어디 있는지 물어볼 걸 그랬다는 생각이 들었다. 채널을 바꿀 때마다 일어나야 하는 것이 짜증스러웠다. 로스앤젤레스의 모든 텔레비전 채널이 〈로스앤젤레스 타임스〉의 그 기사를 받아서 보도하고 있었다. 그 뉴스들을 모조리 보려면 텔레비전 바로 앞에 앉아서 손으로 직접 채널을 돌려야 했다. 토머스 형사의 얼굴이 어떻게 생겼는지는 이미 보았다. 모든 채널에서 그의 인터뷰가 나오고 있었다.

그는 소파에 누웠다. 너무 들떠서 잠이 오지 않았다. 그는 CNN으로 채널을 바꾸고 싶었지만 다시 일어나기가 싫었다. 지금 화면에 나오는 것은 별 볼 일 없는 케이블 채널이었다. 프랑스식 발음을 사용하는 여자가 요구르트를 가득 채운 크레페를 만들고 있었다. 그것이 디저트인지 아침 식사인지는 알 수 없었지만, 화면을 보다 보니 배가 고파져서 라비

올리 통조림을 한 통 더 딸까 생각해 보았다. 하지만 그러지 않기로 했다. 음식과 물건을 아껴 쓸 필요가 있었다. 아직 나흘이 남았다.

"이놈의 리모컨은 도대체 어디 있는 거야, 달린?" 그가 소리쳤다.

그는 일어나서 채널을 바꾼 뒤 불을 끄고 소파로 돌아왔다. CNN 앵커의 독백이 마음을 가라앉혀주는 배경음악처럼 흘러나오는 가운데, 그는 앞으로 할 일에 대해 생각했다. 자신의 계획에 대해. 이제 저들이 그에 대해 알고 있으니 그 어느 때보다 조심스레 움직일 필요가 있었다.

스르르 잠이 몰려왔다. 눈꺼풀이 아래로 처지고, 텔레비전 소리가 자장가처럼 그를 잠재웠다. 막 잠이 들려는 순간, 피닉스에서 발생한 형사 살인사건에 관한 보도가 귀에 들어왔다. 글래든은 눈을 떴다.

29

시인의 메시지

아침에 내가 미처 일어나기도 전에 레이철에게서 전화가 왔다. 눈을 가늘게 뜨고 시계를 보니 7시 30분이었다. 나는 어젯밤에 왜 전화도 받지 않고 문도 열어주지 않았느냐고 그녀에게 묻지 않았다. 이미 밤에 잠을 설쳐가며 고민한 결과 그녀가 샤워를 하느라 전화벨 소리와 노크 소리를 듣지 못했을 거라는 결론을 내린 뒤였다.

"일어났어?"

"응. 이제 일어났어."

"됐어. 형수님한테 전화해."

"맞아. 그래야지."

"커피 마실 거야? 준비 마치는 데 시간이 얼마나 걸려?"

"형수한테 전화하고 샤워를 해야 하니까, 1시간 정도?"

"그럼 혼자 움직여야겠다, 잭."

"알았어. 그럼 30분. 당신은 벌써 일어나 있었어?"

"아니."

"그럼 당신도 샤워해야 되잖아?"

"그래도 준비하는 데 1시간씩이나 걸리진 않아. 휴일에도 그래."

"알았어, 알았어. 30분."

침대에서 일어나는데, 찢어진 콘돔 포장지가 바닥에 떨어져 있는 게 눈에 들어왔다. 나는 그것을 들어 상표를 외웠다. 그녀가 좋아하는 상표인 것 같아서였다. 나는 콘돔 포장지를 욕실 쓰레기통에 버렸다.

차라리 라일리가 집에 없었으면 싶었다. 형의 시신을 파내게 허락해 달라는 얘기를 어떻게 꺼내야 할지, 그녀가 그 말에 어떤 반응을 보일지 알 수 없었다. 하지만 일요일 아침 5시부터 9시 사이에 그녀가 집이 아닌 다른 곳에 있을 가능성은 별로 없었다. 내가 아는 한, 최근 몇 년 사이 그녀가 교회에 발을 들여놓은 것은 결혼식 때와 형의 장례식 때뿐이었다.

전화벨이 두 번 울렸을 때 그녀가 전화를 받았다. 지난달보다는 한층 밝아진 목소리였다. 처음에는 전화 받은 사람이 그녀가 맞나 싶을 정도였다.

"라일스?"

"잭, 지금 어디예요? 걱정했잖아요."

"피닉스에 있어요. 걱정하다니요?"

"뭐, 알잖아요. 나야 뭐가 어떻게 돌아가는지 몰랐으니까."

"연락하지 않아서 미안해요. 나는 아무 문제 없어요. 지금 FBI랑 같이 있는데, 자세한 얘기는 할 수 없지만 이쪽 사람들이 형의 사건을 조사하는 중이에요. 형과 그 밖에 여러 사람들 사건이요."

창밖을 내다보았더니 지평선에 여러 겹의 선을 그리며 늘어선 산들이 눈에 들어왔다. 방에 비치된 관광객용 책자에는 그 산의 이름이 낙타등이라고 되어 있었다. 딱 맞는 이름인 것 같았다. 내가 라일리에게 수사에 관해 너무 많은 걸 알려주는 게 아닌가 하는 생각이 들었다. 하지만 라일리는 〈내셔널 인콰이어러〉 같은 매체에 가서 이 기사를 팔고 돈이나 챙길 사람이 아니었다.

"저기, 수사하다가 조금 알아낸 게 있는데요. 형 사건에서 미처 못 보고 지나친 증거가 있는 것 같대요…. 그래서 저기… 라일리, 형을 파내서 다시 조사해 보고 싶대요."

아무 대답이 없었다. 나는 한참을 기다렸다.

"라일리?"

"잭, 왜요?"

"그게 수사에 도움이 될 거예요."

"도대체 뭘 알아내려고요? 그 사람을… 그 사람 배를 또 갈라서 들여다볼 건가요?"

뒷말이 절망적인 속삭임처럼 들렸다. 내가 너무 서투르게 말을 꺼내서 일을 망쳤다는 생각이 들었다.

"아뇨, 전혀 아니에요. 그냥 형의 손을 좀 보고 싶을 뿐이에요. 그것뿐이에요. 허락해 줘요. 허락하지 않으면 이쪽에서 법원을 통해 허가를 얻어야 하는데 시간도 오래 걸리고 복잡해요."

"손을 본다고요? 왜요?"

"말하자면 길어요. 사실 말하면 안 되는 건데, 그래도 얘기할게요. 이쪽 사람들은 그놈… 그러니까 범인이 형한테 최면술을 시도했다고 생각해요. 그래서 형 손에 핀으로 찌른 자국이 있는지 보려는 거예요. 형이 정말 최면에 걸렸는지 확인하려고 범인이 시험했다면, 그런 자국이 남아 있을 테니까요."

또 침묵이 흘렀다.

"그것 말고 또 있어요." 내가 말했다. "혹시 형이 기침하거나 감기에 걸렸나요? 그 일이 있던 그날."

"네." 라일리가 잠시 주저하다가 말했다. "그날 몸이 아프다기에 내가 출근하지 말라고 했어요. 나도 아팠어요. 그래서 그냥 나랑 같이 집에 있자고 했죠. 잭, 그거 알아요?"

"뭘요?"

"그날 내가 몸이 안 좋았던 건 임신 때문이었을 거예요. 이번 수요일에 알았어요."

정말 뜻밖의 소식이었다. 나는 머뭇거렸다.

"세상에, 라일리." 마침내 내가 말했다. "굉장해요. 부모님한테는 말씀드렸어요?"

"네, 알고 계세요. 아주 좋아하세요. 기적의 아이 같아요. 나도 임신 사실을 몰랐고, 우리가 아이를 가지려고 애쓴 것도 아니었으니까."

"정말 기뻐요."

이제 원래 얘기로 어떻게 하면 돌아갈 수 있을지 생각나지 않았다. 결국 나는 불쑥 이야기를 꺼냈다.

"그만 가봐야 해요. 여기 사람들한테 뭐라고 할까요?"

엘리베이터에서 내렸을 때 레이철은 로비에 있었다. 컴퓨터 가방과 여행 가방 모두 그녀 옆에 있었다.

“여기서 나가는 거야?” 내가 어리둥절해서 물었다.

“출장 시 FBI의 규칙이야. 절대 방에 물건을 남기지 말라. 언제 비행기를 타고 다른 곳으로 날아가게 될지 모르니까. 오늘 뭔가 실마리가 마련되면, 여기 와서 다시 짐을 쌀 시간이 없을 거야.”

나는 고개를 끄덕였다. 내가 다시 올라가서 짐을 싸는 건 시간상 힘들 것 같았다. 하긴 짐을 꾸릴 것도 거의 없었지만.

“형수님한테 전화했어?”

“응. 괜찮대. 진행하라고 했어. 그리고 이게 도움이 될지는 잘 모르겠지만, 형이 그날 몸이 안 좋았대. 그러니까 기침약은 원래 형이 갖고 있던 거였어. 이건 내가 생각해 낸 건데, 형이 다른 사람들처럼 집에서 살해당하지 않고 자동차에서 죽은 이유를 알 것 같아.”

“그래?”

“라일리도 그날 아파서 같이 집에 있었거든. 아마 형은 그날 만난 사람을 자기 집으로 데려가지 않으려고 기를 썼을 거야. 라일리가 집에 있었으니까.”

나는 형이 최후의 순간에 얼마나 애를 썼을지 생각하며 슬프게 고개를 끄덕였다.

“그 말이 맞는 것 같아, 잭. 말이 돼. 하지만 말야, 그동안 새로 밝혀진 게 있어. 팀장님이 방금 소식을 듣고 지부 사무실에서 연락해서 경찰과의 회의를 미뤄야겠다고 말했어. 시인한테 팩스가 왔대.”

회의실 분위기는 두말할 것도 없이 어두웠다. 참석자는 콴티코에서 온 요원들뿐이었다. 배커스, 톰슨, 소슨 그리고 카터라는 요원. 콴티코에서 처음 참석했던 회의에서 그를 본 기억이 났다. 나는 레이철과 함께 회의실에 들어가면서 그녀와 소슨이 경멸하는 시선으로 서로를 바라보는 것을 보았다. 나는 배커스에게 주의를 집중했다. 그는 골똘히 생각에 잠겨 있는 것 같았다. 그의 앞 탁자 위에는 노트북컴퓨터가 열려 있었지만, 그는 화면을 보고 있지 않았다. 어제와 다른 회색 양복을 입은 모습이 상쾌하게 보였다. 당혹스러운 미소가 얼굴에 번지더니 그가 나를 바라보았다.

“잭, 우리가 이번 사건의 기사화를 막으려고 애쓴 이유를 당신도 직접 보게 됐군요. 텔레비전 뉴스에 겨우 5초 정도 화면이 나갔을 뿐인데, 범인은 벌써 우리가 자기 뒤를 쫓고 있다는 걸 알아차렸어요.”

나는 고개를 끄덕였다.

“이번 회의에 저 사람을 참석시킬 필요는 없을 것 같은데요.” 소슨이 말했다.

“약속은 약속이야, 고든. 그리고 잭은 적어도 CNN의 보도와 아무 관련이 없어.”

“그래도 제 생각에는…”

“그만해, 고든.” 레이철이 말했다. “당신 생각은 중요하지 않아.”

“그래, 가시 돋친 소리는 그만두고 문제에 집중하자고.” 배커스가 말했다. “여기 복사본을 가져왔어.”

그는 서류철을 열어 팩스를 복사한 자료를 나눠주었다. 나도 한 장 받았다. 모두들 자료를 읽는 동안 방 안에는 침묵이 흘렀다.

친애하는 밥 배커스 FBI 요원께,

안녕하십니까. 뉴스를 보고 당신이 피닉스에 와 있는 걸 알았습니다, 이 교활한 양반. 기자들의 눈을 흐리려고 아무 말도 하지 않았지만, 그걸로는 나를 속일 수 없어요. 당신 얼굴을 압니다, 밥. 당신은 내 뒤를 쫓고 있죠. 나는 지금 당신이 도착하기를 손에 땀을 쥐고 기다리고 있습니다. 하지만 조심하세요, 내 친구 밥! 너무 가까이 다가오면 안 됩니다! 가엾은 오설랙과 그 밖의 형사들이 어떻게 됐는지 보세요. 오설랙이 오늘 땅에 묻히는 모양이더군요. 실력 있는 형사도 이젠 끝이죠. 하지만 당신처럼 무게가 있는 FBI 요원이라면, 그건 정말로 웅대한 사냥이 될 겁니다, 헤헤.
걱정 마세요, 밥. 당신은 안전합니다. 이미 다음 차례로 점찍은 사람이 있거든요. 그를 지켜볼 시야도 확보해 놓았고요.
지금 당신 부하들과 머리를 맞대고 있나요? 당신의 적이 무엇에 움직이는지 궁금한가요? 정말 끔찍한 수수께끼죠, 안 그래요? 손바닥을 핀으로 찌른 자국만큼이나 신경에 거슬릴 겁니다. 내가 당신한테 단서를 하나 드리죠(원래 친구라는 게 이런 것 아닙니까?). 나는 최고의 친구의 썩은 사과입니다. 내가 누굴까요? 답을 알아내면, 자꾸 되뇌어보세요, 밥. 그러면 알 수 있을 겁니다. 깨닫게 될 거예요. 당신은 프로니까 어려운 과제에 기꺼이 맞서겠죠. 그러리라고 믿습니다, 밥!
나는 탄식의 세상에 혼자 살고 있습니다, 밥. 나의 일은 이제 막 시작되었을 뿐입니다. 그리고 밥? 최고의 인물이 승리하기를.
난 이 편지에 서명할 수 없습니다. 당신이 아직 내 이름을 지어주지 않았으니까. 내 이름이 뭡니까, 밥? 당신이 나오는지 텔레비전을 지켜보며 당신이 내 이름을 말해주기를 기다리겠습니다. 그때까지는 편지를 이렇게 끝맺을 수밖에 없네요.
꺼꾸리와 장다리 - 내가 모두 죽였다!

안전운전하세요!

나는 이 글을 두 번 읽었다. 그리고 두 번 다 소름이 끼쳤다. 요원들의 말이 무슨 뜻인지 이제 알 것 같았다. 달나라 이야기. 이 편지는 어딘가 다른 세계에서 온 것이었다. 이 세계의 것이 아니었다. 이 행성의 것이 아니었다.

"이 편지가 진짜라는 데 모두 동의하는 건가?" 배커스가 물었다.

"진짜라는 표식이 여러 가지 있어요." 레이철이 말했다. "핀으로 찌른 자국 얘기. 포의 구절을 인용한 것. 최고의 친구를 언급한 건 어떻고요. 플로리다에 이 사실을 알렸나요?"

"그래. 최고의 친구를 살피는 걸 최우선으로 삼을 거야. 당분간 다른 일은 전부 중단하기로 했어."

"브래스는 뭐래요?"

"이 사건들이 서로 연결되어 있다는 가설이 틀림없이 확인됐다고 하더군. 두 종류의 사건들, 즉 형사 살인사건과 그 밖의 살인사건에 관한 언급이 여기 나와 있어. 브래스와 브래드의 생각이 옳았던 거야. 범인은 한 명이야. 브래스는 이제 플로리다 살인사건이 모델이라고 보고 있어. 그 뒤 일어난 사건들은 처음의 범죄를 그대로 반복한 것에 지나지 않아. 범인은 처음의 순서를 그대로 되풀이하고 있어."

"다시 말해, 범인이 벨트런을 왜 죽였는지 알아내면 다른 사람들을 죽인 이유도 알게 된다는 거네요."

"맞아. 브래스와 브래드가 아침부터 계속 플로리다와 연락을 주고받고 있어. 뭔가 단서를 발견해서 사건의 윤곽을 잡는 데 시간이 오래 걸리지 않으면 좋겠는데."

다들 잠시 동안 이 말을 생각해 보는 듯했다.

"우린 계속 여기 있을 건가요?" 레이철이 물었다.

"그게 제일 나을 것 같아." 배커스가 말했다. "답은 플로리다에 있을지도 모르지만 거긴 변할 게 없어. 이미 과거지사라고. 여기가 범인과 가장 가까워."

"범인은 다음 대상을 이미 점찍었다고 했어요." 내가 말했다. "이게 경찰관을 말하는 걸까요?"

"틀림없이 그럴 거예요." 배커스가 우울한 표정으로 말했다. "그러니 시간이 없어요. 이렇게 앉아서 이야기하는 동안 놈은 어딘가에서 또 다른 경찰관을 감시하고 있을 겁니다. 그게 어딘지 알아내지 못한다면, 사람이 또 죽게 될 거예요."

그가 주먹으로 탁자를 쳤다.

"돌파구를 찾아야 해. 어떻게든 해야 한다고. 너무 늦기 전에 이놈을 찾아내야 해!"

그의 목소리에 힘과 확신이 실려 있었다. 그는 지금 부하들을 다잡는 중이었다. 전에도 부하들에게 최선을 다하라고 말한 적이 있지만, 지금은 훨씬 더 절실했다.

"팀장님." 레이철이 말했다. "이 팩스에는 오설랙의 장례식이 '오늘'이라고 돼 있어요. 이게 언제, 어디로 들어왔죠?"

"그건 고든이 알고 있어."

소슨이 목을 가다듬고는 레이철이나 내게는 시선을 돌리지 않은 채 입을 열었다.

"콴티코의 연수원에 할당된 번호로 들어왔어요." 소슨이 말했다. "팩스의 발신인은 당연히 자신의 정체를 숨기는 옵션을 선택했습니다. 그래서 아무것도 밝혀내질 못했어요. 팩스가 들어온 시각은 오늘 새벽 3시 38분입니다. 동부 시간으로요. 제가 헤이즐턴을 시켜서 이 팩스의 전달경로를 추적해 보았습니다. 콴티코의 대표번호로 팩스 전화가 걸려왔고, 교환원이 팩스 특유의 삐 소리를 듣고는 무선실로 전화를 연결했습니다. 교환원이 들은 건 삐 소리뿐, 이 팩스가 어디의 누구에게 가는 건지는 몰랐습니다. 그래서 어림짐작으로 연수원 번호로 연결해 줬죠. 그 탓에 이게 오늘 아침까지 거기 문서 바구니에 있다가 마침내 사람들의 눈에 띄어서 본부로 전달된 겁니다."

"아직도 문서 바구니 속에 있지 않은 게 다행이지." 배커스가 말을 덧붙였다.

"맞습니다." 소슨이 말했다. "어쨌든 헤이즐턴이 원본을 실험실로 가져가서 조사한 결과 뭔가가 발견됐습니다. 이게 팩스 기계에서 팩스 기계로 보낸 게 아니라는 겁니다. 발신기는 내장 팩스였습니다."

"컴퓨터로군요." 내가 말했다.

"팩스 모뎀이 달린 거죠. 범인이 여기저기 돌아다니는 녀석이라는 건 우리도 이미 알잖아요. 놈이 커다란 컴퓨터를 등에 지고 돌아다니지는 않을 겁니다. 그러니 팩스 모뎀이 달린 노트북컴퓨터를 갖고 있다고 봐야죠. 휴대용 모뎀일 겁니다. 그래야 자유롭게 움직일 수 있을 테니까요."

다들 잠시 동안 이 말을 생각해 보았다. 나는 이 말에 무슨 의미가 있는지 잘 판단이 서지 않았다. 내가 보기에는 이 사람들이 수사과정에서 모아들인 정보 중에는 용의자의 신병을 확보하지 않는 이상 아무 짝에도 쓸모없는 것들이 많은 것 같았다. 용의자를 잡은 뒤 재판에서는 범인을 몰아붙이는 데 이런 정보를 사용할 수 있겠지만 범인을 잡는 데는 별로 도움이 되지 않았다.

"좋아. 범인이 최신식 컴퓨터 장비를 갖고 있다고 쳐." 레이철이 마침내 말했다. "다음에 또 이렇게 팩스가 들어올 때를 대비해 어떤 조치를 취했지?"

"대표번호로 들어오는 모든 팩스 전화를 추적할 준비를 갖출 거야." 소슨이 말했다. "기껏해야 팩스 발신지역을 알아낼 수 있을 뿐이지만. 그 이상은 힘들어."

"그게 무슨 소리죠?" 내가 물었다.

소슨은 내가 무슨 질문을 하든 대답하기 싫은 기색이었다. 그가 아무 말도 하지 않자 레이철이 나섰다.

"범인이 휴대장비를 사용한다면, 범인이 있는 장소나 그쪽의 유선전화 번호를 추적할 수 없다는 뜻이에요. 범인이 있는 도시와 발신 기지국은 알아낼 수 있죠. 하지만 그렇게 해서 수색범위를 좁혀봤자, 인구가 10만 명이 넘을 거예요."

"그래도 도시가 어디인지는 알 수 있잖아." 배커스가 말했다. "그러면 그 지역 경찰한테 미끼 사건의 요건에 부합하는 사건이 있는지 찾아보라고 요청할 수 있어. 발생한 지 일주일이 넘지 않은 살인사건만 살펴보면 되니까. 오설랙 사건 이후부터 치면 말이야."

그는 소슨을 바라보았다.

"고든, 모든 지부에 지시해서 현지 경찰에게 최근 발생한 살인사건을 확인해 보라고 해. 범인이 밝혀지지 않은 사건을 모두 살펴봐야겠지만, 특히 어린이 사건이 중요해. 범행수법이 독특하거나, 피해자의 사망 전과 후에 범인이 피해자 몸에 폭력을 가한 사건도 중요하고. 오늘 오후까지 지시를 내리도록. 지부장들한테는 내일 18시까지 지시문을 받았다는 연락을 해달라고 하고. 지시문이 어디 틈새로 사라져버리면 곤란하니까."

"알겠습니다."

"참고로, 브래스가 내놓은 의견이 하나 더 있어." 배커스가 말을 이었다. "범인이 편지에서 다음 목표를 이미 골랐다고 말한 게 허풍일 수 있다는 거야. 우리가 허둥지둥 움직이게 만들어놓고 자기는 유유히 사라져 자취를 감춰버리려는 수작일 수도 있다는 거지. 우리가 애당초 사건이 공개되는 걸 꺼린 이유도 바로 이거였잖아."

"저는 생각이 달라요." 레이철이 말했다. "이걸 읽어보면, 범인은 과시욕이 있는 놈이에요. 자기가 우리보다 똑똑하다고 믿고 우리를 가지고 놀려는 놈이라고요. 이놈 말을 액면 그대로 받아들여야 한다고 봐요. 어딘가에 이놈이 점찍은 경찰관이 있을 거예요."

"나도 그럴 것 같아." 배커스가 말했다. "브래스도 마찬가지일 거야. 다만 다른 가능성을 지적할 필요가 있다고 생각한 거겠지."

"이제부터 어떻게 하죠?"

"간단해." 배커스가 말했다. "놈이 다른 사람을 해치기 전에 우리가 놈을 찾아내서 잡는 거야."

배커스가 미소를 짓자 소슨을 제외한 모든 사람이 미소를 지었다.

"나는 뭔가 결정적인 단서가 나올 때까지 우리가 여기에 계속 머무르면서 한층 더 뛰어야 한다고 생각해. 이 팩스 이야기는 밖으로 새어나가지 않게 해. 뭔가 새로운 상황이 발생하면 당장 움직일 준비를 갖추고. 범인이 팩스를 또 보내면 좋을 텐데. 브래스가 지금 지부에 내려 보낼 경보를 작성 중이야. 브래스한테 태평양 표준시 지역의 지부에 특히 중요성을 강조하라고 해야겠어."

그는 방 안을 훑어보며 고개를 끄덕였다. 할 말을 모두 마쳤다는 뜻이었다.

“다시 말할 필요는 없겠지?” 그가 물었다. “최선을 다해야 해. 이번에야말로 정말로 그래야 해.”

30

선샤인 에이커스

경찰과의 회의는 거의 11시가 되어서야 시작되었다. 짧고 기분 좋은 회의였다. 남자가 예비 장인에게 결혼 허락을 구하는 분위기 같았다고나 할까. 대개는 장인이 뭐라고 하든 별로 중요하지 않은 법이다. 젊은이들은 어쨌든 결혼할 테니까. 배커스는 세심하게 고른 우호적인 표현들을 사용해 큰 연방기관에서 나온 자신들이 수사의 칼자루를 쥐었음을 알려주었다. 경찰은 몇 가지 세부사항을 놓고 반발하는 척했지만, 결국은 배커스가 내놓은 알맹이 없는 약속을 받아들였다.

회의가 진행되는 동안 나는 계속 소슨의 시선을 피했다. FBI 지부에서 이곳까지 차를 몰고 오는 동안 레이철은 아침에 자신과 소슨 사이에 긴장된 분위기가 흐른 이유를 설명해 주었다. 전날 밤 그녀가 내 방을 나서다가 호텔 복도에서 그와 마주쳤다는 것이다. 그녀의 옷이 흐트러진 것을 보고 그는 십중팔구 상황을 알아차렸을 것이다. 이 말을 듣고 나는 신음을 터뜨렸다. 일이 정말로 복잡해진 것 같았다. 하지만 그녀는 걱정하기보다는 오히려 지금 상황이 재미있다고 생각하는 것 같았다.

경찰과의 회의 말미에 배커스는 부하들에게 업무를 나눠주었다. 레이철과 톰슨은 오설랙의 사건 현장을 맡았다. 내게는 두 사람과 함께 행동하라고 했다. 마이즈와 매터잭은 경찰이 오설랙의 친구들을 만나 조사한 내용을 되짚어보면서 오설랙의 마지막 날 행적을 파악하는 일을 맡았다. 소슨과 카터는 꼬마 호아킨의 사건과 경찰의 조사내용을 다시 훑어보는 임무를 맡았다. 그레이슨은 피닉스 경찰과 FBI 사이의 연락을 맡았고, 배커스는 지부 사무실에서 수사를 지휘하며 콴티코와 다른 도시의 수사상황을 파악할 예정이었다.

오설랙은 사우스 피닉스에서 벽에 치장벽토를 바른 자그마한 노란색 랜치 하우스에 살았다. 변두리 마을이었다. 지나가면서 세어보니 자갈 투성이 잔디밭에 주차된 고물차가 세 대 있었고, 일요일 아침을 맞아 주민들이 자기 집 차고에 안 쓰는 물건을 늘어놓고 파는 곳이 두 곳이었다.

레이철은 그레이슨에게서 받은 열쇠를 이용해 오설랙의 집 문설주에 붙어 있는 증거품 스티커를 자르고 자물쇠를 열었다. 하지만 문을 열기 전에 먼저 나를 돌아보며 말했다.

"다시 말하지만, 오설랙은 죽은 지 사흘하고 반이 지난 다음에 발견됐어요. 괜찮겠어요?"

"물론이에요."

무슨 이유에서인지 그녀가 톰슨 앞에서 내게 이런 걸 물었다는 사실이 창피했다. 톰슨은 마치 신참을 바라보듯이 빙그레 웃었다. 그것도 짜증스러웠다. 따지자면 나는 신참 요원보다 못한 존재였는데도.

안으로 세 걸음 들어가자 그 냄새가 나를 집어삼켰다. 기자로서 시체를 많이 보았지만, 시체가 사흘 동안 방치된 채 썩어가던 집을 한동안 폐쇄해 두었다가 다시 문을 열고 들어가는 기쁨을 누린 적은 없었다. 악취가 금방이라도 손에 만져질 것처럼 생생했다. 윌리엄 오설랙의 유령이 이 집을 돌아다니며 감히 안으로 들어온 사람들을 괴롭히는 것 같았다. 레이철은 공기가 좀 통하라고 앞문을 열어두었다.

"여기서 뭘 찾는 거예요?" 나는 어느 정도 정상적인 목소리를 낼 수 있게 됐다는 확신이 들었을 때 이렇게 물었다.

"나도 잘 몰라요." 레이철이 대답했다. "경찰이 이미 여길 조사했으니까요. 그 사람 친구들이…."

그녀는 문 오른쪽의 방으로 들어가서 식탁 위에 가져온 서류철을 놓고 펼쳤다. 그러고는 서류를 뒤적이기 시작했다. 경찰이 FBI에 넘긴 서류 중 일부였다.

"안을 둘러보세요." 그녀가 말했다. "상당히 철저하게 조사한 것 같지만, 그래도 뭐가 나올지 모르니까. 대신, 아무것도 만지면 안 돼요."

"알았어요."

나는 그녀를 그곳에 남겨두고 천천히 집 안을 둘러보았다. 가장 먼저 들어온 건 거실의 안락의자였다. 어두운 초록색이었지만, 머리받침은 피가 묻어 더 검게 변해 있었다. 피는 등받이를 타고 좌석까지 흘러내렸다. 오설랙의 피였다.

의자 앞의 바닥과 의자 뒤 벽 근처의 바닥에 분필로 두 개의 동그라미가 그려져 있었다. 총알이 발견된 자리였다. 톰슨은 그 자리에 무릎을 꿇고 앉아 도구상자를 열었다. 그러고는 가느다란 강철 막대로 구멍 안을 조사하기 시작했다. 나는 그를 그 자리에 남겨두고 집 안쪽으로 더 들어갔다.

침실은 두 개였다. 오설랙이 쓰던 것과 사용하지 않아 먼지가 쌓인 방 하나. 오설랙이 쓰던 침실 서랍장 위에는 십대 소년 두 명의 사진이 있었다. 하지만 오설랙의 이 아들들이 아버지를 찾아와 남는 침실을 사용한 적은 없는 것 같았다. 두 개의 침실과 복도에 있는 욕실도 천천히 살펴보았지만 수사에 도움이 될 만한 것은 보이지 않았다. 나는 뭔가 의미 있는 것을 발견해 레이철이 내게 감탄하게 만들고 싶다고 남몰래 빌었으나 끝내 아무것도 찾아내지 못했다.

거실로 다시 돌아왔는데, 레이철도 톰슨도 보이지 않았다.

"레이철?"

아무 대답이 없었다.

식당을 지나 부엌으로 가보았지만 거기도 비어 있었다. 세탁실을 지나 문을 열고 어두운 차고를 들여다보았다. 거기에도 사람은 보이지 않았다. 부엌으로 돌아와 보니 문이 살짝 열려 있었다. 싱크대 위의 창으로 밖을 내다보았더니, 뒤뜰 뒤쪽의 높은 덤불 속에서 뭔가가 움직이는 것이 보였다. 레이철이 고개를 숙인 채 덤불을 헤치며 걷고 있었다. 톰슨은 그녀의 뒤에 있었다.

마당 길이는 20미터쯤이었다. 마당 양편에는 2미터가 조금 넘는 나무 울타리가 있었고, 뒤쪽에는 울타리가 없었다. 흙이 풀풀 날리는 마당이 말라붙은 개천 바닥을 향해 뚝 떨어지듯 이어졌고, 개천 바닥에 덤불이 무성하게 자라고 있었다. 레이철과 톰슨은 덤불 속에서 집과 반대 방향으로 움직이고 있었다.

"좀 기다려주지." 나는 두 사람을 따라잡은 뒤 이렇게 말했다. "지금 뭐 하는 거예요?"

"당신 생각은 어때요, 잭?" 레이철이 말했다. "시인이 진입로에 차를 세운 뒤 저 집 문을 두드려 안으로 들어가서 오설랙을 쏜 것 같아요?"

"글쎄요, 그랬을 것 같지는 않아요."

"나도요. 범인은 오설랙을 지켜봤어요. 아마 며칠간 감시했겠죠. 그런데 경찰이 이 동네에서 탐문조사를 했는데도 외부 사람의 차를 봤다는 주민은 없었어요. 아무도 평소와 다른 점을 보지 못했다는 거죠."

"그럼 범인이 이리로 들어온 것 같아요?"

"그랬을 가능성이 있어요."

걸으면서 그녀는 땅바닥을 유심히 살폈다. 그녀는 무엇이든 발견되기를 바라고 있었다. 진흙 속에 남은 발자국이든 부러진 잔가지든. 그녀는 몇 번 걸음을 멈추고 허리를 숙여 오솔길 가장자리에 떨어져 있는 물건들을 살펴보았다. 담배상자, 빈 음료수병 같은 것들이었다. 그녀는 물건을 손으로 만지지는 않았다. 수집할 필요가 있다면, 그건 나중에 해도 되는 일이었다.

걷다 보니 고압 전신주를 지나 트레일러 야영장의 뒤편으로 덤불이 무성하게 자라는 곳에 이르렀다. 그 덤불을 지나 높은 곳으로 올라간 우리는 야영장을 내려다보았다. 관리가 잘 된 곳이 아니었다. 조잡한 솜씨로 현관 베란다와 헛간 같은 것을 덧붙인 트레일러들이 많았다. 현관 베란다를 플라스틱판으로 막아 침실 겸 거실로 쓰고 있는 곳도 있었다. 상자 안의 이쑤시개처럼 이 야영장을 가득 채운 30여 개의 거주용 트레일러에 가난한 사람들이 바글바글 모여 사는 듯한 분위기가 풍겼다.

"그럼 갈까요?" 레이철이 물었다. 마치 차를 곁들인 간식이라도 먹으러 가자는 것 같았다.

"숙녀분 먼저." 톰슨이 말했다.

야영장에는 문간의 계단이나 트레일러 앞의 소파에 앉아 있는 주민이 여럿 있었다. 히스패닉계가 대부분이고 흑인도 몇 명, 인디언도 몇 명 있는 것 같았다. 그들은 덤불 속에서 나온 우리를 무심히 바라보았다. 우리가 경찰임을 이미 알아차렸다는 뜻이었다. 우리도 그들에게는 관심을 전혀 보이지 않고 트레일러들 사이의 좁은 골목을 천천히 걷기 시작했다.

"지금 뭐 하는 거예요?" 내가 물었다.

"그냥 돌아보는 거예요." 레이철이 대답했다. "질문은 나중에 해도 되니까요. 우리가 천천히 차분하게 움직이면, 저들도 우리가 자기네를 괴롭히려고 온 게 아니라는 걸 알아차릴 거예요. 그럼 일이 좀 수월해질지도 모르죠."

그녀의 시선은 잠시도 쉬지 않고 야영장과 우리가 지나치는 트레일러들을 훑었다. 그녀가 현장에서 일하는 모습을 본 건 이번이 처음이라는 생각이 들었다. 탁자에 둘러앉아 정보를 해석하려고 애쓰는 것과는 달랐다. 지금은 정보를 모을 때였다. 나는 나도 모르게 무엇보다 유심히 그녀를 지켜보았다.

"범인은 오설랙을 감시했어." 레이철이 말했다. 나나 톰슨에게 하는 말이라기보다는 혼잣말에 가까웠다. "오설랙의 집을 알아내자마자 계획을 짰겠지. 안으로 들어가는 방법. 나오는 방법. 도망칠 길과 차량을 미리 확보해야 했을 거야. 그런데 그 차를 오설랙의 집 근처에 세우는 건 현명한 짓이 아니었겠지."

우리는 좁긴 해도 이곳의 중앙로 구실을 하는 길을 걸어 야영장 앞쪽의 정문으로 향하고 있었다.

"그러니까 범인은 이 근처 어딘가에 차를 세우고 걸어갔을 거야."

입구 바로 앞의 첫 번째 트레일러 문에 '사무실'이란 명판이 붙어 있었다. 트레일러 꼭대기의 강철 뼈대에 붙어 있는, 그보다 좀 더 큰 간판에는 '선샤인 에이커스 이동식 주택 야영장'이라고 적혀 있었다.

"선샤인 에이커스?" 톰슨이 말했다. "반쪽짜리 선샤인이 훨씬 더 어울리겠다."

"야영장 분위기도 안 나요." 내가 말을 거들었다.

레이철은 우리 얘기를 듣지 않고 조금 떨어져 있었다. 그녀는 사무실 계단을 지나쳐 문밖의 거리로 나갔다. 4차선 도로였다. 이 지역은 산업지구라 트레일러 야영장 바로 맞은편에 유스토어잇(창고 대여 회사-옮긴이)이 있고, 그 양편에 창고가 늘어서 있었다. 나는 레이철이 주위를 둘러보는 모습을 지켜봤다. 그녀의 시선이 반 블록쯤 떨어진 곳에 딱 하나밖에 없는 가로등에 머물렀다. 그녀가 무슨 생각을 하는지 알 것 같았다. 밤이 되면 이곳이 어두워질 거란 생각을 하고 있을 것이다.

그녀는 인도 턱을 따라 걸으며 아스팔트를 훑었다. 무엇이든, 담배꽁초라도 떨어져 있길 바라는 듯했다. 행운이 찾아오길. 톰슨은 나와 함께 서서 한쪽 발로 땅을 툭툭 찼다. 나는 레이철에게 눈을 뗄 수 없었다. 그녀가 걸음을 멈추고 아래를 내려다보더니 순간적으로 입술을 깨무는 것이 보였다. 나는 그녀에게 다가갔다.

도로 턱에서 숨겨 놓은 다이아몬드처럼 빛나고 있는 그것은 산산조각으로 부서진 안전유리였다. 그녀는 발끝으로 유리조각을 헤집었다.

우리가 사무실이라고 적힌 곳의 문을 열고 비좁은 공간에 발을 들여놓았을 때 야영장 관리인은 이미 석 잔쯤 술을 마신 뒤였다. 이 사무실은 관리인의 집이기도 하다는 것을 금방 알 수 있었다. 그는 초록색 코르덴을 씌운 레이지보이 의자에 앉아 있었다. 발판을 올린 상태였다. 의자 양편에는 고양이가 할퀸 자국이 있었지만, 그래도 이 방의 가구 중에서는 상태가 제일 나았다. 텔레비전만 빼고. 텔레비전은 비디오플레이어가 내장된 신형 파나소닉이었다.

관리인은 홈쇼핑 방송을 보다가 한참 만에야 화면에서 시선을 들어 우리를 바라보았다. 텔레비전에서 팔고 있는 물건은 일반 전동 조리기구와 달리 조작에 시간이 걸리지도, 주위를 지저분하게 만들지도 않고 채소를 저미고 다질 수 있는 제품이었다.

"댁이 관리인인가요?" 레이철이 물었다.

"그거야 척 보면 아는 것 아니오, 형사님?"

현명한 사람이라는 생각이 들었다. 나이는 예순 살쯤 되어 보였고, 초록색 작업복 바지에 하얀 민소매 티셔츠 차림이었다. 티셔츠 가슴에 불에 탄 구멍이 여러 개 나 있어서 회색 가슴 털이 삐죽 나와 있었다. 머리는 점점 벗어지는 중이었고, 얼굴은 술꾼 특유의 붉은색이었다. 그리고 백인이었다. 이 야영장에서 처음 만난 백인.

"요원이에요." 그녀가 신분증을 그에게 보여주며 말했다.

"FBI? 아니, 자동차 도난 사건 같은 것에 G가 무슨 상관이랍니까? 이제 내가 이것저것 많이 읽는다는 걸 알겠죠? 당신들이 스스로를 G라고 부른다는 것도 알고 있단 말입니다. 좋은 이름 같아요."

레이철은 톰슨과 날 한 번 보고는 남자에게 다시 시선을 돌렸다. 나는 긴장으로 몸이 살짝 따끔거리는 것 같았다.

"자동차 도난 사건에 대해 어떻게 알죠?" 레이철이 물었다.

"당신들이 저 밖에 있는 걸 봤으니까 알죠. 나도 눈이 있다 이 말입니다. 당신들 아까 유리를 보고 있었잖아요. 내가 그걸 빗자루로 쓸어서 한데 모아놓은 사람입니다. 거리 청소부가 이쪽으로 오는 건 한 달에 한 번 될까 말까 하거든요. 뭐 길에 먼지가 풀풀 날리는 여름에는 좀 더 자주 오지만서도."

"그게 아니라, 애당초 자동차 도난 사건이 있었다는 사실을 어떻게 알았냐고 물어본 거예요."

"저 뒷방이 내가 잠자는 방이니까 알죠. 놈들이 자동차 창문 깨뜨리는 소리를 들었어요. 자동차 안을 뒤지는 것도 봤고."

"그게 언제죠?"

"어디 보자, 지난 목요일일 겁니다. 안 그래도 자동차 주인이 언제 신고할 건지 궁금하던 참인데. 그래도 FBI 요원이 나올 줄은 몰랐네. 그쪽 두 사람은 뭡니까? 같이 G에 계신 분들인가요?"

"그런 건 신경 쓰지 마세요…. 성함이 어떻게 되시죠?"

"애드킨스."

"좋아요, 애드킨스 씨. 놈들이 침입한 게 누구 차인지 아세요?"

"아뇨. 주인은 한 번도 못 봤습니다. 그냥 창문 깨지는 소릴 듣고 애들이 차 뒤지는 걸 봤을 뿐이죠."

"번호판은요?"

"그것도 못 봤어요."

"경찰을 부르지 않았어요?"

"여긴 전화가 없거든요. 저기 3번 구역에 있는 사이브둑스네 전화를 쓰면 되지만, 그땐 한밤중이라서요. 자동차 도난 사건으로 경찰이 그 시간에 이 동네로 달려올 리도 없고. 경찰 할 일이 좀 많아야죠."

"그러니까 그 자동차의 주인을 한 번도 본 적 없고, 주인이 댁을 찾아와서 혹시 자동차 창문이 깨지는 소리를 듣거나 누굴 본 적 없느냐고 물어보지도 않았단 말이죠?"

"네, 맞습니다."

"자동차 창문을 깨고 들어간 아이들은요?" 톰슨이 물었다. 결정적인 질문을 던질 기회를 레이철에게서 빼앗은 셈이었다. "아는 아이들입니까, 애트킨스 씨?"

"애드킨스. 트가 아니라 드예요, G 양반."

애드킨스는 이 말을 해놓고 혼자 웃었다.

"애드킨스 씨." 톰슨이 발음을 고쳐서 다시 말했다. "그렇습니까?"

"그렇다니 뭐가요?"

"그 아이들을 아느냐고요."

"아뇨, 모르는 애들입니다."

그의 눈이 우리를 지나쳐 텔레비전으로 향했다. 화면에서는 이제 애완동물의 털을 다듬어줄 수 있게 손바닥 부분에 고무 솔 같은 것이 달린 장갑을 팔고 있었다.

"저걸 또 어디다 써먹을 수 있는지 내가 알지."

애드킨스는 이렇게 말하고 나서 손으로 자위행위를 하는 시늉을 하더니 한쪽 눈을 찡긋하며 톰슨을 향해 미소를 지었다.

"저 사람들도 그런 데다 쓰라고 저걸 파는 겁니다."

레이철이 텔레비전으로 다가가서 꺼버렸다. 애드킨스는 반발하지 않았다. 그녀가 허리를 똑바로 펴고 그를 바라보았다.

"우린 지금 경찰관 살해사건을 수사하는 중이에요. 그러니 우리한테 주목해 줬으면 좋겠어요. 당신이 도둑질 현장을 목격한 그 자동차가 용의자의 것이라고 볼 만한 근거가 있어요. 그래서 그 자동차 안으로 들어가 도둑질한 아이들을 기소하는 데는 관심이 없지만, 그 아이들을 만나

봐야 합니다. 당신은 우리한테 거짓말을 했어요, 애드킨스 씨. 당신 눈에 다 드러나 있었어요. 여기 사는 애들이죠?"

"아니에요. 나는…."

"내 말 아직 안 끝났어요. 당신은 우리한테 거짓말을 했습니다. 하지만 기회를 한 번 더 드리죠. 지금 진실을 말하지 않으면, 더 많은 요원과 경찰을 데리고 다시 와서 트레일러 야영지가 아니라 쓰레기장 같은 이곳을 뒤질 겁니다. 적을 포위하는 군대처럼. 저 양철 깡통 같은 트레일러들 속에서 우리가 도난 물품을 발견할까요? 혹시 수배 중인 사람을 발견하게 될 수도 있지 않겠어요? 불법체류자는 또 어떻고요? 안전규정을 위반한 사례도 있을 테죠? 조금 아까 저쪽에서 트레일러를 하나 봤는데, 집 안에서 바깥의 헛간까지 전선을 연결해 놓았더군요. 그 헛간 안에 사람이 살고 있는 거죠? 당신과 당신의 고용주는 그 헛간에 대해 추가요금을 받고 있을 테고요. 아니, 당신 혼자 결정한 일인가요? 그 사실을 고용주가 알면 뭐라고 할까요? 여기 임대료를 내야 할 사람들이 추방당하거나 자녀양육비 미지급 혐의로 감옥에 끌려가는 바람에 수금액수가 줄어들면 고용주가 뭐라고 할까요? 당신은요, 애'드'킨스 씨? 저 텔레비전의 제품 일련번호를 컴퓨터로 한번 조회해 볼까요?"

"저 텔레비전은 내 거야. 제대로 돈을 다 치르고 샀다고. 자기가 아주 대단한 줄 아는 모양인데, FBI 아가씨. 좆 같은 계집 수사관 주제에."

레이철은 이 말을 무시했지만, 톰슨은 고개를 돌리고 웃음이 새어나오는 것을 숨기려 애쓰는 듯했다.

"누구한테 제대로 돈을 다 치렀는데요?"

"그건 알아서 뭐 하려고? 타이렐 형제한테서 샀다, 왜? 자동차에서 도둑질한 것도 바로 그놈들이야. 만약 그놈들이 내가 이 말을 한 걸 알고 날 찾아와서 두들겨 패기라도 하는 날에는 내가 당신들한테 그냥 소송을 걸어버릴 거야. 알았어?"

애드킨스가 가르쳐준 길을 따라 우리는 야영장 정문에서부터 안쪽으로 네 번째 트레일러로 갔다. 경찰이 떴다는 소문이 이미 퍼진 모양이었다. 트레일러 출입문 앞 계단에 아까보다 많은 사람이 나와 있었고, 바깥 소파에 앉아 있는 사람도 많았다. 14번 트레일러에 도착했을 때 타이렐 형제는 이미 우리를 기다리고 있었다.

그들은 두 개를 이어붙인 것만큼 폭이 넓은 트레일러에 붙어 있는, 파란 캔버스 천으로 된 차일 아래 낡은 그네 의자에 앉아 있었다. 트레일러 문 옆에는 세탁기와 건조기가 있었는데, 비에 젖지 않게 역시 파란 캔버스 천 밑에 놓여 있었다. 타이렐 형제는 둘 다 십대였는데, 아마도 한 살 터울인 듯했고, 흑백 혼혈인 것 같았다. 레이철은 차일이 드리운 그늘 가장자리로 다가갔다. 톰슨은 그녀의 왼쪽으로 약 1.5미터 떨어진 곳에 자리를 잡았다.

"얘들아." 레이철이 아이들을 불렀지만 아이들은 아무 대답이 없었다. "어머니 집에 계시니?"

"아뇨, 없어요, 경찰관님." 두 아이 중 형이 말했다.

그 아이가 천천히 시선을 돌려 동생을 보자 동생은 다리에 힘을 줘서 그네 의자를 앞뒤로 흔들었다.

"얘들아." 레이철이 말했다. "너희는 똑똑한 애들이야. 우린 너희를 괴롭히려고 온 게 아니야. 그러고 싶지 않아. 애드킨스 씨한테 너희 트레일러가 어디냐고 물어볼 때도 같은 약속을 했어."

"애드킨스, 나쁜 새끼." 동생이 말했다.

"지난주에 저 바깥에 주차돼 있던 자동차에 대해 물어볼 것이 있어."

"그런 차 못 봤어요."

"그래요, 못 봤어요."

레이철은 형에게 가까이 다가가서 허리를 숙이고 아이에게 귓속말을 했다.

"이러지 마." 그녀가 부드럽게 말했다. "이럴 때 어떻게 해야 하는지 너희도 어머니한테서 배웠을 거야. 잘 생각해. 머리를 쓰라고. 어머니가 뭐라고 하셨지? 어머니를 위해서도, 너희 자신을 위해서도 문제가 생기는 건 싫잖아. 우리가 빨리 가버렸으면 좋겠지? 그러려면 방법은 하나밖에 없어."

레이철이 지부 사무실로 들어섰을 때, 그녀의 손에는 비닐봉지가 트로피처럼 들려 있었다. 그녀가 그것을 매터잭의 책상에 내려놓자 몇몇 요원들이 구경하려고 모여들었다. 배커스도 들어와서 마치 성배를 보듯이 그것을 내려다보고는 들뜬 기색이 역력한 시선으로 레이철을 바라보았다.

"그레이슨이 경찰국에 확인했어." 그가 말했다. "그 동네에서 도난 사건이 신고된 적 없다는군. 그 날짜에도, 그 주에도. 꺼릴 것 없는 시민이라면 자기 차에 도둑이 들었다고 알아서 신고했을 텐데 말이야."

레이철이 고개를 끄덕였다.

"그렇겠죠."

배커스가 매터잭에게 고개를 끄덕이자 매터잭이 증거품 봉지를 책상에서 들어 올렸다.

"어떻게 해야 하는지 알지?"

"네."

"좋은 소식을 가져와. 모처럼 그런 소식을 한번 들어보게."

비닐봉지 안에는 타이렐 형제가 비교적 최신 모델의 포드 머스탱에서 훔친 자동차 스테레오가 있었다. 도둑질한 시간이 밤이어서, 자동차 색깔에 대해선 두 형제의 진술이 하얀색과 노란색으로 엇갈렸다.

그 아이들에게서 얻어낸 정보는 이것뿐이었지만, 모처럼 희망을 느낄 수 있게 된 것으로 충분했다. 레이철과 톰슨은 아이들을 각각 따로 면담한 뒤 짝을 바꿔 다시 면담했다. 하지만 타이렐 형제가 내놓은 것은 스테레오뿐이었다. 아이들은 선샤인 에이커스 앞의 도로에 머스탱을 세워둔 운전자를 한 번도 본 적 없으며, 유리창을 깨고 재빨리 물건을 훔치느라 스테레오밖에 들고 오지 못했다고 했다. 트렁크는 열어볼 생각도 하지 않았다. 자동차 번호판도 보지 않아서, 이 자동차가 애리조나에 등록되어 있는지 아닌지도 알 수 없었다.

레이철은 모든 지부에 보낼, 이 자동차에 관한 추가자료를 작성하고 서류를 처리하는 일에 오후 내내 붙들려 있었다. 매터잭은 스테레오의 일련번호를 워싱턴 D.C. 본부의 자동차 식별 프로그램에 입력한 뒤 스테레오를 감식반에 넘겼다. 톰슨이 타이렐 형제를 용의선상에서 제외하기 위해 채취해 온 두 아이의 지문도 함께 넘겼다.

감식반은 타이렐 형제의 지문 외에는 쓸 만한 지문을 찾아내지 못했다. 하지만 일련번호 조회에서는 약간의 소득이 있었다. 1994년식 연노랑 머스탱으로, 허츠 렌터카에 등록된 차량이라는 결과가 나온 것이다. 매터잭과 마이즈는 이 차를 계속 추적하기 위해 스카이 하버 국제공항으로 향했다.

지부의 요원들은 들떠 있었다. 레이철이 중요한 성과를 올린 덕이었다. 문제의 머스탱이 시인이 몰던 차란 보장은 없었지만 이 차가 선샤인 에이커스 앞에 주차되어 있던 기간과 오설랙이 살해된 시기가 일치했다. 타이렐 형제가 차에서 물건을 훔쳤는데 주인이 신고하지 않았단 사실도 무시할 수 없었다. 이 자동차는 중요한 단서가 될 수 있었다. 시인의 작업방식에 대해 수사관들이 좀 더 알게 되었다는 사실도 중요한 소득이었다. 그들과 나는 같은 기분이었다. 시인이 수수께끼 같은 존재라고 생각한다는 점에서. 녀석은 어둠 속 어딘가에 도사리고 있는 유령이었다. 그런데 자동차 스테레오라는 단서가 나타나며 범인을 잡을 가능성이 좀 더 커진 것 같았다. 범인에게 점점 다가가고 있는 것 같았다.

오후 내내 나는 방해가 되지 않게 조심하며 레이철이 일하는 모습을 지켜보기만 했다. 그녀의 솜씨에 넋을 잃은 나는 아이들에게서 스테레오를 얻어내는 모습, 애드킨스나 타이렐 형제와 이야기를 나눌 때의 모습에 놀라움을 금치 못했다. 그녀는 한참 일하다가 내 시선을 느꼈는지 나더러 뭐 하는 거냐고 물었다.

"아무것도. 그냥 구경하는 거야."

"날 구경하는 게 좋아?"

"솜씨가 대단해. 그런 사람을 지켜보는 건 항상 즐거운 일이지."

"고마워. 오늘은 운이 좋았을 뿐이야."

"그렇게 운 좋은 날이 아주 자주 있을 것 같은데."

"이 일을 하는 사람들은 운도 스스로 만들어내야 해."

일과가 끝날 무렵, 그녀가 전송한 경보의 내용을 읽어본 배커스의 눈이 가늘어지더니 눈동자가 검은 구슬처럼 변했다.

"혹시 범인이 그 차를 일부러 고른 게 아닐까?" 그가 물었다. "연노랑 머스탱 말이야."

"왜요?" 내가 물었다.

레이철은 고개를 끄덕이고 있었다. 이미 대답을 안다는 뜻이었다.

"성경이죠." 배커스가 말했다. "그리고 내가 보니, 청황색 말 한 마리가 있는데, 그 위에 탄 사람의 이름은 '사망'이고."

"지옥이 그를 뒤따르고 있었습니다." 레이철이 배커스의 말을 받아 구절을 완성했다(요한계시록 6장 8절. 표준새번역 성경을 따랐음--옮긴이).

우리는 일요일 밤에 또 사랑을 나눴다. 그녀는 인간의 체취를 나눠주고 나눠받는 일에 훨씬 적극적이었다. 우리 둘 중 그래도 자제한 사람이 있다면, 그건 나였다. 물론 나도 그녀에게 느끼는 감정에 그냥 굴복해 버리고 싶은 마음이 간절했지만, 내 뒤통수에서 낮게 속삭이는 목소리를 듣지 못할 정도는 아니었다. 그 목소리는 그녀의 동기에 의문을 제기했다.

어쩌면 내가 자신감이 워낙 부족한 탓인지도 모르지만 그녀가 이러는 데는 나와 함께 기쁨을 느끼고 싶다는 마음 못지않게 전남편에게 상처를 주고 싶은 마음이 크게 작용하고 있을지도 모른다는 속삭임에 귀를 기울이지 않을 수 없었다. 그런 의심을 하다 보니 죄책감과 함께 내가 그녀에게 진실하지 못하다는 생각이 들었다.

사랑을 나눈 뒤 우리가 서로를 끌어안고 누워 있을 때, 그녀가 오늘은 날이 밝을 때까지 나와 함께 있겠다고 속삭였다.

31

빼앗기다

전화벨 소리가 곤히 잠든 나를 깨웠다. 나는 낯선 방을 둘러보며 조금씩 정신을 차리다가 레이철과 시선이 마주쳤다. "전화 받아 봐." 그녀가 차분하게 말했다. "여긴 당신 방이잖아."

나는 잠에서 깨어 정신을 차리기가 힘들었는데 그녀는 그렇지 않은 것 같았다. 순간적으로 그녀가 이미 깨어서 나를 지켜보고 있었던 게 아닌가 하는 생각이 들 정도였다. 나는 수화기를 들었다. 벨이 아마도 아홉 번이나 열 번쯤 울린 것 같았다. 수화기를 들면서 협탁 위의 시계를 보니 7시 15분이었다.

"네?"

"월링을 바꿔."

나는 그대로 얼어붙었다. 어디선가 들어본 것 같은 목소리였지만, 머릿속이 뒤엉혀서 누군지 알아낼 수가 없었다. 그때 레이철에 내 방에 있으면 안 된다는 생각이 퍼뜩 떠올랐다.

"전화를 잘못 걸었어요. 월링 요원은…."

"헛소리하지 마, 기자 양반. 그 여자 바꿔."

나는 손으로 수화기를 가리고 레이철을 바라보았다.

"소슨이야. 당신이 여기 있는 걸 안대. 여기 있는 걸."

"이리 줘 봐." 그녀는 성난 목소리로 이렇게 말하며 내 손에서 수화기를 확 빼앗았다.

"무슨 짓이야?"

잠시 침묵이 흘렀다. 소슨이 그녀에게 두세 문장쯤 되는 말을 한 것 같았다.

"그걸 어떻게 알았는데?"

또 침묵이 흘렀다.

"나한테 전화는 왜 했어?" 그녀가 물었다. 목소리에 또다시 분노가 섞여 있었다. "가서 말하고 싶으면 해. 알리고 싶으면 알리라고. 나도 문제지만, 당신 인간성이 어떤지도 똑똑히 드러날 테니까. 당신이 남의 사생활이나 엿보고 다닌다는 사실을 알면 아주 좋아할걸."

그녀가 내게 수화기를 넘겨주었고, 나는 전화를 끊었다. 그녀가 베개를 얼굴에 덮어 쓰고 앓는 소리를 냈다. 나는 그녀의 얼굴에서 베개를 치웠다.

"무슨 일이야?"

"나쁜 소식이야, 잭."

"뭔데?"

"오늘 아침 〈로스앤젤레스 타임스〉에 시인에 관한 기사가 실렸대. 미안해. 당신을 데리고 지부로 가서 팀장님과 회의해야 해."

잠시 할 말을 잃었다. 혼란스러웠다.

"그쪽에서 어떻게…."

"우리도 몰라. 그래서 회의를 하는 거야."

"그쪽에서 얼마나 알고 있대? 그런 말은 없었어?"

"없었어. 하지만 꽤 자세히 났나 봐."

"어제 기사를 썼어야 하는 건데. 젠장! 놈이 당신들에 대해 알게 됐다는 사실이 분명해진 뒤에는 기사를 안 쓸 이유가 없었는데."

"당신은 우리랑 한 약속을 지킨 거야. 그럴 수밖에 없었고. 저기, 일단 사무실로 가서 그쪽이 뭘 얼마나 알고 있는지 보자."

"우리 부장한테 연락해야 해."

"나중에 해도 되잖아. 팀장님이 벌써 사무실에 나와서 우릴 기다리는 모양이야. 팀장님은 잠도 안 자나 봐."

또다시 전화가 울렸다. 그녀가 거칠게 수화기를 집어 들었다.

"뭐야?" 그녀가 짜증 가득한 목소리로 말했다. 하지만 이내 목소리가 부드러워졌다. "잠깐 기다리세요."

그녀가 열적은 미소를 지으며 내게 수화기를 넘겨주었다. 그러고는 내 뺨에 가볍게 입을 맞추고 자기 방으로 가서 나갈 준비를 하겠다고 속삭이더니 옷을 입기 시작했다. 나는 수화기를 귀에 댔다.

"여보세요?"

"그레그 글렌이야. 그 여잔 누구야?"

"어, FBI 요원이에요. 회의가 있어서요. 〈로스앤젤레스 타임스〉 얘기 들었죠?"

"내가 그걸 모르면 이상하지."

가슴이 내려앉는 것 같은 느낌이 점점 강해졌다. 글렌이 말을 이었다.

"그 살인범에 관한 기사가 실렸어. 우리 살인범 말이야, 잭. 놈을 시인이라고 부르더군. 우리가 이 사건을 단독으로 취재하고 있으니 걱정할 필요 없다고 했잖아."

"그건 사실이었어요."

내가 할 수 있는 말은 이것뿐이었다. 레이철은 급히 옷을 걸치면서 안타까운 시선으로 나를 지켜보았다.

"이젠 아냐. 당장 돌아와서 내일 자 신문에 낼 기사를 써. 뭐든 지금 알고 있는 걸 쓰란 말이야. 그놈들보다 정보가 많지 않으면 각오해. 우리가 벌써 기사를 냈을 수도 있는데, 자네가 날 설득했어. 그래서 이제는 우리가 찾아낸 기사를 뒤쫓아 가는 신세가 됐다고, 젠장."

"알았어요!" 나는 그의 말을 막으려고 날카로운 목소리로 소리쳤다.

"설마 거기서 만난 아가씨와 즐길 생각으로 피닉스 출장을 연장한 건 아니겠지?"

"그걸 말이라고 해요? 지금 저쪽 기사를 갖고 있어요?"

"당연히 갖고 있지. 아주 잘 썼어. 잘 읽혀. 하지만 여기 실리면 안 되는 기사였다고!"

"일단 그 기사를 읽어줘요. 아니, 잠깐만요. 우선 회의에 가야 해요. 자료실에 부탁해서…."

"내 말은 어디로 들은 거야? 회의는 무슨 회의? 당장 비행기 잡아타고 와서 내일 자 기사를 써."

나는 레이철이 내게 손으로 키스를 날리고 문밖으로 나가는 모습을 지켜보았다.

"알았어요. 내일 자로 꼭 기사 넘길게요. 여기서 써서 보내면 되잖아요."

"안 돼. 이건 내가 직접 손봐야 하는 기사야. 그러니 여기서 자네랑 같이 작업해야 해."

"일단 회의에 갔다가 다시 연락할게요."

"왜?"

"새로 밝혀진 사실이 있어요." 나는 거짓말을 했다. "아직 그게 뭔지 몰라서 알아보려는 거예요. 그러니까 일단 가서 다시 연락할게요. 자료실에 부탁해서 그 〈로스앤젤레스 타임스〉 기사를 저한테 메일로 보내라고 하세요. 여기서 꺼내볼 테니까요. 이제 가봐야겠어요."

나는 글렌이 뭐라고 하기 전에 전화를 끊었다. 그리고 재빨리 옷을 입은 다음 컴퓨터 가방을 들고 밖으로 나갔다. 머리가 멍했다. 이런 일이 일어나다니. 한 가지 생각이 계속 고개를 쳐들었다.

소슨.

우리는 로비의 커피 탁자에서 각각 두 잔씩 커피를 집어 들고 지부로 향했다. 그녀는 이번에도 모든 짐을 꾸려서 들고 있었다. 나는 미처 생각하지 못했는데.

우리는 커피 한 잔을 다 마실 때까지 아무 말도 하지 않았다. 우리가 완전히 다른 종류의 딜레마에 직면해, 완전히 다른 상념에 잠겨 있는 것 같았다.

"덴버로 돌아갈 거야?" 그녀가 물었다.

"아직 몰라."

"많이 안 좋아?"

"응. 부장이 앞으로는 내가 무슨 말을 해도 안 들을 거야."

"어떻게 일이 이렇게 된 거지? 코멘트를 따려면 팀장님한테 전화했을 텐데."

"그랬는지도 모르지."

"아냐. 그랬다면 당신한테 얘기했을 거야. 약속은 지키는 분이니까. 팀장님은 FBI 2세대야. 팀장님만큼 규칙을 잘 지키는 사람은 본 적이 없어."

"지금도 약속을 지키는지 보자고. 오늘 내가 기사를 쓸 거니까."

"저쪽에서는 뭐라고 썼대?"

"나도 몰라. 전화선을 연결하면 금방 그 기사를 볼 수 있을 거야."

우리는 이제 법원 건물에 들어와 있었다. 그녀가 연방직원들을 위한 주차장으로 차를 몰았다.

회의실에는 배커스와 소슨뿐이었다.

배커스는 내가 기사를 쓰기 전에 말이 새어나가서 미안하다는 말로 회의를 시작했다. 진심인 것 같아서 아까 레이철과 이야기하며 그를 의심했던 것이 미안해졌다.

"그 기사를 갖고 있어요? 전화선을 연결하면 컴퓨터로 볼 수 있는데요."

"당연히 그렇게 해야죠. 나도 로스앤젤레스 지부에서 그 기사를 팩스로 보내주길 기다리던 참이에요. 내가 그 기사에 대해 알게 된 건 순전히 브래스 덕분이에요. 다른 언론매체들이 벌써 콴티코로 전화를 걸어대고 있다고 알려줬거든요."

나는 선을 연결하고 컴퓨터를 켜서 〈로키 마운틴 뉴스〉에 접속했다. 내게 날아온 메시지에는 신경도 쓰지 않고 곧장 개인 메일박스로 가서 파일들을 살펴보았다. 새로 들어온 파일이 두 개 있었다. '시인 기사'와

'최면 기사'였다. 로리 프라인에게 최면술사 호러스와 최면술에 관한 기사를 찾아달라고 부탁한 기억이 났다. 하지만 그 자료를 보는 것은 급한 일이 아니었다. 나는 '시인 기사'를 열었다. 기사의 첫 줄을 다 읽기도 전에 나는 충격에 휩싸였다. 이런 일을 예상했어야 하는 건데.

"젠장!"

"왜 그래요?" 레이철이 물었다.

"워런이 쓴 기사예요. 법집행재단을 그만두고는 안면을 바꿔서 내 기사를 이용해 〈로스앤젤레스 타임스〉로 돌아간 거예요."

"기자들이란." 소슨이 즐거운 기색을 숨기지도 않고 말했다. "도무지 믿을 수가 없는 족속들이야."

나는 그의 말을 무시했지만 충격이 컸다. 화가 났다. 워런과 나 자신에게. 이런 일을 예상했어야 하는데.

"읽어봐요, 잭." 배커스가 말했다.

나는 그 말대로 했다.

FBI, 경찰 연쇄살인범 추적 중

사냥감이 사냥꾼으로

마이클 워런, 특별기고

무려 3년 전부터 전국을 돌아다니며 살인 전담 형사를 일곱 명이나 살해한 연쇄살인범을 FBI가 추적하고 나섰다.

살인을 저지를 때마다 현장에 에드거 앨런 포의 작품에서 따온 시 구절을 남긴다는 이유로 '시인'이라고 명명된 범인은 피해자들의 죽음을 자살로 위장하려고 시도했다.

이에 따라 무려 3년 동안 피해자들의 죽음이 자살로 처리되었으나, 포의 구절을 포함한 여러 가지 유사점들이 지난주에 발견되었다고 정통한 소식통이 밝혔다.

FBI는 즉시 시인의 정체를 밝혀내 체포하려고 나섰다. 수십 명의 FBI 요원들과 일곱 개 도시의 경찰관들이 FBI 행동과학국의 지휘 하에 수사를 진행하고 있다.

현재 수사관들은 피닉스에 가장 초점을 맞추고 있는데, 소식통에 따르면 시인의 소행으로 지목된 사건이 가장 최근 벌어진 곳이 바로 피닉스이기 때문이다.

익명을 요구한 이 소식통은 시인의 범행이 밝혀진 경위를 말할 수 없다며, 지난 6년간 발생한 경찰관 자살사건에 대해 FBI와 법집행재단이 공동 실시한 연구에서 핵심적인 정보가 나왔다고 말했다.

기사에는 이어서 피해자들의 이름과 몇 가지 세부사항이 나열되어 있었다. 그다음으로는 행동과학국에 대한 설명이 몇 문단 이어졌고, 익명의 소식통의 발언이 기사의 끝을 장식했다. 시인이 누구이며 어디 있는지에 관해 FBI가 찾아낸 단서가 거의 없다는 내용이었다.

기사를 다 읽어갈 무렵, 나는 분노로 인해 얼굴이 벌겋게 변해 있었다. 나는 약속을 지켰는데 상대방은 약속을 어겼을 때만큼 참담한 상황은 없다. 솔직히 기사의 내용은 약했다. 몇 가지 안 되는 사실을 중심으로 살을 붙인 것에 불과했다. 게다가 모든 사실을 익명의 소식통에게 얻은 것으로 되어 있었다. 워런은 심지어 범인이 보낸 팩스도 언급하지 않았다. 아니 그보다 더 중요한, 형사들을 꾀어내려고 범인이 저지른 미끼 살인도 언급하지 않았다. 그렇다면 내가 오늘 시인에 관한 기사를 쓰면서 결정적인 사실들을 밝힐 수 있을 터였다. 그래도 목에 걸린 분노가 잘 가라앉지 않았다. 이 기사에 무슨 단점이 있든, 워런이 FBI의 누군가와 이야기를 나눴음은 분명했다. 나는 그 사람이 지금 이 회의실에서 나와 탁자를 사이에 두고 앉아 있는 인물이라는 생각을 지워버릴 수 없었다.

"우린 약속을 했어요." 나는 컴퓨터에서 시선을 들면서 말했다. "누군가가 이 사람한테 이런 정보를 가르쳐줬습니다. 내가 목요일에 워런을 찾아갔을 때 갖고 있던 정보를 워런도 알고 있는 건 당연하죠. 하지만 나머지 이야기는 FBI의 누군가한테 들은 거예요. 십중팔구 수사팀에 있는 사람이겠죠. 십중팔구…."

"그럴 수도 있겠죠, 잭. 하지만…."

"이 사람이 이런 정보를 알게 된 건 모두 당신 때문입니다." 소슨이 끼어들었다. "모든 게 당신 탓이라고요."

"틀렸어요." 나는 그를 노려보았다. "내가 워런에게 대부분의 이야기를 해준 건 맞지만 시인이라는 이름은 아니에요. 워런과 함께 있을 때는 시인이라는 이름조차 없었다고요. 그 이름은 여기 수사팀에서 지은 거니까. 그러니까 우리 약속은 이걸로 끝입니다. 누군가가 누설하지 말아야 할 정보를 누설했어요. 이미 기사가 나왔으니 나도 지금 알고 있는 걸 내일 자 기사로 쓸 수밖에 없습니다."

순간적으로 침묵이 방을 훑고 지나갔다.

"잭." 배커스가 말했다. "이제 와서 이런 말을 해봤자 그다지 소용없다는 건 알지만, 당신이 나한테 시간과 여유를 조금만 주면 정보를 누설한 놈이 누군지 찾아내 당장 내 밑에서 쫓아내겠습니다. 아예 FBI에서 일할 수 없게 만들어버릴 수도 있어요."

"당신 말이 맞아요. 그래 봤자 별로 소용이 없습니다."

"그래도 어떻게 안 되겠어요? 부탁입니다."

배커스를 바라보았다. 오늘 밤과 내일이면 전국의 텔레비전 방송국과 신문들이 하나도 빠짐없이 보도하게 될 기사를 쓰지 말라고 나를 설득하려 하다니. 저 사람이 원래 저렇게 바보였나 싶었다.

"뭘 부탁하겠다는 거죠?"

"기사 쓸 때… 우리가 이놈을 반드시 잡아야 한다는 점을 잊지 마세요. 당신이 알고 있는 정보 중에는 범인의 체포에 돌이킬 수 없는 피해를 끼칠 수 있는 것들이 있습니다. 구체적인 정보들이죠. 범인 프로파일의 자세한 내용, 최면술이 사용되었을 가능성이 있다는 점, 콘돔 이야기. 이런 정보를 기사에 쓰면 텔레비전 뉴스나 다른 신문 들이 그 이야기를 반복하게 될 거고, 범인이 그걸 보면 지금까지 쓰던 방법을 바꿀 겁니다. 무슨 말인지 알겠어요? 범인 잡기가 더 어려워진단 말입니다."

나는 고개를 끄덕였지만, 강렬한 시선으로 그를 노려보았다.

"나더러 기사에 뭘 써라, 쓰지 마라 지시를 내릴 작정입니까?"

"물론 아닙니다. 기사 쓸 때 당신 형님과 우리들을 한번 생각해 보고 신중을 기해달라는 거예요. 난 당신을 믿습니다, 잭. 절대적으로."

나는 한참 동안 곰곰이 생각하다가 다시 고개를 끄덕였다.

"밥, 나는 당신과 약속했지만 결국 손해 보는 처지가 됐어요. 이런 상황에서도 내가 수사팀을 보호해 주기를 바란다면, 새로운 약속이 필요합니다. 오늘 아마 당신은 가는 곳마다 기자들에게 시달릴 겁니다. 하지만 기자들의 요청을 모두 콴티코의 홍보부로 돌리세요. 당신을 취재하고, 당신의 말을 기사에 쓸 수 있는 사람은 나뿐입니다. 시인이 보낸 팩스도 나한테만 줘야 해요. 이 조건을 받아들인다면, 기사에서 범인 프로파일의 자세한 내용이나 최면술 얘기는 쓰지 않겠습니다."

"좋습니다." 배커스가 말했다.

그의 대답이 너무 빨라서 내가 이런 조건을 내걸 줄 미리 알고 있던

게 아닌가 싶을 정도였다.

"나도 한 가지 말할 게 있어요, 잭." 배커스가 말했다. "팩스 내용 중에서 한 줄만은 인용하지 않기로 합시다. 범인을 자처하는 놈들이 나타났을 때, 그 한 줄을 이용해서 가짜를 가려내야 하니까요."

"그건 문제없어요." 내가 말했다.

"여기서 대기하고 있겠습니다. 교환원에게 당신 전화는 연결해도 되지만, 다른 기자들 전화는 절대 안 된다고 말해두죠."

"전화가 아주 많이 올 거예요."

"어쨌든 나도 이 문제를 홍보부에 맡길 생각이었어요."

"홍보부에서, 이 사건을 FBI가 인지하게 된 과정을 보도자료에 포함시킨다면 내 이름은 밝히지 말아달라고 해주세요. 그냥 〈로키 마운틴 뉴스〉의 문의가 시발점이었다고 해두면 좋겠습니다."

배커스는 고개를 끄덕였다.

"마지막으로 하나만 더요." 나는 이 말을 하고 잠시 뜸을 들였다. "정보 누설 문제는 아직 해결되지 않았어요. 〈로스앤젤레스 타임스〉나 다른 언론매체가 오늘 시인의 팩스 내용을 입수하게 된다면, 난 지금 아는 모든 정보를 다음 기사에 쓸 겁니다. 범인의 프로파일을 포함해 모든 정보를요. 아시겠습니까?"

"알겠습니다."

"이 교활한 자식." 소슨이 화를 내며 말했다. "당신이 뭔데 여기서 우리한테 이래라 저래라…."

"시끄러워, 소슨." 내가 말했다. "콴티코에서 처음 봤을 때부터 이 말을 하고 싶었는데 잘됐네. 시끄럽다고. 알았어? 정보를 누설한 건 아마 당신일걸. 내기를 걸 수도 있어. 그러니까 나더러 교활하다느니 뭐라느니…."

"웃기지 마!" 소슨이 벼락처럼 고함을 지르며 벌떡 일어나 내게 달려들려고 했다.

하지만 배커스가 재빨리 일어나서 그의 어깨를 잡아 부드럽게 밀어 앉혔다. 레이철은 상황을 지켜보며 희미한 미소를 띠고 있었다.

"진정해, 고든." 배커스가 소슨을 달랬다. "진정해. 지금 자네더러 뭐라는 사람은 아무도 없어. 그러니까 서로 냉정을 잃지 말자고. 다들 오늘은 조금씩 흥분한 상태지만, 그렇다고 냉정을 되찾지 못할 이유도 없지. 잭, 그런 식으로 누군가를 비난하는 건 곤란합니다. 그 말을 뒷받침할 만한 증거가 있다면 지금 말하세요. 증거가 없다면, 아무 말도 안 하는 게 상책입니다."

나는 아무 말도 하지 않았다. 소슨이 기자들에 대한 병적인 반감과 나와 레이철의 관계 때문에 정보를 누설했을 것이라고 생각했지만, 그건 내 육감에 지나지 않았다. 남들 앞에 공개적으로 꺼내놓고 이야기할 수 있는 문제가 아니었다. 마침내 모두들 자리에 앉았지만, 그냥 서로를 빤히 바라보기만 했다.

"정말 재미있었어요. 하지만 이젠 일을 좀 해야 할 것 같은데요." 마침내 레이철이 입을 열었다.

"난 이만 가봐야 해요." 내가 말했다. "팩스 내용 중에 어떤 문장을 쓰지 말까요?"

"수수께끼요." 배커스가 대답했다. "'최고의 친구' 얘기는 기사에 쓰지 마세요."

나는 잠시 생각해 보았다. 그건 팩스 내용 중에서도 흥미로운 부분이었다.

"좋습니다. 문제없어요."

내가 일어서자 레이철도 따라 일어섰다.

"호텔까지 태워다드리죠."

"그게 그렇게 나쁜 일이야? 특종을 빼앗기는 게?" 호텔로 돌아가는 길에 레이철이 내게 물었다.

"나쁘지. 당신 일로 말하자면, 범인을 놓치는 것과 같을 거야. 이번 일로 배커스가 소슨을 박살내 버렸으면 좋겠는데. 나쁜 자식."

"팀장님도 증거를 찾아내기는 힘들 걸. 심증뿐일 거야."

"배커스에게 우리 관계와 그걸 소슨이 알고 있다는 사실을 밝히면, 믿어줄 거야."

"안 돼. 팀장님한테 우리 관계를 알리면 내가 쫓겨날걸."

약간의 침묵이 흐른 뒤 그녀는 다시 기사 이야기를 꺼냈다.

"당신이 그 사람보다 더 실속 있을 거야."

"실속이라니 뭘? 그 사람은 또 누구야?"

"워런 말이야. 당신 기사가 훨씬 더 나을 거야."

"모든 영광은 기사를 처음 쓴 사람에게. 이건 신문기자들 사이에 오래전부터 내려오는 말이야. 맞는 말이지. 대부분의 경우 가장 먼저 기사를 쓴 사람이 공을 인정받아. 그 기사가 아무리 허술하고 구멍투성이라도. 남의 기사를 훔친 것이라도."

"그래서 다들 그러는 거야? 공을 인정받으려고? 내용을 잘 알지도 못하면서 순전히 1등이 되고 싶어서?"

나는 그녀를 바라보며 애써 미소를 지었다.

"맞아, 가끔은 그래. 대개 그렇지. 정말 숭고한 직업이지?"

그녀는 대답하지 않았다. 우리는 한동안 침묵을 지켰다. 그녀가 우리 관계에 대해 뭐라고 한마디 해주기를 바랐지만 그녀는 말이 없었다. 호텔이 점점 가까워지고 있었다.

"내가 부장을 설득하지 못해서 덴버로 돌아가게 되면 어떡하지? 그럼 우리는 어떻게 되는 거야?"

그녀는 한동안 아무 대답도 하지 않았다.

"나도 몰라, 잭. 우리가 어떻게 됐으면 좋겠는데?"

"나도 잘 모르지만, 그냥 이런 식으로 끝나는 건 싫어. 난…."

그녀에게 하고 싶은 말을 어떻게 해야 할지 알 수 없었다.

"나도 이런 식으로 끝나는 건 싫어."

그녀는 호텔 정문 앞에 차를 세웠다. 그러고는 자기는 다시 돌아가 봐야 한다고 했다. 금실을 꼬아 만든 견장이 달린 빨간 재킷을 입은 남자가 나를 위해 자동차 문을 열어주었기 때문에 우리는 더 이상 둘만의 시간을 누릴 수 없었다. 그녀에게 입 맞추고 싶었지만, 상황이 상황인 데다 정부의 관용차에 타고 있어서 그러면 안 될 것 같았다.

"언제든 시간 나면 만나러 갈게." 내가 말했다. "가능한 한 빨리."

"그래." 그녀가 웃는 얼굴로 말했다. "가볼게, 잭. 기사 잘 써. 여기서 기사를 쓰게 되면 지부로 전화해서 나한테 말해줘. 그럼 오늘 밤에 만날 수 있을지도 모르잖아."

내가 피닉스에 남으려고 생각해 낸 그 어떤 이유도 이것만큼 훌륭하지는 않았다. 그녀가 손을 뻗어 내 수염을 만졌다. 전에도 한 번 이런 적이 있었다. 내가 막 차에서 내리려고 하자 그녀가 잠깐 기다리라고 하더니 가방에서 명함을 한 장 꺼내 뒷면에 번호를 써서 주었다.

"내 호출기 번호야. 혹시 무슨 일이 생길지도 모르니까. 위성으로 연결되는 거라서 내가 어디에 있든 날 호출할 수 있어."

"이 세상 어디서나?"

"이 세상 어디서나. 위성이 땅으로 떨어지지 않는 한."

신의 말씀

글래든은 화면에 뜬 글자들을 바라보았다. 아름다웠다. 마치 하느님이 보이지 않는 손으로 쓴 것 같았다. 구구절절 옳은 말씀이고, 해박했다. 그는 다시 글을 읽었다.

이제 그들이 나에 대해 알고 있다. 나는 준비가 되었다. 나는 그들을 기다린다. 얼굴의 판테온에서 내 자리를 차지할 준비가 되었다. 어린 시절 벽장문이 열려 그를 맞이할 수 있게 되기를 기다릴 때와 같은 기분이다. 바닥에 빛의 선이 나 있었다. 나를 인도하는 불빛. 나는 그 불빛을 지켜보았다. 그의 발이 땅을 디딜 때마다 생기는 그림자도 지켜보았다. 그러다 보면 그가 마침내 도착했음을, 내가 그의 사랑을 받을 순간이 왔음을 알 수 있었다. 나는 그의 보물 같은 아이.

우리를 이렇게 만든 것은 그들인데도 그들은 우리에게 등을 돌린다. 우리는 버림받는다. 우리는 탄식의 세계를 떠도는 유목민이 된다. 그렇게 버림받은 것이 곧 나의 고통이자 동기가 된다. 나는 모든 아이들의 복수심을 지고 다닌다. 나는 아이돌론이다. 사람들은 나를 포식자라고 부른다. 사람들 속에 섞여 있는 경계의 대상. 나는 큐컬러리스(연극 등에서 무대에 얼룩무늬를 만들 때 쓰는 조명도구. 간단히 쿠키라고도 한다-옮긴이)다. 빛과 어둠이 흐릿하게 번져 있는 존재. 나의 과거는 결핍과 학대로 얼룩지지 않았다. 나는 그 손길이 반가웠다. 나는 그 사실을 인정할 수 있다. 여러분은 어떤가? 나는 그 손길을 원하고, 갈망하고, 반가워했다. 내가 그토록 깊은 상처를 입고 어쩔 수 없이 방랑자의 삶을 살게 된 것은 순전히 버림을 받았기 때문이다. 내 뼈가 너무 크게 자라버려서. 난 버림받았다. 아이들은 영원히 어린 모습 그대로 남아 있어야 한다.

전화벨 소리에 그는 시선을 들었다. 전화기는 부엌 조리대 위에 있었다. 그는 벨이 울려대는 전화기를 빤히 바라보았다. 그녀에게 전화가 걸려온 건 처음이었다. 벨이 세 번 울린 뒤 자동응답기가 찰칵 하고 켜지더니 그녀가 녹음해 둔 말이 흘러나왔다. 글래든이 종이에 써서 그녀에게 먼저 세 번 읽힌 다음 네 번째에 녹음시킨 바로 그 내용이었다. 멍청한 여자 같으니. 그는 전화기에서 흘러나오는 그녀의 목소리에 귀를 기울이며 생각했다. 그녀는 그다지 뛰어난 배우가 아니었다. 적어도 옷을 입고 있을 때는.

"안녕하세요, 저는 달린입니다. 저는… 저는 지금 전화를 받을 수 없습니다. 급한 일이 생겨서 다른 지방에 가야 합니다. 메시지… 메시지를 남기시면, 어, 가능한 한 빨리 제가 연락드리겠습니다."

불안한 목소리였다. 글래든은 그녀가 같은 말을 반복한 것이 걱정스러웠다. 미리 글로 쓴 내용을 읽고 있다는 걸 상대방이 눈치채지 않을까. 삐 소리가 난 뒤 어떤 남자가 성난 목소리로 메시지를 남겼다. 글래든은 귀를 기울였다.

"달린, 젠장! 이 메시지를 듣는 즉시 나한테 전화하는 게 좋을 거야. 너 때문에 내 꼴이 지금 얼마나 황당해졌는지 알아? 당장 나한테 연락해. 목이 떨어질 각오를 해야 할 걸, 젠장!"

글래든은 자신의 방법이 효과가 있는 모양이라고 생각했다. 그는 자리에서 일어나 남자의 메시지를 지웠다. 아마 그녀의 직장상사인 모양이었다. 하지만 그는 달린의 전화를 받지 못할 것이다.

부엌 문간에 서니 냄새가 났다. 그는 거실 커피탁자 위에 있던 성냥을 집어 들고 침실로 들어갔다. 그러고는 잠시 시체를 살펴보았다. 얼굴은 연한 녹색이었지만, 지난번에 확인했을 때보다 더 검은 편이었다. 입과 코에서 피가 섞인 액체가 흘러나오고 있었다. 시체가 부패하면서 생긴 액체를 내보내서 스스로를 정화하는 중이었다. 그는 레이포드에서 진정서를 제출한 끝에 받아볼 수 있었던 책들 중 한 권에서 이런 정화과정에 대해 읽은 적이 있었다.《감식 병리학》이라는 책이었다. 카메라가 있으면 달린의 변화를 기록할 수 있을 텐데, 안타까웠다.

그는 재스민 향 막대 네 개에 또 불을 붙여 침대 네 귀퉁이에 놓아둔 재떨이 위에 놓았다.

그리고 침실을 나가 문을 닫은 뒤 젖은 수건을 문턱에 펴놓았다. 이렇게 하면 그가 생활하는 공간까지 냄새가 퍼지는 걸 막을 수 있을 것 같았다. 아직도 이틀을 더 여기서 버텨야 했다.

33

배신

나는 피닉스에서 기사를 써 보내겠다고 그레그 글렌을 설득하는 데 성공했다. 오전 내내 내 방에서 덴버의 웩슬러부터 볼티모어의 블레드소에 이르기까지 내 기사의 주요 등장인물들에게 전화를 걸어 코멘트를 땄다. 그리고 내리 5시간 동안 기사를 썼다. 종일 나를 방해한 것이라곤 글렌의 전화뿐이었다. 그는 내가 어쩌고 있는지 궁금해 몇 번이나 전화를 걸었다. 덴버 시간으로 기사 마감시간인 5시가 되기 1시간 전, 나는 두 건의 기사를 사회부 데스크로 전송했다.

기사를 보낼 무렵 나는 이미 도를 넘는 두통에 시달리고 있었다. 머릿속에서 종이 땡땡 울리는 것 같았다. 내가 마신 룸서비스 커피만도 한 주전자 반이나 됐고, 말보로 담배도 한 갑을 몽땅 피웠다. 앉은 자리에서 이렇게 담배를 많이 피운 것은 몇 년 만에 처음이었다. 그레그 글렌의 전화를 기다리며 방 안을 서성거리던 나는 다시 프런트에 전화해, 중요한 전화를 기다리느라 방에서 나갈 수 없으니 호텔 로비의 상점에서 아스피린 한 통만 사다달라고 부탁했다.

약이 도착하자 미니바에 있던 생수와 함께 세 알을 삼켰다. 그러자 거의 즉시 기분이 나아지기 시작했다. 나는 어머니와 라일리에게 전화를 걸어 내일 신문에 내 기사가 실릴 거라고 미리 알려주었다. 다른 언론사 기자들이 내 기사를 보고 두 사람한테 연락을 시도할 수도 있으니 마음의 준비를 하라는 말도 해주었다. 두 사람 모두 기자들과 이야기하고 싶지 않다고 하기에 나는 괜찮다고 했다. 나 역시 기자이면서 이런 말을 하는 것이 얄궂다는 생각이 들었다.

마지막으로, 레이철에게 피닉스에 계속 머무르기로 했음을 깜박 잊고 알려주지 않았다는 사실을 깨달았다. 나는 FBI 피닉스 지부에 전화를 걸었지만, 전화 받은 요원은 그녀가 떠났다고 말했다.

"떠났다니 무슨 말이에요? 아직 피닉스에 있는 거 아니에요?"

"그건 제가 말씀드릴 수 없습니다."

"그럼 배커스 요원을 좀 바꿔주세요."

"그분도 떠나셨습니다. 실례지만 누구십니까?"

나는 전화를 끊고 호텔 프런트로 전화해 레이철의 방을 대달라고 했다. 프런트에서는 그녀가 체크아웃했다고 말했다. 배커스도 마찬가지였다. 소슨도, 카터도, 톰슨도.

"개자식." 나는 전화를 끊고 나서 혼자 중얼거렸다.

중요한 단서가 발견된 것이다. 틀림없었다. 요원들이 전부 체크아웃했다면, 수사에 커다란 진전이 있다는 얘기였다. 그들이 나를 버리고 떠났다는 데 생각이 미쳤다. 이제 더는 수사에 참여할 수 없게 된 모양이었다. 나는 자리에서 일어나 방 안을 서성거리며 그들이 언제 떠났을지,

과연 무슨 일 때문에 그토록 신속히 떠났을지 생각해 보았다. 그러다가 레이철이 준 명함이 생각났다. 나는 주머니를 뒤져 그 명함을 찾아내고는 수화기를 들고 호출기 번호를 눌렀다.

10분이라면 위성이 내 신호를 받아 그녀에게 전달하기에 충분한 시간인 것 같았다. 그녀가 지금 있는 곳이 어디든 말이다. 하지만 10분이 지나도 전화벨은 울리지 않았다. 또 10분이 지나고, 30분이 지났다. 그레그 글렌조차 전화가 없었다. 나는 혹시 내가 전화기를 고장 낸 것이 아닌가 싶어서 수화기를 들고 확인해 보기까지 했다.

마음이 가라앉지 않았다. 방 안을 서성거리며 전화를 기다리다 지친 나는 노트북컴퓨터를 켜고 〈로키 마운틴 뉴스〉에 다시 접속했다. 그러고는 내게 온 메시지들을 불러냈지만 중요한 건 하나도 없었다. 개인 서류함으로 가서 파일들을 훑어보다가 '최면 기사'라고 되어 있는 것을 열었다. 그 파일에는 호러스 곰블에 관한 기사가 여러 개 들어 있었다. 시간 순서대로. 나는 가장 오래된 기사부터 읽기 시작했다. 그렇게 기사들을 읽어나가다 보니 그 최면술사에 관한 기억이 되살아났다.

그는 참으로 화려한 이력을 지닌 사람이었다. 1960년대 초 의사 겸 CIA 연구원으로 활동하던 곰블은 나중에 비벌리힐스에 최면치료를 전문으로 하는 개인 정신병원을 열었다. 그는 최면술을 최면예술이라고 불렀으며, 이 최면예술에 대한 자신의 전문지식과 기술을 이용해 '최면술사 호러스'란 이름으로 나이트클럽에서 공연했다. 처음에는 그냥 로스앤젤레스 클럽에서 손님들에게 개방된 밤무대에 오른 것이 고작이었다. 하지만 이 공연이 엄청난 인기를 끌자 그는 라스베이거스까지 진출해 일주일 동안 공연했다. 그러더니 곧 정신과 의사 일을 그만두었다. 그는 공연을 직업으로 삼아 라스베이거스 최고의 무대를 섭렵했다.

1970년대 중반에는 카이사르 호텔의 공연 전단지에 비록 글자는 작을지언정 그의 이름이 시내트라의 이름과 나란히 실릴 정도가 됐다. 자니 카슨 쇼에도 네 번이나 출연했는데, 마지막으로 출연했을 때는 자니 카슨에게 최면을 걸어 그날 밤 출연한 다른 게스트들에 관한 그의 솔직한 생각을 끌어내기도 했다. 이때 카슨이 워낙 신랄한 발언을 쏟아내는 바람에 방청객들은 그가 개그를 한다고 생각했지만 아니었다. 카슨은 녹화 테이프를 본 뒤 그날 녹화분의 방영을 취소시키고 최면술사 호러스를 요주의 인물로 마음속에 새겨두었다. 이 방영 취소사건이 연예 전문 신문들에 보도되면서 곰블은 공연자로서 치명적인 타격을 입었다. 그 뒤 체포될 때까지 그는 다시 지상파 방송에 출연하지 못했다.

텔레비전 출연이 막히자 곰블의 인기도 식었다. 라스베이거스에서도 마찬가지였다. 그의 공연무대는 라스베이거스 중심가에서 점점 변두리로 밀려났다. 오래지 않아 그는 이리저리 떠돌아다니며 코미디클럽과 카바레 등에서 공연하다가 나중에는 스트립클럽과 시골 장터를 떠도는 유랑극단 무대에나 오르는 신세가 되었다. 몰락도 이런 몰락이 없었다. 그가 올랜도에서 열린 오렌지카운티 장터에서 체포된 것은 몰락의 끝을 알리는 느낌표와 같았다.

재판 기사에 따르면, 곰블은 장터에서 낮 공연을 할 때 손님들 중에서 그의 조수 역할을 하겠다고 자발적으로 나선 어린 소녀들을 폭행한 혐의로 기소되었다. 검찰은 그가 관객들 중 10~12세 사이의 소녀를 한 명 골라 공연 준비를 시키겠다며 무대 뒤로 데리고 갔고 분장실에 단둘만 있을 때 코데인과 펜토탈 나트륨(그가 체포될 때 이 두 가지 약물도 압수되었다)을 탄 콜라를 아이에게 주고는 공연 전에 최면이 잘 듣는지 시험해야겠다며 최면을 걸었다고 했다. 미리 먹인 약물이 최면 강화제 역할을 해 아이는 금방 최면에 걸렸고, 곰블은 그런 아이를 폭행했다. 검찰은 곰블이 주로 아이에게 구강성교를 시키고 자위행위를 했다고 말했지만, 이는 물리적 증거를 통해 증명하기 힘든 것이다. 폭행이 끝난 뒤 곰블은 최면술을 이용해 아이가 이 일을 기억하지 못하게 암시를 주었다.

곰블에게 피해를 입은 아이가 몇 명이나 되는지는 밝혀지지 않았다. 그의 범행이 발각된 것은, 문제 행동을 보이는 열세 살 소녀를 치료하던 심리학자가 최면치료 중 곰블에게 폭행당한 기억을 이끌어낸 덕분이었다. 이를 계기로 경찰수사가 시작되었고, 곰블은 소녀 네 명을 폭행한 혐의로 기소되었다.

재판에서 변호인은 피해자들과 경찰이 주장하는 사건이 실제로는 전혀 일어나지 않았다고 주장했다. 곰블은 무려 여섯 명이나 되는 최고급 최면술 전문가를 내세웠다. 그들은 아무리 최면을 걸더라도 사람에게 스스로를 위험하게 하는 언행이나 도덕적으로 혐오스러운 언행을 하게 설득하거나 강요하는 것은 절대 불가능하다고 증언했다. 곰블의 변호인은 또한 성폭행의 물리적 증거가 전혀 없다는 점을 배심원들에게 일깨워주는 것도 잊지 않았다.

이 재판에서 검찰이 승리한 것은 순전히 단 한 명의 증인 덕분이었다. 그는 곰블이 CIA에서 활약할 때 상관이었던 인물인데, 1960년대 초 곰블이 연구한 주제 중 최면술과 약물을 함께 이용해 도덕과 안전을 고려하는 뇌의 저항을 깨뜨리는 방법이 포함되어 있었다고 증언했다. 그는 또한 곰블이 이 정신 조종술 실험에 코데인과 펜토탈 나트륨을 사용해 긍정적인 결과를 얻었다고 말했다.

배심원들은 이틀 동안 상의한 끝에 네 건의 아동 성학대 혐의에 대해 모두 유죄 평결을 내렸다. 곰블은 레이포드의 유니언 교도소에서 85년의 징역형을 선고받았다. 그는 변호인의 무능을 이유로 항소했지만, 플로리다 대법원에서까지 항소가 기각되고 말았다.

컴퓨터 파일 속의 기사를 거의 다 읽어갈 무렵, 나는 마지막 기사가 겨우 며칠 전에 작성된 것임을 알아차렸다. 곰블이 재판을 받은 것은 7년 전 일인데 이상했다. 게다가 지금까지 내가 읽은 기사들이 모두 〈올랜도 센티널〉의 것인 반면, 이 마지막 기사는 〈로스앤젤레스 타임스〉의 것이었다.

나는 호기심 때문에 이 기사를 읽기 시작하면서 로리 프라인이 실수한 모양이라고 생각했다. 그런 일은 원래 자주 있는 편이니까. 로리가 내 요청과 상관없는 기사를 한꺼번에 보낸 모양이었다. 십중팔구 〈로키 마운틴 뉴스〉의 다른 기자가 요청한 기사일 터였다.

이 기사는 할리우드의 한 모텔에서 발생한 청소부 살인사건 용의자에 관한 것이었다. 기사를 읽다 말고 치워버리려는데 순간적으로 호러스 곰블의 이름이 눈에 들어왔다. 기사에 따르면, 청소부 살인사건의 용의자가 레이포드에서 곰블과 함께 복역했으며, 심지어 모종의 법적 문제와 관련해 곰블을 도와준 적도 있다고 했다. 이 부분을 두 번째로 읽는 동안 내 머리가 정신없이 돌아가기 시작하더니 이내 내 생각을 누군가에게 말하지 않고는 견딜 수 없게 되었다.

노트북컴퓨터의 전화 모뎀 연결을 끊은 뒤 레이철을 다시 호출했다. 이번에는 호출기 번호를 누르는 내 손가락이 부들부들 떨렸다. 호출한 뒤에도 도저히 가만히 있을 수가 없었다. 나는 또다시 방 안을 서성거리며 전화기를 노려보았다. 마침내 내 눈길이 힘을 발휘하기라도 한 것처럼 전화벨이 울렸다. 첫 번째 벨소리가 끝나기도 전에 수화기를 움켜쥐었다.

"레이철, 내가 뭔가를 찾아낸 것 같아."

"찾아낸 것이 병균이나 아니면 좋겠군, 잭."

그레그 글렌이었다.

"다른 사람인 줄 알았어요. 저, 지금 전화 기다리는 중이거든요. 아주 중요한 전화라 꼭 받아야 해요."

"웃기는 소리 마, 잭. 마감시간이 이미 지났어. 준비됐나?"

나는 손목시계를 보았다. 첫 번째 마감시간에서 10분이 지나 있었다.

"네, 준비됐어요. 빠를수록 좋죠."

"좋았어. 우선, 잘했어 잭. 이건… 뭐, 특종을 놓친 걸 완전히 보상할 정도는 아니지만, 그래도 잘 읽혀. 정보도 훨씬 더 많고."

"알았어요. 이제 고칠 부분이나 말해보세요." 내가 재빨리 말했다.

칭찬부터 하고 나서 비판을 가하는 그레그의 작전 따위 나와는 상관없었다. 나는 그저 레이철에게서 전화가 걸려오기 전에 일을 끝내고 싶은 마음뿐이었다. 방에 연결된 전화선이 하나뿐이라 노트북컴퓨터로 〈로키 마운틴 뉴스〉에 접속해서 글렌이 고친 기사를 직접 내 눈으로 볼 수는 없었다. 나는 컴퓨터에 저장되어 있던 나의 본래 원고를 불러냈고, 글렌은 자기가 고친 부분을 읽어주었다.

"기사 첫머리를 좀 더 박진감 있고 강렬하게 바꿨으면 좋겠어. 처음부터 팩스 내용을 강하게 밀어붙이는 거지. 그래서 내가 손을 좀 봤어. 이런 식으로. 'FBI 요원들은 월요일 현재 어린이, 여성, 살인전담 형사들을 무차별적으로 노리는 연쇄살인범이 보낸 암호 같은 편지를 분석 중이다. 이 편지는 FBI가 시인이라고 이름 붙인 이 범인에 관한 수사에서 가장 최근에 등장한 중요한 단서다.' 어때?"

"좋아요."

나는 편지를 '살피는 중'이라고 썼는데, 글렌은 그것을 '분석 중'으로 바꿔놓았다. 굳이 항의할 필요가 없었다. 그 뒤 10분 동안 이런 식으로 내가 보낸 두 건의 기사 중 중심 기사의 세세한 부분을 다듬었다. 글렌이 고친 부분은 그리 많지 않았다. 사실 마감시간에 쫓기는 상황이라 고치고 싶어도 고칠 시간이 없었다. 내가 보기에 잘 고친 부분도 있었고, 순전히 뭔가를 고쳐야 한다는 생각으로 손댄 부분도 있는 것 같았다. 지금까지 내 경험으로 미루어 보건대, 모든 신문사의 편집자들이 이런 버릇을 갖고 있는 것 같다. 두 번째 기사는 내가 형의 자살사건을 조사하다 시인의 꼬리를 잡게 된 과정을 1인칭으로 서술한 짤막한 글이었다. 〈로키 마운틴 뉴스〉가 은근슬쩍 자화자찬한 글이라는 얘기였다. 글렌은 이 기사에는 손대지 않았다. 작업이 끝나자 그는 나더러 잠깐 기다리라고 하고는 내 기사를 편집부로 넘겼다.

"혹시 저쪽에서 기사를 더 고치려 할지 모르니까 아직은 전화를 끊지 않는 게 좋겠어." 글렌이 말했다.

"누가 내 기사를 담당해요?"

"브라운이 중심 기사를 맡았고, 베이어가 나머지 기사를 맡았어. 저쪽에서 기사가 넘어오면 내가 직접 다시 읽어볼 거야."

실력 있는 사람들이 내 기사를 맡고 있었다. 브라운과 베이어는 편집부 최고의 실력자로 꼽혔다.

"그래, 내일은 뭘 할 거야?" 기다리는 동안 글렌이 물었다. "아직 때가 좀 이르긴 하지만, 주말판에 대해서도 이야기를 좀 해야 해."

"그건 아직 생각해 보지 않았는데요."

"후속기사를 써야지, 잭. 뭐든. 이렇게 큰 기사를 1면에 터뜨려 놓고서 다음 날 김빠지게 굴 수는 없어. 반드시 후속기사가 있어야 한다고.

이번 주말에는 사건의 전체 분위기를 설정하는 기사가 좋을 거야. 그 왜, 연쇄살인범을 쫓는 FBI 수사팀의 내부 이야기 있잖아. 지금 자네가 함께 있는 사람들의 성격을 좀 다뤄도 좋고. 그림도 좀 필요해."

"알아요, 알아요. 그냥 아직 생각해 보지 않았다는 얘기예요."

나는 조금 전에 새로 알아낸 사실과 내 머릿속에 싹트고 있는 새로운 가설에 대해 글렌에게 말하고 싶지 않았다. 그런 정보를 편집자의 손에 넘겨주는 것은 위험한 일이었다. 자기도 모르는 사이에 그 정보가 마치 돌에 새긴 것처럼 확고하게 뉴스 아이템에 포함되어 나는 시인과 최면술사 호러스를 연결시키는 기사를 써야 할 터였다. 나는 글렌보다 레이철에게 그 얘기를 먼저 해야겠다는 결론을 내렸다.

"FBI는 어때? 자네를 다시 수사에 끼워줄 것 같아?"

"좋은 질문이에요." 내가 말했다. "안 그럴 것 같아요. 오늘 그쪽 사무실에서 나올 때 왠지 작별 인사를 하는 것 같은 느낌을 받았거든요. 지금 그 사람들이 어디 있는지도 몰라요. 아마 다른 도시로 간 것 같아요. 뭔가 새로운 진전이 있었겠죠."

"젠장, 잭. 난 자네가…."

"걱정 마세요, 그레그. 그 사람들이 어디로 갔는지 내가 찾아낼 테니까. 난 아직 그 사람들과 협상할 수 있는 카드를 몇 개 갖고 있어요. 오늘 기사에 지면이 모자라서 쓰지 못한 얘기도 몇 가지 있고요. 어쨌든, 내일 또 기사를 보낼게요. 정확히 어떤 내용이 될지는 아직 모르지만. 그걸 쓴 다음에 분위기 설정하는 기사를 쓸게요. 하지만 그림은 기대하지 마세요. 이 사람들은 사진 찍히는 거 싫어해요."

몇 분 뒤 글렌은 편집부로부터 기사를 그대로 넘기겠다는 연락을 받았다. 글렌은 직접 제작부로 가서 작업과정을 감독하겠다고 말했다. 이제 오늘 밤에 내가 할 일은 없었다. 글렌은 나더러 회사 돈으로 근사한 저녁을 먹고 아침에 다시 연락하라고 말했다. 나는 그러겠다고 했다.

레이철을 또다시 호출할까 말까 생각하고 있는데 전화벨이 울렸다.

"안녕하신가, 친구."

냉소가 뚝뚝 떨어지는 그 목소리의 주인이 누군지 나는 금방 알아차렸다.

"소슨."

"맞았어."

"무슨 일이야?"

"월링 요원이 바빠서 당신한테 금방 전화해 줄 수 없다는 얘기를 해주려고. 그러니까 제발 부탁이니 호출 좀 그만 해. 짜증스럽거든."

"레이철은 지금 어디 있어?"

"그건 당신이 알 바 아니지, 안 그래? 당신은 지금 말하자면 판돈을 다 날려버린 입장이니까. 원하는 대로 기사를 썼잖아. 그러니까 이제부터는 혼자 알아서 해."

"로스앤젤레스에 있군."

"필요한 말을 전달했으니 이만 끊어야겠어."

"잠깐! 이봐, 소슨, 내가 뭘 좀 찾아낸 것 같아. 그러니까 배커스를 바꿔줘."

"그건 안 되지. 이제 이번 수사와 관련해 당신은 우리 팀 누구하고도 이야기할 수 없어. 아웃이라고, 매커보이. 명심해. 이번 수사에 관한 언론의 문의는 모두 워싱턴 본부의 홍보부에서 담당할 거야."

가슴속에서 분노가 치밀어 올랐다. 턱에 저절로 힘이 들어갔지만 그에게 한마디를 쏘아붙일 수 있었다.

"마이클 워런의 문의도 거기에 포함되나, 소슨? 혹시 당신하고 직접 연락을 주고받는 것 아냐?"

"잘못 생각했어, 멍청이. 내가 정보를 누설한 게 아냐. 당신 같은 인간들을 보기만 해도 속이 뒤틀리거든. 내가 보기엔 당신들보다 내가 감옥에 집어넣은 더러운 새끼 중에 오히려 더 나은 인간이 있어."

"나쁜 자식."

"이것 봐. 당신들은 남을 존중하는 마음이라고는…."

"시끄러워, 소슨. 레이철이나 배커스를 바꿔줘. 내가 알아낸 걸 그 사람들도 알아야 한단 말이야."

"그럼 나한테 말하면 되잖아. 두 사람은 지금 바빠."

소슨에게 뭔가를 알려줘야 한다는 사실에 속이 쓰렸지만, 나는 대의를 위해 분노를 억눌렀다.

"이름을 알아냈어. 범인일 수도 있어. 윌리엄 글래든이야. 플로리다 출신의 아동 성추행범인데 지금은 로스앤젤레스에 있어. 적어도 얼마 전까지는 그랬어. 그놈은…."

"나도 그놈이 어떤 놈인지 알아."

"안다고?"

"옛날에 만난 적이 있거든."

기억이 났다. 감옥에서 죄수들을 인터뷰했다는 이야기.

"그 강간 프로젝트 말이야? 레이철한테서 들었어. 그놈도 인터뷰 대상이었어?"

"그래. 그러니까 잊어버려. 그놈은 아냐. 당신이 사건을 해결한 영웅이라도 될 줄 알았나 보지?"

"그놈이 아니라는 걸 당신이 어떻게 알아? 조건이 들어맞는다고. 감옥에서 호러스 곰블한테서 최면술을 배웠을 가능성도 있어. 당신이 글래든에 대해 안다면, 곰블에 대해서도 알 거야. 전부 다 맞아떨어져. 로스앤젤레스 경찰이 지금 글래든을 찾고 있어. 그놈이 모텔 청소부를 죽였거든. 그래도 모르겠어? 그 청소부를 죽인 게 미끼였을 수도 있어. 그 사건을 맡은 형사, 에드 토머스라는 형사가 그놈이 팩스에서 말한 목표물일 수도 있다고. 그러니까…."

"틀렸어." 소슨이 고함을 지르며 내 말을 잘랐다. "벌써 그놈을 확인해 봤어. 당신만 그놈을 생각해 낸 게 아니란 말야, 매커보이. 자기가 특별한 사람인 줄 아는 모양이지? 이미 글래든을 확인해 보고 아니라는 결론을 내렸어. 알았어? 우리가 바보인 줄 알아? 그러니까 다 그만두고 덴버로 돌아가기나 해. 우리가 진짜 범인을 잡으면 당신도 알게 될 테니까."

"글래든을 확인해 봤다는 게 무슨 뜻이야?"

"내가 그런 얘기를 해줄 것 같아? 우린 바쁜 사람들이야. 당신은 이제 수사팀의 일원이 아니고. 지금도 앞으로도 당신은 아웃이야. 그러니까 호출 좀 그만해. 아까도 말했지만, 정말 짜증스러워."

내가 뭐라고 하기도 전에 그는 전화를 끊었다. 나는 수화기를 쾅 하고 내려놓았다. 수화기가 다시 튀어 올라 바닥에 떨어질 정도였다. 당장 레이철을 다시 호출하고 싶었지만 그러지 않는 편이 나을 것 같았다. 그녀가 지금 도대체 무엇을 하고 있기에 나한테 직접 전화하지 못하고 소슨에게 부탁한 걸까? 가슴이 무너지는 듯한 느낌이 들기 시작하면서 수많은 생각이 머리를 스치고 지나갔다. 내가 수사팀과 함께 행동하는 동안 그녀가 단순히 보모 역할을 한 걸까? 내가 그 사람들을 지켜보는 동안 그녀도 나를 지켜본 걸까? 그녀의 모든 행동이 연기였을까?

나는 이런 생각을 떨쳐버렸다. 그녀와 직접 이야기하기 전에는 답이 나오지 않는 문제였다. 소슨의 말을 바탕으로 그녀를 판단하지 않게 조심해야 했다. 나는 소슨에게서 들은 정보를 분석하기 시작했다. 그는 레이철이 내게 전화할 수 없다고 했다. 그녀가 바쁘다면서. 이게 무슨 뜻일까? 수사팀이 용의자를 잡아들여 수석 수사관인 그녀가 심문하고 있는 걸까? 용의자를 감시 중인 걸까? 그렇다면 그녀가 차를 타고 이동 중이라 전화하기가 여의치 않을 수도 있었다.

아니면 소슨에게 대신 전화해 달라고 부탁함으로써 내게 모종의 메시지를 전달하려고 한 걸까? 자기가 차마 내게 직접 말할 수 없는 이야기를 전달하려고?

지금 이 상황에 숨은 의미를 읽어낼 수 없었다. 나는 깊숙한 의미를 캐내는 것을 포기하고 그냥 표면적인 상황만 생각해 보았다. 내가 윌리엄 글래든의 이름을 꺼냈을 때 소슨의 반응. 그는 그 이름을 듣고도 전혀 놀라지 않았으며, 단번에 그가 범인이 아니라고 말했다.

하지만 그와의 대화를 머릿속으로 되새겨보니, 글래든에 대한 내 생각이 맞았든 틀렸든 소슨의 반응은 똑같았을 것이라는 생각이 들었다. 내가 맞았다면, 그는 나를 수사에서 따돌려야겠다는 생각에 그런 반응을 보였을 것이다. 내가 틀렸다면, 그는 주저 없이 대놓고 내게 그렇게 말할 인간이었다.

그다음으로 생각한 것은, 글래든에 대한 내 생각이 옳고, 그가 범인이 아니라는 결론을 내린 FBI의 판단이 잘못일 수도 있다는 점이었다. 그렇다면 로스앤젤레스의 그 형사가 지금 자기도 모르는 사이에 위험에 처해 있을 가능성이 있었다.

로스앤젤레스 경찰국에 전화를 두 통 걸어 할리우드 경찰서에 근무하는 토머스 형사의 전화번호를 알아냈다. 하지만 그 번호로 전화했더니 아무 응답이 없다가 경찰서 대표전화로 자동으로 넘어갔다. 전화를 받은 경찰관은 토머스가 자리에 없다고 했다. 토머스가 자리를 비운 이유나 사무실로 돌아오는 시간은 말해주지 않았다. 나는 메시지를 남기지 않았다.

전화를 끊은 뒤 몇 분 동안 방 안을 서성거리며 앞으로 어떻게 해야 할지 고민했다. 여러모로 생각해 봐도 결론은 하나였다. 내가 글래든에게 품고 있는 의문의 답을 찾아내려면 방법은 하나뿐이었다. 로스앤젤레스로 직접 가는 것. 토머스 형사를 직접 찾아가는 것. 밑져야 본전이었다. 기사는 이미 보냈고, 수사팀에서는 제외되었다. 나는 피닉스에서 버뱅크로 가는 사우스웨스트 항공의 다음 비행기를 전화로 예약했다. 항공사 직원 말로는, 버뱅크가 로스앤젤레스 국제공항만큼 할리우드와 가깝다고 했다.

프런트를 지키고 있는 직원은 토요일에 우리가 이곳에 투숙했을 때 수속을 맡은 바로 그 사람이었다.

"손님도 서둘러 떠나시는군요."

나는 고개를 끄덕이다가 그가 FBI 요원들 얘기를 한다는 걸 깨달았다.

"그래요." 내가 말했다. "그 사람들이 먼저 떠나기는 했지만."

그가 미소를 지었다.

"일전에 텔레비전에서 손님을 봤어요."

처음에는 무슨 말인가 싶었지만, 곧 알아차렸다. 우리가 장례식장에서 나오는 장면을 찍은 뉴스. 나는 그때 FBI 셔츠를 입고 있었다. 그때야 나는 이 직원이 나를 FBI 요원으로 생각하고 있음을 깨달았다. 하지만 굳이 그의 생각을 바로잡아주지는 않았다.

"우리 대장은 별로 좋아하지 않던데요." 내가 말했다.

"뭐, 여러분이 어떤 도시에 그런 식으로 갑자기 나타나면 대개 그런 반응을 보일걸요. 어쨌든, 범인을 잡았으면 좋겠어요."

"그래요, 우리도 그러고 싶어요."

그는 내 숙박비를 정산하며 혹시 따로 물어야 할 비용이 있느냐고 물었다. 나는 룸서비스를 요청한 것과 미니바에서 마신 음료수에 관해 이야기해 주었다.

"저기." 내가 말했다. "베갯잇 값도 계산에 포함시켜야 할 거예요. 여기서 옷을 새로 샀는데 여행가방이 없어서…."

나는 몇 안 되는 소지품을 싸서 가방처럼 들고 나온 베갯잇을 들어 보였다. 직원은 내 곤란한 처지를 보고 킥킥 웃었다. 그는 나한테 얼마를 청구해야 할지 혼란스러워하다가 그냥 호텔 측이 부담하는 걸로 하겠다고 했다.

"원래 신속하게 움직여야 하는 직업이잖아요." 그가 말했다. "다른 분들은 심지어 체크아웃할 시간도 없었어요. 텍사스의 토네이도처럼 그냥 휭하니 떠나셨다니까요."

"저런." 나는 빙긋 웃으며 말했다. "설마 돈도 안 내고 그냥 간 건 아니죠."

"그럼요. 배커스 요원이 공항에서 전화해 신용카드로 계산하고 나중에 영수증을 보내달라고 하셨어요. 그거야 간단한 일이죠. 손님 여러분을 기쁘게 해드리는 게 저희 일이니까요."

나는 그를 바라보며 고민하다가 결정을 내렸다.

"오늘 밤에 그 사람들을 따라잡을 거예요." 내가 말했다. "내가 영수증을 가져갈까요?"

그는 서류를 처리하다가 시선을 들어 나를 바라보았다. 망설이는 기색이었다. 나는 걱정하지 말라는 듯 한 손을 들어 보였다.

"괜찮아요. 그냥 그러면 어떨까 생각한 거니까. 오늘 밤에 그 사람들을 만날 테니 내가 영수증을 받아 가면 일이 빨리 처리될 것 같아서요. 우표 값이 절약되잖아요."

내가 지금 무슨 말을 지껄이는 건지 나도 알 수 없었다. 괜한 짓을 했다 싶어 뒷걸음질 치고 싶었다.

"그거야 뭐." 직원이 말했다. "그래도 괜찮을 것 같네요. 제가 그분들 서류를 다 준비해서 봉투에 넣어두었어요. 요원님이 설마 집배원만 못하겠어요."

그가 미소를 지었다. 나도 마주 웃어주었다.

"비용 처리해 주는 쪽은 다 같죠?"

"엉클 샘이죠." 그가 밝은 목소리로 말했다. "금방 가져올게요."

그가 뒤쪽 사무실 안으로 사라졌다. 나는 프런트와 로비를 둘러보았다. 소슨과 배커스와 월링이 기둥 뒤에서 갑자기 나타나 이렇게 소리 지를 것만 같았다. "이것 봐. 당신 같은 인간들은 믿으면 안 된다니까!"

하지만 아무도 나타나지 않았다. 프런트 직원이 곧 마닐라 봉투를 들고 나타나 내 계산서와 함께 건네주었다.

"고마워요." 내가 말했다. "그 사람들도 고마워할 거예요."

"대단한 일도 아닌데요." 프런트 직원이 말했다. "저희 호텔을 선택해 주셔서 감사합니다, 매커보이 요원님."

나는 고개를 끄덕이고는 마치 도둑처럼 봉투를 컴퓨터 가방에 밀어 넣었다. 그러고는 문으로 향했다.

34

추적

비행기가 고도 3만 피트를 향해 올라가고 있을 때에야 비로소 나는 봉투를 열어볼 여유가 생겼다. 계산서가 여러 장 있었다. 각각의 요원이 묵은 방에 대한 숙박비 명세서였다. 내가 기대한 것이 바로 이것이었다. 나는 소슨의 이름이 적힌 계산서를 즉시 찾아내어 전화비 내역을 살펴보았다.

계산서에 따르면 워런이 살고 있는 메릴랜드의 지역번호인 301로 건 전화는 하나도 없었다. 하지만 지역번호 213으로 건 전화는 한 통 있었다. 그건 로스앤젤레스의 지역번호였다. 워런이 예전의 상사들에게 자기 기사의 가치를 설득하려고 로스앤젤레스로 직접 갔을 가능성이 있었다. 기사도 거기서 썼을지 모른다. 전화 건 시각은 일요일 오전 12시 41분. 소슨이 피닉스의 호텔에 투숙한 지 1시간쯤 뒤였다.

나는 비자카드를 이용해 내 앞좌석 등받이의 항공 전화를 꺼낸 다음,

신용카드를 긁고 호텔 청구서에 나온 번호를 눌렀다. 어떤 여자가 즉시 전화를 받아 말했다. "뉴오타니 호텔입니다. 무엇을 도와드릴까요?"

순간적으로 혼란에 빠진 나는 간신히 정신을 차리고 그녀에게 마이클 워런의 방을 대달라고 했다. 전화는 연결되었지만 전화 받는 사람이 없었다. 그가 방으로 돌아오기에는 너무 이른 시간이라는 생각이 들었다. 나는 수화기의 버튼을 눌러 전화번호 안내원을 호출한 뒤 〈로스앤젤레스 타임스〉의 전화번호를 물었다. 그러고는 그 번호로 전화해 편집국의 워런을 바꿔달라고 했다. 그가 전화를 받았다.

"워런." 내가 말했다.

그것은 일종의 선언이었다. 사실 선언. 평결. 워런은 물론 소슨도 유죄라는 평결.

"네, 누구십니까?"

그는 내 목소리를 알아듣지 못했다.

"엿이나 먹으라는 말을 하려고 전화했어요, 워런. 언젠가 내가 이번 일의 내막과 당신 소행을 전부 책으로 쓸 테니 그리 알아요."

내가 지금 무슨 말을 하고 있는 건지 나도 잘 몰랐다. 그저 그를 협박하고 싶을 뿐이었다. 실제로 그를 협박할 도구가 없으니 그냥 말로만.

"매커보이? 매커보이예요?" 그가 냉소를 터뜨렸다. "책이라니요? 내가 벌써 에이전트를 시켜서 출판사를 알아보고 있는데. 당신이 쓸 말이 뭐가 있어요? 응? 이봐요, 잭, 당신은 에이전트도 없잖아요."

그는 내 대답을 기다렸지만 내가 가진 것은 분노뿐이었다. 나는 침묵을 지켰다.

"그래, 그럴 줄 알았어요." 워런이 말했다. "이봐요, 잭, 당신은 좋은 사람이에요. 일이 이렇게 된 건 미안해요. 진심으로. 하지만 그때는 내가 아주 곤란할 때였어요. 그 일을 도저히 참을 수가 없었다고요. 이게 거기서 나올 수 있는 수단이었어요. 난 기회를 잡은 거예요."

"이 나쁜 새끼! 그건 내 기사였어."

내 목소리가 너무 컸다. 좌석이 세 개인 줄에 나 혼자 앉아 있었는데도 통로 건너편 좌석에서 어떤 남자가 성난 표정으로 나를 바라보았다. 그는 어떤 할머니와 함께 앉아 있었는데, 아마도 그의 어머니인 모양이었다. 그 할머니는 그렇게 험한 말은 들어본 적 없다는 표정을 짓고 있었다. 나는 창 쪽으로 고개를 돌렸다. 창밖에는 새까만 어둠뿐이었다. 비행기 엔진 소리가 시끄러워서 나는 워런의 대답을 잘 들으려고 한쪽 귀를 손으로 막았다. 그의 목소리는 나직하고 흔들림이 없었다.

"기사는 누구든 그걸 쓰는 사람 거예요, 잭. 그걸 명심해요. 누구든 기사 쓰는 사람 몫이라고요. 나한테 맞서고 싶다면, 이렇게 전화로 칭얼거리지 말고 망할 놈의 기사나 써요. 날 걷어차고 싶으면 마음대로 해요. 어디 한번 해보라고요. 난 여기서 1면에 내 이름을 올리고 있을 테니까."

구구절절 옳은 말이었다. 그의 말을 듣는 순간 나도 그것을 깨달았다. 이런 전화를 걸었다는 사실이 창피했다. 워런과 소슨 못지않게 나 자신에게도 화가 났다. 하지만 여기서 그냥 물러설 수는 없었다.

"앞으로 당신 소식통한테서 또 정보를 얻을 수 있을 거라고는 기대하지 말아요." 내가 말했다. "내가 소슨을 매장시켜 버릴 테니까. 그놈 약점을 쥐고 있거든. 그놈이 토요일 밤에 호텔에서 당신한테 전화했다는 걸 알고 있어요. 나한테 증거가 있다고요."

"그게 도대체 무슨 소리예요? 당신한테 취재원 얘기를 할 것 같아요? 누구한테도 안 해요."

"얘기할 필요도 없어요. 그놈은 내가 잡을 거니까. 아주 요절을 낼 거야. 앞으로 그놈과 연락하고 싶으면 솔트레이크시티의 금융팀으로 한 번 전화해 봐요. 그놈이 그쪽으로 쫓겨나 있을 테니."

레이철이 시베리아 같은 곳이라고 말했던 솔트레이크시티 금융팀을 들먹여도 화가 별로 가라앉지 않았다. 나는 여전히 입을 앙다문 채 그의 대답을 기다렸다.

"잘 자요, 잭." 마침내 그가 말했다. "전부 잊고 일상으로 돌아가라는 말밖에 해줄 말이 없네요."

"아직 끊지 말아요, 워런. 나한테 대답해 줄 게 하나 있어요."

내 목소리에서 애원하고 칭얼거리는 듯한 분위기가 나는 것이 싫어 미칠 지경이었다. 그가 아무 대답도 하지 않자 나는 계속 밀어붙였다.

"재단 자료실에 내 수첩에서 찢은 종이를 놔둔 거, 일부러 그런 거예요? 처음부터 계략을 짠 거예요?"

"질문이 두 개네요." 그가 말했다. 웃음기가 밴 목소리였다. "그만 끊을게요."

그가 전화를 끊었다.

10분 뒤, 비행기가 수평비행을 하기 시작하자 내 마음도 조금씩 가라앉았다. 진한 블러디메리 한 잔이 아주 도움이 되었다. 이제 내가 소슨을 향해 증거를 들이댈 수 있게 되었다는 사실도 마음을 달래주었다. 사실 나는 워런을 비난할 수 없었다. 그가 나를 이용한 건 사실이지만, 그건 원래 기자들이 하는 짓이었다. 그걸 나보다 잘 아는 사람은 없었다.

하지만 소슨은 얼마든지 비난할 수 있었다. 언제 어떻게 밥 배거크에게 호텔 계산서를 들이밀며 거기 찍혀 있는 전화번호의 의미를 알려줄 수 있을지는 잘 모르겠지만, 반드시 그렇게 할 생각이었다. 나는 소슨이 무너지는 꼴을 보고야 말겠다고 결심했다.

술을 다 마신 뒤 등받이 주머니에 쑤셔 넣어두었던 계산서를 다시 살펴보았다. 순전히 한가로운 호기심으로, 소슨의 계산서에서 그가 워런에게 전화를 걸기 전과 후 또 어떤 전화를 걸었는지 살펴보았다.

피닉스에 머무른 이틀간 그가 건 장거리 전화는 세 통뿐이었다. 그것도 모두 30분 동안에 건 것이었다. 일요일 오전 12시 41분에 워런에게 한 통, 그보다 4분 전에 지역번호 703으로 한 통, 오전 12시 56분에 지역번호 904로 또 한 통. 703 번호는 버지니아에 있는 FBI 본부 전화 같았지만, 달리 할 일이 없어 또 그 번호로 전화를 걸어 보았다. 번호를 누르자마자 즉시 누군가가 전화를 받았다.

"콴티코의 FBI입니다."

나는 전화를 끊었다. 짐작이 맞았다. 나머지 번호로도 전화해 보았다. 904가 어디의 지역번호인지 짐작도 가지 않았다. 벨이 세 번 울린 뒤 찢어지는 듯한 삐 소리가 났다. 오로지 컴퓨터만 알아들을 수 있는 언어였다. 나는 전자음이 끝날 때까지 기다렸다. 응답이 없자 컴퓨터가 내 전화를 끊었다.

궁금해진 나는 904 지역의 전화번호 안내원에게 전화를 걸어 그 지역에서 가장 큰 도시가 어디냐고 물었다. 잭슨빌이라고 했다. 나는 그 지역에 레이포드가 포함되어 있느냐고 물었다. 그렇다는 대답이 돌아왔다. 나는 안내원에게 고맙다고 인사하고 전화를 끊었다.

신문사 자료실에서 보내준 호러스 곰블 관련 자료 덕분에 나는 유니언 교도소가 레이포드에 있다는 것을 알고 있었다. 유니언 교도소는 호러스 곰블이 복역 중인 곳이자, 윌리엄 글래든이 복역하던 곳이었다. 소슨이 904 지역의 컴퓨터로 전화한 것이 유니언 교도소나 글래든이나 곰블 때문이었을지 모른다는 생각이 들었다.

나는 다시 904 지역 안내원에게 전화해 유니언 교도소의 대표번호를 물었다. 안내원이 알려준 번호의 국번은 431. 소슨이 호텔에서 건 전화번호의 국번과 똑같았다. 나는 의자에 등을 기대고 생각에 잠겼다. 왜 교도소로 전화했을까? 곰블이 어떻게 지내나 보려고 교도소 컴퓨터에 직접 접속한 걸까? 아니면 글래든의 기록을 보려고? 배커스가 교도소에 연락해 곰블이 어떻게 지내는지 확인하겠다고 한 것이 기억났다. 그렇다면 배커스가 토요일 밤 공항에서 소슨을 태워 호텔로 오면서 그 일을 맡겼을 가능성이 있었다.

다른 가능성도 있었다. 아까 소슨은 글래든을 이미 확인해 본 뒤 용의선상에서 제외시켰다고 했다. 어쩌면 그 확인과정의 일부로 교도소에 전화했을 수도 있었다. 하지만 정확히 무엇을 확인하려 했는지는 짐작이 가지 않았다. 분명한 것은, 요원들의 수사과정에 내가 모르는 부분이 틀림없이 존재했다는 사실뿐이었다. 나는 그들과 함께 움직였지만, 그들이 내게 숨긴 부분들이 분명히 존재했다.

다른 계산서들은 모두 예상대로였다. 카터와 톰슨의 숙박비 계산서는 깨끗했다. 전화 기록이 전혀 없었다. 배커스는, 계산서에 따르면, 토요일과 일요일 자정쯤에 콴티코의 같은 번호로 전화를 걸었다. 호기심이 발동한 나는 비행기 전화로 그 번호에 전화를 걸었다. 즉시 누군가가 전화를 받았다.

"콴티코, 교환실입니다."

나는 아무 말 없이 전화를 끊었다. 소슨과 마찬가지로 배커스 역시 자기 앞으로 온 메시지를 확인하고 답장하기 위해, 또는 기타 업무를 수행하기 위해 콴티코로 전화를 걸었음을 확인하고 나니 흡족했다.

마지막으로 레이철의 계산서가 남았다. 갑자기 이상하게 가슴이 떨리기 시작했다. 다른 계산서를 볼 때는 전혀 이런 기분이 들지 않았는데. 마치 아내가 불륜을 저지르지나 않는지 의심스러워 아내의 행적을 확인하는 남편이 된 것 같았다. 죄책감과 더불어 남의 사생활을 엿본다는 짜릿함도 느껴졌다.

레이철은 방에서 네 통의 전화를 걸었다. 모두 콴티코의 교환번호로 건 것인데, 그중 두 통은 배커스가 건 전화번호와 똑같았다. 나는 나머지 두 번호 중 한 곳으로 전화했다. 자동응답기에서 그녀의 목소리가 흘러나왔다.

"FBI의 레이철 월링 특수요원입니다. 지금은 전화를 받을 수 없으니 성함과 간략한 메시지를 남겨주시면, 제가 가능한 한 빨리 연락드리겠습니다. 감사합니다."

레이철이 호텔에서 사무실의 자기 전화에 메시지가 들어와 있는지 확인한 것이다. 나는 마지막으로 남은 번호를 눌렀다. 그녀가 일요일 저녁 6시 10분에 전화 건 번호였다. 어떤 여자가 전화를 받았다.

"프로파일링 담당 도런입니다."

나는 아무 말 없이 전화를 끊었다. 마음이 좋지 않았다. 나는 브래스를 좋아했지만, 그녀의 동료가 어떤 전화를 걸었는지 확인 중이라는 사실을 넌지시 알려줄 만큼 좋아하지는 않았다.

나는 호텔 계산서를 모두 접어서 다시 컴퓨터 가방에 넣고는 비행기 전화를 원래 자리로 돌려놓았다.

35

새로운 협상

로스앤젤레스 경찰국 할리우드 경찰서 앞에 도착한 것은 거의 8시 30분이 다 됐을 때였다. 윌콕스 거리에 벽돌 요새처럼 서 있는 경찰서 건물을 바라보며 나는 과연 여기서 어떤 말을 듣게 될지 짐작도 할 수 없었다. 토머스가 이렇게 늦은 시각에 자리를 지키고 있을지 의문이었지만, 그가 새로 발생한 사건(모텔 청소부 살인사건)의 수사를 이끌고 있으니 아직 일을 하고 있을 것 같았다. 물론 글래든을 찾으려고 거리를 쏘다니기보단 이 벽돌 건물 안에서 전화로 수사하고 있다면 내게는 좋은 일이었다.

정문을 들어서니 회색 리놀륨이 깔린 로비가 나왔다. 초록색 인조가죽 소파 두 개와 접수대가 있었고, 접수대 뒤에는 정복을 입은 경찰관 세 명이 앉아 있었다. 로비 왼쪽에는 복도로 통하는 입구가 있고, 그 위의 벽에는 복도 쪽을 가리키는 화살표 위에 '형사과'라는 표지판이 붙어 있었다.

나는 접수대에 앉은 경찰관 세 명 중 유일하게 통화 중이 아닌 경찰관을 흘깃 보며 고개를 끄덕했다. 마치 이곳에 볼일이 있어 온 사람처럼. 복도까지 대략 10미터쯤 떨어진 곳에 이르렀을 때 그가 날 제지했다.

"잠깐만요, 무슨 일로 오셨습니까?"

나는 그에게 돌아서서 벽에 걸린 표지판을 가리켰다.

"형사과에 가려고요."

"무슨 일로요?"

나는 접수대로 걸어갔다. 경찰서 내의 모든 사람이 우리 대화를 듣게 할 수는 없었으니까.

"토머스 형사를 만나러 왔어요."

나는 기자증을 꺼냈다.

"덴버라." 경찰관이 말했다. 마치 내가 내 출신지를 잊어버리기라도 한 것처럼. "토머스 형사가 자리에 있는지 한번 알아보죠. 약속하고 오셨습니까?"

"그렇지는 않은데요."

"덴버의 기자가 무슨 일로… 아, 에드 토머스 거기 계세요? 덴버에서 토머스 형사를 보러 온 사람이 있습니다."

그는 잠시 수화기에서 들려오는 소리에 귀를 기울이더니 무슨 말을 들었는지 이마에 주름을 잡으며 전화를 끊었다.

"좋습니다. 저쪽 복도로 내려가세요. 왼쪽 두 번째 문입니다."

나는 고맙다고 인사하고 복도로 향했다. 복도 양쪽 벽에는 유명 연예인들을 흑백으로 찍은 홍보용 사진 수십 장이 액자에 걸려, 경찰 소프트

볼팀과 업무수행 중 목숨을 잃은 경찰관들의 사진 사이사이에 끼어 있었다. 접수대의 경찰관이 가르쳐준 문에는 '살인전담반'이라고 적혀 있었다. 노크한 뒤 잠시 대답을 기다렸지만 아무 대답이 없었다. 나는 그냥 문을 열고 안으로 들어갔다.

레이철이 방 안에 있는 여섯 개의 책상 중 한 곳에 앉아 있었다. 다른 책상들은 비어 있었다.

"안녕, 잭."

나는 고개를 끄덕였다. 여기서 그녀를 만난 것이 생각했던 것보다 놀랍지 않았다.

"여긴 웬일이야?"

"뻔하지 뭐. 당신도 여기서 날 기다리고 있었던 거 아냐? 토머스는 어디 있어?"

"그 사람은 안전해."

"왜 거짓말했어?"

"무슨 거짓말?"

"소슨은 글래든이 용의자가 아니라고 하던데. 다 확인하고 용의선상에서 제외했다고 해서 내가 직접 나선 거야. 소슨이 잘못 생각했거나 거짓말하는 것 같아서. 왜 나한테 전화 안 했어, 레이철? 이 모든 게…."

"토머스 때문에 바빴어. 설사 내가 전화하더라도 어차피 거짓말할 수밖에 없는데, 그러기도 싫었고."

"그래서 그냥 소슨에게 시켰다? 잘했어. 아주 고마워. 이야기를 듣고 나니 훨씬 낫군."

"어린애처럼 굴지 마. 난 당신 감정 말고도 걱정할 것이 많아. 미안해. 어쨌든, 지금 내가 여기 있잖아. 안 그래? 내가 왜 여기 있는 것 같아?"

나는 어깨를 으쓱했다.

"고든이 당신한테 무슨 말을 하든, 당신이 이리로 올 거라는 걸 알고 있었기 때문이야." 그녀가 말했다. "난 당신을 잘 알아, 잭. 내가 한 거라곤 항공사에 전화 한 통 건 것밖에 없어. 그렇게 당신이 도착할 시간을 알아내고 그냥 여기서 기다렸지. 지금 글래든이 저 바깥 어디서 이 경찰서를 감시하지 않기만 바랄 뿐이야. 텔레비전 뉴스에 당신 얼굴도 우리랑 같이 나왔잖아. 글래든이 당신을 요원으로 생각할 가능성이 높아. 당신이 이리로 들어오는 걸 봤다면, 우리가 함정을 꾸몄다는 걸 눈치챌 거야."

"저 밖에서 내 얼굴을 알아볼 수 있을 만큼 그놈이 가까이 있다면, 벌써 당신들한테 잡혔을 텐데. 안 그래? 이 경찰서 밖에 24시간 감시를 붙여놓았잖아."

그녀는 희미한 미소를 지었다. 내 짐작이 맞은 것이다.

그녀는 책상에서 쌍방향 무전기를 들어 올려 지휘본부를 호출했다. 무전기에서 내가 아는 목소리가 들려왔다. 배커스였다. 그녀는 손님과 함께 돌아가겠다고 말했다. 그러고는 통신을 끊고 일어섰다.

"가자."

"어디로?"

"지휘본부로. 별로 안 멀어."

그녀의 말투는 무뚝뚝하고 간결했다. 나를 대하는 태도가 아주 차가웠다. 이 여자와 사랑을 나눈 지 아직 24시간도 지나지 않았다는 사실을 믿을 수가 없었다. 레이철은 아예 처음 보는 사람을 대하듯 나를 대하고 있었다. 경찰서 뒤편 복도를 지나 직원용 주차장까지 가는 동안 나는 침묵을 지켰다. 주차장에 그녀의 차가 세워져 있었다.

"정문 앞에 내 차가 있어." 내가 말했다.

"지금은 그냥 거기에 둬야 할 거야. 혼자 돌아다니면서 카우보이 행세를 하고 싶다면 또 몰라도."

"이봐, 레이철, 당신들이 나한테 거짓말만 안 했어도 일이 이렇게 되지는 않았을 거야. 내가 여기까지 오지 않았을 수도 있어."

"그렇겠지."

그녀는 차에 올라 시동을 걸고는 조수석 문의 잠금장치를 열어주었다. 이런 식으로 행동하는 사람을 보면 항상 화가 났지만 나는 아무 말 없이 차에 탔다. 그녀는 주차장을 벗어나 가속페달을 세게 밟으며 선셋대로로 향했다. 그러다 빨간 신호등 때문에 할 수 없이 차를 멈춘 뒤에야 비로소 입을 열었다.

"그 이름을 어떻게 알아냈어, 잭?" 그녀가 물었다.

"무슨 이름?" 나는 알면서도 이렇게 물었다.

"글래든 말이야. 윌리엄 글래든."

"나도 나름대로 조사했지. 그러는 당신들은 그 이름을 어떻게 알아냈는데?"

"그건 말할 수 없어."

"레이철… 이봐, 나야 나. 나라고. 우린, 그러니까…." 나는 차마 소리 내어 그 말을 할 수 없었다. 그랬다가는 거짓말처럼 들릴 것 같아서. "난 우리 사이에 뭔가가 있다고 생각했어, 레이철. 그런데 지금 당신 행동을 보니 나를 무슨 전염병 환자쯤으로 생각하는 것 같아. 난 말이지…. 당신 그저 정보원이 필요했던 거야? 그럼 내가 아는 걸 다 말해줄게. 그 이름을 알아낸 건 신문을 통해서야. 〈로스앤젤레스 타임스〉 토요일 자에 이 글래든이라는 작자의 이야기가 크게 실렸어. 알겠어? 그 기사에 따르면, 이 녀석이 레이포드에서 최면술사 호러스랑 아는 사이였대. 그래서 추리한 거야. 금방 알겠더라고."

"알았어, 잭."

"이제 당신 차례야."

침묵이 흘렀다.

"레이철?"

"이거 기사로 쓸 거 아니지?"

"그런 건 굳이 물어보지 않아도 알잖아."

그녀는 잠시 망설이다가 조금 긴장을 푸는 듯했다. 그러고는 입을 열었다.

"글래든을 알아낸 건 두 가지 별개의 단서가 우연히 동시에 맞아떨어졌기 때문이야. 그래서 글래든이 바로 범인이라는 심증을 굳히게 됐지. 첫째 단서는 자동차야. 그 스테레오 일련번호로 자동차를 알아냈고, 그 자동차가 허츠 렌터카 소속이라는 것까지 알아냈잖아. 기억나?"

"응."

"매터잭과 마이즈가 공항으로 가서 그 차를 추적했어. 그런데 시카고에서 온 스키 관광객들이 그 차를 벌써 또 빌려갔더라고. 그래서 세도나까지 가서 차를 가져왔어. 이미 세차해서 쓸만한 건 전혀 없었지. 스테레오랑 창문도 새로 끼워 넣었고. 그런데 허츠 사에서 한 게 아니라는 거야. 허츠 측에서는 도둑맞은 사실조차 몰랐대. 누군지는 몰라도 도난 사건이 발생했을 때 그 차를 몰던 사람이 창문과 스테레오를 직접 갈아 끼웠다는 얘기야. 대여기록을 보니 그 당시 이 차를 몰던 사람이 N. H. 브리드러브라고 돼 있었어. 이번 달에 닷새 동안 차를 빌렸는데, 그중 오설랙이 죽은 날도 있었어. 브리드러브라는 자가 차를 회사에 돌려준 건 그다음 날이고. 매터잭이 그 이름을 컴퓨터에 넣고 신원조회를 했더니, 7년 전 플로리다에서 윌리엄 글래든을 조사할 때 네이선 H. 브리드러브라는 가명이 등장했다는 정보가 나왔어. 탬파에서 어린이 전문 사진가로 신문에 광고를 낸 사람이 그 이름을 사용했다는 내용이었지. 그 남자는 아이들과 단둘이 있을 때 아이들을 성추행하고 추잡한 사진을 찍었어. 변장한 모습으로. 글래든 사건이 터진 바로 그 시기에 탬파 경찰은 이 브리드러브라는 사람을 찾고 있었어. 수사관들은 처음부터 글래든이 브리드러브라고 생각했지만, 변장 때문에 그 사실을 확인할 수는 없었지. 게다가 글래든이 다른 사건으로 감옥에 오래 갇혀 있을 거라고 생각해서 브리드러브의 신원확인에 열심히 나서지도 않았어. 어쨌든, 신원정보 컴퓨터망의 가명 데이터뱅크에서 글래든이라는 이름을 알아낸 것을 계기로 우리는 지난주 로스앤젤레스 경찰국이 NCIC(National Criminal Information Center, FBI 내의 범죄정보센터-옮긴이)에 수배공지를 띄웠다는 걸 알게 됐어. 그래서 여기까지 오게 된 거야."

"어째 좀…."

"너무 일이 잘 풀렸다고? 뭐 가끔은 스스로 운을 만들어내기도 하는 법이야."

"전에도 당신이 그런 말을 한 적 있는데."

"그거야 그게 진실이니까."

"그놈이 어딘가에 틀림없이 기록으로 남아 있을 가명을 굳이 왜 다시 썼겠어?"

"이런 인간들 중에는 하던 방식을 고수하는 걸 편안해하는 사람이 많아. 게다가 이놈은 건방지기 짝이 없는 개자식이야. 이놈이 보낸 팩스를 봐."

"하지만 지난주 샌타모니카 경찰에 체포됐을 때는 완전히 다른 가명을 썼어. 그런데 왜 이제 와서…."

"난 그냥 우리가 지금 알고 있는 걸 말해주는 거야, 잭. 이놈이 우리 생각만큼 똑똑하다면, 십중팔구 가짜 신분증을 여러 개 마련해 놓고 있겠지. 그런 걸 구하긴 어렵지 않으니까. 피닉스 지부에 허츠 렌터카에 대한 소환장을 발부받으라고 지시해 두었어. 브리드러브의 자동차 대여기록을 3년 전까지 거슬러 올라가서 전부 조사해야 하니까. 브리드러브는 무려 허츠의 골드 회원이거든. 이것만 봐도 이놈이 얼마나 똑똑한지 알 수 있어. 대부분의 공항에서 골드 회원은 비행기에서 내려 전용 주차장으로 가기만 하면 돼. 이미 열쇠를 꽂아 놓은 차가 대기하고 있거든. 렌터카 회사 직원과 이야기를 나눌 필요조차 없는 경우가 허다해. 그냥 준비된 차에 올라타고 출입구에 가서 면허증만 보여주면 무사통과야."

"그건 그렇다 치고, 다른 건? 글래든이라는 이름을 알아내는 데 두 가지 단서가 있었다고 했잖아."

"'최고의 친구'. 플로리다 지부의 테드 빈센트와 스티브 라파가 오늘 아침에 드디어 이 단체가 갖고 있던 벨트런의 기록을 확보했어. 벨트런은 그동안 사내아이 아홉 명에게 '최고의 친구' 노릇을 했더라고. 그중 두 번째 아이, 그러니까 대략 16년 전에 돌봤던 아이가 글래든이야."

"세상에."

"그래. 이제 모든 게 아귀가 맞아떨어지기 시작했어."

나는 잠시 침묵을 지키며 그녀가 말해준 모든 정보를 곰곰이 생각해 보았다. 수사 속도가 점점 급물살을 타고 있었다. 안전벨트를 매야 할 것 같다는 생각이 들 정도였다.

"여기 지부는 왜 그놈의 존재를 알아차리지 못한 거야? 신문에 다 났는데."

"좋은 질문이야. 팀장님이 그 문제로 지부장과 허심탄회하게 이야기를 나눌 거야. 고든의 경보가 어젯밤에 전달됐으니까 틀림없이 누군가가 그걸 보고 두 사건의 연관성을 알아차렸어야 하거든. 그런데 우리가 먼저 알아차렸으니 문제지."

전형적인 관료적 실수였다. 로스앤젤레스 지부에서 좀 더 정신을 차리고 있었더라면 글래든의 정체가 더 빨리 밝혀지지 않았을까?

"당신, 글래든을 알지?" 내가 물었다.

"응. 그 강간범 인터뷰 때 그놈도 포함되었어. 전에 말했지? 7년 전에 그런 일을 했다고. 플로리다의 그 악명 높은 감옥에서 글래든과 곰블을 비롯한 여러 명을 만났지. 우리 팀, 그러니까 고든, 팀장님, 내가 거기서 일주일쯤 있었던 것 같아. 인터뷰 대상이 워낙 많았거든."

나는 소슨이 교도소 컴퓨터에 접속했던 사실을 끄집어내고 싶었지만 그러지 않는 편이 좋다는 결론을 내렸다. 그녀를 설득해 나를 다시 인간으로 대우해 주게 만든 것만으로 충분했다. 내가 호텔 계산서를 뒤적거렸다고 그녀에게 털어놓으면, 그녀는 내게 더 이상 아무 얘기도 하지 않을 터였다. 그런데 이런 생각을 하다 보니 소슨의 잘못을 명확히 밝혀내기가 곤란해졌다. 얼마간은 그가 호텔에서 전화를 사용한 기록을 그냥 깔고 앉아 있어야 할 것 같았다.

"최면술을 이용했다는 곰블의 범행수법과 시인 사건의 정황 사이에 연관성이 있다고 생각해?" 나는 소슨 이야기를 꺼내는 대신 이렇게 물었다. "곰블이 이놈에게 자신의 비결을 가르쳐줬을까?"

"그랬을지도 모르지."

그녀는 다시 단답형 모드로 돌아가 있었다.

"그랬을지도 모르지." 그녀의 말을 되풀이했다. 비꼬는 기색이 희미하게 배어 있는 목소리로.

"결국은 플로리다로 가서 곰블을 내가 다시 만나야 할 거야. 가서 직접 물어봐야지. 사실을 확인하기 전에는 그냥 그랬을지도 모른다는 답밖에 없어. 알지, 잭?"

우리는 낡은 모텔과 가게가 줄줄이 들어선 거리의 뒷골목으로 들어갔다. 그녀가 이제야 속도를 조금 줄였기 때문에 나는 팔걸이를 붙들고 있던 손에서 힘을 조금 뺄 수 있었다.

"지금은 플로리다로 갈 수 없잖아, 안 그래?" 내가 물었다.

"그건 팀장님이 결정할 문제야. 여기서 글래든에게 접근하고 있으니, 당분간은 팀장님도 로스앤젤레스에 모든 힘을 쏟으려 하실 거야. 글래든은 여기 있어. 아니면 이 근처에 있거나. 분명히 느껴져. 놈을 잡아야 해. 심리적 동기 같은 건 일단 놈을 잡은 뒤 생각하면 돼. 플로리다도 그때 가면 되고."

"잡은 후에 가야 할 이유가 뭔데? 연쇄살인범 연구에 데이터를 추가하려고?"

"아냐. 그러니까, 맞아. 그런 것도 있지만, 가장 큰 이유는 놈을 확실히 기소하기 위해서야. 이런 놈들은 틀림없이 정신이상을 들고 나올 거야. 선택할 수 있는 방법이 그것밖에 없으니까. 그러니 우리도 이놈의 심리적 특성을 가지고 주장을 펼쳐야 할 거야. 이놈이 선과 악을 분명히 구분할 수 있고, 범행을 저지를 때 자기 행동을 인식하고 있었다는 주장. 맨날 써먹는 방법이지."

시인을 기소해서 재판이 열릴 거라는 생각은 한 번도 해본 적이 없었다. 나는 그가 생포되지 않을 거라고 줄곧 생각해 왔음을 깨달았다. 이런 생각을 한 것은, 이런 짓을 저지른 놈을 살려두면 안 된다는 나 자신의 증오심 때문임을 알 수 있었다.

"왜 그래, 잭? 재판을 원하지 않아? 우리가 놈을 찾아내자마자 죽여 버렸으면 좋겠어?"

나는 그녀를 바라보았다. 지나치는 건물들의 창에서 흘러나온 불빛이 그녀의 얼굴을 깜박깜박 스치고 지나갔다. 순간적으로 그녀의 눈이 보였다.

"그런 생각은 한 적 없어."

"틀림없이 했겠지. 그놈을 죽여버리고 싶지, 잭? 그놈과 잠시라도 같이 있게 된다면 그리고 그놈을 죽여도 뒤탈이 없다면, 죽일 수 있을 것 같아? 그러면 좀 보상이 될 것 같아?"

이 문제를 그녀와 이야기하고 싶지 않았다. 그녀는 가벼운 호기심 이상의 관심을 품고 있는 것 같았다.

"잘 모르겠어." 마침내 내가 대답했다. "당신은 그놈을 죽일 수 있어? 사람을 죽여본 적 있어, 레이철?"

"기회만 생긴다면, 난 그놈을 눈 깜짝할 사이에 죽여버릴 거야."

"왜?"

"다른 범인들을 이미 봤으니까. 그놈들 눈을 들여다보고, 그 눈 뒤의 어둠 속에 무엇이 있는지 알아버렸으니까. 그놈들을 전부 죽여버릴 수 있다면, 그렇게 할 것 같아."

그녀가 계속 말하도록 잠자코 있었지만 그녀는 더 이상 입을 열지 않았다. 그녀는 낡은 모텔 뒤 우리가 탄 차와 똑같은 카프리스 자동차 두 대 바로 옆에 차를 세웠다.

“내 두 번째 질문에는 대답하지 않았어.”

“사람을 죽여본 적은 없어.”

우리는 뒷문을 통해 복도로 들어갔다. 복도의 벽은 눈높이까지는 칙칙한 라임색, 그 윗부분은 칙칙한 하얀색으로 칠해져 있었다. 레이철은 왼쪽 첫 번째 문을 노크했다. 안에서 들어오라는 소리가 들렸다. 평범한 모텔 방이었다. 1960년대에 마지막으로 새 단장한 것 같은 방. 하지만 그 무렵에도 방이라기보다 간이부엌이라고 하는 편이 맞았을 것 같았다. 배커스와 소슨이 벽 앞의 낡은 포마이카 탁자에 앉아 우리를 기다리고 있었다. 탁자 위에는 조금 전에 새로 들여놓은 듯한 전화기 두 대가 있었다. 약 1미터 높이의 알루미늄 트렁크도 하나 있었다. 한쪽 끝을 바닥으로 하고 서 있는 트렁크의 뚜껑이 열려 있어서 비디오 모니터 세 대가 나란히 들어 있는 것이 보였다. 트렁크 뒤편으로 빠져나간 전선이 바닥을 따라 창문 밖까지 이어졌다. 전선 때문에 창문이 살짝 열려 있었다.

“잭, 지금은 당신을 만나서 반갑다고 하기 힘들 것 같군요.” 배커스가 말했다.

배커스는 삐딱한 미소를 지으며 이렇게 말하고, 자리에서 일어나 나와 악수했다.

“미안합니다.” 나는 이렇게 말했지만, 왜 이런 말을 해야 하는지 이유를 알 수 없었다. 소슨을 바라보며 나는 이렇게 덧붙였다. “당신의 함정에 실수로 발을 들여놓을 생각은 없었지만, 누군가가 아주 형편없는 정보를 줘서 말입니다.”

소슨의 통화기록이 언뜻 머리를 스치고 지나갔지만 무시했다. 지금은 그런 얘기를 꺼낼 때가 아니었다.

“어쨌든….” 배커스가 말했다. “우리가 당신에게 조금 혼란을 주려

했다는 점은 인정합니다. 우리가 다른 데 신경 쓰지 않고 이번 일을 해결하는 게 나을 것 같았거든요."

"내가 방해가 되지 않게 애써보죠."

"이미 방해하고 있잖아." 소슨이 말했다.

나는 그를 무시하고 배커스에게 시선을 고정했다.

"앉으시죠." 그가 말했다.

레이철과 나는 탁자 앞에 비어 있는 두 개의 의자에 앉았다.

"상황은 알고 계시죠?" 배커스가 말했다.

"당신들이 토머스를 감시하고 있는 거겠죠?"

나는 이 방에 들어온 뒤 처음으로 각각의 화면을 자세히 살펴보았다. 맨 위 모니터에는 우리가 있는 방 바깥의 복도와 비슷한 복도가 보였다. 양편으로 문 여러 개가 있었다. 모두 닫혀 있는 문들에는 각각 번호가 달려 있었다. 두 번째 모니터는 어떤 모텔 건물의 전면을 비추고 있었다. 청회색 안개가 낀 듯한 화면 탓에 문 위 간판에 적힌 글자를 간신히 알아볼 수 있었다. 마크 트웨인 호텔. 맨 아래 모니터는 골목길에서 바라본 어떤 건물 모습을 비추고 있었는데, 두 번째 모니터의 그 모텔인 것 같았다.

"이게 우리가 있는 모텔인가요?" 나는 화면을 가리키며 물었다.

"아뇨." 배커스가 말했다. "저건 토머스 형사가 있는 곳입니다. 우린 한 블록쯤 떨어져 있고요."

"별로 좋은 모텔 같지 않은데요. 요즘 이 동네 경찰관 월급이 얼마나 되죠?"

"토머스 형사가 저기서 사는 건 아닙니다. 할리우드 경찰서 형사들이 사건에 24시간 매달려 있을 때 잠을 자거나 증인을 숨겨두는 곳으로 모텔을 이용하는 경우가 많죠. 토머스 형사가 집보다는 저기에 있겠다고 스스로 결정했습니다. 집에는 아내와 세 아이가 있거든요."

"그렇잖아도 물어보려고 했는데. 토머스 형사를 미끼로 이용한다는 걸 본인한테 직접 말해줬다니 다행입니다."

"오늘 아침에 봤을 때보다 훨씬 더 냉소적으로 변하셨군요, 잭."

"내가 원래 그런 놈이라 그런 모양이죠."

나는 그에게서 시선을 돌려 비디오 화면을 다시 확인했다. 배커스가 내 뒤통수를 향해 말했다.

"감시 카메라 세 대가 여기 지붕 위에 있는 휴대용 접시안테나로 신호를 쏩니다. 여기 지부의 중요사건 대응팀과 로스앤젤레스 경찰국의 최고 감시팀도 토머스를 24시간 내내 감시하고 있고요. 토머스 형사한테는 아무도 접근할 수 없습니다. 경찰서에서도 마찬가지예요. 토머스 형사는 절대 안전합니다."

"그런 말은 일이 다 끝난 뒤에 하시죠."

"그러죠. 하지만 그때까지는 옆으로 물러나 계셔야 합니다, 잭."

다시 배커스를 바라보았다. 최선을 다해 어리둥절한 표정을 지으면서.

"제 말이 무슨 뜻인지 아실 겁니다." 배커스가 말했다. 내 표정을 믿지 않는다는 뜻이었다. "수사가 아주 중요한 고비에 와 있습니다. 놈이 우리 시야에 들어왔어요. 솔직히 말하죠, 잭. 지금부터 우리 일을 방해하지 마십시오."

"난 지금도 방해하지 않고 있고, 앞으로도 그럴 겁니다. 약속은 똑같아요. 당신이 좋다고 할 때까지 여기서 본 걸 기사로 쓰지 않는다는 약속. 하지만 덴버로 돌아가서 잠자코 기다리기만 하진 않을 겁니다. 나와 너무 밀착된 사건이에요. 너무… 나한테는 너무나 의미가 있는 사건입니다. 그러니까 날 다시 수사에 끼워줘야 해요."

"범인을 잡을 때까지 몇 주가 걸릴 수도 있습니다. 팩스 내용 기억하죠? 거기에는 그냥 다음 목표물을 정했다는 얘기뿐이었습니다. 언제 일을 저지르겠다는 얘기는 없었어요. 시간에 관한 얘기는 전혀. 그러니 놈이 언제 토머스 형사를 칠지 우리도 전혀 모릅니다."

나는 고개를 저었다.

"상관없어요. 무슨 대가를 치르더라도 수사에 참여하고 싶습니다. 난 지금껏 당신들과 한 약속을 지켰어요."

불편한 침묵이 방 안에 내려앉았다. 배커스가 일어서더니 내 의자 뒤쪽에서 방 안을 서성거리기 시작했다. 나는 레이철을 바라보았다. 그녀는 생각에 잠긴 표정으로 탁자를 내려다보고 있었다. 나는 마지막 카드를 내놓았다.

"내일자 신문에도 기사를 써야 합니다, 밥. 부장이 기사를 기다리고 있어요. 그 기사가 신문에 실리는 게 싫다면 날 끼워줘요. 부장을 설득할 수 있는 방법은 그것뿐입니다. 더 이상은 나도 물러날 수 없어요."

소슨이 코웃음을 치며 고개를 절레절레 저었다.

"이런 건 곤란해요." 그가 말했다. "팀장님, 이놈한테 또 넘어가실 겁니까? 언제까지 그러실 건데요?"

"일이 곤란해진 건, 당신들이 나한테 거짓말을 하거나 날 수사에서 제외시켰을 때뿐이에요." 내가 말했다. "참고로 말하지만, 이번 수사는 나 때문에 시작된 건데 말이죠."

배커스가 레이철을 바라보았다.

"자네 생각은 어때?"

"레이철한테 묻지 마세요." 소슨이 끼어들었다. "레이철이 뭐라고 할지는 뻔하니까요."

"나에 관해 할 말 있으면 지금 당장 해." 레이철이 그를 다그쳤다.

"그만, 그만해." 배커스가 심판처럼 양손을 들어 올리며 말했다. "두 사람 다 언제까지 이럴 거야? 잭, 수사에 참여해요. 당분간만. 조건은 예전과 똑같습니다. 대신 내일 기사는 없는 겁니다. 알겠습니까?"

나는 고개를 끄덕이고는 소슨을 바라보았다. 그는 이미 일어나서 문으로 향하고 있었다. 패자의 모습이었다.

36

시인의 과거

윌콕스 호텔이라는 이름의 이 모텔에는 한 사람이 묵을 수 있는 방이 아직 남아 있었다. 이 모텔의 프런트 직원은 내가 이미 이곳에 숙박 중인 정부 요원들과 일행이고, 하룻밤 35달러라는 최고 가격을 기꺼이 지불할 용의가 있다는 것을 알고 특히 반색했다. 호텔에 숙박할 때 프런트 직원에게 내 신용카드 번호를 알려주면서 불길한 기분이 들기는 처음이었다. 프런트를 지키는 남자는 오늘 밤에만도 벌써 술을 반병쯤 비운 것처럼 보였다. 게다가 한 나흘쯤 수염도 깎지 않은 것 같았다. 그는 숙박계를 작성하는 동안 내 얼굴을 한 번도 쳐다보지 않았다. 펜을 찾지 못해 헤매다가 결국 나한테 펜을 빌려 숙박계를 작성하는 데 무려 5분이나 걸렸는데도.

"그나저나 정부 요원들이 여긴 웬일로 온 거죠?" 너무 낡아서 방 번호가 거의 지워지다시피 한 열쇠를 역시 낡아빠진 포마이카 카운터 위에서 내 쪽으로 밀어주며 그가 말했다.

"저 사람들이 말 안 했어요?" 나는 일부러 깜짝 놀란 척하며 물었다.

"네. 그냥 숙박계만 작성했어요."

"신용카드 사기사건 수사 중이에요. 이 일대에서 그런 일이 많이 벌어지고 있거든요."

"아."

"그건 그렇고, 월링 요원의 방은 어디죠?"

그는 자기가 직접 작성한 기록조차 금방 해독해 내지 못하고 30초쯤 머뭇거렸다.

"17호실이네요."

내게 배정된 방은 작았다. 침대에 걸터앉았더니 침대가 적어도 15센티미터쯤 푹 꺼지면서 반대편 가장자리 역시 비슷한 높이로 솟아올랐다. 낡은 스프링이 이게 무슨 짓이냐고 항의라도 하듯이 삐걱거렸다. 내 방은 1층이었고, 가구는 빈약하긴 해도 깔끔했다. 하지만 방에서는 담배 연기에 찌든 냄새가 났다. 누렇게 변색된 블라인드가 올려져 있어서, 한쪽 창문에 금속 격자가 설치된 것이 보였다. 이 모텔에 불이라도 난다면, 재빨리 문으로 빠져나가는 수밖에 없을 것 같았다. 그렇지 않으면 우리에 갇힌 바닷가재처럼 꼼짝도 못하는 신세가 될 터였다.

나는 여행용 치약과 접을 수 있는 칫솔을 여행가방 대신 들고 온 베갯잇에서 꺼내 욕실로 들어갔다. 비행기에서 마신 블러디메리의 냄새가 지금도 입 안에 남아 있는 것 같아서 그 냄새를 없애버리고 싶었다. 나중에 레이철을 만나게 될 때를 대비해 미리 준비하려는 마음도 있었다.

낡은 모텔의 욕실만큼 사람을 맥 빠지게 하는 것은 없다. 이곳의 욕실은 어렸을 때 주유소마다 설치돼 있던 공중전화 부스보다 약간 큰 정도였다. 그래서 세면대, 변기 그리고 당연한 듯 군데군데 녹슨 휴대용 샤워시설만으로도 공간이 꽉 찼다. 여기서 볼일을 보고 있을 때 누가 욕실로 들어오면, 무릎 뼈가 날아갈 정도였다. 이를 다 닦고, 비교적 널찍한 방으로 돌아온 나는 침대를 보는 순간 저기에 다시 앉고 싶지 않다는 생각이 들었다. 거기서 자고 싶은 생각도 없었다. 그래서 옷이 가득 든 베갯잇과 컴퓨터를 남겨두고 밖으로 나가는 모험을 해보기로 했다.

17호실을 가볍게 두드리자 레이철이 금방 대답했다. 어찌나 빨랐는지, 그녀가 기다리고 있었던 게 아닌가 싶을 정도였다. 그녀는 서둘러 나를 방으로 들였다.

"팀장님 방이 바로 복도 건너편이야." 그녀가 작은 목소리로 설명했다. "무슨 일이야?"

나는 아무 말도 하지 않았다. 우리는 한참 동안 서로를 바라보았다. 서로 상대방이 먼저 행동하기를 기다리면서. 결국 내가 먼저 다가가 그녀를 끌어안고 길게 입을 맞췄다. 그녀도 나만큼이나 키스를 반기는 것 같았다. 그동안 내 머릿속에서 부글거리던 갖가지 걱정들이 금세 잠잠해졌다. 그녀가 먼저 입을 떼더니 강하게 나를 끌어안았다. 나는 그녀의 어깨 너머로 방을 살펴보았다. 내 방보다는 컸고, 가구도 한 10년쯤 젊은 것 같았지만, 그렇다고 새삼 기운 날 정도는 아니었다. 침대 위에는 그녀의 컴퓨터가 있었고, 무슨 서류 같은 것들이 낡은 노란색 침대보 위에 펼쳐져 있었다. 지금까지 그 침대보 위에 누워 섹스하고, 방귀 뀌고, 싸움한 사람이 1천 명은 될 터였다.

"재미있어." 그녀가 속삭였다. "오늘 아침에 헤어졌을 뿐인데, 벌써 당신을 그리워하고 있었거든."

"나도 마찬가지야."

"잭, 미안하지만 저 침대에서 사랑을 나누고 싶지는 않아. 이 방도 싫고, 이 호텔도 싫어."

"미안해할 필요 없어." 의연한 표정으로 말했다. 하지만 이 말을 하면서 이미 속으로는 후회하고 있었다. "이해하니까. 그래도 내 방에 비하면 사치스러운 스위트룸 같은데."

"나중에 오늘 못 한 것까지 다 하자."

"그래. 그런데 우리가 왜 이 호텔에 있어야 하는 거지?"

"팀장님이 현장과 가까이 있어야 한다고 했거든. 범인이 발견되면 움직일 수 있게."

나는 고개를 끄덕였다.

"그래도 잠시 나갔다 올 수는 있지 않아? 뭘 좀 마시러 갈까? 그래도 근처에 갈 만한 데가 있겠지."

"그래 봤자 여기보다 그다지 나을 것도 없을 거야. 그냥 여기서 이야기나 하자."

그녀는 침대로 가서 서류와 컴퓨터를 치우더니 머리판에 베개를 세우고 거기에 등을 기대어 앉았다. 나는 하나뿐인 의자에 앉았다. 누군가가 오래전에 쿠션을 칼로 찢은 모양인데, 그 자리에 테이프가 붙어 있었다.

"무슨 얘기를 하고 싶어, 레이철?"

"나도 몰라. 당신은 기자잖아. 당신이 이것저것 물어볼 줄 알았는데."

그녀가 미소를 지었다.

"사건에 대해서?"

"무엇에 대해서든."

한참 동안 그녀를 바라보다가, 간단한 질문부터 시작해 내가 어디까지 파고들 수 있는지 보기로 했다.

"이 토머스라는 친구는 어떤 사람이야?"

"괜찮은 사람이야. 경찰 치고는. 아주 협조적이지는 않지만, 고약하게 굴지도 않아."

"아주 협조적이지 않다는 게 무슨 뜻이야? 자기를 인간 미끼로 쓰게 했잖아. 그거면 되지 않아?"

"그런 것 같아. 내가 문제인 건지도 모르지. 난 항상 경찰들하고 잘 지내지 못하는 것 같아."

나는 의자에서 침대 위의 그녀 곁으로 자리를 옮겼다.

"그게 뭐? 다른 사람들하고 잘 지내야 할 의무가 있는 것도 아닌데 뭐."

"그래, 맞아." 그녀가 다시 미소를 지었다. "있지, 로비에 음료수 자판기가 있어."

"뭘 좀 마시고 싶어?"

"아니. 아까 당신이 뭘 좀 마시러 가자고 했잖아."

"그건 음료수 말고 딴 걸 마시자는 소리였지. 괜찮아. 지금도 행복해."

그녀는 손을 뻗어 손가락으로 내 수염을 빗었다. 그녀의 손이 내게서 떨어질 무렵 나는 그 손을 잡고 잠시 가만히 있었다.

"우리가 지금 워낙 강렬한 사건에 휘말려 있어서 이런 감정이 드는 것 같아?" 내가 물었다.

"그게 무슨 소리야?"

"나도 모르겠어. 그냥 물어보는 거야."

"당신 말이 무슨 뜻인지 알아." 그녀가 한참 뒤에 말했다. "내 평생 만난 지 36시간밖에 안 된 사람과 사랑을 나눈 건 이번이 처음이야."

그녀가 미소를 지었다. 그걸 보니 내 몸에 행복한 전율이 흘렀다.

"나도 마찬가지야."

그녀가 나를 향해 몸을 기울였고, 우리는 다시 입을 맞췄다. 내가 몸의 방향을 바꾸자 우리는 함께 침대 위로 구르면서, 지상에서 영원으로 이어지는 것 같은 키스에 빠져들었다. 다만 우리가 바닷가가 아니라(〈지상에서 영원으로〉라는 1950년대 영화에서 연인들이 바닷가에서 키스하는 장면이 나온다-옮긴이), 이미 30년 전에 전성기가 지나버린 낡은 호텔의 초라한 방, 낡은 침대보 위에 누워 있다는 점이 다를 뿐이었다. 하지만 이제는 그런 것쯤 전혀 중요하지 않았다. 오래지 않아 나의 입맞춤은 그녀의 목으로 내려갔고, 우리는 사랑을 나눴다.

둘이 함께 욕실에 들어갈 수도, 샤워할 수도 없었으므로 그녀가 먼저 욕실에 들어갔다. 그녀가 샤워하는 동안 나는 침대에 누워 그녀를 생각했다. 담배를 한 대 피우고 싶었다.

욕실에서 나는 물소리 때문에 확실치는 않았지만, 누가 가볍게 문을 두드리는 소리가 난 것 같았다. 깜짝 놀란 나는 침대 가장자리에 걸터앉아 문을 노려보며 바지를 입기 시작했다. 소리가 또 나진 않는지 열심히 귀를 기울였지만 아무 소리도 나지 않았다. 그때 틀림없이 문손잡이가 돌아가는 것이 보였다. 적어도 내 눈에는 그런 것 같았다. 침대에서 일어나 바지를 끌어올리며 문으로 다가가 문설주에 머리를 기대고 귀를 기울였다. 아무 소리도 나지 않았다. 문에는 밖을 내다보는 구멍이 있었지만, 그걸 이용하는 게 내키지 않았다. 방 안에 불이 켜져 있으니 그 구멍에 눈을 갖다 대면 불빛이 가려질 터였다. 밖에 정말로 누가 있다면 그는 그걸 보고 누군가가 안에서 자기를 보고 있음을 알아차릴 것이다.

그때 레이철이 샤워기를 잠갔다. 잠시 기다려도 복도에서 별다른 소리가 들려오지 않자 나는 밖을 내다보는 구멍에 눈을 갖다 댔다. 밖에는 아무도 없었다.

"뭐 해?"

고개를 돌렸다. 레이철이 이 방에 원래 걸려 있던 손바닥 크기의 수건으로 어떻게든 몸을 가리려고 애쓰며 침대 옆에 서 있었다.

"누가 노크한 것 같아서."

"누가?"

"몰라. 밖을 내다봤지만 아무도 없었어. 아무 일도 아닐 거야. 이제 내가 샤워해도 되지?"

"응."

나는 바지를 벗고 그녀의 옆을 지나가다가 걸음을 멈췄다. 그녀가 수건을 아래로 떨어뜨리며 몸을 드러냈다. 아름다웠다. 나는 그녀에게 다가갔다. 우리는 그렇게 서로를 한참 동안 안고 있었다.

"금방 하고 나올게." 마침내 이렇게 말하고 나서 나는 샤워를 하러 들어갔다.

샤워를 마치고 나와 보니 레이철은 이미 옷을 다 입고 있었다. 나는 협탁 위에 놓아두었던 손목시계를 보았다. 11시였다. 방에는 낡아빠진 텔레비전이 있었지만, 나는 뉴스를 보자고 말하지 않기로 했다. 그때 저녁을 먹지 않았는데도 배가 고프지 않다는 생각이 들었다.

"전혀 피곤하지 않아." 그녀가 말했다.

"나도 그래."

"정말로 밖에 나가서 뭘 좀 마실까?"

나는 옷을 입은 뒤 그녀와 함께 조용히 방을 나왔다. 그녀가 먼저 밖을 내다보며, 배커스든 소슨이든 다른 누구든 근처를 어슬렁거리는 사람이 없다는 것을 확인했다. 복도에서도 로비에서도 우리와 마주친 사람은 없었다. 거리는 인적이 없고 어두웠다. 우리는 남쪽의 선셋 대로를 향해 걸었다.

"총 갖고 왔어?" 내가 물었다. 농담 반 진담 반이었다.

"항상 갖고 다니지. 게다가 주위에 우리 쪽 사람들이 있잖아. 아마 우리가 나오는 걸 봤을 거야."

"그래? 난 그 사람들이 그냥 토머스만 감시하는 줄 알았는데."

"물론 그렇지. 하지만 거리에 있는 사람에 대해서도 항상 파악해 둬야 해. 일을 제대로 하려면."

나는 몸을 돌려 몇 걸음 정도 뒤로 걸으며 거리 뒤쪽에서 반짝이는 마크 트웨인의 초록색 네온 간판을 바라보았다. 그리고 거리 양편에 주차된 자동차와 거리를 살펴보았다. 지금 이 길을 감시하는 사람들은 역시 그림자도 보이지 않았다.

"몇 명이나 나와 있어?"

"다섯 명일 거야. 두 명은 밖에서 정해진 위치를 지키고 있고, 두 명은 자동차 안에서 역시 정해진 위치를 지키고 있고, 한 명은 차를 몰고 돌아다니고 있어. 항상 그래."

나는 다시 돌아서서 옷깃을 끌어올렸다. 날씨가 생각보다 추웠다. 우리가 숨을 내쉴 때마다 엷은 구름처럼 입김이 나와 한데 섞였다가 사라졌다.

선셋 대로에서 거리 양편을 살펴보니 서쪽으로 한 블록쯤 떨어진 아치 위에 '고양이와 바이올린'이라는 술집의 네온 간판이 보였다. 내가 그쪽을 가리키자 레이철이 걷기 시작했다. 그곳에 도착할 때까지 우리는 아무 말도 하지 않았다.

아치를 통과하자 야외 정원이 나왔다. 초록색 파라솔이 달린 테이블이 여러 개 있었지만 모두 비어 있었다. 이 정원을 지나 유리 문 안으로 들어가자 활기차고 따스한 술집처럼 보이는 공간이 있었다. 우리는 안쪽으로 들어가서 다트보드 반대편에 비어 있는 칸막이 좌석에 앉았다. 이곳은 영국식 주점이었다. 웨이트리스가 주문을 받으러 오자 레이철이 나더러 먼저 주문하라고 했다. 나는 블랙앤탠(연한 색의 에일과 흑맥주를 섞은 술-옮긴이)을 주문했고, 레이철도 같은 것을 시켰다.

술이 나올 때까지 우리는 주위를 둘러보며 가벼운 잡담을 나눴다. 그러고는 건배를 하고 술을 마셨다. 나는 그녀를 지켜보았다. 아무래도 블랙앤탠을 처음 마셔보는 것 같았다.

"에일이 더 무거워서 항상 바닥으로 깔려. 흑맥주가 위로 오고."

그녀는 미소를 지었다.

"블랙앤탠이라고 하기에 난 그게 맥주 상표인 줄 알았어. 어쨌든 맛있네. 마음에 들어. 조금 독하지만."

"아일랜드 사람들이 맥주 하나는 기가 막히게 만들지. 영국인들도 그건 인정해 줘."

"이걸 두 잔만 마셨다가는, 당신이 누구 다른 사람을 불러서 같이 나를 떠메고 돌아가야 할걸."

"설마."

우리는 편안한 침묵 속으로 빠져들었다. 뒤쪽의 벽난로에서 나온 온

기가 술집 전체로 퍼져나갔다.

"존이 당신 본명이야?"

나는 고개를 끄덕였다.

"난 아일랜드계가 아니지만, 아일랜드 사람들은 존을 션으로 쓰는 줄 알았어."

"맞아. 존을 게일어로 션이라고 해. 하지만 우리가 쌍둥이라서 부모님이 이름을 그렇게 지은 거야…. 사실은 어머니가 결정한 거지만."

"난 그 이름이 좋아."

나는 술을 몇 모금 더 마신 뒤 사건에 대해 물어보기 시작했다.

"이제 글래든에 대해서 말해줘."

"해줄 얘기가 그리 많지도 않아."

"그래도 직접 만나봤잖아. 인터뷰도 했고. 그때 뭔가 느낌이 있었을 거 아냐."

"그다지 협조적이지는 않았어. 아직 항소심이 진행 중이어서, 자기가 인터뷰에서 한 말을 우리가 재판에서 불리하게 이용할까 봐 우리를 믿지 않았거든. 우리 모두 번갈아가면서 그놈의 입을 열려고 했어. 결국은, 팀장님이 그런 아이디어를 냈던 것 같은데, 그놈이 3인칭으로 이야기하라는 제안을 받아들였어. 범행을 저지른 범인이 마치 다른 사람인 것처럼."

"번디도 그랬지. 맞지?"

예전에 책에서 그런 얘기를 읽은 기억이 났다.

"응. 번디 말고도 또 있어. 그건 그냥 우리가 인터뷰에서 들은 이야기를 재판에서 불리한 증거로 사용하지 않을 거라고 확인시켜 주는 장치일 뿐이야. 이런 범인은 대부분 자아가 엄청 강하거든. 그래서 우리한테

이야기를 하고 싶어 하는데, 그전에 먼저 법적으로 보복당하지 않을 거라는 확신을 얻고 싶어 해. 글래든도 그랬어. 특히 가능성 높은 항소심을 앞두고 있었으니까."

"예전에 만난 적 있는 사람을 이렇게 연쇄살인범으로 맞닥뜨리는 건 아주 드문 일이지? 예전의 만남이 아무리 하찮은 거라도 말이야."

"맞아. 하지만 우리가 인터뷰했던 놈들을 윌리엄 글래든처럼 풀어준다면 결국 전부 다시 범죄를 저질러서 우리가 뒤쫓게 될 거야. 이들은 절대로 나아지지 않아, 잭. 재활이 불가능하다고. 천성이 그래."

그녀는 마치 경고하듯이 말했다. 그녀가 이렇게 위협적으로 경고를 한 것은 두 번째였다. 나는 잠시 이 점을 생각해 보았다. 혹시 그녀가 내게 전달하고 싶어 하는 다른 메시지가 있는지도 모른다는 생각이 들었다. 그녀가 자신에게 경고하는 것 같기도 했다.

"그때 그놈이 무슨 말을 했어? 벨트런이나 '최고의 친구'에 대해서도 이야기했어?"

"그럴 리 없지. 그런 얘기를 했다면, 피해자 명단에서 벨트런의 이름을 보고 내가 기억해 냈을 거야. 글래든은 구체적인 이름은 하나도 말하지 않았어. 하지만 다른 놈들처럼 학대당했다는 핑계는 내놓았지. 어렸을 때 성적 학대를 당했대. 반복적으로. 학대당할 당시 그놈의 나이는, 나중에 그놈이 탬파에서 피해자로 삼은 아이들의 나이와 같았어. 이렇게 일이 돌고 도는 거야. 이런 패턴을 자주 봐. 자기 삶이… 파괴된 그 순간에 고착돼 있는 거지."

나는 고개만 끄덕였을 뿐 아무 말도 하지 않았다. 그녀가 말을 계속 이어가기를 바라는 마음이었다.

"3년 동안 당했대." 그녀가 말했다. "아홉 살 때부터 열두 살 때까지.

학대가 자주 있었고, 구강성교와 항문 삽입도 있었어. 글래든은 자기를 학대한 사람이 가족이나 친척이 아니란 말만 했어. 그 남자가 무서워서 어머니한테도 말을 못했대. 그 남자가 글래든을 협박했다는 거야. 그 남자는 글래든에게 모종의 권위를 행사할 수 있는 인물이었어. 팀장님이 이 주장의 진위를 확인하려고 여기저기 연락해 봤지만 성과가 없었어. 글래든의 이야기가 구체적이지 않았거든. 인터뷰할 때 글래든은 20대였어. 학대가 발생한 건 이미 몇 년 전이었다는 얘기지. 그 사건을 계속 추적했어도 공소시효에 걸렸을 거야. 심지어 글래든의 어머니 행방도 묘연해서 그 사건에 관해 물어볼 수가 없었어. 글래든의 어머니는 글래든이 떠들썩하게 체포된 뒤 탬파를 떠났거든. 지금은 글래든을 학대한 사람이 벨트런이었을 거라고 짐작하고 있지."

나는 고개를 끄덕였다. 나는 이미 잔을 비웠지만, 레이철의 술은 아직 남아 있었다. 술이 마음에 들지 않는 모양이었다. 나는 웨이트리스를 불러 암스텔 라이트(맥주 상표-옮긴이)를 대신 주문해 주었다. 그러고는 그녀의 블랙앤탠을 내가 대신 마시겠다고 했다.

"그게 어떻게 끝난 거야? 그 학대 말이야."

"그게 아이러니야. 자주 있는 일이긴 한데, 글래든이 벨트런의 취향보다 나이를 먹으면서 학대가 끝났어. 벨트런이 글래든을 내치고 다른 피해자한테 옮겨간 거지. 벨트런이 '최고의 친구'를 통해 후원했던 아이들을 모두 찾는 중이야. 나중에 우리가 만나볼 거야. 틀림없이 모두 벨트런한테 학대를 당했을걸. 벨트런이 이 모든 악의 씨앗이야, 잭. 이번 사건 기사를 쓸 때마다 반드시 그 점을 밝혀. 벨트런은 그렇게 당해도 싼 놈이야."

"글래든을 이해한다는 것 같은 말투네."

이건 실수였다. 그녀의 눈에서 분노의 불꽃이 튀었다.

"이해하고말고. 그렇다고 해서 그놈이 저지른 짓거리를 하나라도 용서하거나, 기회만 있으면 그놈을 쏘아 쓰러뜨리겠다는 마음이 사라진 건 아냐. 다만, 그놈의 내면에 자리 잡은 괴물을 그놈이 직접 만들어내지는 않았다는 거야. 다른 사람이 그 괴물을 만들어냈다고."

"알았어. 내 말은 그런 뜻이 아니라…."

웨이트리스가 레이철의 맥주를 들고 온 덕에 나는 더 이상 말실수를 할 위험에서 벗어날 수 있었다. 이대로 내 실수가 묻히기를 기대하면서 나는 레이철의 블랙앤탠을 끌어당겨 길게 한 모금 마셨다.

"그놈이 해준 얘기와는 별도로, 당신은 그놈한테 어떤 인상을 받았어?" 내가 물었다. "지금 이쪽에서 생각하는 것처럼 똑똑한 놈인 것 같았어?"

그녀는 잠시 생각을 정리했다.

"윌리엄 글래든은 자신의 성적 취향이 법적으로, 사회적으로, 문화적으로 용납될 수 없다는 걸 알고 있었어. 그래서 마음의 짐을 지고 있었던 것 같아. 아마 내면에서 자기 자신과 전쟁을 벌이며 자신이 느끼는 충동과 욕망을 이해하려고 애쓰고 있었을 거야. 글래든은 자기 이야기를 들려주고 싶어 했어. 3인칭으로든 아니든. 우리한테 자기 얘기를 하면 혹시 다른 사람뿐 아니라 자기한테도 도움이 될 거라고 믿었던 것 같아. 그때 글래든이 이런 딜레마에 시달렸다는 건 지능이 아주 높다는 증거라고 생각해. 그때 내가 인터뷰했던 사람들은 대부분 짐승 같았어. 기계 같기도 했고. 그놈들이 그런 짓들을 한 건… 거의 본능이나 프로그래밍 때문인 것 같았어. 그놈들 자신도 어쩔 수 없는 일. 그놈들은 그런 짓을 저지르면서 생각도 별로 하지 않았어. 하지만 글래든은 달랐어. 나는 글래든이 지금 우리가 생각하는 것만큼 똑똑하다고 생각해. 어쩌면 더 똑똑할 수도 있어."

"조금 이상한 말이네. 마음의 짐을 지고 있었다는 부분 말이야. 지금 우리가 뒤쫓는 놈한테는 어울리지 않는 말 같아. 우리가 뒤쫓는 놈은 히틀러만큼이나 양심이 없는 놈 같거든."

"맞아. 하지만 이런 유형의 폭력적인 범죄자들이 점점 다르게 변해 간다는 사실을 입증하는 증거를 아주 많이 봤어. 약물치료든 뭐든 하지 않으면 윌리엄 글래든 같은 성장배경을 지닌 사람이 시인 같은 인간으로 변할 수 있어. 그런 전례도 있고. 가장 중요한 건, 사람은 원래 변하게 마련이라는 점이야. 우리랑 인터뷰한 뒤에 글래든은 1년이나 더 복역하고 항소심에서 승리했어. 그리고 검찰과 거래해서 자유의 몸이 될 수 있었지. 감옥 내에서 아동 성추행범은 누구보다 거친 대접을 받아. 그래서 그런 놈들끼리 뭉치는 경향이 있어. 자유로운 바깥 사회에서도 그렇잖아. 그래서 글래든이 곰블을 비롯해 레이포드에서 복역했던 다른 아동 성추행범들과 얼굴을 익히게 된 거야. 내 말은, 내가 오래전 인터뷰했던 사람이 지금 시인으로 불리는 존재가 된 게 전혀 놀랄 일이 아니라는 거야. 이건 충분히 있을 수 있는 일이야."

다트보드 근처에서 커다란 웃음소리와 박수소리가 갑자기 터져 나오는 바람에 나는 그쪽을 바라보았다. 오늘 밤의 우승자가 결정된 모양이었다.

"이제 글래든 얘기는 그만하자." 내가 다시 고개를 돌리자 레이철이 말했다. "우울해 죽겠어."

"알았어."

"당신은 어때?"

"나도 우울해."

"그게 아니라, 당신 일이 어떻게 됐냐고. 아직 부장한테 말 안 했어? 다시 수사에 끼게 됐다고?"

"아직 안 했어. 아침에 전화해서 후속기사를 안 쓸 거라고 말해야 돼. 대신 수사에 끼기로 했다고."

"부장이 어떻게 받아들일 것 같아?"

"싫어하겠지. 무조건 후속기사를 쓰라고 할 거야. 이 사건 기사가 이제는 기관차처럼 저절로 움직이고 있으니까. 전국의 언론매체가 달려들었으니 불 속에 기사를 계속 던져 넣어야 커다란 기차가 계속 움직일 수 있어. 뭐, 될 대로 되라지. 우리 회사에 기자가 나밖에 없는 것도 아니고. 부장이 다른 기자한테 쓰라고 시킬 수도 있잖아. 그래 봤자 별다른 기사가 안 나오겠지만. 그러다가 마이클 워런이 〈로스앤젤레스 타임스〉에서 십중팔구 또 독점기사를 터뜨릴 텐데, 그럼 난 진짜 체면을 왕창 구기는 거지."

"아주 냉소적이네."

"현실적인 거야."

"워런은 걱정하지 마. 고… 워런한테 정보를 누설한 게 누구든, 다시는 그런 짓을 안 할 테니까. 팀장님한테 들킬 위험이 너무 높거든."

"방금 무의식적으로 말실수한 거지? 어쨌든, 두고 보면 알겠지."

"어쩌다 이렇게 냉소적인 사람이 된 거야, 잭? 삶에 지친 중년 경찰관들만 이렇게 되는 줄 알았더니."

"난 원래 이렇게 태어난 것 같아."

"어련하시겠어."

돌아오는 길에는 날씨가 훨씬 더 추워진 것 같았다. 나는 그녀의 어깨를 감싸 안고 싶었지만, 그녀가 가만있지 않으리라는 것을 알고 있었다. 거리에 감시하는 눈들이 있었으므로 나는 시도조차 하지 않았다. 모텔이 가까워졌을 무렵, 머릿속에 어떤 이야기가 하나 떠올라서 그녀에게 말해주었다.

"고등학교 때는 누가 누구를 좋아한다느니, 누가 누구한테 홀딱 반했다느니 하는 소문이 항상 입에서 입으로 떠돌아다니잖아. 기억나?"

"응. 기억나."

"고등학교 때 어떤 여자애가 있었는데, 내가 그 애한테 홀딱 반했어. 그래서… 정확한 경위는 기억 안 나지만, 어쨌든 그 소문이 학교에 퍼졌지. 그런 소문이 퍼지면 사람들은 대개 상대방이 어떤 반응을 보이는지 잠자코 기다리잖아. 그렇게 해서 내가 그 애를 좋아한다는 걸 그 애가 알았다는 걸 알게 됐어. 내가 그걸 알았다는 걸 그 애도 알게 됐다는 것 역시 알게 됐고. 무슨 말인지 알겠어?"

"응."

"그런데 말이지, 내가 워낙 자신감이 없어서…. 글쎄, 뭐랄까. 어느 날 체육관 관람석에 앉아 있을 때야. 농구경기인지 뭔지를 보려고 왔는데 조금 일찍 왔을 거야. 사람들이 점점 자리를 채우고 있었어. 그때 그 애가 들어왔지. 친구랑 같이. 둘이서 관람석을 돌아다니며 자리를 찾고 있었어. 그야말로 절호의 기회였어. 그 애가 나를 똑바로 바라보면서 손을 흔드는 거야…. 그런데 난 얼어붙었어. 그래서… 그래서… 고개를 돌리고 뒤를 봤어. 혹시 그 애가 나 말고 다른 사람한테 손을 흔드는 건지 확인하려고."

"잭, 이 바보!" 레이철이 미소를 지으며 말했다. 내가 그토록 오랫동안 품고 있던 이야기를 그녀는 그다지 진지하게 받아들이지 않는 것 같았다. "그래서 그 애가 어떻게 했어?"

"다시 고개를 돌렸더니 그 애가 창피해서 다른 데를 보고 있더라고. 애당초 내가 홀딱 반하는 바람에 소문이 돌게 해놓고 그 애를 외면해서 그 애한테 창피를 준 거야…. 그 애를 괴롭힌 거지…. 그 애는 그 뒤 다른 애랑 사귀었어. 나중에 결혼까지 했지. 난 한참 뒤에야 그 애를 잊어버릴 수 있었고."

우리는 모텔 문 앞까지 몇 걸음 안 되는 거리를 말없이 걸어갔다. 나는 레이철을 위해 문을 열어주며 그녀를 바라보았다. 고통스럽고 당혹스러운 미소를 띤 채. 오랜 세월이 흘렀는데도 그때 일을 생각하면 나는 여전히 이런 기분이 되었다.

"이거야." 내가 말했다. "내가 처음부터 냉소적인 바보였다는 증거."

"어렸을 때 그런 기억은 누구한테나 있어." 그녀가 내 이야기 전체를 하찮게 치부해 버리는 것 같은 목소리로 말했다.

우리가 로비를 가로지를 때 프런트 직원이 시선을 들어 우리에게 끄덕 인사를 했다. 아까 그를 본 뒤로 몇 시간밖에 지나지 않았는데 수염이 훨씬 더 길어진 것 같았다. 레이철은 계단에서 걸음을 멈추고는 프런트 직원이 듣지 못하게 속삭이는 목소리로 나더러 올라오지 말라고 말했다.

"이제 각자 자기 방으로 돌아가야 할 것 같아."

"당신을 바래다주는 건 괜찮잖아."

"아냐, 안 그래도 돼."

그녀는 프런트를 바라보았다. 직원이 고개를 숙이고 타블로이드 신문을 읽고 있었다. 레이철은 내게 시선을 돌리더니 뺨에 소리 없이 입을 맞추며 잘 자라고 속삭였다. 나는 계단을 올라가는 그녀의 모습을 지켜보았다.

오늘 밤에는 잠을 이룰 수 없으리라는 것을 이미 알고 있었다. 생각이 너무 많았다. 아름다운 여자와 사랑을 나눴고 저녁 내내 그녀와 사랑에 빠졌다. 사랑이 무엇인지는 잘 몰랐지만 모든 것을 받아들이는 것이 사랑의 일부란 점만은 알고 있었다. 그리고 레이철에게서 그것을 느꼈다. 내 삶에서 아주 드문 일이었다. 나를 그렇게 대해주는 사람이 가까이에 있다고 생각하니 짜릿한 전율과 함께 불안감이 느껴졌다.

담배를 피우려고 모텔 정문 밖으로 나가는 동안 그 불안감은 점점 커져 내 머릿속에 병균처럼 다른 생각들을 심어 놓았다. 과거의 유령이 내 마음을 침범해 오래전 그날 학교 체육관에서 느꼈던 창피함과 내가 달리 행동했다면 어떻게 됐을까 하는 생각이 마음을 사로잡았다. 기억이 이렇게 오랫동안 내 마음을 붙들 수도 있다는 사실, 그때의 감정을 지금도 고스란히 다시 느낄 수 있다는 사실이 놀라웠다. 고등학교 때의 그 여자아이에 관해 레이철에게 해주지 않은 이야기가 아직 남아 있었다. 그 이야기의 결말. 그 여자아이는 바로 라일리였고, 그녀가 사귀다 결혼한 남자는 바로 형이었다. 왜 그 부분을 빼놓고 말하지 않았는지 나도 알 수 없었다.

남은 담배가 없었다. 로비로 다시 들어가 프런트 직원에게 담배를 어디서 살 수 있느냐고 물었다. 그는 '고양이와 바이올린'으로 다시 가야 한다고 했다. 카운터에 쌓여 있는 타블로이드 신문 더미 바로 옆에 그가 피우는 카멜 담뱃갑이 열려 있는 것이 보였지만, 그는 내게 담배를 권하지 않았고 나도 담배를 빌리자고 말하지 않았다.

선셋 대로를 혼자 걸어가면서 나는 다시 레이철을 생각했다. 그녀와 사랑을 나누며 깨달은 사실 하나가 머리에서 사라지지 않았다. 지금까지 세 번 사랑을 나누면서 그녀는 자신을 온전히 내게 주었다. 하지만 그녀의 태도는 분명 수동적이었다. 그녀는 주도권을 내게 넘겼다. 두 번째와 세 번째 밤에 나는 그녀의 태도가 조금이라도 바뀌길 기다렸다. 심지어 그녀가 주도권을 잡을 수 있게 일부러 머뭇거리기까지 했지만 그녀는 결코 바뀌지 않았다. 내가 그녀의 몸속으로 들어가는 신성한 순간에도 문 앞을 더듬는 손은 내 손이었다. 세 번 모두. 지금까지 나와 그만큼 관계 맺은 여자들 중에는 그런 사람이 하나도 없었다.

물론 레이철의 태도가 잘못은 아니었으므로 결코 꺼림칙하지는 않았다. 하지만 호기심이 느껴지기는 했다. 우리 둘이 동등해지는 그런 순간 그녀가 수동적인 태도를 보이는 것은, 우리 사이의 수직적인 관계가 드러나는 다른 때에 그녀가 보여주는 태도와는 완전히 대조적이었다. 침대가 아닌 다른 곳에서 그녀는 분명히 주도권을 행사하거나, 하려고 했다. 그녀가 이처럼 미묘하게 모순된 행동을 보이는 것 때문에 내가 그녀에게 사로잡혔음이 틀림없었다.

'고양이와 바이올린'으로 가기 위해 선셋 대로를 건너려고 걸음을 멈췄을 때였다. 달려오는 차가 있는지 도로 왼편을 흘깃 바라보는데, 저 멀리서 뭔가가 움직이는 모습이 시야의 가장자리에 잡혔다. 사람의 형체가 문 닫은 상점의 어두운 문간으로 몸을 숨기는 것이 보였다. 온몸이 오싹해졌지만 나는 움직이지 않았다. 그냥 그 사람이 움직이던 곳을 몇 초 동안 바라보기만 했다. 그 사람이 몸을 숨긴 문간까지의 거리는 대략 20미터쯤 되는 것 같았다. 남자임이 확실했다. 그는 아마 지금도 그 자리에서 어둠 속에 숨어 나를 지켜보고 있을 터였다.

나는 그 문간을 향해 단호하게 재빨리 네 걸음을 뗀 뒤 그대로 멈춰 섰다. 상대를 향해 한번 허세를 부려본 것이었지만, 상대방이 문간을 나와 도망치지 않았으므로 결국 혼자 헛수고한 꼴이었다. 심장박동이 빨라졌다. 그 남자가 그냥 잘 곳을 찾는 노숙자일 가능성도 있었다. 다른 가능성도 얼마든지 있었다. 그래도 무서웠다. 그 남자는 부랑자일 수도, 시인일 수도 있었다. 헤아릴 수 없이 많은 가능성이 눈 깜짝할 사이에 머리를 가득 채웠다. 내 얼굴은 텔레비전에 나온 적이 있다. 시인도 텔레비전을 보고 결정을 내렸을 것이다. 문제의 문간은 윌콕스 호텔로 돌아가는 길목에 있었다. 그러니 모텔로 돌아갈 수는 없었다. 나는 재빨리 몸을 돌려 술집을 향해 길을 건넜다.

그런데 갑자기 자동차 경적 소리가 천둥처럼 터져 나오는 바람에 깜짝 놀라 뒤로 물러났다. 처음부터 차에 치일 위험은 없었다. 십대들의 웃음소리를 꼬리처럼 매달고 쌩 하니 달려간 그 자동차는 나와 차선 두 개를 사이에 두고 있었다. 어쩌면 그 십대 녀석들은 내 표정을 보고 쉽게 겁을 줄 수 있겠다고 생각한 건지도 모른다.

나는 술집에 들어가 블랙앤탠 한 잔과 치킨윙을 주문한 뒤 담배 자판기의 위치를 물었다. 이렇게 우여곡절 끝에 담배를 입에 물고 성냥으로 불을 붙이면서 보니 내 손이 떨리고 있었다. 이건 또 뭔가. 나는 바 뒤의 거울에 비친 내 모습을 향해 푸르스름한 연기를 내뿜었다.

이제 그만 문을 닫겠다는 소리가 들리는 2시까지 그 술집에 있다가, 나처럼 끝까지 버티던 사람들과 함께 밖으로 나왔다. 여러 사람과 함께 움직이는 것이 안전하다고 판단해서였다. 많은 사람들 뒤에서 어슬렁거리며 나는 윌콕스 호텔이 있는 동쪽을 향해 걸어가는 취객 세 명을 찾아내 몇 미터 간격을 두고 그들 뒤를 따라갔다. 우리는 길 건너편에서 문제의 그 문간 앞을 지나갔다. 그 문간과 나 사이에 2차선 도로가 있었으므로 그 어둠 속에 누가 있는지 어떤지 알 수 없었다. 하지만 나는 그 자리에서 머뭇거리지 않았다. 마침내 윌콕스 호텔 앞까지 오자, 내 호위대 역할을 해준 취객들에게서 떨어져 나와 빠른 걸음으로 선셋 대로를 건너 모텔로 다가갔다. 로비에 들어서서 이제는 낯익은 프런트 직원의 얼굴을 본 뒤에야 비로소 호흡이 정상으로 돌아왔다.

늦은 시각인 데다가 맥주를 잔뜩 마셨는데도 워낙 놀란 탓인지 피곤이 전혀 느껴지지 않았다. 잠도 오지 않았다. 방에 들어온 나는 옷을 벗고 침대에 누워 불을 껐지만, 그래 봤자 소용없다는 것을 이미 알고 있었다. 10분 뒤 나는 현실을 인정하고 다시 불을 켰다.

뭔가 정신을 쏟을 것이 필요했다. 내 마음을 가라앉혀 잘 수 있게 해줄 만한 것. 그래서 지금까지 이런 일이 있을 때마다 헤아릴 수 없을 만큼 자주 사용했던 방법을 쓰기로 하고 컴퓨터를 침대 위로 가져왔다. 전원을 넣고 모뎀을 연결한 뒤 장거리 전화로 〈로키 마운틴 뉴스〉에 접속했다. 내게 들어온 메시지는 없었다. 사실 기다리는 메시지도 없었다. 하지만 이렇게 메시지를 확인하면서 마음이 점점 차분해지기 시작했다. 기사를 조금 훑어보다가 AP 통신이 내 기사를 축약해 전국에 내보냈음을 알게 되었다. 내일이면 이 기사가 폭탄처럼 위력을 발휘할 것이다. 뉴욕에서부터 이곳 로스앤젤레스에 이르기까지 전국의 언론사 간부들이 내 이름을 알게 될 것이다. 그것이 내 희망사항이었다.

접속을 끊은 뒤 컴퓨터로 카드 짝 맞추기 게임을 조금 했지만 계속 지기만 하는 것에 싫증이 났다. 그래서 피닉스에서 가져온 호텔 영수증이나 보려고 컴퓨터 가방을 뒤졌지만 가방에는 아무것도 없었다. 가방 안의 주머니란 주머니는 죄다 뒤져봐도 영수증 다발을 찾을 수 없었다. 나는 재빨리 베갯잇을 쥐고 용의자의 몸수색을 하듯이 뒤져보았지만 그 안에 있는 것이라고는 옷가지뿐이었다.

"젠장." 나는 큰소리로 말했다.

눈을 감고 비행기에서 그 영수증을 갖고 한 일들을 떠올려보았다. 등받이 주머니 속에 영수증을 쑤셔 넣던 기억이 나면서 두려움이 나를 휩쓸고 지나갔다. 하지만 워런과 전화로 이야기를 나눈 뒤 내가 다른 전화를 걸려고 영수증을 다시 꺼낸 기억이 났다. 비행기가 공항 활주로로 접근할 때 그 종이들을 다시 컴퓨터 가방 안에 넣은 기억도. 영수증을 비행기에 놓고 내리지 않은 것만은 틀림없었다.

그렇다면 남은 가능성은, 누군가가 내 방에 와서 영수증을 가져갔다는 것밖에 없었다. 나는 잠시 방 안을 서성거렸다. 뭘 어떻게 해야 할지 당황스러웠다. 경우에 따라 장물로 간주될 수도 있는 물건을 가지고 있다가 도둑맞은 꼴이었으니, 누구에게 불평을 늘어놓겠는가.

나는 화가 나서 문을 열고 프런트로 향했다. 직원은 〈상류사회〉라는 잡지를 읽고 있었는데, 잡지 표지에는 거리의 신문판매대에 이 잡지를 전시할 수 있게 팔과 손으로 솜씨 좋게 전략적인 부분들을 가린 여성의 누드 사진이 실려 있었다.

"혹시 누가 내 방에 들어가는 걸 본 적 있어요?"

직원은 어깨를 으쓱하며 고개를 저었다.

"아무도?"

"내가 본 사람이라고는 손님과 함께 있던 그 여자분과 손님뿐입니다. 그게 다예요."

잠시 그를 바라보며 기다렸지만, 그는 더 이상 아무 말도 하지 않았다.

"알았어요."

내 방으로 돌아가 혹시 누가 열쇠를 딴 흔적이 있는지 보려고 열쇠구멍을 살핀 뒤 안으로 들어갔다. 열쇠구멍만으로는 판단이 서지 않았다. 열쇠구멍에는 긁힌 자국이 많이 남아 있었지만, 워낙 낡은 건물이니 몇 년 전부터 같은 상태였는지 모를 일이었다. 게다가 설사 내 목숨이 달려 있다 해도 억지로 열쇠를 딴 흔적 따위 알아볼 수 있는 실력 또한 내게는 없었다. 그래도 열쇠구멍을 살펴보았다. 머리끝까지 화가 나 있었기 때문에.

레이철에게 전화해 내 방에 도둑이 들었다고 말하고 싶었지만 도둑이 훔쳐간 물건이 무엇인지 말할 수 없다는 게 문제였다. 내가 저지른 짓을 그녀에게 알리고 싶지 않았다. 오랜 옛날 학교 체육관 관람석에서 있었던 일, 그 뒤에 배운 여러 교훈들이 머릿속을 스치고 지나갔다. 나는 옷을 벗고 다시 침대에 누웠다.

잠이 찾아올 때까지, 소슨이 내 방에 들어와 물건을 뒤지는 모습이 계속 머릿속에 떠올랐다. 잠이 들면서도 나는 여전히 화를 품은 채였다.

37

결정적 증거

방문을 두드리는 시끄러운 소리에 잠에서 깼다. 눈을 뜨자 커튼 주위로 햇빛이 밝게 흘러 들어오고 있었다. 해가 이미 중천에 떠 있었다. 내가 한참 늦잠을 잤다는 뜻이었다. 바지를 입고 셔츠의 단추를 잠그면서 구멍으로 밖을 내다보지도 않고 서둘러 문을 열었다. 밖에 서 있는 사람은 레이철이 아니었다.

"잘 잤어, 친구? 일어나서 씻어야지. 오늘은 나랑 같이 움직일 거야. 그만 나가봐야 돼."

나는 멍하니 그를 바라보았다. 소슨이 손을 뻗어 이미 열려 있는 문을 또 두드렸다.

"여보세요? 여기 누구 없어요?"

"당신이랑 같이 행동한다는 게 무슨 뜻이야?"

"그 말 그대로야. 당신 여자친구는 반드시 혼자 해야 하는 일이 있어서 말이야. 배커스 요원이 오늘은 나랑 함께 다니라고 했어."

오늘 하루를 소슨과 보내야 한다는 생각에 내가 느낀 기분이 얼굴에 고스란히 드러난 모양이었다.

"나도 좋아 미칠 지경인 건 아냐." 그가 말했다. "그래도 나는 명령을 따르는 사람이라서 말이야. 뭐, 당신이 종일 침대에 누워 있고 싶다 해도 내가 상관할 바는 아니지만. 난 그냥 명령대로…."

"금방 옷 입고 나올게. 몇 분만 기다려."

"5분 줄게. 골목에 세워둔 자동차로 나와. 제시간에 못 나오면 혼자 돌아다녀야 할 거야."

그가 가버린 뒤 협탁에 놓인 손목시계를 보았다. 8시 30분. 생각만큼 늦은 시각은 아니었다. 나는 준비하는 데 5분이 아니라 10분을 썼다. 샤워기 밑에 머리를 들이밀고 소슨과 보내게 될 오늘 하루를 생각했다. 순간순간이 끔찍할 것 같았지만 내가 가장 많이 생각한 것은 레이철이었다. 배커스가 그녀에게 과연 무슨 일을 맡겼는지, 나는 왜 그 일에 포함시키지 않았는지.

밖으로 나가 그녀의 방문을 두드렸지만 아무 응답이 없었다. 문에 귀를 대고 들어봐도 아무 소리도 나지 않았다. 그녀는 여기 없었다.

골목으로 나가 보니 소슨은 여러 자동차 중 한 대의 트렁크에 기대서 있었다.

"늦었잖아."

"그래. 미안. 레이철은 어디 있어?"

"미안하지만, 친구. 그건 팀장한테 물어봐. 여기 FBI에서 팀장이 당신 스승 역할을 하는 것 같던데."

"이봐, 소슨. 내 이름은 친구가 아냐, 알겠어? 내 이름을 부르기 싫으면 아예 부르지 마. 내가 늦은 건, 부장한테 전화해서 오늘 기사를 안 쓸 거라고 얘기했기 때문이야. 부장 반응이 별로 좋지 않았어."

나는 조수석 문 앞으로 갔고, 소슨은 차 옆을 돌아 운전석으로 갔다. 나는 그가 문의 잠금장치를 열어줄 때까지 기다려야 했다. 그런데 소슨은 내가 기다리고 있다는 사실을 모르는 사람처럼 행동했다.

"당신네 부장이 뭐라고 했든 내 알 바 아냐." 그는 자동차 지붕 너머로 이렇게 말하곤 차에 올라탔다.

나도 차에 탔다. 대시보드에 커피 두 잔이 놓여 있었다. 커피에서 올라온 김이 앞 유리창에 안개처럼 서렸다. 나는 마약 중독자가 마약을 바라보듯이 그 커피를 바라보았지만 아무 말도 하지 않았다. 아무래도 소슨이 나를 상대로 무슨 장난을 치려는 심산인 것 같았다.

"하나는 당신 거야, 친…. 저, 잭. 크림이나 설탕을 넣고 싶으면 거기 서랍을 열어 봐."

그가 차에 시동을 걸었다. 나는 그를 바라보다가 다시 커피로 시선을 돌렸다. 소슨이 손을 뻗어 커피 한 잔을 가져가서는 뚜껑을 열고 한 모금 마셨다. 마치 수영선수가 온도를 알아보려고 수영장 물속에 발가락만 살짝 담글 때처럼 아주 조금.

"아아." 그가 말했다. "난 뜨거울 때 블랙으로 마셔. 내 여자들하고 똑같이."

그가 나를 바라보며 당신도 남자니까 알 것 아니냐고 말하는 것 같은 표정으로 윙크했다.

"그러지 말고 마셔, 잭. 차가 움직여서 커피 쏟아지는 건 싫으니까."

나는 커피 잔을 들고 뚜껑을 열었다. 소슨은 차를 움직이기 시작했다. 나는 커피를 살짝 한 모금 마셨다. 하지만 마치 차르의 음식 시험관이 차르보다 먼저 음식 맛을 보는 것 같은 기분이었다. 맛있었다. 카페인의 효과도 금방 나타났다.

"고마워." 내가 말했다.

"그 정도로 뭘. 나도 그게 없으면 하루를 시작할 수 없거든. 어떻게 된 거야? 잠을 잘 못 잔 거야?"

"뭐, 그렇다고 할 수 있지."

"나랑은 다르네. 난 어디서든 잘 자거든. 여기처럼 후진 데서도. 난 아주 잘 잤어."

"혹시 몽유병 같은 거 없지?"

"몽유병? 그게 무슨 소리야?"

"이봐, 소슨, 커피를 사준 건 고마워. 하지만 워런한테 전화 건 사람이 당신이라는 것도, 어젯밤에 내 방에 들어왔던 사람 역시 당신이라는 것도 다 알고 있어."

소슨은 배달용 차량 전용이라고 표시된 길가에 차를 세우고는 기어를 주차에 놓고 나를 바라보았다.

"방금 뭐라고 했어? 그게 무슨 소리야?"

"다 알아들었잖아. 어제 내 방에 들어왔었지? 지금은 비록 증거가 없지만, 워런이 나보다 먼저 또 기사를 쓴다면 난 무조건 배커스를 찾아가서 내가 본 걸 말할 거야."

"이봐, 친구, 그 커피를 봐. 그건 평화롭게 잘 지내보자는 뜻으로 사온 거야. 그걸 내 얼굴에 끼얹고 싶다면 마음대로 해. 난 도대체 무슨 소리를 하는 건지 모르겠으니까. 마지막으로 말하는데, 난 기자들하고는 말 안 해. 절대로. 지금 당신하고 이야기하는 건, 당신이 특권을 인정받아서야. 그뿐이라고."

그는 거칠게 기어를 넣고 자동차들 속으로 뛰어들었다. 다른 자동차의 운전사가 경적을 울리며 성난 목소리로 소리를 질러댔다. 뜨거운 커피가 손에 쏟아졌지만 나는 아무 말도 하지 않았다. 우리는 침묵 속에서 몇 분을 달려 콘크리트와 유리와 강철로 된 협곡 속으로 들어섰다. 윌셔 대로였다. 우리는 시내의 고층빌딩 숲을 향해 가는 중이었다. 더는 커피의 맛을 느낄 수 없었으므로 나는 뚜껑을 덮어버렸다.

"지금 어디로 가는 거야?" 마침내 내가 물었다.

"글래든의 변호사를 만나러. 그다음에는 샌타모니카로 가서 그 쓰레기 같은 녀석을 잡았다가 그냥 놓아준, 기운 넘치는 형사들을 만날 거야."

"나도 〈로스앤젤레스 타임스〉 기사를 읽었어. 그들은 그 녀석 정체를 몰랐잖아. 그들 잘못이 아냐."

"그래, 맞아. 누구 탓도 아니겠지."

소슨이 선의의 뜻으로 내민 손을 내가 잡았다 완전히 밀쳐버린 꼴이었다. 이제 그는 골이 나서 무조건 빈정거리고 있었다. 내가 아는 한 이건 그의 평소 모습이었지만, 그래도 내 잘못인 것만은 틀림없었다.

"이봐." 나는 커피를 바닥에 내려놓고, 이제 그만 포기하겠다는 뜻으로 양손을 들어 올리며 말했다. "미안해, 미안하다고. 내가 당신과 워런의 관계나 그 밖의 일에 관해서 잘못 생각했다면 미안해. 내 눈에는 그냥 그렇게 보여서 그랬을 뿐이야. 내가 틀렸다면, 틀린 거겠지."

그는 아무 말도 하지 않았다. 침묵이 점점 나를 짓눌렀다. 아무래도 공이 아직 내 손에 있는 모양이었다. 그렇다면 내가 해야 할 말이 더 있다는 뜻이었다.

"다시는 그 얘기 안 꺼낼게, 이제 됐지?" 나는 거짓말을 했다. "그리고… 나와 레이철 때문에 화가 났다면 그것도 미안해. 어쩌다 보니 그렇게 됐어."

"이봐, 잭, 그건 사과할 필요 없어. 난 당신한테도, 레이철한테도 관심 없으니까. 그 여자는 내가 관심 있는 줄 알지. 틀림없이 당신한테도 그렇게 말했을 거야. 하지만 틀렸어. 내가 당신이라면 그 여자를 조심할 거야. 그 여자한테는 항상 뭔가 다른 꿍꿍이가 있거든. 내 충고 명심해."

"그래."

하지만 나는 이 말을 듣자마자 그냥 잊어버렸다. 이 사람이 레이철한테 품고 있는 앙심이 나한테까지 전염되는 건 싫었다.

"오색사막(미국 애리조나 주의 고원지대. 선명한 색의 암석으로 유명-옮긴이)이라고 들어봤어, 잭?"

나는 무슨 소리인가 싶어서 눈을 가늘게 뜨고 그를 바라보았다.

"그래, 들어봤어."

"가본 적 있어?"

"아니."

"당신이 지금 레이철과 사귀는 건, 거기에 가 있는 것과 같아. 그 여자는 오색사막이야. 눈으로 보기에는 아름답지만 일단 그 사막에 발을 들여놓고 나면, 아주 황량해. 그 아름다움 뒤에는 아무것도 없다고, 잭. 게다가 사막에서는 밤에 날이 아주 추워져."

나는 한 대 세게 후려치는 것 같은 효과를 낼 수 있는 말로 그를 혼내주고 싶었다. 하지만 그의 앙심과 분노가 너무 깊어서 나는 말문이 막혔다.

"그 여자가 당신을 조종할 수도 있어." 그가 계속 말을 이었다. "아니면 갖고 놀 수도 있고. 장난감처럼. 조금 전까지만 해도 나랑 영원히 같이 있을 것처럼 굴다가 금방 태도가 바뀌지. 그러고는 사라져버리는 거야."

여전히 난 아무 말도 하지 않았다. 내 시야에 그의 모습이 조금이라도 들어오는 것이 싫어 고개를 돌리고 창밖을 내다보았다. 몇 분 뒤 그는 목적지에 다 왔다면서 어떤 사무용 건물의 주차장으로 들어갔다.

푸엔테스 법률 센터라는 그 건물의 로비에서 입주건물 목록을 훑어본 뒤 우리는 말없이 엘리베이터를 타고 7층으로 올라갔다. 오른쪽에 크래스너&피콕 법률사무소라는 마호가니 명판이 달린 문이 있었다. 소슨은 그 안으로 들어가 접수대 직원 앞에 신분증을 보여주며 크래스너를 만나고 싶다고 말했다.

"죄송합니다. 크래스너 씨는 아침에 법원에 가셨습니다."

"확실해요?"

"그럼요. 지금은 기소인부절차가 있거든요. 점심시간 뒤에나 돌아오실 거예요."

"이 근처인가요? 어느 법원이죠?"

"이 근처예요. 형사법원."

우리는 차를 그냥 주차장에 놔두고 형사법원까지 걸어갔다. 기소인부절차는 이 건물 5층의 엄청나게 커다란 법정에서 진행되고 있었다. 대리석으로 벽을 장식한 법정 안에는 변호사, 피고인, 피고의 가족 등이 북적거렸다. 소슨은 방청석 첫째 줄 옆의 책상에 앉아 있는 보안관보에게 다가가, 분주히 움직이는 변호사들 중 누가 아서 크래스너냐고 물었다. 그녀는 키 작은 빨간 머리 남자를 가리켰다. 그는 머리가 점점 벗어지는 중이었고, 얼굴도 붉었다. 지금 그는 법정 중간의 울타리 근처에 서서 양복 입은 어떤 남자와 이야기하는 중이었다. 그 남자 역시 변호사임이 확실했다. 소슨은 유대인 땅딸보 요정 같이 생겼다는 말을 혼자 중얼거리며 그에게 다가갔다.

"크래스너 씨?" 소슨은 두 남자의 대화가 잠시 잠잠해지기를 기다리지도 않고 다짜고짜 말했다.

"그런데요."

"복도에서 잠깐 얘기 좀 할 수 있을까요?"

"누구시죠?"

"그건 복도에서 설명하겠습니다."

"지금 설명하지 않으면, 그냥 혼자 복도로 나가야 할 겁니다."

소슨은 신분증이 든 지갑을 열었다. 크래스너는 신분증에 적혀 있는 글자를 읽더니 돼지처럼 생긴 자그마한 눈동자를 바삐 굴리며 뭔가 생각하는 것 같았다.

"그래요, 이제 무슨 일인지 아셨죠?" 소슨은 이렇게 말하고 나서 크래스너와 이야기하던 변호사에게 말을 걸었다. "아무래도 우리가 실례를 좀 해야겠습니다."

복도로 나온 뒤 크래스너는 변호사다운 허세를 어느 정도 회복했다.

"5분 뒤면 저 안에서 기소인부절차가 시작될 겁니다. 도대체 무슨 일입니까?"

"그 얘기는 이미 한 것 같은데요." 소슨이 말했다. "당신 고객인 윌리엄 글래든의 일입니다."

"그런 이름은 들어본 적 없습니다."

그는 소슨의 옆을 지나쳐 법정 문으로 가려고 했다. 소슨은 무심히 손을 뻗어 그의 가슴에 대고 그를 제지했다.

"이러지 마세요." 크래스너가 말했다. "당신은 내 몸에 손댈 권리가 없습니다. 날 건드리지 마세요."

"글래든이 누군지 알면서 왜 이러십니까, 크래스너 씨. 당신은 지금 이 남자의 정체를 법원과 경찰에 알리지 않고 숨겨준 중대한 혐의를 받고 있습니다."

"잘못 생각하셨습니다. 난 그 사람이 누군지 전혀 몰랐어요. 그냥 겉으로 드러난 사실만 보고 사건을 맡았을 뿐입니다. 나중에 그 사람의 정체가 밝혀졌다지만, 그건 나랑 상관없는 일이에요. 게다가 내가 그 사람의 정체를 알았다는 증거도 전혀 없잖습니까."

"헛소리는 그만두시죠. 그런 소리는 저 안의 판사한테나 해요. 글래든은 지금 어디 있습니까?"

"전혀 몰라요. 설사 내가 안다 해도…."

"말하지 않을 거다? 그게 바로 잘못이라는 겁니다, 크래스너 씨. 내 말 잘 들어요. 당신이 글래든 씨를 변호한 기록을 읽어봤는데, 상황이 좋지 않아요. 무슨 뜻인지 알겠습니까? 뭔가가 찜찜하단 말입니다. 당신이 곤란해질 수도 있어요."

"도대체 무슨 소리인지 모르겠군."

"그 작자가 체포된 뒤 당신을 어떻게 알고 연락하게 된 겁니까?"

"모릅니다. 그 사람한테 물어보지 않았으니까."

"누가 추천해 준 건가요?"

"네, 뭐, 그랬겠죠."

"누가요?"

"모릅니다. 물어보지 않았다고 했잖아요."

"당신도 아동성애자입니까, 크래스너 씨? 애들을 보면 흥분해요? 혹시 남자애든 여자애든 가리지 않는 것 아니에요?"

"뭐라고요?"

소슨은 이렇게 말로 공격하면서 조금씩, 조금씩 그를 밀어붙여 어느새 복도의 대리석 벽까지 가 있었다. 크래스너가 점점 지친 기색을 드러내기 시작했다. 이제 그는 서류가방을 몸 앞쪽으로 들고 있었다. 마치 방패처럼. 그다지 튼튼한 방패는 아니었지만.

"내 말이 무슨 뜻인지 알면서 왜 이러십니까?" 소슨이 그를 압박했다. "이 도시의 하고 많은 변호사들 중에서 글래든이 왜 하필 당신한테 전화를 걸었을까요?"

"이미 말했잖아요." 크래스너가 고함을 지르자 복도를 지나던 사람들이 모두 그를 흘깃 바라보았다. 그는 목소리를 낮춰 속삭이듯 말했다. "그놈이 왜 날 선택했는지 몰라요. 그냥 전화를 걸어왔다고요. 내 번호를 전화번호부에서 봤겠죠. 여긴 자유국가니까, 누구한테 전화하든 그놈 맘이잖아요."

소슨은 잠시 머뭇거리며 크래스너에게 말을 계속할 여유를 주었다. 하지만 크래스너는 그 미끼를 물지 않았다.

"어제 기록을 읽어봤습니다." 소슨이 말했다. "보석이 결정된 지 2시간 하고 15분 만에 그놈을 빼내셨더군요. 보석금을 어떻게 마련하셨습니까? 그놈한테 미리 돈을 받아뒀죠? 그렇다면, 그놈이 유치장에서 밤을 보냈는데 어떻게 그놈한테서 돈을 받은 겁니까?"

"온라인 송금으로요. 불법적인 일은 하지 않았습니다. 전날 저녁 내 수임료와 보석금 예상액수에 대해 이야기를 나눴고, 그놈이 다음 날 아침 온라인으로 송금해 줬습니다. 난 모르는 일이에요. 난… 당신들 여기서 이런 식으로 나한테 굴욕을 주는 법이 어디 있습니까?"

"그건 내 맘이지. 당신 진짜 역겨워. 경찰들한테 당신이 어떤 사람인지 확인해 봤어, 크래스너. 당신이 어떤 사람인지 이미 안다고."

"그게 무슨 소리예요?"

"지금은 모르는 척해도 금방 알게 될 거야. 그 사람들이 당신을 잡으러 올 테니까, 땅딸보 아저씨. 당신이 그놈을 풀어준 다음 그놈이 한 짓을 봐. 그 망할 놈이 무슨 짓을 했는지 보라고."

"난 몰랐다니까요!" 크래스너가 용서를 간청하듯 애처로운 목소리로 울먹거렸다.

"그래, 다들 모른다고 하지. 휴대전화 있어?"

"네?"

"전화 말이야. 전화."

소슨이 손바닥을 펴서 크래스너의 서류가방을 찰싹 때렸다. 크래스너는 마치 막대기에 찔린 소처럼 화들짝 놀랐다.

"그래요, 그래요, 전화 있어요. 이렇게까지 할 필요는…."

"잘됐네. 그거 꺼내. 당신 사무실 접수 직원한테 전화해서 그 온라인 송금 기록을 찾아보라고 해. 내가 15분 뒤에 갈 테니까 그걸 복사해 두라고."

"그걸 가져갈 순…. 난 그 사람 변호사예요. 그가 무슨 짓을 했든 보호해 줄 의무가 있어요. 나는…."

소슨이 손등으로 서류가방을 다시 찰싹 치자 크래스너는 말을 하다 말고 입을 다물어버렸다. 소슨은 이 자그마한 변호사를 마음대로 휘두르면서 진정한 성취감을 느끼고 있는 것 같았다.

"전화해, 크래스너. 그럼 내가 경찰한테 당신이 날 도와줬다고 말해 줄게. 지금 전화하지 않고 살인사건이 또 발생하면, 그건 당신 책임이야. 이제 당신도 그놈이 어떤 놈인지 알고 있잖아."

크래스너는 천천히 고개를 끄덕이고는 서류가방을 열었다.

"바로 그거야, 변호사." 소슨이 말했다. "이제 당신도 광명을 찾았군."

크래스너가 직원에게 전화를 걸어 떨리는 목소리로 지시를 내리는 동안 소슨은 말없이 서서 그를 지켜보았다. 착한 경찰 역할을 해줄 파트너도 없이 나쁜 경찰 역할을 하면서 이토록 솜씨 좋게 정보를 캐내는 사람은 보다 보다 처음이었다. 내가 지금 소슨의 솜씨에 감탄하고 있는 건지, 아니면 기가 차서 경악하고 있는 건지도 판단이 서지 않았다. 하지만 소슨이 잘난 척 허세를 부리는 데 이골이 난 사람을 한심하게 부들부들 떠는 몰골로 만들어버린 것은 사실이었다. 크래스너가 통화를 끝내자 소슨은 온라인으로 송금된 액수가 얼마냐고 물었다.

"딱 6천 달러예요."

"5천은 보석금이고, 1천은 당신 몫이군. 왜 좀 더 짜내지 그랬어?"

"자기가 마련할 수 있는 돈이 그것뿐이라고 했어요. 난 그 말을 믿었고요. 이제 가도 될까요?"

크래스너는 체념한 패배자의 표정을 짓고 있었다. 소슨이 뭐라고 대답하기 전에 법정 문이 열리더니 법정경위가 고개를 내밀었다.

"아티, 당신 차례예요."

"알았어요, 제리."

크래스너는 소슨의 대답을 기다리지 않고 문으로 향했다. 하지만 이번에도 소슨이 그의 가슴을 한 손으로 짚으며 그를 막았다. 크래스너는 아까와 달리 자기 몸에 손대지 말라는 말을 하지 않았다. 그는 멍하니 앞만 바라보며 그냥 걸음을 멈췄다.

"아티, 아티라고 불러도 되지? 가슴에 손을 얹고 마음속을 들여다보는 게 좋을 거야. 당신은 지금 말한 것보다 아는 게 더 많아. 아주 많지. 당신이 시간을 낭비할수록 누군가의 목숨이 헛되이 사라질 위험이 커지거든. 잘 생각해 보고 내게 연락해."

그는 자기 명함을 크래스너의 양복 가슴 주머니에 찔러 넣고는 그 위를 부드럽게 톡톡 두드렸다.

"여기서 내가 머무르는 곳 전화번호를 뒤에 적어놓았어. 연락해. 내가 다른 데서 필요한 정보를 얻은 뒤에 당신도 그 정보를 알면서 말해주지 않았단 걸 알게 되면, 국물도 없을 줄 알아, 변호사 양반. 진짜 국물도 없어."

소슨이 이 말을 하고 나서 뒤로 물러서자 크래스너는 천천히 법정 안으로 들어갔다.

소슨은 인도로 나온 뒤에야 내게 말을 걸었다.

"저놈이 내 말을 알아들었을까?"

"알아들었을 거야. 나라면 전화기 옆에서 기다리겠다. 저놈이 연락할 테니까."

"그건 두고 봐야지."

"뭣 좀 물어봐도 돼?"

"뭔데?"

"정말로 경찰한테 저놈에 대해 물어봤어?"

소슨은 대답 대신 빙긋 웃었다.

"저놈이 아동성애자라는 것 말이야, 그거 어떻게 알았어?"

"그냥 넘겨짚은 거야. 아동성애자들은 자기들끼리 연결망이 있거든. 자기들끼리 몰려다니는 걸 좋아한다고. 전화 연결망, 컴퓨터 연결망, 이런 식으로 서로를 지원해 주는 시스템이 있지. 그놈들은 자기들이 세상과 대결한다고 생각해. 자기들은 세상에서 이해받지 못하는 소수집단이다, 뭐 이런 헛소리를 지껄이면서 말이야. 그래서 그놈이 어딘가의 추천 명단에서 크래스너의 이름을 봤을지도 모른다는 생각이 들었어. 그러니 한번 넘겨짚어볼 가치가 있다 싶었지. 내가 보기에, 크래스너가 아주 충격을 받은 것 같아. 내 말이 정곡을 찌르지 않았다면, 송금 기록을 절대 나한테 넘기지 않았을 거야."

"그랬을지도 모르지. 글래든이 누군지 몰랐다는 말이 진실일 수도 있고. 아니면 그냥 양심적인 사람이라 사람이 다치는 게 싫어서 그랬을 수도 있어."

"변호사를 만난 적이 별로 없는 모양이지?"

10분 뒤 우리는 크래스너&피콕 법률사무소 밖에서 엘리베이터를 기다리고 있었다. 소슨은 6천 달러의 온라인 송금 영수증을 살피는 중이었다.

"잭슨빌에 있는 은행이야." 그가 시선을 들지 않은 채 말했다. "레이치한테 조사해 보라고 해야겠어."

그가 레이철의 이름을 줄여서 말한 것이 귀에 들어왔다. 왠지 두 사람이 친밀한 사이인 것 같았다.

"왜 레이철이야?" 내가 물었다.

"지금 플로리다에 가 있으니까."

그가 영수증에서 시선을 들어 나를 바라보았다. 그는 웃고 있었다.

"내가 말 안 했나?"

"그래, 말 안 했어."

"팀장이 오늘 아침에 레이철을 그리 보냈어. 최면술사 호러스를 만나보고 거기 플로리다팀이랑 같이 움직일 거야. 아, 로비에서 전화 좀 써야겠다. 이 계좌번호를 레이철한테 알려주라고 해야겠어."

함정

시내에서 샌타모니카로 가는 동안 우리는 거의 말을 하지 않았다. 나는 플로리다에 가 있는 레이철을 생각했다. 수사의 최전선이 이곳인데 배커스가 왜 그녀를 그리로 보냈는지 이해할 수 없었다. 가능성은 두 가지였다. 하나는 레이철이 모종의 이유로, 아마도 나 때문에 벌을 받아 수사의 최전선에서 빠지게 됐다는 것, 또 하나는 내가 모르는 새로운 단서가 발견됐는데 이들이 고의적으로 내게 숨기고 있다는 것이었다. 둘 다 마음에 들지 않았지만, 나는 내심 첫 번째 경우였으면 좋겠다는 생각을 했다.

소슨은 운전하는 내내 생각에 잠겨 있는 것 같았다. 아니면 그냥 나와 함께 다니는 것에 진력이 난 것일 수도 있고. 그런데 샌타모니카 경찰국 앞에 차를 세운 뒤 그는 내가 묻지도 않은 질문에 대답해 주었다.

"글래든이 체포됐을 때 여기서 압수한 물건만 받아오면 돼. 물건들을 다 한데 모을 작정이니까."

"이 사람들이 순순히 물건을 내줄까?"

자그마한 도시의 경찰국, 아니 사실상 모든 경찰국이 연방수사국의 힘에 눌리는 것에 어떤 반응을 보이는지 나도 잘 알고 있었다.

"그건 두고 봐야지."

형사과 접수대를 지키는 직원은, 콘스턴스 델피는 법원에 나가 있지만 그녀의 파트너 론 스위처는 곧 우리를 만나러 나올 수 있다고 알려주었다. 스위처에게 '곧'이라는 말은 10분을 의미했다. 소슨은 이렇게 시간이 오래 걸린 것이 마땅치 않은 기색이었다. FBI는, 아니 적어도 고든 소슨이라는 FBI 요원은 누구든 기다리는 것을 별로 좋아하지 않는 모양이었다. 상대가 소도시의 경찰관이라면 더욱더.

마침내 모습을 드러낸 스위처는 접수대 뒤에 서서 우리더러 무슨 일로 오셨느냐고 물었다. 그는 내게 한 번 더 시선을 주었는데, 아무래도 내 수염과 옷차림이 자기가 생각하던 FBI의 이미지와 맞지 않는다고 생각하는 것 같았다. 그는 자기 자리로 같이 가자는 뜻으로 해석될 만한 말이나 행동은 전혀 하지 않았다. 소슨도 그 못지않게 뚝뚝 끊어지는 말투로 무례하게 대응했다. 그는 안주머니에서 작게 접은 하얀 종이를 꺼내 접수대 위에 펼쳐놓았다.

"윌리엄 글래든, 일명 해럴드 브리스베인이 체포됐을 때 갖고 있던 소지품 목록입니다. 그 물건들을 수령하러 왔습니다."

"무슨 소리를 하는 겁니까?" 스위처가 말했다.

"방금 말했잖습니까. FBI가 수사에 참여해 윌리엄 글래든에 관한 전국적인 수사를 이끌고 있습니다. 그러니 당신들이 갖고 있는 물건을 전문가한테 보일 필요가 있습니다."

"이봐요, 요원 양반. 여기도 전문가가 있습니다. 그놈과 관련된 사건도 있고요. 우리 사건의 증거를 남한테 넘길 생각은 없습니다. 법원의 명령서나 지방검사의 승인을 받아와요."

소슨은 깊이 숨을 들이쉬었다. 내가 보기에는, 이미 헤아릴 수도 없을 만큼 많이 해본 연기를 되풀이하고 있는 것 같았다. 마을에 새로 나타나서 작은 놈들을 괴롭히는 덩치 큰 골목대장 연기.

"우선…." 그가 말했다. "여기 사건이 웃기지도 않는다는 건 당신도 알고 나도 압니다. 둘째, 우리가 갖고 가겠다는 물건은 증거가 아닙니다. 카메라와 사탕 봉지를 갖고 있죠? 그건 그 어떤 사건의 증거도 아닙니다. 그놈은 경찰관을 피해 도망치고, 공공기물을 부수고, 수로를 오염시킨 혐의를 받고 있습니다. 거기에 카메라가 무슨 상관입니까?"

스위처가 뭐라고 말하려다가 입을 다물었다. 대답이 궁한 모양이었다.

"여기서 잠깐만 기다리세요."

스위처가 어딘가로 가려고 했다.

"난 시간 없는 사람이에요, 형사 양반." 소슨이 그의 뒤통수에 대고 말했다. "난 지금 그놈을 잡으려고 애쓰는 중이란 말입니다. 그놈이 아직 자유로이 돌아다니고 있으니 얼마나 안타까운지 몰라요."

스위처가 성난 표정으로 홱 뒤를 돌아보았다.

"그거 무슨 뜻으로 하는 말입니까? 도대체 무슨 뜻이에요?"

소슨이 별다른 뜻은 없었다는 듯이 양손을 들어 올렸다.

"당신이 생각하는 바로 그 의미죠. 그러니 얼른 가서 당신 상관을 불러와요. 이제부터는 당신 상관하고 이야기할 거니까."

스위처는 어딘가로 갔다가 2분 만에 자기보다 열 살쯤 나이가 많고, 몸무게는 15킬로그램쯤 더 나가고, 화는 두 배쯤 더 난 남자를 데리고 돌아왔다.

“무슨 문제라도 있나?” 그 남자가 짧게 뚝뚝 끊어지는 말투로 말했다.

“아무 문제 없습니다, 경감님.”

“반장이야.”

“아, 반장님. 여기 있는 반장님 부하가 좀 헷갈린 모양이네요. FBI가 윌리엄 글래든에 관한 수사에 참여해서 로스앤젤레스 경찰을 비롯한 전국 경찰국과 손에 손을 잡고 일하고 있다고 설명했는데 말이죠. FBI는 여기 샌타모니카 경찰국에도 손을 내밀기로 했습니다. 그런데 스위처 형사는 글래든에게서 압수한 물건을 꼭 끌어안고 있는 게 글래든의 체포에 도움이 된다고 생각하는 모양이에요. 사실은 그게 수사에 방해가 되는데 말입니다. 솔직히 깜짝 놀랐습니다. 여기서 이런 대접을 받을 줄이야. 여기 전국적인 언론매체에 계시는 분이 같이 있는데, 이분에게 이런 걸 보여주게 될 줄은 몰랐습니다.”

소슨이 손짓으로 나를 가리키자 스위처와 반장이 나를 유심히 살펴보았다. 이런 식으로 이용당하고 보니 소슨에게 화가 나기 시작했다. 반장이 내게서 소슨에게로 시선을 돌렸다.

“우리가 이해할 수 없는 건, 당신들이 이 물건을 왜 가져가려 하느냐는 거야. 나도 목록을 훑어봤지만 카메라, 선글라스, 가방, 사탕 봉지뿐이던데. 필름도, 사진도 없다고. FBI가 그걸 왜 가져가려는 거지?”

“사탕을 화학분석실에 맡긴 적 있습니까?”

반장이 스위처를 바라보자 스위처는 마치 무슨 비밀 신호를 보내듯이 살짝 고개를 저었다.

“그걸 할 겁니다, 반장님.” 소슨이 말했다. “사탕에 다른 약품이 섞이지 않았는지 봐야 하니까요. 카메라도 그렇죠. 여기 형사님들은 모르는 것 같지만, 우리가 수사과정에서 입수한 사진이 몇 장 있습니다. 그 사진에 대해 지금 구체적으로 말할 수는 없고 그냥 대단히 불법적인 사진들이었다고만 해두죠. 중요한 건, 그 사진들을 분석한 결과 그걸 찍은 카메라 렌즈에 흠집이 있다는 걸 알게 됐다는 겁니다. 모든 사진에 지문처럼 그 자국이 있어요. 그러니 그 사진들과 카메라를 비교해 봐야 하고, 그러려면 우리 손에 카메라가 있어야겠죠. 두 분이 카메라를 내줘서 우리가 그 사진과 카메라의 연관성을 밝혀낸다면, 이 작자가 그 사진을 찍었다는 걸 증명할 수 있게 되는 겁니다. 그럼 이놈을 잡았을 때 추가 혐의를 적용할 수 있겠죠. 이놈이 정확히 무슨 꿍꿍이로 이런 짓들을 벌였는지 알아내는 데도 도움이 될 테고요. 그래서 이 물건들을 넘겨달라고 요구하는 겁니다. 자, 여러분. 우리 모두 원하는 건 똑같잖아요."

반장은 한참 동안 아무 말도 하지 않았다. 그러다가 몸을 돌려 자리를 뜨면서 스위처에게 말했다. "증거품 영수증을 반드시 받아둬."

스위처는 풀 죽은 표정으로 반장 뒤를 따라갔다. 자기가 반장을 부르러 가기 전에는 저런 설명을 듣지 못했다고 작은 소리로 속삭이면서. 큰소리로 항의할 수는 없는 모양이었다. 두 사람 모두 모퉁이를 돌아 사무실 안으로 들어간 뒤 나는 속삭이는 목소리도 들릴 수 있을 만큼 소슨에게 가까이 다가갔다.

"나를 또 그런 식으로 이용하려거든 미리 귀띔해 줘." 내가 말했다. "이런 건 전혀 고맙지 않으니까."

소슨은 능글맞게 히죽거렸다.

"훌륭한 수사관은 이용할 수 있는 거라면 뭐든 이용하는 법이야. 아까는 당신이 마침 옆에 있었으니까 그런 거지."

"사진하고 카메라를 비교할 예정이라는 말 사실이야?"

"그럴듯하게 들렸지?"

스위처가 구겨진 자존심을 조금이라도 회복할 수 있는 방법은 접수대에서 우리를 10분 더 기다리게 하는 것뿐이었다. 마침내 그가 마분지 상자를 들고 나타나 접수대 위로 밀었다. 그러고는 소슨에게 영수증에 서명하라고 했다. 소슨이 먼저 상자를 열려고 하자 스위처가 손으로 뚜껑을 잡으며 제지했다.

"전부 그 안에 있어요. 얼른 서명이나 해요. 나도 가서 일해야 하니까. 난 바쁜 사람입니다."

이미 전쟁에서 승리를 거둔 소슨은, 최후의 전투는 스위처에게 양보하기로 하고 영수증에 서명했다.

"당신 말을 믿어보죠. 안에 다 있다고요?"

"나도 옛날에는 FBI 요원이 되고 싶었어요."

"뭐, 너무 낙담하지 말아요. 시험에 실패하는 사람은 많으니까."

스위처의 얼굴이 벌겋게 달아올랐다.

"그런 게 아니에요. 인간답게 살아가는 게 너무 좋아서 FBI 요원이 되지 않기로 했으니까."

소슨이 손을 들어 올려 권총을 겨누듯이 손가락으로 그를 가리켰다.

"좋은 공격이에요. 오늘 하루 즐겁게 보내시길, 스위처 형사."

"이봐요." 스위처가 말했다. "혹시 그쪽의 당신 친구들이 또 필요한 물건이 있다고 하거든, 그게 뭐가 됐든 이쪽으로 전화할 때 생각을 많이 해봐야 할 거라고 전해줘요."

자동차로 돌아오는 길에 나는 도저히 참을 수가 없었다.

"레몬보다 설탕으로 파리를 더 많이 잡을 수 있다는 말을 아마 한 번도 못 들어본 모양이지?"

"파리한테 설탕을 왜 낭비해?" 그가 대꾸했다.

그는 자동차에 탄 뒤에야 상자를 열었다. 뚜껑을 열자 우리가 이미 입에 올렸던 물건들이 비닐봉지에 싸여 있는 게 보였다. '기밀: FBI 요원만 보시오'라고 적힌, 봉인된 봉투도 하나 있었다. 소슨은 봉투를 찢고 사진을 한 장 꺼냈다. 폴라로이드 사진이었는데, 아마도 감옥에서 기록용으로 찍은 것 같았다. 사진에는 남자의 엉덩이가 클로즈업으로 찍혀 있었다. 누군가의 손이 엉덩이 양쪽을 잡고 벌려서 항문 깊숙한 곳까지 분명히 드러나 있었다. 소슨은 그 사진을 잠시 살펴보다가 뒷좌석으로 던져버렸다.

"정말 이상하네." 그가 말했다. "스위처가 왜 자기 엄마 사진을 여기다 넣었을까?"

나는 짤막하게 웃음을 터뜨리며 말했다. "정부 기관들이 서로 어떻게 협조하는지 이번만큼 확실히 본 적 없는 것 같아."

하지만 소슨은 내 말을 들었는지 못 들었는지 아무 반응이 없었다. 그는 표정이 점점 우울해지더니 상자 속에서 카메라가 든 비닐봉지를 꺼냈다. 나는 그것을 뚫어져라 들여다보는 그를 지켜보았다. 그는 봉지를 손으로 이리저리 돌려가며 자세히 살펴보았다. 그의 표정이 점점 더 어두워졌다.

"이 망할 놈의 자식들." 그가 천천히 말했다. "그동안 계속 이걸 깔고 앉아 있었다는 거 아냐."

나는 카메라를 바라보았다. 덩치 큰 카메라였지만, 뭔가가 이상했다. 폴라로이드처럼 생겼는데도 표준형처럼 보이는 35밀리 렌즈가 달려 있었다.

"왜 그래? 뭐가 잘못된 거야?"

"이게 뭔지 알아?"

"아니. 뭔데?"

소손은 대답하지 않고 버튼을 눌러 카메라를 켰다. 그러고는 뒷면에 나타나는 디지털 화면을 지켜봤다.

"사진이 없어." 그가 말했다.

"그게 무슨 소리야?"

그는 대답 없이 카메라를 상자에 넣고 뚜껑을 닫은 뒤 차에 시동을 걸었다.

소손은 대형 화재현장으로 달려가는 소방차처럼 차를 몰았다. 도중에 피코 대로의 주유소로 들어가 끽 소리가 날 만큼 급히 차를 세우고는, 차가 급정거의 충격에서 회복하기도 전에 밖으로 뛰어나갔다. 그는 공중전화로 가서 동전도 넣지 않고 장거리 전화번호를 누른 뒤 저쪽의 응답을 기다리는 동안 펜과 수첩을 꺼냈다. 그가 수화기에 대고 몇 마디 말한 뒤 수첩에 뭔가를 적는 게 보였다. 또 동전을 넣지 않고 다른 장거리 전화번호를 누르는 것을 보니, 첫 번째 전화는 전화번호 안내원에게 건 것이고 거기서 수신자 부담 전화번호를 알아낸 것 같았다.

나는 차에서 내려 그의 옆으로 가서 전화로 무슨 이야기를 하는지 들어볼까 싶기도 했지만, 그냥 차에서 기다리기로 했다. 1분쯤 뒤 그가 수첩에 또 뭔가를 적는 것이 보였다. 그동안 나는 스위처가 내준 증거 상자를 바라보았다. 그걸 열어 카메라를 다시 살펴보고 싶었지만, 그랬다간 소손이 화낼 것 같았다.

"도대체 무슨 일인지 얘기나 좀 해주지 그래?" 소손이 운전석에 다시 앉자마자 내가 말했다.

"그럴 수는 없지. 내가 말 안 해도 어차피 알아낼 거잖아." 그는 상자를 열고 카메라를 다시 꺼냈다. "이게 뭔지 알아?"

"그건 아까도 당신이 물어봤잖아. 카메라지 뭐야."

"맞아. 하지만 어떤 종류의 카메라인지가 중요하단 말이야."

그가 손으로 카메라를 돌리자 전면에 각인된 제조사 로고가 눈에 들어왔다. 큼직한 소문자 d가 연한 파란색을 띠고 있었다. 그것이 디지타임이라는 컴퓨터 제조회사의 로고라는 것은 나도 알고 있었다. 그 로고 밑에는 DIGISHOT 200이라는 문구가 찍혀 있었다.

"이건 디지털 카메라야, 잭. 저 촌뜨기 스위처는 자기가 손에 뭘 쥐고 있는지도 몰랐어. 그저 우리가 너무 늦지 않았기를 바라는 수밖에."

"무슨 소리야, 그게? 나도 촌뜨기인 것 같으니까 당신이…."

"디지털 카메라가 어떤 건지 알아?"

"알지. 필름을 안 쓰는 카메라잖아. 신문사에서도 그 카메라를 시험 삼아 쓰고 있어."

"맞아, 필름을 안 쓰지. 카메라가 찍은 사진을 필름 대신 마이크로칩에 저장하는 거야. 그래서 사진을 컴퓨터로 옮겨서 편집하거나 확대하거나, 하여튼 마음대로 조작해서 인쇄하는 거지. 어떤 장비를 갖고 있느냐에 따라, 이건 니콘 렌즈가 달려 있으니 최상급 장비인데, 이러면 아주 고해상도 사진을 얻을 수 있어. 진짜와 똑같이 선명한 사진을."

나도 신문사에서 디지털 카메라로 찍은 사진을 본 적이 있었다. 소슨의 말이 옳았다.

"이게 무슨 의미를 띠는 거지?"

"두 가지. 아동성애자들에 대해 내가 한 말 기억나? 그 사람들끼리

망이 형성되어 있다는 말?"

"그렇지."

"그거야. 글래든이 보낸 팩스 덕에 그놈이 컴퓨터를 갖고 있다는 건 거의 확실해졌어, 그렇지?"

"그래."

"이제 놈이 디지털 카메라를 갖고 있었다는 것까지 알게 된 거야. 놈은 이 디지털 카메라랑 컴퓨터 그리고 우리한테 팩스를 보낼 때 사용한 그 모뎀으로 원하는 어디든 사진을 보낼 수 있어. 상대방이 전화기와 컴퓨터와 사진을 받을 소프트웨어만 갖고 있다면."

순간적으로 나는 이게 무슨 의미인지 깨달았다.

"그놈이 사람들한테 애들 사진을 보내고 있단 말이야?"

"아냐, 애들 사진을 팔고 있는 거야. 그게 내 추측이야. 놈이 무슨 돈으로 생계를 유지하는지 모르겠다고 우리가 얘기한 적이 있지? 변호사한테 돈을 보내준 잭슨빌 계좌의 돈이 어디서 났는지 모르겠다고. 이게 바로 해답이야. 놈은 애들 사진을 팔아서 돈을 벌고 있어. 어쩌면 자기가 죽인 애들 사진까지 팔고 있는지도 모르지. 누가 알겠어. 어쩌면 자기가 죽인 경찰관들 사진까지 파는지도."

"그럼 그런 사진을 기꺼이 사는 사람들이…."

나는 말을 끝맺지 못했다. 이런 걸 묻는 것 자체가 바보짓이었다.

"이 일을 하면서 알게 된 것 하나는, 무엇이든 수요가 있으면 시장이 형성된다는 거야." 소슨이 말했다. "당신이 아무리 더러운 생각을 해도, 당신만 그런 생각을 하는 건 아냐. 당신이 상상할 수 있는 최악의 일이 무엇이든, 그게 아무리 나쁜 일이라 해도, 그런 걸 거래하는 시장이 존재한다고…. 전화를 한 통 더 걸어야겠어. 거래자 명단을 나누게."

"두 번째는 뭐야?"

"뭐?"

"두 가지 의미가 있다고 했잖아."

"이게 중요한 단서라는 점이야. 진짜 굉장한 단서. 그러니까, 샌타모니카 놈들이 이 빌어먹을 카메라를 깔고 앉아 있는 바람에 이미 너무 늦어버린 게 아니라면 말이야. 글래든이 여행경비랑 생활비를 다른 아동성애자들에게 사진을 팔아 마련하고 있다면, 즉 인터넷이나 개인 게시판 같은 걸 통해 사진을 보내고 있다면, 지난주 형사들한테 이걸 빼앗기면서 주요 생계수단을 잃어버렸다는 얘기가 돼."

그는 우리 둘 사이에 놓인 마분지 상자의 뚜껑을 툭툭 쳤다.

"그럼 카메라를 다시 사야겠군." 내가 말했다.

"바로 그거야."

"그래서 디지타임을 취급하는 상인들을 찾아갈 생각이지?"

"머리 좋은데, 친구. 그런데 왜 기자가 됐어?"

이번에는 나를 친구라고 부른 것에 반발하지 않았다. 예전과는 달리 그에게 악의가 없었기 때문이다.

"아까 디지타임의 수신자 부담 번호로 전화해 로스앤젤레스에서 디지샷 200을 취급하는 상인들 여덟 명의 이름을 알아냈어. 놈은 아마 똑같은 모델을 사려고 할 거야. 다른 장비들을 이미 거기에 맞춰 갖췄을 테니까. 전화해서 이 명단을 다른 요원들한테 나눠줘야 돼. 25센트 동전 있어, 잭? 난 다 떨어졌거든."

내가 25센트 동전을 주자 그는 차에서 펄쩍 뛰어내려 다시 공중전화로 갔다. 나는 그가 배커스에게 전화를 걸어 기쁨에 차서 이 단서를 알려주며 명단의 상인들 이름을 다른 요원들에게 나눠줄 거라고 상상했다. 소슨이 아니라 레이철이 지금 저기서 전화를 걸고 있어야 마땅하다는 생각이 들었다. 몇 분 뒤 소슨이 다시 돌아왔다.

"우리는 상인들 세 명을 맡았어. 전부 여기 서쪽에 있는 사람들이야. 나머지 다섯 명은 팀장이 카터랑 여기 지부 요원들한테 맡길 거야."

"이런 카메라를 사려면 따로 주문해야 해? 아니면 상점에 가서 그냥 살 수 있는 거야?"

소슨은 도로로 다시 들어가 피코 대로를 따라 동쪽으로 향했다. 그는 수첩에 적어놓은 주소를 살피며 말과 운전을 동시에 했다.

"이 물건을 미리 확보해 놓는 가게도 있어." 그가 말했다. "그렇지 않더라도 물건을 빨리 구할 수 있지. 디지타임의 교환원 말로는 그래."

"그럼 어쩌지? 벌써 일주일이나 지났어. 놈이 다른 걸 구했을 거야."

"그럴 수도 있고, 아닐 수도 있어. 육감을 따르는 수밖에. 이건 값싼 장비가 아냐. 이걸 사려면 사진을 다운로드해서 편집하는 소프트웨어, 컴퓨터와 카메라를 연결하는 케이블, 가죽가방, 플래시 등 부속장비를 세트로 사야 해. 그러면 값이 1천 달러를 훌쩍 넘어. 아마 1천 5백 달러쯤 될걸. 하지만…."

그가 자기 말을 강조하려는 듯 손가락을 들어 올렸다.

"부속장비를 이미 갖고 있어서 오로지 카메라만 필요하다면? 소프트웨어도, 케이블도 필요 없다면? 방금 보석금과 변호사 비용으로 6천 달러를 써서 현금에 쪼들리고 있다면? 그래서 설사 부속장비가 필요하더라도 그런 걸 살 여유가 없다면?"

"그냥 카메라만 특별히 주문해서 돈을 절약하겠지."

"바로 그거야. 내 말이 그 말이라고. 그 악덕 변호사 말처럼 이 글래든이라는 친구가 보석금 때문에 거의 거덜 날 지경이 됐다면, 여기저기서 한 푼이라도 아끼려 들 거야. 그러니 카메라를 새로 샀다면, 틀림없이 특별주문을 했을걸."

그의 흥분이 나한테까지 전염되었다. 나도 덩달아 들떠서 소슨을 좀 다른 눈으로 바라보기 시작했다. 어쩌면 이것이 그의 진면목인지도 모른다는 생각이 들었다. 그는 바로 지금과 같은 순간을 위해 사는 사람이었다. 모든 것이 선명하게 이해되는 순간. 자기가 진실에 가까이 다가갔음을 깨닫는 순간.

"매커보이, 우리한테 행운이 계속되고 있어." 그가 갑자기 말했다. "아무래도 당신이 행운을 몰고 온 모양이야. 그러니 이제 우리가 너무 늦지 않게만 해달라고."

나는 알았다는 듯이 고개를 끄덕였다.

잠시 침묵 속에서 차를 달리다가 그에게 다시 질문을 던졌다.

"디지털 카메라에 대해 어떻게 그리 잘 아는 거야?"

"전에도 수사과정에서 그런 물건이 등장한 적 있어. 그런 경우가 점점 많아지고 있지. 그래서 콴티코에 오로지 컴퓨터 범죄만 다루는 부서가 새로 생겼어. 인터넷 범죄 말이야. 그런 범죄 중 대부분은 포르노로 이어져. 어린이 범죄. 그래서 FBI는 전 직원을 대상으로 최신 정보를 브리핑해 주고 있어. 나도 최신 정보를 놓치지 않으려고 애쓰고 있고."

나는 고개를 끄덕였다.

"옛날에 뉴욕주 코넬 근처에서 어떤 노부인이, 직업도 하필 학교 교사였는데, 자기 집 컴퓨터로 다운로드한 파일을 확인하다가 처음 보는 파일을 발견했어. 그래서 그걸 프린트해 보았더니, 흐릿하긴 한데 내용을 분명히 알아볼 수 있는 흑백사진이 나왔어. 열 살쯤 된 남자아이가 어떤 나이 많은 남자의 물건을 잡고 있는 모습이었어. 노부인은 이걸 경찰에 신고했고, 경찰은 이 파일이 실수로 노부인의 컴퓨터에 전송됐다는 걸 알아냈지. 노부인의 인터넷 주소가 숫자로만 구성되어 있었는데, 그 파일을 보낸 사람이 원래 보내려던 주소의 숫자를 바꿔서 치는 바람에 일이 그렇게 된 거야. 어쨌든, 그 파일이 어떤 경로로 전송됐는지가 금방 파악됐기 때문에 그걸 추적해 보니 어떤 절름발이가 나왔어. 전과가 아주 화려한 아동 성추행범이었지. 그놈이 살던 데가 바로 여기 로스앤젤레스야. 어쨌든, 경찰이 놈의 집을 급습해서 간단히 잡아들였어. 컴퓨터를 추적해서 범인을 잡은 첫 번째 사례야. 그놈 컴퓨터에는 한 5백 장쯤 되는 사진이 들어 있었어. 세상에, 그걸 저장하려고 하드드라이브를 하나 더 달기까지 했대. 나이와 인종을 막론하고 많은 아이들이 평범한 어른들조차 안 하는 행위를 하는 모습이 찍혀 있었어…. 어쨌든, 증거가 충분했으니 범인은 종신형을 선고받았지. 가석방 없이. 그놈이 디지샷을 갖고 있었어. 비록 그건 100번대 모델이었겠지만. 이 사건 얘기가 작년에 FBI 〈회보〉에 실렸어."

"그 교사가 프린트한 사진은 왜 흐리게 나온 거야?"

"사진용 프린터가 아니었거든. 사진을 찍으려면 성능 좋은 컬러 프린터와 광택 나는 종이가 있어야 돼. 그 교사한테는 둘 다 없었어."

처음에 들른 가게 두 곳에서 우리는 허탕을 쳤다. 한 곳은 2주 동안 디지샷을 한 대도 팔지 못했고, 또 한 곳은 지난주에 두 대 팔았다고 했다. 하지만 그 두 대를 사간 사람은 로스앤젤레스의 유명한 예술가였다. 그는 폴라로이드 사진을 콜라주 기법으로 붙여 만든 인물사진으로 찬사를 받고 있는 인물이었으며, 전 세계 미술관에도 그의 작품이 전시되어 있었다. 그런 그가 새로운 사진매체를 시도해 보겠다며 선택한 것이

디지털 카메라였다. 소슨은 추가조사를 할 필요가 없다고 생각했는지, 그에 관한 정보를 메모조차 하지 않았다.

우리가 들러야 할 가게 중 마지막 곳은 피코 대로변에 위치한 데이터 이미징 앤서즈라는 곳으로 웨스트우드 파빌리온 쇼핑센터에서 두 블록 거리였다. 소슨은 주차가 금지된 가게 앞 도로에 차를 댄 뒤 미소를 지으며 내게 말했다. "바로 여기야. 틀림없어."

"어떻게 알아?" 내가 물었다.

"번잡한 대로변에 위치해 있고, 누구나 쉽게 걸어 들어갈 수 있어. 방금 들른 두 곳은 우편주문을 받는 사무실에 더 가까웠지. 대로변의 상점이 아니라. 글래든이라면 이런 가게를 택했을 거야. 시각적인 자극이 더 많으니까. 거리를 지나가는 행인들, 이곳을 드나드는 사람들, 시선을 분산시킬 것들이 더 많지. 놈한테는 이 편이 좋았을 거야. 남들이 자기 얼굴을 기억하면 곤란하니까."

가게는 자그마했다. 책상이 두 개 있었고, 뚜껑이 닫힌 상자들이 여기저기 여러 개 쌓여 있었다. 원형 카운터 두 곳에는 컴퓨터 단말기와 비디오 장비가 컴퓨터 장비 카탈로그와 함께 전시되어 있었다. 점점 대머리가 되어 가고 있는 남자가 검은 테에 알이 두꺼운 안경을 쓰고 한쪽 책상에 앉아 있다가 우리가 들어오는 소리를 듣고 시선을 들었다. 나머지 책상에는 아무도 앉아 있지 않았다. 오랫동안 사용한 적이 없는 것 같았다.

"당신이 책임자인가요?" 소슨이 물었다.

"책임자뿐인가요? 이 가게 주인이기도 하답니다." 남자가 주인답게 당당히 일어서서 자기 책상을 향해 다가오는 우리에게 미소를 지었다. "게다가 최고의 직원이기도 하죠."

이 말과 함께 그는 크게 웃음을 터뜨렸지만 우리가 함께 웃어주지 않자, 어쩐 일로 오셨느냐고 물었다.

소슨이 신분증을 보여주었다.

"FBI?"

그는 도무지 이해가 안 가는 모양이었다.

"네. 여기서 디지샷 200을 팔고 있죠?"

"네. 최고급 디지털 카메라죠. 지금은 재고가 없어요. 마지막으로 남아 있던 걸 지난주에 팔았거든요."

누가 뱃속을 꽉 움켜쥐는 것 같았다. 너무 늦게 찾아온 것이다.

"사나흘이면 물건을 구할 수 있습니다. 사실 FBI가 구하는 물건이라고 하면 이틀 만에 받을 수 있을지도 몰라요. 물론 추가비용은 없습니다."

그는 웃는 얼굴로 고개를 끄덕였지만, 두꺼운 안경 뒤의 눈은 의아한 표정을 짓고 있는 FBI 요원 앞에서 안절부절못했다. 이 요원이 왜 자기를 찾아왔는지 모르기 때문에 더욱더.

"이름이 뭐죠?"

"올린 쿰스. 여기 주인입니다."

"네, 그 말은 아까 들었어요. 좋습니다, 쿰스 씨. 난 물건을 사러 온 게 아닙니다. 마지막으로 디지샷을 사간 사람의 이름을 알고 있습니까?"

"어…." 그는 이마에 주름을 잡았다. FBI가 이런 정보를 요구하는 것이 합법인지 물어보아야 하는 게 아닌지 고민하는 기색이었다. "물론 전부 기록해 두죠. 한번 찾아보겠습니다."

쿰스는 자리에 앉아 책상서랍을 열었다. 그러고는 서류철을 뒤져 원하는 서류를 찾아내서는 책상 위에 올려놓았다. 그는 소슨이 그 서류를 제대로 볼 수 있게 방향을 돌려주었다. 소슨은 허리를 숙이고 서류를 자세히 살펴보았다. 그의 머리가 오른쪽으로 살짝 돌아갔다가 다시 제자리로 돌아오는 것이 보였다. 그 영수증 내용을 보니 디지샷 카메라 외에 다양한 장비가 함께 판매된 것 같았다.

"이건 내가 찾는 게 아니에요." 소슨이 말했다. "내가 찾는 남자는 아마 디지샷 카메라만 사겠다고 했을 겁니다. 지난주에 판매한 디지샷은 이것뿐인가요?"

"네…. 저, 아뇨. 손님이 물건을 이미 찾아간 주문은 이게 유일하지만, 이것 말고 두 대를 더 팔았어요. 그건 따로 주문한 건데…."

"그럼 손님이 아직 안 찾아간 겁니까?"

"네. 물건이 내일 들어오거든요. 아침에 트럭이 올 겁니다."

"그 둘 중 카메라만 주문한 사람이 있어요?"

"카메라요?"

"그러니까, 다른 장비 말고 카메라만. 소프트웨어나 케이블이나 뭐 그런 것 없이."

"아, 네. 저, 사실, 그러고 보니…."

그가 말꼬리를 흐리며 다시 서랍을 열어 분홍색 서류 여러 장이 꽂혀 있는 클립보드를 꺼냈다. 그러고는 서류를 뒤로 넘기며 읽기 시작했다.

"차일즈 씨라는 분이 다른 건 말고 카메라만 구입했습니다. 돈은 현금으로 미리 지불했고요. 9백 95달러에 캘리포니아주 판매세를 덧붙인 가격이니까, 전부 해서…."

"혹시 그 사람 전화번호나 주소 있습니까?"

나는 숨을 죽였다. 놈을 찾아낸 것이다. 틀림없이 이놈이 글래든이었다. 놈이 여기서 댄 이름의 의미를 나는 놓치지 않았다. 등줄기가 서늘해졌다.

"아뇨, 전화번호나 주소는 없어요." 쿰스가 말했다. "내가 적어놓은 메모가 있는데, 윌턴 차일즈 씨가 장비 도착 여부를 전화로 확인할 예정이라고 돼 있네요. 내일 전화하라고 했군요."

"물건이 도착하면 자기가 직접 찾으러 온다고 하던가요?"

"네. 물건이 와 있으면 자기가 오겠다고 했어요. 주소가 없으니 배달할 수가 없잖아요."

"그 사람이 어떻게 생겼는지 기억납니까, 쿰스 씨?"

"생김새요? 아, 뭐, 네. 그런 것 같습니다."

"어떻게 생겼던가요?"

"백인이었던 건 기억납니다. 그리고…."

"금발?"

"아뇨, 검은 머리였어요. 그리고 턱수염이 있었던 걸로 기억합니다."

"나이는요?"

"스물다섯이나 서른쯤."

소슨에게 이 정도면 충분했다. 범인의 인상착의와 대략 들어맞았으니까. 그가 빈 책상을 가리켰다.

"혹시 저 책상에 주인이 있습니까?"

"지금은 없습니다. 장사가 잘 안 돼서요."

"그럼 우리가 좀 써도 되죠?"

39

폭풍전야

공기 중에서 전기가 지직거리는 것 같았다. 모두들 백만 달러짜리 전망을 지닌 회의실 탁자에 둘러 앉아 있었다. 소슨에게서 전화로 간단히 보고를 받은 배커스가 윌콕스 호텔에서 웨스트우드의 FBI 사무실로 지휘본부를 옮기기로 했기 때문이었다. 우리는 도시 전경이 내려다보이는 연방건물 17층의 회의실에 모여 있었다. 석양이 오렌지색을 다 태워버리고 붉은색을 점점 드러내며 장관을 연출했다. 그 덕분에 황금색으로 물든 바다 한가운데에 카탈리나섬이 떠 있는 것이 보였다.

태평양 표준시로 4시 30분. 레이철이 잭슨빌에서 글래든의 은행계좌에 대한 수색영장을 발부받아 집행할 수 있게 시간을 가능한 한 많이 주려고 회의시간을 늦게 잡은 것이었다.

회의실에는 나 외에 배커스, 소슨, 카터, 톰슨 그리고 아직 소개받지 못했지만 이쪽 지부 요원들로 짐작되는 사람 여섯 명이 모여 있었다. 콴티코를 비롯해 이번 수사와 관련된 모든 지부도 전화로 연결되어 있었다. 이렇게 전화로만 연결된 사람들도 들떠 있는 것 같았다. 브래스 도런은 스피커를 통해 계속 같은 말을 되풀이했다. "회의 시작하려면 아직 멀었어요?"

스피커폰과 가장 가까운 탁자 중앙에 자리 잡은 배커스가 마침내 모두에게 주목하라고 말했다. 그의 뒤에 놓인 이젤에는 데이터 이미징 앤서즈 내부구조를 위에서 내려다본 그림과 피코 대로에서 그 가게가 있는 곳의 위치를 대략적으로 표시한 그림이 놓여 있었다.

"자, 여러분, 수사가 빠르게 진행되고 있습니다." 그가 말했다. "우리가 지금까지 노력한 결과예요. 그러니까 끝까지 잘 상의해서 제대로 한번 해봅시다."

그가 일어섰다. 그도 마음이 들뜨는 것을 어쩔 수 없는 모양이었다.

"지금 가장 중점을 두고 있는 단서가 있습니다. 레이철과 브래스에게서 곧 연락이 올 거예요. 하지만 먼저 내일 하게 될 일에 대해 고든에게서 간략한 설명을 듣기로 하죠."

소슨이 오늘 하루 우리가 알아낸 일들을 설명하는 동안 내 생각은 다른 쪽으로 흘러갔다. 나는 잭슨빌 어딘가에 있을 레이철을 생각했다. 그녀는 지금 자신이 이끌던 수사 현장으로부터 4천 킬로미터나 떨어진 곳에서 마음에 들지도 않을 뿐 아니라 심지어 경멸스럽기까지 한 남자의 설명에 귀를 기울이고 있을 터였다. 어떤 식으로든 그녀와 이야기를 나누며 위로해 주고 싶었지만, 스물다섯 명이나 되는 사람이 함께 회의를 하고 있으니 그럴 수도 없었다. 나중에라도 전화할 수 있게 배커스에게 그녀가 있는 곳을 물어보고 싶었지만, 그 역시 해서는 안 되는 일이라는 사실을 잘 알고 있었다. 그때 호출기가 생각났다. 나중에 그녀를 호출하면 될 것 같았다.

"그동안 토머스에게 배치되어 있던 중요사건 대응팀을 이번 작전에 투입할 겁니다." 소슨이 말했다. "대신 로스앤젤레스 경찰국 감시팀이 인력을 두 배로 늘려 토머스를 지키기로 했습니다. 우리 쪽 인력은 이 범인의 체포를 위해 두 단계로 구성한 작전에 투입될 겁니다. 먼저 데이터 이미징으로 걸려오는 전화의 발신자를 추적할 수 있는 시스템을 이미 구축했습니다. 데이터 이미징의 두 개 회선으로 걸려오는 모든 전화를 감시할 수 있는 이동식 수신기와 LED 모니터도 곧 갖추게 될 겁니다. 이곳 지부는 활용할 수 있는 모든 인력을 체포팀에 지원하기로 했고요. 범인이 전화를 걸어오면 우리는 그 전화를 추적해 우리 체포팀이 그 장소에 도착할 때까지 범인을 붙들어둘 겁니다. 그리고 체포팀은 강력범 체포절차에 따를 겁니다. 혹시 질문 있습니까?"

"공중지원도 있습니까?" 어떤 요원이 물었다.

"그건 협의 중입니다. 헬리콥터 한 대는 확실히 나올 거라는 이야기를 들었지만, 우리가 원하는 건 두 대입니다. 이제 2단계로 넘어가죠. 2단계는 전화 발신자 추적을 통해 범인을 체포하는 데 실패했을 경우를 대비한 계획입니다. 디지털 이미징 앤서즈, 줄여서 그냥 DIA라고 하죠. 저는 그곳 주인인 쿰스와 함께 가게 안에 있을 겁니다. 범인이 전화를 걸어오면 우린 주문한 카메라가 들어왔다고 말합니다. 그러면서 언제 가지러 올 거냐고 좀 다그치겠지만 너무 몰아붙이지는 않고 자연스럽게 보일 정도로만 할 겁니다. 범인이 1단계의 체포망을 빠져나가는 경우, 놈이 가게로 왔을 때 잡는다는 것이 우리 계획입니다. 가게에는 도청장치가 이미 설치되어 있습니다. 소리와 영상 모두. 만약 범인이 들어오면 저는 그에게 카메라를 내주고 그냥 나가게 할 겁니다. 구입한 제품에 만족한 평범한 소비자처럼. 그리고 중요사건 대응팀을 이끄는 돈 샘플의 판단에 따라 적절한 시기에 범인 체포가 이루어질 겁니다. 우리가 통제하기 용이한 곳에 범인이 도착했을 때 체포가 이루어질 가능성이 높습니다. 우리는 그곳이 범인의 자동차가 되기를 바라고 있습니다. 하지만 우발적인 상황이 발생하더라도 거기에 대처하는 절차는 모두 잘 알고 계실 겁니다. 질문 있습니까?"

"왜 가게 안에서 놈을 덮치지 않는 겁니까?"

"범인이 의심을 품지 않게 하려면 쿰스가 가게 안에 있어야 합니다. 범인은 쿰스에게서 카메라를 샀으니 당연히 쿰스가 있어야죠. 그런데 민간인이 그렇게 가까이 있는 곳에서 이놈을 잡는 건 별로 내키지 않습니다. 게다가 가게가 작아서 요원 한 명만 들어가도 좁게 느껴질 겁니다. 그러니 요원을 더 투입하면 범인이 의심하겠죠. 그래서 범인에게 그냥 카메라를 내주고 거리로 나가게 하기로 한 겁니다. 거리에서는 우리가 상황을 장악하기 좀 더 용이하니까요."

소슨의 뒤를 이어 배커스와 샘플이 차례로 작전의 윤곽을 자세히 설명했다. 쿰스는 소슨과 함께 가게 안에 머무르면서 평소와 다름없이 장사하며 손님을 응대할 것이다. 하지만 외부 감시팀이 글래든의 인상착의와 조금이라도 닮은 사람을 발견해 그가 가게로 접근 중이라고 알려오면 소슨이 앞으로 나서고, 쿰스는 가게 뒤쪽의 자그마한 창고로 물러나 안에서 문을 잠그고 피신할 것이다. 글래든이 안으로 들어온 뒤에는 또 다른 요원이 손님인 척하고 들어와 소슨을 지원할 것이다. 가게 내부는 이미 설치해 놓은 감시 카메라로 계속 살펴보고, 외부는 일단 글래든의 신원이 확인된 뒤 어떤 우발적인 상황이 발생하더라도 대응할 준비가 되어 있는 요원들이 감시할 것이다. 또한 여성 요원이 로스앤젤레스 주차단속반원 제복을 입고 주차단속반 차를 이용해 DIA 주위를 계속 순찰할 것이다.

"이 범인이 얼마나 위험한 놈인지 새삼 일러줄 필요는 없을 겁니다." 브리핑이 끝나자 배커스가 말했다. "다들 내일은 정신을 바짝 차리세요. 각자 자신과 파트너를 잘 챙겨야 합니다. 질문 있습니까?"

나는 요원들이 먼저 질문할 수 있게 잠시 기다리다가 입을 열었다.

"쿰스 씨는 디지샷이 내일 들어올 거라고 했지만, 만약 안 들어오면 어떻게 되죠?"

"아, 좋은 지적입니다." 배커스가 말했다. "조금이라도 일이 틀어지면 안 되죠. 콴티코의 인터넷팀이 갖고 있는 그 기종의 카메라를 오늘 밤 비행기에 실어 보낼 겁니다. 범인이 주문한 카메라가 들어오든 안 오든 그 카메라를 이용할 겁니다. 우리 카메라에 위치추적장치를 달아두었거든요. 만에 하나 놈을 놓칠 수도 있으니까. 그렇게 되더라도 카메라 덕분에 놈을 추적할 수 있을 겁니다. 또 다른 질문?"

"놈을 일부러 잡지 않는 계획도 생각해 보셨습니까?"

스피커폰에서 레이철의 목소리가 흘러나왔다.

"그게 무슨 소리지?"

"누군가는 이 점을 반드시 지적해야 할 것 같아서 하는 말인데요, 범인 관련 사실들은 이미 상당히 확인됐다고 봐야 합니다. 그렇다면 연쇄살인범이 피해자를 뒤쫓아서 손에 넣는 패턴을 관찰할 수 있는 아주 드문 기회라고 할 수도 있죠. 그러면 우리 연구를 위해 가치를 헤아릴 수 없을 만큼 귀중한 정보를 얻을 수 있을 겁니다."

레이철의 질문을 계기로 요원들 사이에 이번 작전에 관한 토론이 벌어졌다.

"그랬다가 놈을 놓쳐서 놈이 또 다른 아이나 경찰관을 죽이면 어쩌려고요?" 소슨이 말했다. "그런 계획은 사양입니다. 더구나 언론계 인사께서 이 자리에서 모든 걸 지켜보고 계시니 더욱더 안 되죠."

거의 모든 사람이 소슨의 의견에 찬성했다. 다들 글래든이 연구대상으로서 가치 있기는 해도, 그런 괴물을 연구할 수 있는 장소는 사방이 폐쇄된 감방밖에 없다는 생각을 하고 있었다. 놈이 도주했을 경우의 위험이, 개방된 환경에서 놈의 움직임을 감시하며 얻을 수 있는 정보의 가치보다 훨씬 더 컸다.

"자자, 작전은 이미 확정됐어요." 마침내 배커스가 논란에 종지부를 찍었다. "여러 대안을 충분히 검토해 봤으니, 아까 설명한 대로 놈을 잡는 것이 가장 안전하고 가장 좋은 방법인 것 같습니다. 다음으로 넘어가죠. 레이철, 거기서 무슨 소득이 있었나?"

나는 요원들이 배커스와 소슨에게서 탁자 중앙의 하얀 전화기로 관심을 돌리며 드러내는 몸짓을 관찰했다. 다들 몸을 앞으로 기울이는 듯했다. 배커스는 여전히 선 채 손바닥으로 탁자를 짚으며 상체를 기울였다.

"은행 쪽 얘기부터 시작하죠." 레이철이 말했다. "90분쯤 전에 은행 쪽 기록을 입수해서 살펴볼 시간이 많지 않았습니다. 하지만 대략 훑어본 결과, 범인이 우리 수사 대상 도시 중 세 곳, 그러니까 시카고, 덴버, 로스앤젤레스로 돈을 보낸 것 같아요. 날짜도 일치합니다. 각각의 도시에서 미끼 살인이 벌어지기 직전이나 직후에 송금이 이루어졌어요. 로스앤젤레스로는 두 번 송금이 이루어졌습니다. 그 중 하나는 지난주 범인이 보석으로 풀려난 시기와 일치하고, 토요일에 1천 2백 달러가 또 송금됐습니다. 범인은 그 돈 역시 지난번과 똑같은 은행, 즉 셔먼 옥스의 벤튜라 대로에 있는 웰스파고 은행에서 찾았습니다. 내일 놈이 카메라를 찾으러 오지 않는다면, 이 은행에서 놈을 잡을 수도 있을 것 같아요. 놈의 계좌를 감시하다가 놈이 다시 돈을 찾으러 왔을 때 잡으면 되니까요. 놈의 돈이 점점 떨어져가고 있다는 게 문제긴 하죠. 토요일에 1천 2백 달러를 송금한 뒤 계좌 잔액은 2백 달러 정도밖에 안 돼요."

"하지만 곧 새 카메라로 돈을 더 벌려고 할 겁니다." 소슨이 말했다.

"이제 입금기록을 보죠." 레이철이 말을 이었다. "아주 흥미롭긴 한데, 시간이 많지 않아서…. 어, 지난 2년간 이 계좌로 약 4만 5천 달러가 입금됐습니다. 돈을 보낸 곳은 전국 방방곡곡에 흩어져 있어요. 메인, 텍사스, 캘리포니아…. 캘리포니아에서는 여러 번, 뉴욕도 있고요. 살인사건과 연관된 패턴은 보이지 않습니다. 시간이 겹치는 경우도 하나 있습니다. 지난 11월 뉴욕과 텍사스에서 같은 날 입금이 됐어요."

"그렇다면 놈이 입금한 돈이 아니로군." 배커스가 말했다. "적어도 일부는 다른 사람이 입금한 거야."

"사진을 산 사람들이 보낸 거겠죠." 브래스가 말했다. "구매자들이 직접 온라인으로 송금한 겁니다."

"바로 그거예요." 레이철이 말했다.

"그럼 우리가… 우리가 이 송금기록을 추적하면 구매자들을 찾을 수 있을까요?" 톰슨이 물었다.

"저…." 아무도 대답하지 않자 레이철이 입을 열었다. "시도해 볼 수는 있겠죠. 그러니까, 추적해 볼 수는 있겠지만 그다지 큰 기대는 걸지 않는 게 좋을 겁니다. 상대방 계좌번호만 알고 있다면 현금을 갖고 전국 어디서든 은행에서 돈을 보낼 수 있어요. 보내는 사람도 기본적인 신상정보를 밝힐 필요가 있긴 하지만, 은행에서 신분증까지 확인하진 않습니다. 그러니 아동 포르노를 사는 사람들, 아니 어쩌면 그보다 더한 물건을 사는 사람들이라면 가명을 사용할 가능성이 높습니다."

"맞아요."

"또 뭘 알아냈지, 레이철?" 배커스가 물었다. "소환장으로 더 알아낸 것 없나?"

"그 계좌와 관련된 우편물을 받는 사서함이 있어요. 아침에 가서 확인할 생각입니다."

"좋아. 호러스 곰블에 대해서는 보고할 것 없나? 아니면 생각이 정리된 뒤에 보고할 건가?"

"아뇨, 지금 요점만 말씀드리겠습니다. 요점이 그리 많지도 않으니까요. 이 호러스라는 친구는 저를 다시 만난 게 별로 반갑지 않은 것처럼 굴더군요. 한동안 신경전을 벌이다가 결국 잘난 척하고 싶다는 호러스의 욕심이 반감을 눌렀죠. 호러스는 글래든과 같은 감방에 있을 때 최면술에 관해 이야기한 적이 있다고 인정했습니다. 자신의 항소심과 관련해 글래든이 법적인 도움을 주는 대가로 최면술을 가르쳐줬다는 것도 결국 인정했고요. 하지만 그 이상은 입을 열지 않았습니다. 제 느낌으로는… 글쎄요."

"느낌이라니, 레이철?"

"글쎄, 글래든이 벌인 일에 대해 감탄하는 느낌이라고 할까요?"

"그놈한테 말을 해줬어?"

"아뇨, 말하지 않았습니다. 하지만 호러스는 제가 자기를 찾아온 데는 틀림없이 이유가 있을 거라고 생각하는 눈치였습니다. 호러스가 더 많은 걸 알고 있는 것 같기도 했고요. 어쩌면 글래든이 레이포드에서 나가기 전 자기 계획에 대해 말해줬는지도 모릅니다. 벨트런에 대해 말해줬을 수도 있어요. 잘 모르겠습니다. 호러스가 CNN 뉴스를 보고 알았을 수도 있으니까요. 교도소에 케이블 텔레비전이 연결돼 있는지는 잘 모르겠지만. CNN이 잭 매커보이 기자의 기사를 받아서 크게 보도했습니다. 공항에서 봤어요. 물론 그 기사에는 시인과 글래든을 연결시키는 내용이 전혀 없었지만, 호러스라면 짐작했을 수도 있습니다. CNN은 피닉스에서 찍은 테이프를 다시 썼습니다. 만약 호러스가 그 뉴스를 본 다음에 제가 나타난 거라면, 무슨 일인지 알아차렸을 겁니다."

내 기사에 대해 사람들이 어떤 반응을 보였는지 이야기를 들은 것은 이번이 처음이었다. 솔직히 나는 오늘 있었던 여러 가지 일 때문에 내 기사를 까맣게 잊어버리고 있었다.

"글래든과 곰블이 지금도 계속 연락을 주고받을 가능성은?" 배커스가 물었다.

"그렇지는 않은 것 같아요." 레이철이 말했다. "교도관들에게 확인해 봤는데, 곰블의 우편물은 지금도 검열을 거친답니다. 들어오는 것, 나가는 것 모두. 곰블은 교도관들의 신뢰를 얻어서 교도소 내 물품 수령실에서 일하고 있습니다. 그러니 교도소 안으로 들어오는 물건에 쪽지 같은 것이 들어 있을 가능성이야 얼마든지 있지만, 그 방법을 이용하지는 않는 것 같습니다. 곰블이 그런 식으로 지금의 자기 위치를 위험에 빠뜨릴 것 같지도 않고요. 지금 복역 7년째인데 상당히 잘 지내고 있습니다. 자그마한 사무실이 딸린 일자리도 있고요. 원칙적으로 곰블은 교도소 구내식당의 물품조달 책임자입니다. 교도소 안에서 그 정도 위치면 권력자죠. 혼자 감방 하나를 차지하고 있고, 따로 텔레비전도 있습니다. 곰블이 위험을 무릅쓰고 글래든 같은 수배자와 연락을 주고받을 이유가 없습니다."

"그렇군." 배커스가 말했다. "또 보고할 것이 있나?"

"없습니다."

다들 침묵을 지키며 지금까지 들은 이야기를 머릿속으로 정리했다.

"이제 드디어 프로파일링 모델을 이야기할 차례가 됐군." 배커스가 말했다. "브래스?"

또다시 모든 사람의 눈이 탁자 위의 전화기로 쏠렸다.

"네, 팀장님. 지금 프로파일링 결과를 하나로 정리해서 브래드가 새로 밝혀진 세세한 정보를 추가하는 중입니다. 그럼 프로파일링 결과를 말씀드리겠습니다. 이번 사건은… 범인이 자신을 지금의 모습으로 만든 사람, 즉 자신을 학대한 사람을 다시 찾아간 사건인 것 같습니다. 그 사람은 범인을 학대함으로써, 범인이 어른이 되었을 때 일탈적인 공상을 실천에 옮기지 않고는 견디지 못하는 사람이 되게 만들었습니다. 이것은 이미 우리 모두 경험한 적이 있는 친부살해 모델의 변형입니다. 지금 저희는 플로리다 사건에만 전적으로 주의를 기울이고 있는데, 그 결과 범인이 사실상 자신을 대신한 존재를 찾아낸 것이라는 결론을 얻었습니다. 다시 말해, 게이브리얼 오티즈는 사건이 벌어질 당시 클리퍼드 벨트런의 주의를 사로잡고 있었고, 벨트런은 범인에게 아버지와 같은 존재로서 범인을 학대한 뒤 버렸습니다. 그렇게 거부당한 경험이 이 모든 일의 원인이 되었을 가능성이 있습니다. 글래든은 자신을 학대한 사람이 새로 애정을 쏟고 있는 대상을 죽인 뒤 돌아와서 학대자를 죽였습니다. 제가 보기에는 일종의 귀신 쫓기 의식 같습니다. 자기 삶이 틀어지게 된 원인을 제거함으로써 카타르시스를 느끼는 거죠."

오랫동안 침묵이 흘렀다. 배커스를 비롯한 요원들은 혹시 브래스가 말을 계속하지 않을지 기다리는 모양이었다. 마침내 배커스가 입을 열었다.

"그럼 자네 말은, 범인이 그 범죄를 자꾸만 되풀이한다는 건가?"

"그렇습니다." 브래스가 말했다. "범인은 자신을 학대한 벨트런을 자꾸만 죽이고 있습니다. 그렇게 해서 마음의 평화를 얻는 거예요. 물론 그 평화는 오래가지 않습니다. 다시 나와서 또 살인을 저질러야 하는 거죠. 다른 피해자들, 즉 다른 형사들은 무고한 사람들입니다. 그냥 자기 일을 했을 뿐 아무 잘못도 없는데, 바로 그 때문에 범인한테 선택을 당한 겁니다."

"그럼 다른 도시에서 일어난 미끼 살인들은 뭐지?" 소슨이 물었다. "맨 처음 살해당한 아이의 원형과 일치하지 않는 피해자도 있는데."

"이제 미끼 살인은 예전만큼 중요하지 않을 겁니다." 브래스가 말했다. "중요한 건, 범인이 형사를 꾀어내는 거죠. 실력 있는 형사, 만만치 않은 상대를 꾀어내는 것. 이렇게 해서 위험이 커져야 범인은 원하는 만큼 마음이 정화되는 효과를 얻을 수 있습니다. 미끼 살인은 그냥 생계수단이 되어버렸을 가능성이 있습니다. 범인은 아이들을 이용해 돈을 벌고 있으니까요. 사진 말입니다."

아까까지만 해도 요원들은 내일이면 수사에 커다란 돌파구가 마련될 뿐만 아니라 어쩌면 아예 수사의 결론까지 맺을 수 있을지 모른다고 크게 들떠 있었다. 하지만 지금은 그 기대만큼 커다란 침울함이 모두를 덮쳤다. 이 세상에 얼마나 끔찍한 일들이 존재하고 있는지를 알게 되면서 느끼는 침울함이었다. 이번 사건은 그런 끔찍한 일들 중 하나일 뿐이었다. 이런 사건은 앞으로도 항상 일어날 터였다. 항상.

"계속 수고해 줘, 브래스." 배커스가 드디어 말했다. "심리분석 보고서를 되도록 빨리 보내주면 좋겠는데."

"알겠습니다. 아, 한 가지 더 있습니다. 아주 중요한 거예요."

"말해 봐."

"6년 전 우리 요원들이 강간범 프로필 데이터 수집을 위해 글래든을 만난 뒤 작성한 자료철을 꺼내봤습니다. 이미 컴퓨터에 입력된 내용 외에 별다른 것은 없었지만, 사진이 한 장 있었습니다."

"맞아요." 레이철이 말했다. "기억나요. 교도관들이 감방 문을 단단히 잠근 뒤에 우리더러 두 사람을 찍어도 된다고 허락해 줬어요. 글래든과 곰블이 자기들 감방에 같이 있는 모습을 찍어도 된다고."

"네, 바로 그 사진이에요. 사진을 보면 변기 위에 책꽂이 세 개가 있습니다. 아마 두 사람이 함께 쓰던 책꽂이였겠죠. 어쨌든, 사진에서 책등에 적힌 제목을 또렷하게 볼 수 있습니다. 대부분 법학 관련 서적인 걸로 봐서, 글래든이 자신을 비롯한 다른 재소자들의 항소심을 처리할 때 사용한 책들일 겁니다. 그 밖에 디마이오와 디마이오가 쓴《감식 병리학》, 피셔의《범죄현장 조사기법》, 로버트 배커스 1세의《심리병리적 프로파일링》도 있습니다. 저도 잘 아는 책들인데, 글래든이 이 책들에서 상당한 지식을 얻었을 가능성이 있습니다. 특히 팀장님 부친께서 쓰신 책이 그렇죠. 미끼 살인의 범행수법과 범죄 현장을 각각 다르게 꾸며서 VICAP에 걸리지 않는 법을 이 책들을 통해 터득했을지도 모릅니다."

"젠장." 소슨이 말했다. "망할… 그놈이 어떻게 그런 책들을 읽게 된 거야?"

"법에 따라 교도소 측은 글래든이 항소심에 대비할 수 있도록 그 책들의 열람을 허용할 수밖에 없었을 겁니다." 도런이 대답했다. "글래든이 재판에서 스스로 변호사 역할을 했으니까요. 법원도 글래든을 변호인으로 인정했습니다."

"좋아, 잘했어, 브래스." 배커스가 말했다. "좋은 정보야."

"그게 다가 아닙니다. 책꽂이에 주목할 만한 책이 두 권 더 있었습니다.《에드거 앨런 포 시집》과《에드거 앨런 포 전집》."

배커스는 통쾌하다는 듯이 휘파람을 불었다.

"이제 정말로 아귀가 맞아 떨어지기 시작하는군." 그가 말했다. "현장에 남아 있던 구절들이 전부 그 두 권에서 나온 거겠지?"

"네. 그 두 권 중 하나는 잭 매커보이 기자가 인용문을 확인할 때 사용했던 바로 그 책입니다."

"그렇군. 그 사진을 우리한테 메일로 쏘아줄 수 있겠나?"

"물론입니다, 팀장님."

방 안에 있는 요원들과 전화로 연결된 요원들의 흥분이 손에 잡힐 듯 생생히 느껴졌다. 이제 모든 조각들이 제자리를 찾아 들어가고 있었다. 내일이면 이들은 현장으로 나가서 그 개자식을 잡을 터였다.

"난 아침에 소이탄 냄새를 맡는 게 좋더라." 소슨이 말했다. "그 냄새는 바로…."

"승리의 냄새지!" 방 안의 요원들과 전화기로 연결된 요원들이 한 목소리로 외쳤다.

"자, 여러분." 배커스가 두 번 손뼉을 쳐서 주의를 끌며 말했다. "살펴봐야 하는 정보는 다 살펴본 것 같습니다. 정신 바짝 차리고, 이 상태를 유지합시다. 내일 이번 수사의 결판이 날 수도 있으니까. 아니 꼭 결판이 날 겁니다. 전화로 연결된 요원들도 잠시도 방심하지 마세요. 각자 있는 곳에서 계속 움직여야 합니다. 이놈을 잡는다 해도, 다른 도시에서 일어난 범죄와 이놈을 연결해 줄 물리적인 증거가 필요할 테니까요. 재판을 위해 모든 도시에 이놈이 있었다는 증거가 필요합니다."

"재판이 열린다면 그렇겠죠." 소슨이 말했다.

나는 그를 바라보았다. 조금 아까 그가 보여주었던 유머감각은 이미 증발해 버리고 없었다. 그의 턱에 힘이 들어가 있었다. 그는 자리에서 일어나 문으로 향했다.

나는 그날 밤 내 방에 혼자 앉아 회의 내용에 관한 메모를 컴퓨터에 입력하며 레이철의 전화를 기다렸다. 이미 두 번이나 그녀를 호출한 뒤였다.

마침내 9시(플로리다 시간으로는 자정)에 그녀에게서 전화가 걸려왔다.

"잠이 안 와서, 당신이 혹시 지금 다른 여자랑 있는 게 아닌지 확인이나 하려고 전화했어."

나는 미소를 지었다.

"그럴 리가 있나. 계속 당신 전화를 기다리고 있었는데. 내가 호출한 것 몰랐어? 아니면 다른 남자랑 같이 있느라고 바쁜 건가?"

"아냐. 잠깐 확인해 볼게."

그녀는 잠시 수화기를 내려놓았다.

"에이, 배터리가 다 떨어졌잖아. 배터리를 새로 끼워야겠네. 미안해."

"호출기 얘기야, 아니면 다른 남자 얘기야?"

"당신 정말 웃겨."

"그래 잠이 왜 안 오는 건데?"

"내일 소슨이 그 가게 안에 있을 거라는 말이 자꾸 생각나서."

"그게 왜?"

"이런 말 하기는 뭣하지만, 진짜 부러워 죽겠어. 소슨이 이놈을 체포한다면… 이건 원래 내 사건인데 나는 지금 3천 킬로미터나 떨어진 곳에 있잖아."

"어쩌면 내일 체포할 수 없을지도 모르지. 당신이 시간 맞춰 돌아오게 될지도 모르고. 설사 돌아올 수 없다 해도, 소슨이 체포하게 되지는 않을 거야. 체포팀이 따로 있으니까."

"글쎄. 고든은 그런 일에 끼어드는 재주가 있거든. 나도 느낌이 별로 안 좋아. 하필이면 왜 내일인지."

"그 말을 듣고 오히려 느낌이 좋다고 하는 사람도 있을 거야. 이놈을 확실히 잡을 수 있을 거라면서."

"나도 알아. 그래도 왜 하필 고든이야? 내가 보기에는 고든과 팀장님이… 팀장님이 왜 다른 사람이 아니라 나를, 고든이 아니라 나를 플로리다로 보냈는지 분명한 설명을 못 들었어. 팀장님이 이번 사건을 나한테서 빼앗아가는데 나는 그냥 가만히 있었다고."

"어쩌면 소슨이 우리 사이를 팀장한테 말했는지도 모르지."

"나도 그 생각을 해봤어. 그럴 만한 사람이니까. 하지만 팀장님이 나한테 한 마디 말도 없이, 이유를 전혀 말해주지 않고 이런 지시를 내린 건 이해가 안 가. 이건 팀장님답지 않아. 양쪽 이야기를 다 듣기 전에는 어느 쪽 편도 안 드는 사람이란 말이야."

"나도 유감이야, 레이철. 하지만 이게 당신 사건이라는 사실은 모르는 사람이 없어. 그리고 다들 로스앤젤레스로 오게 된 것도 당신이 허츠의 렌터카를 찾아냈기 때문이야."

"고마워, 잭. 하지만 그건 그냥 여러 단서 중 하나였을 뿐이야. 별로 중요하지도 않고. 우리한테 범인을 체포하는 건, 기자들 세계에서 기사를 가장 먼저 쓰는 것과 같아. 전에 무슨 공적이 있었든 별로 중요하지 않단 말이야."

무슨 말을 해도 그녀의 기분이 나아지지 않을 것 같았다. 그녀는 이미 저녁 내내 이 문제를 놓고 고민했을 것이다. 그러니 무슨 말을 해도 생각이 바뀌지 않을 터였다. 나는 그냥 화제를 바꾸기로 했다.

"어쨌든, 오늘 당신이 말한 정보는 좋은 거였어. 이제 모든 게 아귀가 맞아 떨어지는 것 같아. 아직 그놈을 체포한 것도 아닌데, 벌써 그놈에 대해 이렇게 많은 걸 알게 되다니."

"그래. 브래스 얘기를 듣고 나니까 그놈이 안됐다는 생각이 들어, 잭? 글래든 말이야."

"우리 형을 죽인 놈인데? 천만에. 안됐다는 생각은 전혀 없어."

"그럴 줄 알았어."

"아니, 지금도 다른 생각을 하고 있으면서."

그녀는 한참 뜸을 들이다가 입을 열었다.

"글래든이 어렸을 때 그 남자가 그런 짓만 하지 않았더라면 완전히 다른 사람이 될 수도 있었을 거라는 생각이 들어. 벨트런이 그 어린아이를 지금 이 길로 이끈 거야. 이번 사건에서 진짜 괴물은 벨트런이야. 전에도 말했지만, 이번 사건에서 죽어 마땅한 놈이 있다면 그건 바로 벨트런이라고."

"그래, 레이철."

그녀가 웃음을 터뜨렸다.

"미안. 이제 나도 정말로 지친 모양이야. 갑자기 그렇게 열변을 토할 생각은 아니었는데."

"괜찮아. 당신 말이 무슨 뜻인지 아니까. 모든 일에는 원인이 있지. 모든 원인에는 뿌리가 있고. 어떨 때는 뿌리가 원인보다 더 사악하기도 해. 가장 욕을 먹는 건 대개 원인이지만."

"당신은 진짜 말 잘하는 것 같아, 잭."

"난 그것보다 당신한테 잘 보이고 싶은데."

"그건 말할 필요도 없지."

나는 웃음을 터뜨리며 고맙다고 말했다. 그러고는 둘 다 잠시 침묵을 지켰다. 3천 킬로미터의 거리를 사이에 두고 전화가 우리를 연결해 주고 있었다. 편안한 기분이 들었다. 굳이 말을 할 필요가 없었다.

"내일 사람들이 당신한테 어디까지 접근을 허락해 줄지 모르지만, 조심해." 그녀가 말했다.

"그래. 당신도 조심해. 언제 돌아올 거야?"

"내일 오후까지는 돌아가고 싶은데. 12시까지 비행기를 준비해 두라고 했어. 글래든의 사서함을 확인한 뒤에 비행기를 탈 거야."

"알았어. 이제 그만 자."

"그래. 지금 당신이 내 옆에 있으면 좋겠어."

"나도."

나는 그녀가 전화를 끊을 거라고 생각했지만, 아니었다.

"오늘 고든하고 내 얘기했어?"

나는 고든이 그녀를 가리켜 오색사막이라고 했던 것을 생각해 보았다.

"아니. 오늘 종일 바빴어."

그녀는 이 말을 믿지 않았을 것이다. 나도 거짓말한 것이 마음에 걸렸다.

"나중에 봐, 잭."

"그래, 레이철."

전화를 끊은 뒤 우리가 주고받은 말을 잠깐 생각했다. 왠지 슬픈 기분이 들었지만, 그 이유를 콕 집어낼 수 없었다. 얼마 뒤 나는 일어서서 방을 나갔다. 비가 오고 있었다. 호텔 문간에서 거리를 확인해 보았다. 숨어서 나를 지켜보는 사람은 없는 것 같았다. 나는 전날 밤 느꼈던 두려움을 떨쳐버리고 밖으로 나갔다.

비를 피하기 위해 가능한 한 건물에 바싹 붙어 길을 걸었다. 그렇게 '고양이와 바이올린'으로 가서 바에서 맥주를 주문했다. 비가 오는데도 술집에는 손님이 북적거렸다. 내 머리카락은 비에 젖어 있었다. 바 뒤의 거울을 보니 눈 밑이 거무스름했다. 나는 레이철이 그랬던 것처럼 내 턱수염을 쓰다듬었다. 주문했던 블랙앤탠을 다 마시고 한 잔을 또 주문했다.

40

변화의 시기

수요일 아침이 되기 훨씬 전에 향은 이미 다 타버렸다. 글래든은 티셔츠를 머리에 묶어 입과 코를 가린 채 아파트 안을 돌아다녔다. 마치 옛날 서부극에 나오는 은행강도 같은 모습이었다. 욕실에서 찾은 향수를 머리에 묶은 셔츠와 아파트 여기저기에 뿌려놓기도 했다. 마치 성수를 뿌리는 사제처럼. 하지만 성수가 꼭 그렇듯이, 향수도 그다지 도움이 되지 않았다. 냄새가 사방에 퍼져 그를 괴롭혔다. 하지만 이제는 더 이상 신경이 쓰이지 않았다. 냄새를 견뎌야 하는 시간이 끝났으니까. 이제 떠날 때였다. 변화를 꾀해야 할 시기.

욕실로 들어간 그는 예전에 욕실 선반에서 찾아낸 분홍색 플라스틱 면도기로 한 번 더 면도했다. 그러고는 한참 동안 샤워를 했다. 처음에는 뜨거운 물로, 그다음에는 차가운 물로. 샤워를 마친 뒤에는 알몸으로 아파트 안을 돌아다니며 물기가 저절로 마르게 했다. 그는 이미 침실 벽에 붙어 있던 거울을 떼서 거실 벽에 세워두었었다. 그 거울 앞에서 앞으로 뒤로, 앞으로 뒤로 걸음걸이를 연습하며 자신의 엉덩이를 지켜보았다.

만족할 때까지 걸음걸이를 연습한 뒤 그는 침실로 들어갔다. 에어컨을 계속 틀어놓아서인지 알몸에 오싹 소름이 돋았고, 냄새가 어찌나 역한지 거의 발작을 일으킬 정도였다. 하지만 그는 굳건히 버티고 서서 그녀를 내려다보았다. 그녀는 이미 사라지고 없었다. 침대 위의 시체는 부풀어 올라서 그녀임을 알아볼 수 있는 특징이 모두 사라져버렸다. 눈에는 우윳빛 막 같은 것이 덮여 있었다. 시체가 부패하면서 피와 함께 흘러나온 액체가 사방에 묻어 있었다. 심지어 두피에까지도. 이제 그녀는 벌레들 차지였다. 벌레가 눈에 보이지는 않았지만 소리가 들렸다. 녀석들은 분명히 있었다. 확실했다. 책에 그렇게 써 있었으니까.

그는 문을 닫고 나가려다가 속삭이는 소리가 들린 것 같아서 다시 안을 들여다보았다. 아무것도 아니었다. 그냥 벌레 소리일 뿐이었다. 그는 문을 닫고 다시 수건을 제자리에 놓았다.

41

기다림

윌리엄 글래든일 것으로 짐작되는 남자가 수요일 오전 11시 5분 데이터 이미징 앤서즈로 전화를 걸어 왔다. 월턴 차일즈라고 이름을 밝힌 그는 주문한 디지샷 카메라가 들어왔느냐고 물었다. 그 전화를 받은 소슨은 계획대로 5분이나 10분쯤 뒤 다시 전화해 달라고 했다. 오늘 들어오기로 한 여러 물건이 방금 배달되어 아직 내용물을 살펴보지 못했다는 설명도 덧붙였다. 차일즈는 다시 전화하겠다고 했다.

그동안 배커스는 발신자 추적장치를 들여다보다가 수사팀의 요청으로 대기 중이던 AT&T 교환원에게 차일즈/글래든의 발신번호를 재빨리 알려주었다. 교환원은 그 번호를 컴퓨터로 검색해 스튜디오 시티의 벤튜라 대로에 있는 공중전화 번호라고 알려주었다. 소슨이 아직 전화를 끊기도 전이었다.

자동차 두 대에 나눠 타고 일대를 돌아다니던 FBI 요원 팀 하나가 마침 그 공중전화에서 5분 거리인 셔먼 옥스의 101번 프리웨이에 있었다. 도로 소통 상태도 원활했다. 그들은 사이렌을 쓰지 않고 바인랜드 대로까지 곧장 달려가 벤튜라 대로로 빠져나간 다음 그 공중전화가 보이는 곳에 자리를 잡았다. 포르노 영화를 보는 비용까지 포함해 하룻밤 숙박비가 40달러인 모텔의 관리 사무실 바깥벽에 설치된 전화였다. 요원들이 그 자리에 도착했을 때 전화기 앞에는 아무도 없었지만, 요원들은 계속 기다렸다. 그동안 그들을 지원할 또 다른 요원 팀이 할리우드에서 이쪽으로 출발했고, 헬리콥터 한 대도 밴 뉘스 상공을 선회하며 지상 요원들의 작전 개시와 함께 현장으로 이동할 태세를 갖추고 있었다.

전화기 앞에 자리 잡은 요원들은 기다렸다. 나도 데이터 이미징에서 한 블록 떨어진 곳에서 배커스, 카터와 함께 차 안에 앉아 기다렸다. 카터가 차에 시동을 걸었다. 저쪽에서 글래든이 나타났다는 무전이 들어오면 곧장 출발하기 위해서였다.

5분이 지나고, 10분이 지났다. 다들 초긴장 상태였다. 배커스, 카터와 함께 차 안에서 무작정 기다리고 있는 나도 마찬가지였다. 지원팀 차량도 이미 벤튜라 대로에 도착해 첫 번째 팀의 차량들 뒤로 몇 블록 떨어진 곳에서 대기 중이었다. 그 공중전화에서 한 블록 안에 있는 요원만 따져도 여덟 명이었다.

하지만 11시 33분 데이터 이미징 안에 있는 소슨의 책상에서 전화벨이 울렸는데도 공중전화기 앞에는 아무도 나타나지 않았다. 배커스가 쌍방향 무전기를 집어 들었다.

"이쪽에 전화가 걸려 왔어. 그쪽에 뭐 없나?"

"없어요. 전화기를 사용하는 사람이 없습니다."

"언제든 움직일 수 있게 준비해."

배커스는 무전기를 내려놓고 휴대전화를 집어 들더니 이미 저장된 번호를 눌러 AT&T 교환원에게 전화를 걸었다. 나는 뒷좌석에서 앞으로 몸을 쑥 내밀고 대시보드 밑의 통신장비에 붙어 있는 모니터와 배커스를 지켜보고 있었다. 모니터에는 디지털 이미징 가게 내부 전체가 흑백 어안렌즈 화면처럼 비치고 있었다. 전화벨이 일곱 번째 울렸을 때 소슨이 수화기를 드는 모습이 보였다. 가게에 있는 두 대의 전화 모두 도청장치가 되어 있었지만, 우리가 차 안에서 들을 수 있는 것은 소슨의 말뿐이었다. 모니터 속에서 소슨은 머리 위로 한 손을 들어 올려 손가락을 빙글빙글 돌리는 동작을 했다. 차일즈/글래든이 다시 전화했다는 뜻이었다. 배커스는 아까와 똑같이 발신번호 추적을 시작했다.

소슨은 차일즈/글래든에게 공연히 의심할 빌미를 주지 않으려고 이번에는 지연전술을 전혀 쓰지 않았다. 게다가 그는 이번 전화가 다른 번호에서 걸려왔다는 사실도 전혀 모르고 있었다. 그는 자기가 글래든과 이야기하는 동안 요원들이 그에게 다가가고 있을 것이라고 짐작할 터였다.

하지만 현실은 그렇지 않았다. 소슨이 통화 상대에게 그가 주문한 디지샷200이 들어와 있으니 언제든 와서 가져가면 된다고 말하고 있을 때, 배커스는 AT&T 교환원에게서 이번 전화가 할리우드 대로와 라스팔마스 거리 모퉁이에 있는 다른 공중전화에서 걸려왔다는 말을 들었다.

"젠장." 배커스가 전화를 끊고 말했다. "놈이 할리우드에 있다는군. 방금 거기 있던 요원들을 전부 빼냈는데."

글래든이 이쪽의 추적을 피한 것이 단순한 행운일까, 아니면 치밀한 계획 덕분일까? 정답을 아는 사람은 물론 하나도 없었지만, 배커스, 카터와 함께 차 안에 앉아 있자니 왠지 기분이 으스스했다. 시인은 지금까지 계속 움직이며 수사망을 피했다. 배커스는 차량팀을 할리우드 교차로로 보내라는 지시를 내리고 있었지만, 그의 목소리를 들어보니 그 역시 별로 가망이 없다고 생각하는 것 같았다. 요원들이 도착할 때쯤이면 범인은 사라지고 없을 것이다. 그렇다면 이제 유일한 희망은 놈이 카메라를 찾으러 왔을 때 잡는 것뿐이었다. 놈이 정말로 올 거라는 확신은 없었지만.

데이터 이미징 안에서 소슨은 통화 상대방에게서 정확히 언제 카메라를 찾으러 올 건지 알아내려고 애쓰고 있었다. 하지만 자신의 의도가 드러나지 않게 일부러 무심한 척 질문을 던졌다. 내가 보기에 소슨은 뛰어난 연기력의 소유자였다. 잠시 후 그가 전화를 끊었다.

그는 곧장 감시카메라의 어안렌즈를 바라보며 차분하게 말했다. "뭐가 어떻게 돌아가는 겁니까?"

배커스는 휴대전화로 가게에 전화를 걸어 간발의 차로 범인을 놓쳤다는 이야기를 소슨에게 해주었다. 모니터 속에서 소슨은 주먹으로 책상을 가볍게 한 번 쳤다. 범인을 체포하지 못했다는 실망감의 표현인지, 이제 자기가 시인과 얼굴을 맞댈 기회가 생겼다는 반가움의 표현인지 판단이 잘 서지 않았다.

그 뒤로 4시간이 흐르는 동안 나는 주로 배커스, 카터와 함께 차 안에 있었다. 그나마 나는 뒷좌석을 혼자 차지하고 있어서 몸을 펼 수 있었다. 내가 차에서 내린 것은 배커스와 카터의 부탁으로 샌드위치와 커피를 사러 모퉁이 너머 피코 거리에 있는 델리에 갔을 때뿐이었다. 그때도 금방 차로 돌아왔기 때문에 상황 변화를 놓치거나 하는 일은 일어나지 않았다.

긴 하루였다. 카터가 1시간마다 한 번씩 차를 몰고 디지털 이미징 앞을 지나갔고 여러 손님이 가게를 드나들었지만 여전히 우리에게는 하루가 길게 느껴졌다. 손님이 나타날 때마다 우리는 그 사람이 글래든이 아닌 진짜 손님으로 판명될 때까지 긴장을 늦추지 못했다.

4시가 됐을 때, 배커스는 이미 카터와 다음 날의 계획을 이야기하고 있었다. 글래든이 어쩌면 나타나지 않을 수도 있다는 점, 놈이 뭔가 수상한 낌새를 눈치채고 수사팀을 골탕먹였을 수도 있다는 점을 인정하기 싫은 모양이었다. 그는 카터에게 가게 안의 소음과 반드시 전화로만 이야기해야 하는 것이 불편하니 쌍방향 마이크를 하나 설치해야겠다고 말했다.

"내일까지 설치해." 그가 말했다.

"알았어요." 카터가 대답했다. "오늘 작전이 끝난 뒤에 제가 기술팀이랑 같이 들어가서 설치할게요."

차 안에 다시 침묵이 내려앉았다. 배커스와 카터, 몇 번이나 되는지 기억조차 나지 않을 만큼 잠복 경험이 풍부한 두 베테랑은 오랜 침묵 속에 앉아 있는 것에 익숙한 것 같았지만 나는 침묵 탓에 시간이 더 더디게 흐르는 것 같았다. 그래서 가끔 대화를 시도했지만, 두 사람은 몇 마디 대답이 고작이었다.

4시 직후 어떤 자동차 한 대가 우리 뒤의 길가에 섰다. 고개를 돌려보니 레이철이었다. 그녀가 차에서 내려 내 옆자리에 올라탔다.

"이런, 이런." 배커스가 말했다. "금방 돌아올 줄은 알고 있었어, 레이철. 플로리다에서 조사할 건 다 하고 온 거야?"

차분한 척했지만, 레이철이 서둘러 돌아온 것을 배커스가 못마땅해하고 있음이 느껴졌다. 아마 그는 그녀가 플로리다에 계속 남아 있기를 바랐던 것 같다.

"아무 문제도 없어요, 팀장님. 여기 상황은 어때요?"

"변화 없어. 진전이 아주 느려."

배커스가 다시 앞으로 고개를 돌리자 그녀는 내 손을 잡고 가볍게 힘을 주며 이상한 표정으로 나를 바라보았다. 나는 조금 시간이 흐른 뒤에야 이유를 깨달았다.

"사서함은 확인했어, 레이철?"

그녀는 내게서 시선을 떼고 배커스의 뒤통수를 바라보았다. 그는 여전히 앞을 바라보는 자세였고, 그녀는 그의 바로 뒷자리에 앉아 있었다.

"네, 팀장님. 확인했어요." 그녀는 분노가 살짝 밴 목소리로 말했다. "거기도 막다른 길이었어요. 사서함 안에 아무것도 없더라고요. 그 사서함 주인은 어떤 아주머니가 매달 한 번 정도 와서 우편물을 가져가는 걸로 알고 있었어요. 그 사람 말로는, 우편물이라고 해봤자 은행에서 보내오는 계좌 거래내역서밖에 없었대요. 그 아주머니는 글래든의 어머니인 것 같아요. 아마 그 근처 어디에 살고 있겠죠. 주소나 전화번호를 찾을 길은 없었어요."

"거기 그냥 남아서 좀 더 찾아봤어야 하는 것 아냐?"

그녀는 잠시 말이 없었다. 배커스가 자신을 왜 이렇게 대하는지 혼란스러워하는 눈치였다.

"글쎄요." 그녀가 말했다. "플로리다의 요원들도 그 정도 조사는 해낼 수 있잖아요. 저는 이번 수사팀의 수석 요원이에요. 그걸 잊어버리셨어요, 팀장님?"

"잊어버릴 리가 있나."

이 말을 끝으로 차 안은 몇 분 동안 침묵에 잠겼다. 나는 주로 창밖만 바라보았다. 그러다 팽팽하던 분위기가 조금 누그러진 느낌이 들었을 때 레이철을 바라보며 눈썹을 치켜 올렸다. 그녀는 손을 뻗어 내 얼굴을 만지려다가 생각을 바꿔 손을 다시 내려놓았다.

"면도하셨네요."

"네."

배커스가 고개를 돌려 나를 바라보고는 다시 원래 자세로 돌아갔다.

"뭔가가 좀 달라진 것 같더라니." 그가 말했다.

"왜요?" 레이철이 물었다.

나는 어깨를 으쓱했다.

"글쎄요."

무전기에서 지직거리는 잡음과 함께 누군가의 목소리가 들려왔다.

"손님이다."

카터가 마이크를 들고 말했다. "인상착의는?"

"백인 남자, 20대, 금발, 상자를 하나 들고 있음. 차량은 보이지 않는다. 데이터 이미징으로 가는 길이 아니라면, 옆집의 미용실로 가는 길일 수도 있음. 머리 자를 때가 된 것 같으니까."

데이터 이미징 앤서즈에서 서쪽으로 바로 옆에 미용실이 있었다. 동쪽에는 폐업한 철물점이 있었다. 감시조 요원들은 데이터 이미징의 고객일 가능성이 있는 사람들을 종일 지켜보았지만, 미용실로 들어가는 사람이 대부분이었다.

"손님이 안으로 들어간다."

나는 앞으로 몸을 기울여 좌석 등받이 너머로 모니터를 바라보았다. 문제의 남자가 상자를 들고 가게 안으로 들어가는 것이 보였다. 흑백 비디오 화면에는 가게 내부 전체가 비치고 있었다. 화면에 나타난 남자의 모습이 워낙 작은 데다 화질도 별로 좋지 않아서 그가 글래든인지 아닌지 알아볼 수가 없었다. 나는 숨을 죽였다. 지금껏 그 가게 안으로 손님이 들어갈 때마다 그랬던 것처럼. 남자는 소슨이 앉아 있는 책상으로 곧장 걸어갔다. 소슨의 오른손이 허리께로 움직이는 것이 보였다. 필요한 경우 즉시 겉옷 안쪽의 총을 꺼내기 위해서였다.

"어서 오세요." 그가 말했다.

"아주 좋은 다이어리가 있어서요." 그가 상자 안으로 손을 뻗었다. 소슨이 자리에서 일어섰다. "근처 가게들도 이걸 많이 샀거든요."

소슨이 남자의 팔을 잡아 상자 안에 손을 집어넣지 못하게 막고는 상자를 기울여 안을 들여다보았다.

"난 살 생각 없어요." 그가 상자 안을 살펴본 뒤 말했다.

다이어리 외판원은 소슨이 자기 팔을 잡자 조금 당황했다가 다시 정신을 차리고는 물건을 팔기 위해 준비한 말을 계속했다.

"진심이세요? 겨우 10달러밖에 안 해요. 사무용품 전문점에 가면 30달러나 35달러는 줘야 이런 걸 살 수 있을걸요. 진짜 노가하이드 인조가죽이고요…."

"살 생각 없어요. 미안합니다."

외판원은 다른 책상에 앉아 있는 쿰스에게 시선을 돌렸다.

"선생님은 어떠세요? 딜럭스 모델을 보…."

"살 생각 없다니까요." 소슨이 버럭 소리를 질렀다. "이제 그만 나가주시죠. 우린 지금 바쁩니다. 여기서 이렇게 물건을 팔면 안 돼요."

"네, 척 보니 바쁘신 것 같네요. 두 분도 오늘 하루 즐겁게 보내세요."

남자는 가게를 나갔다.

"사람들이란." 소슨이 말했다.

그는 고개를 절레절레 저으며 자리에 앉은 뒤 더는 아무 말도 하지 않았다. 그러고는 잠시 후 하품을 했다. 그 모습을 보니 나도 하품이 나왔고, 레이철도 내 뒤를 따라 하품을 했다.

"고도도 지친 모양이군." 배커스가 말했다.

나도 마찬가지였다. 카페인을 보충해야 했다. 편집국이었다면 지금쯤 커피를 적어도 여섯 잔은 마셨을 것이다. 하지만 잠복 중이다 보니 음식과 커피를 사러 딱 한 번 나갔다 왔을 뿐이었다. 그것이 3시간 전이었다.

나는 문을 열었다.

"가서 커피 좀 사올게요. 누구 마실 사람 있어요?"

"지금 나가면 좋은 걸 놓칠 거예요, 잭." 배커스가 농담을 했다.

"어련하겠어요. 경찰관들 중에 치질 환자가 그렇게 많은 이유를 이제 알겠네요. 아무 소득도 없이 종일 앉아서 기다리기만 하니."

나는 밖으로 나왔다. 몸을 쭉 펴자 무릎에서 딱딱 소리가 나는 것 같았다. 카터와 배커스는 커피를 마시지 않겠다고 했다. 레이철은 커피를 조금 마시면 정말 좋을 것 같다고 했다. 그녀가 나와 함께 가겠다고 나서주지 않을까 기대했지만, 헛된 기대였다.

"커피를 어떻게 마셔요?" 내가 물었다. 이미 답을 알면서도.

"블랙이요." 그녀가 내 연기에 미소를 지으며 말했다.

"알았어요. 금방 갔다 올게요."

42 혈투

나는 자그마한 마분지 상자에 블랙커피 넉 잔을 담아 들고 데이터 이미징 앤서즈 안으로 들어섰다. 소슨이 대경실색한 얼굴로 나를 바라보았다. 그가 미처 뭐라고 말하기도 전에 그의 책상에서 전화가 울리기 시작했다. 그는 수화기를 들더니 "나도 알아요"라고 말했다.

그가 수화기를 내게 내밀었다.

"당신 전화야, 친구."

배커스의 전화였다.

"잭, 거기서 당장 나와요!"

"나갈 거예요. 이 사람들한테 커피를 갖다 주려고 들어왔을 뿐이에요. 아까 보셨잖아요. 고도가 조는 거. 여기 있으려니 얼마나 지루하겠어요."

"농담 한번 잘하네요, 잭. 어쨌든 나와요. 내 방식을 따라주면 당신한테 기사를 보장해 주기로 서로 약속했잖아요. 그러니까 제발 내 말대로… 손님이 나타났어요. 소슨한테 말해요. 여자예요."

나는 수화기를 가슴에 대고 소슨을 바라보았다.

"손님이 나타났대요. 그런데 여자예요."

나는 수화기를 다시 귀에 댔다.

"알았어요. 지금 나가요."

나는 전화를 끊고 상자에서 커피를 한 잔 꺼내 소슨의 책상에 놓았다. 내 뒤에서 문 열리는 소리가 들리면서 피코 대로를 지나가는 자동차 소리가 순간적으로 커지더니 문이 닫히면서 다시 작아졌다. 나는 고개를 돌려 손님을 보지 않은 채 쿰스가 앉아 있는 책상으로 갔다.

"커피 드실래요?"

"아이고, 고맙습니다."

나는 커피 한 잔을 내려놓고 상자 안에서 설탕, 프림, 막대를 꺼냈다. 고개를 돌려 보니 여자가 소슨의 책상 앞에 서서 커다란 검은색 가방 속을 뒤지고 있었다. 부풀어 오른 금발머리가 폭포처럼 흘러내리는 것 같았다. 돌리 파튼의 머리처럼. 척 봐도 가발임이 분명했다. 하얀 블라우스에 짧은 치마를 입고, 검은 스타킹을 신은 차림이었다. 키는 큰 편이었다. 하이힐의 높이를 감안해도 그랬다. 아까 그녀가 가게로 들어오려고 문을 열었을 때 나는 강한 향수 냄새가 함께 들어오는 것을 느꼈다.

"아." 그녀가 원하는 것을 찾은 모양이었다. "저희 부장님 심부름으로 이걸 찾으러 왔어요."

그녀가 반으로 접은 노란색 종이를 소슨의 책상에 내려놓았다. 소슨은 쿰스를 바라보았다. 쿰스에게 이건 당신이 알아서 해야 할 일이라는 신호를 보내기 위해서였다.

"천천히 해, 고도." 내가 말했다.

나는 문으로 향하면서 소슨을 바라보았다. 배커스가 그를 부를 때 쓰는 별명을 내가 거듭 사용한 것에 그가 뭐라고 반응을 보일 것 같아서였다. 소슨은 여자가 준 종이를 펼쳐서 바라보고 있었는데, 그의 시선이 뭔가에 못 박혀 있었다. 그가 가게의 서쪽 벽을 흘깃 바라보는 것이 보였다. 나는 그가 카메라를 바라보고 있음을 깨달았다. 그건 배커스를 바라본다는 뜻이었다. 그가 고개를 들어 여자를 바라보았다. 나는 그녀 뒤에 서 있었으므로 그녀의 어깨 너머로 소슨의 눈만 간신히 볼 수 있었다. 그가 자리에서 일어나고 있었다. 그의 입이 소리 없이 O자 모양으로 벌어지는 것이 보였다. 그의 오른팔이 올라오더니 겉옷 안쪽으로 들어갔다. 그때 여자의 오른팔이 가방 안에서 나왔다. 여자의 몸통에 가려졌던 손이 시야에 들어오는 순간, 그 손에 칼이 들려 있는 것이 보였다.

소슨이 겉옷에서 미처 팔을 빼내기도 전에 여자가 칼을 아래로 그었다. 칼이 소슨의 목에 박히면서 그가 목이 졸리는 듯한 소리를 냈다. 그가 뒤로 쓰러지기 시작했고, 동맥에서 뿜어져 나온 피가 사방으로 튀었다. 뭔가를 잡으려고 책상 위로 한껏 몸을 수그리고 있던 여자의 어깨에도 피가 튀었다.

여자가 몸을 똑바로 펴고 획 돌아섰다. 소슨의 총을 들고 있었다.

"전부 꼼짝 마!"

여자의 목소리는 사라지고, 궁지에 몰린 수컷 짐승의 목소리가 그 자리를 대신 차지했다. 거의 히스테리에 가깝게 긴장된 목소리였다. 그는 총으로 쿰스를 겨눴다가 획 방향을 돌려 나를 겨눴다.

"거기 문에서 떨어져. 안으로 들어와!"

나는 커피 두 잔이 담긴 상자를 떨어뜨리고 양손을 들며 문에서 떨어져 가게 안으로 들어갔다. 여장 남자가 다시 쿰스를 향해 방향을 돌리자 쿰스가 비명을 질렀다.

"안 돼요! 제발, 사람들이 지켜보고 있어요. 안 돼!"

"누가 감시한다는 거야? 누가?"

"사람들이 카메라로 지켜보고 있어요!"

"누가?"

"FBI요, 글래든." 나는 가능한 한 차분한 목소리로 말했다. 그래 봤자 쿰스의 비명소리와 크게 다르지 않았겠지만.

"저쪽에 소리도 들려?"

"네, 들려요."

"FBI!" 글래든이 고함을 질렀다. "FBI, 이미 한 명이 죽었다. 너희가 이리로 들어오면 여기 두 명이 또 죽을 줄 알아."

이 말을 하고 나서 그는 진열장 쪽으로 몸을 돌려 빨간 불이 들어와 있는 비디오카메라를 소슨의 총으로 겨눴다. 그가 세 번 총을 발사한 끝에 마침내 카메라를 맞히자 카메라가 진열장 뒤로 훌쩍 날아가면서 산산이 부서졌다.

"이쪽으로 와." 그가 내게 고함을 질렀다. "열쇠는 어디 있어?"

"무슨 열쇠요?"

"이 망할 놈의 가게 열쇠."

"진정해요. 난 여기 직원이 아니에요."

"그럼 누가 직원이야?"

그가 쿰스에게 총구를 돌렸다.

"내 주머니 안에 있어요. 열쇠는 내 주머니 안에 있어요."

"가서 저기 정문을 잠가. 문으로 도망치려고 하면 내가 저 카메라처럼 널 쏴버릴 테니 그리 알아."

"네."

쿰스가 문을 잠근 뒤 글래든은 우리더러 가게 뒤쪽으로 가서 창고로 통하는 문에 등을 기대고 바닥에 앉으라고 명령했다. 누가 뒷문으로 기습하지 못하게 하기 위해서였다. 그는 책상 두 개를 뒤집어 블라인드처럼 이용했다. 가게 앞쪽 창밖에서 누가 총을 쏠 경우 보호벽으로 이용할 생각인 것 같기도 했다. 그는 소슨이 앉아 있던 책상 뒤에서 몸을 웅크렸다.

내가 앉은 곳에서 소슨의 시체가 보였다. 하얀색이던 그의 셔츠는 대부분 피에 흠뻑 젖어 있었다. 그의 몸은 전혀 움직이지 않았고, 눈은 반쯤 감긴 채 한 곳에 고정되어 있었다. 칼자루가 여전히 그의 목에서 튀어나와 있었다. 나는 그 모습을 보며 몸을 떨었다. 조금 전만 해도 살아 있었는데. 그를 좋아하든 좋아하지 않든 아는 사람이었는데. 지금 그는 시체가 되어 있었다.

그때 배커스가 틀림없이 당황해서 어쩔 줄 모르고 있을 거라는 생각이 들었다. 모니터의 화면이 나가버렸으니 소슨이 죽었다는 사실조차 모르고 있을 가능성이 있었다. 만약 그가 소슨이 아직 살아 있으며, 어떻게든 그를 구할 가능성이 조금이라도 있다고 믿는다면, 중요사건 대응팀이 섬광수류탄을 비롯한 모든 장비를 갖춰 들고 언제든 이 안으로 쏟아져 들어올 수 있었다. 하지만 저쪽에서 소슨이 죽었다고 생각한다면, 나는 여기서 아주 긴 밤을 보낼 각오를 하는 편이 나을 터였다.

"당신은 여기 직원이 아니라고?" 글래든이 내게 말했다. "그럼 누구야? 날 알아?"

나는 망설였다. 나는 누구일까? 이 사람한테 사실대로 말할까?

"당신 FBI지?"

"아니, FBI가 아니에요. 난 기자예요."

"기자? 내 기사를 쓰려고 온 거야, 그래?"

"당신이 나한테 기사를 준다면. FBI와 이야기하고 싶다면, 거기 바닥에 떨어져 있는 수화기를 다시 제자리에 올려놔요. 그러면 저쪽에서 그 전화로 연락할 거예요."

그는 자신이 책상을 뒤집어엎을 때 전화기에서 떨어진 수화기를 바라보았다. 바로 그때 수화기가 잘못 놓였음을 알리는 날카로운 신호음이 들려오기 시작했다. 그는 보호벽 밖으로 몸을 내밀지 않아도 수화기를 잡을 수 있는 위치에 있었다. 그래서 수화기를 질질 잡아당겨 전화기에 제대로 올려놓았다. 그러고는 나를 바라보았다.

"당신 얼굴이 눈에 익어." 그가 말했다. "당신은…."

전화벨이 울리자 그가 수화기를 들었다.

"말해." 그가 명령조로 말했다.

한참 침묵이 이어지다가 마침내 그가 저쪽의 말에 답했다. 저쪽에서 뭐라고 했는지는 알 수 없었지만.

"이런, 이런, 배커스 요원, 이렇게 다시 만나게 되니 반갑네요. 지난번에 플로리다에서 요원과 만난 뒤로 요원에 대해 연구를 좀 했어요. 물론 요원 아버지에 대해서도. 요원 아버지가 쓴 책을 읽었죠. 안 그래도 다시 이야기를 나눠보고 싶다고 생각했는데… 요원과 나 말이에요…. 아뇨, 알다시피 그건 불가능할 거예요. 여기 인질을 두 명 잡고 있으니까. 그 쪽에서 날 엿 먹이면, 나도 이 사람들을 엿 먹일 거예요. 나중에 당신이 여기 들어와 보고 기가 막힐 정도로. 아티카 기억나요? 그걸 생각해봐요, 배커스 요원. 당신 아버지라면 이번 일을 어떻게 처리했을지 생각해 봐요. 이만 끊죠."

그는 전화를 끊고 나를 바라보았다. 그러고는 가발을 벗어 가게 안 저편으로 거칠게 던져버렸다.

"도대체 기자가 여긴 어떻게 들어온 거야? FBI는 이런…."

"당신이 내 형제를 죽였어. 그래서 내가 여기 들어올 수 있었던 거야."

글래든이 한참 동안 나를 바라보았다.

"난 아무도 안 죽였어."

"저쪽에서 이미 다 알고 있어. 당신이 우리한테 무슨 짓을 하든 저쪽은 이미 다 알고 있다고, 글래든. 그러니 당신을 여기서 곱게 보내주지 않을 거야. 저쪽은…."

"알았어. 알았으니까 닥쳐! 내가 그런 말을 들어야 할 이유는 없어."

글래든은 수화기를 들고 번호를 눌렀다.

"크래스너를 바꿔줘요. 위급한 상황이에요…. 윌리엄 글래든…. 네, 바로 그 사람이요."

그가 변호사의 목소리를 기다리는 동안 우리는 서로를 바라보았다. 나는 차분한 모습을 보이려고 애썼지만, 속으로는 머리가 정신없이 돌아가고 있었다. 누가 또 죽지 않는 한 내가 여기서 빠져나갈 길은 없는 것 같았다. 글래든을 설득하기도 어려울 것 같았다. 그는 남의 설득에 넘어가 두 손을 들고 항복할 사람이 아니었다. 어떤 주가 그를 먼저 재판하느냐에 따라 몇 년 뒤 전기의자에 묶이거나 가스실에 들어가야 하는 신세가 될 테니까 말이다.

크래스너가 전화를 받은 모양이었다. 글래든은 10분 동안 크래스너에게 열심히 상황을 설명했다. 그런데 크래스너가 제안한 방법들이 마음에 들지 않는지 점점 화를 내기 시작했다. 그러다가 결국은 쾅 하고 수화기를 내려놓았다.

"빌어먹을."

나는 침묵을 지켰다. 시간이 흐를수록 나한테 유리하다는 생각이 들었다. FBI가 지금 저 밖에서 뭔가 대책을 마련하고 있을 터였다. 저격수든 정밀 돌파팀이든.

바깥이 점점 어두워지고 있었다. 가게 정면의 유리창을 통해 길 건너편 쇼핑센터를 바라보며 눈으로 지붕을 훑었지만, 사람 모습은 전혀 보이지 않았다. 저격수의 총구처럼 보이는 물건도 없었다. 아직은.

나는 시선을 다른 곳으로 돌렸다가 금방 다시 밖을 바라보았다. 피코 대로에 차가 한 대도 없었다. 도로를 봉쇄한 것이다. 저쪽이 무슨 계획을 마련했는지는 몰라도, 곧 움직임이 있을 것 같았다. 나는 쿰스를 바라보며 그에게 마음을 단단히 먹으라고 알려줄 방법이 없을까 고민했다.

쿰스의 셔츠가 땀으로 흠뻑 젖어 있었다. 타이의 매듭도 뺨과 목을 타고 흘러내리는 땀을 고스란히 받아 완전히 젖어 있었다. 마치 30분 넘게 계속 속을 게운 사람 같은 몰골이었다. 지금도 속이 안 좋아 보였다.

"글래든, 저쪽 사람들한테 뭔가를 보여줘. 쿰스 씨를 내보내는 게 어때? 이번 일하고는 아무 상관없는 사람이잖아."

"글쎄, 아닌 것 같은데."

전화벨이 울리자 그는 수화기를 들어 아무 말 없이 듣기만 했다. 그러고는 수화기를 부드럽게 제자리에 내려놓았다. 잠시 후 전화벨이 또 울리자 그는 수화기를 들더니 재빨리 보류 버튼을 눌렀다. 그러고는 가게 안의 또 다른 번호로 전화를 돌린 뒤 그 전화 역시 보류로 돌렸다. 이제 아무도 이쪽으로 전화를 할 수 없게 된 셈이었다.

"당신은 지금 일을 망치고 있어." 내가 말했다. "저 사람들 얘기를 들어봐. 저들이 뭔가 방법을 생각해 낼 거야."

"이봐, 충고를 듣고 싶으면 당신을 두들겨 패서라도 들을 거야. 그러니 지금은 입 닥치고 가만있어!"

"알았어."

"입 닥치랬지."

나는 이제 그만 항복이라는 듯이 양손을 들어 올렸다.

"빌어먹을 기자 놈들은 항상 알지도 못하면서 지껄이기나 하지. 그건 그렇고 당신 이름은 뭐야?"

"잭 매커보이."

"신분증 있어?"

"주머니에."

"이쪽으로 던져."

나는 천천히 지갑을 꺼내 카펫 위로 그에게 밀어주었다. 그는 지갑을 열어 기자증을 살펴보았다.

"난 당신이… 덴버? 로스앤젤레스에는 뭐 하러 온 거야?"

"말했잖아. 내 형제 이야기."

"그래. 나도 말했지? 난 아무도 안 죽였어."

"그럼 저 사람은?"

나는 생기가 사라져버린 소슨을 고갯짓으로 가리켰다. 글래든은 시체를 보고는 다시 내게로 시선을 돌렸다.

"저 사람이 먼저 시작했어. 난 그걸 끝낸 거고. 그게 게임의 규칙이야."

"저 사람은 죽었어. 이건 게임 같은 게 아니라고."

글래든이 총을 들어 올려 내 얼굴을 겨눴다.

"내가 게임이라면 게임이야."

나는 아무 말도 하지 않았다.

"제발." 쿰스가 말했다. "제발…."

"제발 뭐? 입 닥치고 가만히 있어. 당신… 어, 신문기자, 이번 일이 끝나면 뭐라고 기사를 쓸 거야? 그때도 아직 기사를 쓸 수 있는 상태라면."

나는 적어도 1분 정도 생각에 잠겼다. 그는 나를 내버려두었다.

"이번 일의 원인을 쓸 거야. 당신이 원하는 게 그거라면." 마침내 내가 말했다. "원인을 밝히는 게 늘 가장 흥미진진하거든. 왜 그런 짓을 했을까? 그 얘기를 할 거야. 플로리다의 그놈 때문일까? 벨트런?"

그는 웃기지도 않는다는 듯이 코웃음을 쳤다. 내가 그 이름을 안다는 사실이 싫기보다, 그 이름을 입에 담은 것이 더 싫은 것 같았다.

"이건 인터뷰가 아냐. 설사 인터뷰라 해도 난 아무 말도 안 할 거야."

글래든은 자기 손에 들려 있는 총을 바라보았다. 내게는 그 시간이 아주 길게 느껴졌다. 내가 보기에는 그때 그가 자기를 짓누르고 있는 이 상황의 덧없음을 느꼈던 것 같다. 그는 자기가 막다른 길로 몰렸음을 알고 있었다. 결국은 일이 이 지경에 이르리라는 것을 처음부터 그가 알고 있었던 것 같다는 느낌이 들었다. 그가 심리적으로 약해진 것 같아서 나는 다시 설득을 시도했다.

"거기 수화기를 들고 레이철 월링을 바꿔달라고 해." 내가 말했다. "그 여자랑 이야기하겠다고 말하란 말이야. 그 여자도 FBI 요원이야. 기억나? 그 여자가 당신을 만나러 레이포드까지 갔잖아. 그 여자는 당신에 대해 모든 걸 알고 있어, 글래든. 그러니까 당신을 도와줄 거야."

그는 고개를 저었다.

"난 당신 형제를 죽일 수밖에 없었어." 그가 부드럽게 말했다. 나를 바라보지 않은 채. "그럴 수밖에 없었어."

나는 말이 더 나오기를 기다렸지만, 그는 더 이상 입을 열지 않았다.

"왜?"

"당신 형제를 구할 길이 그것뿐이었거든."

"구하다니? 무엇으로부터?"

"모르겠어?" 그가 시선을 들어 나를 바라보았다. 깊은 고통과 분노가 서린 눈이었다. "나처럼 되는 걸 막아야 했어. 날 봐! 나처럼 되는 걸 막아야 했다고!"

내가 막 질문을 던지려는 순간 갑자기 유리 깨지는 소리가 났다. 가게 앞쪽으로 시선을 돌리자 야구공만 한 크기의 검은 물체가 바닥을 통통 튀며 글래든 근처의 뒤집어진 책상 쪽으로 굴러오는 것이 보였다. 나는 그것의 정체를 알아차리고 몸을 굴리며 팔로 얼굴을 감싸고 눈을 가렸다. 바로 그 순간 가게 안에서 엄청난 폭발이 일어나며 강렬한 빛이 감은 눈을 태울 듯이 훑고 지나갔다. 곧이어 날 덮친 충격파가 어찌나 강했는지, 엄청난 강펀치를 맞은 것 같은 충격이 온몸을 훑고 지나갔다.

아직 남아 있던 창문들이 산산이 깨졌다. 나는 한 바퀴를 다 구른 뒤 실눈을 뜨고 글래든의 동정을 살폈다. 그는 바닥에서 몸부림치고 있었다. 눈은 크게 뜬 상태였지만 초점이 없었고, 양손은 귀를 막고 있었다. 창문을 깨고 굴러온 물체의 정체를 너무 늦게 알아차린 모양이었다. 나는 충격파를 조금이나마 피할 수 있었지만, 글래든은 수류탄의 충격을 고스란히 몸으로 받아낸 듯했다. 그의 다리 옆 바닥에 총이 아무렇게나 놓여 있는 것이 보였다. 나는 가능성 따위 생각할 여유도 없이 재빨리 그쪽으로 기어갔다.

내가 글래든 옆에 이르렀을 때 글래든도 일어나 앉았다. 우리 둘 다

동시에 총을 향해 손을 뻗으며 몸을 날렸다. 우리는 함께 바닥을 구르며 상대를 제압하려고 싸웠다. 나는 빨리 방아쇠를 당겨 총을 쏘아야 한다는 생각뿐이었다. 내가 그를 맞히든 말든 상관없었다. 내 총에 내가 맞지만 않는다면. 충격 수류탄이 터졌으니 요원들이 곧 이 안으로 진입할 터였다. 내가 총알을 다 써버리면 총을 누가 들고 있든 문제가 되지 않을 것이다. 그러면 상황은 끝난 거나 마찬가지였다.

나는 방아쇠 뒤에 왼손 엄지를 끼워 넣는 데 성공했지만, 오른손으로 잡을 수 있는 곳은 총구밖에 없었다. 총은 우리 두 사람의 가슴 사이에 끼어 우리의 턱을 향하고 있었다. 그 순간 나는 내 턱이 사선射線에서 벗어나 있다는 판단을 내리고(희망사항이었다), 오른손을 떼어내며 왼손으로 방아쇠를 눌렀다. 총알이 발사되면서 엄지와 손바닥 사이를 스치고 지나는 바람에 찌르는 듯한 통증이 느껴졌다. 총에서 뿜어져 나온 가스가 내 손을 태웠다. 그 순간 글래든의 울부짖음이 들렸다. 고개를 들어 그의 얼굴을 보니 코에서 피가 번져 나오고 있었다. 아니, 코가 아니라 코의 남은 부분에서. 총알이 그의 왼쪽 콧구멍을 찢고 지나가면서 이마까지 길게 찢어 놓은 상태였다.

순간적으로 그의 손에서 힘이 빠지는 것이 느껴졌다. 나는 마지막으로 남은 힘을 모두 발휘해 총을 빼앗았다. 그에게서 몸을 떼어내고 있을 때, 유리조각을 밟으며 다가오는 발소리가 들렸다. 알아들을 수 없는 고함소리도 들렸다. 글래든이 내 손에서 총을 빼앗으려고 또 몸을 날렸다. 내 엄지는 여전히 방아쇠와 방아쇠 고리 사이에 한 마디 넘게 끼어 있는 상태였다. 손가락이 꽉 끼어 있었기 때문에 도저히 움직일 틈이 없었다. 글래든이 내 손에서 총을 빼앗으려고 몸부림을 치는 와중에 총알이 한 발 더 발사되었다. 그 순간 우리의 눈이 마주쳤고, 나는 그의 눈빛에 담긴 의미를 읽을 수 있었다. 그의 눈은 그가 자의로 총에 맞았음을 내게 말해주었다.

즉시 그의 손에서 힘이 빠지며 그가 뒤로 넘어갔다. 그의 가슴에 커다랗게 입을 벌린 상처가 보였다. 그의 눈은 조금 전과 똑같이 결의에 찬 표정으로 나를 뚫어지게 바라보고 있었다. 마치 일이 이렇게 될 줄 미리 알고 있었던 것 같았다. 그는 자기 가슴으로 손을 뻗더니 자기 손바닥으로 뿜어져 나오는 피를 내려다보았다.

갑자기 누군가가 뒤에서 나를 붙잡고 그에게서 떼어냈다. 누군가의 손이 내 팔을 단단히 붙잡더니 다른 손이 내 손에서 조심스레 총을 들어 올렸다. 고개를 들어 보니 검은 헬멧에 검은 점프수트를 입고 겉에 커다란 방탄조끼를 입은 남자였다. 그는 모종의 무기를 들고, 머리에는 무전 장비를 쓰고 있었다. 가느다란 검은 막대가 무전장비에서 그의 입가로 이어졌다. 그가 나를 내려다보며 자기 귀 옆의 송신 버튼을 눌렀다.

"현장을 확보했다." 그가 말했다. "둘이 쓰러지고 둘은 무사하다. 진입하라."

43

마지막 의문

전혀 아프지 않다는 것이 놀라웠다. 그의 손가락 사이로 넘쳐흘러 손바닥에 닿는 피는 따뜻하고 편안하게 느껴졌다. 방금 시험을 통과한 사람처럼 기분이 들떴다. 해냈다는 생각이 들었다. 뭘 해낸 건지는 잘 모르겠지만. 주위에서 들려오는 소리와 사람들의 움직임은 모두 둔탁하고 느리게 느껴졌다. 주위를 둘러보니 자신을 쏜 사람이 보였다. 덴버. 순간적으로 두 사람의 시선이 얽혔지만 누군가가 중간에 끼어들었다. 검은 옷을 입은 남자가 그를 향해 허리를 숙이고 뭔가를 했다. 글래든이 아래를 내려다보니 자기 손목에 수갑이 보였다. 어이가 없어서 웃음이 나왔다. 이제 곧 그가 가게 될 곳에서는 세상의 그 어떤 수갑도 그를 붙들어두지 못할 것이다.

그때 그녀가 눈에 들어왔다. 어떤 여자가 덴버에서 온 사람 옆에 쪼그리고 앉아 있었다. 그녀가 그의 손을 꽉 쥐었다. 글래든은 그녀를 알아보았다. 오래전 감옥으로 그를 만나러 왔던 사람들 중 한 명이었다. 이제 기억이 났다.

몸이 점점 차가워졌다. 어깨와 목이. 다리에는 감각이 없었다. 담요가 있었으면 싶었지만 아무도 그를 보고 있지 않았다. 아무도 신경 쓰지 않았다. 방이 점점 밝아졌다. 텔레비전 카메라처럼. 그는 점점 의식이 멀어지고 있음을 깨달았다.

“그래, 바로 이런 거야.” 그가 속삭였지만 아무도 듣지 못한 것 같았다.

그 여자만 빼고. 그의 자그마한 목소리를 들은 그녀가 고개를 돌렸다. 두 사람의 시선이 맞부딪쳤다. 잠시 후 여자가 살짝 고개를 끄덕한 것 같았다. 알겠다는 표시.

뭘 알겠다는 거지? 그는 속으로 생각했다. 내가 죽어가고 있다는 거? 내가 여기 있는 것에 뭔가 목적이 있다는 거? 그는 그녀를 향해 고개를 돌리고 자신의 몸에서 생기가 전부 빠져나가기를 기다렸다. 이제는 쉴 수 있었다. 이제야.

그는 한 번 더 그녀를 바라보았지만, 그녀는 다시 그 남자를 내려다보고 있었다. 글래든은 남자를 자세히 살펴보았다. 자기를 죽인 남자. 이상한 생각이 핏줄기를 뚫고 고개를 내밀었다. 그 남자는 너무 늙어 보였다. 형제는 그렇게 어렸는데. 틀림없이 뭔가 잘못된 것 같았다.

글래든은 눈을 뜬 채 죽었다. 그의 눈은 자기를 죽인 남자를 노려보고 있었다.

44

시인의 수수께끼

초현실적인 광경이었다. 사람들이 가게 안을 뛰어다니며 고함을 질러댔다. 이미 죽은 사람과 죽어가는 사람 옆에 쪼그리고 앉은 사람도 있었다. 귀가 윙윙 울리고 손이 욱신거렸다. 모든 것이 천천히 움직이는 것 같았다. 적어도 지금 내 기억 속에 저장된 모습은 그렇다. 이 모든 소란 속에서 레이철이 나타났다. 그녀는 나를 돌보며 이곳에서 데리고 나가기 위해 파견된 수호천사처럼 유리를 뚫고 들어왔다. 그녀가 손을 뻗어 다치지 않은 내 손을 꼭 잡아주었다. 그녀의 손길은 심장 전기충격기와 같아서 죽어가던 나를 되살렸다. 나는 방금 벌어진 일, 내가 한 일을 갑자기 깨닫고 순전히 살아남았다는 기쁨에 압도당했다. 정의와 복수를 실행했다는 생각은 떠오르지도 않았다.

소슨을 바라보았다. 구급요원들이 응급처치를 하고 있었다. 여자 구급요원이 그의 몸을 타고 앉아서 자신의 몸무게를 전부 실어 심장 마사지를 하고, 또 다른 요원은 그의 입에 산소마스크를 댔다. 또 다른 요원은 축 늘어진 그의 몸에 기압복을 입혔다. 배커스 역시 그 옆에 무릎을 꿇고 앉아 손을 잡고 손목을 문지르며 고함을 질렀다. "숨을 쉬어, 젠장, 숨 좀 쉬란 말야! 얼른, 고도, 숨을 쉬어!"

하지만 소용없었다. 망자의 세계로 가버린 가엾은 소슨을 다시 데려올 수는 없는 일이었다. 그들 모두 그 사실을 알고 있었지만, 아무도 물러서지 않았다. 그들은 계속 그를 되살리려 했다. 폭발에 날아가 버린 전면 유리창을 통해 들것이 들어와 소슨이 거기에 실린 뒤에도 여자 구급요원은 다시 그의 몸 위에 걸터앉았다. 그녀는 팔꿈치를 고정시키고 양손을 깍지 껴서 그의 가슴을 눌렀다 떼고, 눌렀다 떼기를 반복했다. 두 사람은 그런 모습으로 들것에 실려 나갔다.

그 광경을 지켜보는 레이철을 지켜보았다. 슬프다기보다 아득한 표정이었다. 그녀는 전남편이 실려 나가는 광경에서 눈을 돌려 내 옆 바닥에 누워 있는 살인자를 바라보았다.

나도 글래든을 바라보았다. 그는 수갑이 채워진 상태였고, 응급처치를 하는 사람은 아직 한 명도 없었다. 그냥 죽게 내버려둘 모양이었다. 그에게서 뭔가를 알아낼 수 있을지도 모른다는 생각은 그가 소슨의 목에 칼을 꽂는 순간 창밖으로 날아가 버렸다.

나는 그를 바라보며 그가 이미 죽은 것 같다고 생각했다. 그의 눈은 멍하니 천장을 노려보고 있었다. 그런데 그때 그의 입술이 움직이더니 뭐라고 말했다. 하지만 나는 그 소리를 들을 수 없었다. 그의 머리가 천천히 나를 향했다. 처음에 그의 시선은 레이철에게 머물렀다. 한순간에 불과했지만 두 사람의 시선이 얽히며 모종의 소통이 이루어지는 것 같았다. 서로를 알아봤다고 표시하는 걸까? 어쩌면 그가 그녀를 기억해

냈는지도 모를 일이었다. 그가 천천히 시선을 돌려 다시 나를 똑바로 바라보았다. 내가 그 눈을 바라보는 가운데 거기서 생기가 빠져나갔다.

레이철이 데이터 이미징 밖으로 나를 데리고 나온 뒤, 나는 구급차에 실려 시더스-사이나이라는 병원으로 갔다. 병원에 도착해 보니 소슨과 글래든이 나보다 먼저 도착해 이미 사망 판정을 받은 뒤였다. 응급 처치실에서 의사가 내 손을 살펴보더니 검은색 빨대처럼 생긴 물건으로 상처를 세척한 뒤 실로 꿰매주었다. 화상 입은 곳에는 연고 같은 것을 바르고 붕대를 넓게 감아주었다.

"화상은 아무것도 아니에요." 의사가 붕대를 감으며 말했다. "걱정할 것 없습니다. 하지만 이 상처는 좀 힘들 거예요. 총알이 관통했고 뼈를 다치지 않은 건 다행이에요. 하지만 총알이 힘줄을 끊고 지나갔기 때문에 이대로 놔두면 엄지를 마음대로 움직일 수 없을 거예요. 원하신다면 전문의를 소개해 드리겠습니다. 힘줄을 다시 붙이든지, 아니면 새로 힘줄을 만들어 넣을 수 있을 거예요. 그렇게 수술을 받고 손가락 움직이는 연습을 좀 하면 괜찮을 겁니다."

"타자 치는 건요?"

"한동안은 안 될 겁니다."

"아뇨, 연습 삼아 하는 게 어떻겠느냐는 얘기예요."

"아, 글쎄요. 그건 나중에 전문의한테 물어보세요."

그는 내 어깨를 두드려주고 방을 나갔다. 진찰대 위에 혼자 앉아 있은 지 10분쯤 지난 뒤 배커스와 레이철이 안으로 들어왔다. 배커스는 계획이 완전히 어긋나버렸을 때 사람들이 짓는, 지칠 대로 지친 표정을 제대로 짓고 있었다.

"좀 어때요, 잭?" 그가 물었다.

"괜찮아요. 소슨 요원 일은 안됐어요. 그게…."

"알아요. 이런 일이 뭐…."

잠시 동안 모두 말이 없었다. 나는 레이철을 바라보았다. 우리의 시선이 마주쳤다.

"정말로 괜찮아요?"

"네, 괜찮아요. 한동안 타자를 칠 수는 없겠지만 그래도… 이만하면 운이 좋은 거죠. 쿰스는 어떻게 됐어요?"

"아직도 충격받은 상태지만 다친 데는 없어요."

나는 배커스를 바라보았다.

"밥, 내가 어떻게 해볼 도리가 없었어요. 뭔가가 있었어요. 두 사람이 갑자기 서로를 알아보았던 건지. 잘 모르겠어요. 왜 소슨이 계획대로 하지 않았을까요? 총을 찾는 대신 그냥 카메라를 줘버렸으면 괜찮았을 텐데."

"영웅이 되고 싶어서 그런 거예요." 레이철이 말했다. "자기가 체포하고 싶었던 거죠. 아니면 죽이거나."

"레이철, 그건 모르는 일이야." 배커스가 말했다. "앞으로도 영원히 모를 테고. 하지만 우리가 대답을 알아낼 수 있는 의문이 하나 있기는 하지. 애당초 거긴 왜 들어간 거예요, 잭? 왜?"

나는 붕대를 감아 놓은 손을 내려다보았다. 그러고는 다치지 않은 손으로 내 뺨을 만졌다.

"나도 모르겠어요." 내가 대답했다. "모니터에서 소슨이 하품하는 걸 보고는 그냥… 나도 내가 왜 그랬는지 모르겠어요. 일전에 소슨이 나한테 커피를 사준 적이 있는데… 보답해야겠다는 생각이 들었어요. 글래든이 나타날 거라고는 생각도 못 했어요."

거짓말이었다. 하지만 나의 진짜 생각이나 감정을 제대로 표현하기가 힘들었다. 내가 아는 거라고는, 만약 내가 가게 안으로 들어가면 글래든이 나타날지도 모른다는 느낌이 있었다는 점뿐이었다. 나는 그에게 내 얼굴을 보여주고 싶었다. 전혀 변장하지 않은 채. 그에게 형의 얼굴을 보여주고 싶었다.

"어쨌든…." 잠시 침묵이 흐른 뒤 배커스가 말했다. "내일 속기사하고 시간을 좀 보내야 할 테니 그리 알아요. 당신도 다쳤다는 건 알지만, 당신 진술을 들어야 상황을 완전히 정리할 수 있으니까. 우리 쪽에서 지방검사에게 자료를 제출해야 할 거예요."

나는 고개를 끄덕였다.

"네, 그쪽으로 나갈게요."

"잭, 글래든이 카메라를 박살낼 때 음향 시스템도 같이 망가졌어요. 그래서 그 안에서 무슨 말이 오갔는지 우린 몰라요. 글래든이 무슨 말을 하던가요?"

나는 잠시 생각해 보았다. 아직 기억이 완전히 돌아오지 않은 부분이 있었다.

"처음에는 자기가 아무도 안 죽였다고 했어요. 그러더니 우리 형을 죽였다는 걸 시인했죠. 자기가 형을 죽였다고 말했어요."

배커스는 놀랍다는 듯이 눈썹을 둥글게 치켜 올리더니 잠시 후 고개를 끄덕였다.

"좋아요, 잭. 그럼 나중에 봐요." 그는 레이철에게 시선을 돌렸다. "자네가 잭을 호텔로 데려다주겠다고 했지?"

"네, 팀장님."

"알았어."

배커스는 고개를 숙인 채 방을 나갔다. 나는 마음이 좋지 않았다. 그가 내 이야기를 액면 그대로 믿은 것 같지는 않았다. 이번 일이 이렇게 끔찍하게 어긋나버린 책임을 앞으로도 계속 내게 돌릴지도 모르겠다는 생각이 들었다.

“저 사람은 앞으로 어떻게 되지?” 내가 물었다.

“글쎄, 우선 저기 로비에 기자들이 잔뜩 와 있으니 어쩌다가 계획이 이렇게 어긋나버렸는지 그 사람들한테 설명해야 될 거야. 그다음에는 국장이 심의위원회에 이번 계획을 조사해 보라는 지시를 내리겠지. 팀장님한테는 결코 좋을 게 없을 거야.”

“그건 소슨이 짠 계획이었어. 그러니까 그냥….”

“팀장님이 승인한 계획이야. 게다가 고든은 이미 여기 없으니까 책임을 물을 수도 없잖아.”

나는 배커스가 방금 나간 뒤 아직 열려 있는 문을 통해 밖을 바라보았다. 어떤 의사가 걸음을 멈추고 안을 들여다보았다. 손에는 청진기를 들었고, 하얀 가운의 주머니에는 펜이 여러 개 꽂혀 있었다.

“누가 다쳤나요?” 의사가 물었다.

“아뇨.”

“아무 일 없어요.” 레이철이 덧붙였다.

레이철이 문에서 시선을 떼고 나를 바라보았다.

“정말 괜찮아?”

나는 고개를 끄덕였다.

“당신이 무사해서 얼마나 다행인지 몰라. 당신, 정말 바보 같은 짓을 했어.”

“그냥 커피를 갖다 주면 좋겠다고 생각했을 뿐이야. 그런 일이 생….”

"아니, 그것 말고 총을 집으려고 했던 것 말이야. 글래든한테서 총을 빼앗은 거."

나는 어깨를 으쓱했다. 그게 바보짓이었을 수도 있지만, 어쩌면 그 덕분에 이렇게 살아남은 것일 수도 있었다.

"어떻게 알았어, 레이철?"

"알다니 뭘?"

"내가 그놈과 얼굴을 맞대면 어떻게 될 것 같냐고 물은 적이 있잖아. 마치 미리 알고 있었던 것처럼."

"그럴 리 없잖아, 잭. 그냥 궁금해서 물어본 것뿐이야."

그녀는 손을 뻗어 내 턱 선을 쓰다듬었다. 예전에 내가 턱수염을 길렀을 때 그랬던 것처럼. 그녀는 손가락으로 내 턱을 들어 내가 자기를 바라보게 했다. 그러고는 내 다리 사이로 들어와 나를 끌어안으며 진하게 입을 맞췄다. 아픔이 사라지는 느낌과 관능적인 느낌이 동시에 밀려왔다. 나는 눈을 감았다. 그러고는 다치지 않은 손을 그녀의 겉옷 속으로 넣어 가슴 위에 살짝 얹어 놓았다.

그녀가 몸을 떼어내자 나는 눈을 떴다. 아까 누가 다쳤느냐며 안을 들여다봤던 의사가 시선을 돌리는 모습이 그녀의 어깨 너머로 보였다.

"엉큼한 놈." 내가 말했다.

"뭐?"

"아까 그 의사 말이야. 우리를 보고 있었던 것 같아."

"신경 쓰지 마. 이제 일어설 수 있겠어?"

"응, 일어설 수 있어."

"진통제 처방전은 받았어?"

"나가기 전에 약을 받아 가면 된대."

"여기서 그냥은 못 나가. 기자들이 잔뜩 와 있으니 당신을 보자마자 달려들 거야."

"젠장, 깜박했네. 회사에 연락해야 돼."

나는 손목시계를 보았다. 덴버 시간으로 8시가 다 된 시각이었다. 그레그 글렌은 아마 회사에서 내 연락을 기다리며 1면 강판을 미루고 있을 터였다. 글렌이 최대한 미룰 수 있는 시각은 9시일 것이다. 나는 주위를 둘러보았다. 방 뒤쪽에 치료용 물품과 장비를 쌓아둔 대 위의 벽에 전화기가 있었다.

"가서 병원 측에 내가 퇴원수속을 정상적으로 하기 힘들다고 말해줄래?" 내가 레이철에게 말했다. "그동안 나는 회사에 전화해서 아직 살아 있다고 말할 테니까."

글렌은 내 연락을 받고 거의 제정신이 아니었다.

"잭, 도대체 어디서 뭘 하고 있었어?"

"좀 바빴어요. 그러니까…."

"몸은 괜찮아? 총에 맞았다는 보도가 있던데."

"괜찮아요. 한동안 한 손으로만 타자를 쳐야겠지만."

"시인이 죽었다는 보도가 나왔어. AP가 인용한 소식통 말로는 자네가… 어, 그놈을 죽였다고 하던데."

"AP 소식통이 정확하네요."

"세상에, 잭."

나는 아무 말도 하지 않았다.

"CNN이 10분마다 현장에서 생중계를 하고 있지만 알맹이는 하나도 없어. 병원에서 기자회견이 열릴 거래."

"맞아요. 날 도와줄 사람만 수배해 주면, 1면에 충분히 실을 수 있는 기사를 쓸게요. 오늘 밤에 나올 그 어떤 언론사의 보도보다 훨씬 훌륭한 기사가 될 거예요."

글렌은 아무 대답도 하지 않았다.

"부장님?"

"잠깐만, 잭. 생각을 좀 해봐야겠어. 자네가…."

그는 말을 끝맺지 않았지만, 나는 끝까지 기다렸다.

"잭, 잭슨을 바꿔줄게. 그 친구한테 자네가 아는 대로 이야기해 줘. CNN이 기자회견을 중계하면, 그 친구가 그 내용도 받아 적을 거야."

"잠깐만요. 잭슨한테 무슨 얘기를 하라는 거예요? 그냥 사무원 한 명만 붙여주면 내가 기사를 구술할 거예요. 기자회견 내용보다 훨씬 좋은 기사가 나올 거라고요."

"안 돼, 잭, 그럴 수는 없어. 이젠 상황이 달라졌어."

"무슨 말씀을 하시는 거예요?"

"자네가 이 기사를 쓸 순 없어. 사건 당사자가 됐으니까. 자네 형을 죽인 놈을 자네가 죽였잖아. 자네가 시인을 죽였다고. 이 기사는 이제 자네에 관한 기사가 됐어. 그러니 자네는 쓸 수 없어. 잭슨을 바꿔줄게. 그리고 부탁 하나만 들어줘. 거기 와 있는 기자들한테서 멀찌감치 떨어져 있어. 우리가 특종 할 수 있는 말미를 하루만 줘. 적어도 하루만."

"부장님, 난 처음부터 사건 당사자였어요."

"그건 그렇지만, 그땐 자네가 누굴 쏘거나 하진 않았지. 잭, 기자들이 하는 일은 그런 게 아니잖아. 그건 경찰이나 하는 일인데, 자네가 선을 넘었어. 그래서 이번 기사에서 빠져야 돼. 미안해."

"그놈을 안 쐈으면 내가 죽었을 거예요."

"물론 그랬겠지. 자네가 아니고 그놈이 죽은 게 천만다행이야. 그렇다고 해서 상황이 바뀌진 않아, 잭."

나는 아무 말도 하지 않았다. 머릿속으로는 기사를 쓰지 말라는 글렌의 말이 옳다는 것을 알고 있었다. 하지만 도저히 믿을 수가 없었다. 이건 내 기사였는데 내 손에서 날아가 버렸다. 나는 아직 수사팀 내부에 있었지만 기사에서는 아웃이었다.

레이철이 내가 서명할 서류들이 꽂혀 있는 클립보드를 들고 방으로 막 들어왔을 때 잭슨이 전화를 받았다. 그는 정말로 굉장한 기사가 될 거라면서 내게 질문을 던지기 시작했다. 나는 질문에 모두 대답해 주고, 묻지 않은 것까지 말해주었다. 그렇게 말하면서 레이철이 가리키는 대로 서류에 서명했다.

통화는 짧았다. 잭슨은 CNN이 중계하는 기자회견을 봐야겠다고 했다. 그래야 내가 말해준 사건 정황에 수사팀의 공식적인 확인과 논평을 덧붙일 수 있을 테니까. 그가 혹시 추가로 물어봐야 할 것이 있을지도 모르니까 1시간 후 다시 전화해 줄 수 있느냐고 묻기에 나는 그러겠다고 했다. 마침내 통화가 끝났다는 사실이 반가웠다.

"당신 자신의 생명과 첫아들까지 포기한다는 각서에 서명했으니 이제 가도 돼." 레이철이 말했다. "서류 내용을 읽어보지도 않고 그렇게 그냥 서명해도 되겠어?"

"괜찮아. 이제 가자. 진통제 받아왔지? 손이 또 아프기 시작했어."

"여기 가져왔어."

그녀가 외투 주머니에서 약병을 꺼내 분홍색 메모지와 함께 건네주었다. 병원 접수대로 걸려온 전화 내용을 메모한 것 같았다.

"그게 뭐…."

세 개 지상파 방송국의 뉴스 프로그램 프로듀서들에게서 온 전화였다. 테드 카펠이 진행하는 〈나이트라인〉과 아침에 방송되는 뉴스쇼 두 개. 〈뉴욕 타임스〉와 〈워싱턴 포스트〉 기자의 전화도 있었다.

"이제 유명인사가 됐어, 잭." 레이철이 말했다. "악마와 대결해서 살아남았잖아. 다들 그때 기분이 어땠는지 당신한테 묻고 싶어 해. 사람들은 항상 악마에 대해 알고 싶어 하거든."

나는 메모지를 뒷주머니에 쑤셔 넣었다.

"그 사람들한테 전화해 줄 거야?"

"아니. 그만 가자."

할리우드로 돌아가는 길에 나는 레이철에게 오늘 밤은 윌콕스 호텔에서 보내고 싶지 않다고 했다. 룸서비스를 주문해 먹으면서 편안한 침대에 누워 리모컨으로 채널을 바꿔가며 텔레비전을 보고 싶었다. 윌콕스 호텔에서는 그런 안락함을 누릴 수 없었다. 그녀는 내 말이 무슨 뜻인지 이해했다.

우리는 먼저 윌콕스에 들러 내 물건을 챙긴 뒤 체크아웃했다. 레이철은 선셋 대로를 따라 번화가로 향했다. 샤토 마몬트에 도착한 뒤 그녀는 차 안에 남고 내가 프런트데스크로 갔다. 나는 숙박비는 얼마가 들든 상관없으니 전망 좋은 방을 달라고 말했다. 그들이 내준 방에는 발코니가 딸려 있었고, 숙박비는 내 평생 호텔에서 처음 치러보는 거금이었다. 발코니는 말보로맨을 비롯해 대로에 늘어선 여러 광고판들을 굽어보고 있었다. 나는 말보로맨을 바라보는 것이 좋았다. 레이철은 굳이 방을 따로 잡지 않았다.

우리는 룸서비스로 주문한 저녁 식사를 먹는 동안 별로 말을 하지 않았다. 대신 오랫동안 함께 지낸 커플들 사이에서만 볼 수 있는 편안한 침묵을 유지했다. 식사를 끝낸 뒤 나는 한참 동안 목욕하며 욕실 스피커로 디지털 이미징 총격사건에 대한 CNN의 보도를 들었다. 새로운 사실은 하나도 없었다. 해답보다는 의문이 더 많은 보도였다. 기자회견에서는 소슨의 희생이 상당히 강조되었다. 나는 이제야 비로소 레이철이 이번 일을 어떻게 감당하고 있는지 모르겠다는 생각이 들었다. 소슨은 그녀의 전남편이었다. 비록 지금은 경멸하고 있지만, 한때 친밀한 관계를 나눴던 사람이라는 사실은 변하지 않았다.

나는 욕실에서 나와 방에 비치되어 있던 타월지 목욕 가운을 입었다. 레이철은 베개에 몸을 기댄 채 침대에 누워 계속 텔레비전을 보고 있었다.

"지역방송 뉴스가 금방 시작될 거야." 그녀가 말했다.

나는 침대 위를 기어가 레이철에게 입을 맞췄다.

"괜찮아?"

"응. 왜?"

"글쎄. 저, 당신과 소슨의 관계가 어땠든, 하여튼 유감이야. 알았지?"

"나도 마찬가지야."

"내가 생각해 봤는데…. 나랑 사랑을 나누고 싶어?"

"응."

나는 텔레비전과 불을 껐다. 어둠 속에서 한순간 그녀의 뺨에서 눈물맛이 나는 것 같았다. 그녀는 어느 때보다 세게 나를 끌어안았다. 우리의 정사는 달콤하면서도 씁쓸했다. 마치 슬프고 고독한 사람 두 명이 우연히 만나 서로를 치유해 주기로 한 것 같았다. 정사가 끝난 뒤 그녀는 내 등에 착 달라붙었다. 나는 잠을 자려고 했지만 잠이 오지 않았다. 오늘의 악마들이 아직도 내 머릿속에서 활개치고 있었다.

"잭?" 그녀가 속삭였다. "왜 울었어?"

나는 잠시 침묵을 지키며 대답할 말을 찾으려 했다.

"나도 몰라." 마침내 내가 말했다. "말하기 힘들어. 처음부터 나는 마치 백일몽을 꾸듯이 기회를 바라고 있었던 것 같아…. 내가 오늘 한 일을 당신이 하지 않아서 다행이야. 정말 다행이야."

한참 시간이 흐른 뒤에도 잠이 오지 않았다. 병원에서 받아 온 약을 먹었는데도 그랬다. 그녀는 무슨 생각을 하느냐고 내게 물었다.

"그놈이 마지막에 나한테 한 말을 생각하고 있어. 그게 무슨 뜻이었는지 모르겠어."

"그놈이 뭐라고 했는데?"

"자기가 형을 구하려고 죽였대."

"구하다니?"

"자기처럼 되지 않게 해주려고. 이게 무슨 말인지 모르겠어."

"아마 영원히 모를 거야. 그냥 잊어버려. 이제 다 끝난 일이야."

"그놈이 다른 말도 했어. 마지막에. 다들 들어온 뒤에. 그 말 들었어?"

"들은 것 같아."

"무슨 말이었어?"

"뭐라더라. '그래, 바로 이런 거야.' 이 말뿐이었어."

"그게 무슨 뜻이지?"

"내 생각에 그놈은 수수께끼를 풀고 있었던 것 같아."

"죽음 말이군."

"죽음이 다가온다는 걸 알았겠지. 해답을 찾아낸 거야. 그래서 '그래, 바로 이런 거야.' 하고 말한 거야. 그러고는 죽었지."

45
진상 조사

다음 날 아침 레이철과 연방건물 17층의 회의실로 들어가 보니 배커스가 이미 와서 우리를 기다리고 있었다. 그날도 날씨가 청명해서 샌타모니카만을 뒤덮은 해무海霧 뒤로 솟아오른 카탈리나섬 꼭대기가 눈에 들어왔다. 아직 8시 30분밖에 안 됐는데도 배커스는 양복 상의를 벗은 차림이었다. 이미 몇 시간 동안이나 열심히 일한 사람 같았다. 그의 앞 탁자 위에는 어지럽게 흩어진 여러 서류와 함께 노트북 컴퓨터 두 대와 전화 메시지를 적은 분홍색 메시지 더미가 놓여 있었다. 그는 우울하고 슬픈 표정이었다. 소슨의 죽음이 그에게 영원히 지워지지 않는 흔적을 남긴 것 같았다.

"레이철, 잭." 그가 인사 대신 우리 이름을 불렀다. 좋은 아침이라는 인사는 하지 않았다. "손은 좀 어때요?"

"괜찮아요."

레이철과 나는 각자 커피 잔을 가져왔지만, 배커스의 앞에는 커피가 없었다. 내 것을 내밀었지만 그는 이미 커피를 너무 많이 마셨다고 말했다.

"지금 상황은 어때요?" 레이철이 물었다.

"두 사람 체크아웃했어? 오늘 아침에 전화를 걸었는데 안 되더라고, 레이철."

"네." 그녀가 말했다. "잭이 좀 더 편안한 곳으로 가자고 해서요. 샤토 마몬트로 옮겼어요."

"아주 편안한 곳이지."

"걱정 마세요. 거기 숙박비를 경비로 청구하지는 않을 테니까."

배커스는 고개를 끄덕였다. 그가 레이철을 바라보는 눈빛을 보니 그녀가 따로 방을 잡지 않아 청구할 경비도 없다는 사실을 이미 아는 것 같았다. 하지만 그건 지금 그가 걱정할 문제 중에서도 가장 사소한 일에 불과했다.

"점점 진상이 밝혀지고 있어." 배커스가 말했다. "연구대상이 하나 더 늘어난 것 같아. 이 사람들은, 이걸 사람이라고 불러도 되는지 모르겠지만, 어쨌든 항상 놀라울 따름이야. 모두들 그 사연이라는 게… 다들 블랙홀이야. 피를 아무리 쏟아부어도 그 구멍을 채울 수 없을 거야."

레이철은 배커스의 맞은편 자리에 앉았다. 나는 그녀 옆에 앉았다. 우리는 아무 말도 하지 않았다. 배커스가 계속 말하고 싶어 한다는 것을 우리 둘 다 알고 있었다. 배커스가 펜을 든 손으로 노트북컴퓨터 중 한 대의 옆구리를 툭툭 쳤다.

"이게 그놈 거야." 그가 말했다. "어젯밤 그놈 자동차 트렁크에서 발견됐어."

"허츠 자동차요?" 내가 물었다.

"아뇨. 놈은 84년식 플리머스를 타고 데이터 이미징으로 왔어요. 자동차 주인은 노스 할리우드에 사는 서른여섯 살의 달린 쿠젤. 어젯밤에 우리가 그 여자 아파트로 갔는데 응답이 없어서 안으로 들어가 봤더니 여자가 침대에 누워 있었어요. 목이 베였더군요. 놈이 고든한테 사용한 바로 그 칼일 가능성이 높아요. 여자는 죽은 지 이미 며칠 지난 상태였어요. 놈이 냄새를 숨기려고 향을 태우고, 향수를 방에 들이붓다시피 한 것 같아요."

"그 여자 시체와 함께 그 집에 있었던 거예요?" 레이철이 물었다.

"그런 것 같아."

"그럼 어제 놈이 입은 건 그 여자 옷인가요?" 내가 물었다.

"가발도요."

"그 여자처럼 변장한 이유는 도대체 뭐래요?" 레이철이 물었다.

"모르지. 아마 영원히 모를 거야. 내 짐작으로는, 온 세상이 자길 찾고 있다는 걸 놈이 알았던 것 같아. 경찰, FBI가 전부 나섰다는 걸. 그래서 변장하면 그 여자 아파트에서 나와 카메라를 찾고 이 도시를 떠날 수 있을 거라고 생각했겠지."

"그랬을지도 모르죠. 그 여자 아파트에서는 뭐가 좀 나왔어요?"

"쓸만한 건 없었어. 하지만 그 아파트에 자동차 두 대를 세울 수 있는 주차공간이 배정되어 있는데, 거기에 86년식 폰티액 파이어버드가 세워져 있었어. 번호판은 플로리다. 주인을 추적해 보니 게인스빌의 글래디스 올리버로스더군."

"그놈 어머니인가요?" 내가 물었다.

"네. 아들이 징역을 선고받은 뒤 자기 찾아오는 사람들을 피하려고 그리로 이사 간 것 같아요. 재혼해서 이름까지 바꿨더라고요. 어쨌든, 폰티액 트렁크를 열었더니 거기에 이 컴퓨터와 몇 가지 물건이 있었어요. 브래스가 감방 사진에서 찾아낸 책들도 있었죠. 낡은 침낭도 하나 있었는데, 거기 피가 묻어 있어서 감식을 맡겼어요. 1차 보고서에 따르면 거기 단열재에 케이폭이 있답니다."

"그럼 놈이 피살자들 중 일부를 그 트렁크에 넣은 적이 있다는 뜻이네요." 내가 말했다.

"실종된 동안 거기 들어 있었겠죠." 레이철이 말을 덧붙였다.

"잠깐만요." 내가 말했다. "놈이 어머니 차를 갖고 있었다면, 피닉스의 허츠에서 빌린 차는 어떻게 된 거죠? 어머니 차가 있는데 또 차를 빌린 이유가 뭘까요?"

"그것도 수사에 혼선을 주려는 작전이었어요, 잭. 어머니의 자동차로 이 도시 저 도시를 돌아다니다가, 경찰관을 죽이러 갈 때는 빌린 차를 이용한 거죠."

내 얼굴에 이 설명을 잘 이해하지 못하는 기색이 확연히 드러났지만 배커스는 그냥 무시해 버렸다.

"어쨌든, 아직 허츠의 대여기록을 확보하지 못했으니 곁길로 새지 맙시다. 지금은 이 컴퓨터가 제일 중요해요."

"그 안에 뭐가 있는데요?" 레이철이 물었다.

"여기 지부에 컴퓨터 담당부서가 있어서 콴티코와 공조하고 있어. 여기 요원 중에 돈 클리어마운틴이라는 친구가 어젯밤 이걸 가져가서 오늘 새벽 3시까지 암호를 풀었지. 그러고는 하드디스크를 여기 메인프레임에 복사해 놨어. 하드디스크에는 사진이 잔뜩이야. 57장이나 돼."

배커스는 엄지와 검지로 콧등을 잡았다. 어제 병원에서 보았을 때보다 더 늙어 보였다. 아주 심하게.

"아이들 사진이에요?" 레이철이 물었다.

배커스는 고개를 끄덕였다.

"세상에. 피살자들이요?"

"응…. 살해 전, 후. 끔찍해. 너무 끔찍해."

"놈이 그런 사진을 어딘가로 전송하고 있었던 거예요? 우리가 짐작했던 것처럼?"

"그래. 컴퓨터에 휴대용 모뎀이 달려 있었어. 고든… 그 친구가 짐작했던 것처럼. 그 모뎀 역시 게인스빌의 올리버로스 이름으로 등록돼 있어. 그 기록을 조금 전에야 확보했어."

그는 자기 앞에 쌓인 서류 중 일부를 가리켰다.

"통화 기록이 아주 많아." 그가 말했다. "전국 방방곡곡에 전부. 놈은 모종의 네트워크에 빠져 있었어. 이런 사진에 흥미 있는 사용자들의 네트워크."

그는 서류에서 시선을 들어 우리를 바라보았다. 병자 같았지만 도전적인 눈빛이었다.

"지금 그놈들을 전부 추적 중이야. 앞으로 아주 많은 사람들을 체포하게 될 거야. 그놈들 모두 이번 일에 대해 대가를 치러야 해. 고든의 희생을 헛되이 할 수는 없어."

그는 고개를 끄덕였다. 우리를 향한 몸짓이라기보다는 혼자 다짐하는 몸짓에 더 가까웠다.

"사진 전송기록과 사용자들의 이름을 제가 잭슨빌에서 찾아낸 계좌 예금기록과 비교해 보면 될 거예요." 레이철이 말했다. "놈들이 그 사진을 받는 대가로 언제 얼마를 냈는지 정확히 알아낼 수 있을 거예요."

"클리어마운틴이 자기 팀과 함께 벌써 그 작업을 하고 있어. 복도 아래쪽 3과 사무실에 있으니까 들르고 싶으면 들러 봐."

"밥?" 내가 말했다. "그쪽 팀이 사진 57장을 전부 봤나요?"

그는 잠시 나를 바라보다가 대답했다.

"내가 봤어요, 잭. 내가 봤어요."

"아이들 사진뿐이었어요?"

가슴이 조여드는 것 같았다. 이미 형의 사건에 무덤덤해졌다고 지금까지 계속 자신을 타이르고 있었지만 솔직히 그건 거짓말이었다.

"아뇨, 잭." 배커스가 말했다. "그 피살자들의 사진은 전혀 없어요. 경찰관 사진도, 어른 피살자들의 사진도. 내 짐작에…."

그는 말을 중간에 그만두었다.

"뭐예요?" 내가 물었다.

"내 짐작에, 그런 사진은 돈벌이가 안 된 모양이에요."

나는 탁자 위에 놓인 내 손을 내려다보았다. 오른손이 욱신거리기 시작했다. 하얀 붕대가 감긴 손이 축축해졌다. 안도감이 나를 휩쓸고 지나갔다. 안도감이었던 것 같다. 살해당한 형의 시체 사진이 인터넷을 타고 전국을 떠돌지 않는다는 사실, 그래서 그런 사진을 좋아하는 어떤 변태 녀석이 그 사진을 다운로드할 위험이 없다는 사실을 알게 됐을 때, 안도감 말고 달리 어떤 감정을 느낄 수 있겠는가.

"이놈이 저지른 짓이 공개되면, 당신을 위해 퍼레이드를 열어주겠다고 나설 사람이 한둘이 아닐 거예요, 잭." 배커스가 말했다. "당신을 무개차에 태우고 매디슨 애비뉴를 행진하겠다고 하겠죠."

그를 바라보았다. 그가 유머를 던진 건지 아닌지 판단이 서지 않았다. 어쨌든 나는 웃지 않았다.

"때로는 복수가 정의 실현 못지않게 좋은 일이 되기도 하는 것 같아요." 그가 말했다.

"내 생각엔 둘 다 비슷비슷한 것 같은데요."

잠시 침묵이 흐른 뒤 배커스가 화제를 바꿨다.

"잭, 당신의 공식 진술서가 필요해요. 9시 30분에 여기 지부의 속기사를 대기시키라고 했어요. 할 수 있겠어요?"

"물론이죠."

"그냥 모든 일을 순서대로 설명하면 돼요. 세부사항을 하나도 빠뜨리지 말고요. 내 생각엔, 레이철, 자네가 맡아서 잭한테 질문해."

"네, 팀장님."

"오늘 이걸 다 끝내고 내일 지방검사한테 제출할 거야. 그러면 다들 집에 돌아갈 수 있겠지."

"그럼 지방검사한테 제출할 서류는 누가 준비하고 있어요?" 레이철이 물었다.

"카터."

그는 손목시계를 보았다.

"음, 아직 몇 분 남았지만, 그냥 지금 나가서 속기사를 만나는 게 어때? 이름은 샐리 킴볼이야. 이미 준비하고 있을지도 몰라."

그만 나가봐도 좋다는 말이었다. 우리는 일어서서 문으로 향했다. 나는 지부 요원들이 글래든의 컴퓨터 기록을 추적하는 동안 내 진술서 작성을 맡게 된 것에 레이철이 화를 내는 건 아닌지 살펴보았다. 지금으로서는 컴퓨터 기록을 추적하는 쪽이 더 신나는 일처럼 보였다. 레이철은 속내를 전혀 드러내지 않은 채 회의실 문 앞에서 몸을 돌려 배커스에게 필요하면 언제든 자신을 찾으라고 말했다.

"고마워, 레이철." 그가 말했다. "아, 잭, 이건 당신 앞으로 온 거예요."

그가 분홍색 메모지 더미를 내밀었다. 나는 다시 탁자로 가서 그것을 받았다.

"그리고 이것도."

그는 바닥에서 내 컴퓨터 가방을 들어 올려 탁자 너머로 건네주었다.

"어제 자동차에 이걸 놔두고 갔더라고요."

"고마워요."

나는 메모지를 살펴보았다. 메모지가 10여 장은 되는 것 같았다.

"요즘 인기가 아주 많아요." 배커스가 말했다. "괜히 거기에 휩쓸리지 말아요."

"사람들이 퍼레이드를 열어주면 혹시 모르죠."

그는 이 말을 듣고도 웃지 않았다.

레이철이 속기사를 만나러 간 사이 나는 복도에 서서 메모지를 읽었다. 대부분 방송국들의 거듭된 인터뷰 요청이었지만, 신문사 기자들의 전화도 몇 통 있었다. 심지어 우리 회사의 경쟁지인 〈덴버 포스트〉의 기자에게서 걸려온 전화도 있었다. 타블로이드 신문과 방송 프로그램 쪽의 연락도 있었다. 마이클 워런의 전화도 있었다. 지역번호가 213으로 되어 있는 것을 보니, 아직 여기 있는 모양이었다.

메모들 중에서 내 눈길을 가장 사로잡은 세 건은 언론사의 전화가 아니었다. 그중 하나는 바로 1시간 전 볼티모어에서 댄 블레드소가 걸어온 전화였다. 나머지 두 건은 출판사의 전화였다. 하나는 뉴욕에 기반을 둔 출판사의 고위급 편집자에게서 걸려온 것이고, 나머지 하나는 또 다른 출판사의 사장 비서에게서 걸려온 것이었다. 두 군데 모두 내가 이름을 아는 곳이라서 당혹감과 짜릿함이 동시에 가슴을 훑고 지나갔다.

그때 레이철이 다가왔다.

"속기사가 오려면 몇 분 걸릴 거야. 저 아래쪽 사무실을 쓰면 돼. 거기서 기다리자."

나는 그녀의 뒤를 따라갔다.

그 방은 아까 배커스와 만났던 방의 축소판이었다. 둥근 탁자 하나, 의자 네 개가 있었고, 한 편에 전화기가 있는 카운터가 있었으며, 동쪽으로 시내가 내다보이는 커다란 창문이 있었다. 레이철에게 기다리는 동안 전화를 써도 괜찮으냐고 물었다. 그녀는 괜찮다고 했다. 나는 블레드소가 남긴 번호로 전화를 걸었다. 벨이 한 번 울린 뒤 그가 전화를 받았다.

"블레드소 탐정사무소입니다."

"잭 매커보이예요."

"잭 맥, 괜찮아요?"

"괜찮아요. 그쪽은 어때요?"

"오늘 아침에 소식을 들은 뒤로 기분이 아주 좋아졌어요."

"아, 다행이네요."

"잘했어요, 잭. 그놈을 그렇게 끝장내 버리다니. 정말 잘했어요."

그런데 왜 난 기분이 좋지 않은 걸까. 이런 생각이 들었지만 아무 말도 하지 않았다.

"잭?"

"네?"

"이번에 내가 신세를 졌어요. 조니 맥도 당신한테 신세를 졌고."

"아뇨, 그러지 마세요. 제가 신세를 갚은 거예요. 형사님이 전에 절 도와줬잖아요."

"그래도. 언제 이쪽으로 와요. 선술집에 가서 게나 먹읍시다. 내가 한턱 낼게요."

"고마워요, 댄. 언제 가죠."

"신문이랑 텔레비전이 떠들어대는 그 아가씨 요원은 어때요? 웰링 요원 말이에요. 아주 미인이던데."

나는 레이철을 바라보았다.

"네, 그렇죠."

"어젯밤에 그 아가씨가 가게에서 당신을 데리고 나오는 모습을 CNN에서 봤어요. 조심하는 게 좋을 거예요, 젊은 양반."

이 말을 듣고 나는 마침내 미소를 지을 수 있었다. 전화를 끊고 나서 출판사의 전화번호가 적힌 메모지 두 장을 바라보았다. 그쪽에 전화를 걸어주고 싶었지만 그러지 않는 편이 나을 것 같았다. 출판계에 대해서는 별로 아는 것이 없었다. 하지만 내가 처음으로 소설을 쓰던 무렵(미완성인 채 서랍에 숨겨둔 그 소설), 출판계에 대해 약간 조사해 본 결과 만약 소설을 완성한다면 출판사를 찾기 전에 에이전트를 먼저 구해야겠다는 결론을 내린 적이 있었다. 심지어 내 에이전트감을 미리 점찍어두기까지 했다. 결국 소설을 완성하지 못해서 그 사람에게 내 원고를 보낼 일도 없었지만. 나는 그 사람 이름과 연락처를 다시 찾아 연락해야겠다고 마음먹었다.

그다음 차례는 워런의 전화 메모였다. 속기사가 아직 오지 않아서 그가 남긴 번호로 전화를 걸었다. 교환원이 전화를 받았다. 워런의 이름을 말하자 레이철이 즉시 의아한 눈빛으로 고개를 들어 나를 바라보았다.

워런이 자리에 없다는 말을 들으며 나는 그녀에게 한쪽 눈을 찡긋했다. 그러고는 교환원에게 내 이름을 말했다. 내 전화번호나 메모는 남기지 않았다. 워런이 나중에 내 이름을 들으면 내 전화를 놓친 것에 대해 많은 생각을 하게 될 터였다.

"그 사람한테 왜 전화했어?" 내가 전화를 끊은 뒤 레이철이 물었다. "두 사람이 적이 된 줄 알았는데."

"아마 그 생각이 맞을 거야. 저쪽에서 전화를 받으면 나는 엿이나 먹으라고 말해줬을 거야."

속기사가 내 말을 받아 적는 가운데, 레이철에게 내가 보고 들은 것을 샅샅이 털어놓는 데 1시간 15분이 걸렸다. 레이철은 먼저 상황을 시간 순서대로 정리하기 위한 질문들을 던졌다. 그러다가 총격이 벌어진 시점에 이르자 그녀의 질문이 좀 더 구체적으로 변했다. 이때 처음으로 레이철은 내가 구체적인 행동을 할 때 무슨 생각을 했느냐고 물었다.

나는 순전히 글래든에게서 총을 멀리 떼어놓으려고 총을 향해 달려갔을 뿐 다른 생각은 없었다고 말했다. 그리고 글래든과 몸싸움이 벌어진 뒤 총알을 비워야겠다고 생각했으며, 두 번째 총알은 고의로 쏜 것이 아니라고 했다.

"내가 방아쇠를 당겼다기보다는 그놈이 총을 잡아당겼다고 봐야 해요. 놈이 총을 잡아당겼는데, 내 엄지가 여전히 방아쇠 고리에 걸려 있었던 거죠. 그래서 총이 발사된 거예요. 사실 놈이 자살한 거나 마찬가지예요. 마치 놈이 앞으로 벌어질 일을 미리 알고 있었던 것 같아요."

그 뒤로 몇 분 동안 레이철이 보충질문을 몇 가지 던졌다. 그러고는 속기사에게 지방검사에게 제출할 기소 자료에 진술서를 첨부해야 하니다음 날 아침까지 속기록을 제출해 달라고 했다.

"기소 자료라니? 무슨 소리야?" 속기사가 방을 나간 뒤 내가 그녀에게 물었다.

"그냥 우리가 쓰는 말이야. 기소하든 안 하든 그냥 쓰는 말. 걱정 마. 우린 당신을 기소할 생각 없어. 정당방위잖아. 걱정 마, 잭."

아직 이른 시간이었지만 우리는 그냥 점심을 먹기로 했다. 레이철은 점심을 먹은 뒤 나를 호텔까지 데려다주겠다고 했다. 그녀는 다시 지부로 돌아와 할 일이 있었지만, 나는 더 할 일이 없었다. 그녀는 나와 함께 복도를 걸어 내려가다가 3과라고 적혀 있는 문이 열린 것을 보고 안을 들여다보았다. 방 안에 남자 두 명이 있었다. 둘 다 컴퓨터 앞에 앉아 있고, 키보드와 모니터 위에 서류가 놓여 있었다. 한 요원의 모니터 위에는 내 것과 같은 에드거 앨런 포의 책이 놓여 있었다. 그가 먼저 우리의 존재를 눈치챘다.

"안녕하세요, 레이철 월링이에요. 일은 잘 돼요?"

다른 한 사람도 고개를 들었다. 두 사람이 인사와 함께 각자 이름을 말한 뒤, 레이철이 나를 소개했다. 먼저 시선을 들고 이름을 밝힌 요원이 돈 클리어마운틴이었다. 그가 말했다.

"일이 순조로워요. 저녁 때면 관련자 이름과 주소가 나올 겁니다. 그걸 관련자들 거주지 근처의 지부로 보내면, 충분히 수색영장을 받을 수 있을 거예요."

나는 요원들이 관련자들의 집을 찾아가 문을 두드리는 모습, 살해당한 아이들의 사진을 구매한 아동성애자들을 침대에서 끌어내는 모습을 머릿속으로 그려보았다. 전국적인 수사가 될 것이다. 언론매체들이 어떤 제목을 뽑을지 벌써 짐작이 갔다. '죽은 시인의 사회.' 언론은 이들을 그렇게 부를 것이다.

"하지만 아주 특별한 게 하나 있어요." 클리어마운틴이 말했다.

컴퓨터 수사를 담당하고 있는 그는 해커 같은 미소를 띠고 우리를 바라보았다. 그건 우리더러 안으로 들어와도 좋다는 초대장이었다. 레이철이 먼저 방으로 들어갔고, 내가 그 뒤를 바짝 따랐다.

"그게 뭔데요?" 그녀가 물었다.

"음, 지금 우리가 갖고 있는 건 글래든이 사진을 전송한 곳의 주소를 나타내는 숫자들이에요. 잭슨빌의 은행에서 확보한 온라인 송금기록도 있고요. 그 둘을 대조했더니 아주 잘 들어맞아요."

그는 다른 요원의 키보드에서 서류 다발 하나를 들어 훑어보다가 한 장을 선택했다.

"예를 들어, 작년 12월 5일에 이 계좌로 5백 달러가 송금됐어요. 세인트폴의 미네소타 내셔널 은행에서 보낸 거죠. 보낸 사람 이름은 데이비스 스미스로 돼 있어요. 십중팔구 가명이겠죠. 다음 날, 글래든은 휴대용 모뎀으로 어떤 번호와 접속했는데, 추적 결과 세인트폴에 사는 단테 셔우드의 번호였어요. 접속시간은 4분. 사진 한 장을 전송하고 다운로드하는 데 걸리는 시간과 얼추 비슷해요. 이런 식의 거래가 수십 건이나 돼요. 하루 차이로 송금과 전송이 이루어진 거예요."

"굉장하네요."

"여기서 드는 의문이 뭐냐면, 사진을 산 이 많은 사람들이 어떻게 글래든에 대해 알게 됐느냐는 거예요. 다시 말해, 사람들이 이런 사진을 사고파는 시장이 어디 있느냐는 거죠."

"그 시장을 찾아냈군요."

"네, 찾아냈어요. 휴대용 모뎀으로 가장 자주 접속한 번호. 컴퓨터 게시판 번호였어요. PTL 네트워크라는 이름이죠."

레이철의 얼굴에 놀란 표정이 떠올랐다.

"주님을 찬양하라(Praise The Lord)?"

"그러면 얼마나 좋겠어요. 우리는 그게 프리틴 러브(Pre-Teen Love, '열 살 이하 어린이들에 대한 사랑'이라는 뜻-옮긴이)의 약자라고 보고 있어요."

"끔찍해라."

"맞아요. 사실 짐작하기 그리 어렵진 않았어요. 그다지 독창적인 이름도 아니고, 이런 게시판들이 대부분 완곡한 표현을 사용하니까. 하지만 오전 내내 매달린 뒤에야 겨우 네트워크에 들어갈 수 있었어요."

"어떻게 해낸 거예요?"

"글래든의 암호를 알아냈죠."

"잠깐만요." 레이철이 말했다. "어젯밤 일이 전국에서 뉴스를 탔잖아요. 이 게시판 운영자가 누군지는 몰라도, 글래든의 이름을 지워버렸어야 하는 것 아니에요? 그러니까, 우리가 들어가기 전에 글래든의 암호를 삭제해 버렸어야 하지 않아요?"

"당연히 그랬어야 하는데, 안 했더라고요." 클리어마운틴은 다른 요원을 바라보며 공범자 같은 미소를 지었다. 아직 말하지 않은 것이 남아 있는 모양이었다. "어쩌면 게시판 운영자가 너무 바빠서 미처 처리하지 못했는지도 모르죠."

"그냥 나머지 얘기나 빨리 해줘요." 레이철이 성급하게 말했다.

"그 게시판에 들어가려고 별짓을 다해봤어요. 글래든의 이름, 생일, 사회보장번호를 이렇게 저렇게 바꿔서. 흔한 방법은 다 시도해 본 거죠.

그래도 안 되더라고요. 그래서 우리도 당신과 똑같은 생각을 했어요. 운영자가 놈의 이름을 지워버렸구나, 하고."

"그런데요?"

"그러다가 포의 책을 봤죠."

클리어마운틴이 자기 모니터에서 그 두꺼운 책을 들어 올렸다.

"암호가 두 개 있어야 들어갈 수 있는 시스템이었어요. 첫 번째 암호는 쉽게 찾았어요. 에드거였으니까. 하지만 두 번째 암호는 정말 골치가 아팠죠. 레이븐, 아이돌론, 어셔…. 이 책에서 가져올 수 있는 모든 단어를 시도해 봤어요. 그러다가 다시 처음으로 돌아가서 글래든의 이름과 각종 숫자들을 넣어봤죠. 그래도 소용없었는데, 빙고! 마침내 찾아냈어요. 조가 커피케이크를 먹다가 생각해 냈죠."

클리어마운틴이 자신과 함께 있던 요원인 조 퍼레즈를 가리키자, 조는 미소를 지으며 앉은 채 고개 숙여 인사하는 시늉을 했다. 컴퓨터 담당 수사관들에게 그가 해낸 일은, 거리 담당 경찰관이 강력범죄자를 체포한 일과 맞먹는 모양이었다. 그는 졸업 무도회가 열린 밤에 파트너를 호텔로 데려가는 데 성공한 소년처럼 의기양양해 보였다.

"잠시 쉬면서 그냥 포의 책을 읽고 있었어요." 퍼레즈가 설명하기 시작했다. "모니터를 너무 오랫동안 들여다봐서 눈이 피곤했거든요."

"저 친구가 눈을 쉬려고 책을 집어 든 게 우리한테는 정말 다행한 일이죠." 클리어마운틴이 다시 말을 이어받았다. "조가 작가에 대해 설명한 부분을 읽다가 포가 옛날에 군대인지 어딘지에 들어가려고 가명을 썼다는 걸 우연히 알게 됐어요. 에드거 페리라는 가명이었죠. 그래서 그걸 입력해 봤더니, 아까 말했듯이, 빙고! 게시판으로 바로 들어갈 수 있었어요."

클리어마운틴은 몸을 돌려 퍼레즈와 손뼉을 부딪쳤다. 두 사람은 잔뜩 흥분한 컴퓨터광 같았다. 이게 오늘날의 FBI라는 생각이 들었다.

"그래서 뭘 찾아냈어요?"

"게시판이 열두 개 있었어요. 대부분 특정한 취향에 대해 토론하는 장이죠. 열두 살 미만의 여자아이를 좋아하는 사람, 열 살 미만의 남자아이를 좋아하는 사람 등이 끼리끼리 모이는 곳이에요. 변호사를 소개해 주는 게시판도 있었어요. 글래든의 변호사인 크래스너의 이름도 거기 올라와 있었죠. 신변잡기 게시판 같은 것도 있었는데, 수필인지 뭔지 하여튼 이상한 쓰레기 같은 글들이 많이 올라와 있었어요. 그중 몇 개는 그놈이 쓴 게 분명해요. 이걸 한번 보세요."

그는 다시 서류 더미를 훑어보다가 프린터로 뽑은 문서를 꺼내 읽기 시작했다.

"이것도 그중 하나예요. '그들이 나에 대해 아는 것 같다. 내가 대중의 매혹과 두려움이라는 빛 속에 설 때가 가까이 다가왔다. 난 준비가 되었다.' 여기서 더 아래로 내려가면 이런 구절이 있어요. '나의 고통이 나의 열정, 나의 종교이다. 고통은 결코 내 곁을 떠나지 않는다. 고통은 나를 인도한다. 고통은 나다.' 처음부터 끝까지 이런 식이에요. 이 글 쓴 사람이 자신을 아이돌론이라고 부르는 부분도 있어요. 그러니까 그놈이 쓴 글이 분명해요. 행동과학국도 여기서 연구자료를 아주 많이 얻을 수 있을 거예요."

"잘됐네요." 레이철이 말했다. "또 뭐가 있죠?"

"음, 게시판 중에 물물교환 게시판도 있어요. 사람들이 자기가 사거나 팔 물건을 올려놓는 곳이요."

"사진이나 신분증 같은 걸 사고파는 거요?"

"네. 거기 누가 앨라배마 운전면허증을 판다고 올려놨더라고요. 그놈을 빨리 잡아야 할 것 같아요. 글래든이 자기 컴퓨터에 있는 걸 판다고 올려놓은 파일도 있어요. 최저가가 사진 한 장 당 5백 달러예요. 3장을 사면 1천 달러. 원하는 게 있는 사람은 컴퓨터 접속번호와 함께 메모를 남겨 놓으면 돼요. 그리고 은행계좌로 돈을 보내면, 컴퓨터로 사진을 다운받을 수 있죠. 물물교환 게시판에서 글래든은 아주 구체적인 취향과 욕망을 충족시키는 사진들을 제공할 수 있다고 광고했어요."

"이거야 원, 그놈이 주문받고 밖에 나가서…."

"맞아요."

"배커스 팀장한테 얘기했어요?"

"네. 방금 왔다 가셨어요."

레이철이 나를 바라보았다.

"그 퍼레이드 얘기에 점점 구미가 당기는데요."

"내 이야기의 제일 멋진 부분은 아직 안 나왔어요." 클리어마운틴이 말했다. "그런데 퍼레이드라니요?"

"아무것도 아니에요. 제일 멋진 부분이 뭐예요?"

"게시판이요. 우리가 그 번호를 추적해서 위치를 알아냈거든요."

"그랬더니요?"

"유니언 교도소. 플로리다주 레이포드."

"세상에! 곰블?"

클리어마운틴이 미소를 지으며 고개를 끄덕였다.

"배커스 팀장은 그렇게 생각하고 있어요. 사람을 시켜서 확인해 볼 거래요. 내가 이미 교도소에 전화해서 당직 책임자한테 그 번호가 어디로 연결돼 있느냐고 물어봤어요. 물품조달부 사무실 전화라고 하더라고요. 글래든이 그 번호로 접속한 건 항상 동부시간으로 오후 5시가 지난 다음이었어요. 당직 책임자 말로는 물품 조달부가 매일 5시에 업무를 끝내고 사무실 문을 잠근대요. 문을 다시 여는 시간은 매일 아침 8시고요. 그 사무실에 물품 주문현황과 재고현황 같은 걸 관리하는 컴퓨터가 있느냐고 물었더니 당연히 있다고 했어요. 그래서 전화도 있느냐고 물었더니 한 대 있긴 하지만 컴퓨터와 연결돼 있지는 않다고 하더라고요. 장담하건대, 이 책임자란 친구는 모뎀이 어떻게 생겼는지도 모르는 사람이에요. 그냥 매일 교도소로 출근하는 사람일 뿐이죠. 생각해 보세요. 그래서 그 사람한테 그 전화선을 다시 확인해 보라고 했어요. 사무실을 잠근 뒤 밤에…."

"잠깐만요. 혹시 그 사람이…."

"걱정 마세요. 그 사람이 뭘 어쩌지는 않을 테니까. 우리가 다시 연락할 때까지 공연히 일을 만들지 말라고 말해뒀어요. 당분간은 그 네트워크가 계속 열려 있어야 해요. 그러니까 동부시간으로 5시 이후에. 그 사무실에서 일하는 사람이 누구냐고 물었더니, 호러스 곰블이라고 하더라고요. 그 작자가 관리인 중 한 명이래요. 그쪽에서도 그 작자를 이미 알고 있죠? 아마도 그놈이 매일 밤 사무실 문을 잠그기 전에 전화선을 컴퓨터에 연결해 두고 자기 감방으로 돌아가는 것 같아요."

레이철은 클리어마운틴에게서 들은 새로운 정보 때문에 나와 점심 먹으려던 것을 그만두었다. 그녀는 나더러 그냥 택시를 타고 호텔로 가라고 했다. 자기가 짬이 나는 대로 연락하겠다면서. 그녀는 자기가 플로리다로 다시 가야 할지도 모르니 만약 가게 되면 알려주겠다고 말했다. 나도 호텔로 가지 않고 여기 남아 있고 싶었지만, 어젯밤 잠을 이루지 못한 탓에 쌓인 피로가 이제야 몰려오기 시작했다.

엘리베이터를 타고 아래로 내려가 로비를 걸어가며 그레그 글렌에게 전화하고 이메일도 확인해 보아야겠다는 생각을 하고 있는데 등 뒤에서 귀에 익은 목소리가 들렸다.

"어이, 민완기자, 일은 잘 돼요?"

고개를 돌려 보니 마이클 워런이 내게 다가오고 있었다.

"워런. 조금 아까 당신과 통화하려고 〈로스앤젤레스 타임스〉에 전화했는데. 자리에 없다고 하더니."

"여기 있었어요. 2시에 기자회견이 또 있을 예정이라고 해서. 좀 일찍 와서 정보를 캐볼까 했죠."

"또 다른 소식통이라도 찾을까 싶어서요?"

"이미 말했잖아요, 잭. 당신과 그 이야기는 하지 않을 거라고."

"네, 뭐, 나도 당신하고 말하고 싶지 않아요."

나는 몸을 돌려 그 자리를 뜨려고 했다. 뒤에서 그가 나를 불렀다.

"그럼 나한테 왜 전화했어요? 고소하다며 잘난 척이나 하려고?"

나는 그를 뒤돌아보았다.

"그랬던 것 같아요. 하지만 말이에요, 워런, 사실 난 당신한테 화가 난 게 아니에요. 당신은 눈앞에 떨어진 기사를 뒤쫓았던 것뿐이니까. 그건 멋진 일이죠. 당신을 탓할 수는 없어요. 소슨은 나름대로 이유가 있어서 그런 짓을 한 거지만, 당신은 그런 사정을 몰랐을 테고. 소슨이 당신을 이용한 거예요. 어차피 누구나 이용당하며 살아가게 마련이니까. 나중에 봐요."

"잠깐만요, 잭. 나한테 화난 게 아니라면서 왜 나하고 말하지 않겠다는 거예요?"

"아직 우린 경쟁자니까."

"아니, 그렇지 않아요. 당신은 이제 그 기사에서 빠졌잖아요. 오늘 아침에 〈로키 마운틴 뉴스〉 1면을 팩스로 받아봤어요. 다른 사람이 기사를 썼더구먼. 당신 이름은 기사 중에만 나오고 바이라인에는 없었어요. 당신은 이제 취재하는 사람이 아니라, 기사에 등장하는 사람이에요. 그러니까 내가 몇 가지 질문할 테니 대답해 주는 게 어때요? 기사에 좀 쓰게."

"지금 기분이 어떠냐, 뭐 그런 질문 말이에요? 그런 걸 묻고 싶어요?"

"그것도 묻고 싶은 것 중 하나죠."

나는 한참 동안 그를 바라보았다. 워런이라는 인간이나 그가 저지른 짓이 아무리 싫더라도, 내가 지금 그의 입장에 공감하고 있음을 부정할 수는 없었다. 그는 내가 예전에 헤아릴 수도 없이 많이 했던 일을 하고 있었다. 손목시계를 확인한 뒤, 로비 바깥의 택시 승차장을 바라보았다. 전날과 달리 손님을 기다리는 택시가 한 대도 없었다.

"차 가져왔어요?"

"네, 회사 차를 가져왔어요."

"그럼 나 좀 샤토 마몬트까지 태워줘요. 가는 길에 얘기하죠."

"기사에 써도 되는 걸로?"

"써도 되는 걸로."

그는 녹음기를 켜서 대시보드 위에 놓았다. 그가 내게서 원하는 것은 기본적인 사실들뿐이었다. 그는 FBI 대변인 같은 2차적인 취재원에게 의존하기보다는 전날 밤 내가 했던 일을 내 입에서 직접 듣고 인용하고 싶어 했다. 대변인의 말에만 의존하는 것은 지나치게 편한 방법이었고, 그러기에 그는 너무 뛰어난 기자였다. 그는 언제든 가능하기만 하다면

1차 취재원에게 직접 접근하는 편이었다. 나도 충분히 이해할 수 있는 일이었다. 나도 그와 똑같았으니까.

그에게 전날 밤의 일을 이야기하다 보니 왠지 기분이 좋아졌다. 이 상황이 즐거웠다. 우리 회사의 잭슨에게 하지 않은 이야기를 워런에게 한 마디도 더 하지는 않았으니, 기밀을 누설한다거나 그런 것은 아니었다. 다만 워런은 내가 이번 취재를 막 시작했을 무렵부터 이번 일과 관련되어 있었으므로, 그 취재가 어떻게 이어져 어떻게 끝났는지를 말해주게 되었다는 점이 마음에 들었다.

조금 전에 들은 이야기, 그러니까 PTL 네트워크와 감옥에 있는 곰블이 그것을 운영하고 있다는 이야기는 하지 않았다. 그렇게 좋은 정보를 그냥 넘길 수는 없는 노릇이었다. 나는 〈로키 마운틴 뉴스〉의 기사가 됐든 아니면 뉴욕의 출판사에서 나올 책이 됐든, 이 정보와 관련된 글을 직접 쓸 생각이었다.

마침내 워런이 샤토 마몬트의 입구로 이어지는 짤막한 오르막길 위로 차를 몰았다. 도어맨이 자동차 문을 열어주었지만 나는 차에서 내리지 않고 워런을 바라보았다.

"또 궁금한 것 있어요?"

"아뇨, 다 된 것 같아요. 기자회견이 열릴 연방건물로 돌아가야 할 시간이기도 하고요. 어쨌든 진짜 굉장한 기사를 쓸 수 있을 것 같아요."

"뭐, 지금 내가 해준 얘기를 아는 건 〈로키 마운틴 뉴스〉와 당신뿐이에요. 출연료로 수억쯤 제시하지 않는 한, 텔레비전 시사 프로그램 같은 것에 출연할 생각은 없으니까."

그가 깜짝 놀란 표정으로 나를 바라보았다.

"농담이에요, 워런. 당신이 재단에 있을 때 내가 당신하고 같이 자료실에 침입하기는 했지만, 내 기사를 타블로이드에 팔아넘길 생각은 전혀 없어요."

"책을 출판할 생각은요?"

"그건 생각 중이에요. 당신은 어때요?"

"당신이 첫 번째로 쓴 기사가 나왔을 때 난 포기했어요. 내 에이전트 말이, 출판사 편집자들은 나보다 당신한테 더 관심을 보이더래요. 당신은 형 얘기를 쓸 수 있잖아요, 안 그래요? 게다가 수사팀 내부에 있었고. 내가 출판사에 팔 수 있는 거라고 해봤자 싸구려 글밖에 안 돼요. 난 그런 거 관심 없어요. 나도 지켜야 할 평판이 있는 사람이니까."

나는 고개를 끄덕이고는 차에서 내리려고 몸을 돌렸다.

"태워줘서 고마워요."

"인터뷰해 줘서 고마워요."

내가 차에서 내려 막 문을 닫으려는 순간 워런이 뭔가 말을 하려는 듯하다가 멈췄다.

"뭐예요?"

"난 그냥… 아, 젠장, 저기, 잭, 내 취재원 말인데, 만약…."

"괜찮아요. 이젠 아무래도 상관없으니까. 아까도 말했지만 그 사람은 이미 죽었고, 당신은 기자로서 마땅히 할 일을 한 것뿐이에요."

"잠깐. 내 말은 그게 아니라…. 난 취재원의 신원을 노출하는 사람이 아니에요, 잭. 다만 누가 취재원이 아닌지는 말해줄 수 있죠. 소슨은 내 취재원이 아니었어요, 알겠어요? 난 그 사람을 알지도 못해요."

난 아무 말 없이 고개만 끄덕였다. 그는 내가 이미 호텔 전화기록을 봤기 때문에 그의 말이 거짓임을 안다는 사실을 모르고 있었다. 신형 재규어 한 대가 호텔 입구로 들어와 서고, 머리부터 발끝까지 검은색으로 차려입은 남녀가 차에서 내리려고 했다. 나는 다시 워런을 바라보며 이 사람이 왜 이런 말을 하는 걸까 생각해 보았다. 이제 와서 이런 거짓말까지 해가며 무슨 일을 꾸미는 거지?

"그게 다예요?"

워런은 손바닥을 뒤집어 보이며 고개를 끄덕였다.

"네, 그게 다예요. 그 사람이 죽을 때 당신이 그 자리에 있었잖아요. 그래서 왠지 당신한테 말해줘야 할 것 같았어요."

나는 잠시 그를 바라보았다.

"그래요?" 내가 말했다. "고마워요. 나중에 봐요."

나는 몸을 펴고 문을 닫은 다음, 다시 몸을 숙여 창문을 통해 워런을 바라보며 손을 흔들었다. 그는 군대식으로 절도 있게 경례하고는 차를 몰고 떠났다.

46

혼란

내 방으로 돌아온 나는 컴퓨터와 전화를 연결해 〈로키 마운틴 뉴스〉의 컴퓨터에 접속했다. 이메일 36통이 나를 기다리고 있었다. 이틀 동안 이메일을 확인하지 않은 탓이었다. 회사 내부 사람들이 보낸 이메일은 대부분 축하인사였지만, 노골적으로 축하한다는 말이 담긴 것은 없었다. 아마도 내가 시인을 죽인 것을 축하하는 게 적절한 일인지를 놓고 내심 머뭇거린 탓인 듯했다.

밴 잭슨이 나더러 어디 있느냐며 연락해 달라고 보낸 이메일이 두 통 있었고, 그레그 글렌이 보낸 같은 내용의 이메일도 세 통 있었다. 〈로키 마운틴 뉴스〉의 교환원이 전화로 날 찾은 사람들이 남긴 말도 내 이메일함에 넣어두었기 때문에 전국의 기자들과 할리우드 영화사들의 연락 내용이 여러 통 올라와 있었다. 어머니와 라일리의 전화 메모도 있었다. 나를 찾는 사람이 아주 많은 것 같았다. 나는 혹시 나중에라도 그 사람들에게 연락하고 싶어질 때를 대비해 전화 메모를 모두 저장한 뒤 접속을 끊었다.

그러고는 그레그 글렌의 직통번호로 전화를 걸었지만, 그가 전화를 받지 않아 교환원이 나왔다. 교환원은 그레그가 회의 중이라면서 절대 회의실로 전화를 연결하지 말라는 지시가 있었다고 했다. 나는 내 이름과 번호를 남긴 뒤 전화를 끊었다.

나는 그레그의 전화를 15분 동안 기다리며 아까 차에서 내릴 때 워런이 해준 말을 생각하지 않으려고 애썼다. 그러다 더 이상 참을 수가 없어서 그냥 방을 나섰다. 대로를 걷다가 북 수프라는 서점에 들렀다. 아까 워런의 차를 타고 올 때 보아둔 서점이었다. 나는 추리소설 서가로 가서 옛날에 읽었던 책을 찾아냈다. 저자가 자기 에이전트에게 바친 책이었다. 아무래도 그 에이전트가 아주 좋은 사람인 모양이었다. 그 에이전트의 이름을 알아낸 뒤 참고자료 서가로 가서 작가 에이전트들의 이름, 주소, 전화번호가 수록된 책에서 그를 찾아보았다. 거기서 찾아낸 전화번호를 외운 뒤 서점을 나와 호텔로 걸어서 돌아왔다.

방으로 들어가니 전화기에서 빨간 불이 깜박이고 있었다. 십중팔구 그레그의 전화겠지만, 나는 에이전트에게 먼저 전화하기로 했다. 뉴욕 시간으로 지금은 5시였다. 그가 몇 시에 퇴근하는지는 아직 알 수 없었다. 전화벨이 두 번 울린 뒤 그가 전화를 받았다. 나는 이름을 밝히고 재빨리 준비한 말을 시작했다.

"당신이 내 일을 좀 맡아줄 수 있을까 해서요. 내가 쓸 책이 뭐냐면, 어, 범죄 실화를 다룬 책이라고나 할까요? 그런 책도 다루시나요?"

"네." 그가 말했다. "하지만 그런 얘기라면 전화로 하기보다 그쪽에서 자기소개서와 책에 관한 설명을 담은 편지를 제게 보내주시는 편이 더 나을 것 같은데요. 그러면 제가 연락을 드리겠습니다."

"저도 그러고 싶지만 시간이 없을 것 같아서요. 지금 출판사와 영화사들이 계속 저한테 연락하는 판이라 아주 빨리 결정을 내려야 할 것 같거든요."

이 말이 그를 낚았다. 나야 그럴 줄 이미 알고 있었지만.

"출판사와 영화사들이 전화를 한다고요? 무슨 책인데요?"

"로스앤젤레스에서 살인을 저지른 시인이라는 놈에 대해 혹시 들어보셨나요?"

"네, 물론이죠."

"내가, 저, 바로 그놈을 쏜 사람이에요. 나도 작가예요. 기자죠. 우리 형이…."

"댁이 그 사람이라고요?"

"내가 그 사람이에요."

그가 다른 데서 걸려오는 전화들에 자주 방해받기는 했지만, 우리는 이 이야기를 책으로 쓰는 문제와 이미 영화사들이 관심을 보이고 있는 영화화 문제에 관해 20분 동안 이야기를 나눴다. 그는 로스앤젤레스에서 자기와 함께 일하는 에이전트가 영화업계 쪽 일을 처리할 수 있을 거라고 했다. 그러면서 내게 2쪽 분량의 제안서를 언제쯤 보내줄 수 있겠느냐고 물었다. 1시간 안에 보내줄 수 있다고 하자 그는 자기 컴퓨터의 팩스 모뎀 번호를 가르쳐주었다. 그는 자기가 텔레비전에서 본 대로 이번 사건이 훌륭한 이야깃거리라면 이번 주가 다 가기 전에 출판사와 계약을 맺을 수 있을 거라고 했다. 나는 텔레비전에서 본 것보다 더 좋은 이야기가 나올 거라고 말했다.

"마지막으로 한 가지만 더요." 그가 말했다. "내 이름을 어떻게 알았습니까?"

"《플라밍고를 위한 아침》에서 봤어요."

전화기의 빨간 불이 계속 나를 향해 윙크를 해댔지만 나는 전화를 끊은 뒤에도 그 불빛을 무시한 채 노트북컴퓨터로 제안서를 작성하기 시작했다. 2쪽짜리 제안서에 지난 2주간 있었던 일을 요약해 넣을 생각이었다. 어려운 작업이었다. 타자를 칠 수 있는 손이 하나밖에 없다는 점도 일을 더욱 힘들게 만들었다. 결국 글이 생각보다 길어져 4쪽이나 되었다.

제안서 작성이 끝날 무렵 다친 손이 욱신거리기 시작했다. 가능한 한 그 손을 쓰지 않으려고 애썼지만 어쩔 수 없었다. 나는 병원에서 받아온 진통제를 한 알 더 먹고 다시 컴퓨터로 돌아가 제안서의 교정을 봤다. 그때 전화벨이 울렸다.

그레그의 전화였다. 그는 화가 머리끝까지 나 있었다.

"잭!" 그가 소리를 질렀다. "전화를 얼마나 기다렸는 줄 알아! 도대체 뭘 하느라고 전화도 안 한 거야?"

"전화했어요! 메모도 남겼다고요. 여기 앉아서 1시간 동안이나 부장님 전화를 기다리고 있었어요."

"나도 전화했어, 젠장! 내가 남긴 메모 못 받았어?"

"못 받았어요. 콜라를 사오려고 잠시 나간 사이에 전화하셨나 본데요. 어쨌든 메모 같은 건 전혀…."

"됐어, 됐다고. 내일 기사로 쓸 게 뭐가 있는지나 말해. 지금 잭슨이 대기 중이고, 쉬디가 오늘 아침에 비행기를 타고 그쪽으로 갔어. FBI 기자회견에 쉬디가 갈 예정이지만, 자네가 뭐 새로 알아낸 건 없어? 전국의 모든 신문이 우리 꽁무니를 졸졸 따라오고 있으니 우리가 선두 자리를 계속 유지해야 돼. 새로운 게 있으면 말해 봐. 다른 신문사들은 모르는 걸로."

"저도 아는 거 없어요." 나는 거짓말을 했다. "여기서도 별로 새로운 일이 없어요. FBI 사람들이 아직 세부사항을 정리하는 중이거든요. 그런 것 같아요…. 저는 아직도 기사를 쓸 수 없는 거예요?"

"잭, 내가 아무리 생각해 봐도 자네한테 기사를 맡길 방법이 없어. 이 얘긴 이미 어제 다 했잖아. 자넨 이번 일에 너무 깊숙이 관련돼 있어. 설마 나한테…."

"알았어요, 알았다고요. 그냥 한번 물어봤어요. 저… 어, 두어 가지 새로운 사실이 있기는 해요. 첫째, 어젯밤에 이 글래든이라는 녀석이 있던 아파트를 찾아냈는데 거기 시체가 한 구 있었어요. 또 다른 피살자죠. 거기부터 파보면 될 거예요. 하지만 그 일 때문에 FBI가 기자회견을 연건지도 몰라요. 그리고 또, 잭슨한테 여기 지부로 전화해 컴퓨터에 대해 물어보라고 하세요."

"컴퓨터?"

"네. 글래든의 차 안에 노트북컴퓨터가 있었어요. 여기 컴퓨터 전문가들이 어젯밤부터 오늘 아침까지 꼬박 거기 매달려 있었어요. 자세한 내용은 저도 모르지만, 전화해서 물어볼 가치는 있어요. 그 사람들이 컴퓨터에서 뭘 찾아냈는지는 저도 몰라요."

"자네 그동안 뭘 하고 있었어?"

"연방건물에 가서 진술서를 작성했어요. 오전 내내. 이쪽 사람들이 지방검사한테 서류를 제출해 정당방위 판정이라나 뭐라나 그런 걸 받아내야 한대요. 진술서 작성을 끝낸 다음에 호텔로 돌아왔어요."

“그 친구들이 수사상황을 자네한테 말 안 해줘?”

“안 해줘요. 시체와 컴퓨터 얘기도 요원들 얘기를 엿들은 거예요. 그래서 그것밖에 못 들었어요.”

“알았어. 그래도 뭔가 파볼 거리는 되겠어.”

나는 슬그머니 미소를 짓고 있었다. 그래서 목소리에 웃음기가 배어들지 않게 하려고 애썼다. 시인의 마지막 희생자가 발견됐다는 사실을 밝히는 건 상관없었다. 어쨌든 밝혀질 사실이니까. 하지만 잭슨 같은 친구가 무턱대고 전화해 봤자 컴퓨터 안의 정보는 고사하고 컴퓨터가 차 안에 있었다는 확인조차 받기 어려울 터였다. 모든 사실이 명확히 밝혀지기 전에 FBI가 그 사실을 누설할 리가 없었다.

“이것밖에 알아내지 못해 죄송해요.” 내가 말했다. “잭슨한테도 미안하다고 전해주세요. 그건 그렇고, 쉬디는 여기서 기자회견에 참석하는 것 말고 또 무슨 일을 할 예정이에요?”

쉬디는 촉망받는 신예였다. 그녀는 얼마 전 출동팀에 배정되었다. 출동팀이란 덴버가 아닌 다른 곳에서 자연재해나 큰 사건이 발생하면 몇 분 안에 곧장 떠날 수 있게 항상 여행가방을 꾸려 자동차 트렁크에 넣고 다니는 친구들을 가리키는 말이다. 나도 예전에 출동팀에서 활동한 적이 있다. 하지만 비행기 추락사고를 세 번째로 취재하면서 사랑하는 사람들의 시신이 숯덩이가 되거나 갈기갈기 찢긴 채로 발견된 사람들을 만난 뒤로는 그 일에 진력이 나서 다시 예전의 경찰출입기자로 돌아갔다.

“나도 잘 몰라.” 글렌이 말했다. “여기저기 돌아다니겠지. 자넨 언제 돌아올 거야?”

“지방검사가 절 만나자고 할지 모르니 당분간 여기 있으라고 했어요. 그래도 아마 내일이면 일이 다 끝날 거예요."

"그래. 혹시라도 뭘 알아내거든 나한테 즉시 연락해 줘. 내 메모를 전해주지 않은 거기 프런트데스크도 좀 혼내주고. 컴퓨터 얘기는 잭슨한테 전해주지. 나중에 보세, 잭."

"네. 아, 참, 부장님? 제 손은 괜찮아요."

"뭐?"

"걱정하셨잖아요. 이제 한결 나았어요. 별 이상 없이 잘 나을 거예요."

"잭, 미안해. 오늘도 워낙 정신이 없어서 말이야."

"네, 저도 알아요. 나중에 뵙죠."

한 조각의 의심

아까 먹은 진통제가 효과를 발휘하기 시작했다. 손의 통증이 가라앉으면서 차분하고 편안한 느낌이 나를 사로잡았다. 나는 글렌과 전화를 끊고 다시 컴퓨터에 전화를 연결해 팩스 프로그램을 돌려 에이전트가 알려준 번호로 집필 제안서를 보냈다. 컴퓨터끼리 서로 접속하며 나는 시끄러운 소리를 듣고 있는데, 어떤 생각이 벼락처럼 퍼뜩 뇌리를 스쳤다. 내가 로스앤젤레스로 오는 길에 비행기에서 걸었던 전화.

그때 나는 소슨이 워런에게 정보를 누출했다는 사실을 증명해 폭로하는 데만 정신이 팔려 있어서 그의 통화기록에 나와 있는 다른 전화번호들에는 거의 주의를 기울이지 않았다. 비행기에서 그 번호들로 내가 직접 전화를 걸어보았는데도. 그런데 그 번호들 중 하나로 전화를 걸었을 때, 플로리다주의 어떤 컴퓨터에서 삐 하는 소리만 들려왔었다. 그곳이 어쩌면 레이포드의 유니언 교도소일 수도 있었다.

나는 침대에 놓인 컴퓨터 가방에서 수첩 두 개를 모두 꺼내 뒤져봤지만 비행기에서 걸었던 전화에 대해서는 메모해 둔 것이 없었다. 누가 내 방에서 그 계산서들을 훔쳐갈 거라고는 전혀 생각지 못했기 때문에 전화번호를 적어두거나 따로 메모해 두지 않았다는 기억이 났다.

나는 머릿속에서 다른 생각을 모두 몰아내고 비행기에서 내가 했던 일들을 정확히 되짚어보려고 애썼다. 그때 나의 가장 큰 관심사는 소슨의 계산서에 나타난 워런과의 통화기록이었다. 그것으로 나는 소슨이 워런의 취재원임을 확인했다. 소슨이 자기 방에서 건 다른 전화들은 겨우 몇 분 간격으로 연달아 건 것인데도 나는 거의 관심이 없었다.

클리어마운틴이 글래든의 컴퓨터로 가장 자주 접속했다고 말한 번호를 나는 보지 못했다. 클리어마운틴에게 전화를 걸어 그 번호를 물어볼까 생각해 봤지만, 그가 레이첼이나 배커스의 승인도 없이 기자한테 그 번호를 덥석 넘겨줄 것 같지는 않았다. 만약 그가 레이첼이나 배커스에게 연락한다면, 나는 내 패를 다 보여주는 셈이었다. 아직은 그렇게까지 할 때가 아니라는 본능적인 느낌이 들었다.

나는 지갑에서 비자카드를 꺼내 뒤집어 보았다. 그리고 전화선을 다시 연결해 카드 뒷면에 있는 수신자부담 전화로 전화를 걸어 교환원에게 카드대금 청구서와 관련해 문의할 것이 있다고 말했다. 3분 동안 수화기에서 흘러나오는 음악을 들은 뒤에야 다른 교환원이 전화를 받았다. 나는 사흘 전 내 신용카드 사용내역을 확인할 수 있느냐고 물었다. 교환원은 사회보장번호를 비롯한 몇 가지 정보로 내 신원을 확인한 뒤, 카드사용내역이 올라와 있는지 컴퓨터로 확인해 볼 수 있다고 말했다. 나는 그녀에게 알고 싶은 것을 말해주었다.

교환원은 내가 비행기에서 전화 걸었던 내역이 방금 컴퓨터에 올라왔다고 했다. 그 기록에는 내가 전화 걸었던 번호도 포함되어 있었다. 5분 만에 나는 비행기에서 내가 전화 걸었던 번호를 모두 수첩에 받아 적은 뒤 교환원에게 고맙다고 말하고는 전화를 끊었다.

다시 전화선을 컴퓨터에 연결했다. 컴퓨터 창을 열어 소슨이 방에서 건 전화번호를 입력하고 프로그램을 돌렸다. 침대 옆 시계를 보니 3시였다. 플로리다 시간으로는 6시. 벨이 한 번 울리고는 전화가 연결되었다. 컴퓨터들이 서로 접속할 때 나는 친숙한 삐 소리가 들렸다. 내 컴퓨터 화면에서 모든 것이 사라지더니 다음과 같은 문구가 떴다.

PTL 클럽에 오신 것을 환영합니다.

나는 숨을 내쉬고 뒤로 몸을 기댔다. 찌릿한 전기가 몸을 훑고 지나가는 것 같았다. 몇 초가 흐른 뒤 글자가 위로 올라가더니 암호를 넣으라는 지시가 떴다. 나는 다치지 않은 손으로 에드거를 입력했다. 손이 벌벌 떨리고 있었다. 에드거가 올바른 암호로 확인되자 두 번째 암호를 넣으라는 지시가 떴다. 나는 페리를 입력했다. 잠시 후 이 암호 역시 올바른 것으로 확인되었고, 곧 경고문이 떴다.

주님을 찬양하라!

여행의 규칙

1. 절대로 본명을 사용하지 않는다.
2. 아는 사람들에게 시스템 번호를 절대로 가르쳐주지 않는다.
3. 다른 사용자와 절대로 만나지 않는다.

4. 다른 사용자가 외부 단체일 수도 있다는 점을 염두에 둔다.

5. 운영자는 사용자를 제명할 권리가 있다.

6. 게시판에서 불법적인 활동을 논의하면 안 된다. 이건 절대적인 금지사항이다!

7. PTL 네트워크는 이 사이트의 내용에 책임을 지지 않는다.

8. 계속하려면 자판의 아무 키나 누르시오.

엔터키를 누르자 사용자들이 이용할 수 있는 여러 게시판의 목록이 나타났다. 클리어마운틴이 말했듯이, 아동성애자들에게 딱 맞는 주제들이 많았다. esc 키를 누르자 PTL에서 나가고 싶으냐는 질문이 화면에 떴다. 나는 '네'라고 대답하고 접속을 끊었다. 지금은 PTL 네트워크를 탐험해 보고 싶지 않았다. 나는 소슨, 아니 누가 됐든 그 일요일 아침에 이 번호로 전화를 건 사람이 PTL 네트워크에 대해 알고 있었으며, 적어도 나흘 전 그곳에 접속하기까지 했다는 사실에 더 관심이 쏠려 있었다.

PTL 게시판 접속은 소슨의 방에 있던 전화로 이루어졌으므로, 그가 접속을 시도했음이 틀림없었다. 그래도 나는 다른 요인들을 조심스레 살펴보았다. 내 기억에 PTL 게시판에 접속한 것은, 소슨의 방에서 로스앤젤레스의 워런과 전화가 연결된 지 몇 분 안의 일이었다. 소슨은 자신이 워런의 취재원이 아니라고 적어도 세 번이나 강력히 주장했다. 워런도 두 번이나 같은 주장을 했다. 그중 한 번은 소슨이 이미 죽은 다음이라 그가 취재원이었다 해도 문제가 없을 때였다. 겨우 몇 시간 전 워런이 소슨은 취재원이 아니었다고 두 번째로 주장함으로써 내 가슴에 심어둔 의심의 씨앗이 이제 날 무겁게 누르고 있었다. 그 씨앗은 내 머릿속에 무시할 수 없는 의심의 꽃을 피웠다.

워런과 소슨의 주장이 진실이라면, 소슨의 방에서 전화를 건 사람은 누구일까? 머릿속으로 여러 가능성을 고려해 보았지만, 항상 결론은 똑같았다. 레이철. 심장이 둔탁하게 쿵 소리를 내며 내려앉는 듯했다.

이런 결론에 이르게 된 것은 서로 상관없는 여러 사실이 한데 모여 발효작용을 일으킨 덕분이었다.

첫째, 레이철은 노트북컴퓨터를 갖고 있었다. 물론 이것은 모든 사실 중에서도 가장 의미 없는 것이었다. 소슨, 배커스 등 모든 사람이 컴퓨터를 갖고 있거나 컴퓨터를 사용할 수 있는 위치에 있으므로 PTL 게시판에 접속을 시도할 수 있었다. 하지만 두 번째 사실은 중요했다. 그날, 즉 토요일 밤 늦게 내가 그녀의 방 앞에서 그녀의 이름을 부르고 심지어 노크까지 했는데도 대답이 없었다는 사실. 그때 그녀는 어디 있었던 걸까? 혹시 소슨의 방으로 갔던 걸까?

소슨이 레이철에 관해 했던 말들을 생각해 보았다. 그는 그녀를 가리켜 오색사막이라고 했다. 그것 말고 다른 말도 있었다. '당신을 갖고 놀 수도 있고… 장난감처럼. 조금 전까지만 해도 나랑 영원히 같이 있을 것처럼 굴다가 금방 태도가 바뀌지. 그러고는 사라져버리는 거야.'

그리고 마지막 사실. 그날 밤 나는 복도에서 소슨을 보았다. 그때는 분명히 자정을 넘긴 다음이었다. 그의 방에서 문제의 장거리 통화가 이루어진 시각과 대략 비슷했다. 그가 복도에서 나를 스쳐 지나갈 때 손에 뭔가를 들고 있는 것이 내 눈에 들어왔었다. 작은 가방 아니면 상자 같았다. 그러고 보니 레이철의 핸드백 안에서 지퍼 달린 작은 주머니 같은 것이 열리는 소리가 나더니 그녀가 콘돔(그녀는 응급상황을 대비해 콘돔을 하나씩 가지고 다닌다고 했다)을 내 손바닥에 올려놓았던 기억이 났다. 레이철이 소슨의 방 전화를 이용하려고 소슨을 불러내려 했다면 어떤 방법을 썼을지도 짐작이 갔다.

순수한 두려움이 나를 짓누르기 시작했다. 워런이 내 가슴에 심어 놓은 의심의 꽃이 만개해 나를 질식시키고 있었다. 일어서서 방 안을 조금 서성거리자니 머리가 어지러웠다. 진통제 탓인가 싶어 다시 침대에 앉았다. 그렇게 잠시 쉬다가 나는 전화선을 다시 연결해 피닉스에서 우리가 묵었던 호텔로 전화를 걸어 계산 담당부서를 바꿔달라고 했다. 젊은 여자가 전화를 받았다.

"아, 여보세요, 제가 주말에 그쪽 호텔에 묵었는데 이리로 돌아온 다음에야 숙박비 청구서를 자세히 살펴봤거든요. 그랬더니 전화비 청구서에 조금 이상한 점이 있네요. 계속 전화해서 물어봐야겠다고 생각했는데 자꾸 깜박했어요. 이걸 누구한테 물어보면 되죠?"

"아, 손님, 저한테 물어보시면 돼요. 성함을 알려주시면 제가 여기서 청구서를 꺼내볼게요."

"고맙습니다. 제 이름은 고든 소슨이에요."

그녀가 아무 대답도 하지 않자 나는 순간적으로 얼어붙었다. 텔레비전이나 신문을 보고 이것이 로스앤젤레스에서 살해당한 요원의 이름임을 혹시 알아차린 것이 아닌가 싶어서. 하지만 이내 그녀가 키보드를 두드리는 소리가 들려왔다.

"아, 소슨 씨. 325호실에서 이틀 밤을 주무셨네요. 어떤 점이 이상하신가요?"

나는 방 번호를 수첩에 받아 적었다. 그냥 뭐라도 해야 할 것 같아서였다. 기자답게 항상 사실을 기록해 두는 습관을 따르다 보니 마음이 차분해졌다.

"아, 이런. 지금 책상을 아무리 찾아봐도 청구서를 어디다 뒀는지 모르겠네요…. 청구서를 찾을 수가 없어요. 저, 나중에 다시 전화할게요. 그동안 제 청구서를 좀 살펴봐주실래요? 제가 이상하게 생각했던 건, 토요일 자정 이후 전화를 세 통 건 걸로 되어 있는데 저는 도무지 기억이 나질 않거든요. 여기 어디에 번호를 적어뒀는데…. 아, 여기 있네요."

나는 비자카드사의 교환원에게서 알아낸 세 개의 번호를 재빨리 불러주었다. 이 방법으로 이 여직원을 교묘히 속일 수 있기를 바라면서.

"네, 여기 청구서에 나와 있네요. 정말로 기억이…."

"전화 건 시간을 좀 보세요. 그게 바로 이상한 점이라니까요. 난 원래 한밤중에는 일을 안 하는 사람인데."

그녀가 내게 시간을 불러주었다. 콴티코에 건 전화는 오전 12시 37분, 워런에게 건 전화는 오전 12시 41분, PTL 네트워크와 접속한 전화는 오전 12시 56분이었다. 이 숫자들을 받아 적은 뒤 물끄러미 바라보았다.

"선생님께서 이 전화를 거신 적이 없단 말씀이시죠?"

"네?"

"이 전화를 거신 적이 없으세요?"

"네, 그래요."

"방에 혹시 다른 분이 계셨나요?"

그래, 내가 알고 싶은 게 바로 그거야. 나는 속으로 생각했다.

"어, 아뇨." 이렇게 말하고 나서 재빨리 말을 덧붙였다. "혹시 그쪽 컴퓨터가 잘못 기록한 건 아닌지만 다시 확인해 주시면, 이대로 요금을 지불할게요. 부탁합니다."

나는 전화를 끊고 나서 수첩에 적힌 숫자들을 바라보았다. 시간이 맞아떨어졌다. 레이철은 거의 자정까지 내 방에 있었다. 다음 날 아침 그녀는 내 방을 나가서 복도를 걸어가다가 소슨과 마주쳤다고 했다. 어쩌면 이것이 거짓말일 수도 있었다. 단순히 소슨과 마주치기만 한 것이 아닐 수도 있었다. 그녀가 그의 방으로 갔을 수도 있었다.

소슨이 죽어버렸으니 내 생각이 맞는지 어떤지를 레이철 모르게 확인하는 방법은 하나뿐이었다. 아직은 차마 레이철에게 물어볼 수 없었다. 나는 다시 수화기를 들고 연방건물의 FBI 지부로 전화를 걸었다. 교환원은 배커스에게 걸려오는 모든 전화, 특히 기자들의 전화를 철저히 가려내라는 지시를 받고 있어서 내가 시인을 죽인 사람이며 급히 배커스에게 할 말이 있다고 말한 뒤에야 비로소 전화를 연결해 주었다. 마침내 배커스가 전화를 받았다.

"잭, 무슨 일이에요?"

"밥, 할 말이 있어요. 중요한 일입니다. 지금 혼자예요?"

"잭, 무슨…?"

"그냥 내 질문에 대답이나 해요! 아, 미안합니다. 소리 지를 생각은 없었는데. 내가 좀… 저기, 지금 혼자예요? 빨리 말해줘요."

배커스는 잠시 머뭇거리더니 의심이 깃든 목소리로 대답했다.

"네. 이제 무슨 일인지 말해봐요."

"우리 사이의 신뢰에 관해 서로 이야기한 적이 있죠? 난 당신을 믿고, 당신도 지금까지 날 믿어줬어요. 그러니 이번에도 날 믿고 앞으로 몇 분간 내 질문에 대답해 줘요. 아무것도 묻지 말고. 나중에 다 설명할 테니까. 어때요?"

"잭, 난 지금 아주 바빠요. 무슨 일인지…."

"5분이면 돼요. 5분이면. 중요한 일이에요."

"그럼 질문해 봐요."

"소슨의 소지품은 어떻게 됐죠? 호텔에서 가져온 소슨의 옷과 소지품 말이에요. 소슨이… 죽은 다음에 그걸 누가 가져갔죠?"

"내가 어젯밤에 전부 정리했어요. 이게 왜 중요하다는 건지 모르겠네요. 소슨의 소지품이 어떻게 되든 누가 관여할 일이 아닌데."

"조금만 참아줘요. 기사 때문에 이러는 게 아니에요. 내 문제 때문이에요. 당신도 문제가 되고요. 질문은 두 가지예요. 첫째, 소슨의 물건 속에 피닉스에서 묵었던 호텔의 영수증이나 청구서가 있던가요?"

"피닉스 호텔이요? 아뇨, 없었어요. 없는 게 당연한 거고. 워낙 급하게 체크아웃한 데다가 나중에 그리로 다시 가지도 않았으니까. 호텔에서 콴티코의 내 사무실로 청구서를 보내줄 거예요. 도대체 무슨 일이에요, 잭?"

첫 번째 퍼즐 조각이 제자리를 찾아 들어갔다. 소슨에게 그 청구서가 없다면, 내 방에 들어와 그 청구서를 훔쳐간 사람은 그가 아닐 가능성이 높았다. 다시 레이철이 머리에 떠올랐다. 어쩔 수가 없었다. 할리우드에서 묵은 첫날 밤, 우리가 사랑을 나눈 뒤 그녀는 침대에서 일어나 먼저 샤워했다. 그다음 내가 샤워를 하러 갔다. 나는 그녀가 내 바지 주머니에서 내 방 열쇠를 꺼내어 아래층 내 방에 살짝 들어가 내 물건을 재빨리 뒤지는 모습을 그려보았다. 어쩌면 그냥 상황파악을 위한 간단한 조사였을 수도 있다. 어떻게 된 일인지는 몰라도 내가 호텔 청구서를 갖고 있다는 사실을 그녀가 알게 됐을 수도 있다. 그녀가 피닉스의 그 호텔로 전화를 걸었다가 알게 됐을지도 모르는 일이었다.

"다음 질문이에요." 나는 배커스의 질문을 무시하고 계속 말을 이었다. "소슨의 소지품 중 혹시 콘돔이 있던가요?"

"잭, 당신이 지금 무슨 이상한 생각을 하고 있는지는 잘 모르겠지만,

나까지 덩달아 맞장구를 칠 수는 없어요. 이만 전화 끊겠습니다. 나는 이럴…."

"잠깐만요! 이상한 생각이라니요? 난 지금 당신들이 미처 보지 못한 사실을 알아내려고 하는 중이에요. 오늘 클리어마운틴과 컴퓨터에 대해 이야기한 적이 있어요? PTL 네트워크에 대해서?"

"그래요. 철저한 보고를 받았어요. 그런데 그게 콘돔 한 상자와 무슨 상관이죠?"

나는 그가 자기도 모르는 사이 콘돔에 관한 내 질문에 대답했음을 깨달았다. 나는 상자라는 말은 결코 한 적이 없었다.

"일요일 새벽 피닉스에서 소슨이 묵던 방 전화로 PTL 네트워크와 접속이 이루어졌다는 사실을 알고 있었어요?"

"무슨 말도 안 되는 소리예요? 그리고 당신이 그런 일을 어떻게 아는 겁니까?"

"내가 호텔에서 체크아웃할 때 호텔 직원이 나를 FBI 요원으로 착각한 덕분이죠. 기억나요? 장례식장에서 그 기자도 그랬잖아요. 호텔 직원이 나더러 당신들한테 전해주라며 숙박비 청구서를 줬어요. 그러면 우편으로 보낼 때보다 더 빨리 전달될 거라고 생각한 거죠."

내가 이 사실을 고백한 뒤 한참 동안 침묵이 흘렀다.

"그러니까 당신이 숙박비 청구서를 훔쳤다는 얘깁니까?"

"방금 들은 그대로예요. 직원이 나한테 준 거예요. 그리고 소슨의 숙박비 청구서에 마이클 워런의 번호와 PTL에 접속한 기록이 나와 있었어요. 웃기는 일이죠. 당신들은 오늘에야 PTL에 대해 알아냈는데."

"지금 사람을 보낼 테니 청구서를 내줘요."

"그럴 필요 없어요. 나한테 없으니까. 할리우드에 있을 때 내 방에서 누가 훔쳐갔어요. 당신네 닭장에 지금 여우 한 마리가 살고 있어요, 밥."

"그게 무슨 소리예요?"

"소슨의 소지품 중 그 콘돔 상자에 대해 이야기해 주면, 나도 내 말이 무슨 뜻인지 이야기해 줄게요."

배커스가 이젠 지쳤다는 듯이 체념의 한숨을 내쉬는 소리가 들렸다.

"콘돔이 한 상자 있었어요, 됐습니까? 뜯지도 않은 상태였어요. 이제 그게 무슨 뜻인지 말해보시죠."

"지금 그게 어디 있죠?"

"소슨의 다른 소지품들과 함께 마분지 상자에 넣어 봉해뒀어요. 내일 아침에 시신과 함께 버지니아로 보낼 겁니다."

"그 상자는 어디 있는데요?"

"바로 여기 내 옆에요."

"지금 그걸 열어보세요. 콘돔의 가격표든 뭐든 찾아서 소슨이 그걸 어디서 샀는지 한번 보세요."

그가 마분지 상자의 테이프를 뜯어내는 소리를 들으며 나는 소슨이 손에 뭔가를 들고 복도를 걸어오던 모습을 떠올렸다.

"굳이 상자를 뜯지 않아도 말해줄 수 있어요." 배커스가 상자를 열면서 말했다. "그게 잡화점 봉투에 들어 있었으니까."

순간적으로 심장박동이 빨라졌다. 곧이어 부스럭거리며 비닐봉투 여는 소리가 들렸다.

"그래, 찾았어요." 배커스가 짜증을 간신히 참는 듯한 목소리로 말했다. "스코츠데일 잡화점. 24시간 영업. 콘돔 열두 개 들이 한 상자. 9달러 95센트. 상표도 말해줄까요, 잭?"

나는 그의 비꼬는 말투에는 신경을 쓰지 않았지만, 그의 질문을 듣고 나니 나중에 써먹을 수 있는 아이디어가 떠올랐다.

"영수증도 있어요?"

"방금 읽어줬잖아요."

"구입한 날짜와 시간이 어떻게 돼요? 거기 찍혀 있어요? 컴퓨터와 연결된 계산기라면 대부분 영수증에 그게 찍히는데."

침묵이 흘렀다. 침묵이 너무 길어서 나는 비명을 지르고 싶어졌다.

"일요일 새벽, 12시 54분."

나는 눈을 감았다. 소슨이 결국 한 개도 쓰지 못할 콘돔 한 상자를 사는 동안, 누군가가 그의 방에서 전화를 걸고 있었다는 뜻이었다.

"이제 말해봐요, 잭. 대체 여기에 무슨 뜻이 있다는 겁니까?" 배커스가 물었다.

"모든 게 거짓말이라는 뜻이에요."

나는 눈을 뜨고 귀에서 수화기를 뗐다. 수화기가 마치 내 손에 붙어 있는 한없이 낯선 물체처럼 보였다. 나는 수화기를 천천히 제자리에 내려놓았다.

블레드소는 아직 사무실에 있었다. 벨이 한 번 울린 뒤 그가 전화를 받았다.

"댄, 잭이에요."

"잭 맥, 무슨 일이에요?"

"아까 저한테 맥주 한잔 산다고 했죠? 그 대신 다른 일을 좀 해주면 해서요."

"그거야 문제없지."

그에게 부탁하고 싶은 일의 내용을 말해주자 그는 주저 없이 승낙했다. 내가 당장 그 일을 해줬으면 좋겠다고 말했는데도. 그는 원하는 결과가 나올 거라고 장담할 수는 없지만, 어떤 식으로든 결과가 나오는 대로 가능한 한 빨리 연락해 주겠다고 말했다.

나는 소슨이 밖에 나가 있을 때 그의 방에서 누군가가 건 첫 번째 전화에 대해 생각해 보았다. 그것은 콴티코 본부의 대표번호로 건 전화였다. 비행기에서 그 번호로 전화를 걸어봤을 때는 이상하다는 생각이 들지 않았지만, 지금 생각해 보니 이상했다. 한밤중에 FBI 대표번호로 전화 건 이유가 무엇일까? 이제는 그 이유를 알 것 같았다. 전화를 건 사람은 자신이 본부의 직통번호를 알고 있다는 사실을 감추고 싶었던 것이다. 그래서 자기 컴퓨터의 팩스 프로그램을 통해 대표번호로 전화를 걸었다. 교환원은 팩스기계의 삐 하는 소리를 듣고 그 전화를 일반에게 공개된 FBI의 팩스번호로 연결해 주었다.

일요일 아침 시인이 보낸 팩스에 관한 회의가 열렸을 때, 소슨이 콴티코에서 받은 보고 내용을 자세히 이야기하던 기억이 났다. 그 팩스는, 대표번호로 걸려온 전화를 교환원이 팩스기계로 연결하는 방식을 통해 FBI에 전송된 것이었다.

콴티코에 전화를 걸어 브래드 헤이즐턴 요원을 바꿔달라고 하자 교환원은 한 마디 말도 없이 행동과학국으로 전화를 연결해 주었다. 벨이 세 번 울린 뒤에도 응답이 없어서 내가 너무 늦은 게 아닌가, 브래드가 이미 퇴근해 버린 것 아닌가 하는 생각이 들었다. 바로 그때 그가 전화를 받았다.

"브래드, 잭 매커보이예요. 지금 로스앤젤레스에서 거는 거예요."

"아, 잭, 잘 지내요? 어제 정말 큰일 날 뻔했어요."

"이젠 괜찮아요. 소슨 요원 일은 정말 안 됐어요. 요원들이 다들 긴밀하게 협조하며 친하게 지내는 분위기던데…."

"뭐, 그 친구는 상당히 고약한 성격이었지만 그래도 그렇게 되는 건 말이 안 되죠. 정말 끔찍한 일이에요. 오늘은 사무실에 웃는 사람들이 별로 없네요."

"그렇겠죠."

"그래, 어쩐 일이에요?"

"그냥 두어 가지 사소한 질문이 있어서요. 기사를 똑바로 정리하려고 지금 그동안 일어난 일들을 시간 순서대로 맞춰보고 있거든요. 혹시 내가 이번 일의 전말을 기사로 쓰게 될지도 모르니까요."

그동안 내게 친절한 모습만을 보여준 브래드에게 거짓을 늘어놓는 것이 정말 싫었지만, 그에게 진실을 털어놓을 여유가 없었다. 그랬다가는 그가 결코 나를 도와주지 않을 테니까.

"어쨌든, 내가 팩스에 관해 메모를 잘못했던 것 같아요. 그 왜, 시인이 일요일에 콴티코로 보낸 팩스 말이에요. 고든이 당신 아니면 브래스한테서 자세한 이야기를 들었다고 한 것 같은데. 그 팩스가 들어온 정확한 시각을 알고 싶어요. 혹시 알고 있어요?"

"어, 잠깐만요, 잭."

그는 내가 알았다고 대답하기도 전에 사라져버렸다. 나는 눈을 감고 그가 정말로 내가 요청한 정보를 찾고 있을지, 아니면 나한테 그런 정보를 줘도 되는지 먼저 확인하고 있을지 생각하며 몇 분을 보냈다.

마침내 그가 다시 수화기를 집어 들었다.

"미안해요, 잭. 많이 기다렸죠? 여기 있는 서류를 죄다 뒤지느라고….

그 팩스는 FBI 아카데미 서무실의 통신실 2번 팩스기로 일요일 새벽 3시 38분에 들어왔어요."

나는 내 메모를 살펴보았다. 그쪽과 이쪽 사이에 시차가 3시간임을 감안하면, 그 팩스가 콴티코에 들어간 시각은 소슨의 방에서 누군가가 FBI 대표번호로 전화를 건 지 1분 뒤였다.

"이거면 됐어요, 잭?"

"아, 네, 고마워요. 저, 물어볼 게 하나 더 있는데…."

"쏴 봐요…. 아, 이런, 미안해요."

"괜찮아요. 저, 음… 소슨 요원이 피닉스의 피살자의 구강에서 채취한 물질을 그쪽으로 보냈죠? 오설랙 말이에요."

"그래요, 오설랙."

"소슨은 그 물질이 뭔지 알고 싶어 했어요. 그게 콘돔에 묻어 있는 윤활제 같다면서. 그게 혹시 특정 브랜드의 콘돔에 묻어 있는 윤활제인지 궁금해요. 그런 것도 밝혀낼 수 있나요? 혹시 검사했나요?"

헤이즐턴이 즉시 대답하지 않자 나는 그 침묵에 지레 겁을 먹을 뻔했다. 하지만 그가 이내 입을 열었다.

"그건 이상한 질문이네요, 잭."

"네, 나도 알아요. 하지만, 저, 이번 사건의 세세한 점들 그리고 요원들이 일하는 방식, 이런 게 정말 너무 흥미로워서요. 사실을 정확하게 알아두는 게 중요해요. 그래야 좋은 기사를 쓸 수 있으니까."

"잠깐만 기다려봐요."

이번에도 그는 내가 알았다고 대답하기도 전에 사라져버렸다. 하지만 이번에는 금방 다시 돌아왔다.

"아, 여기 검사결과가 있네요. 이 결과를 알고 싶은 진짜 이유를 나한테 말해줄래요?"

이번에는 내가 침묵할 차례였다.

"아뇨." 나는 정직하게 나가기로 했다. "지금 뭘 좀 밝혀낼 것이 있어서 그래요, 브래드. 만약 내 생각이 맞는 걸로 밝혀지면, FBI에 가장 먼저 알려줄게요. 약속해요."

헤이즐턴은 잠시 말이 없었다.

"알았어요, 잭. 당신을 믿을게요. 게다가 글래든은 이미 죽었으니 이게 재판에 쓰일 증거도 아니고, 당신이 이걸로 대단한 사실을 증명할 수 있는 것도 아니니까요. 그 물질은 두 개 브랜드에서 사용하는 물질과 흡사한 걸로 범위가 좁혀졌어요. 람세스 루브리케이티드와 트로전 골즈. 문제는 이 두 개가 이 나라에서 가장 인기 있는 브랜드라는 점이에요. 그러니 결정적인 증거로 내세우기는 어려워요."

이것이 법정에서 증거로 받아들여질 수 없을지는 몰라도, 람세스 루브리케이티드는 레이철이 토요일 밤 자기 핸드백에서 꺼내 내게 건네준 콘돔의 브랜드였다. 나는 더 자세한 이야기를 하지 않고 헤이즐턴에게 그냥 고맙다고 인사한 뒤 전화를 끊었다.

모든 사실이 들어맞는 것 같았다. 그 뒤 1시간 동안 나는 갖은 방법으로 내가 세운 가설을 무너뜨리려고 했지만 그럴 수 없었다. 그 가설은 의심과 추측이라는 기반 위에 구축된 것인데도, 모든 부품이 톱니바퀴처럼 정확하게 맞아떨어졌다. 톱니바퀴 속으로 무엇을 던져 넣어도 기계는 멈추지 않았다.

이제 내게 마지막으로 필요한 퍼즐 조각은 블레드소의 연락이었다. 나는 그의 전화를 기다리며 방 안을 서성거렸다. 불안감이 마치 생물처럼 내 뱃속에서 요동쳤다. 발코니로 나가서 신선한 공기를 마셔보았지만 전혀 도움이 되지 않았다. 말보로맨이 나를 노려보았다. 높이가 9미터나 되는 그의 얼굴이 선셋 대로를 지배하고 있었다. 나는 다시 안으로 들어왔다.

담배를 피우고 싶었지만, 대신 콜라를 마시기로 했다. 방을 나가서 문이 저절로 잠기지 않게 잠금장치를 해제한 다음 자판기를 향해 종종걸음을 쳤다. 진통제를 먹었는데도 머릿속이 지끈거렸다. 설탕과 카페인을 먹어주지 않으면, 곧 이 두통이 피로로 바뀔 터였다. 방으로 돌아오는 길에 전화벨 소리가 들려와 나는 달음질을 쳤다. 문도 제대로 닫지 않은 채 전화기로 달려들어 수화기를 움켜쥐었다. 벨은 아홉 번쯤 울린 것 같았다.

"댄?"

아무 소리도 나지 않았다.

"레이철이야. 댄이 누구야?"

"아." 나는 아직도 숨을 몰아쉬고 있었다. "댄은, 저… 신문사 친구야. 나한테 전화하기로 했거든."

"무슨 일 있어, 잭?"

"숨이 좀 차서 그래. 콜라를 사러 나갔다가 전화벨 소리를 듣고 뛰어와서."

"세상에, 무슨 100미터 달리기라도 한 사람 같아."

"비슷해. 잠깐만."

다시 문으로 가서 문을 닫은 뒤 전화기를 향해 돌아오며 거짓으로 연기할 준비를 했다.

"레이철?"

"있잖아, 내가 어딜 좀 가게 돼서 그 얘기하려고 전화했어. 팀장님이 플로리다로 가서 이 PTL 쪽 수사를 맡으래."

"아."

"며칠 걸릴 거야."

전화기에서 메시지가 있음을 알리는 불이 들어왔다. 블레드소인 것 같았다. 하필 지금 전화를 하다니.

"알았어, 레이철."

"우린 나중에 만나야 할 것 같아. 휴가를 낼까 하고 있었는데."

"바로 얼마 전에 휴가를 갔다 온 줄 알았는데."

콴티코의 그녀 책상에 놓인 달력에 표시가 되어 있던 것이 기억났다. 그때가 바로 그녀가 피닉스로 가서 오설랙을 미행하다 죽인 때였을 거라는 생각이 처음으로 떠올랐다.

"오랫동안 휴가다운 휴가를 한 번도 못 갔거든. 이탈리아 쪽이 어떨까 했어. 베네치아 말이야."

나는 그녀에게 왜 거짓말을 하느냐고 따져 묻지 않았다. 내가 계속 침묵을 지키자 그녀는 참을성을 잃었다. 내 연기가 통하지 않고 있었다.

"잭, 무슨 일이야?"

"일은 무슨 일?"

"거짓말하지 마."

잠시 머뭇거리다가 입을 열었다. "그동안 신경 쓰이던 일이 하나 있어, 레이철."

"그게 뭔데?"

"지난번, 우리가 처음으로 함께 밤을 보낸 날, 당신이 내 방을 나간 뒤에 내가 당신 방으로 전화했었어. 그냥 잘 자라고 인사하고 싶어서.

우리가 함께한 시간이 정말 즐거웠다는 말도 하고 싶었고. 그런데 당신이 전화를 안 받더라고. 당신 방으로 가서 노크까지 했는데도 대답이 없었어. 그런데 다음 날 아침 당신이 복도에서 소슨을 만났다고 했잖아. 뭐랄까, 그게 계속 머릿속에 남아 있었던 것 같아."

"뭐가 머릿속에 남았다는 거야, 잭?"

"모르겠어. 그냥 생각하는 거야. 내가 전화하고, 방문을 두드렸을 때 당신이 어디 있었는지 궁금했어."

그녀는 잠시 가만히 있다가 입을 열었다. 그녀의 분노가 전화선을 타고 탁탁 소리를 내며 타올랐다.

"잭, 당신이 지금 어떤 줄 알아? 질투에 사로잡힌 고등학생 같아. 당신이 말해준, 옛날 고등학교 때의 모습 그대로인 것 같다고. 그래, 그날 복도에서 소슨을 만났어. 소슨이 내가 자기를 만나고 싶어서 찾고 있었던 걸로 착각한 것도 맞아. 하지만 그게 전부야. 내가 그날 왜 당신 전화를 못 받았는지는 나도 몰라, 알았어? 당신이 엉뚱한 방으로 전화를 걸었을 수도 있고, 마침 내가 샤워하면서 당신과 함께한 시간을 음미하고 있었을 수도 있어. 내가 왜 이렇게 당신한테 변명해야 하는 건데? 그 속좁은 질투심이 도저히 처리가 안 된다면, 다른 여자를 찾아서 다르게 살아."

"레이철, 미안해. 미안하다고. 당신이 무슨 일이냐고 물어서 말한 것뿐이야."

"진통제를 너무 많이 먹은 것 아냐? 그냥 잠이나 자, 잭. 난 이제 비행기를 타러 가야 해."

그녀가 전화를 끊었다.

"잘 가." 나는 수화기 속의 침묵을 향해 말했다.

48
뒤늦은 추리

해가 지고 있었다. 하늘은 분홍색 형광 사선 줄무늬가 그어진, 잘 익은 호박 같았다. 아름다웠다. 심지어 대로변에 어지럽게 늘어서 있는 광고판들조차 내 눈에는 아름답게 보였다. 나는 다시 발코니로 나와 블레드소의 전화를 기다리며 열심히 생각을 정리하는 중이었다. 나는 레이철과 대화하는 동안 전화로 메시지를 남긴 사람이 바로 그였다. 사무실 밖에 나와 있으며 나중에 다시 전화하겠다는 내용이었다.

말보로맨을 바라보았다. 그의 주름진 눈과 금욕적인 턱은 세월이 흘러도 변하지 않았다. 그는 옛날부터 항상 나의 영웅이자 아이콘이었다. 그가 항상 잡지나 광고판처럼 깊이 없는 존재여도 상관없었다. 옛날 우리 집 저녁식탁이 떠올랐다. 매일 밤 내 자리는 아버지의 오른쪽이었다. 아버지가 항상 담배를 피웠기 때문에 접시 오른쪽에 재떨이가 있었다. 나도 그 덕분에 담배를 배웠다. 그때 아버지는 내 눈에 말보로맨처럼 보였다. 적어도 그때는.

다시 방으로 들어온 나는 집으로 전화를 걸었다. 어머니가 전화를 받았다. 어머니는 신파극 배우처럼 나더러 괜찮냐고 묻더니, 좀 더 빨리 전화하지 그랬느냐며 가볍게 나를 나무랐다. 나는 아무 일도 없다면서 간신히 어머니를 진정시킨 뒤 아버지를 바꿔달라고 했다. 아버지와 이야기하는 것은 장례식 이후 처음이었다. 사실 장례식 때도 말을 하지 않았지만.

"아버지?"

"그래. 정말 괜찮은 거냐?"

"괜찮아요. 아버지는요?"

"당연히 괜찮지. 널 걱정하느라고 속을 끓인 것만 빼면."

"걱정하지 마세요. 아무 문제 없어요."

"정신이 하나도 없지?"

"글래든 때문에요? 네."

"라일리도 여기 같이 있다. 여기서 며칠 있을 거야."

"잘됐네요, 아버지."

"바꿔줄까?"

"아뇨, 아버지한테 드릴 말씀이 있어요."

이 말이 아버지를 침묵 속으로 빠뜨렸다. 어쩌면 아버지가 불안해하는 것 같기도 했다.

"지금 로스앤젤레스냐?"

아버지가 강한 어조로 물었다.

"네, 적어도 하루 이틀은 더 있을 거예요. 전 그냥… 제가 전화를 드린 건… 이런저런 생각을 하다가 아버지께 죄송하다는 말씀을 드려야 할 것 같아서요."

"죄송하다니 뭐가?"

"뭐든, 전부 다요. 누나, 형, 전부." 나는 웃음을 터뜨렸다. 우습기는커녕 마음이 불편해 나오는 웃음이었다. "전부 다 죄송해요."

"잭, 너 정말로 괜찮은 거냐?"

"그럼요."

"뭐가 됐든 네가 사과할 필요는 없어."

"아뇨, 그래야 해요."

"글쎄다…. 그럼 우리도 미안하구나. 미안하다."

나는 잠시 침묵했다. 이 말의 효과가 더 강렬해지게.

"고마워요, 아버지. 이제 그만 끊을게요. 어머니께 대신 인사 좀 전해주세요. 라일리한테도요."

"그러마. 이리로 돌아오면 한번 들러라. 한 이틀 있다가 가."

"그럴게요."

나는 전화를 끊었다. 말보로맨. 나는 열려 있는 발코니 문 밖을 바라보았다. 말보로맨의 눈이 난간 너머로 나를 지켜보고 있었다. 손이 다시 아파왔다. 머리도 아팠다. 나는 너무 많은 것을 알아버렸다. 알고 싶지 않은데. 나는 약을 한 알 더 먹었다.

5시 30분이 되어서야 비로소 블레드소에게서 전화가 왔다. 그가 전해준 소식은 좋지 않았다. 그것이 마지막 퍼즐조각이었다. 내가 매달리고 있던 희망의 베일을 마지막으로 찢어버린 조각. 그의 말을 듣고 있자니 심장에서 피가 모조리 빠져나가는 것 같았다.

나는 또다시 혼자였다. 하지만 혼자가 된 것보다 더 나쁜 건, 내가 원한 사람이 단순히 나를 거부하기만 한 게 아니라는 점이었다. 그녀는 나를 이용하고 배신했다. 이 세상에 과연 어떤 여자가 그렇게까지 할 수 있을까 싶을 정도로.

"부탁한 대로 조사해 봤어요." 블레드소가 말했다. "마음 단단히 먹으라는 것밖에 해줄 말이 없네요."

"일단 얘기해 주세요."

"레이철 월링. 아버지는 하비 월링. 나랑은 모르는 사이였어요. 그 사람이 형사였을 때, 난 아직 순찰대에 있었으니까. 형사과 출신의 고참하고 얘기해 봤는데, 그 친구 별명이 하비 월뱅어(벽을 두드리는 사람이라는 뜻-옮긴이)였대요. 그 왜, 술 마시면 그렇게 되는 사람들 있죠. 혼자 노는 괴짜 타입이었대요."

"어떻게 죽었대요?"

"그 얘긴 조금 있다가 할 거예요. 친구한테 부탁해서 자료실에 있는 옛날 파일을 꺼내봤어요. 19년 전 일이에요. 난 왜 그 일이 기억에 없을까? 아마 그때는 내가 기가 좀 죽어 있었나 봐요. 어쨌든 펠스 포인트 주점에서 자료를 부탁한 친구를 만났어요. 아, 그보다 먼저, 이 친구는 그 여자의 아버지가 분명해요. 그 여자 이름이 자료에 있었으니까. 아버지를 발견한 것도 그 여자예요. 하비 월링은 총으로 자살했어요. 관자놀이를 쏴서. 자살로 판정 나긴 했는데, 문제가 좀 있었죠."

"무슨 문제요?"

"우선 유서가 없었어요. 그리고 그 친구가 장갑을 끼고 있었고. 때가 겨울이었던 건 맞지만, 자살한 곳이 실내였거든. 아침에 눈을 뜨자마자 자살했어요. 수사관도 보고서에다가 이 부분이 조금 미심쩍다고 명시해 뒀더군요."

"장갑에 화약 잔여물이 남아 있었나요?"

"네, 있었어요."

"그럼 레이철은… 그 일이 일어났을 때 집에 있었어요?"

"그 여자 말로는 2층 자기 방에서 자다가 총소리를 들었대요. 킹사이즈 침대에서 자다가. 총소리에 겁이 나서 1시간 동안 아래층으로 내려오지 못하다가 나중에야 아버지를 발견했어요. 이건 보고서에 있는 내용이에요."

"어머니는요?"

"어머니는 없었어요. 오래전에 도망쳤지. 레이철은 그때 아버지와 단둘이 살았어요."

나는 잠시 생각에 잠겼다. 블레드소가 그녀의 침대 크기를 언급한 것과 마지막 말이 신경에 거슬렸다.

"또 뭐가 있죠, 댄? 아직 안 한 얘기가 있는 것 같은데요."

"잭, 먼저 한 가지 물어볼게요. 지금 이 여자랑 사귀고 있어요? 아까도 말했지만, CNN뉴스에서 그 여자가…."

"저기, 전 지금 시간이 없어요! 저한테 말하지 않은 게 뭐예요?"

"알았어요, 알았어. 보고서에 이상한 점이라고 적혀 있는 게 하나 더 있었어요. 아버지의 침대가 깨끗이 정리돼 있었다는 점."

"그게 무슨 소리에요?"

"아버지의 침대 말이에요. 깨끗이 정리돼 있었다고요. 마치 그 친구가 일어나서 침대를 정리하고, 옷을 갖춰 입고, 외투를 입고 장갑까지 낀 것 같았어요. 출근 준비를 할 때처럼. 하지만 사실은 출근한 게 아니라 의자에 앉아서 자기 머리에 총알을 박아버렸죠. 아니면, 그 친구가 아예 밤을 꼬박 새우며 자살을 생각하다가 실천에 옮겼을 가능성도 있어요."

우울한 기분과 피로가 파도처럼 나를 휩쓸었다. 나는 의자에서 바닥으로 미끄러지듯 내려앉았다. 수화기를 여전히 귀에 댄 채로.

"그 사건을 맡았던 형사는 퇴직했지만 아직 살아 있어요. 모 프리드먼이라는 사람이죠. 우린 옛날부터 아는 사이에요. 내가 막 형사과로 진급했을 때 프리드먼은 퇴직 직전이었어요. 좋은 분이에요. 조금 전까지 그분과 통화했는데, 지금 포코노스에 살고 있어요. 그분한테 이 사건에 대해 어떻게 생각하느냐고 물었어요. 솔직하고 개인적인 의견을 듣고 싶다고."

"그랬더니요?"

"진상이 무엇이든 하비 월뱅어는 결국 그리 될 인물이었다는 생각이 들어서 수사를 접었다고 했어요."

"개인적인 의견은 뭐래요?"

"침대가 정리돼 있었던 건, 하비가 거기서 잔 적이 없어서라고 생각했대요. 한 번도 사용한 적 없을 거라고. 아버지와 딸이 킹사이즈 침대에서 같이 잤는데, 어느 날 아침 딸이 선을 그은 것 같대요. 그 뒤로 일이 어떻게 됐는지는 그분도 잘 모르고 있었어요. 요즘 일어나는 일에 대해서는 전혀 모르고. 모는 지금 일흔한 살이에요. 크로스워드 퍼즐이나 하며 소일하고 있죠. 뉴스 보기가 싫대요. 그래서 그 딸이 FBI 요원이 된 것도 몰랐대요."

나는 아무 말도 할 수 없었다. 손가락 하나도 까딱 할 수 없었다.

"잭, 내 말 듣고 있어요?"

"그만 끊을게요."

FBI 지부 교환원은 배커스가 퇴근했다고 말했다. 다시 한번 확인해 달라고 했더니 그녀는 5분 동안이나 나를 기다리게 만들었다. 그동안 틀림없이 손톱을 다듬거나 화장을 고쳤을 것이다. 그녀는 배커스가 퇴근한 것이 틀림없다면서 아침에 다시 전화해 보라고 했다. 그러고는 내가 미처 뭐라고 말하기도 전에 전화를 끊어버렸다.

배커스가 열쇠였다. 반드시 그에게 연락해 내가 아는 것을 말해주고, 어떤 식으로든 그가 원하는 대로 일을 진행시켜야 했다. 그가 퇴근해서 지부 사무실을 나갔다면 윌콕스의 모텔로 돌아가 있을 것 같았다. 어차피 거기 세워둔 내 차를 찾으러 가야 할 상황이었다. 나는 컴퓨터 가방을 어깨에 메고 문으로 향했다. 하지만 문을 열자마자 그 자리에 우뚝 서버리고 말했다. 배커스가 거기 서 있었다. 막 노크하려고 주먹을 들어 올린 자세로.

"글래든은 시인이 아니었어요. 살인자는 맞지만 시인은 아니에요. 증명할 수 있어요."

배커스는 나를 멀거니 바라보았다. 마치 내가 방금 말보로맨이 내게 윙크하는 것을 보았다고 말하기라도 한 것 같았다.

"잭, 오늘 종일 여기저기 이상한 전화를 많이 걸었죠? 처음에는 나한테, 그다음에는 콴티코에. 내가 여기 들른 건, 혹시 어젯밤 의사들이 미처 못 보고 지나친 증상이 있는 게 아닌가 싶어서예요. 나랑 같이 병원으로 가서…."

"밥, 당신과 헤이즐턴한테 그런 질문을 해댔으니 그리 생각하는 것도 당연해요. 하지만 완전히 확신할 때까지는 내 생각을 말해줄 수 없었어요. 이젠 확신이 생겼어요. 상당히. 다 설명할게요. 그렇지 않아도 당신을 만나러 나가려던 길이었어요."

"그럼 여기 앉아서 뭐가 어떻게 된 건지 말해봐요. 나더러 닭장에 여우를 한 마리 키우고 있다고 했죠? 그게 무슨 뜻이에요?"

"당신 팀의 임무는 그런 사람들을 찾아내서 잡는 거죠. 이른바 연쇄범죄자들 말이에요. 그런데 팀장님 밑의 요원들 중 그런 사람이 하나 있었어요."

배커스는 커다란 소리로 한숨을 내쉬며 고개를 절레절레 저었다.

"앉아서 들어봐요. 내가 다 이야기할게요. 내 얘기를 다 듣고 나서 만약 내가 미쳤다는 생각이 든다면, 날 병원으로 데려가도 좋아요. 하지만 틀림없이 그런 생각은 들지 않을 거예요."

배커스는 침대 끝에 앉았다. 나는 이야기를 쏟아내기 시작했다. 우선 내가 오후 내내 무엇을 하고 어디에 전화를 걸었는지 이야기했다. 그걸 말하는 데만도 거의 30분이 걸렸다. 그래서 내가 수집한 사실들에 대한 나 자신의 해석을 막 이야기하려고 하는데, 배커스가 내 말을 자르고 끼어들어 나도 이미 생각해 보았던 사실을 지적했다. 나는 이미 답변을 준비하고 있었다.

"당신이 잊어버린 게 하나 있어요. 글래든이 당신 형을 죽였다고 시인했다면서요? 마지막에. 당신이 당신 입으로 직접 말했잖아요. 오늘 오후 내가 읽은 당신 진술서에도 나와 있어요. 심지어 글래든이 당신을 알아봤다는 말까지 했잖아요."

"그건 글래든이 잘못 생각한 거예요. 나도 잘못 생각했고요. 난 글래든한테 형의 이름을 말한 적이 없어요. 그냥 내 형제라고만 했지. 난 글래든한테 네가 내 형제를 죽였다고 말했어요. 그래서 글래든은 자기가 죽인 애들 중에 내 동생이 있었다고 생각한 거예요. 아시겠어요? 그래서 그런 말을 한 거예요. 내 형제를 구해주려고 자기가 죽였다고. 아마 그 말은, 자기가 그 애들과 함께 시간을 보낸 뒤에는 그 애들의 일생이 망가진 거나 마찬가지니까 그 애들을 죽였다는 뜻이었을 거예요. 벨트런 때문에 자기도 일생이 망가졌으니까. 그래서 그 애들을 죽이는 게, 그 애들이 자기처럼 되는 걸 막고 구원해 주는 일이 되어버린 거예요. 글래든은 경찰관을 죽였다고 말한 게 아니에요. 애들 얘기만 했어요. 아마 경찰관들에 대해서는 알지도 못했을 거예요. 그리고 글래든이 날 알아본 건, 내가 텔레비전에 나와서였어요. CNN에. 아시죠? 아마 거기서 날 봤을 거예요."

배커스는 바닥을 내려다보며 내 말을 머릿속으로 정리하려고 애썼다. 표정을 보니 내 말이 그럴듯하다는 생각이 든 모양이었다. 그에게 내 말이 먹혀들고 있었다.

"좋아요." 그가 말했다. "그럼 피닉스는 어떻게 된 거죠? 호텔 방이랑 모두. 그건 어떻게 된 거예요?"

"우리가 그때 범인에게 접근하고 있었던 거예요. 레이철은 그걸 눈치채고 어떻게 해서든 수사를 교란시키거나, 아니면 글래든에게만 모든 화살이 쏠리게 일을 꾸미려고 했어요. 이 나라의 모든 경찰관이 그를 죽이고 싶어 한다 해도, 레이철 입장에서는 실제로 그런 일이 벌어질 거라고 장담할 수 없었죠. 그래서 세 가지 일을 벌였어요. 첫째, 팩스를 보냈어요. 시인한테서 온 팩스. 레이철이 자기 컴퓨터로 콴티코의 대표번호로 보낸 거예요. 레이철은 글래든과 경찰관 살인사건을 결정적으로 연결시켜 줄 정보를 거기에 썼어요. 생각해 보세요. 그때 그 팩스 때문에 열렸던 회의 기억나죠? 그 팩스가 모든 사건을 하나로 묶어준다고 말한 게 바로 레이철이었어요."

배커스는 고개를 끄덕였지만 아무 말도 하지 않았다.

"둘째." 내가 말했다. "레이철은 자기가 워런한테 정보를 흘리면 내 기사에 발동이 걸려 전국의 언론매체들이 달려들 거라고 생각했어요. 그러면 글래든이 어디선가 보도를 보고 자취를 감추겠죠. 자기가 저지른 살인뿐만 아니라 그 뒤 일어난 경찰관 살인사건에서까지 범인으로 지목됐다는 걸 알게 될 테니까요. 그래서 레이철은 워런에게 전화를 걸어 정보를 흘렸어요. 워런이 재단에서 해고된 뒤 그 기사를 팔아보려고 로스앤젤레스로 갔다는 걸 레이철이 분명히 알고 있었을 거예요. 어쩌면 워런이 먼저 레이철에게 전화해서 자기가 어디 있는지 알렸을 수도 있고요. 여기까지 이해되세요?"

"당신은 틀림없이 고든이 정보를 누설했을 거라고 확신했잖아요."

"그랬죠. 그럴 만한 이유도 있었고요. 호텔 계산서. 하지만 잡화점 영수증은, 소슨의 방에서 누군가가 워런에게 전화 건 시각에 소슨은 방에 있지도 않았다는 증거예요. 워런도 오늘 저한테 소슨은 자기 정보원이 아니었다고 말했고요. 이젠 소슨을 감싸려고 굳이 거짓말할 이유도 없는데 말이에요. 소슨은 이미 죽었으니까."

"그럼 세 번째는 뭐죠?"

"레이철이 컴퓨터로 PTL 네트워크에 접속한 것 같아요. PTL을 어떻게 알았는지는 저도 몰라요. FBI로 누가 제보했거나 뭐 그런 거겠죠. 확실치는 않지만. 어쨌든 레이철은 거기에 접속했어요. 잘은 모르지만, 클리어마운틴이 찾아낸 그 아이돌론 파일 중 하나를 보낸 게 그때였는지도 몰라요. 그것 역시 글래든과 시인 사건을 연결해 주는 증거가 될 테니까요. 레이철은 글래든과 이 사건을 아주 단단히 동여매고 있었어요. 내가 그놈을 죽이지 않고 그놈이 살아서 모든 걸 부인했다 해도, 증거가 있으니 아무도 그 말을 믿지 않았을 거예요. 더구나 이미 살인을 저지른 놈의 말이니까요."

배커스가 지금까지 들은 이야기를 소화할 수 있게 나는 잠시 말을 멈췄다.

"레이철은 이 세 통의 전화를 모두 소슨의 방에서 걸었어요." 나는 30초 뒤 다시 입을 열었다. "그것도 또 하나의 안전장치였죠. 일이 잘못되더라도 레이철이 전화한 기록은 어디에도 없을 테니까요. 모두 소슨의 방에 기록되어 있겠죠. 하지만 콘돔 한 상자가 산통을 깼어요. 레이철과 소슨의 관계에 대해서는 팀장님도 직접 봐서 알고 계시죠? 둘이 싸우긴 했어도 아직 뭔가가 남아 있었어요. 소슨은 아직 레이철에게 감정이 남아 있었고, 레이철도 그걸 알고 있었죠. 그래서 그걸 이용한 거예요. 레이철이 소슨에게 자기는 침대에서 기다리고 있을 테니 가서 콘돔 한 상자를 사오라고 했고, 소슨은 꽁지에 불이라도 붙은 사람처럼 잡화점으로 달려갔겠죠. 물론 레이철은 침대에서 그를 기다린 게 아니라, 그 문제의 전화를 걸었어요. 그리고 소슨이 방으로 돌아왔을 때, 레이철은 이미 거기 없었겠죠. 소슨이 이런 얘기를 나한테 전부 털어놓은 건 아니지만, 어느 정도 얘기한 거나 마찬가지예요. 함께 움직이던 그날."

배커스는 고개를 끄덕였다. 넋이 나간 표정이었다. 자신의 앞날이 어떻게 될지 걱정하는 것 같기도 했다. 그렇잖아도 글래든 체포작전이 대실패로 돌아가면서 그의 지휘능력에 의문이 제기되고 있는데, 이번엔 이런 일이 터지다니. 그가 특수요원 팀장의 자리에 앉아 있을 날이 얼마 남지 않은 것 같았다.

"이건 너무…."

그는 말을 끝맺지 않았다. 나도 그의 말을 대신 끝맺어주지 않았다.

아직 할 얘기가 남아 있었지만 나는 기다렸다. 배커스가 일어서서 잠시 서성거렸다. 그러다가 발코니 문 밖의 말보로맨을 바라보았다. 나처럼 말보로맨에게 환상을 품고 있는 것 같지는 않았다.

"달나라에 대해서 이야기해 봐요, 잭."

"그게 무슨 소리예요?"

"시인이 살던 달나라 말이에요. 이야기의 결말은 이미 들었어요. 하지만 이야기의 시작은 어떻게 되죠? 그 여자가 어쩌다가 이런 지경에 이르게 된 거예요?"

배커스는 문에서 돌아서서 나를 바라보았다. 도전적인 눈빛이었다. 그는 내 말을 믿지 않아도 될 근거를 어떻게든 찾아내려 하고 있었다. 나는 헛기침을 한 뒤 입을 열었다.

"그건 내가 말하기 힘든 부분이에요." 내가 말했다. "브래스한테 물어보세요."

"그럴 거예요. 그래도 당신이 한번 해봐요."

나는 잠시 생각해 본 뒤 이야기를 시작했다.

"어린 여자아이, 열두 살이나 열세 살쯤 되었을까? 그 아이는 아버지한테 학대를 당하고 있어요. 성적 학대. 어머니는… 어머니는 집을 나갔어요. 아버지가 딸한테 무슨 짓을 하는지 알면서도 막지 못했거나, 아니면 아예 신경도 쓰지 않았거나, 둘 중 하나일 거예요. 어머니가 집을 나간 뒤 딸은 아버지와 단둘이 남게 됐어요. 아버지는 경찰이에요. 형사죠. 아버지가 딸을 위협해 아무한테도 사실을 털어놓지 못하게 해요. 딸이 남에게 말하면 형사인 자기가 금방 알아낼 거라면서. 아버지는 딸이 무슨 말을 해도 남들이 믿지 않을 거라고 말해요. 딸은 그 말을 믿죠. 그런데 어느 날 딸이 더 이상 참을 수 없다는 생각을 해요. 아니, 그런 생각은 이미 예전부터 하고 있었지만 그럴 기회가 없었거나 효과적인 계획을 생각해 내지 못했던 것일 수도 있어요. 어쨌든 마침내 결정적인 날이 와서 딸은 아버지를 죽이고 자살처럼 꾸며요. 그래서 무사히 넘어가죠. 이 사건을 맡은 형사는 뭔가 이상하다고 생각했지만 그래 봤자 어쩌겠어요? 어차피 죽은 놈이 그런 일을 당해도 싼 녀석이라는 걸 아는데요. 그래서 그냥 수사를 접어요."

배커스는 방 한가운데에 서서 바닥을 노려보고 있었다.

"레이철의 아버지에 대해서는 이미 알고 있었어요. 물론 공식적인 내용만요."

"친구한테 부탁해서 비공식적인 얘기를 좀 자세히 알아봤어요."

"그래서 그다음에는?"

"그다음 그 딸은 꽃을 피워요. 그 결정적인 순간에 맛본 힘이 많은 걸 보상해 주죠. 그래서 그 일을 극복해요. 그렇게 할 수 있는 사람이 거의 없는데 그 아이는 해내요. 똑똑한 아이라 대학에 들어가 심리학을 공부하죠. 자기 자신을 파악하려고. 나중에는 FBI 요원으로 선발되기까지 해요. 그 아이는 남들의 부러움을 받으며 빠르게 승진해서 마침내 자기 아버지 같은 사람들 그리고 자기 자신 같은 사람들을 연구하는 부서에 들어오게 돼요. 그 아이는 평생 아버지와 자신을 이해하려고 몸부림쳤어요. 그런데 어느 날 팀장이 경찰관 자살사건을 연구해 보고 싶다는 생각을 하게 돼요. 그래서 그 아이를 찾아오죠. 그 아이 아버지의 죽음에 관한 공식적인 설명을 알고 있으니까. 진실이 아니라. 그냥 공식적인 설명만. 그 아이는 팀장의 제의를 받아들여요. 자기가 이렇게 선택된 이유가 사실은 거짓이라는 걸 알면서도."

나는 여기서 말을 멈췄다. 이 이야기를 계속할수록 내 힘이 점점 강해지는 것 같았다. 누군가의 비밀을 알게 되면 그 힘에 도취하기 쉬운 법이다. 나는 여러 사실들을 묶어 하나의 이야기로 만들어내는 내 능력을 한껏 즐기고 있었다.

"그런데 어쩌다가 그 아이의 모든 것이 무너져 내린 거죠?" 배커스가 속삭이듯 말했다.

나는 헛기침을 했다.

"처음에는 일이 잘 풀렸어요." 나는 계속 말했다. "파트너와 결혼도 했고, 일이 정말 잘 풀렸죠. 하지만 상황이 나빠졌어요. 직장에서 받은 스트레스 때문인지, 과거의 기억 때문인지, 아니면 파경 때문인지는 잘 몰라요. 아마 이 모든 게 영향을 미쳤겠죠. 어쨌든 아이는 무너지기 시작했어요. 남편은 그녀가 속이 텅 빈 사람이라며 떠나버렸어요. 그녀를 오색사막이라고 불렀죠. 그녀는 남편을 증오했어요. 그러다가… 자기를 괴롭히던 사람을 죽인 그날을 기억해 냈는지도 몰라요. 자기 아버지를 죽인 날. 그 뒤 자기를 찾아온 평화와… 해방감도 기억났죠."

나는 그를 바라보았다. 그는 어딘가 먼 곳을 바라보는 것 같은 표정이었다. 내가 지옥에서 건져 올린 이 이야기를 머릿속으로 그려보는 것 같기도 했다.

"어느 날…." 나는 말을 이었다. "어느 날 프로파일링 요청이 한 건 들어와요. 남자아이가 플로리다에서 살해된 사건인데, 시체가 훼손돼 있었죠. 그 사건을 맡은 형사는 범인의 프로파일을 알려달라고 해요. 그런데 그녀가 아는 형사예요. 이름을 아는 형사. 벨트런. 옛날에 알던 이름이에요. 옛날에 했던 면담조사에서 들은 이름이겠죠. 그녀는 그 형사도 남을 괴롭히는 사람이라는 걸 알게 돼요. 자기 아버지 같은 사람이라는 걸. 그리고 그가 맡은 사건의 피살자도 어쩌면 그에게 당했을지 모른다는 점 역시….”

“맞아요.” 배커스가 내 이야기를 이어받았다. “그래서 그 벨트런이라는 사람을 찾아 플로리다로 가서 그 일을 또 저지르죠. 아버지한테 했던 것처럼. 자살로 꾸며요. 그녀는 심지어 벨트런이 엽총을 숨겨두는 장소까지 알고 있었어요. 글래든이 말해줬으니까. 벨트런에게 접근하기는 쉬웠을 거예요. 플로리다로 날아가서 벨트런에게 FBI 신분증을 보여준 뒤 집 안으로 들어가 그 일을 저질렀겠죠. 그래서 다시 마음의 평화를 얻어요. 공허하던 마음이 채워지죠. 문제는 그게 오래가지 않는다는 거였어요. 머지않아 그녀는 다시 마음이 공허해져서 일을 저지르게 돼요. 몇 번이나 계속해서. 그녀는 살인범인 글래든의 뒤를 따라다니며 그를 뒤쫓는 사람들을 죽여요. 그리고 그를 이용해 자신의 흔적을 교묘하게 가리죠.”

배커스는 말을 하면서 머릿속에 떠오르는 광경들을 멍하니 바라보는 것 같은 표정을 지었다.

“그녀는 모든 걸 알고 있었어요.” 그가 말했다. “오설랙의 입 속에 콘돔 윤활제를 묻혀둔 건 정말 완벽한 교란작전이었죠. 진정한 천재의 솜씨예요.”

나는 고개를 끄덕이고 다시 말을 받았다.

“그녀는 글래든의 감방에 가봤던 터라 언젠가 누군가에게 발견될 파일 속에 사진이 한 장 들어 있다는 걸 알고 있었어요.” 내가 말했다. “포에 관한 책이 찍힌 사진이죠. 모든 게 함정이었어요. 그녀는 글래든의 뒤를 따라 전국을 돌아다녔어요. 감각 있는 사람이었죠. 프로파일링 요청이 들어오는 사건들 중에서 글래든이 저지른 일을 가려내는 감각. 그녀는 글래든에게 공감하고 있었어요. 그래서 그를 따라다니며 그를 쫓는 경찰들을 죽였어요. 그러고는 매번 자살처럼 꾸몄죠. 하지만 언젠가 누군가가 나타나서 진상을 밝혀내면 글래든에게 책임을 떠넘길 생각이었어요."

배커스가 나를 바라보았다.

"그 누군가는 바로 당신 같은 사람이었죠." 그가 말했다.

"네, 나 같은 사람."

49

일촉즉발

배커스는 이 이야기가 강풍 속에서 빨랫줄에 걸린 이불보 같다고 말했다. 빨래집게 몇 개로 간신히 빨랫줄에 고정되어 있기는 하지만 언제든 바람에 날아갈 수 있다는 것이다.

"이 정도로는 안 돼요, 잭."

나는 고개를 끄덕였다. 그는 이 방면의 전문가였다. 게다가 내 가슴속에서는 이미 재판이 열려 판결까지 나와 있었다.

"어떻게 할 생각이에요?" 내가 물었다.

"생각 중이에요. 당신은… 당신은 레이철과 막 사귀기 시작한 참이죠?"

"그렇게 티가 나던가요?"

"네."

그는 꼬박 1분 동안 한 마디도 하지 않았다. 딱히 어딘가에 시선을 주지 않은 채 방 안을 서성거리며 그는 골똘히 생각에 잠겼다. 마침내 그가 걸음을 멈추고 나를 바라보았다.

"도청기를 몸에 달 수 있어요?"

"무슨 뜻이에요?"

"무슨 뜻인지 알잖아요. 내가 레이철을 이리로 데려와서 당신과 단둘이 있게 해줄 테니까 당신이 말을 끌어내요. 아마 그건 당신밖에 할 수 없는 일일 거예요."

나는 바닥을 내려다보았다. 그녀와 마지막으로 통화했을 때, 그녀가 내 연기를 금방 간파한 것이 기억났다.

"글쎄요. 내가 할 수 있을 것 같지 않아요."

"그래요, 레이철이 의심을 품고 확인하려 들지도 몰라요." 배커스는 그 아이디어를 포기하고 바닥을 노려보며 다른 아이디어를 찾았다. "그래도 당신밖에 없어요, 잭. 당신은 요원이 아니니까 레이철은 만일의 경우 당신을 잡을 수 있다고 자신할 거예요."

"날 잡다니요?"

"밖으로 데리고 나가는 거죠." 그가 손가락을 튕겼다. "좋은 생각이 있어요. 도청기를 당신 몸에 달 필요 없어요. 당신을 도청기 안에 넣으면 돼요."

"그게 대체 무슨 소리예요?"

그는 마치 잠시 기다리라는 듯이 손가락 하나를 들어 올렸다. 그러고는 전화기를 들어 수화기를 목에 끼우더니 서성거리며 번호를 눌렀다. 전화선이 마치 목줄 같은 역할을 했기 때문에 그는 어느 방향으로든 겨우 몇 발짝밖에 서성거릴 수 없었다.

"짐을 꾸려요." 그가 수화기 저편의 응답을 기다리며 내게 말했다.

나는 일어서서 천천히 움직이며 그의 명령대로 몇 가지 되지도 않는 소지품을 컴퓨터 가방과 베갯잇 속에 집어넣었다. 그러면서 그가 수화기에 대고 카터 요원을 바꿔달라고 한 뒤 여러 가지 지시를 내리는 소리에 귀 기울였다. 그는 카터에게 콴티코 통신부에 연락해 레이철이 타고 있는 FBI 비행기에 되돌아오라는 지시를 전달하라고 말했다.

"새로운 사실이 밝혀졌는데, 공중에서 전화로 의논할 문제가 아니라서 레이철이 이리로 돌아와야 한다고만 말해." 배커스가 수화기에 대고 말했다. "그 이상은 한 마디도 하지 마. 알았지?"

카터에게 만족스러운 답변을 들은 그는 계속 말을 이었다.

"하지만 그 지시를 전달하기 전에 먼저 내 전화를 보류로 돌리고 부국장 사무실로 전화해서 그 지진 주택의 정확한 주소와 열쇠 비밀번호가 필요하다고 해. 이렇게만 이야기하면 그쪽에서 알아들을 거야. 거기 주소를 알아내면 여기서 곧장 그리로 갈 거야. 자네는 음향과 비디오 기술자, 실력 있는 요원 두 명을 구해서 그리로 와. 그때 설명해 줄게. 당장 부국장한테 전화해."

나는 의아한 표정으로 배커스를 바라보았다.

"지금 카터를 기다리는 중이에요."

"지진 주택이 뭐예요?"

"클리어마운틴한테서 들었어요. 계곡을 굽어보는 산속 집인데, 머리부터 발끝까지 감청장치가 돼 있대요. 소리와 영상 모두. 원래는 일반 주택이었는데 지진으로 파손된 뒤 주인이 그냥 버리고 가버렸어요. 보험에 들어놓질 않아서. FBI가 그걸 은행에서 임대해 그 일대 건축 안전검사원, 도급업자와 수리공을 함정수사할 때 이용했어요. 연방 위기관리국의 기금을 둘러싸고 사기꾼들이 날뛰었거든요. 그래서 FBI가 개입

한 거예요. 곧 기소가 이루어질 거예요. 함정수사는 끝났지만 FBI의 임대계약은 아직 만료되지 않았으니까….”

그는 손을 들어 올렸다. 카터가 다시 전화를 받은 모양이었다. 배커스는 잠시 듣다가 고개를 끄덕였다.

“멀홀랜드에서 우회전, 그다음 첫 번째 갈림길에서 좌회전이란 말이지? 쉽군. 자네는 언제쯤 도착할 것 같아?”

그는 카터에게 우리가 먼저 가 있겠다면서 카터가 이번 일에 최대한 능력을 발휘해 주면 좋겠다는 말을 끝으로 전화를 끊었다.

배커스가 차를 몰아 호텔을 빠져나갈 때 나는 말보로맨에게 몰래 경례를 했다. 우리는 선셋 대로를 따라 동쪽의 로렐 캐니언 대로까지 가서 산을 휘감아 올라가는 도로로 들어섰다.

“어떻게 할 생각이에요?” 내가 그에게 물었다. “우리가 지금 가는 그 집에 레이철을 어떻게 불러들일 거예요?”

“당신이 콴티코에 있는 레이철의 음성사서함에, 지금 친구 집에 있다는 메시지를 남기면 돼요. 원래 신문사에서 같이 일하던 사람인데 이쪽으로 이사 와서 사는 친구가 있다고. 그러면서 그 집 전화번호를 같이 남기는 거예요. 나는 레이철한테, 당신이 자꾸 여기저기 전화 걸어 레이철에 대해 이상한 소리를 해대서 플로리다로 가던 레이철을 불러들였는데, 지금 당신이 어디 있는지 아는 사람이 없다고 할 거예요. 아무래도 당신이 진통제를 너무 많이 먹은 모양인데, 당신을 찾아 데려와야 할 것 같다고요.”

미끼가 되어 레이철과 대면해야 한다고 생각하면 할수록 점점 마음이 불편해졌다. 과연 그 일을 해낼 수 있을지 자신이 없었다.

"레이철은 나중에 당신이 남긴 메시지를 듣게 될 거예요." 배커스가 말을 이었다. "하지만 당신한테 전화하지는 않을 거예요. 대신 그 번호를 추적해 당신을 찾아가겠죠. 혼자. 이유는 둘 중 하나일 테고."

"무슨 뜻이에요?" 나는 이렇게 물었지만, 이미 대충 짐작하고 있었다.

"당신의 오해를 풀어주기 위해서이거나… 아니면 당신을 죽이기 위해서. 레이철은 진실을 아는 사람이 당신뿐인 줄 알 거예요. 그러니 당신 생각이 터무니없다고 당신을 설득하려 하겠죠. 아니면 당신을 땅에 묻어버리려고 하거나. 내 생각에는 땅에 묻는 쪽일 것 같아요."

나는 고개를 끄덕였다. 나도 같은 생각이었다.

"하지만 우리가 같이 있을 거예요. 당신하고 같이 집 안에. 아주 가까이 있을 겁니다."

그래도 마음이 놓이지 않았다.

"글쎄요…."

"걱정할 것 없어요, 잭." 배커스가 손을 뻗어 장난스럽게 내 어깨를 툭 쳤다. "아무 일 없을 테니까. 이번에는 우리가 일을 제대로 할 거예요. 당신이 걱정해야 하는 건, 어떻게 해야 레이철이 입을 열게 만들까 하는 거예요. 레이철의 말을 녹음해야 돼요, 잭. 시인의 범행 중 일부만이라도 레이철이 인정하게 만들면 나머지는 다 밝혀낸 거나 마찬가지예요. 그러니까 레이철의 말을 녹음해요."

"노력은 해볼게요."

"아무 일 없을 거예요."

멀홀랜드 드라이브에서 배커스는 카터의 말대로 우회전했다. 그러고는 산꼭대기를 구불구불 휘감아 도는 도로를 따라 달렸다. 점점 어두워지는 계곡의 안개를 뚫고 저 아래 풍경이 보였다. 그렇게 구불구불한 도로를 1.5킬로미터쯤 달리고 나니 라이트우드 드라이브라는 표지판이 보였다. 거기서 좌회전해 강철 기둥 위에 자그마한 집들이 서 있는 동네로 내려갔다. 마치 절벽 너머에 매달려 있는 것처럼 보이는 그 집들은 이 도시의 모든 산꼭대기에 흔적을 남기고 싶어 하는 부동산 개발업자들의 욕망과 공학기술을 보여주는 위태로운 증거였다.

"저런 물건 속에 사람들이 정말로 살 것 같아요?" 배커스가 물었다.

"지진 났을 때 저런 곳에 있는 건 정말 싫죠."

배커스는 천천히 차를 몰면서 도로 턱에 페인트로 표시된 번지를 확인했다. 그동안 나는 집과 집 사이로 잠깐씩 드러나는 계곡 아래의 풍경을 바라보았다. 곧 어스름이 깔릴 시간이어서 계곡 아래쪽에 이미 불이 많이 들어와 있었다. 마침내 배커스가 도로가 휘어지는 지점에 서 있는 집 앞에 차를 세웠다.

"여기예요."

목조로 틀을 짠 자그마한 집이었다. 앞에서 보면 집을 떠받치는 강철 기둥이 보이지 않아서 마치 계곡을 향해 뚝 떨어지는 절벽 위에 집이 둥둥 떠 있는 것 같았다. 우리 둘 다 밖으로 나갈 생각을 하지 못한 채 한참 동안 그 집을 바라보았다.

"혹시 레이철이 이 집에 대해 알고 있다면 어쩌죠?"

"레이철이요? 모를 거예요, 잭. 내가 이 집에 대해 알게 된 것도 순전히 클리어마운틴 덕분인데요. 그것도 가벼운 잡담을 나누다가 들은 얘기예요. 지부 요원 몇 명이 가끔 여길 이용한다고 하더라고요. 무슨 뜻인지 알겠어요? 집으로 데려갈 수 없는 사람이랑 시간을 보낼 때 말이에요."

내가 그를 바라보자 그는 한쪽 눈을 찡긋했다.

"가서 한번 살펴보죠." 그가 말했다. "당신 소지품 챙기는 거 잊지 말아요."

대문에 열쇠함이 달려 있었다. 비밀번호를 아는 배커스가 그 상자를 열고 열쇠를 꺼내 문을 열었다.

그는 집으로 들어가 현관 입구의 불을 켰다. 나는 그의 뒤를 따라 들어가 문을 닫았다. 가구는 소박했지만 눈에 들어오지 않았다. 안에 들어서자마자 거실 뒤쪽 벽이 내 눈길을 사로잡은 탓이었다. 그 벽은 전체가 두꺼운 유리로 되어 있어서 집 아래 펼쳐진 계곡의 전경이 한 눈에 들어왔다. 나는 거실을 가로질러 가서 밖을 내다보았다. 저 멀리 계곡 가장자리에 또 다른 산맥이 솟아오른 것이 보였다. 나는 입김이 유리에 닿는 것이 보일 만큼 유리벽에 가까이 다가서서 바로 아래의 검은 계곡을 내려다보았다. 그러다 문득 가파른 절벽 위에 서 있다는 생각에 불안감이 들어 뒤로 물러섰다. 그때 배커스가 내 등 뒤에서 램프를 켰다.

그 순간 유리에 생긴 잔금이 눈에 들어왔다. 벽을 구성하는 다섯 개의 유리판 중 세 개에 거미줄 같은 잔금이 나 있었다. 왼쪽으로 시선을 돌리자 나와 배커스의 일그러진 모습이 보였다. 지진 때 거울벽에도 역시 잔금이 간 탓이었다.

"지진 말고 다른 일도 있었어요? 이 집은 안전한 거예요?"

"안전해요, 잭. 하지만 안전이란 상대적인 개념이라…. 대지진이 또 일어나면 모든 게 바뀔 수도 있어요…. 그 밖의 다른 손상에 대해서는, 일단 바닥은 남아 있잖아요. 그것도 온전한 상태는 아니지만. 클리어마운틴이, 손상 간 부분이 바로 거기라고 했어요. 그래서 벽이 휘어지고, 수도관이 부러진 거죠."

나는 컴퓨터 가방과 베갯잇을 바닥에 내려놓고 다시 뒤쪽 유리벽으로 눈길을 돌렸다. 바깥 풍경에 자꾸 시선이 끌려서 나는 용기를 내어 다시 벽으로 다가섰다. 그때 현관 입구 쪽에서 삐걱 하는 소리가 크게 들렸다. 나는 깜짝 놀라 배커스를 바라보았다.

"걱정 말아요. 함정수사를 시작하기 전에 기술자를 불러 강철 기둥을 다 조사했으니까. 이 집이 당장 어떻게 되지는 않을 거예요. 그냥 위태로워 보일 뿐이고, 위험한 소리가 나는 것뿐이에요. 애당초 그래서 이 집을 함정수사에 쓰게 된 거예요."

나는 다시 고개를 끄덕였지만 그다지 믿음이 가지는 않았다. 나는 유리에 비친 그를 바라보았다.

"지금 걱정해야 할 것이 있다면 그건 바로 당신이에요, 잭."

나는 거울에 비친 그의 모습을 흘깃 바라보았다. 그의 말이 무슨 뜻인지 알 수 없었다. 그런데 잔금 때문에 네 개로 나뉜 거울 속에서 그가 총을 들고 있는 것이 보였다.

"그게 뭐예요?" 내가 물었다.

"여기가 종착역이에요."

순식간에 모든 것이 분명해졌다. 내가 방향을 잘못 잡아 엉뚱한 사람을 범인으로 지목한 것이다. 이렇게 엉뚱한 길로 빠져든 것은 내 안에 존재하는 결함 때문이라는 깨달음도 동시에 머릿속에 떠올랐다. 믿고 받아들이지 못하는 내 성격. 나는 그동안 레이철의 감정 속에서 진실 대신 결함만 찾아 헤맸다.

"당신." 내가 말했다. "당신이 시인이군."

그는 대답하지 않았다. 그냥 살짝 미소를 지으며 고개를 끄덕할 뿐이었다. 그 순간 나는 그가 레이철의 비행기를 되돌리지 않았으며, 카터 요원이 기술자와 실력 있는 요원 두 명을 데리고 오지도 않을 것임을 깨달았다. 이제야 그의 진짜 계획이 분명히 보였다. 호텔 방에서 가짜로 전화하는 시늉을 하면서 배커스는 손가락으로 수화기 받침을 누르고 있었을 것이다. 나는 혼자서 시인을 상대해야 했다.

"밥, 왜요? 당신이 왜?"

충격이 너무 커서 나는 여전히 친구를 부르듯 그의 이름을 불렀다.

"다른 사람들과 마찬가지로 아주 오래전의 일 때문이지. 너무 오래돼서 다 잊어버렸기 때문에 당신한테 말해줄 수도 없는 일. 어차피 당신이 지금 그 이유를 알 필요는 없어. 의자에 앉아, 잭."

그는 소파 맞은편의 푹신한 의자를 총으로 가리켰다. 그리고 다시 총을 겨눴다. 나는 움직이지 않았다.

"그 전화." 내가 말했다. "당신이 소슨의 방에서 그 전화를 건 거야?"

시간을 끌기 위해서라기보다는 그냥 뭐라도 말해야 할 것 같아서 한 말이었다. 지금 내게 시간은 그 무엇보다도 무의미하다는 것을 나는 이미 알고 있었다. 내가 여기 있는 것을 아는 사람은 하나도 없었다. 이곳으로 올 사람도 없었다. 배커스가 내 질문을 듣고 비웃듯이 억지웃음을 터뜨렸다.

"우연한 행운 덕분이었지." 그가 말했다. "그날 밤 내가 모두를 대표해 체크인을 했어. 카터, 소슨, 나, 세 사람 몫으로. 그런데 내가 열쇠를 혼동한 모양이야. 분명히 내 방에서 전화를 걸었는데, 계산서에는 소슨의 이름이 올라와 있더라고. 물론 난 그걸 몰랐지. 월요일 밤 당신이 레이철과 함께 있는 동안 당신 방에서 그 계산서를 가져오기 전에는."

레이철이 행운은 스스로 만드는 거라고 말했던 기억이 났다. 그 말은 연쇄살인범에게도 적용되는 모양이었다.

"내가 계산서를 갖고 있다는 걸 어떻게 알았지?"

"몰랐어. 확신은 못했어. 그런데 당신이 마이클 워런한테서 전화해 그 친구 정보원의 꼬리를 단단히 잡았다고 말했잖아. 워런이 나한테 전화했더라고. 내가 그 친구 정보원이었으니까. 당신이 고든을 정보원으로 점찍고 있다는 말을 그 친구한테 듣긴 했지만, 난 당신이 뭘 어디까지 아는지 확인해야 했어. 그래서 당신을 다시 수사팀에 끼워준 거야, 잭. 당신이 뭘 어디까지 아는지 확인해야 해서. 당신이 레이철과 자는 동안 당신 방을 뒤진 뒤에야 당신이 확보한 증거라는 게 호텔 계산서라는 걸 알았지."

"그럼 나중에 술집까지 날 미행한 것도 당신이야?"

"그날 밤의 행운아는 당신이었어. 만약 당신이 문간에 누가 있는지 확인하려고 했다면 그 자리에서 모든 게 끝났을 거야. 어쨌든 다음 날 당신이 나한테 와서 소슨이 당신 방에 침입했다는 얘기를 하지 않기에 나는 위험이 지나갔다고 생각했지. 당신이 포기하려는 모양이라고. 그때부터 모든 일이 잘 풀렸어. 내가 계획한 그대로. 그런데 오늘 당신이 전화해 콘돔과 전화 통화에 대해 이것저것 묻기 시작한 거야. 당신이 무슨 생각을 하는지 그때 알았지. 내가 빨리 움직여야 한다는 것도. 그러니까 이제 저 의자에 앉아. 두 번 말하지 않을 거야."

나는 의자로 가서 앉았다. 손을 허벅지에 비비는데 손이 벌벌 떨리는 것이 느껴졌다. 이제 나는 유리벽을 등지고 앉아 있었다. 그래서 배커스 외에는 달리 바라볼 것이 없었다.

"글래든에 대해 어떻게 알았지?" 내가 물었다. "글래든과 벨트런에 대해서."

"나도 그 팀이었잖아. 나도 그 자리에 있었다고. 레이철과 고든이 다른 인터뷰를 할 때, 나는 윌리엄 글래든과 잠시 마주 앉아 이야기를 나눴지. 그 녀석이 기꺼이 털어놓은 이야기를 근거로 벨트런의 정체를 알아내는 건 그리 어려운 일이 아니었어. 나는 글래든이 석방된 뒤 행동에 나서길 기다렸지. 녀석이 반드시 행동에 나설 거란 확신이 있었거든. 그게 그놈 천성이니까. 그런 건 내가 잘 알지. 그렇게 그놈을 내 은폐물로 이용한 거야. 언젠가 내 작업이 발각되면 모든 증거가 그놈을 향할 거라는 확신이 있었어."

"그럼 PTL 네트워크는?"

"이야기는 이만하면 충분해, 잭. 난 여기서 할 일이 있는 몸이야."

그는 내게서 눈을 떼지 않은 채 바닥으로 몸을 굽혀 내 베갯잇을 집어 들고는 그 안의 물건들을 쏟았다. 그리고 손을 뻗어 내 소지품들을 더듬거렸다. 그의 시선은 그동안 내내 내게 고정되어 있었다. 원하는 것을 찾지 못한 그는 내 컴퓨터 가방 속의 물건도 바닥에 쏟더니 내가 병원에서 받아온 약병을 찾아냈다. 그는 약병의 라벨을 재빨리 흘깃 보고 내용을 파악한 다음, 빙긋 웃으며 다시 나를 바라보았다.

"타이레놀과 코데인이라." 그가 미소를 지었다. "이거 아주 효과가 좋을 것 같은데. 한 알 먹어, 잭. 아냐, 두 알 먹어."

그가 약병을 내게 던지자 나는 본능적으로 그것을 잡았다.

"싫어." 내가 말했다. "2시간쯤 전에 이미 한 알 먹었어. 앞으로 2시간 동안은 약을 먹으면 안 돼."

"두 알 먹어, 잭. 당장."

그는 독백하는 듯한 말투를 꾸준히 유지했지만, 눈빛은 소름이 끼쳤다. 나는 한참을 더듬거리며 헤매다가 간신히 약병 뚜껑을 열었다.

"물이 있어야 먹지."

"물은 없어, 잭. 그냥 먹어."

나는 알약 두 개를 입속에 넣고 혀 밑으로 밀어 넣으며 삼키는 시늉을 했다.

"먹었어."

"입 벌려, 잭."

내가 입을 벌리자 그는 몸을 앞으로 기울여 입 안을 들여다보았지만, 내 손이 총에 닿을 수 있는 거리까지는 결코 다가오지 않았다. 그는 내 손이 닿을 수 없는 거리에 머물러 있었다.

"내 생각을 말해줄까? 내 생각엔 말이지, 약은 네 혀 밑에 있어, 잭. 하지만 괜찮아. 거기서 약이 녹을 테니까. 그냥 시간이 조금 더 걸릴 뿐이야. 나한테는…."

또 삐걱거리는 소리가 나자 그는 주위를 둘러보고는, 재빨리 내게 시선을 되돌렸다.

"나한테는 시간이 있어."

"그 PTL 글도 당신이 쓴 거지? 당신이 아이돌론이야."

"그래, 내가 아이돌론이야. 아까 당신이 물어본 것에 대해 답하자면, 벨트런한테 PTL 게시판 얘길 들었어. 내가 그놈을 찾아간 날 밤 그놈이 친절하게도 이미 접속 중이더라고. 그래서 게시판에서 내가 그놈의 자리를 대신한 거지. 말하자면 그런 셈이야. 내가 그놈의 암호를 사용해 접속한 다음, 나중에 시스템 운영자를 시켜 암호를 에드거와 페리로 바꿨어. 곰블 씨는 아마 자기가… 닭장 속에 여우를 키우고 있는 줄은 꿈에도 몰랐을 거야. 당신 표현을 한번 써봤어."

나는 오른쪽의 거울을 바라보았다. 내 등 뒤 계곡의 불빛들이 거울에 비치고 있었다. 저렇게 불빛이 많고, 저렇게 사람이 많은데 지금 내 상황을 알아차리거나 도와줄 사람이 하나도 없다니. 두려움으로 온몸이 점점 더 심하게 떨렸다.

"긴장 풀어, 잭." 배커스가 나를 달래려는 듯 단조로운 목소리로 말했다. "그게 가장 중요해. 코데인의 약효는 아직이야?"

알약이 내 혀 밑에서 이미 녹아버린 탓에 쓴 맛이 입 안에 가득했다.

"날 어쩔 셈이야?"

"다른 사람들 모두에게 해준 일을 너한테도 해줄 거야. 시인에 대해 알고 싶다고 그랬지? 이제 곧 모든 걸 알게 될 거야. 전부. 직접 경험으로. 내가 선택한 사냥감이 바로 너였어. 그 팩스 내용 기억 나? 내가 이미 사냥감을 선택했고, 사냥감이 내 시야에 들어와 있다고. 그게 너였어, 잭. 처음부터 죽."

"배커스, 이 정신병자! 너 같은 놈은…."

갑자기 말하는 바람에 내 입 안을 떠돌아다니던 알약 찌꺼기 일부가 움직였다. 나는 엉겁결에 그걸 삼켜버렸다. 배커스는 상황을 눈치챘는지 웃음을 터뜨렸지만, 갑작스레 딱 멈췄다. 그러고는 나를 노려보았다. 전혀 깜박이지도 않는 그의 눈 속에 희미한 빛 하나가 보였다. 그때야 나는 그가 얼마나 심하게 미쳤는지 깨달았다. 그리고 또 한 가지 깨달은 것이 있었다. 레이철은 범인이 아니므로, 내가 레이철의 교란작전 중 일부라고 믿었던 일이 사실은 진짜 시인의 살인수법 중 일부일 수도 있다는 점. 콘돔을 비롯한 범행의 성적인 측면, 그 모든 것이 시인의 살인 프로그램 중 일부일 가능성이 있었다.

"우리 형한테 무슨 짓을 했어?"

"그건 네 형과 나 사이의 일이야. 사생활이라고."

"말해."

그는 숨을 내쉬었다.

"아무것도 안 했어, 잭. 아무것도. 네 형은 내 프로그램을 따르려고 하지 않았어. 내가 유일하게 실패한 게 그때야. 하지만 이제 두 번째 기회를 얻은 거나 마찬가지니까, 이번에는 실패하지 않을 거야."

나는 바닥을 내려다보았다. 진통제의 약효가 온몸으로 퍼져나가는 것이 느껴졌다. 눈을 꾹 감고 주먹을 꽉 쥐었지만 이미 어쩔 수 없는 상황이었다. 내 몸 속에 독이 퍼져 있었다.

"네가 할 수 있는 일은 하나도 없어." 배커스가 말했다. "그러니까 긴장 풀어, 잭. 약에 몸을 맡기라고. 금방 끝날 거야."

"이러고도 무사할 줄 알아? 레이철이 반드시 진실을 알아낼 거야."

"그거 알아, 잭? 나도 네 말이 1백 퍼센트 옳다고 생각해. 레이철이 알아차릴 거야. 어쩌면 벌써 알아챘는지도 몰라. 그래서 난 이번 일을 마치고 여길 뜰 거야. 널 마지막으로 처리하고 떠날 거야."

나는 무슨 소리인지 이해할 수가 없었다.

"떠나?"

"틀림없이 레이철이 벌써 수상한 낌새를 알아차렸을 거야. 그래서 내가 레이철을 계속 플로리다로 보낸 거야. 하지만 그건 임시 조치일 뿐이지. 어쨌든 레이철이 곧 사실을 알아낼 테니까. 그러니까 이제 허물을 벗고 움직일 때가 됐어. 내 모습으로 돌아가야 한다고, 잭."

이 마지막 말과 함께 그의 얼굴이 환해졌다. 마치 노래라도 부를 것 같은 얼굴이었다.

"이제 기분이 어때, 잭? 머리가 조금 어지러워?"

나는 대답하지 않았지만 그는 자기 짐작이 옳다는 것을 알고 있었다. 나는 어두운 허공 속으로 빠져들 것만 같았다. 폭포에서 떨어지는 배처럼. 그동안 내내 배커스는 그냥 나를 지켜보기만 하면서 그 차분하고 단조로운 목소리로 이야기하며 내 이름을 자주 불렀다.

"약효가 다 퍼지게 내버려 둬, 잭. 그냥 지금 이 순간을 즐기라고. 네 형을 생각해. 형한테 무슨 말을 할지 생각해 봐. 형을 만나거든 네가 알고 보니 수사관의 자질이 아주 뛰어나더라는 말을 꼭 해야 할 거야. 한 집안에 그런 사람이 둘이나 되다니. 굉장하지? 형의 얼굴을 생각해 봐. 미소 짓는 얼굴. 너를 향해 미소를 짓고 있어, 잭. 이제 천천히 눈을 감아. 형의 얼굴이 보일 때까지. 어서. 그런다고 무슨 일이 생기지는 않을 테니까. 넌 안전해, 잭."

저항할 수 없었다. 눈꺼풀이 자꾸만 아래로 내려왔다. 나는 그에게서 시선을 돌리려고 애썼다. 눈을 부릅뜨고 거울에 비친 불빛들을 바라보았지만, 자꾸 피로가 몰려와 나를 아래로 끌어내렸다. 나는 눈을 감았다.

"잘했어, 잭. 훌륭해. 이제 형이 보여?"

고개를 끄덕였다. 왼쪽 손목에 그의 손길이 느껴졌다. 그가 내 손목을 의자 팔걸이 위에 올려놓았다. 오른팔도 역시 의자 팔걸이 위에 올려놓았다.

"완벽해, 잭. 넌 정말 훌륭한 실험대상이야. 아주 협조적이야. 너한테 전혀 고통을 주고 싶지 않아. 전혀, 잭. 여기서 무슨 일이 벌어지든 넌 아무런 고통도 못 느낄 거야. 무슨 말인지 알겠어?"

"응." 내가 말했다.

"움직여도 안 돼, 잭. 사실 말이지, 잭, 넌 움직일 수 없어. 두 팔이 납덩이처럼 무겁거든. 팔을 움직일 수 없어. 맞지?"

"맞아." 내가 말했다.

눈은 여전히 감겨 있었고 턱은 가슴에 닿아 있었지만, 나는 주위에서 일어나는 일을 분명히 인식하고 있었다. 마치 몸과 정신이 분리되어 있는 것 같았다. 내가 허공에서 의자에 앉은 나 자신을 내려다보고 있는 것 같았다.

"이제 눈을 떠, 잭."

나는 그가 시키는 대로 눈을 떴다. 배커스가 내 앞에 서 있었다. 그는 앞섶이 열린 재킷 안쪽에 권총을 차고 있었고, 한 손에는 긴 강철 바늘을 들고 있었다. 지금이 기회였다. 총이 총집 안에 들어가 있는데도 나는 의자에서 움직일 수도, 손을 뻗을 수도 없었다. 내 머리는 더 이상 몸에게 명령을 내리지 못했다. 꼼짝도 못 하고 가만히 앉아 그가 붕대를 감지 않은 쪽 손바닥에 사무적으로 바늘을 찔러 넣는 모습을 바라볼 수밖에 없었다. 그는 손가락 두 개도 역시 바늘로 찔렀다. 나는 전혀 저항하지 않았다.

"잘했어, 잭. 이제 준비가 된 것 같아. 명심해. 두 팔이 모두 납덩이처럼 무거워. 아무리 움직이고 싶어도 도저히 움직일 수 없어. 아무리 말하고 싶어도 말할 수 없어. 하지만 눈을 감으면 안 돼, 잭. 이런 광경을 놓칠 수는 없지."

그는 뒤로 물러서서 평가하는 듯한 시선으로 나를 바라보았다.

"이제 누가 최고인지 말해 봐, 잭." 그가 말했다. "누가 더 훌륭한 사람이지? 승자는 누구고, 패자는 누구야?"

혐오감이 머리를 가득 채웠다. 팔을 움직일 수도, 말을 할 수도 없었지만 절대적인 공포의 물결이 비명을 지르며 내 몸을 휩쓸고 지나가는 것만은 분명히 느낄 수 있었다. 눈에 눈물이 고이는 것이 느껴졌지만, 눈물이 흐르지는 않았다. 나는 그가 허리띠 죔쇠로 양손을 가져가는 모습을 지켜보았다. 그가 말했다. "이젠 콘돔도 안 써, 잭."

그가 이 말을 하는 순간 현관 입구의 불이 꺼졌다. 어둠 속에서 뭔가가 움직이더니 그녀의 목소리가 들렸다. 레이철.

"한 발짝도 움직이지 마, 밥. 그대로 있어."

그녀의 목소리는 차분하고 자신감이 있었다. 배커스는 내게 시선을 고정시킨 채 그대로 얼어붙었다. 마치 내 눈에 비친 그녀의 모습이 보이기라도 하는 것처럼. 그의 눈빛은 죽어 있었다. 레이철의 시야에서 가려져 있는 그의 오른손이 재킷 안쪽으로 움직이기 시작했다. 나는 조심하라고 외치고 싶었지만 그럴 수 없었다. 조금이라도 움직이기 위해 온몸의 근육에 한꺼번에 힘을 줬지만, 의자에 앉은 채 왼쪽 다리로 허공에 발길질을 했을 뿐이었다.

하지만 그것으로 충분했다. 배커스가 걸어 놓은 최면이 풀리기 시작했다.

"레이철!" 내가 고함을 지르는 순간 배커스가 권총을 총집에서 빼내며 그녀를 향해 획 돌아섰다.

총성이 오가고, 배커스가 뒤로 벌렁 넘어졌다. 유리 한 장이 박살나는 소리가 들리더니 선선한 저녁 바람이 방 안으로 들어왔다. 배커스는 내가 앉아 있는 의자 뒤로 몸을 숨기려고 허둥지둥 움직였다.

레이철은 현관 벽 모퉁이를 살짝 돌아가 램프를 움켜쥐고 확 잡아당겨 플러그를 뽑았다. 집 안이 어둠에 잠겼다. 저 아래 계곡에서 길을 잃고 여기까지 들어온 불빛만이 어둠을 방해할 뿐이었다. 배커스는 레이철을 향해 두 번 더 총을 쏘았다. 그의 총이 내 머리와 아주 가까이 있던 탓에 총성에 귀가 멀 지경이었다. 그가 더 완벽한 은신을 위해 의자를 뒤로 확 잡아당기는 것이 느껴졌다. 나는 깊은 꿈을 꾸다가 간신히 깨어나 어떻게든 몸을 움직이려고 애쓰는 사람 같았다. 막 몸을 일으키려는데, 그의 손이 내 어깨를 움켜쥐고 나를 다시 의자에 앉혔다. 그러고는 계속 나를 붙들고 있었다.

"레이철." 배커스가 소리쳤다. "네가 총을 쏘면 이 녀석이 맞을 거야. 그래도 좋아? 총 내려놓고 이리로 나와. 대화로 해결하자고."

"듣지 마, 레이철." 내가 소리쳤다. "우리 둘 다 죽일 거야. 그냥 쏴! 쏴버려!"

레이철은 총탄 자국 때문에 곰보처럼 변한 벽 뒤에서 모습을 드러냈다. 이번에는 바닥으로 낮게 몸을 숙인 자세였다. 그녀는 총으로 내 오른쪽 어깨 바로 위를 겨냥하고 있었지만, 쉽게 쏘지 못하고 머뭇거렸다. 배커스는 망설이지 않았다. 그가 두 번 더 총을 발사하자 레이철은 다시 벽 뒤로 몸을 숨겼다. 현관 벽에서 횟가루와 콘크리트 조각들이 튀었다.

"레이철!" 나는 고함을 질렀다.

나는 양쪽 발꿈치로 카펫을 단단히 누르고 내가 끌어낼 수 있는 힘을 한순간에 집중시켜 가능한 한 빠르고 강하게 의자를 뒤로 밀어냈다.

이런 움직임에 배커스가 깜짝 놀랐다. 의자가 그를 정면으로 맞히는 바람에 그가 은신처를 잃어버리고 나가떨어지는 것이 느껴졌다. 그 순간 레이철이 다시 현관 벽 뒤에서 모습을 드러냈다. 그녀의 총에서 터져 나온 불빛이 또다시 방을 밝혔다.

등 뒤에서 배커스의 비명 소리가 한 번 들리더니 조용해졌다. 이제 내 눈이 희미한 빛에 적응되어 레이철이 현관 벽 뒤에서 나와 내게 다가오는 것이 보였다. 팔꿈치를 몸에 딱 붙이고, 양손으로 총을 들어 올린 자세였다. 총구는 내 등 뒤를 겨냥하고 있었다. 그녀가 내 옆을 스쳐 지나가는 순간 나는 천천히 몸을 돌렸다. 절벽 끝에서 그녀는 어둠 속을 향해 총을 겨눴다. 배커스가 떨어진 곳이었다. 그녀는 적어도 30초 동안 그 자세로 꼼짝도 않고 서 있은 뒤에야 비로소 배커스가 완전히 사라졌다는 확신이 든 모양이었다.

침묵이 집을 사로잡았다. 서늘한 밤바람이 살갗에 닿는 것이 느껴졌다. 마침내 레이철이 방향을 돌려 내게 다가와서는 내 팔을 잡고 일으켜 세웠다.

"일어나, 잭." 그녀가 말했다. "정신 차려. 어디 다쳤어? 총에 맞은 거야?"

"형."

"뭐?"

"아냐. 당신은 괜찮아?"

"그런 것 같아. 총에 맞았어?"

나는 그녀가 내 뒤의 바닥을 바라보는 것을 눈치채고 뒤를 돌아보았다. 바닥에 피가 떨어져 있었다. 산산조각 난 유리도.

"아니, 저건 내 피가 아냐." 내가 말했다. "당신 총이 놈을 맞힌 거야. 아니면 놈이 유리에 당했거나."

나는 그녀와 함께 다시 절벽 가장자리로 갔다. 저 아래에는 오로지 어둠뿐이었다. 들리는 소리라고는 저 아래 나무들 사이로 부는 바람 소리와 그보다 더 아래쪽에서 희미하게 들려오는 자동차 소리뿐이었다.

"레이철, 미안해." 내가 말했다. "난… 난 정말 당신이 범인인 줄 알았어. 미안해."

"그 얘기는 하지 마, 잭. 나중에 이야기하자."

"지금쯤 비행기에 타고 있을 줄 알았는데."

"당신이랑 통화한 뒤에 뭔가가 이상하다는 생각이 들었어. 그런데 브래드 헤이즐턴이 전화로 당신이 전화했다는 얘기를 하잖아. 그래서 떠나기 전에 당신이랑 한 번 더 이야기를 해야겠다 싶어서 호텔로 갔다가 당신이 배커스랑 같이 나가는 걸 봤어. 이유는 잘 모르겠지만, 어쨌든 당신 뒤를 쫓았어. 아마 배커스가 지난번에 날 플로리다로 보냈기 때문일 거야. 사실 그때는 고든을 보냈어야 맞거든. 그래서 그때부터 배커스를 믿지 못하게 됐어."

"여기서 우리가 한 얘기를 얼마나 들었어?"

"충분히 들었어. 그냥 배커스가 무기를 집어넣을 때까지 움직일 수 없어서 가만히 있었을 뿐이야. 당신이 이런 일을 겪게 되다니…. 정말 미안해, 잭."

그녀는 절벽 가장자리에서 물러났지만, 나는 계속 그 자리에 서서 어둠 속을 뚫어지게 바라보았다.

"다른 사람들에 대해서는 묻지 않았어. 이유도 묻지 않았어."

"다른 사람이라니?"

"형이랑 다른 사람들. 벨트런은 그렇게 당해도 싼 놈이지만, 형은 왜지? 다른 사람들은?"

"그런 걸 설명할 길은 없어, 잭. 설사 설명할 방법이 있다 해도 이젠 영원히 알 수 없게 됐지. 저기 길 아래쪽에 내 차가 있어. 그리로 가서 지원을 요청하고, 계곡을 수색할 헬리콥터를 불러야겠어. 확실히 해야 하니까. 병원에도 연락하고."

"왜?"

"당신이 약을 몇 알이나 먹었는지 알려주고 대책을 물어봐야지."

그녀가 현관 입구를 향해 움직이기 시작했다.

"레이철." 나는 뒤에서 그녀를 불렀다. "고마워."

"언제든 말만 해, 잭."

50

의심과 후회

레이철이 나간 직후 나는 소파 위에서 기절해 버렸다. 아주 가까운 데서 나는 헬리콥터 소리가 내 꿈을 침범했지만 날 깨우지는 못했다. 마침내 내가 스스로 눈을 뜬 시각은 새벽 3시였다. 사람들은 나를 연방 건물 13층으로 데려가서 자그마한 면담실에 집어넣었다. 처음 보는 음울한 표정의 요원 두 명이 그 후 5시간 동안 내게 질문을 던져댔다. 같은 얘기를 얼마나 많이 반복했는지 나중에는 신물이 넘어올 지경이었다. 이번 면담에는 속기사가 배석하지 않았다. 면담의 주제가 FBI 요원 중 한 명이기 때문이었다. 두 사람은 자기들한테 가장 이로운 쪽으로 내 이야기를 다듬은 뒤에야 비로소 기록으로 남길 작정인 것 같았다.

8시를 넘긴 뒤 두 사람은 마침내 나더러 카페테리아에 가서 아침을 먹고 와도 좋다고 했다. 그 뒤 속기사를 데려다가 공식 진술서를 작성할 예정이라는 말도 덧붙였다. 내 얘기를 이미 몇 번이나 검토한 뒤였으므로 나는 두 사람이 무슨 질문을 던지든 그들이 원하는 대답을 정확히 할 수 있었다. 배가 고프진 않았지만 이 방과 두 사람에게서 벗어날 수만 있다면 무슨 짓이라도 할 수 있을 것 같았다. 그래도 두 사람이 죄수를 호송하듯이 카페테리아까지 날 따라오지는 않았다.

카페테리아에 들어서니 테이블에 혼자 앉아 있는 레이철이 보였다. 나는 만든 지 사흘은 되어 보이는 설탕 도넛 한 개와 커피 한 잔을 사 들고 그녀에게 다가갔다.

"여기 앉아도 돼?"

"여긴 자유국가야."

"가끔은 그렇지도 않은 것 같아. 그 사람들 말이야, 쿠퍼와 켈리. 그 사람들이 그 방에서 나를 5시간 동안이나 붙들고 있었어."

"그건 당신이 이해해야 돼. 당신은 전령이야, 잭. 당신이 여길 나가면 신문과 방송에서 그 이야기를 떠들어대고, 어쩌면 책까지 쓰게 될 수도 있다는 걸 두 사람도 알고 있어. FBI 안의 썩은 사과에 대해 온 세상이 알게 되겠지. 우리가 아무리 좋은 일을 많이 해도, 나쁜 놈들을 아무리 많이 잡아들여도, 그런 건 중요하지 않아. 우리 중 나쁜 놈이 하나 있었다는 사실만 폭발적인 기삿거리가 될 거야. 당신은 부자가 되겠지만, 우리는 이번 일의 엄청난 후유증을 견뎌내야 해. 그래서 쿠퍼와 켈리가 당신을 프리마돈나처럼 대해주지 않는 거야."

나는 잠시 그녀를 유심히 살펴보았다. 그녀는 아침 식사를 제대로 한 것 같았다. 그녀 앞의 빈 접시에 달걀노른자가 묻어 있었다.

"좋은 아침이야, 레이철." 내가 말했다. "우리 다시 시작하면 어떨까?"

이 말은 오히려 그녀를 화나게 만들었다.

"잘 들어, 잭. 나도 당신을 상냥하게 대할 생각 없어. 지금 내가 당신을 어떻게 대해야 할까?"

"글쎄. 아까 면담실에서 그 두 사람의 질문에 답하는 내내 아무것도 안 하고 당신 생각만 했어. 우리 관계에 대해서."

그녀의 얼굴을 유심히 살폈지만 그녀는 아무런 반응도 보이지 않은 채 자신의 접시만 내려다보았다.

"저기, 당신이 범인이라고 생각한 이유를 말하라면 전부 설명할 수는 있겠지만 그런 건 중요하지 않겠지. 모든 건 나 때문이야, 레이철. 내 안에 뭔가가 빠져 있어서…. 그래서 당신을 있는 그대로 받아들이지 못하고 의심을 품었던 거야. 일종의 냉소주의라고나 할까. 그 자그마한 의심에서부터 모든 것이 자라나서 엄청나게 커져버렸어…. 레이철, 정식으로 사과할게. 그리고 약속할게. 한 번만 더 기회를 주면 내 부족한 부분을 극복하기 위해, 그 빈 공간을 채우기 위해 열심히 노력하겠다고. 아니, 노력만 하는 게 아니라 반드시 성공할 거야."

그래도 아무런 반응이 없었다. 그녀는 심지어 나와 눈을 마주치지도 않았다. 나는 체념했다. 이젠 어쩔 수 없었다.

"레이철, 하나 물어봐도 돼?"

"뭔데?"

"당신 아버지 말이야. 당신… 아버지가 당신을 괴롭혔어?"

"아버지가 나한테 그 짓을 했냐고?"

나는 말없이 그녀를 바라보기만 했다.

"내가 왜 그 얘기를 남한테 해야 하지?"

나는 테이블 위의 내 커피 잔으로 시선을 돌려, 마치 세상에서 이렇게 흥미로운 물건은 처음 본다는 듯이 뚫어지게 바라보았다. 이제는 내가 차마 시선을 들 수 없었다.

"저, 이제 그만 올라가봐야겠어." 마침내 내가 말했다. "그들이 나한테 준 시간이 15분밖에 안 되거든."

나는 일어서려고 했다.

"그 사람들한테 내 얘기 했어?" 그녀가 물었다.

나는 움직임을 멈췄다.

"우리 관계에 대해서? 아니, 그 얘기는 일부러 피했어."

"그 사람들한테 아무것도 숨기지 마, 잭. 그들은 어차피 벌써 다 알고 있으니까."

"당신이 얘기했어?"

"응. 그 사람들한테 뭘 숨기려고 해봤자 아무 의미 없어."

나는 고개를 끄덕였다.

"우리 관계에 대해 얘길 했는데, 두 사람이 혹시 지금도… 지금도 그런 관계냐고 물으면 어떡하지?"

"아직 판결이 안 났다고 해."

나는 다시 고개를 끄덕이고 일어섰다. 그녀의 입에서 판결이라는 말을 들으니 내가 그녀에 대해 제멋대로 판결을 내렸던 그날 밤이 생각났다. 그러니 그녀가 지금 나를 상대로 여러 증거를 가늠해 보는 것이 당연하다는 생각이 들었다.

"판결이 나오면 나한테도 알려줘."

나는 나가는 길에 문 옆의 쓰레기통에 도넛을 버렸다.

켈리와 쿠퍼가 면담을 끝낸 것은 정오가 거의 다 된 시각이었다. 배커스에 관한 소식도 그제야 들었다. 면담실을 나와 걷다 보니 지부 건물 안이 텅 빈 것 같다는 생각이 들었다. 모든 사무실의 문이 열려 있고, 책상도 비어 있었다. 경찰관 장례식이 열리는 날의 경찰서 풍경 같았다. 어떤 의미에서는 이것이 맞는 비유이기도 했다. 나는 하마터면 면담실로 되돌아가서 날 심문했던 사람들에게 무슨 일이냐고 물어볼 뻔했다. 하지만 두 사람은 나를 싫어하니 꼭 말할 필요 없는 정보를 나한테 말해줄 것 같지 않았다.

통신실 앞을 지나는데 쌍방향 무전기 소리가 들렸다. 안을 들여다보았더니 레이철이 혼자 앉아 있었다. 그녀 앞의 책상에는 마이크 콘솔이 있었다. 나는 안으로 들어갔다.

"나야."

"왔어?"

"면담이 끝났어. 이제 가도 된대. 다들 어디 간 거야? 무슨 일 있어?"

"전부 그 사람을 찾으러 나갔어."

"배커스?"

그녀가 고개를 끄덕였다.

"그 사람…." 나는 말을 끝맺지 않았다. 절벽 밑에서 그의 시체가 발견되지 않았음을 굳이 묻지 않아도 짐작할 수 있었다. 배커스의 소식을 진작 물어보지 않은 것은, 당연히 그의 시체가 발견됐을 거라고 생각했기 때문이었다. "세상에, 어떻게…."

"살아남았느냐고? 그걸 누가 알겠어? 사람들이 손전등을 들고 개들과 함께 내려갔을 땐 이미 그 사람이 사라지고 없었어. 높은 유칼리나무가 한 그루 있었는데, 높은 가지에서 핏자국이 발견됐어. 그래서 배커스가 나무로 떨어졌을 거라고 짐작하고 있어. 그 때문에 추락의 충격이 줄어들었을 거라고. 개들은 산 아래쪽 도로에서 냄새를 잃어버렸어. 헬리콥터는 밤이 거의 다 새도록 그 일대 사람들의 잠을 방해한 것 외에는 그다지 쓸모가 없었고. 지금도 사람들이 나가서 찾고 있어. 모든 인력을 동원해 거리와 병원을 뒤지는 중이야. 그런데 지금까지는 아무 소득이 없어."

"세상에."

배커스가 아직 살아 있었다. 어딘가에. 도저히 믿을 수가 없었다.

"걱정할 것 없어." 그녀가 말했다. "그 사람이 당신이나 나한테 해코지하려 들 가능성은 아주 희박하니까. 지금 그 사람의 목표는 도망치는 거야. 살아남는 것."

"그런 뜻으로 한 말이 아냐." 나는 이렇게 말했다. 사실은 그런 뜻이었던 것 같지만. "그냥 소름이 끼쳐서 그래. 그런 사람이 어딘가에 살아서…. 혹시 그동안 좀 알아낸 거 있어? 이유에 대해서."

"조사 중이야. 브래스와 브래드가 매달려 있어. 하지만 알아내기가 쉽지 않을 거야. 전혀 징후가 없었으니까. 그 사람의 두 얼굴을 분리시킨 벽이 어찌나 두꺼운지 은행 금고 문만 해. 수사하다 보면 이런 사건에서 이유를 전혀 알아내지 못하는 경우도 있어. 어떻게 해도 설명 안 되는 사건들. 우리가 아는 거라곤 범인들 내면 어딘가에 이유가 숨어 있을 거라는 점뿐이야. 씨앗처럼. 그게 어느 날 전이를 일으키면… 범인은 그때까지 공상만 했던 일들을 실제로 하게 되는 거야."

나는 아무 말도 하지 않았다. 그냥 그녀가 계속 말했으면 싶었다. 계속 내게 말을 걸어주었으면….

"먼저 그 사람 아버지부터 조사할 거야." 그녀가 말했다. "브래스가 오늘 그분을 만나러 뉴욕으로 갈 거래. 나라면 정말 가고 싶지 않을 거야. 아들이 아버지를 따라 FBI에 들어왔는데, 결국 최악의 악몽 같은 사건을 일으킨 거잖아. 니체가 뭐라고 했더라? 누구든 괴물과 싸우는 사람은…."

"그 과정에서 자기도 괴물이 되지 않게 조심해야 한다."

"맞아."

우리 둘 다 잠시 입을 다물고 이 말을 곰곰이 생각했다.

"당신은 왜 안 나가고 여기 있어?" 마침내 내가 물었다.

"내근하라는 명령을 받았으니까. 거기서 총을 쏜 것과… 다른 행동들에 대해 아무 문제 없다는 판정이 내려질 때까지는."

"그건 좀 터무니없는 명령 아냐? 심지어 그 사람이 죽은 것도 아닌데."

"그거야 그렇지. 하지만 그것 말고도 다른 요인들이 있어."

"우리 관계? 그것도 그런 요인들 중 하나야?"

그녀는 고개를 끄덕였다.

"내 판단력에 의문이 제기되었다고나 할까? 증인이자 언론인인 사람과 사귀는 것이 FBI의 표준을 따르는 행동이라고 할 수는 없으니까. 게다가 오늘 아침 이런 것도 들어왔고."

그녀는 종이 한 장을 들어서 내게 건네주었다. 화질이 별로 좋지 않은 흑백사진을 팩스로 전송한 것이었다. 내가 탁자 위에 앉아 있고, 레이철이 내 다리 사이에 서서 내게 입맞춤하는 사진이었다. 이 사진을 잠시 바라본 뒤에야 나는 사진 속 장소가 병원 응급실 내의 개인 치료실임을 깨달았다.

"거기서 우리를 들여다보던 의사가 있었지?" 레이철이 말했다. "의사가 아니었어. 쓰레기 같은 프리랜서 사진기자야. 그놈이 이 사진을 〈내셔널 인콰이어러〉에 팔았어. 틀림없이 의사로 변장하고 거기까지 몰래 들어온 거겠지. 화요일이면 전국 슈퍼마켓 계산대 옆 진열대에 이 사진이 실린 잡지가 쫙 깔릴 거야. 아주 공명정대하고 윤리적인 분들이라 나한테 이걸 미리 팩스로 보내고는 인터뷰 요청을 했더라고. 인터뷰가 안 되면 그냥 한 마디만이라도 해달라고. 어떻게 할까, 잭? 그쪽에서 한 마디 해달라는데, '엿이나 먹으라'고 할까? 그럼 내 말을 그대로 기사에 실어줄까?"

나는 사진을 내려놓고 그녀를 바라보았다.

"미안해, 레이철."

"그래, 지금 당신이 할 수 있는 말은 그것뿐이겠지. '미안해, 레이철. 미안해, 레이철.' 별로 보기 좋은 꼴이 아냐, 잭."

하마터면 또 미안하다고 할 뻔했지만, 그냥 고개만 끄덕였다. 나는 그녀를 바라보며 내가 도대체 어쩌다 그런 실수를 저지르게 된 건지 잠시 생각해 보았다. 이제 그녀와는 가능성이 없어졌음을 확실히 알 수 있었다. 안타까운 마음에 나는 가슴으로 깨달았어야 하는 일을 깨닫지 못하고 엉뚱한 확신을 품게 만든 요인들을 머릿속으로 되짚어보았다. 뭔가 변명거리를 찾기 위해서였지만, 그런 건 없다는 사실을 나도 이미 알고 있었다.

"우리가 처음 만난 날, 당신이 날 콴티코로 데려갔던 거 기억나?"

"응."

"당신이 날 데려간 곳이 배커스의 사무실이었던 거지? 내가 전화해야 한다고 했을 때 말이야. 왜 그랬어? 난 거기가 당신 사무실인 줄 알았는데."

"난 사무실이 없어. 책상 하나랑 작업 공간이 조금 있을 뿐이야. 당신을 그리로 데려간 건, 다른 사람 눈치 볼 필요 없이 혼자 전화를 쓸 수 있게 해주려고 그런 거야. 왜?"

"아무것도 아냐. 그게… 얼마 전까지는 전체적인 그림과 아주 잘 맞아떨어지는 것 같았거든. 책상 위에 있던 달력에 휴가 날짜가 표시되어 있었는데 그게 오설랙이… 그래서 당신이 오랫동안 휴가 간 적이 없다고 말했을 때, 난 당신이 거짓말을 한다고 생각했어."

"지금은 그 얘길 하고 싶지 않아."

"그럼 언제 할 건데? 지금 이야기하지 않으면 영원히 못 해. 내가 잘못했어, 레이철. 뭐라고 변명할 말도 없어. 하지만 그때 내 심정을 당신도 좀 알아줘. 날 좀 이해…."

"나랑은 상관없는 일이야!"

"당신한테는 처음부터 그랬는지도 모르지."

"내 탓으로 돌릴 생각은 하지 마. 사고를 친 건 당신이야. 내가 그런 게…."

"그럼 그날 밤에 뭐 했어? 그 첫날밤에 내 방에서 나간 다음에. 전화해도 안 받고, 방으로 가서 문을 두드려도 대답이 없었잖아. 게다가 나는 복도에서 소슨을 만났어. 잡화점에 갔다 오는 길이었지. 당신 때문에 소슨이 나갔다 온 거지?"

그녀는 아주 오랫동안 책상을 내려다보았다.

"하다못해 대답만이라도 해줘, 레이철."

"복도에서 그 사람을 봤어." 그녀가 작은 소리로 말했다. "당신보다 먼저. 당신 방에서 나온 다음에. 그 사람이 거기 있는 걸 보니까 어찌나 화가 나던지. 배커스가 그 사람을 불러냈다는 사실도 그렇고. 속이 부글부글 끓어올라서 그 사람한테 상처를 주고 굴욕을 안기고 싶었어. 어떻게든… 해야 할 것 같았어."

그래서 그녀는 방에서 기다리겠다는 거짓 약속으로 소슨이 콘돔을 사러 나가게 만들었다. 하지만 그가 잡화점에서 돌아왔을 때 그녀는 그의 방에 없었다.

"당신이 전화했을 때도, 문을 두드렸을 때도 난 방 안에 있었어. 소슨인 줄 알고 대답하지 않은 거야. 소슨도 당신과 똑같은 행동을 한 것 같아. 문을 두드리는 소리가 두 번 들렸으니까. 전화도 두 번 걸려왔고. 난 두 번 다 대답하지 않았지만."

나는 고개를 끄덕였다.

"그 사람한테 못할 짓을 했어." 그녀가 말했다. "특히 지금은 더 그런 생각이 들어."

"다들 그런 짓을 하며 살아, 레이철. 그런 짓을 하고도 계속 살아간다고. 그게 당연한 일이기도 하고."

그녀는 아무 말도 하지 않았다.

"이제 가볼게, 레이철. 당신 일이 잘 풀렸으면 좋겠어. 언젠가 당신이 내게 전화해 주면 좋을 거야. 기다리고 있을게."

"잘 가, 잭."

나는 한 걸음 물러나면서 한 손을 들어 올려 손가락 하나로 그녀의 턱 선을 어루만졌다. 우리의 시선이 순간적으로 마주쳤다. 잠시 후 나는 방을 나갔다.

51

사라진 가면

그는 빗물 배수관의 어둠 속에 웅크린 채 휴식을 취하며 통증을 지배하는 데 정신을 집중했다. 상처는 이미 감염되어 있었다. 상처 자체는 그다지 심각하지 않았다. 총알이 몸을 관통하면서 상복부 근육이 찢어졌을 뿐이었다. 하지만 상처 주위에 더러운 것들이 묻어 거기서 나온 독소들이 벌써 몸속을 돌아다니는 것이 느껴졌다. 당장 드러누워 자고 싶은 생각이 굴뚝같았다.

그는 어두운 터널 저편을 바라보았다. 땅 밑 한참 아래인 여기까지 새어 들어온 빛은 얼마 되지 않았다. 길 잃은 빛. 그는 미끄러운 벽을 잡고 몸을 일으켜 다시 움직이기 시작했다. 그러면서 생각했다. 하루만. 처음 하루만 견뎌내면 끝까지 견뎌낼 수 있을 거다. 그는 마치 기도문을 외듯이 머릿속으로 이 말을 자꾸만 반복했다.

어떤 의미에서는 안도감이 느껴지기도 했다. 통증이 심하고 이제는 허기까지 느껴졌지만, 안도감 또한 분명히 존재했다. 이제는 분리할 필요가 없으니까. 겉에 내세웠던 가면은 사라져버렸다. 배커스는 사라져버렸다. 이젠 오로지 아이돌론만 존재했다.

아이돌론은 최후의 승자가 될 것이다. 아이돌론 앞에서 다른 사람들은 아무것도 아니었고, 그들이 무슨 짓을 해도 이제는 아이돌론을 막을 수 없었다.

"너희들은 아무것도 아냐!"

그의 목소리가 터널을 따라 메아리치며 어둠 속으로 사라졌다. 그는 한 손으로 상처를 움켜쥔 채 소리가 사라진 쪽으로 향했다.

영원한 망령

늦봄, 시청 수도전력과의 감사관이 고약한 냄새가 난다는 민원을 조사하다가 터널 안에서 누군가의 유해를 발견했다.

그 유해에는 그의 신분증과 FBI 배지가 있었다. 옷도 그의 것이었다. 유해는 빗물 배수관의 배수거 두 개가 교차하는 지점의 지하 콘크리트 선반 위에 누워 있었다. 부패가 심해서 사인은 알아낼 수 없었다. 배수거의 습한 공기와 악취 나는 환경이 부패를 촉진한 탓이었다. 동물들에 의한 훼손도 있어서 정확한 부검결과를 기대하기는 어려웠다. 검시관이 부패한 살 속에서 총알이 관통한 흔적과 금이 간 갈비뼈를 찾아내기는 했지만, 레이철의 총과 상처를 결정적으로 연결해 줄 총알 파편은 전혀 나오지 않았다.

신분증 역시 결정적인 증거가 되기에는 부족했다. FBI 배지와 신분증, 옷가지 외에는 이 유해가 로버트 배커스 2세 특수요원의 것임을 증명해 줄 물건이 전혀 없었다. 시체를 공격한 동물들(정말로 동물들이었을까?)이 시체의 하악골과 위턱의 의치 하나를 완전히 없애버려서 치아를 대조해 볼 수도 없었다.

이 점이 특히 미심쩍었다. 이뿐만이 아니었다. 브래드 헤이즐턴이 전화로 다른 요인들에 대해 말해주었다. 그는 FBI가 공식적으로 사건을 종결했지만, 그것과 상관없이 계속 그를 찾으려 할 사람들이 있을 거라고 말했다. 빗물 배수관에서 발견된 유해는 배커스가 벗어두고 간 허물에 불과하며, 그 유해의 주인은 십중팔구 그가 배수관 안에서 만난 노숙자일 거라고 생각하는 사람들도 있다고 했다. 그들은 배커스가 아직 어딘가에 살아 있다고 믿는다는 얘기였다. 나도 같은 생각이었다.

브래드 헤이즐턴은 배커스에 대한 공식적인 수색은 끝났는지 몰라도, 그의 심리적 동기를 찾으려는 노력은 계속 이어질 거라고 했다. 그러나 배커스의 병든 마음을 들여다보기가 여간 어렵지 않았다. 요원들은 콴티코 근처에 있는 배커스의 아파트에서 사흘을 보내며 조사했지만, 그의 비밀스러운 삶과 조금이라도 관련된 증거는 하나도 발견되지 않았다. 살인을 저지르고 가져온 기념품도 없고, 오려 놓은 신문기사도 없고, 아무것도 없었다.

지금까지 발견된 것은 아주 사소한 단서들뿐이었다. 매질을 주저하지 않는 완벽주의자 아버지. 청결에 대한 강박적인 집착. 나는 그의 사무실에서 본 책상의 모습과 내가 거기 앉았다 일어난 뒤 그가 달력의 위치를 바로잡던 모습이 생각났다. 오래전에 깨져버린 약혼. 당시 그의 약혼녀였던 여성이 브래스 도런에게 진술한 바에 따르면, 배커스는 정사를 나누기 직전과 직후에 그녀에게 샤워를 강요했다고 한다. 배커스의 고교 동창 한 명은 배커스가 어렸을 때 자다가 오줌을 싸면, 아버지가 그를 욕실의 수건걸이에 수갑으로 묶어놓곤 했다는 이야기를 배커스에게서 직접 들었다고 헤이즐턴에게 자진해 털어놓았다. 하지만 배커스의 아버지는 그런 적 없다고 부인했다.

어쨌든 이런 이야기들은 그냥 이야기일 뿐, 해답이 되지는 못했다. 이 이야기들은 배커스의 성격이라는 커다란 천의 작은 조각에 불과했으며, 그 천의 전체 모습에 대해서는 추측만이 난무했다. 전에 레이철이 해준 말이 생각났다. 산산이 부서진 거울을 다시 붙이려고 애쓰는 것과 같다는 말. 각각의 거울 조각에는 그 주인의 모습 일부가 비치고 있다. 하지만 주인이 움직이면 거울 조각 속의 모습도 움직인다.

그 사건 이후로 나는 죽 로스앤젤레스에 머무르고 있다. 손도 비벌리힐스의 외과의사에게 치료를 받아 지금은 종일 컴퓨터를 쳤을 때만 통증이 있을 뿐이다.

나는 비벌리힐스에 자그마한 집을 빌려서 살고 있다. 날씨가 좋으면 거의 24킬로미터나 떨어진 태평양에 햇빛이 반사되는 것이 보일 정도다. 날씨가 나쁜 날에는 풍경이 우울해져서 블라인드를 닫아 놓는다. 가끔 밤에 코요테들이 니콜스 협곡에서 캥캥거리며 서로를 향해 짖어대는 소리가 들리기도 한다. 여기 날씨는 따뜻해서 아직 콜로라도로 돌아가고 싶다는 생각이 들지 않는다. 어머니, 아버지, 라일리와는 자주 통화한다. 콜로라도에 있을 때보다 더 자주. 하지만 여기보다는 그곳에 있는 과거의 망령들이 아직 더 무섭다.

공식적으로 따지면, 나는 지금 〈로키 마운틴 뉴스〉에 휴가를 내고 쉬는 중이다. 그레그 글렌은 내가 돌아오기를 바라고 있지만, 나는 계속 대답을 미루고 있다. 이젠 나도 그럴 만한 힘이 있다. 스타 기자가 됐으니까. 〈나이트라인〉과 〈래리 킹 라이브〉에도 출연했다. 그래서 그레그는 내가 계속 〈로키 마운틴 뉴스〉의 기자로 있어주기를 바란다. 그의 바람에 따라 당분간은 장기 무급휴가 상태로 책을 쓰며 시간을 보낼 것이다.

내 에이전트는 내 책과 영화 판권을 거액에 팔아주었다. 〈로키 마운틴 뉴스〉에서 10년을 일하더라도 벌 수 없는 큰돈이다. 이 돈이 다 내 수중에 들어오면 그중 대부분을 아직 태어나지 않은 라일리의 아기를 위한 신탁기금으로 넣을 작정이다. 형의 아기를 위해. 어차피 내 계좌에 돈이 너무 많으면 감당하기도 힘들 것 같고, 그 돈이 다 내 몫이라는 생각도 들지 않는다. 그 돈은 피의 대가다. 여기 로스앤젤레스에서 사는 데 필요한 돈은 출판사 계약금 중 일부를 떼어 이미 충분히 마련해 두었다. 초고를 끝낸 뒤 혹시 이탈리아로 여행 가게 될 경우를 대비한 돈도 마련되어 있다.

이탈리아는 지금 레이철이 있는 곳이다. 헤이즐턴이 말해주었다. FBI가 그녀를 행동과학국에서 다른 곳으로, 콴티코가 아닌 다른 곳으로 보낼 예정이라고 알렸을 때, 그녀 역시 나처럼 휴가를 내고 외국으로 나갔다. 나는 그녀의 연락을 기다렸지만 아직까지 한 번도 연락이 없었다. 그러니 이제 와서 새삼 그녀가 연락할 것 같지는 않다. 언젠가 그녀가 말했던 것처럼 내가 이탈리아로 가게 될 것 같지도 않다. 밤이 되면, 내가 가장 원하는 사람을 의심하게 만들었던 내 마음속 망령이 지금도 나를 괴롭힌다.

53

죽음의 사내

나는 죽음 담당이다. 죽음이 내 생업의 기반이다. 내 직업적인 명성의 기반도 죽음이다. 나는 죽음으로 이윤을 올렸다. 죽음은 항상 내 주위에 있었지만, 윌리엄 글래든과 밥 배커스의 사건 때만큼 죽음이 가까워졌던 적은 없다. 그때 죽음은 내 면전에서 내 얼굴을 향해 숨을 내쉬고, 나와 눈을 마주치며 나를 움켜쥐었다.

가장 많이 생각나는 것은 그 두 사람의 눈이다. 잠자리에 들 때마다 두 사람의 눈이 가장 먼저 생각난다. 그 눈에 특별히 뭐가 있어서가 아니라, 있어야 할 것이 없기 때문에. 그 눈 뒤에 있는 것은 어둠뿐이었다. 그 공허한 절망에 호기심이 발동한 나머지 나는 가끔 나도 모르게 몰려오는 잠까지 뿌리치며 그 눈에 대해 생각하곤 한다. 그리고 그 눈을 생각할 때면 형에 대한 생각도 덩달아 떠오른다. 내 쌍둥이 형. 형이 마지막 순간에 자신을 죽인 살인자의 눈을 들여다보았는지 궁금하다. 형도 내가 본 것을 보았는지 궁금하다. 불꽃처럼 순수하고 사람을 상처 입히는 악. 나는 지금도 형의 죽음을 슬퍼한다. 영원히 그럴 것이다. 나는 아이돌론이 다시 나타나지 않을지 예의 주시하며 그를 기다린다. 언제 그 불꽃을 또 보게 될까?

끝.

옮긴이 김승욱

성균관대학교 영문학과를 졸업하고 뉴욕시립대학교 대학원에서 여성학을 공부했다. 〈동아일보〉 문화부 기자로 근무했으며, 현재 전문 번역가로 활동하고 있다. 옮긴 책으로 《스토너》, 《니클의 소년들》, 《듄 신장판》, 《19호실로 가다》, 《완벽한 스파이》 등 100여 권이 있다.

시인

1판 1쇄 발행 2009년 3월 9일
2판 1쇄 발행 2015년 5월 27일
3판 1쇄 발행 2021년 9월 23일
3판 2쇄 발행 2021년 11월 30일

지은이 마이클 코넬리
옮긴이 김승욱

발행인 양원석 **책임편집** 김효선
디자인 정세화, 김미선 **영업마케팅** 조아라, 신예은, 이지원

펴낸 곳 ㈜알에이치코리아
주소 서울시 금천구 가산디지털2로 53, 20층(가산동, 한라시그마밸리)
편집문의 02-6443-8863 **도서문의** 02-6443-8800
홈페이지 http://rhk.co.kr
등록 2004년 1월 15일 제2-3726호

ISBN 978-89-255-7981-8 (03840)